ullstein

Das Buch

Ex-Söldner Leo Tillman und die engagierte Polizistin Heather Kennedy ermitteln in einem Fall rätselhafter Todesfälle, als eine Spur sie zu den Schriftrollen vom Toten Meer führt – und damit auch zu den tödlichen Prinzipien, die sich in ihnen verstecken. Bald schon rennen Tillman und Kennedy um ihr Leben auf der Flucht vor grausamen Mördern, die Blut weinen und von sich behaupten, sie seien die Nachfahren Judas'. Diese gefallenen Engel werden nichts unversucht lassen, um das weltumstürzende Geheimnis der Schriftrollen zu wahren ... Das Geheimnis darum, wie Jesus wirklich starb.

Der Autor

Adam Blake ist das Pseudonym eines internationalen Bestsellerautors. Er lebt in London.

Adam Blake

Die Judas-Verschwörung

Thriller

Aus dem Amerikanischen
von Helmut Splinter

Ullstein

Besuchen Sie uns im Internet:
www.ullstein-taschenbuch.de

FSC
www.fsc.org
MIX
Papier aus verantwortungsvollen Quellen
FSC® C006701

Deutsche Erstausgabe im Ullstein Taschenbuch
1. Auflage Februar 2012

Umschlaggestaltung: ZERO Werbeagentur, München
Titelabbildung: ©FinePic®, München
Satz: Pinkuin Satz und Datentechnik, Berlin
Gesetzt aus der Sabon
Papier: Pamo Super von Arctic Paper Mochenwangen GmbH
Druck und Bindearbeiten: CPI – Ebner & Spiegel, Ulm
Printed in Germany
ISBN 978-3-548-28359-3

Für Chris, meinen Vater
Und Chris, meinen Bruder
Und Chris, meinen Seelenbruder
Und Sandra, meine Schwester – aber vielleicht sollte ich sie Chris nennen, um Zweideutigkeiten zu vermeiden

Prolog

Als die Einsatzleitung anrief, um Sheriff Webster Gayle über den Flugzeugabsturz zu unterrichten, war er auf der Kegelbahn und gerade dabei, seinen Löffel in einen riesigen Eisbecher zu versenken. Doch beim Zuhören spürte er nicht nur Mitleid für die Toten und Verletzten oder den Schrecken über den ganzen Mist, der ihm bevorstand, sondern auch Ärger darüber, dass er seinen Sieben-Dollar-Becher jetzt vergessen konnte.

»Notlandung?«, fragte er, weil er sichergehen wollte, dass er richtig verstanden hatte. Er legte seine Hand über das Telefon, um den Lärm der auf der Nachbarbahn umfallenden und sich wieder aufrichtenden Kegel zu unterdrücken.

»Nein.« Connies Antwort war eindeutig. »Eine Landung hat nicht stattgefunden. Der Vogel fiel einfach vom Himmel und knallte auf den Boden, und dann brach die Hölle los. Ich weiß nicht, wie groß der Flieger war oder woher er kam. Ich habe die Flugsicherung in Phoenix und Los Angeles angerufen. Ich sag dir Bescheid, wenn sie sich bei mir melden.«

»Und das ist eindeutig innerhalb der Grenzen unseres Countys passiert?«, klammerte sich Gayle an einen schwachen Strohhalm. »Ich dachte, die Flugroute liegt weiter westlich, draußen neben Arcona …«

»Das Ding kam gleich neben dem Highway runter, Web. Ich schwöre bei Gott, ich sehe hier aus meinem

Fenster sogar den Rauch. Der steigt nicht nur innerhalb der County-Grenzen auf, die Absturzstelle ist so nah, dass man sogar vom Gateway-Einkaufszentrum aus hinlaufen kann. Ich habe Doc Beattie schon informiert. Soll ich sonst noch was erledigen?«

Gayle überlegte. »Ja«, antwortete er nach einer Pause. »Sag Anstruther, er soll herkommen und das Gelände weiträumig absperren. So weiträumig, dass niemand gaffen oder Fotos schießen kann.«

»Was ist mit Moggs?« Sie meinte Eileen Moggs, die den gesamten Vollzeitmitarbeiterstab des *Peason Chronicler* bildete. Moggs war Journalistin der alten Schule. Als solche fuhr sie herum und sprach mit Leuten, bevor sie eine Akte anlegte, und machte eigene Fotos mit einer übergroßen digitalen Spiegelreflexkamera, die Gayle an einen Umschnalldildo erinnerte, den er einmal in einem Katalog für Sexspielzeuge gesehen hatte und jetzt vergeblich zu vergessen suchte.

»Moggs darf durchgehen«, erlaubte Gayle. »Ich schulde ihr einen Gefallen.«

»Ach ja?«, vergewisserte sich Connie so kühl, dass Gayle nicht wusste, ob ihre Bemerkung eine versteckte Anspielung enthielt. Deprimiert schob er den Eisbecher von sich fort. Es war eine dieser ausgefallenen Geschmacksrichtungen mit langem Namen und einer noch längeren Zutatenliste, die in erster Linie auf Schokolade, Marshmallow und Karamell in verschiedenen Kombinationen basierten. Gayle war süchtig, hatte aber schon vor langer Zeit Frieden mit seiner Schwäche geschlossen. Das Zeug übertraf Alkohol bei weitem. Wahrscheinlich auch Heroin und Crack, auch wenn er beides noch nicht probiert hatte.

»Ich bin schon auf dem Weg«, sagte er. »Sag Anstruther, vier- bis fünfhundert Meter.«

»Vier- bis fünfhundert Meter von was, Chef?«

Er winkte der Kellnerin, um zu bezahlen. »Die Absperrung der Unfallstelle, Connie. Ich möchte, dass man mindestens fünf Minuten braucht, um zu Fuß dorthin zu gelangen. Die Leute werden aus allen Richtungen herbeiströmen, um einen Blick auf das Wrack zu erhaschen, und je weniger sie sehen, desto eher werden sie wieder nach Hause gehen.«

»Okay. Fünf Minuten zu Fuß.« Gayle hörte, wie Connie den Auftrag niederschrieb. Sie hasste Zahlen, behauptete, blind dafür zu sein, wie andere Menschen farbenblind sind. »War's das?«

»Vorerst ja. Versuch's noch mal bei den Flughäfen. Ich rufe dich an, wenn ich an der Unfallstelle bin.«

Gayle nahm seinen Hut vom Stuhl neben sich und setzte ihn auf. Die Kellnerin, eine attraktive Frau mit dunklem Gesicht, auf deren Namensschild MADHUKSARA zu lesen war, brachte ihm die Rechnung für seinen Eisbecher und den Hotdog mit Pommes frites. Sie spielte die Entrüstete, weil er seinen Nachtisch nicht angerührt hatte. »Nun ja, ich würde mir den Becher ja einpacken lassen und mitnehmen, wenn das irgendwie möglich wäre«, versuchte er das Beste aus der Situation zu machen. Sie verstand den Witz und lachte lauter und länger, als er es wert war. Seine Gelenke knackten leise, als er sich erhob. Er wurde alt, und sein Rheuma meldete sich, selbst in diesem Klima. »Ma'am.« Er hob die Hand an seinen Hut und verließ das Lokal.

Die Zahnräder in Gayles Hirn drehten sich, als er den kochend heißen Parkplatz zu seinem verbeulten, blauen Chevrolet Biscayne überquerte. Er hatte zwar Anspruch auf ein neues Polizeifahrzeug, doch der Biscayne war ein lokales Wahrzeichen. Egal, wo Gayle ihn parkte, bedeutete er: Es ist Sprechstunde.

Wie wurde »Madhuksara« ausgesprochen? Woher kam sie, und was hatte sie veranlasst, in Peason in Arizona zu leben? Dies war Gayles Stadt, mit der er durch starke Wurzeln verbunden war, doch er konnte sich nicht vorstellen, warum jemand, der von weit her kam, hier leben wollte. Welchen Vorteil bot die Stadt? Das Einkaufszentrum? Das Kino mit den drei Leinwänden? Die Wüste?

Klar, das war das 21. Jahrhundert, rief er sich in Erinnerung. Madhuksara war vielleicht gar keine Einwanderin, sondern hier in der südwestlichen Ecke der USA geboren und aufgewachsen. Immerhin sprach sie völlig akzentfrei. Andererseits hatte er sie nie zuvor hier in der Stadt gesehen. Gayle war kein Rassist, was ihm als Ordnungshüter mitunter einen Exotenstatus eingebracht hatte. Doch er war mit all seinen Instinkten Polizist und legte neue Gesichter jeglicher Hautfarbe bei den unerledigten Dingen ab, weil unbekannte Größen sich immer in Probleme verwandeln konnten.

Der Highway 68 war bis zur Interstate frei, doch schon weit vor den Kreuzungen sah er den rabenschwarzen Rauch, der zum Himmel emporstieg. *Eine Rauchsäule bei Tag, eine Feuersäule bei Nacht*, dachte Gayle zusammenhanglos. Seine Mutter war Baptistin gewesen und hatte die Heilige Schrift zitiert wie jemand, der übers Wetter sprach. Gayle hatte seit dreißig Jahren keine Bibel mehr aufgeschlagen, doch ein paar Sachen hatten sich in sein Hirn eingebrannt.

Er bog auf die einspurige Asphaltstraße ab, die an Bassetts Farm grenzte und in einen namenlosen Feldweg überging, wo er vor vielen, vielen Jahren seinen ersten Kuss bekommen hatte, der ihm nicht von einer älteren weiblichen Verwandten aufgedrückt worden war.

Überrascht und erfreut bemerkte er das eindrückliche

gelbschwarze Absperrband quer über dem Weg. Es hing zwischen zwei hölzernen Zaunpfählen, etwa einhundert Meter, bevor man einen guten Blick auf das über eine große Fläche verteilte verbogene Metall haben würde, von dem der Rauch aufstieg. Spence, einer seiner schweigsamsten und nicht aus der Ruhe zu bringenden Deputys, passte auf, damit kein Fahrzeug die Straßensperre mit einem Schlenker durchs Maisfeld umfahren konnte.

Gayle kurbelte das Fenster nach unten, als Spence das Band löste, um ihn durchzulassen.

»Wo ist Anstruther?«, fragte er.

»Da oben«, antwortete Spence mit einer Kopfbewegung zur Seite.

»Wer noch?«

»Lewscynski. Scuff. Und Mizz Moggs.«

Gayle nickte und fuhr weiter.

Wie Heroin und Kokain gehörte auch ein Flugzeugabsturz nicht zu Gayles Erfahrungsschatz. In seiner Vorstellung war das Flugzeug wie ein Pfeil nach unten gerast und hatte sich in den Boden gebohrt, mit dem Heck nach oben. Die Wirklichkeit sah weniger hübsch aus. Eine breite, eineinhalb bis zwei Meter tiefe Furche zog sich etwa zweihundert Meter weit durch die Landschaft. Das Flugzeug war in der Mitte zerbrochen, als es den Boden durchpflügt hatte. Große, gebogene Teile des Rumpfes lagen rechts und links wie riesige Eierschalen herum. Aus dem, was am Ende vom Rumpf noch übriggeblieben war, stiegen Flammen empor, die, wie Gayle feststellte, weil sein Fenster noch immer nach unten gekurbelt war, die Luft mit einem fürchterlichen Brandgeruch erfüllten. Ob es Fleisch oder Plastik war, was so stank, konnte er nicht sagen. Er hatte es nicht eilig, das herauszufinden.

Er stellte seinen Biscayne neben Anstruthers schwarzweißem Polizeiwagen ab und stieg aus. Das Wrack befand sich hundert Meter entfernt, doch die Hitze des Feuers legte sich über Gayles Körper wie ein Riegel vor eine Tür, als er zu einer kleinen Gruppe von Menschen trat, die am Rand der frisch gepflügten Furche stand. Anstruther, sein leitender Deputy, schirmte die Augen ab, als er seinen Blick über die neu modellierte Landschaft schweifen ließ. Joel Scuff, ein nichtsnutziger Staatspolizist, der mit seinen 27 Jahren schon eine größere Schande für seine Zunft war als doppelt so alte Kollegen, stand neben ihm und blickte in dieselbe Richtung. Beide wirkten düster und ratlos wie auf der Beerdigung eines Menschen, den sie nicht sehr gut gekannt hatten, und als fürchteten sie nun, in ein Gespräch verwickelt zu werden.

Auf der aufgeworfenen Erde saß zu ihren Füßen Eileen Moggs. Ihre phallische Kamera lag nutzlos in ihrem Schoß, den Kopf hielt sie gesenkt. Gayle war sich nicht sicher, aber ihr Gesicht machte den Eindruck, als hätte sie vor kurzem erst geweint.

Gayle wollte etwas zu ihr sagen, doch als er den Erdwall hinaufging und schließlich sah, was die anderen sahen, blieb er wie angewurzelt stehen. Sein Hirn wurde von diesem schrecklichen Bild vollständig besetzt und unterbrach die Kommunikation mit seinen Beinen.

Bassetts North-40-Farmgelände war mit Leichen übersät. Männer, Frauen und Kinder lagen über die zerkaute Erde verstreut, während sich über ihnen in der nach oben steigenden, sengenden Hitze die Kleider aus den zerborstenen Koffern aufbauschten und wanden, als hätten sich die Geister der Toten kostümiert, um tanzend ihre neu gefundene Freiheit zu feiern.

Gayle versuchte zu fluchen, doch sein viel zu trockener Mund brachte keinen Laut über die Lippen. In der fürchterlichen Hitze verdampften die Tränen auf seinen Wangen, noch bevor jemand sie sehen konnte.

TEIL 1

Rotgut

1

Das Foto zeigte einen Toten, der am Fuß einer Treppe lag. Es war perfekt eingerahmt und gestochen scharf, doch niemand schien das Interessanteste daran bemerkt zu haben, was in Heather Kennedy allerdings nichts weckte, das Begeisterung ähnelte.

Sie schloss die Aktenmappe wieder und schob sie über den Schreibtisch. Viel mehr gab es ohnehin nicht zu sehen. »Ich will das nicht, Jimmy«, sagte sie.

Ihr gegenüber, auf der anderen Seite des Schreibtischs, zuckte DCI Summerhill, der Detective Chief Inspector, mit den Schultern. »Ich habe sonst niemanden, dem ich das geben kann, Heather.« Er klang vernünftig wie ein Mensch, der tat, was getan werden musste. »Die ganze Abteilung steckt bis zu beiden Ohren in Arbeit. Sie haben am meisten Spielraum.« Er fügte nicht hinzu, hätte es aber tun können: Sie wissen, warum Sie immer den Kürzeren ziehen, und Sie wissen, was passieren muss, damit das ein Ende hat.

»In Ordnung«, stimmte Kennedy zu. »Ich habe wenig zu tun. Also machen Sie mich zum Laufburschen für Ratner oder Denning. Aber drehen Sie mir nicht so einen bescheuerten Fall an, den ich bis zum Jüngsten Tag nicht mehr aus meinem Terminkalender streichen kann.«

Summerhill machte sich nicht die Mühe, Mitgefühl zu zeigen. »Wenn es kein Mord war, schließen Sie den Fall ab. Ich unterstütze Ihre Entscheidung, solange sie Hand und Fuß hat.«

»Wie soll ich das tun, wenn die Beweise drei Wochen alt sind?«, schoss Kennedy giftig zurück. Sie würde verlieren, das hatte Summerhill bereits entschieden. Doch sie hatte nicht vor, es dem alten Sack leichtzumachen. »Niemand hat den Tatort untersucht. Niemand hat die Leiche vor Ort untersucht. Alles, was ich habe, sind lediglich ein paar Fotos, die von einem Uniformierten der örtlichen Polizei aufgenommen wurden.«

»Nun ja, das und den Obduktionsbericht«, korrigierte Summerhill. »Die Fragen, die aufgrund des Laborberichts offenbleiben, reichen, um den Fall wieder aufzunehmen und Ihnen möglicherweise genügend Anhaltspunkte an die Hand zu geben.« Er schob die Akte entschlossen und unwiderruflich zu ihr zurück.

»Wieso wurde eigentlich eine Obduktion durchgeführt, wenn der Tod niemandem verdächtig vorkam?«, fragte Kennedy verwirrt. Und wieso soll das jetzt unser Problem sein?

Summerhill schloss die Augen und massierte sie mit Daumen und Zeigefinger, während er erschöpft das Gesicht verzog. Er wollte einfach nur, dass sie die Akte an sich nahm und für diesen Morgen aus seinem Leben verschwand. »Die Schwester des Toten drängt auf Wiederaufnahme. Jetzt hat sie, was sie wollte – eine richterliche Feststellung auf unbekannte Todesursache, mit der eine Welt spannender Möglichkeiten heraufbeschworen wird. Um ehrlich zu sein, im Moment haben wir kaum eine Alternative. Wir stehen dumm da, nachdem wir den Fall so rasch als Unfalltod abgeschlossen haben, und wir stehen dumm da, weil wir den ersten Antrag auf eine Obduktion blockiert haben. Jetzt müssen wir den Fall wieder aufnehmen und so tun, als kümmerten wir uns darum, bis eine von zwei Sachen passiert: Wir finden eine wirkliche Erklärung für den Tod dieses Typen, oder wir fahren gegen die Wand, können aber behaupten, wir hätten es ehrlich versucht.«

»Was ewig dauern könnte«, stellte Kennedy klar. Sie saß vor einem klassischen schwarzen Loch: Ein Fall, bei dem am Anfang nicht einmal halbe Arbeit geleistet worden war, hieß, dass man sich hinterher wegen jeder Kleinigkeit den Arsch aufreißen musste, angefangen bei der Gerichtsmedizin bis zu den Zeugenaussagen.

»Ja, locker. Aber sehen Sie die Sache doch von der guten Seite, Heather. Sie werden auch einen neuen Partner einarbeiten, einen engagierten, jungen Detective Constable, der neu bei uns ist und nichts über Sie weiß. Chris Harper. Direkter Transfer aus St. John's Wood über die Akademie. Behandeln Sie ihn bitte sanft, ja? Drüben in der Newcourt Street sind sie höflichere Umgangsformen gewohnt.«

Kennedy öffnete den Mund, um etwas zu sagen, schloss ihn aber wieder. Es hatte keinen Sinn. Eigentlich konnte man nur staunen, wie sauber und bequem die Sache wieder hingebogen wurde. Jemand hatte den Fall versaut, ihn viel zu schnell abgeschlossen und war dann von den Beweisen unter Druck gesetzt worden. Jetzt wurde der Mist dem entbehrlichsten Detective der Abteilung übertragen, das nötige Kanonenfutter dazu wurde aus einem der Stadtbezirke geliefert. Niemand trug Schaden oder Schuld. Und wenn doch, würde niemandem, der etwas zählte, die Schuld dafür in die Schuhe geschoben werden.

Leise fluchend ging sie zur Tür. Summerhill, der sich mit hinter dem Kopf verschränkten Händen zurücklehnte, blickte ihr hinterher. »Kommen Sie alle heil wieder zurück, Heather«, ermahnte er sie wenig überzeugend.

Wieder am Schreibtisch, fand Kennedy das letzte Geschenk der »Schaff sie uns bis Freitag vom Leib«-Brigade – eine tote Ratte in einer Edelstahlfalle, die quer über ihren Akten lag. Sieben oder acht Detectives hielten sich in wie zufällig zusammengewürfelten Grüppchen auf, schielten aber verstohlen zu ihr herüber, um zu sehen, wie sie reagieren würde. Der angespannten Atmosphäre nach zu urteilen, hatten sie wahrscheinlich Wetten darüber abgeschlossen, wie die Sache ausgehen würde.

Kennedy hatte harmlosere Provokationen überlebt, doch als sie auf die schlaffe Rattenleiche hinabblickte, um deren Hals sich eine Krause getrockneten Blutes zog, wo die gezackte Falle zugeschnappt war, musste sie sich eingestehen, was sie zu neunzig Prozent bereits wusste – dass sie die Schikanen nicht unterbinden konnte, wenn sie ihr Kreuz ohne Murren trug.

Was konnte sie also tun? Sie ging rasch einige Möglichkeiten durch, bis sie eine fand, die sich zumindest sofort umsetzen ließ. Sie schnappte sich die Falle und öffnete sie, was wegen der harten Feder einiger Anstrengung bedurfte. Die Ratte fiel mit hörbar dumpfem Schlag auf den Schreibtisch. Dann warf Kennedy die Falle zur Seite – sie fiel scheppernd auf den Boden – und nahm die Ratte. Sie hielt sie nicht vorsichtig am Schwanz, sondern umfasste sie mit ihrer ganzen Hand. Sie war kalt. Kälter als die Luft im Büro. Jemand musste sie in seinem Kühlschrank aufbewahrt haben, voller Vorfreude auf diesen Augenblick. Kennedy blickte sich um.

Josh Combes. Nicht, dass er der Rädelsführer war. Die Kampagne war nicht bewusst organisiert worden, doch unter den Officers, die das Bedürfnis hatten, Kennedy das Leben zu versauen, riss Combes den Mund am weitesten auf und war Dienstältester. Also würde Combes mindestens so gut wie jeder andere hier herhalten können. Kennedy ging zu seinem Schreibtisch und warf die tote Ratte in seinen Schoß. Combes rollte erschrocken mit seinem Stuhl zurück. Die Ratte fiel auf den Boden.

»Pfui Teufel!«, bellte er.

»Weißt du, Josh«, sagte Kennedy in die entrüstete Stille, »große Jungs bitten nicht ihre Mutti, solche Sachen für sie zu erledigen. Du hättest in Uniform bleiben sollen, bis dir die Eier abfallen. Harper, Sie kommen mit.«

Sie war sich nicht sicher, ob er da war, hatte keine Ahnung, wie er aussah. Doch als sie fortging, bemerkte sie aus dem Augenwinkel heraus, wie einer der Männer aufstand und sich aus der Gruppe löste.

»Miststück!«, zischte Combes hinter ihr.

Ihr Blut kochte, doch sie kicherte für alle hörbar.

2

Harper saß am Steuer und fuhr durch den leichten Sommerregen, der wie aus dem Nichts kam. Kennedy sah die Akte durch. Das nahm den größten Teil der ersten Minute in Anspruch.

»Haben Sie sich das hier ansehen können?«, fragte sie Harper, als sie in die Victoria Street einbogen und sich in den dichten Verkehr einfädelten.

Der Detective Constable blinzelte ein paar Mal, sagte aber erst einmal nichts. Chris Harper, 28, von Camden Operations, St. John's Wood und der vom SCD viel umworbenen Polizeiakademie. Kennedy hatte sich zwischen Summerhills Büro und der Löwengrube in der Behördendatenbank über ihn informiert. Es gab nichts Auffälliges, nur eine Belobigung für Tapferkeit bei einem Lagerbrand und einen Verweis wegen einer Auseinandersetzung mit einem höhergestellten Beamten wegen einer persönlichen Angelegenheit, die nicht genauer benannt wurde und ohne Schlichtungsverfahren beigelegt worden war.

Harper war blond und spindeldürr. Sein leicht asymmetrisches Gesicht ließ ihn aussehen, als würde er vor seinem Gegenüber zurückzucken oder ihn mit einem schmeichelnden Blinzeln bedenken. Kennedy überlegte, ob sie ihm schon einmal, ganz früher, begegnet war, aber wenn, hatte er keinen Eindruck hinterlassen, weder einen guten noch einen schlechten.

»Ich habe es noch nicht ganz gelesen«, gab Harper zu.

»Ich habe erst vor etwa einer Stunde erfahren, dass ich dem Fall zugewiesen werde. Ich wollte mir die Akte gerade ansehen, als … na ja, als Sie auftauchten und sich als Kabarettkünstlerin hervortaten, und dann sind wir gleich losgefahren.« Kennedy blickte ihn mit zusammengekniffenen Augen an, was er geflissentlich übersah. »Ich habe die Zusammenfassung gelesen«, fuhr er fort. »Und den vorläufigen Unfallbericht durchgeblättert. Mehr nicht.«

»Dann fehlt Ihnen nur noch der Obduktionsbericht«, stellte Kennedy fest. »Die Polizei hat am Tatort so weit alles erledigt. Ist Ihnen irgendwas aufgefallen?«

Harper schüttelte den Kopf. »Nicht viel«, gab er zu. Er drosselte das Tempo. Sie hatten das Ende eines Staus erreicht, der die Hälfte der Parliament Street einzunehmen schien. Straßenarbeiten, die den Verkehr auf eine Spur reduzierten. Die Sirene einzuschalten hatte keinen Sinn, weil keins der Fahrzeuge ausweichen konnte. Also krochen sie langsam vorwärts. Zu Fuß wären sie schneller gewesen.

»Der Tote war Lehrer«, berichtete Kennedy. »Eigentlich Universitätsprofessor, am Prince Regent's College. Stuart Barlow, Alter 57. Hat in der Fitzroy Street an der Fakultät für Geschichte gearbeitet, wo er auch starb. Indem er eine Treppe hinunterstürzte und sich das Genick brach.«

»Genau.« Harper nickte, als würde er sich an alles erinnern.

»Im Obduktionsbericht steht aber was anderes«, fuhr Kennedy fort. »Er lag am Fuß der Treppe, also sah es logischerweise so aus, als wäre er gestolpert und gestürzt. Genickbruch, Schädelfraktur links. Er hatte seinen Aktenkoffer dabei. Der lag rechts von ihm, der Inhalt war herausgefallen. Auch das unterstützte die offensichtliche Vermutung: Er hatte seine Sachen gepackt und war auf dem Weg nach Hause. Die Leiche wurde kurz nach neun Uhr abends gefunden, vielleicht eine Stunde, nachdem er üblicherweise Feierabend machte.«

»Das ergibt Sinn«, räumte Harper ein. Er schwieg einen Moment, während er mit dem Wagen ein winziges Stück vorwärtskroch und wieder stehenblieb. »Aber? Der Genickbruch war nicht die Todesursache?«

»Doch, schon«, antwortete Kennedy. »Es war vielmehr die falsche Art von Genickbruch. Schädigung der Kehlmuskulatur durch Torsionsspannung, nicht durch flächige Verletzung.«

»Torsionsspannung. So, als wäre der Hals gedreht worden?«

»Genau, als wäre er gedreht worden. Und dazu braucht es eine zielgerichtete Anstrengung. Wenn man eine Treppe hinunterstürzt, passiert so etwas nicht. Ja, gut, ein harter Schlag von der Seite könnte dazu führen, dass der Hals plötzlich gedreht wird, aber dann würde man davon ausgehen, dass das Trauma des weichen Gewebes linear verläuft und der geschädigte Muskel und die äußere Verletzung zusammen auf den Winkel hinweisen, in dem der Stoß erfolgte.«

Sie blätterte durch die wenigen, unbefriedigenden Seiten, bis sie auf diejenige kam, die sie nach dem Obduktionsbericht am meisten beunruhigte.

»Außerdem ist da die Sache mit der Verfolgung«, sagte Harper, als läse er ihre Gedanken. »Ich habe auch den anderen Bericht gesehen. Der Tote ist verfolgt worden.«

Kennedy nickte. »Sehr gut, Detective Constable. ›Verfolgung‹ ist vielleicht ein bisschen überbewertet, aber Sie haben recht. Barlow hatte berichtet, dass er sich beobachtet fühlte. Zunächst während einer Hochschulkonferenz, später vor seinem Haus. Wer auch immer den Fall abgeschlossen hat, wusste entweder nichts davon oder hielt es nicht für wichtig. Die beiden Berichte wurden nicht miteinander in Verbindung gebracht, weswegen ich für die erste Möglichkeit plädiere. Doch angesichts der Obduktionsergebnisse stehen wir alle in ziemlich schlechtem Licht da.«

»Gott bewahre«, murmelte Harper kühl.

»Amen«, intonierte Kennedy.

Stille trat ein, wie oft nach einem Gebet.

Harper durchbrach sie. »Und diese Sache mit der Ratte? Gehört so was zu Ihrem Alltag?«

»Derzeit jedenfalls. Warum? Sind Sie allergisch?«

Harper dachte darüber nach. »Noch nicht«, antwortete er schließlich.

Ungeachtet seines Namens, war das Nebengebäude der historischen Fakultät des Prince Regent's College in angriffslustiger Weise modern gestaltet – ein nüchterner Beton- und Glasbunker, der in eine Seitenstraße ein paar hundert Meter vom Hauptsitz des Colleges auf der Gower Street entfernt gepfercht war. Vor einer Woche hatte die vorlesungsfreie Zeit begonnen, weswegen gähnende Leere herrschte. An einer Wand der Eingangshalle befand sich eine deckenhohe Anschlagtafel, an der alte Konzertplakate von Bands hingen, die Kennedy nicht kannte.

Der gepeinigte Quästor, Ellis, nahm sie draußen in Empfang. Sein Gesicht glänzte vor Schweiß, als käme er gerade vom bürokratischen Pendant einer Aerobic-Veranstaltung. Er schien den Besuch als persönlichen Angriff auf den guten Ruf des Instituts zu betrachten. »Uns wurde gesagt, die Ermittlungen seien abgeschlossen«, beschwerte er sich.

»Ich bezweifle, dass Ihnen das von irgendjemandem gesagt wurde, der dazu ermächtigt war, Mr Ellis«, entgegnete Harper mit ausdruckslosem Gesicht. Die offizielle Version zu diesem Zeitpunkt lautete: Die Behauptung, der Fall wäre abgeschlossen, beruht auf einem Missverständnis.

Kennedy hasste faule Ausreden. Zudem empfand sie im Moment wenig Loyalität ihrem Arbeitgeber gegenüber. »Die Obduktion ergab ungewöhnliche Ergebnisse«, fügte sie hinzu, ohne Harper anzublicken. »Damit sehen wir den Fall in einem ganz anderen Licht und werden weitere Ermittlungen durchführen müssen. Wahrscheinlich ist es am besten, mit niemandem von der Fakultät darüber zu sprechen.«

»Darf ich zumindest davon ausgehen, dass die Sache vor Beginn des Sommerschulprogramms abgeschlossen ist?«, fragte Ellis in einem Ton, der sich irgendwo zwischen Kampflust und Furcht bewegte.

Auch Kennedy wünschte sich dies von ganzem Herzen, doch Dinge zu versprechen, die den Crashtest noch nicht überstanden hatten, würde später nur zu weiterer Verstimmung führen. »Nein«, sagte sie freiheraus. »Gehen Sie bitte nicht davon aus.«

Ellis' Unterkiefer fiel nach unten.

»Aber ... die Studenten«, merkte er an, obwohl keiner von ihnen zu sehen war. »Solche Dinge sind der Anwerbung oder unserem akademischen Gesamtprofil nicht förderlich.« Diese Bemerkung war so albern, dass Kennedy darauf nichts zu erwidern wusste. Sie entschied sich für Schweigen, hinterließ damit aber eine Leere, die zu füllen der Quästor sich leider verpflichtet fühlte. »Es gibt so etwas wie Kontamination durch Assoziation«, erklärte er. »Wie damals in Alabama nach der Schießerei in der biologischen Fakultät. Die Amokläuferin war eine verärgerte Dozentin, soweit ich weiß – ein verrückter Vorfall, wie er nur äußerst selten vorkommt, und es waren keine Studenten beteiligt. Doch die Fakultät berichtete von einem Rückgang der Bewerberzahlen im nächsten Jahr. Es ist, als glaubten die Menschen, Mord wäre ansteckend.«

Gut, dachte Kennedy, das war zwar nicht ganz so albern, aber weit widerlicher. Dieser Mann hier hatte einen Kollegen verloren, und das unter Umständen, die sich als verdächtig herausstellten, doch sein erster Gedanke war, wie dies die Bilanz des Instituts beeinflussen könnte. Ellis war ein Scheißkerl, weswegen er nur Anspruch auf die Grundausstattung in Sachen Höflichkeit hatte.

»Wir müssen die Stelle sehen, wo die Leiche gefunden wurde«, verlangte sie. »Und zwar gleich, bitte.«

Er führte sie durch leere, hallende Flure. In der Luft hing ein Geruch, der Kennedy an alte Zeitungen erinnerte. Als Kind hatte sie im Garten ihrer Eltern ein Spielhaus aus Kartons voller Zeitungen gebaut, die ihr Vater aus geheimnisvollen Gründen gesammelt hatte. Vielleicht hatte sein Verstand schon damals nachgelassen. Es war genau dieser Geruch – feuchtes, altes Papier, das seinem eigentlichen Zweck, der Information zu dienen, enthoben war.

Sie bogen um eine Ecke, hinter der Ellis plötzlich stehenblieb. Einen Moment lang dachte Kennedy, er wollte wieder Einwände vorbringen, bis er in seltsam verkrampfter Weise die Hände hob und auf die Umgebung deutete.

»Hier ist es passiert«, sagte er mit Betonung auf einem zugleich zurückhaltenden und lüsternen »es«. Kennedy blickte sich um, erkannte von den Fotos den kurzen, engen Flur und die steile Treppe.

»Danke, Mr Ellis«, sagte sie. »Wir kommen jetzt allein zurecht. Aber etwas später brauchen wir Sie noch einmal, damit Sie uns Mr Barlows Büro zeigen.«

»Ich werde am Empfang sein.« Als Ellis davonschlenderte, konnte man beinahe nach den Gewitterwolken über seinem Kopf greifen.

Kennedy wandte sich an Harper. »Okay«, begann sie, »bringen wir das hinter uns.« Sie reichte ihm die geöffnete Akte, in der oben die Fotos lagen. Harper nickte behutsam. Er ordnete die Fotos wie ein Pokerblatt an und blickte immer wieder von dort zur Treppe. Kennedy drängte ihn nicht. Er musste einen Blick dafür bekommen, und das würde so lange dauern, wie es eben dauerte. Ob er es wusste oder nicht, sie tat ihm einen Gefallen, indem er sich ein eigenes Bild machen durfte, statt dass sie ihn mit ihren eigenen Gedanken zuballerte. Schließlich war er noch grün hinter den Ohren, und theoretisch sollte sie ihn weiterbilden und nicht als Fußschemel benutzen.

»Er lag hier.« Harper zeichnete den Tatort mit seiner freien Hand nach. »Sein Kopf … dort, etwa auf der vierten Stufe.«

»Kopf auf dem Läufer der vierten Stufe«, warf Kennedy ein. Sie widersprach ihm nicht, sondern verwendete nur ihre eigenen Worte. Sie wollte es sehen, wollte das Bild in ihrem Kopf in den Raum vor sich übertragen, und sie wusste aus Erfahrung, dass es half, dieses Bild in Worte zu fassen. »Wo ist der Aktenkoffer? Unten an der Wand, oder? Hier?«

»Dort.« Harper deutete auf eine Stelle etwa einen halben Meter von der untersten Treppenstufe entfernt. »Er liegt geöffnet auf der Seite. Eine Menge Blätter liegen verstreut herum. Ziemlich weit, bis zur Wand auf der anderen Seite. Sie könnten beim Sturz aus dem Koffer oder Barlow aus der Hand gefallen sein.«

»Was noch?«

»Sein Mantel.« Harper deutete wieder auf eine Stelle.

Damit brachte er Kennedy kurz aus dem Konzept. »Auf den Fotos ist keiner zu sehen.«

»Nein«, stimmte Harper zu, »aber er steht auf der Beweisliste. Er wurde weggenommen, weil er die Leiche zum Teil bedeckte und deswegen keine Fotos von den Verletzungen gemacht werden konnten. Barlow hielt ihn vielleicht über dem Arm. Ein warmer Abend. Vielleicht zog er ihn auch gerade an, als er stolperte. Oder als er angegriffen wurde.«

Kennedy dachte darüber nach. »Passt der Mantel zum Rest seiner Kleidung?«, fragte sie.

»Was?« Harper hätte beinahe gelacht, doch er merkte, dass Kennedy ihre Frage ernst meinte.

»Hat er die gleiche Farbe wie Barlows Jackett und Hose?«

Harper blätterte lange Zeit durch die Akte, fand aber nichts, was den Mantel beschrieb oder zeigte. Endlich entdeckte er ihn auf einem der Fotos, eins, das gleich am Anfang der Untersuchung aufgenommen worden, aber irgendwie ans Ende des Stapels gerutscht war. »Ein schwarzer Regenmantel«, verkündete er. »Kein Wunder, dass er ihn nicht angezogen hatte. Wahrscheinlich schwitzte er schon in seinem Jackett.«

Kennedy stieg die Treppe ein Stück hinauf und nahm sie genau unter die Lupe. »Man fand Blut«, rief sie nach hinten. »Wo war das Blut, Harper?«

»Von unten gezählt auf der neunten und dreizehnten Stufe.«

»Stimmt. Die Flecken sind noch auf dem Holz zu sehen. Hier, schauen Sie mal.« Sie fuhr mit der Hand kreisförmig über eine der Stellen, dann über die andere, die als Dreieck nach unten verlief. »Er stürzt, rums, prallt mit dem Kopf auf ...« Sie drehte sich zu Harper, sagte aber mehr zu sich selbst als zu ihm: »Ein Raubüberfall war das nicht.«

Er wandte sich wieder der Akte zu, diesmal aber nicht mehr den Fotos, sondern der Zusammenfassung. »Kein Hinweis darauf, dass etwas gestohlen wurde«, stimmte er zu. »Brieftasche und Telefon steckten noch in seiner Tasche.«

»Er hat elf Jahre lang hier gearbeitet«, sinnierte Kennedy. »Warum sollte er also gestürzt sein?«

Harper blätterte schweigend in den Seiten. Als er aufblickte, deutete er an Kennedy vorbei zur obersten Stufe. »Barlows Büro liegt in der ersten Etage am anderen Ende des Flurs«, sagte er. »Dies war so ziemlich der einzige Weg, um das Gebäude zu verlassen, wenn er nicht an der Rezeption vorbeigehen wollte, um dort seine Post oder etwas anderes abzugeben. Und hier steht, die Glühbirne brannte nicht, so dass es im Treppenhaus dunkel gewesen sein muss.«

»Brannte nicht? Weil sie herausgedreht worden war?«

»Nein, durchgebrannt.«

Kennedy ging die restlichen Stufen hinauf zu einem sehr schmalen Treppenabsatz. Hinter einer einzelnen Tür in der Mitte der Wand lag ein anderer Flur – nach dem, was Harper gesagt hatte, führte dieser zu Barlows Büro. Beiderseits der Tür befanden sich zwei bis zur Decke reichende Fenster mit Milchglasscheiben. Die etwa siebzig Zentimeter darunter waren mit Holz verkleidet.

»Also erreicht er die Treppe im Dunkeln«, überlegte sie. »Bleibt stehen, um das Licht einzuschalten, das aber nicht funktioniert.« Der Schalter befand sich links von der Tür. »Und jemand, der hier oben rechts wartet, tritt von hinten auf ihn zu.«

»Das ergibt Sinn«, stimmte Harper zu.

»Nein«, widersprach Kennedy. »Tut es nicht. Hier würde man doch niemanden aus dem Hinterhalt angreifen, oder? Jemand, der hier herumsteht, ist von unten und von hier oben aus durch die Fenster sichtbar. Trotz des Milchglases würde man ihn bemerken.«

»Auch wenn das Licht nicht brennt?«

»Das Licht war vielleicht nur auf dem Treppenabsatz kaputt, aber nicht auf dem oberen Flur. Man würde niemanden übersehen, der hier, auf der anderen Seite der Scheibe, vor einem steht.«

»Okay.« Harper dachte nach. »Aber das hier ist ein College. Hier erregt es nicht unbedingt Verdacht, wenn jemand oben an einer Treppe steht.«

Kennedy hob ihre Augenbrauen und ließ sie wieder sinken. »Der Mörder führte aber etwas im Schilde, und es wäre seltsam gewesen, wenn er sich diesen Ort ausgesucht hätte. Zumal Barlow von einem Verfolger berichtet hatte, weswegen er sicher vorsichtiger war als sonst. Aber es gibt bestimmt noch eine bessere Antwort darauf. Also weiter.«

»Eine bessere Antwort?«

»Ich zeige es Ihnen gleich. Fahren Sie fort.«

»Okay«, sagte Harper. »Hier lauert also jemand Barlow auf, lässt ihn vorbeigehen und schnappt ihn sich von hinten. Dreht ihm das Genick um, bis es bricht, und stößt ihn die Treppe hinab.«

Selbst während Harper das sagte, lächelte er und schnaubte dann spöttisch über seine eigene Zusammenfassung. Kennedy blickte ihn fragend an, bis er zuerst die Treppe hinauf, dann hinunter zeigte. »Sie haben recht«, gestand er ein. »Das ergibt überhaupt keinen Sinn. Das wäre sozusagen zu viel des Guten. Der Kerl war siebenundfünfzig. Der Sturz allein hätte ihn wahrscheinlich schon getötet. Warum reichte es also nicht, ihn einfach nur hinunterzustoßen?«

»Interessanter Punkt«, stimmte Kennedy zu. »Vielleicht will unser Unbekannter kein Risiko eingehen. Außerdem sollten wir nicht vergessen, dass er im wörtlichen Sinn den Dreh raus hat, wie man jemandem das Genick bricht. Vielleicht hat er nicht oft Gelegenheit, seine Fertigkeiten zu zeigen, doch an diesem Abend kann er damit prahlen.«

Harper ließ sich auf das Spiel ein. »Oder sie kämpfen miteinander, und der Genickbruch erfolgt durch einen Schwitzkasten, der schiefgeht. Sowohl das als auch der Sturz könnten mehr oder weniger Unfälle sein. Selbst wenn wir den Täter finden, können wir ihm vielleicht keinen Vorsatz nachweisen.«

Kennedy war, während Harper gesprochen hatte, an ihm vorbei die Treppe wieder hinuntergegangen. Am Fuß der Treppe bog sich das Holzgeländer zu einem dickeren Ende nach oben. Kennedy suchte etwas, von dem sie wusste, dass es dort sein musste, und fand es schließlich an der Außenseite des Pfostens etwa einen halben Meter über dem Boden – an der dem Flur im Erdgeschoss zugewandten Seite und nicht an der Treppe.

»Okay«, sagte sie und zeigte auf die Stelle. »Jetzt schauen Sie sich das hier an.«

Er kam nach unten und ging neben ihr in die Hocke. »Eine Kerbe im Holz«, stellte er fest. »Glauben Sie, die entstand am Mordabend?«

»Nein«, antwortete Kennedy. »Davor. Wahrscheinlich lange davor. Zur Tatzeit jedenfalls war sie schon da. Sie ist auf einem der Fotos zu erkennen. Hier.«

Sie nahm ihm die Akte aus der Hand und blätterte sie bis zu dem Foto durch, das sie gesehen hatte, während sie Summerhill gegenübergesessen und den Giftbecher entgegengenommen hatte. Sie reichte Harper das Foto, der es zunächst nur flüchtig, dann aber genauer betrachtete.

»Mist«, sagte er schließlich.

»Ja, Mist, nicht?«

Das Foto zeigte einen kleinen Fetzen hellbraunen Stoffes, der an dem winzigen Kratzer im Holz hängengeblieben war. Der Fotograf hatte sich bemüht, die Stelle deutlich ins Bild zu bekommen, weil er wahrscheinlich davon ausgegangen war, dass es sich um einen Mordfall handeln könnte.

Auch der Stofffetzen war als Beweisstück mitgenommen und in eine beschriftete Tüte gepackt worden, die jetzt in einem beschrifteten Karton in einem Regal in der forensischen Abteilung lag. Doch niemand schien sich seitdem viele Gedanken darum gemacht zu haben. Schließlich kostete es für gewöhnlich nicht allzu viel Mühe, festzustellen, wer das Opfer an einem Tatort war.

Auf dem Foto war im Hintergrund Stuart Barlow in seinem hellbraunen Jackett mit dem für unverheiratete Akademiker typischen Lederbesatz an den Ellbogen zu sehen. Untypisch waren nur sein schrecklich verdrehter Hals und sein blau angelaufenes Gesicht.

»Ich habe mir die Fotos zwar angesehen, aber das hier nicht bemerkt«, gab Harper zu. »Ich war mehr auf die Leiche konzentriert.«

»Ebenso wie der ermittelnde Beamte. Ihnen ist doch klar, was das bedeutet?«

Harper nickte, doch sein Gesicht verriet, dass er sich immer noch mit den Zusammenhängen beschäftigte. »Der Fetzen stammt von Barlows Jacke«, überlegte er. »Oder vielleicht von seiner Hose. Aber … er befindet sich an der falschen Stelle.«

»Ob Jacke oder Hose, Barlow hätte diese Stelle nicht berühren können«, stimmte Kennedy zu und tippte auf das Foto. »Sie befindet sich gut zwei bis zweieinhalb Meter von der Stelle entfernt, an der er liegenblieb, und das auch noch an der falschen Seite des Pfostens, nämlich außen. Zudem zeigt die scharfe Kante des Kratzers nach unten. Man muss sich also mehr oder weniger nach oben bewegen, damit Stoff daran hängenbleibt, und das auch nur, wenn man davon ausgeht, dass man genau hier steht, wo wir gerade stehen. Für meine Begriffe kann das also nicht passiert sein, während Barlow die Treppe nach unten stürzte.«

»Vielleicht zuckt Barlow noch herum, als er unten liegenbleibt«, überlegte Harper. »Er ist noch nicht tot. Versucht aufzustehen und Hilfe zu holen, oder ...« Er hielt abrupt inne und schüttelte den Kopf. »Nein, das ist Quatsch. Der arme Kerl hat ein gebrochenes Genick.«

»Richtig. Wenn der Stoff von seinem Mantel stammen würde, könnten wir vielleicht davon ausgehen. Etwas, das man locker in der Hand trägt, flattert umher. Doch der Mantel ist schwarz. Das hier stammt von den Sachen, die Barlow am Leib trug, konnte aber nicht hier hängenbleiben, wenn er von oben herabstürzte – es sei denn, er drehte aufwändige Pirouetten. Nein, ich glaube, Barlow traf seinen Angreifer genau hier, am Fuß der Treppe. Der Typ hat sich hier versteckt, wahrscheinlich in dieser Nische unter der Treppe, und als er die Schritte hörte, kam er heraus und schnappte sich Barlow von hinten.«

»Und hat dann die Leiche so zurechtgelegt, dass die Sache nach einem Sturz aussieht«, beendete Harper den Gedanken. »Das hieße, Barlow wurde nach oben gerissen, wobei sein Anzug am gesplitterten Holz hängenblieb.«

Kennedy schüttelte den Kopf. »Erinnern Sie sich an das Blut auf der obersten Stufe? Barlow stürzte tatsächlich. Ich glaube nur, dass er erst später nach unten fiel. Der Angreifer tötet Barlow hier unten, weil es sicherer ist. Hier gibt es keine Fenster, Barlow bemerkt ihn nicht, erkennt ihn vor allem nicht wieder, falls sie sich bereits begegnet sind. Doch der Mörder ist gründlich, will sichergehen, dass die Sachbeweise stimmen. Sobald Barlow also tot ist, zerrt er die Leiche die Treppe hinauf und wirft sie wieder hinunter, um die Sache wie einen Unfall aussehen zu lassen. Dabei bleibt Barlows Jacke an der Kerbe im Holz hängen.«

»Das ist viel zu kompliziert«, protestierte Harper. »Man braucht den Kerl doch nur mit einer Rohrzange oder so was zu erschlagen. Jeder würde davon ausgehen, dass es sich um einen missglückten Raubüberfall handelt. Niemand würde etwas bemerken, wenn hier jemand mit der Tatwaffe unter der Jacke hinausmarschiert. Die Leiche die Treppe hinaufzuzerren, auch wenn es schon spätabends ist und sich niemand sonst hier aufhält, ist ein Risiko, das nur ein dummer Mensch auf sich nähme.«

»Könnte sein, er hat dieses Risiko dem Risiko einer Ermittlung vorgezogen«, hielt Kennedy dagegen. »Und da ist noch die Sache mit der Glühbirne.«

»Die Glühbirne?«

»Oben an der Treppe. Wenn ich recht habe, wurde Barlow dort oben weder angegriffen noch getötet. Doch das Licht ist kaputt, um die Theorie mit dem Sturz noch zu untermauern. Könnte nur ein seltsamer Zufall sein, doch das glaube ich nicht. Ich glaube, der Mörder achtet auch auf dieses winzige Detail. Schraubt die Birne heraus, schüttelt sie, bis die Drähte zerreißen, und dreht sie wieder hinein.«

»Hinterher.«

»Ja. Hinterher. Ich weiß, das klingt verrückt. Aber wenn es so passiert ist, dann könnte ...«

Sie ging wieder die Treppe hinauf, diesmal auf allen vieren und mit gesenktem Kopf, um die Kanten des Treppenläufers zu untersuchen. Doch es war Harper, der fand, wonach sie suchte, und zwar auf der siebten Stufe, über die sie bereits gekrabbelt war.

»Hier«, rief er ihr hinterher.

Kennedy drehte sich um und betrachtete die Stelle aus der Nähe. An einem Nagel, der nicht ganz gerade ins

Holz gehauen worden war und ein Stück herausragte, hing ebenfalls ein Fetzen hellbrauner Stoff. Er war noch dort, weil sich der Nagel so nah an der Wand befand, dass ihn niemand beim Hoch- oder Hinuntergehen mit seinen Schuhen herauslösen konnte. Kennedy nickte zufrieden. »Bingo«, sagte sie. Ein bestätigender Beweis. Barlow war die Treppe hinaufgezogen und anschließend wieder nach unten geworfen worden, und das vermutlich, als er bereits tot war.

»Also«, begann Harper zusammenzufassen, »wir haben einen Mörder, der aus dem Hinterhalt angreift und einem Mann mit einem einzigen Griff das Genick bricht, ihn dann eine öffentliche Treppe hinaufzieht und den Tatort unter relativ hohem Zeitaufwand so manipuliert, dass die Sache wie ein Unfall aussieht und keine Ermittlungen eingeleitet werden. Dazu muss jemand ganz schön dreist sein.«

»Spätabends«, erinnerte Kennedy ihn, doch sie widersprach ihm nicht. Der Mörder musste ein kaltblütiger und beherrschter Mensch sein, um einen solchen Mord durchzuführen. Das war kein Mord aus Leidenschaft oder die Folge eines außer Kontrolle geratenen Kampfes.

Sie richtete sich auf. »Werfen wir mal einen Blick in Barlows Büro«, schlug sie vor.

3

In Leo Tillmans Träumen waren seine Frau und Kinder gleichzeitig tot und lebendig. Folglich konnte es sein, dass die Träume abschweiften, sich auf winzige Details konzentrierten, die in seinem schutzlosen Unterbewusstsein zu falschen Assoziationen führten und sich rasant in einen Alptraum verwandelten. Es gab nur wenige Nächte, in denen er bis zum Morgen durchschlief, nur sehr wenige Morgengrauen, in denen er nicht bereits wach auf der Bettkante saß und seine Unica auseinanderbaute und reinigte oder die Onlinedatenbanken durchforstete in der Hoffnung, fündig zu werden.

An diesem Morgen allerdings saß er nicht auf seinem Bett, sondern auf einem komplizierten Trainingsgerät im Schlafzimmer eines Fremden und beobachtete die über Magas aufgehende Sonne. Und in der Hand hielt er nicht seine Waffe, sondern ein DIN-A4-Blatt mit ein paar hundert leicht verschwommen kopierten Wörtern. Die Unica steckte gesichert in seinem Gürtel.

Ihm gegenüber befand sich ein riesiges Panoramafenster, durch das er auf den Präsidentenpalast jenseits einer schmalen Straße blickte, die entlang eines schmiedeeisernen Zauns verlief. Der Palast sah genau so aus, wie das Weiße Haus aussehen würde, wenn man mitten hinein eine Moschee fallen lassen würde. Dahinter befand sich die Hauptstraße, die auf die Kaukasus-Autobahn mündete. Magas als Stadt zu bezeichnen war in Tillmans Augen ein Witz, genauso wie es ein Witz war, Inguschetien ein Land zu nennen. Keine Armee. Keine Infrastruktur. Nicht einmal Menschen. Nach der letzten Volkszählung war die Bevölkerung kleiner als, nun ja, die von Birmingham.

Menschen aber waren für Tillman wichtig. Er konnte sich in der Menge verstecken, genauso wie diejenigen, die er suchte. Das machte Magas zugleich attraktiv und gefährlich. Wenn sich seine Zielperson hier aufhielt, was zugegebenermaßen eine vage Vermutung war, gab es nicht viele Orte, an denen sie untertauchen konnte. Das Gleiche würde für Leo gelten, wenn etwas schiefging.

Auf dem Bett hinter ihm bewegte sich etwas. Schwache, ziellose Bewegungen von jemandem, der gerade aufwachte.

Es wurde langsam Zeit, sich an die Arbeit zu machen.

Trotzdem beobachtete er noch eine Weile den Sonnenaufgang, wie in einem Tagtraum. Rebecca stand in der Sonne wie ein Engel aus dem Buch der Offenbarung und hielt Jud, Seth und Grace in ihren Armen. Alle so, wie er sie am letzten Tag gesehen hatte – nicht gealtert, nicht von der Zeit verändert. Sie waren so echt, dass sie Magas wie einen Scherenschnitt, wie ein schlechtes Filmset aussehen ließen.

In Momenten wie diesem spürte Tillman, dass er lebte, dass er in Bewegung war. Doch gleichzeitig fürchtete er sie, weil sie ihn zermürbten und schwächten. Liebe gehörte nicht zu seiner Gegenwart, war jedoch in seiner Vergangenheit echt und leibhaftig gewesen. Deswegen waren diese Erinnerungen wie eine Art Voodoo für ihn. Sie ließen in ihm totes Gelände weit aufklaffen, ließen fast abgestorbene Teile seines Wesens aufsteigen. Eigentlich war Tillman ganz einfach gestrickt, doch die Erinnerung machte aus ihm etwas Komplexes, Widersprüchliches.

Vom Bett hörte er ein Seufzen und ein verschwommenes Murmeln. Dann eine Bewegung. Widerwillig schloss Tillman die Augen. Als er sie einige Sekunden später wieder öffnete, war die Sonne einfach nur die Sonne und nicht mehr in der Lage, seine Welt zu wärmen. Sie war nur wie die Taschenlampe eines Wachpostens, mit der er vom Himmel herableuchtete.

Er erhob sich und ging zum Bett. Kartojev war vollkommen wach und wurde sich seiner Situation bewusst. Er zog an den Fesseln, doch jeweils nur einmal, um die Spannung zu überprüfen. Er würde seine Energie nicht sinnlos vergeuden. Er blickte zu Tillman hinauf und bleckte die Zähne, als sich die Muskeln in seinen Armen zusammenzogen.

»*Kto tyi, govn'uk?*«, fragte er mit schnarrender Stimme.

»English«, erwiderte Tillman knapp. »Und bleib still liegen. Das ist eine freundliche Warnung.«

Einen Moment lang herrschte Schweigen. Kartojev blickte zur Tür, lauschte und überlegte. Keine Geräusche, keine sich nähernden Schritte zu hören. Hatte der Eindringling seine Leibwächter getötet, oder hatte er sich unbemerkt hereingeschlichen? Das war ein Unterschied. Wie auch immer, am besten spielte er auf Zeit, auch wenn diese fallbedingt unterschiedlich lang sein konnte.

»*Ya ne govorju pa-Angliski, ti druchitel*«, murmelte er. »*Izvini.*«

»Nun, das ist eindeutig nicht der Fall«, antwortete Tillman sanft. »Ich habe gestern Abend gehört, wie du mit deiner Freundin gesprochen hast.«

Erst jetzt wagte Kartojev einen Blick nach links. Er war allein in dem riesigen Bett. Von der Rothaarigen, mit der er am Abend zuvor hier gelegen hatte, keine Spur.

»Sie ist unten«, beruhigte ihn Tillman, der den Ausdruck des Russen richtig interpretierte. »Zusammen mit deinem Schläger. Hat keinen Sinn, sie die unerfreulichen Dinge mit ansehen zu lassen, die wir beide gleich durchmachen werden. Nein, sie hat dich nicht verraten. Es war der Alkohol, nicht das Mädchen.« Er zog eine kleine, jetzt leere Flasche aus seiner Tasche. Auf den Russen mochte es wie Häme wirken, doch Tillman zeigte ihm nur, wie tief er in der Scheiße steckte. »Eins Komma vier«, sagte er. »Butanediol. Wenn es in den Magen gelangt, wandelt es sich in GHB, die Vergewaltigungsdroge. Aber wenn man es zusammen mit Alkohol trinkt, braucht es einen Moment, bis es wirkt. Sie wetteifern beide um dasselbe Verdauungsenzym. Deswegen hast du so tief geschlafen. Und deswegen sind deine Leute im Badezimmer wie Holzklötze aneinandergebunden.«

»Der Junge von der Bar«, sagte Kartojev, der schließlich doch ins Englische wechselte, heiser. »Jamaat. Er ist tot. Ich weiß, wie er heißt, kenne seine Familie, weiß, wo er wohnt. Er ist tot. Das verspreche ich dir.«

Tillman schüttelte den Kopf. Er machte sich nicht die Mühe, den jungen Tschetschenen als Komplizen zu leugnen. Der Alkohol war der einzige gemeinsame Faktor, und Kartojev war nicht dumm. »Dafür ist es zu spät«, sagte er. »Der Junge ist längst über alle Berge. Ich habe ihm ein paar Millionen Rubel aus deinem Tresor gegeben. Nicht viel, aber genug, damit er sich ein neues Leben in Polen oder Tschechien aufbauen kann. Irgendwo, wo du ihn nicht findest.«

»Ich finde jeden, den ich finden will«, erwiderte Kartojev. »Ich kenne alle Flüge, die von Magas abgehen, und ich habe Freunde im Innenministerium. Ich werde ihn aufspüren und auseinandernehmen. Ich nehme euch beide auseinander.«

»Kann sein. Aber vielleicht überschätzt du deine

Freunde. Gleich nach der Beerdigung werden sie sich wohl eher bemühen, dein kleines Imperium zu zerrupfen, statt sich um den zu kümmern, der dich umgelegt hat.«

Kartojev blickte Tillman lange und unnachgiebig an. Schätzte ihn ab. Und fand mit Sicherheit etwas, das er für Schwäche hielt. »Du wirst mich nicht töten, *zhopa*. Wie ein Gangster hast du dir diese große Pistole in deinen Gürtel gesteckt, aber du hast nicht den Mumm. Du siehst aus, als würdest du gleich anfangen zu weinen wie ein kleines Mädchen.«

Tillman machte sich nicht die Mühe, darauf zu antworten. Vielleicht waren seine Augen feucht geworden, als er in die Sonne geblickt hatte, und das hatte der Russe als weiß der Himmel was gedeutet. »Du hast recht«, sagte Tillman. »Jedenfalls was die Waffe betrifft. Sie bleibt im Moment, wo sie ist. Das meiste von dem, was ich mit dir tun wollte, habe ich bereits erledigt. Aber vielleicht binde ich dich los, wenn du mir das gibst, wofür ich hergekommen bin.«

»Was?«, zischte Kartojev. »Bist du scharf auf mich, Amerikaner? Willst du meinen Schwanz lutschen?«

»Ich bin Brite, Janusch. Und ich verzichte, danke.«

Kartojev spannte sich an, als er mit seinem Vornamen angesprochen wurde, und zerrte erneut an den Fesseln. »Du wirst bluten, Arschloch. Am besten tötest du mich. Am besten sorgst du dafür, dass ich tot bin, denn wenn ich meine Hände um deinen ...«

Plötzlich schwieg er. Trotz seiner Phrasendrescherei hatte er laut und deutlich das Klicken unterhalb seines Rückens gehört.

»Ich habe dir gesagt, du sollst ruhig liegenbleiben«, erinnerte Tillman ihn. »Hast du etwa diese kleine Beule unter deinem Kreuz nicht gespürt? Jetzt scheinst du sie zu bemerken. Und vielleicht weißt du auch, was es ist, weil es in deinem Katalog aufgeführt ist. Im Abschnitt für Schnäppchenjäger.«

Kartojev riss die Augen auf und erstarrte.

»Na dann«, sagte Tillman aufmunternd. »Das Schnäppchen gehört dir.«

Kartojev fluchte lange und laut, allerdings ohne sich zu bewegen.

Tillman hob das Blatt Papier hoch, das er in der Hand hielt, und las vor: *»Bei der SB-33-Landmine handelt es sich um eine ausgeklügelte Waffe, die einfache Verwendung, flexiblen Einsatz und schwere Auffindbarkeit und Entschärfung miteinander vereint. Sie wird per Hand oder durch das eigens dafür konstruierte SY-AT-System (siehe S. 92) aus der Luft in Stellung gebracht. Dank ihrer unregelmäßigen Umrisse lässt sie sich in den meisten Geländearten nur schwer lokalisieren, während der hohe Anteil an Plastik (nur sieben Gramm eisenhaltiges Metall) eine Ortung durch die meisten konventionellen Minensuchgeräte verhindert.«*

»Yob tvoju mat!«, schrie Kartojev. »Du bist verrückt! Auch du wirst sterben! Wir werden beide sterben!«

Tillman schüttelte gelassen den Kopf. »Weißt du, Janusch, das glaube ich nicht. Hier steht, die Sprengkraft verläuft vor allem in eine Richtung, nämlich senkrecht nach oben, wo sie die Eier und vielleicht die Eingeweide des armen Schweins aufreißt, der auf die Mine tritt. Hier, wo ich mich befinde, bin ich wahrscheinlich sicher. Aber du hast mich aufgehalten, bevor ich zu der besten Stelle kam. Die SB-33 verfügt über eine doppelte Druckplatte. Wenn ein Gewicht darauf lastet, wie es durch deine Bewegung gerade der Fall war, detoniert sie nicht, sondern die Sperre rastet ein. Deswegen kann man sie nicht mit Minenräumgeräten aus der Ferne zünden. Mit der nächsten Bewegung wirst du die Sperre wieder lösen, und du wirst ein Leben kennenlernen, das wie ein Fußballspiel verläuft – in zwei Hälften.«

Kartojev fluchte wieder, ebenso heftig wie zuvor, doch diesmal war er leichenblass im Gesicht. Er kannte diesen Artikel in seinem Warenbestand sehr gut, und das nicht nur vom Hörensagen. Während seiner Zeit bei der Armee hatte er wohl ausreichend Gelegenheit gehabt, zu sehen, wie die SB-33 einen menschlichen Körper verstümmeln konnte. Wahrscheinlich wägte er in Gedanken die vielen Möglichkeiten ab, wie ihn die Sprengladung zerfetzen würde, wenn sie ihn nicht tötete. Da er mit dem Rücken direkt auf der Oberseite der Mine lag, würde er mit ziemlicher Sicherheit dabei draufgehen. Doch auch ein paar andere widerliche Szenarios waren denkbar.

»Also«, fuhr Tillman fort. »Ich suche nach Informationen zu einem deiner Kunden. Kein großer, aber ein regelmäßiger. Und ich weiß, dass er dich erst kürzlich besucht hat. Doch ich weiß nicht, an welchen deiner vielen Produkte und Dienstleistungen er interessiert war. Oder wie ich ihn erreichen könnte. Was ich sehr gerne täte.«

Kartojevs Augen zuckten nach oben, nach unten, zur Seite und kehrten auf der längstmöglichen Route wieder zu Tillman zurück. »Welcher Kunde?«, fragte er. »Sag mir seinen Namen.« Der Russe war zwar sehr gerissen und hatte sich im Griff, so dass sein Gesicht nichts verriet, doch Tillman merkte an dem ruhelosen Blick, wie das Hirn dahinter arbeitete. Man wurde nicht so erfolgreich, wie es dieser Mann in so vielen unterschiedlichen Bereichen war – illegaler Waffenhandel, Drogen, Schleusergeschäfte, Kauf und Verkauf von politischem Einfluss –, wenn man seine Kunden verpfiff. Jedes seiner Worte würde glaubhaft klingen und doch gelogen sein. Irrelevante Details und Kleinigkeiten würde er zumeist wahrheitsgetreu berichten, während die wesentlichen

Informationen wie Ort, Zeit und Transaktion in großem Stil erstunken und erlogen sein würden. Kartojev baute in seinem Kopf eine umgekehrte Pyramide aus Lügen auf.

Tillman winkte mit einer heftigen Bewegung ab. »Ich hab den Namen vergessen«, antwortete er. »Mach dir deswegen erst mal keine Sorgen. Ich brauche einen Kaffee und vielleicht ein kleines Frühstück. Wir reden später.«

Kartojev riss die Augen weit auf. »Warte«, begann er, doch Tillman war bereits auf dem Weg zur Tür. Vom Flur aus vernahm er ein noch lauteres, drängenderes »Warte!«. Doch er ging weiter, stapfte mit schweren Schritten die Wendeltreppe hinab, damit Kartojev ihn hörte.

Zunächst warf er einen Blick auf seine anderen Gefangenen. Kartojevs Freundin und einige Leibwächter lagen nicht im Badezimmer. Es hätte zu lange gedauert, sie von überallher herzuzerren, nachdem sie in ihren Drogenschlaf gefallen waren. Tillman hatte sie nur gefesselt und geknebelt und hinter ein Möbelstück gezogen, damit sie von den gegenüberliegenden Gebäuden aus nicht gesehen werden konnten. Die meisten Gefangenen waren mittlerweile wach, wenn auch benommen, weswegen er wie ein drogensüchtiger Weihnachtsmann umherging, um ihnen eine Spritze mit Etomidat zu verpassen. Die Nadel versenkte er jeweils in die Vene an der Armbeuge, weil diese dank der Fesseln wie Seile angeschwollen waren. Bald würden sie alle wieder schlafen, noch tiefer als zuvor.

Beim Töten ging Tillman präzise und professionell vor, was seine Wahl der Medikamente widerspiegelte. Einem gesunden Erwachsenen musste man eine dreißigmal höhere Dosis Etomidat verabreichen, damit es nicht nur irgendwie, sondern tödlich wirkte. Diese Leute würden sich hundeelend fühlen, wenn sie aufwachten, und schwächer als Welpen, aber sie würden aufwachen.

Nachdem das erledigt war, setzte sich Tillman einen

Moment ans Fenster, um die Straße zu beobachten. Das Haus lag zurückgesetzt auf dem Grundstück, war nur durch ein hohes Tor zugänglich und umgeben von einer Mauer mit Stacheldraht. Ungebetene Gäste ließen sich davon abhalten, doch es bestand die Gefahr, dass er von geladenen Gästen oder Kollegen und Bekannten überrascht werden würde, die sich erkundigen wollten, warum Kartojev nicht zu ihrer Verabredung gekommen war. In diesem Fall würden sich das Haus, die Stadt und die gesamte Republik Inguschetien rasch als ausbruchssichere Falle erweisen. Tillman musste sich beeilen.

Doch er hatte noch bessere Gründe zu warten, weswegen er genau das tat. Und weil er viel zu angespannt war, um etwas zu essen oder zu trinken, um zu lesen oder sich auszuruhen, wartete er einfach und betrachtete das Gras und die Tannen.

Tillman war neun Jahre lang Söldner gewesen. Er hatte nie Verhöre durchgeführt, fand auch keinen Geschmack daran. Seiner Erfahrung nach waren die Männer, die sich darauf spezialisiert hatten, völlig durchgeknallt, doch er hatte gesehen, wie es funktionierte, er kannte das große Geheimnis, das darin bestand, die Gefangenen die meiste Arbeit erledigen zu lassen. Kartojev war zäh und zu Berühmtheit gelangt, weil er auf seinem Weg nach oben die Eier und Kehlen von unbedeutenderen Sterblichen als Haltegriffe benutzt hatte. Doch jetzt lag er auf einer Landmine, und seine Phantasie arbeitete in wildem, vernichtendem Tempo. Wenn ein starker Mensch hilflos ist, wird seine Stärke zur Schwäche.

Tillman ließ sich zweieinhalb Stunden Zeit, bevor er wieder ins Schlafzimmer ging. Kartojev hatte keinen Muskel gerührt, soweit Tillman sehen konnte. Aber sein Gesicht war kreideweiß, die Augen hatte er weit aufgerissen, die Lippen leicht geöffnet, so dass die zusammengebissenen Zähne zu sehen waren. »Wie heißt er?«, fragte er leise, aber deutlich. »Über wen willst du etwas wissen?«

Tillman klopfte auf seine Taschen. »Tut mir leid«, sagte er. »Habe ich irgendwo aufgeschrieben. Ich sehe mal in meiner Jacke nach.«

Als er sich zur Tür wandte, gab Kartojev einen fürchterlichen, rauen Ton von sich, als versuchte er mit einer Distel im Mund zu sprechen. »Nein!«, krächzte er. »Sag ihn mir!«

Tillman machte viel Aufhebens darum, bis er zu einer Entscheidung kam. Er ging zu Kartojev zurück und setzte sich übertrieben vorsichtig auf die Bettkante. »Wenn du mich anlügst, bist du verloren«, sagte er. »Hast du mich verstanden? Auf meiner Liste stehen noch andere, zu denen dieses Schwein geht, also bist du entbehrlich – für mich und für ihn. Wenn du mich verarschst oder auch nur zögerst, mir alles zu erzählen, bin ich weg. In diesem Fall wird es ein sehr langer Tag für dich.«

Kartojev drückte sein Kinn auf die Brust und hob es wieder – ein zustimmendes Nicken in Zeitlupe.

»Michael Brand«, sagte Tillman.

»Brand?«, fragte Kartojev gequält und verständnislos. Er hatte mit Sicherheit einen anderen Namen erwartet. »Brand … ist ein Nichts.«

»Ich habe nicht gesagt, dass er wichtig ist. Ich habe nur gesagt, ich will Infos über ihn. Also, was kannst du mir erzählen, Janusch? Was wollte er von dir? Waffen? Drogen? Frauen?«

Der Russe sog zitternd die Luft ein. »Frauen, nein. Nie. Waffen, ja. Drogen … ja. Oder zumindest Dinge, die zur Herstellung von Drogen verwendet werden können.«

»Von welchen Mengen sprechen wir hier?« Tillman bemühte sich, gelassen zu klingen, sich den Druck nicht anmerken zu lassen, weil er der Starke sein musste. Eine Schwachstelle könnte den Russen dazu bringen, sich zu verschließen.

»Was die Waffen betrifft, nicht sehr viele«, murmelte Kartojev. »Nicht genug für eine Armee, aber genug für einen Terroristen, um einen mittelgroßen Dschihad zu finanzieren. Schusswaffen: eher Hunderte als Tausende. Munition. Ein oder zwei Granaten. Aber keinen Sprengstoff. Bomben schienen ihm nicht wichtig zu sein.«

»Und die Drogen?«

»Reines Ephedrin. Wasserfreies Ammoniak. Lithium.«

Tillman runzelte die Stirn. »Dann braut er Meth?«

»Ich verkaufe Meth.« Kartojev klang beleidigt. »Ich habe ihm einmal gesagt, wenn es das ist, was Sie wollen, Mr Brand, warum nehmen Sie dann dieses sperrige, unbequeme Rohmaterial? Für einen kleinen Aufpreis gebe ich Ihnen Crystal Meth oder Koks in jeder gewünschten Menge.«

»Und was hat er gesagt?«

»Er hat verlangt, dass ich seinen Auftrag erledige. Er hat gesagt, er bräuchte nichts von dem, was ich zu bieten habe.«

»Aber die Mengen?«, hakte Tillman nach. »Genug, um sie in großem Stil zu verkaufen?«

Kartojev zuckte eher mit dem Kopf, als dass er ihn schüttelte. Er lag bereits mehrere Stunden lang starr in dieser Position, und seine verkrampften Muskeln taten weh. »Eigentlich nicht«, brummte er. »Das letzte Mal allerdings viel, viel mehr als sonst. Tausendmal mehr.«

»Und Brand bezahlt und holt die Ware immer selbst ab?«

Wieder dieser Blick. Warum wollte er das wissen? »Ja, immer ... Der Mann verwendet diesen Namen. Brand.«

»Wen vertritt er?«

»Ich habe keine Ahnung. Es gab keinen Grund zu fragen.«

Tillmans Gesichtsausdruck verfinsterte sich. Als er sich plötzlich erhob, wurde das Bett leicht erschüttert, so dass Kartojev einen unterdrückten, gequälten Schrei ausstieß. »Quatsch«, sagte Tillman und beugte sich über seinen Gefangenen. »Ein Mann wie du fliegt nicht blind. Nicht einmal bei kleinen Geschäften. Du hast alles über Brand herausgefunden, was es herauszufinden gab. Du hirntoter Wichser, ich habe dich gewarnt. Ich fürchte, meine Geduld ist am Ende.«

»Nein!«, hielt Kartojev ihn mit verzweifeltem Ernst auf. »Natürlich habe ich es versucht. Aber ich habe nichts herausgefunden. Ich habe keine Spur entdeckt, die zu ihm hin oder von ihm weg führte.«

Tillman überlegte mit undurchdringlicher Miene. Was Kartojev eben gesagt hatte, stimmte mit seiner eigenen Erfahrung überein. »Wie hast du dann mit ihm Kontakt aufgenommen?«

»Das tue ich nicht. Brand sagt mir, was er braucht, dann kommt er. Zahlung in bar. Er organisiert den Transport selber. Autos für gewöhnlich. Einmal einen Laster. Die sind immer unter falschem Namen gemietet. Bevor sie zurückgegeben werden, werden sie saubergeschrubbt.«

»Wie nimmt Brand Kontakt mit dir auf?«

»Telefonisch. Immer per Handy. Immer eins zum Wegwerfen. Er gibt sich durch ein Wort zu erkennen.«

Tillman entging dieses Detail nicht. Es klang unwahrscheinlich – amateurhaft und unnötig. »Glaubt er nicht, dass du ihn an der Stimme erkennst?«

»Was weiß ich. Er gibt sich durch ein Wort zu erkennen. *Diatheke.*«

»Was soll das heißen?«

Kartojev schüttelte nur einmal langsam und mit größter Vorsicht den Kopf. »Ich weiß nicht, was es für ihn bedeutet. Für mich bedeutet es Brand. Mehr nicht.«

Tillman blickte auf seine Uhr. Er war sich fast sicher, dass der Russe weiter nichts zu sagen hatte, und die Zeit arbeitete gegen ihn. Vielleicht müsste er hier endlich verschwinden, doch Kartojev war seit drei Jahren seine beste Spur. Es fiel ihm schwer, fortzugehen, ohne den letzten Tropfen aus ihm herauszuquetschen.

»Ich glaube immer noch nicht, dass du das einfach so hinnehmen würdest«, sagte Tillman mit Blick auf den unbeweglichen, schwitzenden Mann. »Dass du jahrein, jahraus Geschäfte mit ihm machst, ohne herausfinden zu wollen, mit wem genau du es zu tun hast.«

Kartojev seufzte. »Ich habe doch gesagt, ich hab's versucht. Brand kommt auf unterschiedlichen Wegen her, von verschiedenen Flughäfen – und verschwindet genauso in unterschiedliche Richtungen, manchmal per Flugzeug, manchmal mit dem Auto. Er bezahlt in einer Reihe von Währungen – Dollar, Euro, manchmal sogar Rubel. Sein Bedarf ist … vielseitig. Nicht nur die Dinge, die du erwähnt hast, sondern auch legale Technologie, die er illegal erwirbt. Generatoren. Medizintechnische Ausrüstung. Einmal ein Überwachungswagen, der für den SVR entwickelt wurde, den russischen Geheimdienst. Brand ist offenbar ein Mittelsmann. Er vertritt viele verschiedene Interessen. Er kauft alles, was diejenigen brauchen, die dafür bezahlen.«

Tillman zitterte, was er nicht unterdrücken oder vor dem Russen verbergen konnte. »Ja«, stimmte er zu. »Genau das tut er. Aber du hast gesagt, du hast nie Menschen an ihn verkauft.«

»Nein.« Kartojevs Stimme war angespannt. Er las Tillmans Gefühle in dessen Gesicht ab, und er war sichtbar besorgt darüber, was dieser Kontrollverlust bedeuten könnte. »Keine Menschen. Weder für Arbeit noch für Sex. Vielleicht hat er eine andere Quelle für diese Dinge.«

»Für diese Dinge?«

»Für diese Waren.«

Tillman schüttelte den Kopf, sein Gesicht ausdruckslos wie das eines Henkers. »Das ist nicht viel besser.«

»Ich bin Geschäftsmann«, murmelte Kartojev angespannt und trotz der Umstände hämisch. »Du musst mir verzeihen.«

»Nein«, widersprach Tillman. »Es steht nirgendwo geschrieben, dass ich das tun muss.«

Er beugte sich hinab und schob seine Hand unter Kartojev, der voller Verzweiflung und Wut aufschrie und, als wollte er sich auf die Explosion vorbereiten, seinen Körper anspannte.

Tillman zog das schlichte Plastikgehäuse unter ihm hervor und zeigte ihm die leere Anzeige und die weiße Aufschrift auf dem schwarzen Untergrund – »Alarm – Time – Set – On/Off«. Ein etwa dreißig Zentimeter langes Kabel mit Stecker baumelte herunter, auf dem der Herstellername, Philips, ebenfalls gut sichtbar aufgedruckt war. Der Wecker stammte aus den Achtzigern. Tillman hatte ihn unter der Zyazikov-Brücke von einem Türken gekauft, der seine spärlichen Waren am Fuß der Präsidentenstatue ausgebreitet hatte.

Kartojevs ungläubiges Lachen klang wie ein Schluchzen. »Du Hurensohn!«, grunzte er.

»Wo ist Brand hin?«, fragte Tillman schnell und energisch. »Nachdem er das letzte Mal hier war?«

»England«, antwortete Kartojev. »Er flog nach London.«

Im gleichen Moment, in dem Tillman die Unica aus seinem Gürtel zog, drückte er die Sicherung und schoss Kartojev mit nach rechts geneigter Mündung in die linke

Schläfe. Die Matratze fing die Kugel und auch einen Teil des Lärms auf, doch darüber machte sich Tillman ohnehin keine Sorgen. Die Fenster des Hauses waren dreifach verglast und die Mauern dick.

Rasch und methodisch packte er seine Sachen zusammen: die Uhr, die Waffe, das kopierte Blatt Papier und den Rest des Geldes aus dem Tresor. Er hatte das Zimmer zwar bereits von Fingerabdrücken gereinigt, tat es aber noch einmal. Dann nickte er dem Toten auf dem Bett zum Abschied zu, ging nach unten und trat vors Haus.

London. Er dachte über das tote Gelände in seinem Geist nach, in seiner Seele. Er war lange Zeit fort gewesen, was kein Zufall gewesen war. Vielleicht gab es doch einen Gott, und seine Vorsehung hatte eine symmetrische Form.

Die Form eines Kreises.

4

Stuart Barlows Büro war bereits von dem ersten Detective, der zuständig gewesen war, durchsucht worden, doch Beweise waren weder mitgenommen noch in den Akten vermerkt worden. Harper und Kennedy standen vor einer Herausforderung: Alle Oberflächen waren mit Büchern und Papieren bedeckt. Die Schichten von Ordnern und Kopien auf dem Schreibtisch setzten sich beiderseits auf dem Boden fort, wo sie wenigstens die gänsekotgrünen Teppichfliesen ein Stück verbargen. Drucke mit Abbildungen griechischer Statuen und ägyptischer Karyatiden, die sich wegen der feuchten englischen Luft und der schlechten Zentralheizungen in ihrem Glasrahmen wellten, blickten mit finsterer, unversöhnlicher Miene auf das Durcheinander hinab.

Das winzige, vollgestopfte Büro hatte etwas Beengendes und undefinierbar Trauriges. Kennedy überlegte, ob sich Barlow schämen würde, wenn er wüsste, dass sein privates Chaos auf diese Weise den öffentlichen Blicken ausgesetzt war, oder ob diese Schutzwälle aus Ordnern und Kopien ein Ausdruck seines Berufsstolzes waren.

»Mr Barlow arbeitete in der historischen Fakultät«, bemerkte sie, als sie sich zum Quästor wandte. Ellis hatte ihnen wie versprochen das Büro aufgeschlossen und stand jetzt mit dem Schlüssel in der Hand in der Tür, als hätte er erwartet, die Detectives würden sich beim Anblick des Durcheinanders an Hinterlassenschaften des

Toten geschlagen geben und wieder zurückziehen. »Was beinhaltete das? Unterrichtete er Vollzeit?«

»Zu null Komma acht«, antwortete er ohne zu zögern. »Fünf Stunden Erlass für Verwaltungsaufgaben.«

»Und die wären?«

»Er war der Vize in der Abteilung. Und er leitete *Mehr Input*, unser Förderprogramm für Hochbegabte.«

»War er gut bei dem, was er tat?«, fragte Kennedy ohne Umschweife.

Ellis blinzelte. »Sehr gut. Alle unsere Mitarbeiter sind gut, aber ... also. Ja. Stuart war leidenschaftlich, was sein Fach anging. Es war ebenso sein Hobby wie sein Beruf. Er ist zwei- oder dreimal im Fernsehen aufgetreten, in historischen und archäologischen Sendungen. Und seine Webseite war bei den Studenten äußerst beliebt.« Eine Pause. »Wir vermissen ihn alle sehr.« Kennedy übersetzte das in Gedanken als »Er hat die Strippen gezogen«.

Harper griff zu einem Buch: *Russland gegen Napoleon* von Dominic Lieven. »War das sein Spezialgebiet?«, fragte er.

»Nein«, sagte Ellis, erneut sehr bestimmt. »Sein Spezialgebiet war die Paläographie – die ersten geschriebenen Texte. Diese nahm zwar nur einen winzigen Teil des Lehrplans der Anfangssemester ein, aber er hat viel darüber publiziert.«

»Bücher?«, fragte Kennedy.

»Essays. Meistens beschäftigte er sich mit der Textanalyse der Funde vom Toten Meer und der Rylands-Papyri. Aber er arbeitete auch an einem Buch. Über die gnostischen Sekten, glaube ich.«

Kennedy hatte keine Ahnung, was gnostische Sekten waren, doch das war nicht wichtig. Sie glaubte nicht ernsthaft, dass Professor Barlow von einem akademischen Rivalen umgebracht worden war.

»Können Sie uns etwas über sein Privatleben sagen?«, fragte sie stattdessen. »Wir wissen, dass er unverheiratet war, aber war er mit jemandem zusammen?«

Ellis schien sich über die Frage zu wundern, als wäre die Ehelosigkeit eine notwendige Nebenwirkung des Hochschullebens. »Ich glaube nicht«, antwortete er. »Es ist natürlich möglich, doch er hat nie jemanden erwähnt. Und zu Hochschulveranstaltungen erschien er immer allein.«

Damit konnten betrogene Ehemänner oder eifersüchtige Exgeliebte wohl abgehakt werden. Es wurde immer unwahrscheinlicher, einen Verdächtigen aufzuspüren, doch Kennedy hatte ohnehin keine großen Hoffnungen gehegt. Ihrer Erfahrung nach waren zur Lösung eines Falls meist die ersten Stunden nach dem Verbrechen entscheidend. Man nahm nicht nach drei Wochen einen Fall wieder auf und überwand die Lücke mit einem einzigen Sprung.

Die ganze Zeit über hatte Harper in den Büchern und Papieren gewühlt – eine eher symbolische Maßnahme, doch nachdem er mit Napoleon am Ziel vorbeigeschossen hatte, dachte er vielleicht, er habe nichts zu verlieren, wenn er es ein zweites Mal versuchte. Diesmal hielt er etwas hoch, was wie ein Foto aussah, sich aber als Zeitungsausschnitt entpuppte, der sorgfältig auf einen Karton geklebt und anschließend gerahmt worden war. Es hatte gegen ein Schreibtischbein gelehnt. Die Überschrift lautete: »Betrüger von Nag Hammadi – zwei Verhaftungen«. Der Mann auf dem dazugehörigen Foto war Stuart Barlow in jüngeren Jahren mit einem unsicheren, frostigen Lächeln im Gesicht.

»War Stuart vorbestraft?«, wollte Harper wissen.

Ellis lachte. »Oh, nein«, sagte er. »Ganz und gar nicht. Das hier war sein Triumph, vor etwa fünfzehn Jahren, vielleicht auch mehr. Stuart wurde in dem Fall als Experte hinzugezogen, weil er über umfassendes Wissen zur Bibliothek von Nag Hammadi verfügte.«

»Um welchen Fall ging es da?«, fragte Kennedy. »Und was ist, wenn wir schon dabei sind, Nag Hammadi?«

»Nag Hammadi war der wichtigste paläographische Fund des zwanzigsten Jahrhunderts, Inspector«, antwortete Ellis. Kennedy machte sich nicht die Mühe, ihn wegen ihres Rangs zu korrigieren, doch aus dem Augenwinkel heraus bemerkte sie, dass Harper die Augen verdrehte. »Zwei Brüder arbeiteten kurz nach dem Zweiten Weltkrieg in der Nähe der Stadt Nag Hammadi in Oberägypten in einer Kalksteinhöhle. Sie suchten nach Guano, den Exkrementen von Fledermäusen, um sie als Dünger für ihre Felder zu verwenden. Dabei stießen sie auf einen versiegelten Krug mit einem Dutzend gebundener Kodices.«

»Gebundener was?«, wollte Harper wissen.

»Kodices. Ein Kodex besteht aus mehreren zusammengenähten oder anders zusammengefügten Seiten. Im Grunde genommen die ersten Bücher. Sie kamen während der Anfänge der Christenheit in Gebrauch. Bis dahin schrieb man üblicherweise auf Rollen oder einzelnen Pergamentblättern. Die Kodices von Nag Hammadi stammen aus dem ersten oder zweiten Jahrhundert nach Christus und enthalten Texte wie Evangelien und Briefe. Auch eine stark überarbeitete Übersetzung von Platos *Der Staat*. Ein unglaublicher Schatz aus der Zeit kurz nach dem Tode Jesu, als die christliche Kirche noch mit ihrer Identitätssuche beschäftigt war.«

»Und wie kam die Sache vor Gericht?«, unterbrach Harper die Vorlesung, als Ellis tief Luft holte, wahrscheinlich um weitere Informationen loszuwerden. Er wirkte gleichzeitig empört und leicht verlegen.

»Vor Gericht kam die Sache viel später. Es ging um gefälschte Kopien der Nag-Hammadi-Kodices, die online an Antiquitätenhändler verkauft wurden. Stuart war Zeuge der Staatsanwaltschaft. Ich glaube, er wurde vor allem um seine Meinung zu den äußeren Unterschieden zwischen dem Original und der Fälschung gefragt. Er kannte jeden Knick und Tintenklecks auf diesen Blättern.«

Harper legte den Artikel zu Seite und wühlte weiter.

»Detective«, begann Ellis mit gequältem Gesicht, »wenn Sie vorhaben, hier eine umfangreiche Suche durchzuführen, könnte ich mich dann bitte um meine Pflichten kümmern und später wiederkommen?«

Harper blickte fragend zu Kennedy, die immer noch über den Gerichtsfall nachdachte. »Welches Urteil wurde verhängt?«, fragte sie den Quästor.

»Ein fragliches«, antwortete Ellis leicht verdrossen. »Die Händler – ein Ehepaar, glaube ich – wurden der Hehlerei und einiger technischer Verstöße bezüglich nicht ordnungsgemäß ausgestellter Papiere für schuldig befunden, doch nicht wegen Betrugs, was der Hauptpunkt der Anklage gewesen war. Sie mussten eine Strafe und einen Teil der Gerichtskosten bezahlen.«

»Als Ergebnis von Professor Barlows Zeugenaussage?«

Ellis machte ein »Oh!«-Gesicht, als er verstand, worauf sie hinauswollte. »Stuart spielte in dem Fall keine derart große Rolle.« Er klang zweifelnd. »Ehrlich gesagt fanden es alle übertrieben, dass er so viel Aufhebens darum gemacht hat. Ich glaube, die wichtigsten Beweise lieferten diejenigen, die die gefälschten Schriftstücke gekauft hatten. Und wie ich bereits sagte, brauchten die Angeklagten nur eine Strafe zu bezahlen. Ich glaube wirklich nicht …«

Das glaubte Kennedy auch nicht, schob die Möglichkeit aber zur späteren Bearbeitung in die Wiedervorlage, falls alles andere zu nichts führte. Nicht, dass »alles andere« bisher viel gewesen wäre. »Warum hat Professor Barlows Schwester seine Sachen nicht abgeholt?«, fragte sie. »Sie ist doch die einzige Verwandte, nicht?«

»Rosalind. Rosalind Barlow. Sie steht in unseren Unterlagen als nächste Verwandte«, bestätigte Ellis. »Und wir haben Kontakt mit ihr aufgenommen. Sie sagte, sie habe kein Interesse an seinen Sachen. Ihre Worte lauteten: ›Geben Sie alles, was Sie wollen, in die College-Bibliothek und den Rest der Wohlfahrt.‹ Genau das werden wir wahrscheinlich tun, doch es wird einige Zeit in Anspruch nehmen, um das alles zu sichten.«

»Sehr viel Zeit«, stimmte Harper zu. Nach einem Moment fragte er: »Alles klar, Inspector?«

Sie warf ihm einen warnenden Blick zu, doch sein Gesicht blieb völlig ausdruckslos. »Alles klar, Detective Constable«, sagte sie. »Gehen wir.«

Sie war bereits auf dem Weg zur Tür, als sie zögerte. Vor ihrem inneren Auge hatte sich etwas abgezeichnet, ohne dass sie sich dessen bewusst geworden wäre. Doch jetzt forderte dieses Bild, wahrgenommen zu werden. Kennedy wusste, dass sie ein solches Gefühl, das wie ein Fisch an einer Angelrute an ihr zerrte, nicht ignorieren konnte. Sie blieb stehen und blickte sich noch einmal um.

Sie hatte es beinahe, als Ellis mit den Schlüsseln klimperte und die dünne Schnur zerriss, mit der sie den Gedanken ans Tageslicht ziehen wollte. Ihr funkelnder Blick machte ihn leicht unsicher.

»Ich habe noch andere Dinge zu erledigen«, sagte er ohne Überzeugung.

Kennedy atmete laut aus. »Danke für Ihre Hilfe,

Mr Ellis«, sagte sie. »Vielleicht haben wir später noch ein paar Fragen an Sie, aber heute werden wir Ihre Zeit nicht länger in Anspruch nehmen.«

Auf dem Weg zurück zum Wagen ging Kennedy das bisschen durch, das sie über diesen verpatzten Fall wussten. Sie musste mit der Schwester des Toten reden. Das hatte oberste Priorität. Vielleicht hatte Barlow in der paläographischen Arena die ausgleichende Gerechtigkeit erleben müssen, oder er hatte eine Studentin geschwängert oder einen jüngeren Kollegen in einer Weise vor den Kopf gestoßen, dass dieser einen Groll gegen ihn gehegt hatte. Die Chance, einen Mörder zu schnappen, lag um zehn Mal höher, wenn man seinen Namen direkt erfuhr, statt mühsam eine Leiter mit Hinweisen hinaufklettern zu müssen. Dabei hatten sie bisher noch keine Leiter. Ach was, noch nicht einmal eine Sprosse.

Doch, sie hatten eine: der Typ, von dem Barlow laut eigener Aussage verfolgt worden war. Harper würde sie hassen, denn Kennedy wollte unbedingt selbst mit der Schwester reden. Und das hieß, die Drecksarbeit würde an ihm hängenbleiben.

Im Wagen legte sie die Karten auf den Tisch.

»Als Barlow sagte, er fühle sich verfolgt«, begann sie, während sie in der Akte las, »war er auf so etwas wie einer akademischen Konferenz.«

»Auf dem London Historical Forum.« Harper hatte während ihres Besuchs im College ab und zu in die Akte geblickt, und das augenscheinlich mit einigem Erfolg. »Ja. Er sagte, der Typ habe sich in der Eingangshalle aufgehalten, und dann habe er ihn wieder auf dem Parkplatz gesehen.«

»Ich frage mich, ob ihn sonst noch jemand gesehen hat. Barlows Beschreibung von dem Kerl ist sehr dürftig, doch vielleicht lässt sich die Lücke füllen. Vielleicht kennt ihn sogar jemand. Es müssen schließlich eine Menge Leute auf der Konferenz gewesen sein. Die Organisatoren haben sicher eine Kontaktliste. Telefonnummern. E-Mail-Adressen.«

Harper warf ihr einen argwöhnischen Blick zu. »Wir teilen uns doch die Telefonate, oder?«

»Natürlich. Aber ich werde zunächst Barlows Schwester besuchen. Sie werden sich allein durchbeißen müssen, bis ich zurückkomme.«

Harper sah nicht glücklich aus, doch er nickte. »Okay. Und was noch?«

Kennedy war ein wenig beeindruckt. Er hatte ihren Gesichtsausdruck korrekt gedeutet und wusste, dass noch mehr kommen würde. »Sie werden viel aushalten müssen, wenn Sie mit mir arbeiten«, sagte sie.

»Und?«

»Sie können sich ganz leicht aus der Affäre ziehen. Gehen Sie zu Summerhill und sagen Sie ihm, es gäbe persönliche Differenzen zwischen uns.«

Stille.

»Gibt es die?«, fragte Harper.

»Ich kenne Sie doch gar nicht, Harper. Ich tue Ihnen nur einen Gefallen. Vielleicht auch mir, weil wenn Sie mit den Affen unter einer Decke stecken, halte ich Sie lieber auf Abstand – und Ihnen wäre das auch lieber, weil ich meine Wut mit Sicherheit sofort an Ihnen auslassen würde.«

Harper klopfte mit dem Daumennagel ans Lenkrad, blies die Luft zuerst aus einer Wange, dann aus der anderen. »Das ist mein erster Fall als Detective«, sagte er.

»Und?«

»Zwei Stunden dabei, und Sie versuchen bereits, mich rauszuwerfen.«

»Ich gebe Ihnen die Möglichkeit, selbst zu gehen.«

Harper drehte den Zündschlüssel, bis der Motor des alten Astra müde zu röhren begann – eine alte Hauskatze, die so tat, als wäre sie ein Tiger. »Ich lasse die Entscheidung noch offen.«

5

Wie geplant, ließ Tillman den Wagen am Stadtrand von Erzurum fernab der Straße stehen und versteckte ihn unter Ästen und Gestrüpp. Er hatte ihn unter einem falschen Namen gemietet, der anders lautete als der falsche Name in seinem Ausweis, den er an der georgischen und türkischen Grenze vorgezeigt hatte.

Aus einer Bar auf dem Sultan-Mehmet-Boulevard rief er, für die örtlichen Ermittler nicht nachverfolgbar, die Polizei in Magas an und berichtete ihr von dem Mord. In Kartojevs Haus würden sie dessen gefesselte und geknebelte Leibwachen vorfinden, wenn dies nicht bereits geschehen war, sowie Kartojevs Leiche. Das war für ihn kein Akt des Mitleids, sondern nur eine Frage der Ordentlichkeit oder seines Berufsethos.

Er hatte nicht vor, sich lange hier aufzuhalten, doch er wollte noch einige Anrufe erledigen, bevor er wieder untertauchen würde. Als Erstes rief er Benard Vermeulens an, einen Polizisten, der, wie Tillman, sowohl normalen Militärdienst geleistet als auch als Söldner gedient hatte, bevor er ins zivile Leben zurückgekehrt war. Jetzt arbeitete er für die UN-Mission in Sudan und hatte Zugang zu allen möglichen und unmöglichen, aber aktuellen Informationen, die er manchmal an Tillman weitergab.

»*Hoe gaat het met jou*, Benny?«, fragte Leo mit dem einzigen flämischen Satz, den Vermeulens ihm je hatte beibringen können.

»Heiliger Strohsack! Du alter Mistkerl!« Vermeulens' heisere, schnarrende Stimme ließ das Telefon in Tillmans Hand vibrieren. »*Met mij is alles goed*! Und bei dir, Leo? Was kann ich für dich tun? Und sag ja nicht nichts.«

»Jedenfalls nichts Besonderes«, erwiderte Tillman. »Es geht um das Übliche.«

»Michael Brand.«

»Ich habe gehört, er war in London und könnte immer noch dort sein. Kannst du die üblichen Quellen anzapfen? Ich möchte wissen, ob sein Name in irgendeiner offiziellen Sache erscheint. Oder egal in was.«

»*Joak*. Wird erledigt, Leo.«

»Und die andere Sache?«

»Ach ja, da habe ich schlechte Nachrichten.«

»Jemand sucht nach mir?«

»O ja, und zwar dringend. Schon seit zwei Wochen. Sehr intensiv. Stellt viele Fragen. Meistens über drei oder vier Ecken, so dass ich nicht herausfinden kann, wer dahintersteckt. Aber die Fragen klingen ernst.«

»Okay. Ich bin dir was schuldig, Kumpel.«

»Das tue ich aus Freundschaft. Wenn du mir was schuldest, sind wir keine Freunde.«

»Dann schulde ich dir nichts.«

»Klingt schon besser.«

Leo legte auf und wählte die Nummer der Versicherung. Doch die Versicherung lachte nur, als sie seine Stimme hörte. »Leo, das Risiko mit dir will keiner mehr eingehen«, sagte sie, auch wenn echte Zuneigung aus ihrer Stimme herauszuhören war.

»Nein? Warum denn, Suzie?«, wollte er wissen. Es konnte nicht schaden, sie daran zu erinnern, dass er einer der drei oder vier Menschen war, die sie bereits unter ihrem echten Namen gekannt hatten.

»Wenn du jemanden in einer Nebenstraße irgendwo in

Hintertupfingen umbringst, ist das eine Sache. Wenn du jemanden an einer großen Kreuzung in der großen Stadt umbringst, in der wir alle leben, ist das was anderes.«

Tillman sagte nichts, hielt aber seine Hand über die Sprechmuschel aus Angst, er könnte fluchen oder einfach nur laut die Luft einsaugen. Stunden. Nur ein paar Stunden. Wie konnte die Nachricht ihm vorausgeeilt sein? Wie konnte jemand seinen Namen mit einem Mord in Verbindung bringen, der gerade erst entdeckt worden war?

»Die Welt ist doch ein Dorf«, sagte er nur.

»Schön wär's. In einem Dorf müsstest du dir nur um MacTeales großen Bruder Sorgen machen. Doch wie die Sache aussieht, sind es alle in seinem Adressbuch.«

»MacTeale?« Tillman konnte den Namen zuerst nicht zuordnen, bis er sich an den großen, wütenden Schotten erinnerte, der in seinem letzten Jahr bei Xe Teamleiter gewesen war. »MacTeale wurde umgebracht?«

»Ja, anscheinend von dir. Zumindest erzählt man sich das.«

»Aber das stimmt nicht, Suzie.«

»Das sagst du.«

»Ich habe MacTeale nicht getötet. Ich habe einen unbedeutenden russischen Mittelsmann getötet, der dachte, er hätte Freunde ganz weit oben, doch ich vermute, es handelte sich um die Art von Freundschaften, die einem nur kurzfristig nützen. Hör mal, ich möchte nur einen anderen Pass haben, falls mein jetziger nicht mehr makellos ist. Ich kann im Voraus zahlen, wenn das die Sache vereinfacht.«

»Egal, wie einfach du die Sachen machst, Leo, niemand wird dir etwas verkaufen, dich beschäftigen oder dir Infos weitergeben. Die Gemeinschaft hat die Türen geschlossen.«

»Und das schließt dich mit ein?«

»Leo, natürlich schließt das mich mit ein. Wenn ich anfange, die Gefühle meiner Kunden zu verletzen, werde ich meinen Ruhestand in Einsamkeit und Armut verbringen. Womit ich dir gegenüber immer noch im Vorteil bin, weil, soweit ich gehört habe, deine Tage gezählt sind. Sei mir nicht böse.«

»Vielleicht ein bisschen«, erwiderte Tillman.

»Viel Glück.« Suzie klang, als meinte sie, was sie sagte, legte aber auf, ohne auf eine Antwort zu warten.

Tillman klappte sein Telefon zu und steckte es in die Tasche. Er nickte dem Barmann zu, der ihm noch einen Scotch und ein Wasser brachte. Jemand hatte viel Mühe auf sich genommen, um ihn von seinen Kontakten abzuschotten. Und wer auch immer das war, hatte in sehr kurzer Zeit ein Wunder vollbracht. Er prostete dem unsichtbaren Gegner zu. Dein erster Fehler, Mister Brand, war, dass du zugelassen hast, dass ich deinen Namen herausfinde, dachte er. Jetzt, dreizehn Jahre später, hast du dir wieder einen Ausrutscher geleistet.

Du hast mich wissen lassen, dass ich auf dem richtigen Weg bin.

Tillman war unbedeutend, und das gestand er offen ein, umso mehr, je älter er wurde und sich immer mehr von der Zeit in seinem Leben entfernt hatte, in der er alles deutlich vor Augen und – kurz – einen Sinn darin gesehen hatte.

Mit diesem Geheimnis hatte er derzeit schwer zu kämpfen. Die Jagd war das, was seinem Leben eine Form und eine Bedeutung gab, und so wurde er durch Abwesenheit definiert, eine vierfache Abwesenheit, genauer gesagt. Die einzigen Dinge, die für ihn real waren, waren nicht da. So viel Zeit war seitdem vergangen, so viel Blut unter der Brücke hindurchgeflossen, und es würde eindeutig noch mehr Zeit vergehen und noch mehr Blut fließen. Die einzige Alternative wäre, die Suche aufzugeben. Wenn er nicht mehr suchen würde, wäre er nicht nur unbedeutend. Er wäre nichts und nirgendwo. Er könnte genauso gut tot sein, wenn er zugab, dass er Rebecca oder die Kinder nie wiedersehen würde. Dass sie nie wieder nach Hause kommen würden, wie er es ausdrückte. Er wollte nicht zugeben, dass die Welt leer war.

Als junger Mann war es anders gewesen. Unbedeutend zu sein war damals die einfachere Entscheidung. Geboren in Preston in Lancashire, wo er bis zu seinem sechzehnten Lebensjahr gelebt hatte, wuchs er mit dem Wesen und den Fähigkeiten eines Herumtreibers auf, der zu faul war, um gefährlich zu sein oder sogar erfolgreich. Er geriet in Schwierigkeiten, die sich von alleine erledigten. Er scherte sich um nichts.

In der Schule war Tillman in den meisten Fächern gut, in den wissenschaftlichen Bereichen ebenso wie im Werkraum und im Sport, doch er war zu unentschlossen, um in irgendetwas nicht nur gut, sondern hervorragend zu werden. Gut zu sein war für ihn nicht anstrengend, und es reichte immer aus. Folglich hatte er trotz heftiger Proteste seiner Lehrer mit sechzehn die Schule verlassen und angefangen, in einer Autowerkstatt zu arbeiten, die genug bezahlte, dass er sich einen Lebensstil mit gelegentlichen Lastern – Trinken, Frauen, ab und zu Glücksspiel – leisten konnte und sich ohne große Überzeugung auch gönnte.

Schließlich löste er sich jedoch, was wahrscheinlich unvermeidlich war, aus seinem gewohnten Umfeld. Er wurde Teil des Exodus seiner Generation vom Norden Englands in den Süden, wo die Menschen bessere Chancen zu haben schienen. Dies war im eigentlichen Sinne keine Entscheidung. In den Jahrzehnten nach dem Zweiten Weltkrieg waren die Hüttenwerke und Fabriken von Lancashire wie Torpedoboote untergegangen, und die beim Untergang aufgeworfenen Wellen hatten Millionen von Menschen ans andere Ende des Landes gespült.

In London arbeitete er in vielen Bereichen, wenn auch immer ohne Leidenschaft. Ein starker Mann, der seine eigenen Stärken nicht kannte. Automechaniker, Stuckateur, Dachdecker, Wachmann, Schreiner – Arbeiten, die mit Sicherheit Fähigkeiten erforderten, und Tillman eignete sie sich rasch an. Doch weil er nie lange durchhielt, konnte er nicht herausfinden, was sich unter seinem Alltagsdeckmäntelchen verbarg.

Im Nachhinein gesehen hätte es vielleicht deutlich sein müssen, dass ein Mann wie er seinen Lebensmittelpunkt in einer Frau finden musste. Als er Rebecca Kelly auf einer Party kennenlernte, zu der ihn einer seiner ehemaligen Chefs in einer Kneipe in East London eingeladen hatte, war er vierundzwanzig und sie ein Jahr jünger. Vor der pinkfarbenen Textiltapete wirkte sie deplatziert, doch sie war so außergewöhnlich, dass sie wahrscheinlich überall fehl am Platz ausgesehen hätte.

Sie war nicht geschminkt, was sie auch nicht nötig hatte. In ihren braunen Augen waren alle Farben enthalten, und ihre blasse Haut ließ ihre Lippen röter aussehen, als es ein Lippenstift zustande gebracht hätte. Ihr Haar entsprach genau der Beschreibung aus dem Hohelied Salomos, an das sich Tillman vage aus seinem Religionsunterricht erinnerte – wie eine Herde hüpfender Ziegen. Doch sie selbst strahlte eine Ruhe aus wie eine Tänzerin, die auf ihren Auftritt wartete.

Nie zuvor hatte es Tillman mit so perfekter Schönheit oder so intensiver Leidenschaft zu tun gehabt. Und nie zuvor war er einer Jungfrau begegnet, so dass ihre erste gemeinsame Nacht für beide zu einem unerwarteten Trauma wurde. Rebecca saß weinend auf dem mit Blut verschmierten Bettlaken, den Kopf auf ihre verschränkten Arme gelegt, während Leo Angst hatte, sie ernstlich und unheilbar verletzt zu haben. Doch dann umarmte sie ihn und küsste ihn leidenschaftlich. Beim nächsten Versuch hatten sie Erfolg.

Drei Wochen später verlobten sie sich und heirateten einen Monat danach in einem Standesamt in Enfield. Die Fotos aus dieser Zeit zeigten Tillman, wie er seinen Arm schützend um die Taille seiner Frau legte und ernst lächelte wie ein Mann, der etwas Wertvolles, Zerbrechliches hielt.

Arbeit hatte ihm noch nie viel bedeutet. Er hatte ohne Anstrengung Erfolg gehabt, hatte sich ohne Halteseil durchs Leben laviert. Doch die Liebe war echt, ebenso wie die Ehe. Tillmans Leben hatte sich nach innen und dem eines anderen Menschen zugewandt und konzentrierte sich auf etwas, wo bisher nichts gewesen war.

Glück hatte er nie vermisst, weil er geglaubt hatte, bereits glücklich zu sein. Doch jetzt verstand er den Unterschied und akzeptierte mit unruhigem Staunen das Wunder, das Rebeccas Liebe ihm bescherte. Man konnte nichts tun, um ein solches Geschenk zu erhalten, deswegen erwartete er ständig den Schlag aus heiterem Himmel, mit dem ihm das Geschenk wieder aus den Händen gerissen wurde.

Doch nicht der Schlag kam, sondern drei Kinder wurden ihm geschenkt, die das einfache Wunder zu einem komplexen wandelten. Jud. Seth. Grace. Die Namen hatten einen biblischen Hintergrund. Tillman hatte die Bibel nie gelesen, doch er wusste, dass sie von einem Garten sprach, den es gegeben hatte, bevor der Teufel aufgekreuzt war und die Kacke zu dampfen begonnen hatte. Er hatte das Gefühl, in diesem Garten zu leben. Sechs Jahre lang.

Ein Teil seines Glücks rührte daher, dass er gelernt hatte, seine Fähigkeiten und seinen Intellekt zu bündeln. Er gründete ein eigenes Unternehmen und verkaufte Zentralheizungen – so erfolgreich, dass er eine Werkstatt mit angegliedertem Büro mieten und eine Sekretärin einstellen konnte. Er arbeitete sechs Tage in der Woche, blieb aber abends nur länger, wenn Not am Mann war. Immer wollte er zu Hause sein, um Rebecca zu helfen, die Kinder ins Bett zu bringen, auch wenn sie ihm nie erlaubte, ihnen Gutenachtgeschichten vorzulesen. Dies war das Einzige an ihr, was er nie verstand. Sie hatte Angst vor Geschichten, las nie einen Roman und fiel ihm mitten im Satz ins Wort, wenn er je ein »Es war einmal« wagte.

Sie war ein Geheimnis, wie er zugeben musste. Er hatte sich und sein Leben in einem Dutzend Sätze und ohne die Hilfe von Diagrammen oder Ähnlichem erklärt, doch Rebecca schwieg über ihre Vergangenheit und noch mehr über ihre Familie. In sich gekehrt, sagte sie nur, sie hätten sich sehr nahe gestanden: »Unsere Familie stand immer an erster Stelle.« Hinter ihrem beharrlichen Schweigen vermutete Tillman eine Tragödie, hatte aber Angst, seine Frau zu drängen.

Hatte er ein Bild geheiratet? Eine Fassade? Er wusste so wenig über sie. Doch man musste nichts über Schwerkraft wissen und blieb trotzdem mit der Erde verbunden. Er war mit ihr und den Kindern fest verankert. Dem freundlichen, nervösen Jud; dem ausgelassenen, plumpen Seth; der wilden, liebevollen Grace. Rebecca, der gegenüber alle Adjektive verblassten, weil sie nicht zu beschreiben war. Würde er noch mehr über sie wissen müssen, würde sie es ihm erzählen. Und ob sie es ihm erzählte oder nicht, die Schwerkraft würde weiterhin funktionieren.

Eines Abends im September, als der Sommer mit der Wucht eines Autounfalls geendet hatte und der Herbst die Bäume in leuchtendes Rot und Gelb tauchte, kam er keine Minute später nach Hause als sonst und fand ein leeres Haus vor. Völlig leer. Jud war fünf und gerade erst in die Schule gekommen, so dass er dachte, er hätte vielleicht den Termin für einen Elternabend vergessen. Reumütig blickte er in den Kalender.

Nichts.

Dann sah er in den Zimmern nach. Seine Reue wandelte sich in pures Entsetzen. Rebeccas Seite des Kleiderschranks war leer. Im Badezimmer war der Waschtisch wie leergefegt, seine Zahnbürste fristete ein einsames Dasein in dem purpurroten Plastikbecher mit dem Gesicht von Barney dem Dinosaurier. Die Kinderzimmer waren noch verwaister: Kleider und Spielsachen, Bettlaken und Federbetten, Poster und Zierstreifen und selbstgemalte Bilder aus dem Kindergarten – alles war fort.

Fast alles. Eins von Graces Plüschtieren – Mr Snow, ein Einhorn, das nach Vanille roch – war hinter das Sofa gefallen und vergessen worden.

Dann fand er eine handschriftliche Nachricht von Rebecca, die aus drei Worten bestand.

Such uns nicht.

Sie hatte nicht einmal unterschrieben.

Tillman durchlebte einen Schock wie nach einer Amputation. Er rief die Polizei an, die sagte, er solle einfach abwarten. Man werde durch den Auszug aus einer Wohnung nicht gleich zu einer vermissten Person. Zeit müsse vergehen, bevor man sich diesen Status verdiene. Tillman könne die Freunde und Verwandten seiner Frau anrufen, um herauszufinden, ob seine Frau sich bei jemandem aufhielt, schlug der Sergeant am Telefon vor. Wenn die Kinder am nächsten Tag nicht zur Schule kämen, solle Tillman erneut anrufen. Bis dahin sei es wahrscheinlicher, dass sich seine Familie wohlbehalten irgendwo in der Nähe aufhalte und nicht entführt worden sei, vor allem nicht, weil es eine Nachricht gab.

Rebecca hatte keine Freunde, soweit Tillman wusste, und er hatte keine Ahnung, wo ihre Familie wohnte, wenn sie überhaupt noch lebte. Diese Möglichkeiten waren ihm vorenthalten. Er konnte nur durch die Straßen wandern in der vagen Hoffnung, ihr zufällig zu begegnen. Also wanderte er, auch wenn er bereits wusste, dass keinerlei Hoffnung bestand. Rebecca und die Kinder waren mittlerweile über alle Berge, und die Nachricht sollte bezwecken, dass er ihr nicht folgte, oder ihn überzeugen – als wäre das überhaupt möglich –, dass sie ihn mit den Kindern auf eigene Faust verlassen hatte.

Hatte sie nicht. Das war sein erster Anhaltspunkt. Während er die Straßen von Kilburn wie ein Roboter durchstreifte, spielte er die Ereignisse des Tages immer wieder durch: die Kinder, die ihm wie immer einen liebevollen Abschiedskuss gaben; Rebecca, die ihm sagte, der Wagen müsse zur Jahresinspektion in die Werkstatt, weswegen sie ihn nicht von der Arbeit abholen könne. Er hatte in der Werkstatt angerufen und erfahren, dass Rebecca den Wagen mittags hingefahren und gebeten hatte, auch den Ersatzreifen zu wechseln; am nächsten Morgen wollte sie den Wagen wieder abholen, sofern er die Inspektion erfolgreich bestanden hätte. Selbst der Inhalt des Kühlschranks war ein deutlicher Beweis: Sie hatte ihn für die ganze Woche aufgefüllt, wahrscheinlich am Morgen, bevor sie den Wagen weggebracht hatte.

Also war die Nachricht unter Druck geschrieben worden – eine Möglichkeit, die er sofort wieder aus seinen

Gedanken verbannen musste, weil die damit einhergehende gefährliche Wut drohte, sich einen gefährlichen Weg nach außen zu bahnen.

Am nächsten Morgen half ihm die Polizei auch nicht weiter. Die Nachricht, erklärte man ihm, mache sehr deutlich, dass Mrs Tillman ihn aus eigenem Antrieb verlassen und die Kinder mitgenommen habe, weil sie sie ihm nicht mehr anvertrauen wolle.

»Gab es am Abend zuvor einen Ehestreit?«, fragte ihn die Polizistin. Aus ihren Augen sprach offene Abscheu. Natürlich hat es einen Streit gegeben, sagte ihr Blick. Frauen verlassen ständig ihre Männer, aber sie nehmen nicht Reißaus mit drei Kindern, wenn nicht etwas sehr Ernstes vorgefallen ist.

Es sei nichts vorgefallen, wiederholte Tillman immer wieder, weil ihm immer wieder dieselbe Frage gestellt und ihm immer wieder seine Bitte verweigert wurde, Rebecca auf die Vermisstenliste zu setzen. Die Kinder, ja. Schul- und Vorschulkinder durften nicht einfach verschwinden. Beschreibungen wurden niedergeschrieben und man bat ihn um Bilder. Nach den Kindern werde man suchen, sie aber nicht ihrer Mutter wegnehmen, sofern man sie fände, und die Polizei werde nicht unbedingt dabei helfen, den Kontakt zwischen Tillman und seiner Frau herzustellen. Das hinge davon ab, welche Geschichte Rebecca erzähle und welche Wünsche sie äußere.

In dem Teufelskreis aus Gleichgültigkeit und Misstrauen verlor Tillman irgendwann die Kontrolle über sich. Er verbrachte eine Nacht in der Arrestzelle, nachdem er, Obszönitäten schreiend, von einem unmöglich jungen Constable fortgezerrt werden musste, der wissen wollte, ob Rebecca eine Affäre habe. Man konnte von Glück reden, dass er nicht seine Hände um den Hals dieses Jungen bekommen hatte, sonst hätte die Sache ein schlimmeres Ende genommen.

Der Fall wurde nie richtig untersucht, soweit er sagen konnte. In undurchsichtigen Abständen erhielt er Fortschrittsberichte. Zeugenaussagen, nach denen sie gesehen wurde, wurden angeblich immer überprüft, erwiesen sich aber stets als falscher Alarm. Die sporadisch erscheinenden Zeitungsartikel liefen ab einem gewissen Zeitpunkt auf eine Art Verschwörungstheorie hinaus; demnach hatte er seine Frau und Kinder oder nur seine Frau umgebracht und seine Kinder an belgische Pädophile verkauft. Doch solche Gerüchte mussten genährt werden, und da es von Anfang an nichts Neues gab, versickerten sie, ohne die kritische Masse zu erreichen.

Tillman bedauerte den Niedergang seines Lebens. Er hätte sich wieder an die Arbeit machen und versuchen können, alles zu vergessen, was er aber kein einziges Mal in Betracht zog. Zu vergessen hieße, Rebecca und die Kinder den Händen von Fremden zu überlassen, deren Intentionen er sich nicht einmal ansatzweise vorstellen konnte. Wenn sie nicht freiwillig fortgegangen waren, und das waren sie auf keinen Fall, dann waren sie aus einer dicht besiedelten Stadt entführt worden, ohne dass sie eine Spur hinterlassen hatten. Und sie warteten darauf, gerettet zu werden. Sie warteten auf ihn.

Tillman war intelligent genug, um zu verstehen, dass er nicht annähernd in der Lage war, seine Familie zu suchen und aus den Händen ihrer Entführer zu befreien. Er wusste nicht einmal, wo er anfangen sollte.

Eine Woche nach ihrem Verschwinden saß er in der Küche seines Hauses und schmiedete mit grausamer Härte und glasklarer Logik einen Plan. Was getan werden musste, konnte er weder selbst tun noch es einem anderen anvertrauen.

Er musste sich ändern. Er musste der Mann werden, der suchen, kämpfen, befreien und all das tun konnte, was nötig war, um das Gleichgewicht in der Welt wiederherzustellen. Dazu standen ihm seine Ersparnisse in Höhe von tausendvierhundert Pfund zur Verfügung und ein Verstand, dessen Grenzen nie ausgetestet worden waren.

Er zog Rebeccas Nachricht aus seiner Tasche. *Such uns nicht.* Zum tausendsten Mal las er diese Worte, um eine offensichtliche oder verborgene Bedeutung darin zu erkennen. Vielleicht, aber nur vielleicht, war der Zwischenraum zwischen dem zweiten und dem dritten Wort breiter als zwischen dem ersten und dem zweiten. In dieser winzigen Lücke spiegelte sich Rebeccas Sehnsucht nach ihm wider, verlangte danach, ihren Schrei wahrzunehmen, den sie beim Schreiben dieser Worte aus tiefstem Herzen ausgestoßen hatte.

Such uns

nicht.

Ich komme, versprach er ihr in Gedanken und ballte seine Hand zur Faust. Es wird noch eine Weile dauern, aber ich werde kommen. Und die Leute, die dich mir weggenommen haben, werden bluten und brennen und sterben.

Am nächsten Tag trat er der Armee bei, dem 45. Medium Regiment der Royal Artillery, und begann, Körper und Geist zu stählen.

6

Als Harper zurück in die Löwengrube kam, löcherten seine Kollegen ihn zu seinem ersten Tag mit der Nervensäge. Er enttäuschte sie und sagte, er habe nichts Wesentliches mitzuteilen.

»Wir saßen vielleicht zehn Minuten zusammen im Wagen«, berichtete er. »Den Rest der Zeit haben wir den Tatort untersucht, zwei Wochen zu spät. Wir haben kaum ein Wort miteinander gewechselt. Schließlich waren wir nicht bei einem Rendezvous.«

»Und wenn, würde sie hinterher jedem erzählen, du wärst zu schnell gekommen«, witzelte Combes. Das brachte ihm kräftige Lacher ein, auch wenn sich seine Bemerkung nicht sehr von dem üblichen Kennedy-Witz unterschied, der seit sechs Monaten die Runde machte. Wie immer bei Witzen, erhielt auch dieser seine Lebensberechtigung durch anonyme E-Mails, Schmierereien in der Toilette und zotige Bemerkungen der untersten Schublade im Old Star. *Warum hat Kennedy ihren Freund verlassen? Was hat Kennedy dem Eheberater erzählt? Warum bekommt Kennedy nie einen Orgasmus?*

Sie erzählten Harper die Geschichte, die er, wie mittlerweile alle Polizisten in der Stadt, bereits bis in alle Einzelheiten kannte, doch die Detectives gaben die Legende mehr zu ihrem eigenen Vergnügen als zu seinem weiter. Kennedy war als Mitglied der bewaffneten Sondereinheit mit zwei ihrer Kollegen zu einem Notfall gerufen worden. Ein Typ schrie nachts um zwei Uhr vor einem Haus in Harlesden herum und wedelte mit einer Waffe. Nachbarn hatten gehört, wie ein Fenster eingeschlagen worden war. Eine Frau sagte aus, sie habe einen Schuss gehört.

Kennedy führte Gates und Leakey, ihre beiden Kollegen, an, die rechts und links hinter zwei geparkten Fahrzeugen Stellung bezogen. Der Verdächtige, ein gewisser Marcus Dell, dreißig, hatte irgendetwas eingeworfen und schwebte über den Wolken, und das, was er in seiner rechten Hand schwenkte, sah wie eine Waffe aus. Doch seine linke Hand blutete wie verrückt, und laut Kennedys Aussage hatte sie vermutet, dass er die Scheibe mit der bloßen Faust eingeschlagen und nicht durchschossen hatte.

Sie war langsam auf ihn zugegangen, hatte die ganze Zeit besänftigend auf ihn eingeredet. Als sie drei Meter entfernt war, sah sie, dass er ein zerbrochenes Klapphandy in der Hand hielt, dessen Deckel wie ein Pistolenlauf abstand.

Sie meldete Entwarnung, so dass die beiden Kollegen aus ihrer Deckung herauskamen. In ihnen brodelte eine Mischung aus Adrenalin, Erleichterung, Wut und der Verwirrung, die aufkommt, wenn man kurz vor einer Tod-oder-Leben-Entscheidung steht, die sich dann in nichts auflöst.

Dell warf sein Telefon auf Leakey und traf ihn am Auge. Gates und Leakey verloren die Nerven und gaben innerhalb von sechs ereignisreichen Sekunden elf Schüsse ab. Vier dieser Schüsse trafen ins Schwarze: Arm, Bein, Oberkörper, Oberkörper.

Auf wundersame Weise ging Dell allerdings nicht zu Boden, sondern griff Kennedy an. Da er nur einen Meter von ihr entfernt stand, brauchte er nur einen Schritt vorwärts zu gehen und seine Hand um ihren Hals zu legen.

Nun war es Kennedy, die den nächsten Schuss abgab und Dell damit erledigte, und zwar durch die linke Herzkammer mit einem Abstand, der im Polizeibericht knapp mit »null Zentimeter« angegeben wurde. Sie hatte sein Herz mehr oder weniger durch seinen Rücken nach draußen gepustet. Von seinem Blut überströmt, hörte sie, wie Gates und Leakey seinen Tod bestätigten.

Dies war die Geschichte, wie sie von der Frau des Toten erzählt wurde, der einzigen Augenzeugin, die zu einer Aussage bereit war. Dell hatte in sein eigenes Haus einbrechen wollen, nach einem Ehestreit, der sich darin gründete, dass er Drogen genommen hatte, ohne seiner Frau etwas abgeben zu wollen. Lorina Dell beschrieb die Abfolge der Ereignisse und die jeweiligen Rollen der drei bewaffneten Polizisten sehr klar.

Gates und Leakey erzählten die Geschichte natürlich anders. Sie behaupteten, sie hätten geschossen, bevor Dell das Telefon auf Leakey geworfen hatte, das sie zu diesem Zeitpunkt immer noch für eine Waffe gehalten hätten.

Hier versank die Geschichte im Schlamm. Leakey bot nämlich als Beweis eine Waffe, eine billige russische GSh-18 mit vollem Magazin, die angeblich hinten in Dells Hosenbund gesteckt hatte. Gates bestätigte die Herkunft der Waffe, obwohl sich kein einziger Fingerabdruck von Dell darauf befand.

Es war aber nicht die Zeugenaussage der Ehefrau des vollgedröhnten Toten, die die zwei vor Gericht zu Fall brachte, sondern die von Kennedy. Sie leugnete, dass die GSh-18 am Tatort gefunden worden war. Kurz zuvor hatte man nach einer Razzia auf einem Containerschiff eine Menge geschmuggelter Waffen, Haschisch und – unpassenderweise – gefälschte Viagra-Pillen beschlagnahmt. Kennedy beschuldigte ihre beiden Kollegen, auf

Dell geschossen zu haben, als er sichtlich keine Bedrohung dargestellt hatte.

Kennedys Entscheidung, die George-Washington-Eröffnung zu spielen, erwischte alle anderen auf kaltem Fuß. Damit verlor sie ebenso wie Gates und Leakey ihre Lizenz für bewaffnete Einsätze, und in der Abteilung musste sie sich einem ewigen Kampf stellen, den sie letztendlich nicht gewinnen konnte. Der Kerl war mit den Händen um den Hals einer Polizistin gestorben. Der Fall hätte nicht vor Gericht gebracht werden müssen, wenn alle mitgespielt hätten.

In weiteren Verhören wurde Kennedy aufgefordert, ihre Version der Ereignisse mindestens ein Dutzend Mal zu wiederholen, ohne dass ein einziges Wort niedergeschrieben wurde. Taktvolle Kollegen boten ihr an, zu überdenken, wie sich die Schlüsselereignisse gegenseitig überlagert hätten und welcher Gefahr sie selbst durch Mr Dells Angriff ausgesetzt gewesen sei. Solche wiederholten Sitzungen waren bereits in anderen widersprüchlichen Fällen mit positivem Ergebnis für die beteiligten Polizisten durchgeführt worden. Aber für eine Polizistin mit mangelndem Selbsterhaltungstrieb konnte man nichts tun. Kennedy behauptete weiterhin, sie, Gates und Leakey hätten sich mit tödlicher Gewalt gegen einen Drogenabhängigen gewendet, der kaum auf eigenen Beinen stehen konnte. Sie forderte den Staatsanwalt regelrecht auf, sie zu verurteilen.

Bisher war dies nicht passiert. Der Fall war ins Stocken geraten, weil sich drei Parteien – städtische Polizei, Staatsanwaltschaft und Polizeibeschwerdekommission – ineinander festgebissen hatten. Die Untersuchung musste abgeschlossen sein, bevor man sich egal für welche Strafen entscheiden würde. Bis dahin waren Gates und Leakey bei vollem Gehalt vom Dienst suspendiert, während Kennedy ohne Waffenschein bleiben und sich ihrem Alltagsdienst hingeben musste.

Wobei nichts für die Beteiligten zur Normalität zurückgekehrt war. Kennedy war in Coventry, eine Ausgestoßene in der Löwengrube, eine wandelnde Zielscheibe für jeden Mist, mit dem die Detectives sie bewerfen wollten und auf diese Weise, wie Harper dachte, vielleicht keinen sichtbaren, aber einen nicht wiedergutzumachenden Schaden anrichteten. Als sie ihn gewarnt hatte, hatte er das Gefühl gehabt, dass sie es eher aus Pragmatismus als aus donquichottischer Großzügigkeit getan hatte, so wie die Offiziere auf der *Titanic* den Rettungsbooten angeordnet hatten, auf Abstand zu gehen, damit sie nicht in dem Sog des sinkenden Dampfers mit in die Tiefe gerissen werden würden.

Harper merkte, dass Combes ihn immer noch anschaute und auf eine Antwort zu der Moralgeschichte wartete.

»Mit ihr zu arbeiten scheint nicht leicht zu sein«, warf Harper beschwichtigend ein.

»Da hast du verdammt noch mal recht«, stimmte jemand – Stanwick? – zu.

»Aber ich denke, sie war sich sehr sicher in dem Punkt, wie ihre beiden Kollegen die Verhaftung vermasselt haben.«

Die Stimmung in der Löwengrube kühlte ab. »Was hat das Dreckschwein denn erwartet?«, fragte Stanwick. »Er hat eine Polizistin angegriffen, und dafür wurde er erledigt. Damit sind wir ihn los.«

»Gut«, stimmte Harper zu. »Wahrscheinlich werden alle auf dieser Grundlage argumentieren. Damit schadet Kennedy niemandem, wenn sie an ihrer Version festhält.«

»Rechnest du dir Chancen aus?«, wollte Combes

wissen. Er klang eindeutig schnippisch. »Sie ist echt ein steiler Zahn.«

Objektiv betrachtet, hatte Kennedy alles, was man brauchte, um sich eine solche Titulierung zu verdienen: eine Figur, die an den richtigen Stellen breiter und schmaler wurde; eindrucksvoll blondes Haar, das sie auf eine Weise hinten zusammengebunden hatte, die vermuten ließ, dass sie es als Vorspiel zum Sex lösen und ausschütteln konnte, was man sich gerne ansehen würde; und ein Gesicht, das – wenn auch an Nase und Kinn vielleicht etwas zu betont – immer noch mit einem intensiven Ausdruck gesegnet war, den man durchaus als attraktiv bezeichnen konnte.

Doch sie war zehn Jahre älter als Harpers Freundin Tessa, und diese Beziehung war so neu, dass er andere Frauen noch nicht objektiv betrachten konnte. Er zuckte unverbindlich mit den Schultern.

»Er rechnet sich Chancen aus«, verkündete Combes der Allgemeinheit. »Na, das kannst du vergessen, mein Junge. Sie ist eine Lesbe.«

»Echt?« Jetzt war Harpers Interesse geweckt, aber nur das als Detective. »Woher weißt du das?«

»Letzten März, bei unserem Betriebsausflug, hat sie eine Mieze mitgebracht«, antwortete Stanwick, als spräche er mit einem Idioten.

»Würde das nicht die Hälfte von euch auch zu Lesben machen?«, fragte Harper unschuldig. Seine Worte klangen locker und freundlich, doch die Stimmung wurde noch eisiger. In gewisser Hinsicht unterzogen sie ihn einem Test, bei dem er nicht gut abschnitt.

»Jedenfalls siehst du besser zu, dass du deinen Spaß hast, solange du kannst, Kumpel«, brachte es einer der anderen DCs auf den Punkt. »Sie wird nicht mehr lange hier sein.«

»Nein«, stimmte Harper zu. »Wahrscheinlich nicht.«

Die Unterhaltung wendete sich anderen Dingen zu, bei denen er nicht mehr beteiligt war. Er ließ es geschehen. Er musste eine Menge Telefonate erledigen, mit denen er beginnen konnte, solange Kennedy bei Barlows Schwester war.

Das London Historical Forum fand zwei Mal im Jahr an der Universität statt. Er fand heraus, dass das zuständige Büro in Birkbeck lag, und nach einem schier endlosen Fang-den-Hut-Spiel am Telefon mit zahllosen Rezeptionistinnen und Sekretärinnen konnte er schließlich die Adressliste der letzten Konferenz ergattern. Sie wurde ihm eine halbe Stunde später als E-Mail-Anhang geschickt, doch statt einer Textverarbeitungsdatei hatte er eine Reihe jpg-Bilder erhalten. Jede Seite war einzeln eingescannt worden, in einigen Fällen sehr schlampig, so dass die ersten Buchstaben der Nachnamen links abgeschnitten waren und auf jeder Seite die letzten zwei oder drei Zeilen zu fehlen schienen.

Harper mailte zurück, um zu fragen, ob es irgendwo im System eine Word-Version der Liste gebe, druckte aber die gescannten Seiten trotzdem aus. Vorerst konnte er mit dem arbeiten, was er hatte.

Als Harper den Flur entlang zum Drucker ging, dachte er über das Gespräch in der Löwengrube nach. Warum war er für Kennedy eingetreten oder hatte sich zumindest geweigert, sich der allgemeinen Verurteilung anzuschließen? Sie war alles andere als sympathisch und hatte es mehr als deutlich gemacht, dass sie den Fall am liebsten allein bearbeiten würde.

Doch es war Harpers erster Fall, weswegen ein atavistischer Teil in ihm den Rückzug verweigerte. Der Engel, der über die Polizeiarbeit wachte, ging seiner Vorstellung nach hart ins Gericht mit Polizisten, die sich aus Angst, das Boot zum Kentern zu bringen, voreilig aus der Affäre zogen. Und Kennedy schien über einen guten Instinkt zu verfügen, der sich allerdings nicht durch Spontaneität auszeichnete, sondern durch Methodik und Sorgfalt. Harper hatte spontane Menschen kennengelernt, bevorzugte aber diejenigen, die ihre Kernfähigkeiten intelligent einsetzten. Doch so sehr Kennedy auch wegen Dells Tod, der bevorstehenden Gerichtsverhandlung und ihrem Leben als Exilantin innerhalb der Polizei aus dem Gleichgewicht geraten war, versuchte sie dennoch ihre Arbeit zu tun.

Also würde er mit Kennedy arbeiten und sich – vorerst – im Zweifel für die Angeklagte entscheiden. Wenn sie ihm zu sehr zusetzte oder wenn sie ungefestigter war, als er vermutete, hatte er immer noch die Möglichkeit, sich auf der Leiter nach oben zu wenden und persönliche Differenzen geltend zu machen, wie sie vorgeschlagen hatte.

Bis dahin empfand er seine Entscheidung, sich nicht auf die Seite von Menschen wie Combes und Stanwick zu schlagen, die er bereits als eigennützige Arschlecker erkannt hatte, wie einen guten Whiskey für seine Seele.

Mit den ausgedruckten Seiten in der Hand ging er zu seinem Schreibtisch zurück und begann mit der zähen, unerfreulichen Arbeit, einige Augenzeugen aufzutreiben, die es vielleicht gar nicht gab.

Er war beim siebten Namen auf der Liste, als er die nächste Leiche fand.

7

Rosalind Barlow hatte die gleiche Adresse wie Stuart Barlow. Bruder und Schwester lebten oder vielmehr hatten zusammen in einem landhausähnlichen Bungalow gleich abseits des M25-Rings in Merstham gelebt, einem Ort, der wahrscheinlich einmal ein Dorf gewesen war. Wie William und Caroline Herschel; oder die Wordsworths; oder Emily, Anne und Charlotte mit Bramwell Brontë. Kennedy hatte selbst einen Bruder und deswegen ihre Zweifel bezüglich solcher familiärer Konstellationen. Mit einem Freund zusammenzuleben war schon schlimm genug. Wenn ein Bruder in der Wohnung herumhing, war dies die schmiedeeiserne Garantie für unterdrückte Entwicklung und neurotische Koabhängigkeit.

Nach zehn Minuten musste sie ihre Einschätzung revidieren. Ros Barlow war eine Frau, wie man sie oft als »hübsch« bezeichnete – resolut, selbstsicher, stattlich mit kräftigem Körperbau und kastanienbraunem Haar. Sie war fünfzehn Jahre jünger als ihr Bruder, und das Haus hatte sie von ihren Eltern geerbt und gehörte demnach ihr. Stuart Barlow hatte jahrelang mietfrei darin gewohnt, während Ros in der Wertpapierabteilung einer New Yorker Bank gearbeitet hatte. Erst vor kurzem war sie wieder nach London gezogen, weil ihr dort eine bessere Stellung angeboten worden war. Deswegen hatte sie ein paar Monate das Haus mit ihrem Bruder geteilt, während er auf der Suche nach etwas anderem gewesen war. Jetzt allerdings suchte sie selbst nach einer neuen Bleibe.

»Für ein paar Nächte finde ich Unterschlupf bei einer Freundin. Dann werde ich mir etwas suchen, das näher am Zentrum liegt. Wenn es nichts zu kaufen gibt, miete ich was. Aber mit Sicherheit werde ich nicht hier bleiben.«

»Warum nicht?«, fragte Kennedy, überrascht von Rosalind Barlows Vehemenz.

»Warum nicht? Weil es Stus Haus ist. Alles, was sich hier befindet, ist von ihm. Er hat Jahre gebraucht, um es so einzurichten, wie er es haben wollte. Ich würde es lieber jemandem verkaufen, dem es so gefällt, wie es ist, als die nächsten zwei Jahre damit zuzubringen, es stückchenweise so zu verändern, dass es zu mir passt. Ich würde mich fühlen wie …«, sie suchte nach einem Vergleich, »als würde er immer noch versuchen, sich an mich zu klammern, während ich ihm einen Finger nach dem anderen breche. Es wäre schrecklich.«

Ros hatte auf die Nachricht, dass die Ermittlungen wieder aufgenommen worden waren, gelassen reagiert. »Gut!«, war alles, was sie gesagt hatte.

Sie saßen im Wohnzimmer. An den Wänden hingen Zeichnungen aus dem *Punch Magazine* aus dem neunzehnten Jahrhundert, ein alter viktorianischer Rollschreibtisch war zu einer Getränkebar umfunktioniert worden. Eine offene, moderne Treppe ohne Setzstufen zweiteilte das Zimmer – etwas, das man in einem Bungalow nicht unbedingt erwarten würde. Wahrscheinlich hatte Barlow das Dach ausbauen lassen.

»Sie haben um eine Obduktion gebeten.« Kennedy stellte die kleine Tasse mit dem sehr starken Espresso ab, den Ros ihr bei ihrer Ankunft angeboten hatte. »Hatten Sie den Verdacht, dass der Tod Ihres Bruders kein Unfall war?«

Ros schlug ungeduldig ihre Zähne aufeinander. »Das wusste ich«, antwortete sie. »Und dem Constable, der hier war, habe ich genau gesagt, warum. Aber es war klar zu erkennen, dass er nicht zuhörte, deswegen musste ich eine Obduktion beantragen. Ich habe schon lange mit überarbeiteten Menschen zu tun, deswegen erkenne ich die Zeichen. Man muss Lärm schlagen, sich verdammt laut bemerkbar machen, ansonsten wird man als Routinefall abgehakt, und es passiert gar nichts.«

Kennedy stimmte zwar zu, sagte aber nichts. Sie war nicht hier, um die Empörte zu spielen. »Ich nehme an, es handelte sich um einen Kollegen von der örtlichen Polizei? In Uniform?«

»In Uniform, ja.« Ros legte die Stirn in Falten. »Und ich habe ihn Constable genannt, obwohl ich ihn nicht nach seinem Rang gefragt habe. Auf seiner Schulter befanden sich eine Nummer und Buchstaben, aber keine Streifen oder Sterne. Ich war ein paar Jahre in den USA, aber ich glaube, deswegen war er ein Constable, es sei denn, die Abzeichen wurden geändert.«

»Ja«, bestätigte Kennedy, »war er.« Ihr gefiel, dass Ros sich auch nach zwei Wochen noch an diese Einzelheiten erinnerte. Das hieß, sie könnte sich vielleicht auch an andere Dinge mit ähnlicher Klarheit erinnern.

»Was ist Ihrer Meinung nach mit Stuart passiert?«, fragte sie.

Ros' Gesichtsausdruck verhärtete sich. »Er wurde ermordet.«

»Ich verstehe. Warum vermuten Sie das?«

»Er hat es mir gesagt.« Kennedys Überraschung war wohl durch ihr Pokergesicht hindurch sichtbar, denn Ros fügte mit Nachdruck hinzu, als müsse sie sich verteidigen: »Doch, hat er. Drei Tage vor seinem Tod.«

»Dass man ihn ermorden würde?«

»Dass ihn vielleicht jemand angreifen würde. Er fühlte sich bedroht und wusste nicht, was er tun sollte.«

Ros' Verhalten wurde noch härter, schärfer. Im Gegenzug dazu wurde Kennedy automatisch ruhiger. »Das muss für Sie beide schrecklich gewesen sein«, sagte sie. »Warum sind Sie nicht zur Polizei gegangen?«

»Das hatte Stu bereits getan, als er merkte, dass er verfolgt wurde.«

»Während der Konferenz?«

»Ja. Danach.«

»Aber wenn er tatsächlich bedroht wurde ...« Kennedy ging vorsichtig vor. Sie hatte bemerkt, dass sich Ros nicht gern einem Verhör aussetzte und jede Frage als Herausforderung auffasste, wenn sie nicht möglichst neutral formuliert war. »Hat er das damals alles auch so erklärt?«, fragte sie weiter. »Ich meine, als er die Polizei anrief und sagte, dass er verfolgt wurde. Oder gab es da noch mehr, was er nicht gesagt hat? Ich frage, weil ich die Ermittlungsakte gelesen habe, und darin wird keine tatsächliche Bedrohung erwähnt.«

Ros runzelte die Stirn und schüttelte den Kopf. »Ich sagte, er *fühlte* sich bedroht, nicht, dass er tatsächlich bedroht wurde. Er sagte der Polizei alles, was er sagen konnte, alles, was nachvollziehbar war. Der Rest ... waren Eindrücke, vermute ich. Aber ich weiß, dass er Angst hatte. Keine allgemeine Angst, sondern Angst vor etwas Speziellem. Sergeant Kennedy, mein Bruder war kein von Vernunft bestimmter Mensch. Als Kind war er immer derjenige, der plötzliche Begeisterung zeigte – Sammelfieber, Leidenschaft für Comics oder bestimmte Kultsendungen im Fernsehen und solche Sachen. Und auch emotional war er immer ... völlig aus dem Häuschen. Deswegen hatte ich allen Grund, zu glauben, dass er übertrieb, aus einer Mücke einen Elefanten machte. Aber diesmal war es anders.«

»Wie anders?«

»Jemand hat hier eingebrochen, mitten in der Nacht, und Stuarts Sachen durchwühlt. Das war keine Einbildung.«

»Haben Sie Anzeige erstattet?«, fragte Kennedy automatisch. »Ich meine, gibt es einen Nachweis? Ist der Einbruch irgendwo dokumentiert?«

»Natürlich haben wir Anzeige erstattet. Sonst hätten wir den Einbruch nicht der Versicherung melden können.«

»Wurde denn etwas gestohlen?«

»Nein. Nichts, soweit wir sehen konnten. Aber wir brauchten neue Schlösser, und die Hintertür musste repariert werden. Durch sie kam der Einbrecher herein.«

»War das bevor oder nachdem Professor Barlow bemerkte, dass er verfolgt wurde?«

»Danach. Ab dem Zeitpunkt nahm ich die ganze Sache ernst. Aber die Polizei offensichtlich nicht.«

Weil niemand den Fall als Ganzes betrachtet hatte, dachte Kennedy. Auch nicht, nachdem Barlow gestorben war. Barlows Anzeige wegen der Verfolgung wurde erst wahrgenommen, als der Obduktionsbericht in die Akte kam – und alle Akteneinträge bezüglich des Einbruchs waren vermutlich im System untergegangen. Eine Farce! Das zentrale Polizeiregister war nicht gerade neu oder kompliziert. Es sollte mittlerweile automatisch Querverweise zu alten Fällen aufzeigen, wenn neue eingegeben wurden. Solange man also die Felder korrekt ausfüllte, poppten die alten Sachen wie von alleine auf.

Doch diesmal nicht.

»Wir sind da wohl ziemlich schlecht in die Gänge gekommen«, gab Kennedy zu in dem Versuch, Ros Barlows Feindseligkeit durch Reue zu mildern. »Aber wenn Sie recht haben, warum hat der Einbrecher Ihren Bruder nicht gleich hier umgebracht? Wurde er etwa auf frischer Tat ertappt? Haben Sie ihn hereinkommen hören?«

Ros schüttelte den Kopf. »Nein. Wir haben erst am Morgen gemerkt, dass jemand eingebrochen war.«

Sofern es also einen gemeinsamen Nenner gab, musste es um mehr als nur den Mord an Barlow gehen. Schließlich hätte er hier genauso leicht ermordet werden können – oder noch leichter, wenn er im Schlaf überrascht worden wäre.

Kennedy erinnerte sich an das Chaos in Barlows Büro. Vielleicht hatte das gar nicht dem Normalzustand entsprochen. Vielleicht hatte auch dort jemand eingebrochen. Sie betrachtete die schräge Lichtsäule, die sich zwischen den einen spaltbreit geöffneten Vorhängen aufbaute. Staub hing in der regungslosen Luft. Das Wort »ermordet« hatte in diesem Zimmer etwas Unwirkliches – und das Szenario in ihrem Kopf, in dem Barlows Leiche die Treppe in der historischen Fakultät hinaufgezerrt und wieder hinabgestoßen worden war, wirkte lächerlich und melodramatisch. Doch anders als Stuart Barlow handelte sie nicht gefühlsgesteuert. Sie reagierte auf Beweise, und diese deuteten auf etwas Kompliziertes und Schlimmes. Ein Mord, dem ein Einbruch vorausgegangen war, bedeutete, dass ein Plan oder Motiv verfolgt wurde und es nicht einfach nur darum ging, jemanden umzubringen.

»Haben Sie mit Ihrem Bruder darüber gesprochen, was der Eindringling gesucht haben könnte?«, fragte sie. »Hatte er Angst, weil etwas Bestimmtes in seinem Besitz war? Etwas Wertvolles, nach dem seiner Meinung nach jemand gesucht haben könnte?«

Diesmal zögerte Ros, schüttelte aber schließlich wieder den Kopf. »Möglich, ja, aber Stu unterhielt sich fast nie mit mir über seine Arbeit, weil er wusste, dass ich es stinklangweilig fand. Er hatte in letzter Zeit oft mit den

Ravellers darüber diskutiert. Das heißt, er arbeitete an etwas Altem. Doch meistens verwenden sie Fotos oder Transkripte, keine Originale. Es gab also keinen Grund, warum er wertvolle Artefakte im Haus verwahrt haben sollte.«

»Die Ravellers?«, fragte Kennedy nach.

»Eine Internetgemeinschaft für Paläographen. Menschen, die mit alten Manuskripten und frühen Drucken arbeiten.«

»Also professionelle Akademiker wie Ihr Bruder?«

»Und Hobbytreibende. Viele tun es nur aus Spaß.«

»Wie komme ich mit ihnen in Kontakt?«

Ros zuckte mit den Schultern. »Tut mir leid, das weiß ich nicht. Ich verwende Rechner nur für Tabellen und E-Mails. Es handelt sich um ... ein Forum? Eine Webseite? Ich weiß es nicht. Das müssen Sie einen von Stus Kollegen fragen. Aber ich glaube auch, dass Sie genau dort anfangen müssen. Mir fällt sonst nichts ein, was jemanden veranlasst haben könnte, Stuart zu verfolgen oder anzugreifen.«

Kennedy erinnerte sich an etwas, das Ellis gesagt hatte. »Er schrieb an einem Buch. Könnte es darin um etwas Sensationelles oder Kontroverses gehen? Um eine neue Theorie oder die Widerlegung einer alten? Um etwas, das den Ruf eines anderen Wissenschaftlers schädigte?«

Ros' Gesicht schien plötzlich in sich zusammenzufallen. Sie schwieg einen Moment, bis sie mit zitternder Stimme antwortete. »Stu arbeitete seit zehn Jahren an diesem verdammten Buch. Er sagte immer, er werde die Danksagung wohl erst auf seinem Totenbett schreiben.« Wieder legte sie eine Pause ein, bevor sie in kühlerem Ton fortfuhr. »Es half auch nicht weiter, dass er sich nicht im Klaren darüber war, auf welches bescheuerte Thema er sich festlegen sollte. In den ersten fünf Jahren waren es die Schriftrollen vom Toten Meer. Er war überzeugt, dass es darin noch viele große Sachen zu entdecken gab, auch wenn sie in den letzten sechzig Jahren bis ins Kleinste erforscht worden waren. Wissen Sie, wie viele Bücher es über die Rollen schon gibt? Hunderte. Wirklich, Hunderte. Als ich Stu fragte, warum das überhaupt jemand lesen sollte, tat er ganz geheimnisvoll und zitierte William Blake.«

»Welche Verse?«, fragte Kennedy.

»Äh ... es ging um zwei Leute, die die Bibel lesen, der eine sieht sie schwarz, der andere weiß. Stu hielt das für unglaublich schlau. Aber dann verlor er völlig das Interesse an den Rollen. Er beschäftigte sich mit der Zeit der Gnostiker und diesen komischen frühchristlichen Kulten – Arianer und Nestorianer und diese anderen fröhlichen Geistlichen. Dann ging es um Bischof Irenäus. Und schließlich um den Rotgut. Ich glaube, als wir das letzte Mal darüber sprachen, ging es darum. Um den Rotgut. Es gehe um eine völlige Neubewertung des Rotgut, hat er gesagt.«

Kennedy bedeutete ihr, weiterzuerzählen, was sie davor bewahrte, zugeben zu müssen, dass sie keine Ahnung hatte, worüber Ros sprach. Vermutlich nicht über einen verbotenen Schnaps.

»Der Rotgut-Kodex«, erklärte Ros. »Eine mittelalterliche Übersetzung einer verlorenen Version des Johannes-Evangeliums. Geheimnisvoller geht's nicht, es sei denn, man will so etwas wie Satzzeichen erforschen. Ich glaube nicht, dass in Stus Buch der Ruf von irgendjemandem angegriffen wurde. Nicht einmal sein eigener. Einige Universitäten verlangen von ihren Mitarbeitern, dass sie veröffentlichen, damit sie nicht entlassen werden. Stu hatte eine Festanstellung und damit ein lockeres Leben.«

Kennedy stellte noch ein paar Fragen, vor allem über

Barlows Kollegen am Prince Regent und die Freunde, die er übers Netz kannte. Doch sie wusste kaum über das öffentliche Leben oder die privaten Vorlieben ihres Bruders Bescheid.

Als sie Kennedy zur Tür brachte, kam ihr noch etwas in den Sinn. »Michael Brand«, sagte sie, als würde sie auf eine Frage antworten, die Kennedy bereits gestellt hatte.

»Wer ist das?«

»Einer der Ravellers. Er ist der einzige, den Stu mir gegenüber je namentlich erwähnt hatte. Vielleicht müssen Sie gar nicht weit fahren, um mit ihm zu sprechen. Er arbeitet im Moment in London oder hat es bis vor einigen Wochen noch getan. Stu traf sich mit ihm am Abend vor seinem Tod.«

»Nur privat, oder …?«

Ros öffnete die leeren Hände. »Ich habe keine Ahnung. Aber er wohnte in einem Hotel irgendwo im West End in der Nähe des College. Nah genug für Stu, um nach der Arbeit dort vorbeizugehen. Vielleicht unterhielten sie sich über all das. Vielleicht ist das der Grund, warum Brand in London war.«

Sie gingen gemeinsam zur Tür, wo Ros sichtlich immer noch in ihren Erinnerungen wühlte. »Es war nicht das Bloomsbury«, murmelte sie. »Auch nicht das Great Russell. Aber es lag irgendwo in der Gegend, und der Name bestand aus zwei Wörtern. Zwei kurzen Wörtern.«

Sie öffnete die Tür. Kennedy trat hinaus und drehte sich noch einmal um.

»Pride Court«, sagte Ros. »Das Pride-Court-Hotel.«

»Sie waren mir eine große Hilfe, Miss Barlow«, sagte Kennedy. »Danke.«

»Keine Ursache«, wimmelte Ros kühl ab. »Aber vielleicht können Sie sich ja revanchieren.«

Kennedys Telefon klingelte, als sie den Wagen erreichte. Sie erkannte die Nummer als die eines ihrer Kollegen aus der Löwengrube, weswegen sie den Anruf eigentlich ignorieren wollte, doch es hätte Summerhill sein können, der etwas von ihr wissen wollte.

»Kennedy.«

»Hi. Hier ist Chris Harper.«

»Wie sieht's aus?«

»Bestens. Ehrlich, Sarge, meine Produktivitätsrate ist in schwindelerregende Höhe gestiegen.«

Das Schließsystem klackte, als Kennedy auf den Autoschlüssel drückte, doch sie öffnete die Tür noch nicht. »Was wollen Sie damit sagen?«

Harpers Lachen bebte vor Aufregung, doch er schaffte es, seiner Stimme einen gelangweilt-triumphierenden Klang zu verleihen. »Als ich mich an meine Arbeit gemacht habe, hatten wir nur die eine Leiche. Jetzt haben wir drei.«

8

Die ersten Zombiegeschichten wurden zwei Tage nach dem Absturz gemeldet, doch die wahre Flut schlug erst an Tag vier zu. Diese Dinge brauchten wohl eine gewisse Zeit, um eine Eigendynamik zu entwickeln, mutmaßte Sheriff Webster Gayle, doch wenn sie diesen Punkt erreicht hatten, ließen sie sich nicht mehr aufhalten.

An Tag zwei gab es nur einen Vorfall – eine echte Erscheinung, wenn man es so nennen wollte, auch wenn es eigentlich genau das nicht war. Sylvia Gallos, die Witwe eines Mannes, der auf dem Flug 124 der Coastal Airlines starb, war in der Nacht aufgewacht, weil sie unten Geräusche gehört hatte. Obwohl sie durch die Trauer verwirrt war, war sie doch so geistesgegenwärtig, um aus der Nachttischschublade die Kaliber .22 herauszukramen, die ihr Mann Jack für sie gekauft hatte. Wegen seiner vielen Geschäftsreisen hatte er sie oft allein lassen müssen und sich große Sorgen um ihre Sicherheit gemacht.

Mit der Waffe in der Hand, die Mrs Gallos mehr oder weniger ruhig hielt, schlich sie die Treppe hinunter. Das Haus war leer und die Tür fest verschlossen. Doch der Fernseher war eingeschaltet, ein Glas Whisky mit Wasser stand halbleer auf dem Wohnzimmertisch, und in der Luft schwebte der Duft des Lieblingsparfüms ihres Mannes, Bulgari Black.

Das war's für Tag zwei, doch es lief gut und erhielt seine Sendezeit, gewöhnlich im Anschluss an die zehn oder zwölf Minuten ernsthafter Berichterstattung. Die Behörden versuchten immer noch herauszufinden, wer für den Absturz verantwortlich war. Der Flugschreiber war noch nicht geborgen worden, auch wenn eine Menge Menschen danach suchten. Die Meinungen, was genau passiert war, gingen auseinander. War es ein Terrorakt gewesen? Oder hatte es an der Vulkanasche in der oberen Atmosphäre gelegen, eine späte Auswirkung des Ausbruchs in Island etwa ein Jahr zuvor? Oder, der schlimmste Fall aus Sicht der Industrie, ein Fabrikationsfehler, der bedeuten würde, dass alle Flugzeuge dieser Serie – es handelte sich um eine nur vier Jahre alte Embraer E-195 – in absehbarer Zeit aus dem Verkehr gezogen werden müssten?

An Tag drei gab es laut Fernsehberichten ein Puzzlestück bei der Ursachenforschung. Immer noch kein Flugschreiber, doch die Leute von der Versicherung und der Flugaufsicht hatten die meisten Wrackteile untersucht, und sie erzählten eine schlüssige, wenn auch nicht vollständige Geschichte. Eine der Türen war während des Flugs herausgerissen worden, was zu einem massiven Druckabfall in der Kabine geführt hatte. Der anschließende Dominoeffekt hatte alles Weitere ausgelöst – das Druckschott hatte sich geschlossen, wobei einige Hydraulikkabel zerrissen waren und sich ein paar Sekunden später die vertikalen Stabilisatoren ausgeschaltet hatten. Die Motoren hatten blockiert, der Luftstrom war abgebrochen, und das Flugzeug, das über ein Leergewicht von 32 Tonnen verfügte, hatte eine Aerodynamik wie ein riesiger Sack Eisenstangen entwickelt. Die Erdanziehung hatte den Rest erledigt und Flug 124 in seine vernichtende Umarmung genommen.

Peason stand noch immer unter Schock und trauerte um die toten Fremden, die aus dem Himmel gepurzelt waren, doch für den Rest der Nation schien der Vorfall weniger interessant zu sein, nachdem eine Erklärung gefunden worden war. Daher übernahmen ab Tag drei die persönlichen Geschichten und Schicksale, die mit dem Absturz in Verbindung standen, die Nachrichten. Nun ging es um die Frau, die nach New York fliegen wollte, um sich nach einer zwanzigjährigen Fehde mit ihrer Schwester zu versöhnen; um den Mann, der seiner Sandkastenfreundin die entscheidende Frage stellen wollte; um die drei Passagiere, die, obwohl sie getrennt geflogen waren und anscheinend nichts voneinander gewusst hatten, zum selben Jahrgang an der Northridge Community High School gehört hatten.

Und inmitten all dieser stückchenweise verkauften Seifenoperntragödien tauchten die wandelnden Toten auf. An Tag vier erschienen sie in großer Anzahl.

Ein Mitarbeiter der New Yorker Stadtwerke, Passagier des Fluges 124 und auf dem Heimweg von einer Incentive-Reise nach Mexiko-Stadt, hatte sich mit seiner Magnetkarte Zugang zu seinem Büro verschafft, ein paar E-Mails geschrieben, ein paar Pornos im Internet angeschaut und war, ohne seine Karte noch einmal durch den Schlitz zu ziehen oder von den Sicherheitskräften oder den Empfangsmitarbeitern gesehen worden zu sein, spurlos verschwunden. Er lag zu dem Zeitpunkt im Leichenschauhaus von Peason, doch scheinbar übt Routine eine große Kraft aus.

Eine Frau aus New Jersey, auch ein Opfer von Flug 124, holte ihren Wagen aus der Garage und fuhr damit zu einem Supermarkt, wo sie fünfzig Dollar von ihrem Konto abhob und ein Katzenspielzeug – einen Goldfisch am Band – und eine Dose Sardellen kaufte, die im Kofferraum ihres Wagens gefunden wurden, der nach Ladenschluss noch immer auf dem Parkplatz stand. Ihr Freund bestätigte, dass sie Felix, ihrem Burma-Kater, immer solche Kleinigkeiten mitgebracht hatte, wenn sie von einer Reise zurückgekommen war.

Und für den vielleicht unheimlichsten Vorfall sorgte eine andere Passagierin, eine gewisse Angelica Saville, die ihren Bruder in Schenectady anrief und sich beklagte, das Flugzeug sei stundenlang im Nebel gekreist, so dass man draußen nichts mehr hatte sehen können. Der Anruf war genau einundsechzig Stunden nach dem Flugzeugabsturz bei ihm eingegangen.

»Hast du dieses Zeug gelesen?«, fragte Webster Gayle. Er saß mit Eileen Moggs bei ihrem wöchentlichen Mittagessen im Kingman Best of the West drei Kilometer außerhalb der Stadt an der 93. Er zeigte ihr die Geschichte der Frau aus New Jersey. Sie zuckte zusammen, als hätte er ihr mit der Zeitung ins Gesicht geschlagen.

»Das wird uns doch alle zehn Jahre wieder aufgetischt«, kommentierte Moggs. Sie machte ein saures Gesicht, und Gayle tat es leid, dass er der Anlass war. Schließlich fand er ihr Gesicht – faltig, ausgeprägte Züge, intensiv, darüber krause, rote Locken, die aussahen wie brennendes Gestrüpp – beeindruckend und wunderschön. »Die warten, bis alle die letzte Serie vergessen haben, und dann schlagen sie wieder zu. Das hat Tradition in den Medien und geht auf die Bostoner Sirupflut zurück.«

Gayle dachte, er hätte sich verhört. »Auf die was?«

»Die Bostoner Sirupflut von 1919. Hör auf zu grinsen, Web. Es war ein richtiges Unglück, bei dem über zwanzig Menschen starben. Ein Lagertank ist geborsten. Die Leute ertranken in Sirup, was eine ziemlich widerliche Art zu sterben sein muss.«

Gayle nickte nachdenklich.

»Noch Wochen danach brachten die Zeitungen Geschichten darüber, dass die Toten immer noch zur Arbeit kamen«, fuhr Moggs fort. »Oder vielmehr ihre Geister. Sie zitierten Überlebende – Kollegen und Verwandte – als Augenzeugen. Ja, das war Johns Hemd; Mary saß immer auf diesem Stuhl; und so weiter und so fort. Allerdings hatten sie nie solche Sachen behauptet. Gut, vielleicht einer oder zwei von ihnen. Danach wurde die Geschichte nur noch von Schmierfink-Journalisten aufgebauscht, und die Spinner und Schwindler sprangen auf den fahrenden Zug auf. Mehr als das steckt nie dahinter.«

Sheriff Gayle sagte, er nehme sie beim Wort, wie er es meistens bei den Dingen tat, die außerhalb seiner begrenzten Erfahrung lagen – was im Wesentlichen außerhalb der Grenzen des Coconino County bedeutete. Doch irgendwie war es gelogen. Auf eine Art fühlte er sich von den Geschichten über die seltsamen Geister angezogen. Eine Menge Menschen waren plötzlich gestorben, auf einen Schlag und auf furchtbare Art und Weise. Lag es außerhalb der Vorstellungskraft, dass einige von ihnen zurückkamen? Dass ihre Seelen nach diesem abrupten Tod nicht merkten, dass sie gestorben waren, und deswegen einfach weitermachten, bis sie es schließlich doch merkten und endlich verschwanden? Es war eine verführerische Vorstellung, von der er Moggs nichts erzählte. Doch sie ging ihm nicht mehr aus dem Kopf.

Am fünften Tag wurde in den wichtigsten Sendern kaum noch über die wandelnden Toten berichtet, doch im Internet ging der Spuk endlos weiter. Connie, die weit weniger skeptisch war als Moggs, half ihm bei der Sichtung, und gemeinsam erstellten sie eine Liste. Es störte ihn nicht, dass die Beiträge nicht immer unterzeichnet waren und dass Angaben wie Namen und Alter von einem Bericht zum nächsten wechselten. Es gibt keinen Rauch ohne Feuer, sinnierte er. Und da die Metapher die grässliche, unauslöschliche Erinnerung an den Absturz selbst heraufbeschwor, schienen die Geschichten auch so etwas wie eine zeitlose Wahrheit zu enthalten. Es gab mehr Dinge zwischen Himmel und Erde. Man wusste davon nur nichts, bis etwas Entsprechendes geschah.

Die ganze Zeit über waren der County Sheriff und seine Mitarbeiter bei den Ermittlungen zum Flugzeugabsturz beteiligt, wenn auch nur, indem sie Hilfestellung boten. Sie hielten die Menge am ersten Tag von der Absturzstelle fern und koordinierten den Zugang für die Krankenwagen und Ärzte. Journalisten wurden völlig abgewimmelt, außer Moggs, die nach Belieben umherlaufen durfte, solange sie kein großes Aufhebens darum machte. Niemand missgönnte ihr das Privileg. Sheriff Gayle war sehr angesehen, und die meisten seiner Deputys und Polizisten spürten ihre Wärme, die als Reflexion von ihm abstrahlte.

Als die Luftfahrtexperten und -aufsicht sowie die Versicherung kamen, übernahmen Gayle und seine Leute die Leitung bei der Suche nach dem Flugschreiber, der zur sprichwörtlichen Nadel im Heuhaufen geworden wäre, hätten die Auswärtigen die Suche allein durchführen müssen. Die Schwierigkeit war, ein Signal auszumachen. Zudem waren die Ortungsgeräte sehr hochgezüchtete Dinger, die genau auf eine bestimmte Wellenlänge eingestellt und so empfindlich waren, dass man beinahe das Gefühl hatte, als zögen sie am Arm wie ein schnüffelnder Hund. Doch man musste auch die Gegend kennen, um etwas mit diesen Geräten anfangen zu können. Wenn man dem Signal schnurstracks folgte, landete man nach ein paar Kilometern auf einem Tafelberg oder in einem ausgetrockneten Flussbett, das man umfahren musste, indem man eine andere Richtung einschlug und den Wagen in eine Schlucht lenkte, die im Nichts endete, und so weiter. Deswegen halfen vier Leute des Sheriffs den Suchmannschaften, sich in dem Gebiet zurechtzufinden.

Sie waren offiziell auch für das verantwortlich, was kam und ging, und protokollierten die Registrierung und Entfernung sachlicher Beweise. Dies war keine ruhmreiche Polizeiarbeit – sehr wenig von dem, was Gayles Zuständigkeit unterlag, konnte so bezeichnet werden –, doch sie sorgte dafür, dass er sich mit dem Absturz beschäftigte, und brachte ihn täglich in Kontakt mit den Menschen, die den Absturz tatsächlich untersuchten.

Er nutzte bei jedem, der lange genug stehenblieb, die Gelegenheit, die Erscheinungen der Toten anzusprechen. Die meisten Menschen schienen das Thema entweder lustig oder morbid zu finden, aber alle taten es als Quatsch ab. Eine Spezialistin der Luftfahrtbehörde war dem Gedanken allerdings aufgeschlossener. Sie war eine große, nervöse Frau namens Sandra Lestrier und Mitglied der Spiritualistischen Kirche. Das mache sie nicht leichtgläubig, wie sie unbedingt betonen wollte. Spiritualist sei kein anderes Wort für Trottel, sondern für einen Menschen, der an eine andere Dimension der endlosen Vielfalt glaubte, die Leben genannt wurde, und mit ihr in Kontakt stand. Doch Sandra Lestrier hatte eine Theorie über Geister, die sie ihm schließlich nach anfänglichem Zögern darlegte. Mit seiner beeindruckenden Größe und seinem ungehobelt-guten Aussehen übte er auf Frauen immer eine gewisse Anziehungskraft aus, was er aber nie ausgenutzt hatte. Jetzt, mit über fünfzig und mit grauem, aber immer noch vollem Haar, hatte sich seine Anziehungskraft zu seinem Leidwesen zu etwas Onkelhaftem gewandelt, das auf andere Menschen Sicherheit ausstrahlte. Frauen unterhielten sich gerne mit ihm. Aber Moggs schien die einzige zu sein, die den nächsten Schritt ging und sich auch im Bett mit ihm unterhielt.

»Geister sind die Wunden der Welt«, erfuhr Gayle von Sandra Lestrier. »Wir sehen die Welt als großes, physikalisches Ding, aber das ist nur ein winziger Teil dessen, was sie wirklich ist. Die Welt lebt – deswegen kann sie Leben hervorbringen. Und etwas so Großes müsste doch auch, wenn es lebt, eine große Seele haben, oder? Wenn die Welt blutet, blutet sie Geist. Und genau das sind dann die Gespenster.«

Gayle war erschüttert. Religion hatte in seiner Familie nie eine große Rolle gespielt, doch er war sich ihrer bewusst, und er wusste, dass es sie in drei Geschmacksrichtungen gab – normal, was in Ordnung war; jüdisch, was irgendwie auch in Ordnung war, weil der Herr den Juden erschienen war und ihnen so etwas wie grünes Licht gegeben hatte; und muslimisch, was dem schwarzen Schaf entsprach. Bisher war ihm nicht aufgefallen, dass Religionen ebenso Entwicklungen durchmachen konnten wie alles andere auch – Moden, die kamen und gingen.

Er bat Ms Lestrier, ihm mehr über die Wunden der Welt zu erzählen, doch die Einzelheiten waren eher verwirrend und uninteressant. Sie hatten etwas mit dem Fortbestehen des Lebens im Tal des Todes und mehreren Arten der menschlichen Seele zu tun, die alle ihre eigenen Namen und Plätze in einer Hierarchie hatten. Je technischer das Thema wurde, desto mehr schaltete Gayle ab. Am Ende blieb kaum etwas anderes übrig als die Metapher von den Wunden der Welt. Doch die Metapher gefiel ihm.

In der Zwischenzeit wurde alles noch verrückter. Der Flugschreiber von Flug 124 war immer noch nicht gefunden worden, was für die Jungs vom FBI ziemlich ärgerlich war. Das Signal wurde offenbar immer schwächer, so dass man es nur noch schwer orten konnte, obwohl sogar irgendein Spionagesatellit eingesetzt wurde, um die

Suche zu koordinieren. Die Typen von der Flugaufsicht waren sich nicht zu schade, einen Teil der Schuld auf die angeblich ungenügende Unterstützung durch das Büro des Sheriffs abzuwälzen, und Gayle führte eine harte Auseinandersetzung mit einem ihrer hohen Tiere, der in die Station kam, um seine Muskeln spielen zu lassen.

Die Sache wurde unangenehm und auch ein bisschen politisch. Gayle hasste Politik und wollte, dass der Flugschreiber gefunden wurde, bevor sich die Regierung einmischte. Er begann, die Suchtrupps selbst zu leiten, was den Vorteil hatte, dass er ab und zu mit Ms Lestrier mitfahren konnte und etwas mehr über ihre zusammengewürfelte Religion erfuhr.

Als er die Bleichgesichter sah, war er allerdings allein unterwegs. Er folgte dem Lauf eines trockenen Flusstals, von dem eine Menge Nebenflüsse abzweigten – übel aufgewühltes Land, über das die FBIler bereits geholpert waren. Es war später Nachmittag, aber immer noch heiß, einer dieser wolkenlosen Tage, an denen die Schatten so schwarz wie Tinte waren und die Sonne mitten am Himmel hing wie eine Zitronenscheibe, nach der man beinahe greifen konnte. Gayle blieb im klimatisierten Wagen sitzen, so lange er konnte, musste aber aussteigen und zum Fluss hinuntergehen, wenn das Ufer so steil war, dass er nicht bis unten hin sehen konnte. Nicht dass der Fluss zu dieser Jahreszeit viel zu bieten gehabt hätte. In seinem Bett hatten sich nur hier und da einige Pfützen verloren, um die sich ein paar Echsen wie Ehrenwachen scharten.

Niemand sonst war zu sehen. Niemand sonst würde einen Grund haben, sich in dieser brütenden Hitze hier draußen aufzuhalten. Ein paarmal stieg Gayle aus dem Wagen, marschierte zum Flussbett, kickte ein paar Steine beiseite zum Beweis, dass er hier gewesen war, und ging wieder zurück.

Einmal schlidderte er ein steiles Ufer hinab und stand plötzlich zwei völlig Fremden gegenüber. Sie versteckten sich nicht und waren auch nicht aus einem Versteck herausgesprungen. Es war eher so, als wäre er in Gedanken versunken gewesen, bis er auf einmal gemerkt hatte, dass sie direkt vor ihm standen und ihn anstarrten.

Die beiden, ein Mann und eine Frau, waren jung, vielleicht Mitte zwanzig, groß und schlank wie Menschen, die viel Zeit im Sportstudio oder beim Joggen verbrachten. Ihre Haut war unglaublich blass, fast so weiß wie die von Albinos, doch beim Mann zeichneten sich auf den Wangenknochen rote Flecken ab, weil er wohl zu viel Sonne abbekommen hatte. Ihr Haar war tiefschwarz. Der Mann trug seines lang und offen, die Frau hatte ihres hinten zu einem strengen, faustgroßen Knoten zusammengebunden. Ihre Augen sahen ebenfalls schwarz aus, auch wenn sie wahrscheinlich nur dunkelbraun waren.

Doch was Gayle sofort auffiel, war die Symmetrie: identische hellbraune Hemden, hellbraune Stoffhosen, hellbraune Schuhe, als wollten sie mit der sie umgebenden Wüste verschmelzen; identische Blicke aus identischen Gesichtern, als stünde dieselbe Person zweimal vor ihm, auch wenn sie unterschiedlichen Geschlechts und auch vom Körperbau her nicht identisch waren. Ihm fiel das View-Master-Spielzeug aus seiner Kindheit ein, bei dem ein 3D-Bild in Wirklichkeit aus zwei Bildern auf den gegenüberliegenden Seiten einer Scheibe bestanden hatte. Genauso nahm er die beiden wahr – und eine Sekunde lang mochte er sie nicht ansprechen aus Angst, sie könnten gleichzeitig das Gleiche antworten.

Doch das taten sie nicht. Als Erwiderung auf sein verspätetes »Hallo« nickte die Frau, während der Mann mit einem seltsam formalen »Ihnen einen guten Tag« antwortete. Anschließend starrten die beiden ihn wieder an. Sie hatten sich bisher nicht von der Stelle bewegt.

»Ich suche nach dem Flugschreiber aus dem Flugzeug, das abgestürzt ist«, erklärte Gayle unnötigerweise. »Der ist etwa so breit wie lang.« Er deutete die Größe mit den Händen an, was sie natürlich von seiner Waffe entfernte, die in dem abgewetzten Lederhalfter an seinem Gürtel steckte. Dies bemerkte er einen Moment später und ließ die Hände wieder sinken. Noch immer verharrten die beiden regungslos. Gayle verstand seine eigene Befangenheit nicht.

»Ein solches Gerät haben wir hier nicht gesehen«, erklärte der Mann mit tiefer Stimme, in der noch etwas Seltsames mitschwang, das sich Gayle nicht recht erklären konnte. Der Mann klang einerseits nicht wie ein Ausländer, andererseits dann doch. Es war das Tempo, der leichte Singsang in der Stimme, als läse er aus einem Buch vor. Dabei sprach er etwas langsamer als normal, und die Betonung war seinen Worten nicht angemessen. Zudem hatte er das Wort »hier« mit einem leichten, aber merklichen Nachdruck ausgesprochen, was Gayle seltsam vorkam.

»Nun, ich bin für jeden Hinweis dankbar, den ich bekommen kann«, sagte er. »Haben Sie das Ding sonst irgendwo gesehen?«

Der Mann runzelte die Stirn, als wäre er verwirrt oder verärgert, bis er eine Gegenfrage stellte. »Warum suchen Sie danach? Ist er wichtig?«

»Könnte sein, ja. In dem Gerät sind alle Angaben gespeichert, die erklären, warum das Flugzeug abgestürzt ist. Eine Menge Leute suchen überall danach.«

Die Frau nickte, der Mann zeigte keinerlei Reaktion.

»Nun, halten Sie jedenfalls die Augen offen«, bat Gayle, nur um das Schweigen zu unterbrechen.

»Wir bemühen uns«, versicherte ihm die Frau. Auch sie sprach getragen, als hätte sie ihre Worte zuvor aufgeschrieben. Und auch ihren Akzent konnte er als nicht lokal einstufen. Gayle, für den das Lokale das Maß aller Dinge war, empfand leichtes Unbehagen.

Der junge Mann hob die Hand, als wollte er sich Staub aus dem Auge reiben. Als er sie wieder senkte, befand sich unter seinem Auge ein rot verschmierter Streifen. Leicht schockiert vergaß Gayle seine gute Schule und deutete darauf.

»Sie haben da was«, sagte er dümmlich. »Da, auf der Wange.«

»Ich weine Zeugentränen«, sagte der Mann. Oder zumindest hörte es sich danach an.

»Was?«, fragte Gayle nach. »Es sieht aus, als ob Sie … sich geschnitten hätten oder so. Sieht aus, als würden Sie bluten.«

»Sie könnten da drüben suchen«, überging die Frau Gayles Besorgnis. »Dort im Geröll. Wenn der Flugschreiber dorthin gefallen ist, müsste er zwischen das Gestrüpp am Fuß der Uferböschung gerutscht sein. Sie könnten ihn dann erst sehen, wenn Sie näher hingingen.«

Jetzt klang das gemessene Tempo wie das eines Anwalts vor Gericht, der seine Worte sorgfältig wählte, um sich um etwas herumzulavieren, das er nicht zugeben wollte. Gayle fragte sich, ob diese beiden etwas wussten, das sie nicht verrieten. Er hatte nichts in der Hand, um sie festzuhalten, doch ihm stellten sich die Nackenhaare auf. Er wollte diese Begegnung beenden, wollte den beiden schon zum Abschied zunicken und freundlich danken und dann weitergehen.

Doch die Fremden bewegten sich zuerst, beide zur gleichen Zeit, ohne dass sie sich ein Zeichen gegeben hatten. Sie hatten zwar langsam gesprochen, doch ihre Bewegungen wirkten wie Wassertropfen auf einem fettigen Backblech. Im Bruchteil einer Sekunde huschten sie rechts und links an ihm vorbei. Überrascht und ärgerlich langsam drehte er sich um, blickte ihnen hinterher, wie sie schnell und geschmeidig im Gleichschritt wie Soldaten an seinem Wagen vorbei und zur Straße hinaufgingen.

Das nächste Gebäude, eine Tankstelle, lag acht Kilometer entfernt, eine Strecke, die niemand mitten am Tag freiwillig zu Fuß zurücklegte. Dennoch schienen die Fremden genau das vorzuhaben. Waren sie so hierher gekommen? Zu Fuß? Wie hätten sie das tun können, ohne sich in der Sonne Gesichter und Hände zu verbrennen?

Gayle öffnete den Mund, um ihnen hinterherzurufen. Er wollte sie warnen, dass man hier draußen ohne Kopfbedeckung an einem Hitzschlag sterben konnte. Doch die Worte blieben irgendwo zwischen seinem Hirn und seinem Mund stecken. Die beiden Gestalten erreichten eine leichte Anhöhe und verschwanden aus seinem Blickfeld.

Nur mit Mühe konnte sich Gayle wieder auf seine Aufgabe konzentrieren.

Auch dieser kleine Abschnitt des Arroyos war leer, doch es gab genügend Anzeichen, dass diese komischen Kauze hier herumgelaufen waren: Fußspuren im Sand und im dunkleren Teil des Flussbettes, herausgerissene Salbeizweige. Es sah aus, als hätten sie ziemlich genau das getan wie er – als wären sie von der Straße heruntergekommen, so weit wie möglich das Ufer entlanggegangen, stehengeblieben und hätten kehrtgemacht, als sie auf einen Wasserlauf gestoßen waren, den sie nicht überqueren konnten.

Es könnte sich einfach nur um einen Nachmittagsspaziergang gehandelt haben. Um eine Drogentransaktion. Um die Bezahlung für eine politische Klüngelei. Ein Stelldichein. Nein, das nicht. Die beiden hatten etwas ausgestrahlt, das Gayle glauben ließ, dass sie verwandt miteinander waren – sehr eng verwandt –, und seine Vorstellungskraft sträubte sich gegen die gruselige Vision einer Stereo-Selbstbefriedigung. Er fegte diese Vision fort und versuchte das unheimliche Paar zu vergessen. Sie hatten nichts Ungewöhnliches getan, waren äußerst freundlich und sogar hilfsbereit gewesen und mussten gegenüber dem Gesetz genauso wenig erklären wie jeder andere auch, warum sie sich an einem heißen Tag an einem ausgetrockneten Flussbett herumtrieben.

Erst als er die Uferböschung hinaufstieg, wurde ihm plötzlich bewusst, dass er schwitzte wie ein Schwein. Auf dem Weg zurück zum Wagen hörte er Connie im Funkgerät, die ihn bat, zu antworten, falls er da wäre.

Er holte die Sprecheinheit durchs offene Fenster heraus. »Melde mich zurück, Connie. Ich bin auf dem Highwash fünf Kilometer abseits der 66. Ich arbeite mich hier die Straße entlang. Brauchst du mich?«

»Hey, Web.« Connies Stimme ging beinahe unter in dem Knistern, das durch den schlechten Empfang zwischen den hohen Felsen verursacht wurde. »Du kannst zurückkommen. Die Sache mit dem Flugschreiber hat sich erledigt.«

Mürrisch und resigniert weigerte sich Gayle, diese Information zu schlucken. Er hatte viele Stunden für die Suche geopfert. »Okay«, sagte er. »Wo wurde er gefunden?«

»Wurde er nicht.«

»Was?« Gayle schob den Kopf durchs Autofenster, weil der Wind genau im falschen Moment angefangen hatte zu rauschen. »Was hast du gesagt?«

»Der Flugschreiber wurde nicht gefunden. Er sendet kein Signal mehr aus, deswegen wurde die Suche aufgegeben. Aber die Frau von der Luftfahrtsicherung, mit der du immer sprichst, sagte, sie habe alles von dem Wrack, was sie bräuchte. Der Zirkus hat zusammengepackt und ist weitergezogen. Ich soll dir einen Gruß ausrichten. Ende.«

Gayle schob das Funkgerät zurück in die Halterung. Er war mehr verblüfft als bedrückt, auch wenn er zugeben musste, dass er ziemlich sauer war. Einfach aufgeben? Zuerst ist das Ding total wichtig, und plötzlich soll es scheißegal sein?

Gayle war ein Dickkopf. Diese Sache hier gefiel ihm ganz und gar nicht.

Es war erst zu Ende, wenn er es sagte.

9

Es hatte einen kleinen Vorteil, wenn man in London Polizist war: Staugebühr, Parkbeschränkungen in der Innenstadt und Geschwindigkeitsbegrenzungen konnte man getrost außer Acht lassen. Kennedy fuhr mit offenen Fenstern über die A23 nach London zurück – nicht gerade wie der Teufel, doch schnell genug, um ihre rasende Phantasie abzukühlen.

Drei Historiker, Teilnehmer derselben Konferenz, waren tot. Im Sinne von Oscar Wildes Worten schien dies beträchtlich über dem angemessenen Durchschnitt zu liegen, den die Statistik für uns als Richtschnur festgelegt hat. Vielleicht hatte es nichts zu bedeuten. Selbst jetzt schien ein ungeheuerlicher Zufall eher wahrscheinlich als ein grausam effizienter Mörder, der Menschen verfolgte und umbrachte, die eine feste Meinung über den Rotgut-Kodex und überholte christliche Sekten hatten.

Doch Stuart Barlows Tod war kein Unfall gewesen. Das war offensichtlich und ergab sich sowohl durch die Obduktion als auch durch die Sachbeweise. Kennedy hegte gemischte Gefühle in Bezug auf Obduktionen. Manchmal ging es dabei mehr um Politik als um Fakten, und Politik ist die Kunst des Möglichen. Was die Sachbeweise betraf, vertraute sie ihrem Instinkt – und bedauerte immer wieder, dass niemand an dem Abend, als Barlow wie ein Jojo die Treppe rauf und runter gehüpft war, die Forensiker gerufen hatte. Dann könnte sie sich jetzt mit

DNS, Fasern, Fingerabdrücken und allem möglichen verwendbarem Kram beschäftigen, statt richtungslos in der Dunkelheit umherzutappen.

Vielleicht wünschte sie sich auch insgeheim, die Sache wäre nicht gerade jetzt ans Tageslicht gekommen. Irgendwie war sie seit dem Tod von Marcus Dell scheintot gewesen. Oder vielmehr seit dem Abend, als sie die Kugel abgefeuert hatte, mit der Dell zur Strecke gebracht worden war. Die Grammatik musste stimmen. Heather, aktives Subjekt, wie in »Heather betätigte den Abzug«. Dell, passives Objekt, wie in »die Kugel traf Dell ins Herz und trat am Rücken wieder aus«.

Wer bei der Polizei einen Waffenschein haben wollte, wurde gründlich überprüft, vor allem auf psychische Belastbarkeit. Man gab dem Kind nur viele Namen, wie Fähigkeit im Umgang mit Stress, emotionale Intelligenz, Panikindexbewertung, Bewertung der psychologischen Integration und so weiter. Es lief alles auf die eine Frage hinaus: Würdest du die Kontrolle verlieren, wenn du jemanden erschießen müsstest oder wenn jemand auf dich schießen würde?

Und die Antwort lautete, dass man es nicht wusste. Kennedy hatte in allen Punkten Höchstwertungen bekommen. Sie hatte auch bei drei anderen Gelegenheiten die Waffe gezogen und zweimal benutzt. In einem Fall in einem Schusswechsel mit einem bewaffneten Bankräuber namens Ed Styler, den sie mit einem Treffer in die Schulter schachmatt gesetzt hatte. Das alles hatte sie gut und ohne schlaflose Nächte überstanden.

Bei Dell war alles anders. Sie wusste auch, warum, wollte es aber noch nicht ganz wahrhaben. Es könnte sich zeigen, dass diese Dose voller Würmer nach dem Öffnen nicht mehr zu verschließen war. Also kämpfte sie ohne Waffe weiter, erleichtert, dass sie im Moment ohne auskommen musste, bis dieses Chaos in Ordnung gebracht sein würde. Das Problem allerdings – das weiter gefasste Problem, das die bevorstehende Verhandlung zu einem Punkt schrumpfen ließ, den man wie durch ein umgedrehtes Teleskop betrachtete – war, dass sie neben ihrer Waffe und dem Recht, sie zu tragen, noch etwas anderes verloren haben könnte: den eisernen Glauben an ihr eigenes Urteilsvermögen, dank dessen sie den Waffenschein erhalten hatte.

Sie fand Harper in der Kantine und zerrte ihn in ein Vernehmungszimmer. Dieses Gespräch würde sie auf keinen Fall führen, solange jemand aus ihrer Abteilung zuhörte. Sie schloss die Tür und lehnte sich dagegen. Harper setzte sich auf den Schreibtisch, in der rechten Hand ein halbes Sandwich mit Huhn, in der linken eine Dose Limo. Es war vier Uhr nachmittags, endlich hatte er sich etwas zu essen holen können. Der Schwitzraum stank nach Pisse und Schimmel, doch Harper schien es nicht zu stören.

»Fangen Sie ganz von vorne an«, verlangte Kennedy.

Harper nickte ihr mit schwer arbeitenden Kiefern ironisch zu. Kennedy musste warten, bis er den Bissen hinuntergeschluckt und von seiner Limo getrunken hatte, auch wenn sie ihre Geduld kaum im Zaum halten konnte. »Ich habe mir die Liste besorgt und angefangen, sie abzuarbeiten«, begann er schließlich. »Über den Verfolger erfuhr ich nichts. Niemand sonst schien ihn gesehen zu haben. Es erinnerte sich nicht einmal jemand daran, dass Barlow von ihm gesprochen hatte.«

»Erzählen Sie mir von den Toten«, verlangte Kennedy ohne Umschweife.

»Nun, an dem Punkt wird es interessant. Catherine Hurt und Samir Devani. Beide nahmen an der Historiker-Konferenz teil, und beide sind nun tot. Sonderbar, was?

Und wissen Sie, was noch besser ist? Hurt musste am selben Abend dran glauben wie Barlow, Devani am Tag danach.«

Schweigend ließ sich Kennedy die Neuigkeiten durch den Kopf gehen. Die Statistik ließ hier wenig Spielraum für Interpretationen. Plötzlich erinnerte sie sich an eine Szene aus Hamlet: Jemand fragte den Tod, was ihn in der Unterwelt dazu veranlasst hatte, so viele Prinzen in einer Nacht mitzunehmen.

»Wie starben sie?«, fragte sie.

»Beide Male durch einen Unfall. Oder zumindest wurden sie als Unfälle gemeldet. Wie bei Barlow auch.« Harper malte mit Zeige- und Mittelfinger Gänsefüßchen in die Luft, als er zitierte: »Catherine Hurt, Unfall mit Fahrerflucht. Devani, Stromschlag durch einen schlecht geerdeten Computer.«

»Haben Sie die Akten besorgt?«

»Es gibt nur zu Hurt eine Akte. Sie liegt auf meinem Schreibtisch, aber ehrlich gesagt steht kaum was drin. Keine Zeugen, keine Überwachungskameras, rein gar nichts.«

Dieser Umstand traf Kennedy wie ein Fausthieb. Sie hatte in einer Dokumentarsendung auf BBC gehört, im Vereinigten Königreich befänden sich zwanzig Prozent aller Überwachungskameras weltweit, doch es war eine traurige Tatsache der Polizeiarbeit im einundzwanzigsten Jahrhundert, dass sie nie dort aufgestellt waren, wo man sie brauchte. »Gibt es nur diese beiden, oder arbeiten Sie sich noch durch die Liste?«, wollte Harper wissen.

»Ich bin zu etwa zwei Dritteln durch, warte aber immer noch auf Rückruf von einer Reihe von Leuten. Gesprochen habe ich mit etwas weniger als der Hälfte. Bevor Sie fragen, ich habe versucht, eine Verbindung zwischen den drei Opfern zu finden, aber bisher ohne

Erfolg. Nun, abgesehen von der Konferenz selbst natürlich. Sie waren nicht einmal alle Historiker. Devani ist ein Außenseiter – er ist Lehrer für moderne Sprachen an einem Gemeinde-College in Bradford. Hurt ist Assistent an der De-Montfort-Universität in Leicester. Ihre Namen tauchen nie gleichzeitig auf, wenn man sie in eine Suchmaschine eingibt.«

Kennedy war erstaunt. Ihrer Erfahrung nach brauchte man nur ein paar zufällig ausgewählte Namen in die Suchmaschine einzugeben, um eine Million Treffer zu erhalten. Vielleicht war die fehlende Verbindung an sich verdächtig und unnormal. »Ist es für Sie in Ordnung, wenn Sie die Liste weiter allein durcharbeiten?«, fragte sie Harper.

Sein Ärger war nicht zu übersehen. »Wir haben zwei neue Opfer«, machte er deutlich. »Sollten wir nicht lieber ein bisschen vor Ort recherchieren?«

»*Mögliche* Opfer. Und die vermeintlichen Tatorte sind so alt wie der von Barlow. Wir werden sie morgen untersuchen. Zunächst wollen wir sicherstellen, dass wir nicht noch weitere mögliche Opfer übersehen haben.«

»Und was tun Sie in der Zwischenzeit?«, fragte Harper misstrauisch.

»Ich fahre ins Prince Regent's und sehe mir Barlows Büro noch einmal an. In seinem Haus wurde vor einer Weile eingebrochen. Jetzt will ich überprüfen, ob jemand auch seine Sachen im College durchwühlt hat.«

»Was würde das beweisen?«

Kennedy verließ sich auf ihren Instinkt, auf das undefinierbare Gefühl, dass sie beim ersten Mal in Barlows Büro etwas übersehen hatte. Dies wollte sie allerdings nicht erwähnen, weil sie nichts weiter in der Hand hatte. »Zunächst würde es beweisen, dass es den Verfolger tatsächlich gab«, erklärte sie stattdessen. »Und es könnte uns einen Hinweis auf ein mögliches Motiv verschaffen. Alte Artefakte, Manuskripte, so was in der Art. Die geschmuggelt, gefälscht, gestohlen wurden. Keine Ahnung. Barlow dachte, dass ihn jemand verfolgte, und vielleicht dachte er auch, er wüsste, warum. Und ich kann mich auch gleich über die beiden anderen Toten erkundigen. Vielleicht weiß jemand im Prince Regent's von einer Verbindung zwischen ihnen und Barlow.« Sie schwieg kurz. »Könnten Sie noch was für mich erledigen?«

»Oh, ich tue alles, was Sie wollen. Ich werde hier herumsitzen und habe alle Zeit der Welt.«

»Rufen Sie das Pride-Court-Hotel in West One an. Irgendwo in der Gegend von Bloomsbury. Fragen Sie nach den Kontaktdaten einer Person, die vor kurzem dort gewohnt hat. Michael Brand.«

»In Ordnung. Wer ist das?«

»Er war ebenso wie Barlow Mitglied in einer Art Online-Club. Sie nennen sich die Ravellers. Wäre toll, wenn Sie von irgendwoher eine Mitgliederliste bekämen. Wenn einer der anderen beiden Toten ebenfalls dazugehörte, könnten wir eine Spur haben.«

Harper ließ sich den Namen buchstabieren, bevor sie ging. »Wann werden Sie Summerhill Bericht erstatten?«, fragte er, als sie nebeneinander den Flur entlangliefen.

»Erst wenn wir wissen, was wir haben. Der DCI hat uns die Angelegenheit aufgehalst, weil er nichts damit zu tun haben will. Wenn wir bei ihm wieder damit ankommen, wird er denken, wir wollten ihm eins auswischen. Wir müssen zuerst einen Fall daraus machen.«

»Drei tote Historiker ergeben noch keinen Fall?«

»Das tun sie, wenn sie ermordet wurden. Das wissen wir aber noch nicht.«

»Natürlich wurden sie ermordet.« Harper klang fast fröhlich. »Sie dürfen mir gratulieren, Kennedy.«

»Wozu?«

»Zu meinem ersten Fall hier. Ich bin bei meinem ersten Fall auf einen Serienmörder gestoßen.«

Kennedy konnte seine Begeisterung nicht teilen. Ihr machte diese Anhäufung von vermeintlichen Unfällen Sorgen. Aber ein Mörder, der sich durch eine Liste arbeitete? Unwahrscheinlich. Höchst unwahrscheinlich. Man musste wirklich Glück oder tadellose Arbeit geleistet haben, um in zwei Tagen drei Menschen zu erledigen, ohne sich schnappen zu lassen. Serienmörder waren oft besessen und hatten es drauf, die Opfer zu finden, die zu ihren durch eine spezielle Psychose geweckten Bedürfnissen passten. Doch sie behandelten für gewöhnlich jeden Mord als eigenständiges Projekt. Und Amokläufer tauchten wie aus dem Nichts auf, Ort und Zeit waren frei gewählt. Wenn sie und Harper es mit einem Mörder zu tun hatten, dann mit einem, der in keine dieser Kategorien passte.

Nach ein paar Abzweigungen im Labyrinth der Flure blieb sie kurz vor der Löwengrube stehen, um Harpers Ruf nicht zu schädigen, und wandte sich ihm zu. Er blickte sie erwartungsvoll an und ermunterte sie mit einer Geste zu reden.

»Gut. Ich gratuliere, Harper.«

»Als würden Sie das ernst meinen.«

Sie boxte ihm gegen die Schulter. »Flottes Tempo, Chris. Seit langem mal wieder jemand, der was in Bewegung bringt, Mann.«

»Danke. Das macht den Tag am Telefon wieder wett.«

»Morgen wird es anders.«

Als sie sich später an dieses Versprechen erinnerte, fragte sie sich, ob er ihr geglaubt hatte.

10

Solomon Kuutma war ein Rätsel, auch sich selbst. Ein Mann, der Ehrlichkeit und Transparenz schätzte, sich aber im Verborgenen bewegte und unergründliche Tiefen besaß: Er erachtete alles Leben als heilig, und doch tötete er bedenkenlos und befahl anderen zu töten.

Wenn ihm etwas an seinem Leben Sorgen bereitete, war es der Gedanke, dass diese Widersprüche, von außen betrachtet, wie Scheinheiligkeit aussehen könnten. Andere Menschen machten sich vielleicht nicht die Mühe, diese Widersprüche bis zum Kern zu durchdenken. Dann verurteilten sie ihn vielleicht unberechtigterweise. Und obwohl das Urteil eines Mannes so wenig wog wie eine Feder – und das von Frauen unendlich viel weniger –, empfand er allein die Möglichkeit dieser Fehleinschätzung als Ärgernis.

Daher hatte er sich überlegt, seine Memoiren zu schreiben, die der Welt nach seinem Tod übergeben werden sollten. Er würde keine Namen und Einzelheiten nennen, doch wer sie mit wachsamen Augen und offenem Geist und Herzen lesen würde, würde die grundlegende Tatsache verstehen, dass ein guter Mensch sein Gewissen gebeugt hatte, um durch ein Nadelöhr zu passen.

Doch das war augenscheinlich Wahnsinn. Er würde seine Memoiren nie schreiben und nie irgendwelche Erklärungen abgeben. Auch ohne Namen würde die Wahrheit offenbar sein, und seine jahrelange Mühe wäre mit einem Federstrich bedeutungslos. Seine Lehrmeister wären entsetzt, dass er, Kuutma, sich auch nur eine Sekunde lang solch einer wilden Idee hingegeben hatte. Sie könnten ihn sogar nach Hause zurückbeordern – eine untragbare, weil ehrlose Heimkehr. Die größte Freude würde sich in den schlimmsten Schmerz verwandeln.

Dennoch suchte Kuutma, von außen nicht erkennbar, die Erklärung für sein Handeln. Er rezitierte sie für sich selbst, nicht wie ein Gebet, sondern als Prophylaxe – ein Schutz gegen das Böse, weil ein Mann, der Dinge tat wie Kuutma, Gefahr lief, dem Bösen zu verfallen, ohne es zu merken. Auf der Dachterrasse eines Cafés in Montmartre sitzend, Paris zu seinen Füßen sich lüstern ausbreitend wie eine unterwürfige Liebhaberin, ging er die Lage durch, die sich aufgrund der Aktionen von Leo Tillman ergeben hatte, und erklärte sich und vielleicht noch Gott gegenüber, was er tun wollte, um diese knifflige Situation zu lösen.

Meine größte Fähigkeit, dachte er, mein größtes Geschenk ist die Liebe. Man kann keinen Feind besiegen, ohne ihn zu kennen, und man kann ihn nicht kennen, ohne ihn zu lieben, ohne seinen Geist in einen stillen Einklang mit seinem zu versetzen. Sobald diese schwierige Aufgabe erledigt ist, ist man diesem Menschen immer voraus und kann ihm mühelos entlang der Pfade seines Lebens auflauern.

Doch Kuutma konnte Tillman nicht lieben. Und das war vielleicht der Grund, warum Tillman noch lebte.

Kuutma war dem Exsöldner seit der Türkei gefolgt und hatte eine passende Vorgehensweise gesucht, nachdem Tillman Janusch Kartojev umgebracht und davor vermutlich mit ihm gesprochen hatte.

Es war ein dynamisches Problem, da sich Tillman quer über den Kontinent bewegte. Nicht seine Geschwindigkeit an sich bereitete Schwierigkeiten, sondern eher, dass er scheinbar wahllos, aber absichtlich kreuz und quer umherreiste, damit die Verfolgung erschwerte und Kuutma zwang, seine Mannschaften mehrmals zurückzuziehen und wieder einzusetzen. Tillman nahm ein Taxi, ging ein Stück zu Fuß, kaufte sich eine Zugfahrkarte und stahl anschließend ein Auto. Und als wüsste er über das Debakel in den USA Bescheid, was zu diesem Zeitpunkt unmöglich war, benutzte er niemals ein Flugzeug.

Tillman hielt sich nur einige Stunden in Erzurum auf, nicht lange genug für Kuutma, um ihm eine Mannschaft auf den Hals zu hetzen. Eigentlich kaum lange genug, um sich umzuziehen, zu rasieren und vielleicht seine Netzwerke dahingehend zu prüfen, ob der Überfall auf Kartojevs Haus in Inguschetien eine persönliche Auswirkung auf ihn haben könnte.

Kartojevs Tod war unangenehm für Kuutma. Der Russe war zwar nur Lieferant und eine Ausgeburt der Abscheulichkeit gewesen, weil er Dinge verkauft hatte, mit denen er die niedrigsten Instinkte des Menschen befriedigt hatte. Doch er war effizient und nützlich gewesen und hatte vor langer Zeit gelernt, auf seinem ihm zugewiesenen Platz zu bleiben: Er hatte keine Fragen gestellt; er hatte schwierige Dinge schnell und nicht zurückverfolgbar besorgt; er hatte seine Habgier innerhalb annehmbarer Grenzen gehalten.

Jetzt musste man einen neuen Kartojev suchen, und daran war Tillman schuld. Oder vielleicht lag die Schuld bei Kuutma selbst, weil er das Problem, Tillman, immer noch nicht aus dem Weg geräumt hatte.

Ich habe dich nicht getötet, weil ich hundertprozentig sicher sein wollte, dass du getötet werden musst. Dass meine Urteilsfähigkeit auf keinen Fall getrübt war. Es war nicht Feigheit, sondern es waren Bedenken. Das macht mich nicht zu etwas Minderwertigem.

Dennoch hielt sich Kuutma in Erzurum noch etwas zurück. Auch wenn sich seine schlimmsten Ahnungen erfüllen sollten, war noch genügend Zeit, um eine Synthese seiner verschiedenen Sichtweisen herzustellen. Zeit, um alles zu verstehen, um alles zu vergeben und dann zu handeln.

Von Erzurum war Tillman nach Bukarest gereist, wahrscheinlich über Ankara. Mit Sicherheit hatte er einen oder mehrere Züge genommen und in den Bergen nördlich von Bursa zu Fuß kehrtgemacht. An einer bestimmten Stelle liefen zwei Zuglinien bis auf etwa zwölf Kilometer aufeinander zu, bevor sie scharf nach Westen und Norden abbogen. Auf der westlichen Linie wurde vor allem Fracht transportiert. Es wäre für Tillman kein Problem gewesen, an einer Steigung auf den langsam fahrenden Zug zu springen und auf den Kupplungsstangen zwischen den Waggons mitzufahren oder eine Waggontür zu knacken und sich fünfhundert Kilometer weit von dem rumpelnden Zug über zwei schlampig kontrollierte Grenzen bis zur rumänischen Hauptstadt mitnehmen zu lassen.

In Bukarest allerdings verwendete er seinen eigenen Pass – einen von vielen, jedoch hatte er ihn schon zuvor benützt, und man konnte ihn ihm zuordnen –, um sich ein Zimmer im Hotel Calea Victoriei zu nehmen. Kuutma wägte seine Möglichkeiten mit Scharfblick ab. Es war noch längst nicht klar, was Tillman wusste oder welche Ziele er verfolgte, und in diesen seltenen, ungeklärten Momenten war die Überzeugung des Boten widersprüchlich. *Tue nichts, was nicht berechtigt ist. Tue alles, was notwendig ist.*

Die Ermordung Kartojevs hatte Tillman über die unsichtbare, verschwommene Linie in die zweite Kategorie versetzt, überlegte Kuutma. *Tue alles, was notwendig ist.*

Er würde beseitigt und am besten vorher verhört werden müssen. Um das Verhör würde sich Kuutma selbst kümmern. Er nahm mit lokalen Boten Kontakt auf, und ein Viererteam wurde zum Calea Victoriei geschickt, um Tillman dort aufzuhalten, bis Kuutma eintreffen und die Sache übernehmen würde.

Doch obwohl Tillman ins Hotel eingecheckt und für drei Nächte im Voraus bezahlt hatte, schien er seine Verfolger wie üblich nach Belieben in eine Sackgasse laufen zu lassen. Denn als die Boten eintrafen, hatte Tillman das Zimmer überhaupt nicht bezogen gehabt, sondern nur eine Nachricht hinterlegt, die selbstverständlich ihren Weg zu Kuutma fand.

Die Nachricht lautete »Zweischneidig«.

Kuutma war sich sicher, dass sich die Nachricht nicht direkt auf ihn bezog, auch wenn das Wortspiel seinen Namen mit einschloss. Tillman konnte seinen Namen nicht wissen. Nur *ein* Mensch, den er kennengelernt hatte, hätte ihm seinen Namen verraten können, doch dieser Mensch war über jeden Zweifel erhaben. Nein, die Nachricht war eine Verhöhnung und daher eine kindische, verfehlte Geste seitens Tillmans. Er wollte damit nur sagen, dass Kuutma und die hinter ihm stehenden Mächte nichts gegen ihn ausrichten konnten, ohne sich zu erkennen zu geben und ihm seine Suche zu erleichtern.

Tillman würde merken, dass es keine Zweischneidigkeit geben würde.

Von Bukarest aus fuhr Tillman nach München, von München nach Paris, und das stets auf paranoide, komplizierte Art und Weise – unter anderem mit dem gestohlenen Auto. Entweder mied er die Grenzkontrollen, oder er legte einen falschen Pass vor, den Kuutmas Quellen ihm noch nicht zuordnen konnten. Tillmans Reiseroute ließ sich auf offiziellem Wege nicht nachvollziehen, es gab keine Fußabdrücke, denen man folgen konnte – ebenso wie bei Kuutma, wäre er zu dieser Pilgerfahrt aufgebrochen.

In Paris war bereits eine Mannschaft vor Ort, weil Kuutma zu dem Zeitpunkt mehr als nur eine Vorahnung hatte, welches Ziel sein Opfer anstrebte. Die drei Boten – ausgewählt und eingesetzt von Kuutma unter Berücksichtigung der Art der Aufgabe und des Ziels – nahmen Tillmans Spur auf dem Boulevard Montparnasse auf. Sie vermuteten, dass Tillman auf dem Weg zur Metro sei, und hatten bereits beschlossen, ihn dort zu töten. Stattdessen betrat er die Tiefgarage der Tour Maine. Doch als sich die Mannschaft näherte, um ihn ins Jenseits zu schicken, war er verschwunden. Die Boten suchten alles ab, aber ohne Erfolg.

An diesem Punkt beging das Team einen gravierenden Bruch der Vorschriften. Unter dem Befehl ihres Anführers trennten sie sich und kehrten auf verschiedenen Routen zu ihrem sicheren Unterschlupf zurück – wie es auch vorgesehen war. Allerdings vernachlässigten sie das von Kuutma initiierte System aus Prüfen und Gegenprüfen, mit dem sichergestellt werden sollte, dass niemand verfolgt wurde.

Als der Pariser Unterschlupf das nächste Mal leer war, wurde er durchwühlt. Tillman hatte Kuutmas Spieß elegant umgedreht. Zum Glück wurden dort keinerlei Dokumente verwahrt. Wozu hätten Boten diese auch gebraucht? Tillman entwischte, allerdings mit leeren Händen.

Kuutma hatte das Gefühl, aus diesen Fehlern zu lernen. Tillman war neun Jahre lang Söldner gewesen, und die meiste Erfahrung hatte er in urbaner Kriegsführung gesammelt. In Städten fühlte er sich wohl, wusste, wie er sich in der Menge unsichtbar machen konnte, fand Türen, wo andere eine Sackgasse sahen. Deswegen würden sie das nächste Mal das Netz dort nach ihm auswerfen, wo ihm diese Fähigkeiten nichts nützen würden.

Magas. Erzurum. Bukarest. München. Paris. Dass Tillman Richtung Westen strebte, war eindeutig. Der Ort, den er im Auge zu haben schien, war für Kuutma äußerst ungeeignet. Doch auch Kuutma konnte paranoid sein. Er nutzte alle ihm zur Verfügung stehenden Ressourcen – dies waren nicht viele, doch mit Sicherheit waren sie angemessen –, um die Bahnhöfe an der Hauptstrecke von Paris Richtung Norden und die Fährhäfen von Quimper bis Hoek van Holland im Auge zu behalten.

In der Zwischenzeit ging er alles durch, was über den Mann bekannt war, der in seinem alles andere als geruhsamen Leben zum faszinierendsten und ärgerlichsten Zeitgenossen geworden war. Am interessantesten für ihn war der Zeitraum, der begonnen hatte, als Tillman nach Hause gekommen war und entdeckt hatte, dass seine Familie verschwunden war.

Tillman hätte das bleiben können, was er gewesen war – ein untätiger, fauler Mensch, der nur in seiner Herde zufrieden war. Er hätte sich eine andere Frau suchen und ebenso glücklich mit ihr sein können, da für einen ernsthaften Mann sicherlich alle Frauen gleich waren. Doch damit hatte er sich nicht begnügt. Er hatte eine völlig andere Richtung eingeschlagen und sich völlig neue Fähigkeiten angeeignet. Alles in allem war seine Entscheidung eine extreme, aber nicht überraschende Reaktion auf Trauer und Verlust – Soldat zu werden, der ohne menschliche Gefühle tötete, da es in seinem Leben nichts mehr gab, das sie auslösen konnte. Eine extreme Reaktion, ja, doch jetzt, im Nachhinein betrachtet, ließ sich dieselbe Entscheidung anders deuten.

Zwölf Jahre Soldat, zuerst in einer regulären Armee,

dann als Söldner. Zum ersten Mal schien sich Tillman einer Sache vollständig hingegeben zu haben, sich ihr zu verpflichten. Er war zum Corporal und zum Sergeant befördert worden. Er hätte zum Offizier aufsteigen können, doch zu dem Zeitpunkt hatte er sich bereits als Söldner verdungen, und in dieser Organisation spielten Ränge keine allzu große Rolle. Tillman hatte Sergeant bleiben wollen, um auf dem Feld kämpfen zu können. Seine Dienstherren hatten ihn gewähren lassen, weil er auf dem Schlachtfeld hervorragende Arbeit leistete. Die Soldaten, die mit ihm gekämpft hatten, hatten ihn verehrt und ihm den Namen Trickser gegeben, eine Huldigung an seine Fähigkeit, seinen Kopf und die, für die er zu sorgen hatte, auf wundersame Weise immer wieder aus der Schlinge zu ziehen.

Tillman hatte scheinbar ein neues Zentrum, eine neue Familie gefunden. Doch Kuutma vermutete nach reiferer Überlegung, dass er sich einer Illusion hingegeben hatte. Tillman hatte kein Interesse an einer neuen Familie gehabt, sondern war darauf aus gewesen, seine alte zu finden, die er verloren hatte. All die Jahre hatte er sich für eine bestimmte Aufgabe gerüstet. Er hatte sich Fähigkeiten angeeignet, die ihm im höchsten Grade von Nutzen waren, als er sein Soldatenleben hinter sich ließ und sich abrupt und ohne Vorwarnung der Suche nach seiner Familie widmete.

Kuutma erinnerte sich mit beunruhigender Deutlichkeit an ein Gespräch. Das letzte Mal … Nein, nicht das letzte Mal. Es hatte anschließend eine weitere Gelegenheit gegeben, kurz vor dem schrecklichen Ende, dem unvergesslichen Moment.

»Wird er dich vergessen?«

»O Gott! Warum machst du dir darum Sorgen?«

»Wird er dich vergessen?«

»Nie.«

»Dann ist er verrückt.«

»Ja.«

Tillmans Ausgangspunkt war ein Name: Michael Brand. Rebecca Tillman hatte sich am Tag ihres Verschwindens mit Michael Brand getroffen. Dummerweise hatte sie Namen, Ort und Zeitpunkt auf einen Notizblock neben dem Telefon in der Küche geschrieben. Sie hatte das Blatt abgerissen und mitgenommen, doch Tillman hatte den Abdruck auf dem Blatt darunter entziffern können.

Der Name führte selbstverständlich ins Leere. In dem Hotel, in dem sich Rebecca Tillman mit Michael Brand treffen wollte, war kein Ehebruch und kein Verbrechen begangen worden. Die Spurensuche fand keine Anhaltspunkte. Es war einfach nur der Ort, an dem Rebecca erfuhr, was sie wissen musste, damit die notwendigen Vorkehrungen getroffen werden konnten. Der Zeitpunkt war eigentlich schon zu spät gewählt, was in solchen Fällen nicht vorkommen durfte. Wäre Brand seinen Pflichten gegenüber vielleicht etwas aufmerksamer gewesen ... Doch Brand war notwendigerweise ein stumpfes, unsicheres Instrument.

Dennoch hätte diese Sackgasse gleichzeitig das Ende und der Anfang von Tillmans Suche sein sollen. Er hatte einen Namen, doch nichts, was er damit in Verbindung bringen konnte. Er wusste von dem Treffen, aber nichts über dessen Sinn und Zweck. Er hätte aufgeben sollen.

Dreizehn Jahre später hatte er es immer noch nicht getan. Er war aus den blutigen Schlachtfeldern der Welt aufgetaucht, ein Mann, der sich der Gewalt und dem Tod verschrieben hatte, um mit unerwarteter Hingabe eine Suche wieder aufzunehmen, die er, wie sich jetzt zeigte, nie aufgegeben hatte. Er suchte nach seiner Frau, die nach all den Jahren vielleicht gar nicht mehr lebte; nach seinen Kindern, die er nicht wiedererkennen würde. Er versuchte allein durch seine Willenskraft den einen Moment in seinem Leben wiederherzustellen, an dem er wahres Glück empfunden hatte.

Für Kuutma und die Menschen, die ihm vertrauten, war Tillmans Erfolglosigkeit entscheidend. Dies galt in gewissem Sinne auch für das Schicksal von zwanzig Millionen anderen.

Käme Tillman nämlich auch nur in die Nähe der Wahrheit, würde diese Anzahl an Menschen sterben.

11

Ellis, der Quästor, war nicht da, als Kennedy zur historischen Fakultät des Prince Regent's kam. Eigentlich war gar niemand da. Nur ein traurig aussehender Mann saß am Empfang des Nebengebäudes, vor dem Schwarzen Brett mit alten Konzertplakaten der *Dresden Dolls, Tunng* und den *Earlies*. Sie fragte den Mann, ob er das Büro aufschließen könnte, doch dies lag nicht in seinem Zuständigkeitsbereich. Und sonst sei niemand hier, der ihr helfen könnte? Niemand. Was war mit dem Hauptgebäude? Das Hauptgebäude liege nicht in seinem Zuständigkeitsbereich.

Sie zeigte ihren Dienstausweis. »Holen Sie sofort jemanden her«, wies sie ihn grimmig an. »Ich beantrage keine Verlängerung für meine Hausarbeit, ich ermittle in einem Todesfall.«

Der traurige Mann griff zum Hörer und sprach mit einer gewissen Dringlichkeit. Ein paar Minuten später eilte der Quästor verärgert und nervös durch die Tür. »Inspector Kennedy, ich hätte nicht gedacht, Sie so schnell wiederzusehen.« Sein Gesicht drückte noch viel mehr aus. Nichts davon war schmeichelhaft.

»Ich würde mir gerne noch einmal Professor Barlows Büro ansehen, Mr Ellis. Wäre das möglich?«

»Jetzt?« Seine mangelnde Begeisterung konnte er nicht verhehlen.

»Im Idealfall jetzt.«

»Es ist nur so, morgen findet die Abschlussfeier statt. Es gibt noch viel zu tun, bis wir fertig sind. Es wäre um einiges passender, wenn Sie bis nächste Woche warten könnten.«

Sie machte sich nicht die Mühe, noch einmal den Spruch über die Ermittlungen in einem Todesfall anzubringen. »Geben Sie mir doch einfach den Schlüssel, dann finde ich mich schon allein zurecht«, erwiderte sie. »Ich weiß, Sie sind sehr beschäftigt. Aber wenn es jetzt zu spät ist, kann ich natürlich morgen wiederkommen.« Während deiner bescheuerten Abschlussfeier.

Der Quästor zeigte sich bereitwillig und ließ sich vom traurigen Mann am Empfang den Schlüssel für die Reinigungskräfte geben, der in einem verschlossenen Schrank hinter ihm hing. »Mit dem lassen sich alle Türen auf dem Flur dort oben öffnen«, erklärte Ellis. »Aber selbstverständlich müssten Sie mir Bescheid geben, wenn Sie die Absicht haben, auch andere Räume zu betreten. Es geht um die Wahrung der Privatsphäre.«

»Ich bin nur an diesem einen Büro interessiert«, beruhigte Kennedy ihn. »Danke.«

Ellis wandte sich ab, doch Kennedy hinderte ihn mit einer Berührung seines Arms am Gehen. Mit bedrücktem Gesicht drehte er sich wieder um.

»Mr Ellis, über eine Sache würde ich gerne noch mit Ihnen sprechen. Professor Barlow war Mitglied einer Onlinegruppe oder -vereinigung irgendeiner Art. Die Ravellers. Wissen Sie etwas darüber?«

»Ein bisschen«, gab Ellis widerstrebend zu. »Gehört nicht in meinen Bereich, wie ich bereits gesagt habe, aber ich weiß, was sie tun.«

»Das wäre?«

»Sie übersetzen Dokumente. Sehr alte, sehr schwierige Dokumente. Schlecht erhaltene Kodices, aus dem

Zusammenhang gerissene Fragmente und solche Dinge. Einige Mitglieder, wie Stuart, sind Profis auf diesem Gebiet, doch ich glaube, andere sehen die Sache eher als Hobby. Sie tauschen Ideen untereinander aus, entwickeln Hypothesen und bekommen Rückmeldungen. Stuart machte immer Witze darüber, dass wenn der CIA herausfände, wie gut die Ravellers sind, würde er entweder alle Mitglieder anheuern oder hinrichten lassen.«

Ellis merkte Kennedys leerem Blick an, dass sie den Witz nicht verstanden hatte. »Codes entschlüsseln, verstehen Sie? Einige der frühen Kodices sind so stark beschädigt, dass man den Text aus einem Drittel der Buchstaben wiederherstellen muss. Man verwendet Röntgengeräte, analysiert die Fasern und so weiter, um herauszufinden, was fehlt.«

»Woher stammt der Name?«, wollte Kennedy wissen. »Die Ravellers?«

Jetzt machte Ellis ein ausdrucksloses Gesicht. »Ich habe keine Ahnung. *Ravel* ist im Englischen eigentlich kein Verb, oder? Nur eine Rückbildung von *unravel*, entwirren. Dinge zusammenfügen? Kleine Teile zu einem größeren Ganzen kombinieren? Oder vielleicht ist es ein technischer Ausdruck. Ich kann es Ihnen wirklich nicht sagen.«

»Wissen Sie, wer die anderen Mitglieder dieser Gruppe sind, oder wie ich mit ihnen in Kontakt treten kann?«

Ellis' Interesse, das von vornherein nicht groß war, schwand immer mehr. »Sie müssen sich mit den Betreibern des Forums in Verbindung setzen, nehme ich an«, sagte er. »Ich glaube, das dürfte nicht allzu schwer sein.« Ein anderer Gedanke ging ihm durch den Kopf, und er hob die Augenbrauen. »Natürlich unter der Voraussetzung, dass die Server und die Moderatoren hier in Großbritannien angesiedelt sind«, überlegte er. »Es könnte schwieriger werden, wenn sie sich in den Vereinigten Staaten oder irgendwo in Europa befinden. Dann dürfte es Probleme mit der Zuständigkeit geben.«

»Schon möglich. Danke, Mr Ellis. Sie waren mir eine große Hilfe.«

Sie nahm den Schlüssel. Auf dem Weg zur Treppe hörte sie hinter sich, wie Ellis leise, aber wütend mit dem traurigen Mann schimpfte. Er ging wohl davon aus, dass man diese Angelegenheit ohne seine persönliche Anwesenheit hätte regeln können.

Barlows Büro sah noch genauso aus wie zuvor, als sie es verlassen hatte. Jetzt allerdings war es späterer Nachmittag, und die Sonne schien in einem flacheren Winkel durch die Jalousien. Kennedy blieb an der Tür stehen und versuchte sich zu erinnern, was sie gesehen hatte. Was hatte ihr Unterbewusstsein in dem allgemeinen Chaos wahrgenommen? Sie kam zu dem Schluss, dass es eine Linie war. Eine verschobene Linie unterhalb ihrer Augenhöhe. Jetzt allerdings schien sie, vielleicht wegen der veränderten Lichtverhältnisse, nicht mehr dort zu sein.

Sie nahm den gerahmten Zeitungsartikel in beide Hände und hielt ihn schräg vor sich, so dass sich das Licht vom Fenster darin spiegelte. Wie einen Suchscheinwerfer ließ sie das reflektierte Licht als Ersatz für die Morgensonne durchs Büro gleiten.

Es dauerte eine Weile, doch schließlich hatte sie gefunden, was sie suchte. Eine der Teppichfliesen stand ein Stück heraus und warf an einer der Kanten einen schmalen Schatten. Anscheinend hatte sie jemand herausgenommen und nicht richtig wieder eingesetzt.

Kennedy bückte sich, schob einen Fingernagel unter

die Fliese und hob sie vorsichtig an. Darunter lag, ungeschützt auf den staubigen Bodendielen, ein glänzendes Stück Papier. Auf der nach oben gewandten Seite stand ein einzelnes Wort: *Hier?* Mit blauem Kugelschreiber hingeschmiert, doppelt unterstrichen. Rechts darunter weitere Buchstaben, dünner, schwarzer Stift, ordentlicher geschrieben.

P52
P75
NH II-1, III-1, IV-1
Eg2
B66, 75
C45

Als sie die Karte umdrehte, sah sie, dass es ein Foto war.

Es zeigte ein aus einiger Entfernung aufgenommenes Gebäude, eine Fabrik oder ein Lagerhaus. Eine massive, grau angestrichene Betonwand erhob sich mindestens sechs Stockwerke hoch über dem Asphalt eines Parkplatzes, aus dessen Ritzen das Unkraut wucherte. Die Mauer wurde nur oben durch ein paar kleine Fenster unterbrochen. An einer Ecke des Bildes war eine Straße zu sehen. An einem Maschendrahtzaun, der unversehrt zu sein schien, häufte sich der Müll, zwischen den Platten des Gehwegs ragte ebenfalls das Unkraut hervor. Und auf einer Seite des Bildes stand ein auf Backsteinen aufgebocktes Autowrack ohne Räder. Das gesamte Bild war leicht verschwommen und schief, als hätte es jemand sehr schlampig oder schnell aus einem fahrenden Auto oder Zug aufgenommen. Es sah fast so aus, als hätte es jemand zum Test geschossen, um am Anfang einer neuen Filmrolle den Zähler des mechanischen Fotoapparates von null auf eins zu stellen. Aber wer benutzte heutzutage noch echte Filme?

Kennedy drehte die Karte noch einmal um und betrachtete die Zahlen. Eine Art Code? Wenn ja, konnte die Nachricht nicht sehr lang sein, sofern sich die Zahlen nicht auf einen Abschnitt in einem Buch, einen vereinbarten Codeschlüssel oder etwas in der Art bezogen. Oder vielleicht stellten sie eine Kombination für ein elektronisches Schloss oder ein Passwort zum Öffnen einer Datei dar. Ohne einen entsprechenden Hinweis, der Kennedy in die richtige Richtung lenkte, würde sie dieses Problem nicht lösen können.

Sie tütete das Foto ein, beschriftete es und machte sich anschließend eine kurze Notiz in ihrem Beweisheftchen darüber, wo sie es gefunden hatte. Dann hob sie die angrenzenden Fliesen hoch, um sicherzugehen, dass ihr dieser Trick nicht noch einmal durch die Lappen ging. Doch sie fand nichts mehr.

Sie hatte nicht die Absicht gehabt, das Büro gründlich zu durchsuchen, doch jetzt ging sie alle möglichen Verstecke durch: hinter den Bildern an den Wänden, die Rückseiten der Schreibtischschubladen, die Unterseiten der Möbel. Sie fand nichts weiter, und angesichts der Unmengen an Papier und Büchern gab sie sich geschlagen. Jemand musste sich diesen Kram mit geübten Augen ansehen. Und dieser Jemand war nicht sie.

Die Paranoikerin in ihr war nun allerdings vollständig wach, und in Hinblick auf den Einbruch in Barlows Bungalow überprüfte Kennedy diesmal auch die Tür. Diese war mit einem Standardschloss innerhalb des Türknaufs ausgestattet. Um das Schlüsselloch befanden sich leichte Kratzspuren, und das Loch selbst hatte zu viel Spiel. Jemand hatte einen Spanner ins Schloss geschoben und anschließend den gesamten Zylinder mit einem Flipper herumgedreht.

Die Sache hatte etwas Gutes und etwas Schlechtes. Einerseits hatte der Einbrecher das versteckte Foto nicht gefunden.

Andererseits ließ sich nicht sagen, ob etwas anderes gestohlen worden war.

12

Chris Harper hasste Routine und sich wiederholende Aufgaben, und mehr noch hasste er, dass er gut darin war. Sobald er die Liste des London History Forum abtelefoniert hatte, ohne auf eine weitere Leiche zu stoßen, machte er sich an die anderen beiden Punkte auf Kennedys Aufgabenliste.

Michael Brand wohne nicht mehr im Pride-Court-Hotel, wie ihm der Herr an der Rezeption mit Bedauern mitteilte. Er habe das Hotel am 30. Juni verlassen. Drei Tage, nachdem Barlow und Hurt gestorben waren, zwei Tage nach Devanis Tod. Barlows Schwester hatte also recht gehabt: Brand war die ganze Zeit über in London gewesen, während seine Raveller-Kollegen auf schillernde und zweifelhafte Weise ums Leben gekommen waren. Dann hatte er eine Weile gewartet, bis er in neue Gefilde aufgebrochen war. Vielleicht war er gekommen, um Barlow zu warnen, ihm etwas zu bringen oder ihm etwas wegzunehmen. Vielleicht kannte er den Mörder. Vielleicht *war* er der Mörder. Doch irgendwie passte keine dieser Hypothesen zu einem Mann, der noch zwei Tage, nachdem die Kacke angefangen hatte zu dampfen, in einem billigen Londoner Hotel herumhing.

»Hat er seine Heimatadresse in den Anmeldeunterlagen hinterlassen?«, fragte er. Der Rezeptionist zierte sich, doch als Harper die laufenden Ermittlungen erwähnte, rückte er anstandslos mit einer Adresse in Gijon in Spanien samt dazugehöriger Telefonnummer heraus.

Harper dankte ihm, legte auf und wählte die Nummer. Er bekam aber nur den Ton zu hören, der anzeigte, dass keine Verbindung hergestellt werden konnte. Dann ertönte ein Klicken und eine ärgerlich aristokratische Stimme sagte: »Die gewählte Rufnummer ist nicht vergeben. Die gewählte Rufnummer …«

Harper rief über die Interpol-Datenbank das spanische Wählerverzeichnis auf und gab die Adresse in Gijon – Campo del Jardin Nr. 12 – ein. Drei Namen wurden ausgeworfen: Jorge Ignacio Argiz, Rosa Isabella Argiz und Marta Pacheco. Kein Michael Brand, und die aufgeführte Telefonnummer lautete anders als diejenige, die Brand angegeben hatte. Harper wählte die Nummer, und gleich nach dem ersten Klingeln meldete sich Jorge Argiz. Ob Jorge einen Michael Brand kenne? Jorges Englischkenntnisse waren gut genug, um zu versichern, dass er keinen Mann mit einem solchen Namen kannte.

Harper legte Brand beiseite und stürzte sich auf die Ravellers.

Das erste Ergebnis seiner Internetsuche war ihr Onlineforum, Ravellers.org, hinter deren ansehnlicher und schicker Hauptseite Hunderte von Seiten mit Gequatsche über unterschiedliche Lesarten und angezweifelte Identifizierungen schlummerten. Lesarten und Identifizierungen wovon? Darüber schien hier niemand ein Wort zu verlieren. Die Threads im Forum waren mit Titeln wie »Pigmentabstand Verbindung Unterschied 1-100, NH Papyri 2.2.1 – 3.4.6«, »PH 1071 in Infrarotspektrum aufgenommen – unter Verwendung eines 1000 nm-Filters!« oder »Angezweifeltes Zajin in DSS 9P1, Zeile 14, Position 12« versehen. Harper hätte genauso gut Sanskrit lesen können. Und tatsächlich enthielten einige der

Einträge offensichtlich Sanskrit, und die Verfasser entschuldigten sich nicht einmal dafür.

Auf der Menüleiste gab es einen Link zur Kontaktaufnahme, doch die E-Mail-Adresse gehörte zur erloschenen Freeserve-Domain, was wahrscheinlich hieß, dass die Adresse seit Jahren nicht geändert worden war und die E-Mails im Nirgendwo landeten. Harper schickte trotzdem eine Mail. Leider konnte er im Forum auch keine Beiträge schreiben, ohne der Gruppe beizutreten, was nach einem langen, mühsamen Weg aussah.

Er kehrte wieder zu den Suchergebnissen zurück und gab als Suchkombination »Ravellers« und »Barlow« ein. Die ersten Ergebnisse gehörten offensichtlich zu Bot-basierten Seiten, die alles verwendeten, was man eingab. *Lesen Sie Geschichten über Ravellers Barlow und sehen Sie sich Fotos und Videos mit Ravellers Barlow an!* Das dritte allerdings war ein kurzer Beitrag in einem anderen Forum, mit dem eine Auszeichnung verkündet wurde, die an eine gewisse Dr. Sarah Opie für Verdienste in der wissenschaftlichen Forschung verliehen wurde. Auch Stuart Barlow hatte einen Folgebeitrag geschrieben: »Das hast du dir verdient, Sarah!« Der Beitrag war etwa achtzehn Monate alt. Die Seite war auf Harpers Ergebnisliste gelandet, weil Dr. Opie die Mitgliedschaft bei den Ravellers laut eigenen Angaben zu ihren Interessen zählte. Und sie arbeitete an einer Universität, der University of Bedfordshire, allerdings nicht in der historischen Fakultät – die es dort nicht zu geben schien –, sondern in der Abteilung für Computerwissenschaft und Technik.

Harper wählte die Nummer der Universität und bat, zu Dr. Opie durchgestellt zu werden. Als die Dame in der Zentrale ihn aufforderte, eine Nachricht zu hinterlassen, gab er seinen beruflichen Hintergrund preis und erklärte, er rufe im Rahmen einer Mordermittlung an.

In null Komma nichts sprach er mit Dr. Opie höchstpersönlich.

»Es tut mir wirklich leid, Sie zu stören«, begann er, »aber ich ermittle im Todesfall von Professor Stuart Barlow. Ich habe herausgefunden, dass Sie einer Organisation angehören, bei der auch er Mitglied war, einer Organisation mit Namen Ravellers.«

Am anderen Ende der Leitung herrschte eine lange Pause. Harper wollte gerade weiterreden, als Dr. Opie schließlich antwortete, und zwar mit einer Gegenfrage: »Wer sind Sie?« Aus ihrer Stimme, die jünger klang, als er erwartet hatte, hörte er Anspannung und Misstrauen heraus.

»Mein Name ist Christopher Harper«, wiederholte er, obwohl er sich schon vorgestellt hatte. »Ich bin Detective Constable beim Kommissariat für Kapital- und organisiertes Verbrechen des London Metropolitan …«

»Und wie kann ich mir da sicher sein?«, unterbrach sie ihn.

»Sie legen auf und überprüfen es«, schlug Harper vor. Angesichts der steigenden Leichenzahl schien ihr Verfolgungswahn verständlich zu sein. »Rufen Sie New Scotland Yard an, lassen Sie sich zur Einsatzzentrale durchstellen, dann zu den Detectives. Nennen Sie meinen Namen und sagen Sie, ich hätte Sie um Rückruf gebeten. Ich werde hier sitzen bleiben, und dann können wir reden.«

Er hatte erwartet, dass sie auflegen würde, was sie aber nicht tat. Er hörte die leisen Geräusche eines Menschen, der sich bewegt, atmet und einfach da ist.

»Sie sagten, es gehe um Stuart.«

»Nun, nicht nur darum, sondern auch um ein paar andere Dinge.«

»Um welche Dinge?«

Harper zögerte. *Ich erstelle eine Liste mit toten His-*

torikern. Kennen Sie welche? Das klang selbst in seinem Kopf wie eine Fangfrage. »Hören Sie, warum legen Sie nicht einfach auf und rufen mich zurück?«, schlug er vor. »Ich denke, das Gespräch würde Ihnen leichter fallen, wenn Sie sich vergewissern, dass ich kein Spinner bin.«

»Ich möchte wissen, um was es geht.« Die Stimme am anderen Ende klang noch um einen Tick angespannter.

Harper holte tief Luft. Als er noch seine Uniform getragen hatte, was genau ein Jahr her war, hatte er die Detectives um ihr Ansehen beneidet, um die lockere, natürliche Autorität, die sie ausstrahlten. Doch vielleicht musste man sie sich aneignen wie einen Trick. »Es geht um eine Reihe verdächtiger Todesfälle«, erklärte er und fügte schwach hinzu: »Möglicherweise. Möglicherweise verdächtig.«

Er hörte einen hohlen Schlag, als hätte sie das Telefon fallen lassen oder als wäre sie beim Umdrehen gegen etwas gestoßen.

»Hallo? Sind Sie noch dran?«, fragte Harper.

»Was für Todesfälle? Sagen Sie mir, um was für Todesfälle es geht!«

»Stuart Barlow. Catherine Hurt. Samir Devani.«

Opie ließ ein verdutztes Stöhnen hören. »Oh, Gott! Das waren … das waren keine Unfälle?«

»Moment«, hakte Harper nach. »Sie kannten sie alle? Dr. Opie, das ist jetzt wichtig. Woher kannten Sie sie?«

Als einzige Antwort erhielt er das Klicken und das Schnarren in der Leitung, wenn am anderen Ende aufgelegt wird. Er wartete unentschlossen eineinhalb Minuten lang. Wenn er wieder die Zentrale anrief, wäre sein Telefon besetzt, während er zu Dr. Opie durchgestellt werden würde und sie vielleicht doch versuchte, ihn zurückzurufen.

Gerade als er aufgeben wollte und nach dem Hörer

griff, klingelte das Telefon. Er nahm ab. »Externer Anruf für Sie«, meldete die Zentrale. »Eine Dr. Opie.«

»Danke, stellen Sie sie durch.«

Der Lärm in der Einsatzzentrale wich einer unwirklichen Stille.

»Dr. Opie?«

»Ja.«

»Woher kannten Sie diese drei Menschen?«

Er wusste, wie die Antwort lauten würde, was das leichte Kribbeln erklärte, das er spürte, als sie weitersprach. »Sie waren alle Ravellers. Sie gehörten alle zur Gruppe. Und …«

Er wartete. Sie schwieg. »Und?«

»Sie arbeiteten alle an derselben Übersetzung.«

13

Tillman tauchte in Calais wieder auf, wo er eine Überfahrt auf einer Kanalfähre nach Dover buchte. Natürlich nutzte er die kürzeste Route und das kleinste Zeitfenster, in dem er eingeschlossen und verwundbar sein würde. Dennoch ging Kuutma davon aus, dass nichts sicher war. Seine Anker entlang der Nordküste blieben in Position, und seine Maulwürfe in den Büros der Französischen Staatsbahn waren auf der Hut, bis man ihm bestätigte, dass Tillman beim Besteigen der Fähre gesehen wurde.

Selbst dann ging Kuutma methodisch und akribisch vor. Es war um 23:40 Uhr das letzte auslaufende Schiff des Tages, doch am Fährhafen von Calais trieben sich noch immer eine Menge Menschen herum. Die Boten – wieder waren es drei, wie in Bukarest und Paris – gingen als Letzte an Bord und hielten sich in der Nähe der Ausgänge auf, die somit unter Beobachtung standen, bis sich die Bugklappen schlossen und die Fähre ablegte.

Kuutma stand am Kai und beobachtete die Szene. Würde Tillman im letzten Moment an Deck erscheinen und behaupten, er hätte etwas vergessen und müsste das Schiff wieder verlassen? Wollte er sie auch bei dieser Verfolgung wieder in die Irre leiten?

Anscheinend nicht. Es gab keinen Alarm in letzter Minute, keine Ablenkungsmanöver oder Panikausbrüche, keinen Fehlstart. Die Fähre fuhr ohne Zwischenfälle mit

Tillman an Bord los. Mit Tillman und den drei Boten, die ihn töten würden. Kuutma machte mit den Händen das Zeichen der Schlinge, um den Segen des Gehängten für seine Boten zu erbitten.

Voller Leidenschaft, aber zu spät sehnte er sich danach, bei ihnen zu sein. Wieder erwischte er sich bei überflüssigen Gedanken, die seinen eigenen Gedankenprozess in sinnloser und gefährlicher Weise zerfledderten. Wie unnötig! Jetzt, nachdem alles erledigt war, konnte er zugeben, dass er Tillman hasste und viel zu lange gewartet hatte, gegen ihn vorzugehen, weil er die Reinheit seiner eigenen Motive angezweifelt hatte. Dieser Fehler würde ihm nicht noch einmal unterlaufen.

Es gab niemanden mehr, an dem er ihn wiederholen könnte.

Tillman beobachtete mit gemischten Gefühlen, wie die französische Küste in immer weitere Ferne rückte.

Kartojev hatte viel von dem bestätigt, was er bereits wusste, ihm einige Hinweise verschafft und ihm eindeutig sein nächstes Ziel gewiesen. Zum ersten Mal spürte er, dass er Michael Brand näher kam. Nachdem er so lange einem Namen, dann einem Phantom hinterhergejagt war, verfolgte er nun einen Mann, den er beinahe schon sehen konnte.

Andererseits musste er aktuelle Unregelmäßigkeiten bedenken. Zum einen die Drogen: Bisher war er auf keine Verbindung zwischen Brand und dem Drogenhandel gestoßen. Er war verdeckt in Kolumbien tätig gewesen und hatte allgemein mitbekommen, wie im Drogenhandel verfahren wurde. Brand bewegte sich nicht wie ein Händler oder Käufer über den Globus, eher wie ein Kontrolleur. Aber was kontrollierte er? Und warum sollte er, sofern er im Drogenhandel tätig war, so weit reisen, um

Zutaten ausfindig zu machen, die in den meisten Ländern bereits zur Verfügung standen? Die ehemalige Sowjetunion war nicht Brands Basis, dessen war sich Tillman sicher. Dafür waren seine Aufenthalte viel zu kurz und auf zu wenige spezielle Kontakte beschränkt.

Also eine Vernebelungstaktik. Er kaufte seine Chemikalien in Inguschetien, weil er seine Spur von seiner tatsächlichen Basis ablenken wollte. Und er hatte Kartojevs Angebot von raffiniertem Methamphetamin abgelehnt, wahrscheinlich weil er sein eigenes mischen wollte. Und die Menge, die er mischen wollte, war um das Zehnfache größer als üblich.

Diese Überlegung schob er in die Wiedervorlage. Es gab Dringenderes, über das er jetzt nachdenken musste.

Auf seiner Reise durch Europa Richtung Westen war sich Tillman bewusster als je zuvor geworden, dass er gleichermaßen ein Gejagter und ein Jäger war. In Bukarest hatte er einfach nur Glück gehabt. In der Strada Mătăsari, einer Gegend, in der man am besten auch hinten im Kopf Augen hatte, hatte er an der Reaktion eines Mannes, an dem er vorbeigegangen war, gemerkt, dass er vielleicht verfolgt wurde. Er hatte sich nicht umgedreht, war aber zum Test durch eine bevölkerte Marktstraße gegangen, wo seine Verfolger aus reiner Notwendigkeit dichter aufschließen mussten. Er war im Zickzack und ohne erkennbares Muster von einer Bude zur nächsten gegangen, hatte sich die Gesichter in seiner Umgebung eingeprägt und eine halbe Stunde später einen Mann eindeutig als Verfolger identifiziert, bei zwei weiteren war er sich nicht ganz sicher gewesen. Sobald er sich sicher war, dass man ihm auf den Fersen war, brauchte er nur den nächstbesten Moment abzupassen, um sie abzuschütteln. Doch er hatte keine Ahnung, wer sie waren oder was sie wollten.

In Paris war er auf sie vorbereitet. Da er erwartet hatte, aufgespürt zu werden, gespannt auf jeden Hinweis auf eine Verfolgung oder Überwachung, hatte er den Spieß umdrehen und einem von ihnen zu ihrer Basis folgen können. Doch er hatte wenig zu sehen bekommen. Das Haus draußen an der Périphérique war unmöbliert gewesen. Nur drei Schlafmatten hatten nebeneinander auf dem nackten Holzboden gelegen. Diese Männer waren Asketen, wie die frühen christlichen Heiligen, die Jahre in der Wildnis verbracht und ihr Fleisch gequält hatten. Tillman war beunruhigt, wenn er daran dachte, zu welcher humorlosen, strengen Hingabe diese Menschen, die ihn verfolgten, fähig waren. Doch auch ihre hohe Anzahl beunruhigte ihn. Er hatte keine Ahnung, warum eine vollkommen durchstrukturierte Organisation dieser Größe in London Frauen und Kinder entführte.

Doch vielleicht war seine Sichtweise von sich als Gejagtem übertrieben. Vielleicht wollten sie nur sehen, wie weit Tillman gekommen war, ob er sich endlich in die richtige Richtung bewegte oder immer noch im Kreis drehte. Jetzt, da es zu spät war, wünschte er sich, dass er weiter durch Belgien und die Niederlande gereist wäre und noch intensiver versucht hätte, eine falsche Fährte zu legen. Doch am Ende gab es nur eine begrenzte Anzahl an Möglichkeiten, vom Kontinent aus nach Großbritannien zu gelangen, wenn man nicht fliegen wollte. Selbst mit bescheideneren Mitteln war es möglich, alle Wege im Auge zu behalten.

Und er musste nach Großbritannien. Er war lange genug in Paris gewesen, um mit früheren Freunden und Bekannten, die in privaten Sicherheitsdiensten arbeiteten, Kontakt aufzunehmen. Viele von ihnen waren immer noch in dieser amphibischen, halblegalen Welt aktiv, und sie konnten ihm einige sehr interessante und sehr aktuelle Leckerbissen an Informationen über Michael Brand geben. Dreizehn Jahre lang hatte sich das Schwein nicht an der Oberfläche gezeigt. Jetzt war er aufgetaucht, und Tillman musste zu ihm. Eine andere Möglichkeit gab es nicht.

Tillman wandte sich von der Reling ab und ging zwischen den Reisenden an Deck hindurch zu der Doppeltür, die nach innen führte. Auf dem Weg dorthin blickte er auf seine Uhr. Die Überfahrt würde neunzig Minuten dauern. Mit Genugtuung stellte er fest, dass zwanzig Minuten bereits vergangen waren.

Im Loungebereich hielten sich weit mehr Menschen auf als an Deck. Familien saßen einander zugewandt beisammen, hatten ihr Territorium mit Handtaschen und Rucksäcken markiert. Sie sahen entweder grimmig oder müde aus, doch um das karmische Gleichgewicht zu wahren, hingen an den Wänden hinter ihnen riesige Fotos von glücklicheren Familien. Da es keine freien Plätze mehr gab, saßen einige Reisende mit dem Rücken gegen die Schotten gelehnt, andere stützten sich an der Bar ab, die sich an der rechten Seite der Lounge befand. Ein einzelner Barmann servierte Stella Artois vom Fass. Am Guinness-Zapfhahn daneben hing ein »Außer Betrieb«-Schild. Das Ende der Bar ging nahtlos in einen Tresen über, an dem die Gäste für Baguettes und Pommes frites anstanden. In der Luft hing der Gestank von schalem Bier und altem Frittierfett.

Tillman hatte keinen Hunger und zog Whisky einem Bier vor. Hinter der Bar hingen Schilder von Bell's, Grant's und Johnny Walker – alle sehr gut trinkbar. Doch in der Armee hatte er nur getrunken, wenn er vergessen wollte. Es war schon lange her, dass er sich diesen Luxus gegönnt hatte. Kurz war er in Versuchung, verlangsamte seinen Schritt, bis er die Idee verwarf und weiterging. Später, in London, könnte er sich eine Bar suchen und sich wieder mit diesem flüchtigen chemischen Streicheln vertraut machen. Im Moment zog er es vor, wach und wachsam zu bleiben.

Er suchte einen Platz, der seine üblichen Kriterien erfüllte: alle Ausgänge im Blick, eine Wand im Rücken und eine Wand, einen Tresen oder etwas Ähnliches in der Nähe, um sich bei Bedarf dahinter zu verstecken. Angesichts der vielen Passagiere war dies natürlich nicht möglich. Es grenzte, wie sich Tillman bewusst war, schon ans Lächerliche, wenn er hier seine Kriterien erfüllt sehen wollte, wo die Panik der Mitreisenden einen Angriff verhindern würde und ein Mörder nirgendwohin fliehen könnte. Es ließ auch nichts darauf schließen, dass die Männer, die ihm in Bukarest und Paris gefolgt waren, ihm etwas antun wollten. In beiden Städten hatten sie ihn lediglich verfolgt.

War er also nur paranoid? Entwickelte sich seine gewohnte Vorsicht zur Manie und Psychose? Oder reagierte er nur auf einen Fingerzeig, dessen er sich noch gar nicht richtig bewusst war? Normalerweise vertraute er auf seinen Instinkt, doch er hatte lange Zeit zu viel von sich verlangt. Die plötzliche Müdigkeit, die wie ein Gewicht auf ihm lastete, ging einher mit einem Abscheu gegen die Menschen um sich herum, gegen das Geplapper, das sich anhörte wie seine nach außen getretene Verwirrung, die in seinem Herzen und seiner Seele tobte.

Tillman schob sich durch die Menge bis zum Ende der Lounge und gelangte in einen kleineren Bereich mit Glücksspielautomaten auf der einen und den Toilettentüren auf der anderen Seite. Er suchte in seiner Reisetasche nach einem der Beutel mit Kleingeld – dem, in dem sich ein paar Euromünzen befanden. Dann suchte er Mr Snow, das Einhorn. Er steckte das flauschige und widerwärtig süße Plüschtier an einer der Vorderpfoten in seine Jeanstasche und ließ es dort als wirkungsloses Maskottchen baumeln, während er vierzig oder fünfzig Euro in den einarmigen Banditen steckte. An den Hebeln zu ziehen und Knöpfe zu drücken vertrieb ihm die Zeit und verlangte keine Aufmerksamkeit, so dass er die vorbeigehenden oder herumstehenden Reisenden im Auge behalten konnte. Alles schien normal zu sein, bei ihm meldeten sich keine Alarmglocken. Andererseits hatte er in Bukarest auch keine Gefahr gerochen. Seine Feinde konnte er nur auf Abstand halten, wenn er sie nicht unterschätzte.

Als Tillman schließlich die Münzen ausgingen, blickte er auf seine Uhr. Mehr als die Hälfte der Zeit war bereits vergangen. Er schlenderte zurück in die Lounge, stellte sich in die Schlange und bestellte einen Kaffee. Wieder war er von dem Lärm und dem beengenden Druck der Menge überwältigt. Er ging weiter, noch bevor er zwei Schlucke von der faden Plörre genommen hatte.

Es blieben nicht viele Orte, an die er gehen konnte. Er beschloss, die letzte halbe Stunde der Überfahrt draußen auf Deck zu verbringen, doch die Müdigkeit holte ihn ein. Wenn er schon keinen Kaffee trank, könnte er sich wenigstens etwas kaltes Wasser ins Gesicht spritzen. Er ging durch die Tür, auf der ein stilisierter Mann seine Arme seitlich vom Körper abhielt wie ein Revolverheld beim Duell.

In der Toilette, einem fensterlosen, sieben mal sieben Meter großen Raum, befanden sich die Urinale auf einer, die Waschbecken auf der anderen Seite und drei Kabinen gegenüber vom Eingang. Der Boden war nass. Aus einem Waschbecken, in dessen Ausguss Toilettenpapier statt eines Stopfens steckte, war Wasser geschwappt.

Eine flackernde Neonröhre an der Decke beleuchtete das deprimierende Bild.

Tillman hängte seine Jacke über einen Kondomautomaten, stellte seine Tasche zu seinen Füßen und ließ das Wasser so lange laufen, bis er einsah, dass es nicht kalt werden würde. Also spritzte er sich lauwarmes Wasser ins Gesicht, drückte die Taste vom Händetrockner und hielt seinen Kopf in den Luftstrom. Die Tür hinter ihm seufzte, als sie sich öffnete, und seufzte, als sie sich wieder schloss.

Als er sich wieder aufrichtete, waren sie da. Zwei nebeneinander, und sie kamen bereits auf ihn zu. Zwei Männer in Anzügen, überraschend gutaussehend, gepflegt und ernst. Die Art von Männern, die an die Tür klopfen und fragen, ob man schon Jesus gefunden habe oder ob man für den Kandidaten der konservativen Partei stimmen würde. Tillman blieb nur die Zeit, ihre unheimlich synchronen Bewegungen wahrzunehmen, die sich in endlosem Drill durch denselben Trainer oder Kommandeur entwickelt haben mussten. Plötzlich hoben sie ihre Hände. Die Messer mit den kurzen Klingen funkelten auf, eins oben, eins unten, als sie das Licht der Deckenlampe durchkreuzten.

Mit der linken Hand riss Tillman seine Jacke vom Kondomautomaten und wirbelte sie vor sich in der Luft herum, während er sich die etwa drei Meter, die ihm noch blieben, nach hinten zurückzog. Währenddessen zog er seine schwere Mateba Unica hinten aus seinem Gürtel, wo sie immer steckte, und entsicherte sie gleichzeitig.

Die beiden Männer schienen seine Bewegungen vorherzusehen. Als er die Waffe auf sie richtete, drehte sich einer von ihnen halb zur Seite und trat rückwärts mit dem Fuß nach ihm – ein perfekter Yoko-Geri. Tillman sah ihn kommen, doch der andere bewegte sich so unmenschlich schnell, dass es ihm nichts nützte. Die Ferse des Schuhs traf Tillman an der Innenseite des Handgelenks, bevor er die Hand zurückziehen konnte. Die Waffe hüpfte klappernd über den Boden.

Beide Männer schwangen ihre Messer. Einer zielte auf Tillmans Herz, der andere auf sein Gesicht. Tillman täuschte eine Rechtsbewegung vor und ließ seine Jacke gleichzeitig wie eine Peitsche durch die Luft schnellen, so dass sie sich um das Handgelenk des linken Angreifers wickelte. Der andere Mann versetzte ihm mit dem Messer einen tiefen Schnitt am Oberarm, doch er achtete nicht auf den Schmerz, sondern zog den anderen mit einem Ruck an der Jacke zu sich heran und stieß seinen Kopf kräftig in dessen Gesicht. Da er nicht zu Boden ging, huschte Tillman um ihn herum, um ihn als Schild zu benutzen und sich eine kleine Pause zu verschaffen.

Wieder reagierten und bewegten sich die beiden Männer in reibungslosem Einklang. Derjenige, den Tillman mit seiner Jacke gefangen hatte, ging rasch in die Hocke, der andere beugte sich über ihn und schnellte mit seinem Messer nach vorne. Tillman lehnte sich nach hinten wie ein Limbotänzer und konnte sich gerade noch vor dem Messer retten.

Tillmans Angreifer sprang über seinen knienden Kollegen hinweg und ließ sein Messer auf Höhe von Tillmans Bauch hin- und herzucken. Tillman senkte instinktiv seine Hand, um zu verhindern, dass ihm der andere möglicherweise den Bauch aufschlitzte, doch sein Instinkt brachte ihn beinahe um. Das Messer schnellte um seine Hände herum, als wären sie gar nicht da. Als er zur Seite zuckte, hörte er die zischende Luft des an seinem Gesicht vorbeisausenden Messers nicht nur, sondern spürte sie auch.

Der andere Mann war mittlerweile wieder aufgesprungen und kam hinter dem anderen heran. Die Lage wurde für Tillman immer schlimmer. Er wägte den Kräftestand ab. Die Karatefähigkeiten beeindruckten ihn nicht übermäßig, da die beiden Männer leichter waren als er, und selbst mit ihren Messern konnten sie in der beengten Toilette nicht allzu viel ausrichten. Problematisch wurde die Sache allerdings, da er gegen zwei antreten musste, die zudem überraschend schnell waren. Könnte sein, dass er in den nächsten zehn Sekunden tot war.

Also musste Tillman seine Chancen erhöhen. Er hob einen Arm und schlug mit der Faust genau in die Mitte der Neonröhre, der einzigen Lichtquelle im Toilettenraum. Es wurde stockdunkel.

Tillman ließ sich auf den Boden fallen und rollte zur Seite, um nach der Waffe zu greifen, deren Position er sich gemerkt hatte. Nichts.

Das platschende Geräusch von Füßen in Wasser. Rechts von ihm bewegte sich etwas. Er trat mit den Füßen, traf und rollte weiter. Diesmal berührten seine Fingerspitzen das vertraute kalte Metall der Unica. Er umklammerte den Griff, hob die Waffe und richtete sich auf, während er in weitem Bogen drei Mal abdrückte, so dass er den gesamten Raum abdeckte.

Es war ein kalkuliertes Risiko, weil er seine Position verriet. In dieser Dunkelheit wäre nichts einfacher, als eins der grausam scharfen Messer in Richtung der aufblitzenden Mündung zu schleudern. Doch die Unica war mit .454 Casull geladen, die selbst die Mannstoppwirkung der Magnum-Patronen übertraf. Auch wenn seine Angreifer kugelsichere Westen unter ihren eleganten Anzügen trugen, wären sie bei einem Treffer aus diesem kurzen Abstand vorerst außer Gefecht gesetzt.

Die Waffe auf Kopfhöhe haltend, wich er, eine Acht gehend, nach hinten aus. Sein nahezu fotografisches Gedächtnis kam ihm wieder zu Hilfe, und nach nur drei Schritten spürte er den Türgriff in seinem Kreuz.

Wieder eine Bewegung, diesmal links von ihm. Tillman schoss in diese Richtung – nun blieb ihm nur noch eine Kugel – und trat die Tür hinter sich auf. Ein Lichtspalt drang in die Toilette, ebenso wie das wirre Klingeln der Geldspielautomaten gegenüber. Beide Männer hatten sich ihm in der Dunkelheit genähert. Einer umklammerte seinen Arm, was auf einen Treffer deutete, der andere warf sich mit nach vorne gerichtetem Messer auf Tillman.

Ohne Licht hätte das Messer Tillman in die Kehle getroffen. Im letzten Moment vorgewarnt, schaltete er automatisch auf Krav Maga um, eine Form der Selbstverteidigung, die er in seinen Tagen als Söldner von einem Kerl namens Vincent Less erlernt hatte. Während die beiden nach draußen auf den Flur stürzten, lenkte er mit seiner rechten Hand, in der er immer noch die Waffe hielt, den Angriff ab und packte mit seiner freien Hand das Handgelenk des Mannes und drehte es, bis das Messer zu Boden fiel. Dann versetzte er dem Kerl mit dem Knauf seiner Waffe einen Schlag ins Gesicht. Er geriet ins Wanken, als sein Gegenüber fiel, doch er schaffte es, sich umzudrehen, und rannte los. Einer seiner Gegner war erledigt, der andere zumindest verletzt, doch er hatte nur noch eine Kugel. Und ob er nun gewinnen oder verlieren würde, er konnte es sich nicht leisten, zu den offiziellen Ermittlungen zu bleiben.

Tillman rannte von der Lounge weg. Die Mitreisenden mussten die Schüsse gehört haben, so dass er sich wahrscheinlich nicht mehr durch die in Panik geratene Menschenmenge drängen konnte. Etwas weniger hastig, um nicht aufzufallen, bog er um die Ecke und traf auf eine andere Gruppe, die aus dem zollfreien Laden strömte.

Der Lärm war offenbar auch bis hierher vorgedrungen, doch die Leute wussten wahrscheinlich nicht, woher die Schüsse gekommen waren, und wussten daher auch nicht, in welche Richtung sie rennen sollten. Tillman schob sich durch die nervöse Menge, so schnell er konnte. Er wollte sie keiner Gefahr aussetzen, indem er sich zu lange in ihrer Nähe aufhielt.

Er stieg eine Treppe hinauf zum Oberdeck, wo er allein war. Doch gleich nach ihm trat am anderen Ende eine Frau durch eine Tür. Sie blieb stehen und sah ihn mit einem Blick an, der entweder Verblüffung oder Besorgnis ausdrückte.

»Gehen Sie wieder rein!«, rief er ihr zu. Er trat an die Reling und blickte über das Meer. Die Fähre war immer noch einige Kilometer von Dover entfernt, doch er konnte nicht bleiben. Man würde ihn verhören und verhaften – wenn auch nur wegen des Besitzes einer nicht registrierten Waffe.

Der größte Teil seiner Dokumente befand sich in seiner Jacke, die er auf der Toilette gelassen hatte. Auch dadurch standen ihm Probleme bevor, da er diesmal unter seinem eigenen Namen reiste. Doch darum würde er sich später kümmern. Er schlüpfte aus seinen Schuhen und stieß sie zur Seite.

Plötzlicher, unerträglicher Schmerz flammte an seinem Oberschenkel auf. Als er sich umdrehte, kam die Frau auf ihn zu, zog ein zweites Messer aus ihrem Gürtel und wog es in der Hand. Das erste Messer steckte bis zum Griff in seinem Oberschenkel.

Die Frau war sehr schön und den Männern, gegen die er gekämpft hatte, äußerlich sehr ähnlich: blasse Haut, dunkle Augen, dunkles Haar, ernstes Gesicht wie das eines Kindes, das in der Schule ein Gedicht aufsagen muss.

Er konnte nicht verhindern, dass sie das zweite Messer warf. Sie holte bereits aus, und als er die Waffe hob, wusste er, dass er nicht rechtzeitig zielen und abdrücken konnte. Trotzdem richtete er den Lauf auf ihren Arm und betätigte den Abzug in dem Moment, als sie das Messer auf ihn zuschleuderte. Es flog so schnell, dass er es nicht sehen konnte. Nur den Bruchteil einer Sekunde leuchtete es im Schein einer Lampe unnatürlich golden auf.

Die Kugel traf das Messer, das leise surrend über seinen Kopf hinwegflog. Er hatte mehr Glück als Verstand gehabt, und er wusste, dass er diesen Treffer in einer Million Jahren nicht mehr würde landen können, selbst wenn seine Waffe nicht leer geschossen wäre.

Er schwang sich auf die Reling und sprang. Ein drittes Messer flog sehr dicht über seine Schulter hinweg und begleitete ihn auf seinem parabelförmigen Flug. Das Hauptdeck unter ihm ragte vier Meter über das obere hinaus. Das Messer schaffte den Abstand locker, Tillman nur um wenige Zentimeter.

Das kalte Wasser schloss sich über ihm, er sank immer tiefer in feindlichere, kältere Bereiche. Nach zehn Metern wechselte er die Richtung und begann wieder aufzutauchen.

Mit etwas Mühe und bereits steif werdendem Bein schlug er einen Purzelbaum und tauchte wieder unter. In dem tiefschwarzen Wasser konnte er nicht erkennen, wie weit er von der Fähre entfernt war. Am besten blieb er so lange unten wie möglich, bis der Abstand größer wurde.

Als ihm die Luft ausging, kam er wieder hoch. In diesem Moment, in dem seine Lungen nach Luft schrien, erblickte er etwas, das von ihm fort nach unten glitt, wohin er nicht folgen konnte. Es war etwas Weißes, das im unbeständigen, düsteren Licht der Hecklampe der Fähre wie der Flügel eines Vogels aufblitzte.

Es war Mr Snow.

Tillman kam ein ganzes Stück hinter der Fähre wieder an die Oberfläche. Er sah niemanden, der an Deck stand oder mit dem Finger auf ihn zeigte. Die Nacht verbarg ihn, und seine Angreifer würden wohl kaum melden, dass er über Bord gegangen war. Aller Voraussicht nach würde niemand nach ihm suchen. Das eiskalte Wasser würde die Blutungen eindämmen, und die Südküste von England war so groß, dass er sie kaum verpassen konnte.

Endlich hatte er auch eine Antwort auf seine Frage: Die Menschen, die ihn verfolgten, wollten ihn tatsächlich umbringen. Vielleicht hieß dies, dass Michael Brand Angst vor ihm hatte. Er hoffte es.

Doch er konnte sich keine Hoffnungen machen, Mr Snow in der Dunkelheit und dem kalten Wasser zu finden. Er brauchte all seine Kraft, wenn er die Küste lebendig erreichen wollte. »Es tut mir leid«, murmelte er, auf den Wellen schaukelnd – nicht zu Mr Snow, sondern zu seiner Tochter, die er so viele Jahre zuvor verloren hatte. Er hatte das Gefühl, als hätte er den Glauben an Grace und eine Verbindung zu ihr verloren, die zu verlieren er sich nicht leisten konnte.

Überleben. Das war alles, was im Moment zählte. Mit Hilfe des Kielwassers der Fähre orientierte er sich Richtung Norden, wo die Küste noch immer siebzehn Kilometer entfernt lag.

14

Als Kennedy aus dem Prince Regent's anrief, um sich nach Harpers Fortschritten zu erkundigen, berichtete er ihr – mit verzeihlicher Selbstgefälligkeit –, er habe eine Verbindung zwischen den drei toten Akademikern gefunden. Diese Neuigkeit war aufsehenerregend, doch sein Ruhm wurde geschmälert, als Kennedy ihm weitere Fragen nannte, die er Sarah Opie hätte stellen sollen. Hatten die drei toten Ravellers nur über die Webseite in Kontakt gestanden, oder hatten sie sich anderswo kennengelernt? Wie lange lief ihr gemeinsames Projekt bereits, und wer wusste davon? Arbeitete jemand mit ihnen zusammen, der nicht beim London History Forum war? Sie hatte nicht die Absicht, ihn zusammenzustauchen. Es entsprach einfach der Art, wie sie funktionierte, wie Harper in ihrer kurzen gemeinsamen Zeit bereits herausgefunden hatte. Sie kombinierte die Dinge in ihrem Kopf und machte sich ein Bild von dem, was sie hatten und was noch fehlte.

»Ich dachte, einige Fragen könnten wir ihr im persönlichen Gespräch stellen«, erwiderte er zerknirscht. »Das ist doch immerhin ein Durchbruch. Wir haben eine Verbindung. Wenn wir eine Verbindung haben, kommen wir einem Motiv immer näher. Und da ich wusste, dass wir eine vollständige Aussage brauchen, wollte ich sie nicht schon vorher auf irgendwelche Gedanken bringen.«

»Sie haben das gut gemacht, Harper. Aber was haben die Ravellers denn eigentlich übersetzt?«

»Den Rotgut-Kodex«, antwortete Harper. »Der ist im Ravellers-Forum schon zum Witz geworden. Die meisten Fachleute halten ihn für eine Fälschung. Aber Barlow hatte laut Dr. Opie einen neuen Ansatz gefunden, etwas, das sich bei seinen Forschungen über die frühen Christen ergeben hatte. Die Akrostiker.«

»Gnostiker?«

»Was weiß ich. Jedenfalls laufen alle Fäden bei Barlow zusammen. Er begann mit der Übersetzung dieses Rotgut-Dings, und er holte die anderen beiden ins Boot.«

»Nur die anderen beiden? Das heißt, sonst hat niemand damit zu tun? Niemand, der gewarnt werden muss, weil ihn jemand töten will?«

Hier bewegte er sich auf sichererem Boden. »Keine anderen Mitarbeiter. Mit einem anderen Typen nahm Barlow Kontakt auf, einem großen Experten auf dem Gebiet dieser frühen Dokumente. Er heißt Emil Gassan und arbeitet irgendwo oben in Schottland. Aber er wollte partout nichts mit Barlow zu tun haben. Er solle ihm damit nicht auf die Nerven gehen, hat er gesagt.«

»Was ist mit Opie? Woher weiß sie das alles?«

»Forumsbeiträge?«, antwortete Harper. »Gut, ich muss zugeben, das war nur eine Vermutung. Ich habe sie mehrmals direkt danach gefragt, doch beide Male wich sie mir aus. Sie ist mit Barlow befreundet. Nun ja, er kannte sie jedenfalls, denn er schrieb etwas in einem Forum, als sie irgendeinen Preis erhalten hatte. Aber sie sagte, sie gehöre nicht dazu. Sehr entschieden. Sie habe nichts mit dem Projekt zu tun. Das sagte sie zwei Mal.«

»Und trotzdem wusste sie genau, worum es dabei ging?«, vergewisserte sie sich.

Harper bekam das leise Gefühl, dass sie zwischen den

Zeilen sagte, er sei ein Idiot, der keine Zeugen vernehmen könne. »Es war ja kein Geheimnis«, erinnerte er sie daran, ohne trotzig klingen zu wollen. »Diese Frau beteiligt sich aktiv an der Ravellers-Seite, deswegen halte ich es nicht für ungewöhnlich, dass sie darüber Bescheid weiß. Aber Sie können sie ja selbst fragen. Soll ich einen Termin vereinbaren?«

Er blickte auf seine Uhr. Es war sechs Uhr durch, was hieß, dass sie Dr. Opie wahrscheinlich nicht mehr an der Uni erwischen würden. Harper würde ihre Privat- oder Mobilnummer ausfindig machen und versuchen müssen, sie unterwegs zu erreichen. Dr. Opie wäre nicht glücklich darüber. Ihre Stimmung war während Harpers sehr vorsichtiger Befragung gesunken. Sie hatte Angst bekommen und war erschüttert gewesen, nachdem sie erfahren hatte, dass drei Menschen, die sie gut gekannt hatte, ein und demselben Mörder zum Opfer gefallen waren. Ihre Antworten waren immer knapper und einsilbiger ausgefallen, nicht weil sie nicht kooperieren wollte, vermutete Harper, sondern weil sie Schwierigkeiten hatte, sich auf diese Sache zu konzentrieren. Ein physisches Trauma führte zu einem klinischen Schock, ein psychologisches Trauma vernebelte die Gedanken. Eigentlich war das der Grund, weshalb er Opie nicht gedrängt hatte, weitere Einzelheiten zu erzählen. Er hatte Angst gehabt, sie könnte wegen ihm in eine Art mentale Krise geraten, aus der er sie übers Telefon nicht wieder herausholen könnte.

»Heute nicht mehr«, sagte Kennedy zu seiner Erleichterung. »Ich denke, als Nächstes müssen wir zum DCI. Als er uns diesen Fall übergeben hat, dachte er, er würde ihn damit auf die lange Bank schieben. Er muss über die Entwicklung informiert werden, damit er eine Entscheidung wegen der Ressourcen treffen kann.«

Harper war entrüstet. »Sie meinen, er soll den Fall

einem anderen Team geben? Nicht mit mir, Sarge. Das ist mein Serienmörder. Unser, meine ich. Ich habe auch schon einen Namen für ihn.«

»Harper, ich will's nicht ...«

»Der Historiker. Sie müssen drei Dinge bedenken, Kennedy. Wenn Sie eine große Überschrift wollen, müssen Sie den Medien etwas geben, in das sie ihre Krallen einschlagen können. Ich kann die erste Pressekonferenz kaum abwarten.«

»Das ist schön, Harper, aber falls es eine Pressekonferenz gibt, sind wir beide wahrscheinlich gar nicht dabei.«

»Eher bringe ich mich um.«

Ihr Seufzen klang wie das einer Mutter, die sich über ihr eigensinniges Kind ärgert. »Die Sache wird wohl nicht an die große Glocke gehängt werden, weil die anfänglichen Ermittlungen zu Barlows Tod verpfuscht wurden. Und wenn es ein Medienspektakel gibt, können Sie darauf wetten, dass Summerhill selbst am Mikro steht. Vielleicht werden wir daneben sitzen und ernst schauen. Haben Sie alles aufgeschrieben, was Sie gesammelt haben?«

»So ziemlich«, log Harper. Er hatte nur seine unleserlichen Notizen, die er nebenher auf einen Block gekritzelt hatte. Getippt und abgeheftet hatte er noch nichts.

»Legen Sie mir Ihre Notizen auf den Schreibtisch. Ich werde meine Sachen ergänzen und sie heute Abend Summerhill ins Fach legen. Morgen früh werden wir uns mit ihm treffen, dann muss er Stellung beziehen. Wenn wir noch einen wichtigen Zeugen vernehmen müssen, ist er in Zugzwang: Er wird die Angelegenheit sicher nicht in einer Weise hinauszögern wollen, die hinterher in den Akten steht. Aber geben Sie mir die Nummer von diesem anderen Typen, von dem in Schottland, der Barlow abgewiesen hat. Ich rufe ihn sofort an – wir müssen peinlich genau arbeiten.«

»Okay.« Harper las ihr die Nummer von Emil Gassan vor. Er war unruhig. »Sie glauben doch nicht wirklich, dass Summerhill uns vom Fall abzieht, oder?«

»Sie vielleicht nicht. Aber er wird die Leitung eindeutig einem anderen Officer übertragen.«

»Warum?«

»Weil der Fall nicht mehr in meinen Zuständigkeitsbereich fällt, wenn er keine Zeitverschwendung mehr ist. Übrigens habe ich es mir anders überlegt, legen Sie mir Ihre Notizen nicht auf den Schreibtisch. Schicken Sie mir eine Datei, dann drucke ich alles in einem Rutsch aus.« Auch wenn Kennedy es nicht offen aussprach, er wusste, dass sie an Combes und seine Clique dachte. In der Löwengrube hatte keiner Skrupel, ihren Schreibtisch zu durchwühlen, und wenn sie dabei etwas Interessantes fanden, würden sie alles daransetzen, es zu bekommen, so dass sie Kennedy und ihn an zwei Fronten unter Druck setzen konnten. Harper sah die Angelegenheit hingegen von einem ganz anderen Standpunkt aus. Als wäre ihm dieser Mehrfachmord – dreifache Abschlachtung klang noch besser – wie ein Apfel in den Schoß gefallen, um das universelle Gesetz zu bestätigen, von dem er hoffte, dass es eines Tages nach ihm benannt werden würde, das besagte, dass einem tollen Detective auf magische Weise Fälle zukamen, die seinen unheimlichen Fähigkeiten gerecht wurden.

Nachdem Kennedy aufgelegt hatte, fiel ihm ein, was er ihr noch hätte sagen sollen: dass Michael Brand einen falschen Namen und eine falsche Adresse angegeben hatte. Die Euphorie über Dr. Opies Enthüllungen hatten ihn diesen Punkt vergessen lassen. Vielleicht wäre Kennedy beeindruckter gewesen, wenn er gleich zu Anfang von einem möglichen Verdächtigen berichtet hätte. Nun, das würde sie aus den Fallnotizen erfahren, und dann würde sie ihm sagen können, welche Fragen er diesem Spanier am Telefon noch hätte stellen sollen.

Er gab seine Notizen in den Rechner ein – wieder eine langweilige Aufgabe, für die er eine leicht peinliche Leidenschaft hegte – und begann, seine Sachen für den Feierabend zusammenzuräumen. Doch er hatte sich an seinem Computer noch nicht abgemeldet, und Stanwick schlenderte herüber und blickte über Harpers Schulter auf den Bildschirm. Harper drehte den Bildschirm so, dass Stanwick nichts mehr lesen konnte.

»He, ich hab doch nur geguckt«, beschwerte sich Stanwick. »Ich dachte, euer Fall wäre nur unnütze Freizeitbeschäftigung. Deswegen hat man ihn doch dir und der Schwarzseherin zugeteilt. Wieso jetzt auf einmal diese Geheimniskrämerei?«

»Der Mörder kommt hier aus der Abteilung«, antwortete Harper. »Könnte der Superintendent sein. Oder auch du.«

Stanwick starrte ihn verwirrt an. »Soll das was Bestimmtes bedeuten?«

»Ja.« Harper griff nach unten und zog den Stecker, ohne die Datei vorher zu schließen. »Das heißt, kümmere dich um deinen eigenen Dreck.«

Harper ging fort, erwartete aber, mit einer Hand auf seiner Schulter von seinem großen Kollegen herumgerissen zu werden und einen Schlag ins Gesicht zu bekommen. Doch Stanwick ließ nur einen Pfiff hören, eine Schleife von unten nach oben und wieder nach unten, die Überraschung ausdrückte. Harper hatte schon vorher keinen guten Eindruck hinterlassen, als er sich geweigert hatte, gemeinsam mit der Allgemeinheit Kennedys Ruf mit Füßen zu treten. Jetzt sagte dieser Pfiff, dass er sich selbst in eine Schublade manövriert hatte, die alle anderen aus der Abteilung als Pissoir benutzen würden.

Doch das machte Harper nichts aus. Er war ehrgeizig, aber nicht aus Karrieresucht, sondern eher wegen der Erfahrung. Er wollte Außergewöhnliches sehen und tun. Die Uniformriege war ihm zu klein gewesen, und vielleicht würde es ihm bei den Detectives genauso ergehen. Er war einfach nur auf Abenteuer aus.

Nachdem Harper gegangen war, schwemmte der frühabendliche Strom noch ein paar Leute durch die Löwengrube, aber sonst herrschte hier Ebbe. Die Kollegen schlenderten einer nach dem anderen oder in kleinen Grüppchen hinaus. Als Kennedy um acht Uhr eintrudelte, war das große Büro leer, was sie nicht im Geringsten störte.

Sie brauchte eine Weile, bis sie ihre Arbeit dieses Tages zusammengefasst hatte. So sensationell es auch war, was sie herausgefunden hatte, ließ es sich doch in ein paar dramatische Absätze zusammenfassen. Sie ging nur auf Nummer sicher. Aber auch wenn die Patzer in diesem Fall passiert waren, bevor man ihn ihr übertragen hatte, bot ihr das nicht viel Schutz, wenn ein Kopf rollen musste. Und bei drei übersehenen Morden statt nur einem rückte eine Enthauptung zum Wohle der Moral immer näher.

Also sorgte sie dafür, dass die Fallnotizen einwandfrei waren. Sie und Harper hatten akribisch alle Regeln und Protokolle eingehalten, waren Zeugen gegenüber unfehlbar freundlich und endlos offen gewesen. Hatten ihre fleißigen, nach Lehrbuch durchgeführten Ermittlungen nur unterbrochen, um gleichzeitig und in vollem Umfang Notizen darüber zu machen. Kurz gesagt, sie waren Heilige, was die Polizeiarbeit betraf.

Beim Durchlesen von Harpers Notizen fluchte sie laut, als sie die Bombe entdeckte – Michael Brand hatte eine falsche Adresse hinterlassen und eine Telefonnummer erfunden? Mist! Warum hatte Harper davon Dr. Opie nichts erzählt und sie gefragt, was Brand in seinen Beiträgen im Ravellers-Forum geschrieben hatte? War er dort noch aktiv? Verfügten die Betreiber über Kontaktinformationen? Wenn Brand eine falsche Adresse angegeben hatte, könnte er auch in anderen Dingen gelogen haben – und Rosalind Barlow hatte ausgesagt, ihr Bruder habe sich am Abend vor seinem Tod mit Brand getroffen. Brand könnte ihr Täter oder zumindest ein wichtiger Zeuge sein, der allerdings schon drei Wochen Vorsprung hatte.

Was blieb also noch? Es blieb der Schotte, Emil Gassan. Sie rief ihn unter der Nummer an, die Harper ihr gegeben hatte, landete aber nur in der Zentrale der Universität. Dort sagte man ihr, Dr. Gassan sei bereits gegangen. Nach einigem Hin und Her und dem üblichen Trara wegen der Identifizierung konnte sie die Telefonistin überzeugen, Gassans Privatnummern herauszugeben. Sie versuchte es zunächst bei ihm zu Hause, wo sich aber niemand meldete, dann auf seinem Mobiltelefon, das ausgeschaltet war. Ihr blieb nichts anderes übrig, als ihre eigene Nummer mit der Bitte auf seinem AB zu hinterlassen, er möge sich bei ihr wegen einer laufenden Ermittlung melden. Sie nahm sich vor, ihn später unter beiden Nummern noch einmal anzurufen.

Aufgewühlt und besorgt druckte sie Harpers Notizen aus und fügte sie zu ihren eigenen hinzu. Sie hasste solche Arbeiten – das Gefühl, wegen der schlechten Polizeiarbeit ihrer Kollegen lahmgelegt zu werden. Sie waren drei Wochen zu spät. Sie schickte die Notizen als E-Mail-Anhang an Summerhill, bevor sie den Flur entlang zum Schreibtisch seiner Sekretärin ging und den Ausdruck mitsamt dem Rest der Fallakte oben in sein Eingangsfach legte, wo er ihn am nächsten Morgen vorfinden würde.

Erledigt. Jetzt konnte sie keine Gründe mehr vorschieben, nicht nach Hause zu gehen.

Als sie ihren Mantel aus der Löwengrube holte, bemerkte sie, dass die Rattenfalle aus ihrem Papierkorb verschwunden war. Wer auch immer sie angeschleppt hatte, um Kennedy einzuschüchtern, musste sie zurückgeholt haben. Vielleicht würde sie in ihrem Aktenschrank oder Spind wieder auftauchen.

Aber verglichen mit dem, was sie jetzt erwartete, schrumpften diese kleinlichen Provokationen zu dem, was sie waren.

15

Um zehn vor zehn betrat Kennedy ihre Wohnung im billigeren Teil von Pimlico. Sie kam gerade noch rechtzeitig, um Izzy zu hören, die zum vierten Mal hintereinander in Gegenwart ihres Vaters schweinische Sachen sagte. Das hieß, sie musste sich bei Izzy entschuldigen, während sie gleichzeitig sauer auf sie war. Genau bei dieser Art von bittersaurem Cocktail kam ihr die Galle hoch.

Izzy wohnte einen Stock höher und konnte sich neben ihrer regulären Arbeit um Kennedys Vater und um die Kinder ihrer anderen Nachbarn kümmern. Ihre reguläre Arbeit? Sie hing am Ende einer Telefonsexleitung, und ihre Schicht begann fast jeden Abend um neun Uhr. Wenn Kennedy also spät nach Hause kam, musste Izzy bereits mit ihrer regulären Arbeit beginnen. Und Peter musste sich tausendundeine Variante von »Schatz, würdest du ihn gerne in mich reinstecken?« anhören.

Izzy schien damit weit besser zurechtzukommen als Kennedy und fühlte sich durch die Anwesenheit eines alten Mannes keineswegs gehemmt. Es stachle sie sogar noch an, sagte sie, wenn sie Peter wenigstens annähernd eine Reaktion entlocken konnte. Sie wusste nämlich, dass ihr Chef manchmal die Gespräche mithörte, um sicherzugehen, dass sich seine Mädchen verbal anstrengten, damit die Kunden es umso mehr körperlich tun konnten. Und sie wollte auf keinen Fall einen Rüffel wegen mangelnder Qualität ihres zotigen Geschwätzes kassieren.

Kennedy allerdings kam damit überhaupt nicht zurecht. Was die Sache noch komplizierter machte, war, dass sie Izzy wahnsinnig attraktiv fand. Als zierliche Brünette mit schmaler Taille und großem Hintern entsprach sie fast nahezu Kennedys Ideal, doch weil sie auf ihren Vater aufpasste und fast zehn Jahre jünger war als sie, war sie nicht imstande, sie anzumachen.

Jedes Mal, wenn sie Izzy beim Telefonsex mit einsamen, masturbierenden Männern zuhörte, spürte sie eine bittersüße Mischung aus sexueller Erregung und Frust.

Doch sie hatte eigentlich keine andere Wahl, da die Überwachung ihres Vaters, die zu Anfang nur gelegentlich notwendig gewesen war, immer stetiger stattfinden musste. Kennedy entschuldigte sich überschwänglich bei ihrer Nachbarin, die jedoch nur abwimmelnd gestikulierte, während sie das Telefon immer noch an ihr Ohr gedrückt hielt, obwohl gerade niemand in der Leitung war.

»Er hat schon gegessen«, sagte sie, während sie das kleine Bündel Scheine einsteckte, das Kennedy ihr gegeben hatte. »Spaghetti Bolognese, die habe ich sowieso für die kleinen Monster unten gekocht. Allerdings habe ich ihm keine Spaghetti gegeben, weil er damit nicht zurechtkommt. Deswegen hat er nur Fleischsoße gegessen. Vielleicht schaust du mal, ob er noch Toast oder was anderes zum Abendessen will.«

Kennedy brachte Izzy zur Tür, während sie mit halbem Ohr dem Statusbericht lauschte: Peters Ess- und Trinkverhalten während des Tages, Peters Stimmung, Peters Inkontinenzhose. Izzy ging immer davon aus, dass die Weitergabe von Informationen Bestandteil des Vertrags war. Deswegen musste Kennedy zuhören oder zumindest dabeistehen, wenn Izzy rezitierte.

Schließlich schloss Kennedy die Tür hinter Izzy und ging ins Wohnzimmer, um selbst nach Peter zu sehen. Das

Licht war aus- und der Fernseher eingeschaltet. Es lief eine Dokumentation über die neueste Schutzimpfungshysterie. Peter sah die meiste Zeit zum Fernseher, doch sein Blick wanderte auch recht oft über die Wände und den Boden. Er trug eine Hose und ein Hemd, aber das auch nur, weil Izzy es auf den Tod nicht leiden konnte, wenn alte Männer im Schlafanzug umherliefen. Deswegen suchte sie die Kleider für ihn aus und half ihm beim Anziehen. Peters weißes Haar war zerzaust, auf seinem scharf geschnittenen Gesicht tanzten die Schatten vom Fernseher wie aufgescheuchte Wolken, die über ein Gebirge hinwegrasten.

»Hallo, Dad«, grüßte sie ihn.

Peter blickte in ihre Richtung und nickte. »Willkommen daheim«, sagte er unsicher. Er nannte sie selten beim Namen, und wenn er es tat, lag die Chance bei eins zu vier, dass er den richtigen verwendete. Dann nannte er sie genauso oft Heather wie Janet, ihre Mutter, Chrissie, ihre Schwester, oder Jeannine, ihre Nichte. Hin und wieder verwechselte er sie auch mit Steve, ihrem älteren Bruder, auch wenn keiner aus der Familie Steve je wiedergesehen hatte, seit er mit achtzehn das Haus verlassen hatte.

Als Kennedy das Licht einschaltete, blinzelte Peter ein paarmal verwirrt. »Möchtest du einen Toast, Dad?«, fragte sie. »Eine Tasse Tee? Vielleicht einen Keks?«

»Ich warte aufs Mittagessen«, antwortete er und wandte sich wieder dem Fernseher zu. Sie bereitete ihm trotzdem ein paar getoastete Roggenbrotscheiben zu und brachte sie ihm. Er würde sich nicht erinnern, dass er abgelehnt hatte, und die Kohlenhydrate würde er, wenn er nur eine Schüssel Soße gegessen hatte, gut gebrauchen können. Sie stellte die Toasts und eine Tasse löslichen Kaffee auf ein Tablett vor ihn und zog sich in ihr Zimmer zurück, das mit einem Fernseher, einer Stereoanlage und einem Schreibtisch ausgestattet war. Es war, als wäre der Rest eine Oma-Wohnung und ihr Zimmer ihre Insel. Es war kleiner als manche Zimmer, in denen sie als Studentin gewohnt hatte, doch sie hatte alles, was sie brauchte – was sich an diesem Punkt ihres Lebens eher wie eine Anklage und nicht nach Prahlerei anhörte.

Doch sie hatte ein schlechtes Gewissen, Peter allein zu lassen, nachdem sie den ganzen Abend unterwegs gewesen war. Ja, es war lächerlich, das war ihr klar. Das Phantom ihrer Schwester stand neben ihr und hielt ihr eine Standpauke: »Nach dem, was uns dieses Schwein angetan hat ...« Dagegen hatte sie kein Argument. Peter war ein verdammt schlechter Ehemann und Vater gewesen und in seinem jetzigen Zustand weit erträglicher, ein Platzhalter für eine Persönlichkeit, die sich unerlaubt entfernt hatte. Seine Grausamkeiten, seine Fehler hatten sie geprägt, ebenso wie sein Vorbild und seine Erwartungen. Langfristig spielte all das keine Rolle. Dann ging es nur noch darum, ob man abhauen konnte. Und das brachte sie nicht übers Herz.

Sie kehrte mit ihrem Kaffee ins Wohnzimmer zurück und sah sich mit ihrem Vater den Rest der Sendung an. Als die Werbung begann, schaltete sie den Fernseher aus. »Und? Wie war dein Tag?«, fragte sie ihn.

»Ziemlich gut«, antwortete er. »Ziemlich gut.« Er gab nie eine andere Antwort.

Kennedy erzählte ihm in angemessenem Umfang von ihren Ermittlungen. Peter hörte zu, nickte oder murmelte hin und wieder ein »Oh«, doch am Ende sagte oder fragte er nichts, blickte sie nur an, als wartete er auf ihre Fortsetzung. Sie hatte keine Reaktion erwartet, sondern spürte nur gelegentlich und in Grenzen den Drang, ihn als menschliches Wesen zu behandeln, da es in seiner Umgebung sonst niemand mehr tat.

Sie ging zur Stereoanlage und legte Musik auf, *Sounds From a Bygone Age* von den Legendary Gypsy Queens and Kings. Kennedys Mutter, Janet, deren Behauptung, Zigeunerblut in sich zu haben, Peter immer als Quatsch abgetan hatte, hatte im letzten Jahr ihrer tödlichen Krankheit nichts anderes als Fanfare Ciocărlia gehört. Das ebenso wie fast alles, was seine Frau getan oder wie sie es getan hatte, hatte Peter verachtet, solange sie gelebt hatte, doch als sie starb, hatte er geweint, zum zweiten Mal in seinem Leben, soweit Kennedy wusste. Dann hatte er die Platte selbst aufgelegt, spätabends oder ganz früh am Morgen. Später hatte er angefangen, massenhaft Zigeunermusik aus dem Balkan zu kaufen. Kennedy hatte keine Ahnung, ob sie ihm gefiel oder nicht, doch sie vermutete, dass diese Musik im richtigen Moment als klangliche Wiederbelebung seiner toten Frau diente. Die Musik hatte zumindest gelegentlich die Kraft, ihn zu ändern, während er sie hörte, aber auch noch eine Weile danach.

An diesem Abend schien es zu funktionieren. Peters Augen wurden klarer, als die schrillen Geigen und die schwülstigen Akkordeons um die Vorherrschaft kämpften. Kennedy ließ nur drei Stücke laufen, weil die Klarheit ein zweischneidiges Schwert war. Wenn er sich daran erinnerte, dass Janet tot war, sank seine Stimmung, und er wurde unberechenbar und konnte mitunter nicht mehr schlafen.

»Du siehst müde aus, Heather«, sagte er, während die letzten Klänge von *Sirba* noch durch die Luft schwebten. »Du arbeitest zu viel. Du solltest etwas egoistischer sein. Mehr auf dich achten.«

»So wie du immer«, entgegnete sie. Der neckische Ton war vorgetäuscht. Es tat weh, ihn so reden zu hören, wie er es früher getan hatte. Dann vermisste sie ihn, doch es weckte auch den Hass in ihr, weil er ein bisschen wieder zu dem wurde, der für das verantwortlich war, was er getan hatte.

»Ich habe für dich gearbeitet«, murmelte Peter. »Für dich und die Kinder. Wofür arbeitest du?«

Die Frage war gut, auch wenn er Kennedy mit ihrer Mutter zu verwechseln schien. »Für das Wohl der Allgemeinheit«, antwortete sie schlagfertig.

Peter schnaubte. »Schön, schön. Die Allgemeinheit wird es dir danken, wie sie es immer tut, meine Liebe. So wie sie es bei mir getan hat.« Bei dem Wörtchen »mir« tippte er sich auf die Brust, einst eine charakteristische Geste, als bräuchten die Worte *ich* und *mir* eine besondere Unterstützung, wenn sie sich auf Peter Kennedy bezogen.

»Man tut, was man in seinem Leben gelernt hat«, sagte sie. Diese Antwort akzeptierte Peter mit einem Lächeln und nickte. Sein Blick veränderte sich wieder, das Leuchten in seinen Augen verschwand, während sein Geist von der kleinen Insel des Bewusstseins ins Meer der Verwirrung zurückglitt.

Unwillkürlich hob Kennedy die Hand und winkte ihm zum Abschied zu.

»Fahr zur Hölle, Dad«, sagte sie sanft und blinzelte ein paarmal rasch hintereinander, um zu verhindern, dass Tränen rollten.

Später, in ihrem Zimmer, versuchte Kennedy noch einmal Emil Gassan anzurufen. Diesmal hatte sie mit der Festnetznummer Glück. Ein Mann antwortete mit überspannter, nörglerischer Stimme, die eher nach Standardenglisch als Schottisch klang. »Emil Gassan«, meldete er sich.

»Dr. Gassan, mein Name ist Heather Kennedy. Ich bin Detective Sergeant bei der London Metropolitan Police.«

»Polizei?« Jetzt klang Gassan gleichzeitig beunruhigt und entrüstet. »Ich verstehe nicht.«

»Ich ermittle im Todesfall eines Ihrer früheren Kollegen – Professor Stuart Barlow.«

»Ich verstehe immer noch nicht.«

»Bei seinem Tod kamen uns einige Zweifel, besonders da er mit dem zweier anderer Akademiker zusammenfällt, die mit Professor Barlow in Kontakt standen.«

»Wollen Sie damit sagen, dass Barlow umgebracht wurde? Ich dachte, er fiel eine Treppe hinunter.«

»Im Moment will ich noch gar nichts sagen, Dr. Gassan. Ich sammle nur Informationen. Hätten Sie etwas Zeit, um mit mir über Professor Barlows Übersetzungsprojekt zu sprechen?«

»Barlow? Barlows Projekt? Gütiger Himmel, Sie meinen doch nicht den Rotgut?«

»Doch, den Rotgut.«

»Nun, ich kann dieses törichte Vorhaben kaum mit der Bezeichnung ›Projekt‹ würdigen, Sergeant ...« Er wartete darauf, dass Kennedy ihm soufflierte.

»Kennedy.«

»Und daher bin ich auch nicht ganz damit einverstanden, Barlow als Kollegen zu bezeichnen. Er brachte die letzten beiden Jahrzehnte kaum seinen Namen auf Papier, wussten Sie das? Er verbreitete wilde Hypothesen in diesem – wie heißt es? – Ravellers-Forum, doch ein paar E-Mails hier und da ergeben noch keine ernsthafte Wissenschaft. Und was den Gedanken betrifft, dass man derzeit etwas Neues zum Rotgut-Kodex entdecken kann ... Nun, schon bessere Geister als der von Barlow wollten auf diesem Felsen bauen.« Seine letzte Bemerkung begleitete er mit einem sauertöpfischen, hochnäsigen Lachen.

»Als er Kontakt mit Ihnen aufgenommen und Sie gefragt hat, ob Sie mitmachen wollten ...«

»… lehnte ich ab. Kategorisch. Ich hatte keine Zeit zu verschwenden.«

Kennedy spielte auf Risiko. Der gesamte Fall schien an Dingen zu hängen, die sich außerhalb ihrer Komfortzone befanden, und die Hochnäsigkeit dieses Kerls musste darauf beruhen, dass er irgendetwas wusste. »Hätten Sie vielleicht Zeit, mir genau zu erklären, was der Rotgut ist, Dr. Gassan? Ich habe unterschiedliche Darstellungen gehört, aber mir ist die Sache immer noch nicht klar.«

»Nun, dann lesen Sie mein Buch. *Paläographische Texte: Substanz und Substrat.* Leeds University Press, 2004. Sie können es im Internet kaufen. Wenn Sie möchten, schicke ich Ihnen die ISBN.«

»Ich bin keine Expertin, Dr. Gassan. Wahrscheinlich würden mich die Details erschlagen. Und während ich sozusagen schon Ihr Ohr habe …«

Am anderen Ende herrschte gespannte Stille. »Was wollen Sie denn wissen?«, fragte Gassan schließlich. »Ich habe keine Zeit, Ihnen die Grundlagen der Paläographie zu erklären, Sergeant Kennedy. Nicht so aus dem Stand heraus. Und selbst für eine Einführung erwarte ich für gewöhnlich eine entsprechende Bezahlung.«

»Ich wünschte, ich könnte mir das leisten«, erwiderte Kennedy. »Aber ich möchte gar nicht viel wissen. Nur was Dr. Barlow Ihrer Meinung nach vorhatte, und warum es für ihn oder sonst jemandem auf Ihrem Gebiet von Bedeutung war. Von Ihrem Standpunkt aus beging er offensichtlich einige grundlegende Fehler. Ich würde gerne die Zusammenhänge kennen, um zu verstehen, wo er falsch lag. Im Moment tappe ich völlig im Dunkeln.«

Wieder zögerte er. War sie mit ihrer Schmeichelei zu weit gegangen? Gassan war kein Dummkopf, ganz gleich, wie er klang.

Verrückt oder nicht, er schnappte den Köder. »Um den

Rotgut zu erklären, muss ich Ihnen zunächst ein paar Grundlagen zur Bibelforschung geben.«

»Soll mir recht sein.«

»Nur ein kurzer Abriss. Weil ich mich wirklich um andere Dinge kümmern muss.«

»Ein kurzer Abriss wäre toll. Dürfte ich das Gespräch aufnehmen? Ich hätte gerne, dass meine Kollegen auch was davon haben.«

»Solange ich als Urheber genannt werde«, antwortete Gassan argwöhnisch.

»Selbstverständlich.«

»Sehr gut, Sergeant. Was wissen Sie über die Bibel?«

16

Transkription der Aussage von Dr. Emil Gassan, 23. Juli d. J., Beginn 22:53 Uhr.

EMIL GASSAN: Sehr gut, Sergeant. Was wissen Sie über die Bibel?

DS KENNEDY: Wahrscheinlich nicht viel. Ich weiß, dass es zwei Testamente gibt.

EG: Die gibt es. Und Sie wissen natürlich, dass das Neue Testament viel später geschrieben wurde.

DSK: Natürlich.

EG: Wie viel später?

DSK: Oh, das müssen mindestens tausend Jahre sein, oder? Das Neue Testament wurde gleich nach den Ereignissen verfasst, die dort beschrieben werden – gleich nach Jesu Tod. Die anderen Sachen … nun, damals, zu Zeiten der Pharaonen.

EG: Einige Texte, ja. Aber es dauerte lange, bis die Bibel so zusammengestellt war, wie sie uns heute vorliegt. Ein Teil des Materials stammt aus dem dreizehnten Jahrhundert vor Christus. Sie haben also recht, wenn Sie sagen, das Alte Testament sei sehr, sehr alt. Vor Rom. Vor Athen. Fast sogar noch vor Mykene. Doch andere Teile wurden tausend Jahre später geschrieben. Die Schriftrollen vom Toten Meer sind die ältesten erhalten gebliebenen Ausgaben von Schlüsselstellen des Alten Testaments, und sie wurden nur ein Jahrhundert vor Christus verfasst. Und es hat sich ständig verändert. Was es beinhaltete, das heißt, was für das Wort Gottes genommen wurde, veränderte sich von Generation zu Generation.

DSK: Ist das für den Rotgut-Kodex relevant?

EG: Oh, ich habe noch gar nicht richtig angefangen, Sergeant Kennedy. Es dauerte also mehr oder weniger tausend Jahre, bis das Alte Testament entstanden war. Beim Neuen Testament war es zum Teil genauso, zum Teil auch wieder nicht. Es dauerte seine Zeit, bis es sich in der Form, die wir heute kennen, durchgesetzt hat, doch die eigentliche Zeit der Niederschrift war relativ kurz. Die meisten Schlüsseltexte waren bereits Ende des zweiten Jahrhunderts fertig. Das besagt die vorherrschende Theorie. So, wie viele Evangelien haben wir?

DSK: Vier?

EG: Danke, dass Sie mitspielen. Die korrekte Antwort lautet: nahezu sechzig.

DCF: Äh … Matthäus, Markus, Lukas, Johannes …

EG: Thomas, Nikodemus, Joseph, Maria, Philip, Matthias, Bartholomäus … Und ich spreche nur von den Büchern, die sich selbst als Evangelium bezeichnen. Das Wort hat letztendlich keine große Bedeutung. Für eine Polizeibeamtin mag es … äh … eine Zeugenaussage sein. Die Zeugenaussage eines Menschen, der wunderbare Dinge gesehen hat.

DSK: Das ist aber ein interessanter Vergleich.

EG: Danke, vielleicht kann ich ihn noch einmal verwenden. Insgesamt wurden zu verschiedenen Zeiten oder von verschiedenen Kirchen annähernd hundert weitere Bücher aufgenommen, die heute nicht mehr dazugehören. Einige allerdings sind noch im Kanon von anderen christlichen Schulen enthalten. Die griechisch- oder slawisch-orthodoxen Kirchen zum Beispiel verwenden eine ganz andere Bibel als die katholische Kirche. Sie enthalten noch viele andere Bücher.

DSK: Sie sprechen von den Apokryphen. Die apokryphen Bücher.

EG: Nun, ja. Ja, zum Teil. Ich sage aber auch, dass die Apokryphen des einen die Orthodoxie des anderen ist. Der Streit, was wirklich Gottes Wort ist und was nicht, dauerte bis weit ins Mittelalter hinein. Und es lässt sich schwer sagen, wer gewonnen hat. Die verschiedenen Kirchen haben ihre eigenen Texte herausgenommen, und alle haben behauptet, sie hätten die richtigen. Als Apokryphen werden diejenigen Bücher bezeichnet, die niemand haben wollte. Doch manchmal wurden sogar sie favorisiert – oder umgekehrt: Bücher, die zur Bibel gehörten, wurden rausgeworfen. Wie das Buch »Der Hirte des Hermas«. Die frühen Kirchenväter fügten es gleich nach den Apostelgeschichten ein. Heute erinnert sich kaum noch jemand an dieses Buch.

DSK: Dann gehört der Rotgut-Kodex zu den Apokryphen? Ein Buch, das aus der Bibel herausgenommen wurde?

EG: Sie sind wild entschlossen, zum Kern der Sache vorzudringen, wie mir scheint. Aber leider sind wir noch lange nicht so weit. In der frühen christlichen Kirche war die Frage – was stammt von Gott, was vom Menschen – im wörtlichen Sinn eine Angelegenheit von Leben und Tod. Die Menschen kämpften darum. Sie töteten einander, um zu entscheiden, wer die bessere Version der Wahrheit besaß. Ich meine sowohl Morde als auch Hinrichtungen und Martertode. Arius von Alexandrien wurde vergiftet und starb unter Todesqualen, weil er die Lehre von der Heiligen Dreifaltigkeit angezweifelt hatte. Und eine Menge religiöser

Texte, die uns aus dieser Zeit vorliegen, sind schlicht polemisierende Schriften. Sie sagen: »Glaubt nicht das, sondern das«, und »Haltet euch von Menschen fern, die das und das sagen«. Haben Sie von Irenäus gehört?

DSK: Nein, tut mir leid. Ach, Moment, Stuart Barlows Schwester ... Sie sagte, Barlow habe sich irgendwann mit ihm beschäftigt.

EG: Stuart hat sich immer mal mit diesem oder jenem beschäftigt. Bischof Irenäus von Lyon – und später, zu gegebener Zeit, der heilige Irenäus. Er lebte um das Ende des zweiten Jahrhunderts nach Christus in einer Gegend, die damals noch als Gallien bezeichnet wurde. Und er verfasste eine sehr einflussreiche Schrift, *Adversus haereses* genannt. Diese war im Wesentlichen ein Angriff auf abtrünnige Glaubensrichtungen – eine Liste dessen, was gute Christen lesen durften und was nicht. Die meisten Schriften, die er angriff, gehörten zu dem Bereich, den wir heute mit Gnostizismus bezeichnen.

DSK: Noch eins von Stuart Barlows Lieblingsthemen.

EG: Ich erinnere Sie an meine letzte Bemerkung.

DSK: Und Sie sagen, der Rotgut-Kodex gehört in gewisser Hinsicht in die gnostische Tradition?

EG: O ja.

DSK: Bitte fahren Sie fort, Dr. Gassan.

EG: *Adversus haereses* von Irenäus ist vor allem eine frühe christliche Schrift zur öffentlichen Sicherheit. Sie sagt den Gläubigen, was sie meiden sollen. Sie spricht von all den Ideen, die es gab, die die vergangenen Jahrhunderte überlebt und sich in die christliche Religion gedrängt haben. Aus der Sicht des braven Bischofs waren sie Zeitbomben. Er warnt seine Herde vor angeblichen Heiligen, die allerdings Fremde seien, die mit Süßigkeiten lockten und schlechte Absichten hätten.

Und er hatte es vor allem auf die gnostischen Bewegungen abgesehen, die fast wie Geheimbünde innerhalb der Christenheit lebten – Mysterienreligionen, die obskures Wissen über Christi Leben und Lehre weitergaben. Wissen, das sich manchmal direkt gegen die Lehren der orthodoxen Kirchen richtete.

DSK: Dann gehört der Rotgut zu den Schriften, die Irenäus angreift?

EG [lacht]: Nicht direkt.

DSK: Gut, dann scheint mir etwas entgangen zu sein.

EG: Der Rotgut-Kodex stammt aus dem fünfzehnten Jahrhundert, Sergeant. Und er heißt so, weil ein portugiesischer Kapitän ihn gegen ein Fass Rotgut-Rum getauscht hat. Er ist die englische Übersetzung eines Evangeliums.

DSK: Ein apokryphes Evangelium?

EG: Alles andere als das. Es ist das Evangelium des Johannes. Das gesamte Evangelium, nicht sehr gut übersetzt, aber sehr nahe an unserem altgekannten. Doch dann am Ende – und das macht die Sache faszinierend und zur Streitfrage – gibt es noch etwas anderes. Ein paar Verse eines anderen Evangeliums. Und zwar eines sehr apokryphen, weil es bisher nicht gefunden wurde. Es taucht nirgendwo sonst auf. Sieben Verse eines anderen Evangeliums, das mit einigen sehr speziellen Aussagen beginnt. Wissen Sie, was ein Kodex ist, Sergeant?

DSK: Das habe ich erst vor kurzem herausgefunden. Es sind die ersten Bücher, oder?

EG: Genau. Doch Bücher waren sie nur insofern, als dass sie eine Ansammlung von Seiten darstellten, die zusammengefaltet und -geheftet waren. Anders als in Büchern der heutigen Zeit wurden darin unterschiedliche Texte zusammengeworfen, die nichts miteinander gemeinsam hatten. Für die Menschen damals bestand ein Buch nicht aus einem einzelnen Text zwischen zwei Buchdeckeln. Kodices hatten nicht einmal Buchdeckel. Nur Seiten, die zusammengebunden waren. Und wenn man mit dem zu Ende war, was man gerade schrieb, bevor man am Ende der Seite angelangt war, fügte man oft noch etwas anderes hinzu.

DSK: Und das ist beim Rotgut passiert.

EG: Genau das ist beim Rotgut passiert. Die zusätzlichen Verse am Ende stammen nicht von Johannes. Sie stammen von keinem uns bekannten Evangelium. Doch Judas Iskarioth spielt eine tragende Rolle darin, und Irenäus spricht über ein Evangelium des Judas', das es damals gab – ein Evangelium, das seiner Meinung nach sehr böse Lehren enthielt.

DSK: Das heißt also, nach dem Johannes-Evangelium enthält der Rotgut einen kurzen Auszug aus einem anderen Evangelium? Dem Judas-Evangelium?

EG: Möglicherweise. Möglicherweise aus dem Judas-Evangelium. Mit Sicherheit aus einem Evangelium, in dem Christus allein, im Geheimen, mit Judas spricht.

DSK: Dann ist der Rotgut …

EG: Nun, das wissen wir nicht. Wir wissen es nicht. Der Rotgut ist zumindest die Übersetzung eines Kodexes, eines Buchs, in dem das Johannes-Evangelium gefolgt vom Judas-Evangelium enthalten ist. Aber wenn das der Fall ist, wurde das Original – der eigentliche Kodex in aramäischer Sprache, von dem die englische Übersetzung angefertigt wurde – nie gefunden oder zumindest nicht als solches identifiziert.

DSK: Das ist ja eine ziemliche Enttäuschung.

EG: Nicht wahr? Kapitän de Veroese hätte seinen Rum besser behalten. Er hat mehr oder weniger die Katze im Sack gekauft.

DSK: Moment. Vielleicht habe ich Sie doch nicht recht verstanden, Dr. Gassan. Ich dachte, Barlow wäre dabei, eine neue Übersetzung des Rotgut-Kodex zu erstellen.

EG: Nein. Darum konnte es nicht gehen. Der Rotgut ist bereits eine Übersetzung, und zwar ins Englische, wenn auch in ziemlich schlechtes.

DSK: Was wollte Barlow also damit anfangen?

EG: Tut mir leid, aber das hätten Sie ihn fragen müssen.

DSK: Er hat Ihnen nicht gesagt, was er vorhatte, als er mit Ihnen darüber gesprochen hat?

EG: Er sagte, er habe einen neuen Ansatz. Hinter dem Rotgut könne mehr stecken, als man sich je vorgestellt habe. Doch er war nicht bereit, mir mehr darüber zu erzählen, solange ich nicht mit im Boot war. Aber das zu tun hatte ich nicht die Absicht.

DSK: Sie haben sicherlich Vermutungen angestellt.

EG: Selbstverständlich. Ich vermute, es war vor allem eine vollkommene Zeitverschwendung. Hätte er mir erzählt, er habe die Absicht, ein neues Licht auf das Leben und Werk Christi zu werfen, indem er den Text des Musicals *Jesus Christ, Superstar* unter die Lupe nimmt, hätte ich eher noch Interesse an dem Projekt gezeigt. Kann ich sonst noch etwas für Sie tun, Sergeant Kennedy?

DSK: Dr. Gassan, Sie haben bereits mehr als genug getan. Danke.

EG: Gern geschehen. Gute Nacht.

17

Kennedy schlief und träumte von Judas. Er war nicht sehr glücklich. Er saß in einem Feld unter einem kahlen Baum, von dem ein geknotetes Seil herabhing. Er stand kurz vor seinem Selbstmord, schien allerdings damit beschäftigt zu sein, das Geld in seiner Hand zu zählen.

Irgendwann bemerkte er sie. Er hob den Kopf, richtete den Blick seiner traurigen, dunklen Augen auf sie und zeigte ihr die Münzen. Dreißig Silberstücke.

»Ich weiß«, sagte Kennedy. »Ich weiß, es ist ernst.«

Es war eine Zeile aus einem Lied der Smiths, und sie wollte sich schon dafür entschuldigen. Doch Judas hing mittlerweile am Baum und schaukelte langsam hin und her wie ein hässliches Windspiel.

Der Moment war vorbei.

18

Tillman brauchte eine Weile, bis er einigermaßen wieder auf dem Damm war, nachdem er bei Folkestone den Strand hinaufgekrabbelt war. Er war durchnässt, fror, war erschöpft und geschwächt durch den Blutverlust, doch ihm war klar, dass er kein Krankenhaus aufsuchen konnte. Er musste in Bewegung bleiben, wenn er überleben wollte. Andernfalls würden Unterkühlung und Schock seinem Leben ein Ende setzen.

In einer Hinsicht hatte er jedoch Glück: Nachts um drei konnte man in Folkestone ziemlich leicht einkaufen. Er brach in eine Apotheke ein, um sich Verbände und Desinfektionssalbe zu besorgen, und er durchwühlte die Plastiktüten vor einem Wohltätigkeitsladen nach sauberen Kleidern. Die Herrentoilette eines Wohnwagenplatzes nutzte er als Ankleidezimmer und OP-Saal.

Die Wunden an seiner Schulter und seinem Schenkel bluteten viel zu stark. Auch die Wundsalbe konnte nichts dagegen ausrichten. Tillman vermutete, dass das eiskalte Wasser die Arterien zusammengezogen und somit sein Leben gerettet hatte. Doch wahrscheinlich war das Messer mit irgendeinem Mittel präpariert worden, um das Blut am Gerinnen zu hindern. Bei einem weiteren Einbruch in einen Tante-Emma-Laden, wo er vergeblich nach einem Feuerzeug suchte, musste er sich mit Streichhölzern begnügen. Ein paar davon benutzte er, um einen abgebrochenen Ast einer übergroßen Douglas-Tannenhecke anzuzünden. Anschließend brannte er die sauberen Kanten der Stichwunden mit der bloßen Flamme aus, während er auf sein zusammengerolltes, nasses T-Shirt biss. Der berauschende Geruch des Tannenharzes und der Gestank seines versengten Fleisches ergaben eine widerliche Mischung. Zum Schluss schmierte er mit leicht zitternden Händen eine kräftige Portion Desinfektionssalbe auf die Wunde und verband sie, so gut er konnte.

Nach London zu kommen stellte die nächste Hürde dar. Wenigstens hatte Tillman noch seine Brieftasche, die in seiner Hosentasche gesteckt hatte und nicht in seiner Jacke. Er hielt sich von den Bahnhöfen fern, weil er so übel aussah, dass jeder Fahrkartenverkäufer gleich die Polizei angerufen hätte. Ein Nachtbus schien die bessere Lösung zu sein. Er war sich ziemlich sicher, dass es in Folkestone einen Busbahnhof gab. Die Stadt war so klein, dass er ihn rasch fand. Der erste Bus würde noch vor Sonnenaufgang losfahren. In einer winzigen Bude neben einem riesigen Parkplatz kaufte er sich eine Fahrkarte, wartete abseits der Straßenbeleuchtung, bis er sah, dass der Fahrer einstieg, und stellte sich im letzten Moment hinten in die kurze Reihe. Niemand sagte etwas zu seiner Erscheinung, aber er zog einige prüfende Blicke auf sich. Er sah aus wie ein ungewöhnlich gut gebauter Säufer und roch wahrscheinlich wie eine brennende Apotheke. Gut. Niemand würde seinen Blick erwidern, geschweige denn ihn ansprechen. Er könnte schlafen, sofern ihm seine Schmerzen ein wenig Ruhe gönnten.

An der Victoria Station wurde alles etwas einfacher. In einem Café auf der Buckingham Palace Road bestellte er ein riesiges englisches Frühstück. Der Besitzer war an den Umgang mit Obdachlosen aus den benachbarten Herbergen gewöhnt und scherte sich nicht darum, wie Tillman aussah oder roch. Durch das Essen konnte er wieder Kräfte sammeln, und der brennende Schmerz von den Stichwunden ließ ein wenig nach. Jedenfalls so weit, dass er wieder funktionierte und klar denken konnte.

Er musste sich eine Basis einrichten, bis Vermeulens Kontakt mit ihm aufnehmen würde. Er musste herausfinden, was Michael Brand in London getan hatte beziehungsweise ob er noch hier war. Er musste zum Einsatz bereit sein, und zwar schnell, falls er rasch zuschlagen müsste.

Tillman besaß noch das Haus in Kilburn, wo er mit Rebecca und seinen Kindern gewohnt hatte, doch dorthin zu gehen stand nicht zur Diskussion. Wer auch immer auf der Fähre nach seinem Leben getrachtet hatte, musste eine Menge über sein Bewegungsmuster wissen, das komplex und undurchschaubar war. Somit würden sie auch alles über seine Vergangenheit wissen, was es an Augenscheinlichem und Offenkundigem zu wissen gab.

Nachdem er eine Lagereinrichtung am St. Pancras aufgesucht hatte, eins seiner Notfallverstecke, fuhr er mit der U-Bahn hinaus nach Queen's Park. Dort mietete er ein Zimmer mit Frühstück, bezahlte in bar und zeigte einen falschen Ausweis auf den Namen Crowther vor, der aus der letzten Lieferung von der Versicherung stammte, bevor man ihm dort den Hahn abgedreht hatte. Ob der Ausweis noch sicher war? Vielleicht nicht, wenn er mit einer Datenbank abgeglichen wurde. Bevor er sich das nächste Mal wieder in ein Flugzeug setzte – sofern er dies für sicher erachten sollte –, würde er sich ein paar neue Identitäten kaufen müssen.

Als er seine klägliche Habe ausbreitete und eine Liste mit den Dingen erstellte, die er in den nächsten Tagen ersetzen oder sich neu anschaffen müsste, erinnerte er sich an den abtauchenden Mr Snow. Die Erinnerung zerrte an ihm wie eine Angelschnur, an dessen Haken ein

Weißer Hai hing. Tillman riss daran, spürte aber die Anspannung und wandte sich rasch und verzweifelt anderen Dingen zu.

Er zog sich aus, nahm die Verbände ab und duschte kalt. Er wollte nicht riskieren, dass heißes oder auch nur warmes Wasser auf die verbrannte Haut an seinen kaum zugeheilten Wunden gelangte. Er rief Vermeulens an und hinterließ auf dem Anrufbeantworter seine neue Mobilnummer. Draußen schien die Sonne, doch die Vorhänge ließen nur wenig Licht durch. Er legte sich ins Bett – die Bauchlage tat seiner Schulter am wenigsten weh – und schlief achtzehn Stunden am Stück durch.

Er wachte vom Klingeln des Telefons auf und griff danach, während er versuchte, einen klaren Gedanken zu fassen und sich daran zu erinnern, wo er war. »Hey«, krächzte er. Wer, verdammt noch mal, konnte das sein?

»Joe gaat het met jou, Leo?«

»Benny.«

»Ja, ich bin's. Du bist eine Weile von der Bildfläche verschwunden. Ich habe dich auf deiner normalen Nummer angerufen, aber denjenigen, der sich gemeldet hat, kannte ich nicht. Er sagte, er wäre ein Freund. Ich habe ihm das nicht abgenommen.«

Sein Telefon hatte in seiner Jackentasche gesteckt. Die beiden Messerstecher und ihre Freundin mussten es an sich genommen haben. Sie hatten sicher das Telefonbuch und die gespeicherten Nummern durchsucht, doch das Telefon war sauber. Jetzt ließen sie es eingeschaltet in der Hoffnung, dass sich Freunde oder Kontaktpersonen bei Leo meldeten. Damit würden sie allerdings nicht weit kommen. Nur ein halbes Dutzend Menschen hatten die Nummer, und keiner außer Vermeulens rief Tillman ohne vorherige Absprache an.

»Das war kein Freund von mir«, bestätigte Tillman.

»Und trotzdem schien er unbedingt wissen zu wollen, ob es dir gutgeht. Oder zumindest, wo er dich besuchen kann, für den Fall, dass es dir nicht gutgeht.«

Tillman lachte. »Klar. Blumen wären nett gewesen. Vielleicht weiße Lilien.«

»Du verärgerst jemanden, Leo. Das weiß ich, weil Gerüchte über dich in Umlauf sind, die eigentlich nicht der Wahrheit entsprechen können.«

»MacTeale.«

»Und andere Dinge. Du würdest mit Drogen handeln, aber auch deine Geschäftspartner seien bereits zwei Mal bei verdeckten Ermittlungen verhaftet worden. Du entkämst jedes Mal. Du hättest demnach beschlossen, dass der Verrat deiner Leute ein lukratives Nebengeschäft ist.«

»Ich handle nicht mit Drogen, Benny. Und verpfeife niemanden.«

»Natürlich nicht. Diesen ethischen Grundsätzen hast du nie etwas abgewinnen können. Aber solche Gerüchte kosten Geld, Leo. Jemand will dich von deinen Versorgungswegen abschneiden. Und von deinen Freunden.«

»Den Sauerstoff wollen sie mir auch nehmen. Ich bin von einer Fähre gesprungen, wo man mich ausweiden wollte wie einen Truthahn. Professionelle Arbeit.«

»Professionell«, stimmte Vermeulens zu. »Genau darauf wollte ich hinaus. Es sind Profis, und sie haben gute Verbindungen und Zugang sowohl zu Geld als auch zu Informationskanälen. Du solltest auf dich aufpassen.«

»Rufst du deswegen an?«

»Nein, Leo, deswegen rufe ich nicht an. Obwohl wir Freunde sind, mache ich mir um dein Wohlergehen nicht so große Sorgen, dass ich dich anrufe, um dir zu sagen, du sollst an kalten Winterabenden einen Schal tragen. Außerdem ist es wahrscheinlich Sommer, dort wo du bist.«

»Woher weißt du, wo ich bin, Benny?« Er hörte seiner Stimme den Verfolgungswahn an, die unter seiner Aggression verborgene Angst. Etwas in ihm, in seiner Welt, hatte sich verändert. Es war, als hätte sich der Boden unter seinen Füßen geneigt, so dass er aufpassen musste, sein Gleichgewicht nicht zu verlieren.

»Das Telefon, Leo. Deine neue Nummer hat eine englische Vorwahl. Wahrscheinlich bist du also wieder in Großbritannien, aber du merkst, dass ich nicht frage. Denn es geht, um es auf den Punkt zu bringen, um Michael Brand.«

Tillman richtete sich auf. »Was ist mit Michael Brand?«

»Er war unbesonnen. Sehr sogar.«

»Was bedeutet das?«

»Er wird wegen Mordes gesucht, Leo. Wegen vieler Morde. Ich denke, dein Glück könnte sich endlich gewendet haben.«

19

Am nächsten Morgen warteten sie eine gute Dreiviertelstunde vor Summerhills Büro, doch wer nicht kam, war Summerhill. WPC Rawl in der Einsatzzentrale sagte, er habe Verspätung, sei aber auf dem Weg. Zehn Minuten später korrigierte sie sich. »Er musste zuerst nach Westminster fahren, um mit irgendeinem Sonderausschuss zu reden, weil irgendwas finanziert oder bewilligt werden soll. Das dauert mindestens eine Stunde.«

Kennedy und Harper überlegten und berieten sich. Sollten sie Opie noch aufschieben, um den Zeitdruck auf eine Entscheidung des DCI aufrechtzuerhalten? Die Chance war größer, dass er sie nicht von dem Fall abzog, wenn es etwas gab, das gleich hier und jetzt erledigt werden musste. Andererseits benötigten sie dringend Informationen von Opie, je eher, desto besser.

»Haben Sie schon was gefrühstückt?«, fragte Harper.

»Nein«, gab Kennedy zu. Frühstück gehörte nur selten zu ihrem Tagesablauf.

»Dann los. Wir besprechen die Fragen beim Essen und kommen in einer halben Stunde wieder. Wenn er dann immer noch nicht da ist, gehen wir endgültig.«

Kennedy unterdrückte ihre Bedenken und stimmte zu. Ihr Arbeitstag würde wie im Galopp dahinfliegen. Essen war wie alles andere, was zu einem gewöhnlichen Leben gehörte, eine Randerscheinung.

Doch vor kurzem war das Queen Anne Café and Business Centre an der Ecke des Broadway wiedereröffnet worden, ein schrulliger Laden, für den Kennedy immer gerne Zeit aufbrachte. Also nichts wie hin.

Das Café war weit besser besucht, als sie erwartet hatte. Die Einzelheiten zum Fall zu besprechen kam ihr angesichts so vieler lauschender Ohren seltsam vor. Sie versuchten es mit mehreren Umschreibungen, doch ein Mord hörte sich immer nach Mord an, egal mit wie vielen Gazeschleiern er verhängt wurde. Sie gaben es ungefähr zu dem Zeitpunkt auf, als Harpers englisches Frühstück und Kennedys Toast mit Butter serviert wurden.

»Sie wissen, dass das Frühstück die wichtigste Mahlzeit des Tages ist?«, fragte Harper, der Kennedys spärlichen Teller beäugte.

»Mir ist das Abendessen wichtiger«, erwiderte Kennedy.

»Gönnen Sie sich beim Abendessen dann noch etwas Besonderes? Einen Muffin? Oder Erdbeermarmelade?«

Kennedy wollte schon sagen, das ginge ihn nichts an, doch sein Gesicht verriet, dass er mit dem Witz nur das Eis brechen wollte, mehr nicht. Er wusste immer noch nicht genau, wie er sich mit ihr unterhalten sollte und auf welcher Grundlage ihre berufliche Beziehung stand. Es war noch keine vierundzwanzig Stunden her, als sie ihm geraten hatte, den Knopf für den Schleudersitz zu drücken.

»Marmelade«, antwortete sie. »Mit ganzen Stücken.«

Harper stieß einen Pfiff aus. »Mit ganzen Stücken. Jetzt wird's aber interessant.«

Er hatte schon einen guten Teil seiner Würstchen, Eier und Schinkenspeck verdrückt, als Kennedy immer noch Butter auf ihren Toast schmierte.

»Wollten Sie schon immer Detective werden?«, fragte er zwischen zwei Happen.

»Ja«, antwortete Kennedy. »Immer.« Das entsprach nicht ganz der Wahrheit, worauf sie aber nicht weiter eingehen wollte. Sie hatte immer etwas sein wollen, womit sie sich die Anerkennung ihres Vaters verdienen und dem bösartigen, gefährlichen Hinterland seiner Geringschätzung entkommen konnte. »Was ist mit Ihnen?«, fragte sie zurück, um das Gespräch von sich abzulenken.

»Was mit mir ist?«

»Wann haben Sie beschlossen, dass dies hier Ihr Leben ist?«

»Siebte Klasse«, antwortete Harper, ohne zu zögern.

Die Zählung der Schulklassen hatte sich seit ihrer Zeit geändert, weswegen sie in Gedanken umrechnen musste. »Im ersten Jahr der Secondary School«, stellte sie schließlich fest. »Da müssten Sie zwölf gewesen sein.«

Harper verputzte sein letztes Stück Wurst, mit dem er etwas Eigelb aufgewischt hatte. Dieser Vorgang nahm seine Aufmerksamkeit voll in Beschlag, auch wenn es schien, dass er über die Antwort nachdachte, die er geben wollte. »Ich war ein dürres, kleines Kind«, sagte er schließlich. »Und ein kleiner Träumer. Einer von den ruhigen. Und ein Weichei, wie meine Mutter immer sagte, wenn sie schlechte Laune hatte. In der Grundschule wurde ich ab und zu geschlagen, aber nicht allzu schlimm. Die Lehrerinnen passten auf, dass die Sache nicht aus dem Ruder lief, und ich versteckte mich immer hinter ihren Röcken.«

Er schob seinen leeren Teller von sich fort. »Dann wechselte ich auf die Gesamtschule in Burnt Hill. Da ging alles den Bach hinunter. Kleines Mamasöhnchen, das plötzlich in die Höhle des Löwen geworfen wurde.« Er grinste Kennedy an, als wollte er sie auffordern, über das Bild zu lachen. »Als ich das erste Mal sah, wie ein Junge während eines Kampfes ein Messer zog, wurden mir die Augen geöffnet. Es war wie … vorher war alles im Gleichgewicht, und auf einmal nicht mehr. Der Wille der Kinder um mich herum, anderen zu schaden – und ihre Fähigkeit, es zu tun – waren exponential gestiegen. Aber das Kontrollsystem hatte sich nicht groß geändert. Wir wurden immer noch mit Arrest, Verweisen und dem Verlust von Privilegien bestraft. Al Capones in Miniformat, boshafte, kleine Schweine mit schlauen Köpfen und schweren Waffen, denen gesagt wird, dass sie nach dem Unterricht nachsitzen müssen, wenn sie sich nicht benehmen. Genau damals wurde mir bewusst, wozu Polizisten gut sind, und ich begann, einer werden zu wollen.« Wieder grinste er sie an. »Und acht Jahre später wurde mein Traum wahr. Gefallen Ihnen Geschichten mit einem guten Ausgang?«

Kennedy nickt ernst in Anerkennung seiner gekürzten Autobiographie. »Okay, danke. Jetzt verstehe ich Sie ein bisschen besser, Harper. Die strenge Disziplin, um die bösen Schüler der Welt in Schach zu halten. Passen denn Uniformen überhaupt in diese Phantasie?«

»Ich habe meine Uniform eben erst abgelegt«, erinnerte Harper sie. »Uniform finde ich nicht erotisch. In Zivil entscheidet es sich, Kennedy.«

»Natürlich.« Sie erwiderte seinen forschenden Blick etwas verärgert, aber ohne auszuweichen. »Was ist? Was geht Ihnen durch den Kopf?«

»Sie. Beziehungsweise eine Frage, die Sie mir vielleicht beantworten können. Sie scheinen Ihr Leben ziemlich auf die Arbeit ausgerichtet zu haben – und Sie scheinen ziemlich gut darin zu sein. Ich kenne Sie erst einen Tag, und mir ist bereits klargeworden, dass Sie auf Karriere aus sind. Ich meine, Sie nehmen das hier nicht auf die leichte Schulter. Sie würden Ihre Arbeit nie nur als ›Job‹ bezeichnen. Oder liege ich da falsch?«

»Ist das irgendwie wichtig?«

»Hm, vielleicht nicht. Ich frage nur, weil es schön wäre, das zu wissen. Schließlich arbeiten wir zufällig zusammen.«

»Es ist nicht nur ein Job. Alles klar?«

Harper warf seine Hände nach vorne. »Aber wie kommt es, dass Sie in dieser lächerlichen Scheiße stecken? Es ist, als hätten Sie sich selbst dafür entschieden. Als legten Sie es darauf an, hinausgeworfen und gehasst zu werden. Als würden Sie lieber Ihren eigenen Weg gehen, statt Ihre Kollegen zu unterstützen. In einer offiziellen Ermittlung gegen Kollegen aussagen. Ein solcher Schritt ist schließlich kein Pappenstiel.«

Kennedy ging in Gedanken mehrere Antworten durch. Die meisten liefen darauf hinaus, ihm zu sagen, er solle sich um seinen eigenen Dreck kümmern und sich den ordentlich tief in den Hintern schieben. Sie entschied sich für: »Meine Kollegen haben einem unbewaffneten Mann vier Kugeln verpasst.«

»Aber das ist doch nicht das Entscheidende. Nicht wirklich. Nein, ich vermute, das war nicht das Entscheidende.«

»Warum nicht? Sie glauben, das Leben von Marcus Dell spielt keine Rolle, nur weil er schwarz und zugedröhnt war?«

»Jesus Maria!« Harper zuckte heftig mit den Schultern, als hätten sich die Worte dort festgekrallt und als müsste er sie abschütteln. Seine Stimme wurde ernster. »Hören Sie, ich habe mich für die bewaffnete Sondereinheit beworben, sobald ich zu den Detectives versetzt wurde. Man kommt drei Jahre in die engere Auswahl, das wusste ich. Aber ich kam nicht einmal auf die Liste, weil die psychologischen Tests so hart sind. Bei der Impulskontrolle bekam ich nicht genügend Punkte. Daraus schließe ich, dass jeder, der eine Waffe in die Hand nimmt, bewiesen hat, dass er das tun darf. Verstehen Sie, was ich damit sagen will, Kennedy? Sie waren in einer Elitetruppe. Eine Auserwählte. Gehörten zur Spitzenklasse. Sobald Sie also in einer solchen Situation sind, steht Ihr Team an erster und letzter Stelle und über allem. Egal, ob dieser Dell bewaffnet war oder nicht, es sah aus, als wäre er es, und er griff eine Beamtin an. Man kann doch die Reaktion dieser armen Schweine nicht hinterher kritisieren. Ich würde sagen, sie haben grundlegend richtig gehandelt. Also, was fehlt mir hier zum Verständnis?«

Harper schwieg und blickte sie erwartungsvoll an. Sie hätten so bis zum Sankt-Nimmerleins-Tag sitzen bleiben können, weil Kennedy sich nicht bemüßigt fühlte, ihm eine Erklärung zu geben oder sein Bild von ihr richtigzustellen. Doch die falsche Logik war ihr nicht egal. Sie wusste, wohin sie führte.

»Haben Sie eine Ahnung, wie viele Tote auf die Kappe der Metropolitan Police, unserer Met, gehen, Harper?«, fragte sie ihn. »Insgesamt. Bis ins Jahr 1829 zurück, als die erste Londoner Polizeitruppe, die Bow Street Runners, von einem modernen Polizeiapparat abgelöst wurde?«

Harper schnalzte missbilligend mit der Zunge. »Nein, und Sie auch nicht.«

»Sie haben recht. Aber ich kann Ihnen sagen, wie viele Leichensäcke wir durchschnittlich pro Jahr zuziehen. Von Erschießungen meine ich, keine Unfälle. Beamte, die geschossen haben, um zu töten.«

Harper dachte nach, während er auf einem Stück Toastbrot herumkaute. »Hm, ich müsste raten, aber ich weiß, es sind viel weniger als …«

»Es ist einer.«

Harpers Augenbrauen senkten und hoben sich, doch er schwieg.

»Ja«, sagte Kennedy. »In manchen Jahren steigt die Anzahl auf zwei oder, Gott bewahre, auf drei an, aber in manchen Jahren gibt es keinen einzigen. So kommen wir langfristig im Durchschnitt auf einen pro Jahr.« Sie sagte nicht: Und letztes Jahr war ich für den Durchschnitt verantwortlich. Das brauchte sie nicht erst zu erwähnen.

Harper nickte zustimmend, um Kennedy aufzufordern, zum Punkt zu kommen.

»Aufs ganze Land gerechnet – und hier zähle ich Wales und Schottland dazu – war 2005 bisher das schlimmste Jahr. Eine Schande und ein Skandal. Drei Mal so viele Leichen wie im Vorjahr. Das wären insgesamt sechs. Sechs Erschießungen in einem Jahr. Im gesamten Land. Haben Sie das verstanden, Harper? Aber wir können die Stange auch noch ein bisschen tiefer hängen. Alle Todesfälle, die sich aus dem Kontakt zwischen Zivilisten und Polizeibeamten ergeben – Prügeleien in Untersuchungsgefängnissen, riskante Festnahmetechniken, Verfolgungsjagden, die ein bisschen zu weit gehen. Wie sieht Ihr Tipp aus?«

»Nein.« Harper legte Messer und Gabel beiseite. »Ich tippe nicht, Kennedy. Aber Sie werden es mir sicher verraten.«

»Es sind weniger als hundert pro Jahr. Eine ganze Menge weniger. Meistens um die sechzig. Es gibt Städte in Amerika – und die sind nicht einmal besonders groß –, in denen es mehr Todesfälle in Polizeigewahrsam gibt als auf unserer gesamten Insel. Und ich sage Ihnen, warum. Weil die meisten Polizisten nicht da draußen sind, um Punkte zu sammeln oder Krieg zu spielen. Sie sind da draußen, um ihre Arbeit zu erledigen. Eine harte Arbeit. Eine blutige, schweiß- und tränentreibende Arbeit.«

»Okay.« Kennedys Worte hatten so hart geklungen, dass es eines tapferen Mannes bedurft hätte, um ihr zu widersprechen. Doch das hatte Harper ohnehin nicht vor. »Das war doch schon mein Punkt, bevor Sie damit angefangen haben. Dass die Arbeit wirklich hart ist und man ein bisschen Liebe und Verständnis braucht, wenn man sie eine Weile macht. Aber Sie ziehen offensichtlich einen anderen Schluss.«

»Nicht nur einen anderen Schluss, Harper, sondern den entgegengesetzten. Wenn Sie stolz auf diese Zahlen sind oder wenn Sie einfach nur glauben, sie hätten etwas zu bedeuten, dann verlangen Sie von dienenden Polizisten mehr, und nicht weniger. Weil das Schlimmste, was jemand tun kann, ist, Dinge mit einem Nicken abzutun. Wir drei, mein Team und ich, töteten einen Mann, als es keinen triftigen Grund dafür gab. Wenn Sie meinen, wir sollten damit durchkommen, dann lehnen Sie sich zurück und sehen Sie zu, wie diese Zahlen immer höher steigen. Bleiben Sie sitzen und sehen Sie zu, wie die Verantwortung über Bord geworfen wird, während miese, hirntote Cowboys wie Gates und Leakey in ihre Abteilung zurückkehren und mit einem Schulterklopfen begrüßt werden, als hätten sie für ihr Team einen Treffer gelandet!«

Sie hatte am Ende ein bisschen zu laut geredet, und ein paar Gäste an den anderen Tischen warfen nervöse Blicke herüber. »Schon gut«, beschwichtigte Harper sie. »Schon gut. Ein Punkt für Sie. Ich denke, das war's, was ich hören wollte. Jetzt weiß ich, aus welcher Richtung Sie kommen.«

»Nein, tun Sie nicht«, versicherte sie ihm wütend. Weil sie das Wichtigste ausgelassen hatte. Nicht unbedingt mit Absicht, doch als es an der Reihe gewesen wäre, hatte sie es besonders schwer gefunden, Worte dafür zu finden.

Doch Harper starrte sie noch immer an und wartete auf die Pointe. Also erzählte sie ihm auch die, ohne genau zu wissen, warum.

Bevor es Kennedy, H., Det Sgt 4031 gab, hatte es Kennedy, P., Det Sgt 1117 gegeben. Er hatte zwölf Jahre in Uniform und achtundzwanzig Jahre als Detective gedient. Seinen Schein für die bewaffnete Sondereinheit hatte er 1993 bekommen, auch wenn es damals noch *Open Carry* hieß, weil sich der Ausdruck für das offene Tragen einer Waffe amerikanisch und damit verdammt cool anhörte.

Am 27. Februar 1997 verfolgte Detective Sergeant Peter Kennedy mit seiner offen getragenen Waffe einen bewaffneten Mann, Johnny McElvoy, der vom Tatort einer Bandenschießerei floh. Die Verfolgung führte Kennedy in eine dunkle Gasse. Er dachte – und wie sich herausstellte fälschlicherweise –, er sei in einen Hinterhalt geraten, und gab auf einen Abstand von sieben Metern drei Schüsse auf eine schwangere Frau ab.

Wie durch ein Wunder überlebte die Frau. Doch die Kugel durchdrang ihre Gebärmutter und ihre Wirbelsäule. Die Frau war vorher schwanger gewesen, hinterher war sie gelähmt.

Peter Kennedy war am Boden zerstört. Seine Freunde jedoch unterstützten ihn und sprachen eine Version der Ereignisse ab, die ihm und seinen Kollegen viel Kummer und Ärger ersparte. McElvoy, behaupteten sie, habe sich in der Gasse verschanzt und auf sie geschossen. Kennedy habe das Feuer erwidert, woraufhin die Frau voller Panik in seine Schusslinie gerannt sei.

Hier legte Kennedy in ihrer Erzählung eine Pause ein. Harpers Blick sagte, dass er noch mehr erwartete, doch an diesem Punkt wurde die Sache kompliziert und hässlich. »Sie haben ihn geschützt«, fasste sie ihre Erzählung zusammen.

»Habe ich verstanden«, sagte Harper. »Aber es war ein Unfall. Nur ein schrecklicher Unfall.«

»Harper, es war ein Unfall, bei dem ein Menschenleben zerstört und ein anderes abgetrieben wurde.«

»Und …?« Er blickte sie ausdruckslos an.

Kennedy war sauer, weil er sie nicht verstand. »In einer solchen Situation seine Kollegen für sich lügen zu lassen ist nicht richtig. Wenn der Fehler nachvollziehbar war, dürfte die Wahrheit nicht allzu weh tun. Wenn mit der Schießerei Mist gebaut wurde, muss die Wahrheit ans Tageslicht und der Polizist seinen Waffenschein abgeben, weil er nicht gut genug war, um ihn zu haben.«

Harper lehnte sich zurück und blickte sie durchdringend an. »Okay. Und welchen Teil haben Sie ausgelassen?«

»Ich habe nichts ausgelassen«, wehrte sich Kennedy.

»Doch, haben Sie. So weit stimme ich mit Ihnen überein: Was Ihr Vater getan hat, war furchtbar. Wirklich furchtbar. Und ich verstehe, dass bei Ihnen eine Narbe zurückgeblieben ist. Trotzdem hat es Sie nicht davon abgehalten, Polizistin und Detective zu werden oder sich für die bewaffnete Sondereinheit zu bewerben. Wo sitzt also die Narbe? Wo tut es weh?«

Kennedy antwortete nicht, sondern legte für das Frühstück samt Trinkgeld einen Zehner auf den Tisch und ging mit Harper zurück. Sie schwiegen, doch er schien das Talent eines Vernehmungsbeamten zu haben, den anderen die Stille spüren zu lassen, bis man das Bedürfnis bekam, sie zu füllen.

»Okay«, gab Kennedy sich geschlagen und erzählte ihm, was für sie das Schlimmste gewesen war – und was sie auch nach all dieser Zeit nicht mit ruhiger Stimme beschreiben konnte. Wie Peter Kennedy seine Frau und seine beiden Kinder in eine Reihe gestellt und ihnen die hohe Kunst des Lügens beigebracht hatte, für den Fall, dass jemand – ein Schulfreund, ein Journalist, jemand, den sie im Supermarkt kennengelernt hatten – fragen sollte. Denn um nichts auf der Welt durfte ein Außenstehender einen Spalt finden, um sein Brecheisen anzusetzen und die Festung aufzubrechen, in der er sich verbarrikadiert hatte. Heather und Steve und die kleine Chrissie ebenso wie ihre Mutter mussten Sergeant Peter Kennedy immer und immer wieder seine Version der Ereignisse nachplappern. Machten sie einen Fehler, schrie er sie voller Panik an, sagten sie es richtig, umarmte er sie liebevoll.

»Das bedeutete mehr oder weniger das Aus für uns als Familie«, brachte Kennedy ihre Erzählung schließlich kühl auf den Punkt. Nachdem sie ihre Widerstände überwunden hatte, war sie zumindest zu einer sachlichen Zusammenfassung in der Lage. »Immer stand diese Lüge zwischen uns. Man kam nicht an ihr vorbei, wenn man miteinander redete, deswegen wurde gar nicht mehr geredet. Und wie endete es? Er blieb auf immer und ewig Sergeant, weil alle wussten, was passiert war. Man sah ihm an, dass er etwas mit sich herumschleppte. Er begann wie ein Besessener zu trinken. Ich glaube, das hat auch seinen Alzheimer beschleunigt. Der Stress – nun, vielleicht war dieser nicht die Ursache für den Krebs meiner Mutter, doch sie schien sich viel schneller aufzugeben. Und keiner empfand mehr etwas für den anderen. Meinen Bruder habe ich seit zehn Jahren nicht mehr gesehen, Chrissie sehe ich alle Jubeljahre einmal. Wir ... wir sind als Familie auseinandergefallen. Ende und aus.«

»Und Ihr Vater ist tot?«

Kennedy dachte über die schlurfende Ansammlung von Eigenarten nach, mit der sie zusammenwohnte. »Ja«, antwortete sie, »mein Vater ist tot.«

»Aha. Wurden Sie lesbisch, um es ihm heimzuzahlen?«

Kennedy erstarrte und drehte sich zu Harper, um seinem spaßigen, kleinen Ego einen kräftigen Rüffel zu erteilen. Doch er grinste nur und warf die Hände wie zur Kapitulation nach oben.

»Hab nur versucht die Stimmung zu lockern«, sagte er.

»Idiot.«

»Nein, echt. Sigmund Freud sagt …«

»Wahrscheinlich werde ich meinen Waffenschein irgendwann zurückbekommen, Harper. Das sollten Sie nicht vergessen.«

Er nickte noch immer grinsend und ließ den Witz einen Witz sein.

Summerhill war noch immer nicht aufgetaucht. Rawl sagte, er stehe noch vor dem Besprechungszimmer, in dem der Ausschuss tage.

Kennedy gab auf. Sie würde mit Harper nach Luton hinausfahren und gegen Mittag, wahrscheinlich noch vor Summerhill, wieder zurück sein. Sie holte die Fallakte, um später Opies Aussage hinzufügen zu können, falls sie etwas Zweckdienliches zu sagen hatte, und hinterließ eine handschriftliche Notiz, um Summerhill über ihr Vorhaben zu informieren. Harper sollte in der Zwischenzeit Interpol wegen Michael Brand anzapfen. Man konnte schließlich nie wissen, wie hold einem das Glück war.

Der Wagen, mit dem sie am Tag zuvor unterwegs gewesen waren, stand aus irgendwelchen Gründen nicht zur Verfügung, weswegen sich ihre Abfahrt erneut verzögerte. Sie bekamen einen flaschengrünen Volvo S60 zugewiesen, der in der Garage an der Caxton Street stand. Sein guter Zustand wurde nur durch einen langen Kratzer auf der Fahrerseite getrübt. Als sie die Türen öffneten, waberte ihnen abgestandener Zigarettengestank entgegen. Harper fluchte, Kennedy zuckte zurück – doch sie wollten keine weitere Zeit damit verschwenden, wieder hineinzugehen und zwei weitere Formulare auszufüllen, um einen anderen Wagen zu bekommen.

Der Höhepunkt des Berufsverkehrs war vorüber, als sie die M1 erreichten, doch es ging immer noch nur langsam vorwärts. Harper hätte am liebsten das Blaulicht aufs Dach gesetzt und die Sirene eingeschaltet. Doch da sie ohnehin schon so viel Zeit verloren hatten, sah Kennedy keinen Sinn mehr darin.

Anders als am Prince Regent's College herrschte am Park Square trotz der Ferien noch immer reges Treiben, und auch der Parkplatz war ziemlich voll. Sie drehten zwei Runden, hinter ihnen ein weißer Van, der genau dasselbe tat, bevor Harper in den Bereich abbog, vor dem auf dem Asphalt in großen, gelben Buchstaben »RESERVIERT« gemalt war. Als der Van sich an ihnen vorbeidrängte, konnte Kennedy einen kurzen Blick auf den Fahrer erhaschen, einen Mann mittleren Alters und in ernster, aristokratischer Weise verblüffend gutaussehend. Er hatte kurze, schwarze Locken, die glänzten, als hätte er sie mit Öl eingeschmiert. Sein Gesicht allerdings war blass wie das einer griechischen Statue, und sein Blick ließ sie unangenehm zurückschrecken. Er erinnerte sie an den ihres Vaters, wenn er in die innere Welt seiner Demenz abdriftete, ein Blick, der es nie bis in die Außenwelt schaffte oder zumindest knapp daran vorbeiglitt. Genervt sah sie zur Seite.

20

Vom Haupteingang aus wurden sie zur Fakultät für Computerwissenschaften geschickt, die sich am anderen Ende des verwilderten, ausgebleichten Rasens befand. Dort stiegen sie in den dritten Stock hinauf, wo hundert Studenten leise vor hundert neuen, leuchtenden Bildschirmen arbeiteten. Nein, leise war das falsche Wort – der Raum war erfüllt vom Tippen zahlloser Finger auf Tastaturen mit weichem Anschlag, ein Geräusch wie das aufgeregte Gackern von hundert Vögeln. Sarah Opie saß vor einem Rechner, der sich von den anderen nicht unterschied, nur dass er den Studenten gegenüberstand und über ein Kabel mit einem riesigen LCD-Bildschirm verbunden war, der über ihrem Kopf hing, aber nicht eingeschaltet war.

Dr. Opie war jünger, als Harper gedacht hatte. Jünger und viel attraktiver. Sie war Mitte zwanzig, hatte rotblondes, schulterlanges, leicht zerzaustes Haar und konnte sich ihren Doktortitel erst vor sehr kurzer Zeit verdient haben. Die Studenten, die sie unterrichtete oder beaufsichtigte, sahen eher nicht wie ihre Schutzbefohlenen, sondern wie ihresgleichen aus. Sie versuchte sich durch formalere Kleidung von ihnen abzusetzen, doch ihr dunkelblaues Nadelstreifenkostüm wirkte wie die Verkleidung einer Stripperin, die als Geschäftsfrau auftrat.

Opie hatte sie bereits erwartet. Sie erhob sich und betrat wortlos ein Büro, das mit einer Glaswand vom Unterrichtsraum abgetrennt war. Sie behielt die Hand auf dem Türknauf und wartete, bis Harper und Kennedy eingetreten waren, dann schloss sie die Tür. Einige Studenten hatten aufgeblickt, als die Detectives eingetroffen waren, und spähten noch immer verstohlen herüber. Mit dem Rücken zur Glaswand und fest verschränkten Armen wandte sich Dr. Opie ihrem Besuch zu.

Ihr Blick wanderte zuerst zu Harper. »Ich habe Ihnen alles erzählt, was ich weiß«, sagte sie ruhig.

»Das ist Detective Sergeant Kennedy«, stellte Harper seine Kollegin vor. »Sie ist die leitende Ermittlerin in dem Fall, und sie würde ebenfalls gerne Ihre Geschichte hören. Ich habe nach unserem gestrigen Gespräch auch noch ein paar weitere Fragen. Ich hoffe, das ist in Ordnung.«

Dr. Opies Gesichtsausdruck vermittelte, dass dem eher nicht so war, doch sie bewegte ihren Kopf zu so etwas, das einem Nicken glich. Sie setzte sich auf einen der beiden Stühle, Kennedy nahm den anderen. Harper musste sich vorsichtig gegen eine der Aluminiumstreben lehnen, mit denen die deckenhohen Glasscheiben abgetrennt waren.

»Wir haben also drei Todesopfer«, begann Kennedy, nachdem sie ihren Rekorder herausgenommen und sich von Dr. Opie die Erlaubnis zur Aufnahme hatte geben lassen. »Stuart Barlow, Catherine Hurt und Samir Devani. Alle drei waren an Geschichte interessiert – oder zumindest an alten Dokumenten –, und sie waren Mitglied Ihrer Gruppe, in der über diese Dinge diskutiert wird. Und Sie sagen, sie haben gemeinsam an einem Projekt gearbeitet?«

Dr. Opie verzog ungeduldig ihr Gesicht, als wäre dieses Thema für sie bereits abgehakt.

»Ja«, war alles, was sie antwortete.

»Und in Ihrem Online-Forum haben Sie über das Projekt diskutiert?«, fuhr Kennedy fort.

»Ja.«

»In einem Forum für Historiker. Aber Sie sind offenbar keine Historikerin.«

»Nein.«

Diesmal hielt Kennedy inne und starrte Dr. Opie abwartend an. Harper wusste, was hier passierte, und achtete darauf, sich nicht einzumischen. Geschlossene Fragen waren gut, weil sie eine Richtung vorgaben, doch wenn man nicht aufpasste und ein Zeuge nicht gerade gesprächig war, verfiel man leicht in das Muster, dass man auf geschlossene Fragen nur einsilbige Antworten erhielt. Dann jagte man wie ein Hund seinem eigenen Schwanz hinterher. Die Stille zog sich ein paar Sekunden hin, bewirkte aber am Ende den gewünschten Effekt.

»Es ist mein Hobby«, erklärte Sarah Opie. »Ich habe eine humanistische Schule besucht, und mein Altgriechisch ist ziemlich gut. Die Leute denken, das ist für eine IT-Spezialistin ein bisschen komisch, aber ich liebe Sprachen. Und ich bin gut darin. Ich hatte mal einen jüdischen Freund, der mir ein bisschen Hebräisch beigebracht hat, und von da aus habe ich mich rückwärts zu Aramäisch vorgearbeitet. Mich fasziniert bei Aramäisch und Griechisch, dass die Sprachcharaktere dieser alten und der modernen Sprachen fast identisch sind, doch manchmal symbolisiert dasselbe Zeichen durch eine Lautverschiebung ganz unterschiedliche Laute. Natürlich wissen wir in einigen Fällen nicht, wie die Sprachen damals wirklich geklungen haben. Man hat alte Texte und moderne Sprecher, und es ist nicht leicht, wenn man …«

»Können Sie uns sagen, was Sie über Stuart Barlows Rotgut-Projekt wissen?«, unterbrach Kennedy sie. Harper musste beinahe grinsen. Nachdem Kennedy Dr. Opie dazu gebracht hatte, weit mehr als nur einsilbige Antworten zu geben, musste sie sie jetzt wieder ausbremsen. Entweder alles oder nichts.

»Professor Barlow trat dem Forum bei, weil er Mitarbeiter suchte«, erzählte Opie. »So hat alles begonnen. Er sagte, er wolle den Rotgut von einem neuen Blickwinkel aus betrachten, und fragte, ob jemand Lust darauf hätte. So lautete auch der Titel seines Threads: ›Hat jemand Lust auf einen neuen Blick auf den Rotgut?‹«

»Wann war das?«

Dr. Opie schüttelte den Kopf, antwortete aber trotzdem. »Vor mindestens zwei Jahren. Vielleicht drei. Ich müsste mir den Gesprächsverlauf ansehen. Der ist auf der Seite noch gespeichert.«

»Und wer hat geantwortet?«, wollte Harper wissen.

Dr. Opies Stimme zitterte leicht, als sie die Namen aufsagte. »Cath, also Catherine Hurt. Und Sam Devani. Stuart bemühte sich auch um Emil Gassan, weil er das neutestamentarische Aramäisch so gut beherrscht, doch Gassan wollte damit nichts zu tun haben.«

»Warum?«

»Er dachte, Stuart mangle es an akademischer Glaubwürdigkeit. So wie dem gesamten Team. Er wollte nicht mit ihnen in Verbindung gebracht werden.«

»Dann gab es nur diese drei«, fasste Kennedy zusammen. »Barlow, Hurt und Devani.«

»Ja, nur die drei.«

»Und Sie haben niemanden vergessen?«

Dr. Opie ließ ihren Ärger durchblicken. »Nein, niemanden.«

»Was ist mit Michael Brand?«

»Michael Brand …« Sie wiederholte den Namen ohne besondere Betonung. »Nein, er gehörte nicht dazu.«

»Aber Sie kennen ihn?«

»Eigentlich nicht. Ich glaube, ich habe seinen Namen ein- oder zweimal im Forum gesehen, aber er hat nie an Diskussionen teilgenommen, an denen ich beteiligt war. Und ich bin nur im Forum, nicht bei den Symposien. Ich bin ja keine Historikerin, deswegen bekam ich keine Förderung zur Teilnahme an einer historischen Konferenz. Von meinem eigenen Gehalt konnte ich mir das nicht leisten.«

»Ist das nicht unüblich?«, bohrte Kennedy nach. »Dass man Teilnehmer des gleichen Forums ist, aber sich nicht untereinander kennt?«

Dr. Opie zuckte mit den Schultern. »Nicht unbedingt. Wie viele registrierte Teilnehmer gibt es im Ravellers-Forum? Das letzte Mal, als ich nachgesehen habe, waren es über zweihundert. Auf der ersten Seite befindet sich ein Zähler, der anzeigt, wenn jemand Neues dazukommt, und sie stellen sich in einem eigenen Thread vor. Nicht alle schreiben regelmäßig Beiträge. Ich auch nicht. Jedenfalls nicht, solange ich kein Projekt am Laufen habe. Ich würde sagen, ich kenne etwa zwanzig oder dreißig von ihnen gut, und von zwanzig weiteren kenne ich die Namen. Ihre Benutzernamen, meine ich.«

»Sie sagten, wenn Sie ein Projekt hätten ...«, begann Harper, doch Kennedy war offenbar nicht daran interessiert, Dr. Opie über sich selbst erzählen zu lassen. Sie wollte mehr über Stuart Barlows Gruppe und deren Projekt erfahren. Sie schnitt Harper das Wort ab, was ihn ein bisschen ärgerte, doch sie war ranghöher und hatte das Recht, eine Befragung zu leiten. »Hat Ihnen Professor Barlow jemals genau erzählt, was er vorhatte?«, fragte sie. »Was er unter seinem neuen Ansatz verstand?«

»Nun, ja.« Dr. Opie blickte überrascht. »Selbstverständlich.«

»Warum selbstverständlich?«

»Stuart und ich waren ziemlich gute Freunde. Ich sagte, ich hätte noch an keiner der Konferenzen teilgenommen, und das stimmt. Aber wenn die Konferenzen in London stattfanden, fuhr ich manchmal mit dem Zug hin, um ein oder zwei Leute zu treffen, die ich kannte, wenn die Veranstaltung am Freitag oder Samstag zu Ende war. Dann gingen wir was trinken oder essen. Auf diese Weise habe ich Cath kennengelernt, und auch Stuart. Er war wirklich komisch – wie die Zeichentrickfigur eines zerstreuten Professors im Fernsehen. Aber er war einer der intelligentesten Menschen, die ich je kennengelernt habe. Deswegen hat er wahrscheinlich nie etwas veröffentlicht. Er fand es schwierig, sich nur auf eine Sache zu konzentrieren. Wenn er an einer grandiosen Idee arbeitete, kam ihm schon die nächste, und die aktuelle blieb dann unerledigt. Genau so hat er auch geredet.« Sie lächelte, wahrscheinlich in der Erinnerung an einige Gespräche, wurde aber plötzlich wieder ernst. »Sehen Sie, mir gegenüber hätte er eine so große Sache niemals verschwiegen. Wahrscheinlich war ich sogar die Erste, der er davon erzählte.«

»Könnten Sie das Projekt für uns zusammenfassen?«, lenkte Kennedy sie wieder aufs Thema zurück. »Das könnte für uns ganz hilfreich sein.«

Opie sah – vielleicht etwas sehnsüchtig – durch die Scheibe zu ihren Studenten. Einige von ihnen warfen immer noch hin und wieder einen Blick in Richtung des Büros, doch die meisten arbeiteten in aller Ruhe vor sich hin. Kein Aufstand zu befürchten. Vielleicht schauten sie sich Pornos an oder spielten Minesweeper, doch was sie taten, taten sie mit Zurückhaltung.

»Okay.« Opie wirkte resigniert. »Stuart sagte, er wolle mit roher Gewalt vorgehen.«

»Und das bedeutet?«

»Hm, ich bin nicht sicher, ob er wusste, was es bedeutete, als er es sagte, doch am Ende ging es nur um Zahlen. Den Rotgut zu digitalisieren und anschließend mit einer Reihe hochleistungsfähiger Programme zu bearbeiten, die erst noch geschrieben werden mussten. Besonders deswegen brauchte Stuart IT-Unterstützung. Für ihn war die beste Möglichkeit, das Quelldokument für den Rotgut zu finden, ihn zu …«

»Moment«, platzte Harper dazwischen. »Sagen Sie das noch mal. Er brauchte …?«

Opie blinzelte überrascht. »Er brauchte IT-Unterstützung, weil bei dem, was er vorhatte, Hunderte von Stunden …«

»Sind Sie damit gemeint?«, unterbrach Harper sie erneut. »Mit der IT-Unterstützung?«

»Selbstverständlich. Ich habe die Software programmiert und mit Daten gefüttert. Woher sonst sollte ich über die ganze Sache Bescheid wissen?«

»Aber Sie sagten, Sie gehörten nicht zum Team!«, rief Kennedy und sprang auf.

Dr. Opie wirkte immer noch perplex, aber auch verängstigt und abwehrend. »Gehörte ich auch nicht«, verteidigte sie sich und rückte unwillkürlich mit ihrem Stuhl ein Stück von Kennedy fort, die offenbar aus zu großer Nähe auf sie herabblickte. »Ich habe Such- und Filterfunktionen durchgeführt. Sie unterstützt. Stuart, Cath und Sam waren das Team. Sie waren diejenigen, die die Monographie schreiben wollten, sofern sie je veröffentlicht werden würde. Ich meine, sofern sie gefunden hätten, wonach sie suchten. Stuart hatte mich gebeten, die technische Unterstützung zu übernehmen, und ich habe zugestimmt. Das macht mich nicht …«

»Es macht Sie zu einem Ziel«, schnauzte Kennedy. »Wenn jemand Mitglieder dieser Gruppe tötet, warum sollte er dann zwischen Ihnen und den anderen drei unterscheiden? Sie sagen, Sie hätten nur geholfen – aber Sie haben mit ihnen gesprochen und zusammengearbeitet. Sieht das für einen Außenstehenden nicht so aus, als gehörten Sie dazu?«

Dr. Opie schüttelte den Kopf, zunächst energisch, bis ihre Überzeugung in drei Stufen nachließ.

Drehung nach links: Sie sind in hohem Grade wahnsinnig.

Drehung nach rechts: Aber mittlerweile sind schon eine Menge Menschen tot.

Drehung nach links: Und jetzt sagen Sie ... O Gott.

Sie ließ ein skeptisches und leicht gequältes Lachen hören. Harper konnte mit ihr mitfühlen. Skepsis schien eine vernünftige Reaktion zu sein. Lebte man ausschließlich in einer Welt undurchsichtiger Theorien und akademischer Haarspaltereien, bekam man wahrscheinlich das Gefühl, als stünden mindestens ein oder zwei anständige Elfenbeintürme zwischen einem selbst und der verdammten Welt da draußen. Doch jetzt war der ›Historiker‹ in der Stadt, und die Mauern brachen ein. Nur einen Moment lang plagte Harper ein schlechtes Gewissen wegen der Freude, die er daran hatte.

»Gehöre ich nicht«, wiederholte Dr. Opie. »Ich gehöre nicht zum Team.« Ihr Protest klang immer schwächer, ein Einspruch an ein nicht existierendes Gericht natürlicher Gerechtigkeit.

»Technische Unterstützung«, erinnerte Kennedy sie mit ihren eigenen Worten. »Professor Barlow wollte, dass Sie ihm helfen. Wer sonst wusste darüber Bescheid? Haben Sie im Forum darüber gesprochen?«

»Natürlich!« Dr. Opie erhob sich ebenfalls und stand Kennedy einen Moment lang mit geballten Fäusten gegenüber. »Natürlich. Es war kein Geheimnis. Ich habe aber nur die Programme bedient, ohne mir überhaupt die Ergebnisse anzusehen. Sie sagten mir nichts.«

Kennedy öffnete ihre Lippen, um etwas zu sagen, schloss sie aber wieder und blickte Harper fragend an, der zurücknickte. Die Einzelheiten spielten keine Rolle. Sie fragte ihn, ob sie die Party verlagern sollten, und die Antwort musste »ja« lauten. Sie konnten in jeder Hinsicht falschliegen – die Unfälle, bei denen Hurt und Devani ums Leben gekommen waren, könnten einfach nur Unfälle und der Einbruch in Barlows Bungalow und in sein Büro am Prince Regent's ein wundersamer Zufall gewesen sein. Michael Brand, der sich in Luft aufgelöst hatte – Harper erinnerte sich, dass er Kennedy immer noch nichts darüber erzählt hatte –, könnte als völlig Unschuldiger gedankenlos eine falsche Adresse angegeben haben. Es machte keinen Unterschied. Hier war nur eine Sache wichtig, und die konnte nur auf eine Art geregelt werden. Sie hatten allen Grund zu der Annahme, dass eine Zeugin sich in unmittelbarer Gefahr befand. Sie mussten sie mitnehmen.

»Soll ich den Wagen zum Haupteingang fahren?«, fragte er Kennedy.

»Ja«, sagte Kennedy. »Danke, Chris, tun Sie das.« Dann hielt sie die Hand nach oben – Stopp! – und drehte sich zu Dr. Opie um. »Gibt es einen Hinterausgang?«, fragte sie.

»Was?« Dr. Opie schien nicht zu verstehen, worauf Kennedy hinauswollte.

»Aus diesem Gebäude … gibt es einen anderen Ausgang?«

»Nur den Fluchtweg.«

Und wieder zu Harper: »Den suchen wir, und zwar gemeinsam. Dr. Opie, wir nehmen Sie in Schutzgewahrsam. Bitte packen Sie alles ein, was Sie im Moment brauchen.

Wir werden später jemanden zu Ihnen nach Hause schicken, um alles andere holen zu lassen, was Sie gerne hätten – aber es könnte eine Zeitlang dauern, bis Sie selbst wieder nach Hause dürfen.«

»Ich bin mitten im Unterricht«, stellte Dr. Opie klar, als spielte das noch eine Rolle.

»Schicken Sie die Studenten nach Hause«, forderte Kennedy sie auf. »Oder sagen Sie ihnen, sie sollen ohne Aufsicht weiterarbeiten. Vermutlich kann man das Ihren Studenten zutrauen.«

»Ja, aber …«

»Wir erklären Ihrem Arbeitgeber – der College-Verwaltung –, dass Sie dafür nicht verantwortlich sind. Dass es unsere Entscheidung war. Und ich bin sicher, es lässt sich jemand finden, der Sie vertritt.«

Dr. Opie wirkte noch immer unglücklich und argumentierte weiter, bis Kennedy zu ihrer Handtasche griff und sie ihr mit Nachdruck in die Hand gab. Das versetzte sie gleichzeitig unter Strom und brachte sie zum Schweigen. Sie nahm ein paar Gegenstände vom Schreibtisch – einen USB-Stick, einen Geldbeutel und ein paar dicke Stifte für eine Wandtafel – und ließ sie in ihre Handtasche fallen. Dann bedachte sie Kennedy mit einem vorwurfsvollen, verwirrten Blick, der vielleicht eher für Gott oder Nemesis gedacht war, und ging einen Schritt auf die Tür zu. Fast im gleichen Augenblick jaulte sie auf und kehrte rasch zum Schreibtisch zurück, wo sie ein paar Blätter durcheinanderwarf und in einem roten Ablagefach herumkramte, bis sie einen einfach gefalteten gelben Zettel fand. »Passwort«, erklärte sie. »Für meine Dateien. Das ändere ich wöchentlich.«

»Sie schreiben Ihr Passwort auf einen Zettel?«, fragte Harper leicht entsetzt.

»Natürlich nicht«, blaffte Dr. Opie. »Aber ich schreibe

mir eine Gedächtnishilfe auf für den Fall, dass ich es vergesse.«

Sie betrat den Unterrichtsraum, gefolgt von Harper und Kennedy.

Die Studenten blickten neugierig von ihren Bildschirmen auf. Sie wussten, dass etwas Ungewöhnliches vor sich ging. »Wir beenden den Unterricht etwas früher«, erklärte Dr. Opie. »Wenn Sie weiterarbeiten möchten, können Sie das bis zwölf Uhr dreißig tun. Der Abgabetermin für die Datenbankaufgabe bleibt der gleiche, also nutzen Sie Ihre Zeit. Wir sehen uns nächste Woche.«

Die Studenten drehten sich wieder zu ihren Bildschirmen, doch die meisten sammelten gleich darauf ihre Sachen zusammen, um zu gehen. Kennedy schob Dr. Opie Richtung Tür. Sie wollte sie erreichen, bevor der allgemeine Aufbruch begann. In dem engen Gang zwischen den Tischen bildete Harper die Nachhut. Sie mussten über Taschen und Bücher steigen, so dass sie recht langsam vorwärts kamen.

Plötzlich blieb Kennedy stehen und blickte zu Harper nach hinten – oder vielmehr an ihm vorbei.

»Moment«, sagte sie mit verblüfftem Gesichtsausdruck. »Diese Männer sahen …«

Ein Stuhl, der zurückgeschoben wurde, kratzte über den Boden. Harper spürte eine Berührung an seinem Ellbogen. Er drehte sich um und blickte in das Gesicht eines Mannes, der vielleicht zehn Jahre älter war als er selbst. Er hatte dunkle Haare und blasse Haut, trug ein weites, weißes Hemd und einen hellbraunen Anzug, dessen derber Stoff wie handgewebt aussah. Der Mann war soeben aufgestanden. Er strahlte eine tiefe Ruhe aus und wirkte völlig unbeteiligt, doch seine Pupillen waren riesengroß. Drogen, dachte Harper. Er musste etwas genommen haben.

Er legte eine Hand auf die Schulter des Mannes, damit er sich wieder setzte. Doch der Mann packte Harpers Handgelenk und knickte es völlig unvermittelt ab. Harper keuchte und ging in die Knie, als der Schmerz an seinem Arm nach oben schoss.

Kennedy rief etwas, was er aber nicht verstand. Mit der linken Hand schlug er unbeholfen nach seinem Angreifer, erwischte ihn aber nur an der Schulter statt am Kiefer. Die Umklammerung an seinem Handgelenk ließ nicht nach, als der Mann den Schlag erwiderte und ihn im Magen traf. Harper stöhnte laut auf, und ihm blieb die Luft weg.

Er konnte nicht mehr einatmen, um die verlorene Luft zu ersetzen. Der Mann ließ seinen Arm los, und Harper fiel zu seiner eigenen Überraschung nach hinten über einen Computertisch. Studenten schrien auf, und er verstand, warum. Der Mann, der ihn gerade geschlagen hatte, weinte. Seine Tränen waren dunkelrot.

Weitere Schreie. Harper versuchte sich aufzurichten, doch seine Knie zitterten und versagten ihren Dienst. Der Mann mit den blutenden Augen, mit den roten Rinnsalen auf seinen Wangen, sah ihn noch einen Moment lang an – ein Blick voller Verachtung –, dann wandte er sich um.

Wegen der lauten Schreie hatte Harper mit Sicherheit nicht hören können, wie das Blut vor seine Füße tropfte. Doch er sah einen der Tropfen. Er fasste an seinen Magen. Klebrig und nass, bedeutungsvoll und schrecklich. Als er auf seine roten Finger blickte, begann er ungläubig zu lachen.

Die Welt um ihn herum schrumpfte auf dieses Rot zusammen. Es war heiß wie die Hölle und schmeckte nach Eisen.

21

Kennedys erste und einzige Warnung war das Gefühl eines zweifachen Déjà-vu.

Als sie das erste Mal an dem Mann vorbeigegangen war, hatte sie ein leichtes Prickeln gespürt, als würde sie ihn wiedererkennen. Dann ging sie ein zweites Mal an ihm vorbei, und ihre Erinnerung setzte ein. Er war der Mann, den sie unten auf dem Parkplatz in dem weißen Van gesehen hatte. Jetzt allerdings in der Doppelten-Lottchen-Ausführung.

Sie blieb stehen, zwang Harper damit, ebenfalls stehenzubleiben, und drehte sich um. Fast im gleichen Augenblick wurde ihr klar, dass sie mit ihrem ersten Eindruck falschgelegen hatte. Die beiden Männer sahen unterschiedlich aus, einer von ihnen war etwas größer und kräftiger als der andere. Unterschiedliches Alter – mindestens zehn Jahre – und auch unterschiedliche Gesichter, zumindest im Ausdruck. Die Ruhe, die der Dünnere der beiden ausstrahlte, hatte sich im Gesicht des anderen zur leeren, beängstigenden Maske eines Roboters gewandelt. Allgemeines Aussehen und Haarfarbe waren gleich, ebenso wie ihr seltsames Verhalten und ihr Blick aus den weit aufgerissenen Augen, mit denen sie die Welt aufzunehmen schienen, ohne sich ihrer Gegenwart bewusst zu sein.

Harper blickte sie fragend an. Sie öffnete den Mund, zögerte aber, während sie versuchte, eine Warnung gegen eine Bedrohung zu ersinnen, derer sie sich nicht sicher war.

Der zweite Mann, derjenige, der ihnen am nächsten war, schob seinen Stuhl zurück und erhob sich. Bei diesem Geräusch drehte Harper den Kopf und blickte ihn an. Die nächsten Ereignisse schienen sich zu überschlagen, und Kennedy nahm sie wie die rasche Abfolge von einzelnen Bildern wahr.

Harper berührte den Mann an der Schulter.

Der Mann holte mit dem Arm aus und versetzte Harper einen Schlag in den Bauch.

Metall blitzte auf, dann war es verschwunden – in Harpers Magen.

Harper fiel gegen einen Computertisch.

Irgendwann während dieser Daumenkino-Szenen rief sie »Runter! Alle runter!« quer durch den Raum und lief auf Harper zu, um ihm zu helfen, als er vornüber auf den Boden kippte. Sie ging gegen den Mann mit dem einfachsten Karateschlag vor, der auch der einzige war, den sie konnte: den FaustStoß aus der Hüfte nach vorne schnellen lassen, während man mit dem Bein der gleichen Seite vorwärts geht.

Sie kam nicht einmal in seine Nähe. Er wich ihren Schlägen mit zur Seite gebeugtem Körper aus und huschte mit erschreckender Geschwindigkeit auf sie zu, ohne besondere Eile zu zeigen. Einen Augenblick lang starrte sie in sein Gesicht. Er weinte – blutrote Tränen liefen an seinen Wangen hinab. Aus irgendeinem Grund drehte sich ihr bei diesem Anblick der Magen um. Angewidert und aus Angst, sich mit irgendetwas anzustecken, zuckte sie instinktiv zurück, was ihr das Leben rettete. Das Messer, mit dem er Harper einen Stich versetzt hatte und von dessen kurzer Klinge das Blut tropfte, teilte die Luft vor ihrem Oberkörper und landete am Ende des Bogens, den es vollführte, in ihrer Schulter. Es war so scharf, dass sein Tempo weder durch ihre Bluse und Jacke noch durch das Fleisch und die Sehnen darunter gedrosselt wurde.

Die gellenden Schreie um sie herum klangen übertrieben, als hätte ein Rockstar einen Raum voller jugendlicher Fans betreten. Der Mann verlor kurz das Gleichgewicht, was Kennedy zum Anlass nahm, aus der Richtung nach ihm zu treten, in die er sich bewegte. Er taumelte, und sie versetzte ihm mit ihrer Faust seitlich einen Schlag gegen den Kiefer, während er zu Boden ging.

Sein Zwillingsbruder, der so anders aussah und ihm doch so unheimlich ähnlich war, stand hinter ihm ungefähr im gleichen Winkel wie zu Kennedy. Es war, als würde man eine Zwiebelschale entfernen, unter der die gleiche Struktur erneut zum Vorschein kam. Doch der zweite Mann hielt seinen Arm ausgestreckt und deutete auf sie, nicht mit anklagendem Finger, sondern mit einer Handfeuerwaffe mit langem Lauf. Seine hellblauen Augen, mit denen er sie über den matten Stahllauf hinweg anblickte, waren rot unterlaufen.

Noch nie war Kennedy beim Anblick einer Waffe erstarrt. Waffen waren ihr vertraut, ein Werkzeug, gefährlich, aber nützlich und ihrem Willen unterworfen. In den Händen anderer Menschen musste man sie fürchten, doch sie verstand die Körpersprache eines Schützen und wusste, wie sie rechtzeitig ausweichen konnte. Sobald eine Kugel abgeschossen war, konnte man ihr nicht mehr entkommen, doch bis dahin war das Zeitfenster noch groß genug. Eine halbe Sekunde zwischen Abdrücken und dem Eintreffen der Ladung. Zu Beginn der halben Sekunde legte sich der Schütze fest. Die Zeit dazwischen war verhandelbar.

Diesmal war alles anders. Als Kennedy die Waffe sah, versagten ihr Wille und ihre Denkfähigkeit. Sie stand einfach da und konnte sich nicht entschließen, sich zu bewegen.

»*Da b'koshta*«, sagte der Mann.

Er drückte drei Mal so schnell hintereinander ab, dass sich die Schüsse zu überlappen schienen. Kennedy zuckte zusammen und erstarrte gleich darauf, erwartete die Ankunft des Todes, erwartete, dass er durch sie hindurchfegte wie der Wind durch ein Weizenfeld.

Sarah Opie vollführte einen kurzen, heftigen Tanz, bevor sie, von den drei Kugeln getroffen, in sich zusammensackte.

Das Geräusch kam später und lungerte im Saal herum wie ein träger Donner, nachdem der Blitz bereits erloschen war. Zu spät, viel zu spät warf sich Kennedy nach vorne. Der Lauf richtete sich in einer gleichmäßigen Bewegung auf ihren Kopf, doch diesmal schlug Kennedy schneller und besser zu, so dass die Waffe zur Seite flog. Kennedy trat auf den Mann zu und versuchte, ihr Bein hinter seins zu verschränken und ihn umzuwerfen, doch der enge Raum arbeitete gegen sie. Sie stieß gegen die Ecke eines Arbeitstisches und strauchelte. Ein Gegenstand traf sie an der linken Schläfe, und sie landete mit einem harten Schlag auf dem Boden, während vor ihren Augen grelle Blitze und tiefe Dunkelheit einander abwechselten.

Sie versuchte sich zu bewegen, sich vom Boden aufzustemmen. Als ihre Sehfähigkeit nur teilweise zurückkehrte, weil die Ränder und Farben noch längst nicht stimmten, blickte sie in die Augen von Dr. Opie. Ihre Lippen, die so weiß waren wie ihr Gesicht, bewegten sich geräuschlos, und ihre Finger kratzten zitternd über den Fliesenboden.

Als das Geschrei kurzzeitig unterbrochen wurde, hörte Kennedy mit traumhafter Klarheit einen kurzen Ausschnitt dessen, was Dr. Opie sagte. »Aus Trauben … aus Trauben schlagt …«

Ein Schatten warnte Kennedy und ließ ihren Blick nach oben zucken. Der Mann mit der Waffe hing schemenhaft über ihr, zog seinen Fuß zurück und rammte ihn in ihren Oberkörper. Schmerz breitete sich von der Mitte ihres Brustkastens wie ein Feuerwerk aus. Der Tritt hob sie vom Boden ab und ließ sie wieder fallen. Ihr blieb die Luft weg, während ihr flatterndes Bewusstsein diesen Schmerz wahrnahm wie einen festen Gegenstand.

Mit gemächlichen, aber präzisen Bewegungen half der Mörder seinem gefallenen Kollegen auf die Beine. Die beiden traten über Kennedy hinweg, aus ihrem Blickfeld heraus. Ihre Schritte wurden immer leiser. Oder vielleicht spürte sie nur den vibrierenden Boden unter ihrer Wange. Die Studenten schrien wieder mit voller Kraft und Lautstärke, so dass Kennedy nichts anderes mehr hören konnte. Und würde sie jemals wieder einen Atemzug um diesen Klumpen in ihrer Brust herum nehmen können, würde sie mit ihren eigenen Schreien in den Chor einstimmen.

Sie drehte sich auf den Rücken und erhob sich mühsam, gegen die Übelkeit und die schleichende Taubheit der nahenden Bewusstlosigkeit ankämpfend. Selbst die winzigen Atemzüge, die sie machte, taten weh, als schluckte sie halb zerkauten Stacheldraht.

Einige Studenten hatten nicht schnell genug fliehen können und drückten sich panisch in die Ecken. »Rufen Sie die Polizei«, forderte Kennedy sie auf. Ihre Worte klangen verkehrt, oder vielleicht dachte sie das nur. Ihre Zunge fühlte sich zu groß für ihren Mund an, und ihr Körper schwankte, als könnte er sich nicht senkrecht halten.

Trotzdem rannte sie los. Die Mörder würden zu ihrem

weißen Van zurückkehren. Sie könnte sie noch aufhalten oder zumindest das Nummernschild erkennen.

Sie fiel beinahe die Stufen hinunter, weil sie zu schnell rannte, aber kaum ihr Gleichgewicht halten konnte. Dieses war ihr in jeder Hinsicht verlorengegangen. Die Zeit schritt im Pizzicato-Rhythmus dahin, und die einzelnen Momente stachen wie Töne heraus, als würden sie zum unregelmäßigen Takt ihres Pulses gezupft werden. Blut, eher schwarz als rot, tränkte ihren Ärmel. In der Eingangshalle wichen die Studenten panisch vor dieser betrunkenen Wahnsinnigen mit ihrem blutigen, verschwollenen Gesicht zurück. Kennedy kämpfte mit der zweiflügligen Tür, bis sie schließlich ins Tageslicht wankte.

Sie sah den Van auf Anhieb. Er war ein Stück höher als die kompakten Fahrzeuge, die den Parkplatz füllten. Einer der Männer stieg auf den Fahrersitz, der andere hatte die Tür der Beifahrerseite geöffnet und wahrscheinlich ebenfalls gerade einsteigen wollen, drehte sich aber nun zu einem Wachmann um, der ihm, wie Kennedy vermutete, Probleme bereiten wollte. Der Mann ließ seine Hand zu seiner Jacke wandern. Der übergewichtige Wachmann zog ein wütendes Gesicht, ahnte aber nicht, dass er vielleicht gleich sterben würde.

»Polizei!«, rief Kennedy. Oder irgendetwas, dessen Silben so ähnlich klangen. »Sie sind verhaftet!«

Der Mörder drehte sich zu ihr um, als sie zwischen den parkenden Fahrzeugen hindurchging und in eine schmale Gasse trat, in der nur sie und er sich befanden. Er blickte ihr tatenlos entgegen, als verstünde er den Zusammenhang nicht. Den Wachmann hatte er vorübergehend vergessen. Wenigstens das. Kennedy schritt auf ihn zu, während er die Bewegung, die er begonnen hatte, vollendete und in seine Tasche griff, um das herauszuholen, was sich dort befand. Sie hatte erwartet, er würde wieder seine

Pistole ziehen, doch es war das Messer. Unangebrachte Erleichterung überkam sie. Das Messer könnte sie töten, doch es würde sie nicht auslöschen, wie ein Kreuz einen Vampir zur Strecke bringt. Es sah nicht einmal besonders gefährlich aus, obwohl sie wusste, was es mit seiner seltsam asymmetrischen Form, die sich an einer Seite nach außen wölbte, anrichten konnte. Sie ging weiter, als der Wachmann mit einem gemurmelten »Oh, Scheiße!« zurückwich.

Der Arm des Mörders streckte sich aus der Biegung heraus in einer abstrakten, perfekten Bewegung. Er hielt die Klinge so, dass sie eine exakte Linie mit ihrer Blickrichtung bildete und damit für sie unsichtbar war.

»Sie sind verhaftet«, wiederholte Kennedy, diesmal mit etwas mehr Überzeugung, auch wenn ihr das Sprechen immer schwerer fiel. »Und nehmen Sie diese verdammte Waffe runter, oder ich schwöre bei Gott, dass ich sie Ihnen wegnehme und Sie schäle wie einen Apfel.«

»Da b'koshta«, sagte der Mann nur. Es waren die gleichen Worte wie zuvor im Unterrichtsraum. Er holte aus, während Kennedy ihren Körper anspannte wie ein Torwart beim Elfmeter, der bereits entschieden hatte, in welche Richtung er springen würde. Wenn sie nicht getroffen wurde, blieb ihr ein Zeitfenster von etwa einer Sekunde. Und das wollte sie nutzen.

Ein trockener, hohler Donner, der aus allen Richtungen gleichzeitig zu kommen schien, dröhnte durch die Luft. Das Messer explodierte in der Hand des Mörders wie ein Feuerwerk. Der Mann schrie nicht auf, gab eigentlich überhaupt keinen Ton von sich. Er drückte nur seine Hand mit seltsam gekrümmten Fingern gegen seinen Oberkörper und blickte links an Kennedy vorbei. Der zweite Schuss landete in seiner Brust, zu erkennen an dem mohnroten Fleck auf seinem hellen Hemd.

Der Schütze rannte, gleichzeitig schießend, von der Einfahrt auf sie zu. Eine Kugel sprengte das Heckfenster des Vans, eine andere traf nichts, was Kennedy gesehen hätte.

Der Mörder tauchte oder fiel in den Van, dessen Tür bereits offen stand. Der Motor knurrte, spuckte und knurrte.

Der Neuankömmling, ein großer Mann, größer und kräftiger als der stärkere der beiden Mörder, befand sich nur wenige Meter hinter dem Van, der nun rückwärts anfuhr und ihn zwang, zur Seite zu springen. Der Wagen jagte durch die schmale Gasse, knallte gegen ein parkendes Auto und vollführte einen großen Bogen Richtung Ausfahrt, als wäre der Fahrer betrunken.

Der Neuankömmling zielte und gab zwei weitere Schüsse ab. Der erste landete im Nichts, der zweite sprengte eine Ecke der hinteren Stoßstange ab, ohne den Reifen zu treffen. Der Van raste durch die geschlossene Schranke – der Wachmann zuckte zusammen und duckte sich, als Teile des zerfetzten Schlagbaums durch die Luft wirbelten –, und weg war er. Der Schütze senkte seine Waffe, die nach einem ausländischen Revolvermodell aussah, und drehte sich zu Kennedy um.

Hellblond und grobschlächtig, gut über eins achtzig groß, breite Schultern und tellergroße Hände, wie gemacht für Kneipenschlägereien und harte Arbeit – ihn sich als treffsicheren Schützen vorzustellen war schwierig. Doch sein Gesicht drückte eine nach innen und nach außen gekehrte stoische Grimmigkeit aus, bei der wohl auch ein tapferer Mann erst einmal ins Stocken geriet.

Seine blassblauen Augen blickten allerdings nicht in die von Kennedy, sondern auf ihre Wunde, auf die er mit einem schroffen Nicken deutete.

»Lassen Sie das schnell untersuchen«, riet er ihr mit

einer sanft schnarrenden Stimme, die nicht zu seinem hammerharten Gesichtsausdruck passte. »Ehrlich. Und zwar sofort.«

Mit diesen Worten rannte er dem Van hinterher. Der Wachmann an dem kaputten Schlagbaum nahm all seinen Mut zusammen und trat ihm in den Weg, wich aber sofort wieder aus, als er nicht langsamer wurde. Im nächsten Moment war der Schütze verschwunden, als wäre alles eine Halluzination gewesen. Als wäre sie eingeschlafen und hätte das irgendwie geträumt, vielleicht während sie mit Harper, der unmelodisch vor sich hin pfiff, vor Summerhills Büro saß.

Harper.

Sie stolperte zurück und die Treppe hinauf. Im Treppenhaus und auf dem Flur drängten sich die Menschen, bildeten aber eine Gasse, als sie die Frau und das Blut sahen. Sie hielt ihre Dienstmarke in der Hand und zeigte sie bei Bedarf vor, um nicht sprechen zu müssen. In ihren Ohren hörte sie nur ein monotones, unerträgliches Summen, als würde jemand ein Mikrophon zu nahe an den Lautsprecher halten.

Vor dem Unterrichtsraum war das Gedränge am größten, vor allem Studenten, die geflohen waren, als die Situation eskaliert war, und jetzt zurückschlichen, um die Folgen zu begutachten. Doch auch eine Reihe Männer in Anzügen waren darunter, die vom Rand aus versuchten, die Ruhe wiederherzustellen, indem sie sie mit lauter Stimme einforderten. Einen von diesen schnappte sich Kennedy. »Rufen Sie die 999«, verlangte sie von ihm. »Rufen Sie die Polizei und einen Krankenwagen.« Der Mann mit Glatze und rotem Gesicht starrte stumpfsinnig auf ihr verletztes Gesicht, von da auf ihre Dienstmarke und wieder zurück auf ihr Gesicht, bis sie ihn mit einem Stoß auf den Weg schickte. Ihre Stimme war noch heiserer geworden, ihr Kiefer schmerzte bei jedem Wort, doch nur ein Vollidiot hätte ihre Botschaft nicht am Klang erkannt.

Harper lag noch immer an derselben Stelle, und er sah schlimm aus. Kaum bei Bewusstsein, drückte er seine Hände auf seinen Bauch, wo unaufhörlich Blut aus der Wunde floss.

Kennedy kniete sich neben ihn, ließ sich dann mit letzter Kraft auf ihren Hintern rutschten und lehnte sich gegen einen umgekippten Tisch. Harper drehte seinen Kopf und blickte zu ihr auf.

»Halten Sie durch, Harper«, sagte sie mit verschwommener Stimme. Da sie merkte, dass sie kaum ein Wort herausbrachte, tat sie etwas, über das sie sich selbst in diesem Blutbad wunderte. Sie hob Harpers Kopf unbeholfen, aber vorsichtig auf ihren Schoß, streichelte sein Haar und seine weiße, verschwitzte Stirn, bis sich seine Augen für immer schlossen.

Später sagte man ihr, die Wunde an sich sei nicht lebensbedrohlich gewesen. Der Stich sei – wenn auch nur sehr knapp – an allen wichtigen Organen und der Hauptschlagader vorbeigeschrammt. Später wäre Harper wie bei jeder Verletzung im Bauchbereich dem Risiko einer Bauchfellentzündung ausgesetzt gewesen, doch bei sofortiger Behandlung und mit Breitbandantibiotika hätte er sich vollständig erholen müssen.

Er starb in ihren Armen, während sein Blut unaufhörlich aus der Wunde sprudelte.

TEIL 2

Taubenschlag

22

Sechs Tage verbrachte sie wie im Nebel.

Die Wunde an Kennedys Schulter wurde mit zahlreichen Stichen genäht, dennoch sickerte in den ersten drei Tagen Blut und dann klare Flüssigkeit durch. An der Messerklinge hatte sich ein blutgerinnungshemmendes Mittel befunden, wie ihr die Ärzte erzählt hatten. Deswegen war Harper so schnell gestorben, obwohl er eigentlich hätte überleben müssen. Um welches Mittel es sich handelte, hatten sie nicht herausgefunden, weswegen sie auch kein Gegenmittel verabreichen, sondern nur warten konnten, bis das Gift ihren Körper verlassen hatte. Bis dahin brauchte sie ausreichend Plasmainfusionen, und der Verband musste häufig gewechselt werden.

Ihre untere Gesichtshälfte war so stark geschwollen, dass sie bis zum vierten Tag nicht sprechen konnte, doch ihr schiefes, groteskes Gesicht ertrug sie noch weniger als den Schmerz, der durch Morphium gedämpft wurde. Der letzte Tritt hatte mit zwei gebrochenen Rippen den schlimmsten Schaden verursacht. Die Ärzte hatten ihr ein Tape verpasst, das vom Brustbein bis zur Wirbelsäule reichte und ihr das Gefühl vermittelte, in einem Korsett zu stecken.

Im Krankenhausbett versuchte sie mit ihrem von den Schmerzmitteln wirren Kopf, die Lücken in ihrem Gedächtnis zu schließen – nicht die während des Kampfes, sondern während dem, was anschließend geschehen war, während Harpers Kopf auf ihrem Schoß gelegen hatte. Sie hatte ihre Hand auf seine gelegt, die er auf die Wunde gedrückt hatte, um die Blutung einzudämmen. Es mochte Stunden, vielleicht auch nur wenige Minuten gedauert haben. Die Studenten waren geflohen, so dass sie sich nur in Gesellschaft von Sarah Opies Leiche befunden hatten. Ihre Augen hatten weniger Vorwurf als vielmehr Unglauben ausgedrückt.

Sie erinnerte sich auch, dass sie mit Harper gesprochen und er geantwortet hatte. Doch als sie weiter darüber nachdachte, merkte sie, dass sie die Stimme ihres Vaters gehört hatte: *Wozu willst du Polizistin sein? Haben wir uns nicht schon genug aufgeopfert?*

»Wie viel ist ›genug‹, Daddy?«, murmelte sie undeutlich mit ihrem geschwollenen Kiefer.

Ja, sprich weiter, Heather. Sorge dafür, dass ich rüberkomme.

Dann gab es wieder eine Lücke.

Dann war ihre Hand von Harpers Magen fortgenommen worden, weil sie nicht mehr gebraucht wurde. Sie konnte ihre Faust nicht öffnen, nachdem sie sie so lange und so fest auf Harpers Wunde gepresst hatte.

»Er ist Detective«, sagte sie zu einem der Sanitäter. »Wir sind beide Detectives.« Die Laute, die sie seitlich zwischen ihren Lippen hervorpresste, klangen wie ein Blasebalg, wie die Stimme von Frankensteins buckligem Assistenten.

»Können Sie aufstehen?«, fragte jemand. »Können Sie gehen?«

Sie schien beides gekonnt zu haben. Sie erinnerte sich, selbständig in den Krankenwagen gestiegen zu sein und aufrecht auf einer Trage gesessen zu haben, während Harper in einem undurchsichtigen, lieblosen Leichensack, neunzig Zentimeter breit und zwei Meter dreißig lang, auf die andere Seite gelegt wurde.

Wieder eine Lücke. Sie blickte auf Harpers Gesicht. Jemand musste den Reißverschluss des Leichensacks geöffnet haben.

»Oh, hey«, sagte eine Stimme. »Sie dürfen nicht ...«

Harper wirkte mit seinen geschlossenen Augen und der in Falten gelegten Stirn besorgt, als versuchte er sich an etwas zu erinnern.

Sie strich über seine Wange. Seine Haut war kühl und wächsern.

Es tut mir leid, sagte sie, ohne zu sprechen. Es tut mir leid, Chris.

Und dann, auch wenn sie nicht wusste, ob es stimmte oder nicht: Ich werde sie schnappen.

Am siebten Tag ruhte Gott. Kennedy war nicht Gott. Sie machte sich wieder an die Arbeit und trat vor den Ermittlungsausschuss.

Den Vorsitz führte DCI Summerhill, der ein Gesicht zog wie ein Scharfrichter, der gerne Todesurteile verhängte. Doch in der ersten halben Stunde, während er die Fallakte durchging, stellte er nur gemäßigte Fragen. Nachdem er der Personalleiterin, Brooks, und der Vertreterin der IPCC, der unabhängigen britischen Untersuchungskommission für polizeiliches Fehlverhalten, einer alten, kompromisslosen Kampfaxt namens Anne Ladbroke, erklärt hatte, dass es in diesem Fall möglicherweise drei Morde gab, holte er mit nüchterner, distanzierter Feindseligkeit zum Schlag aus.

»Warum sind Sie und Constable Harper ohne Verstärkung ausgerückt?«, fragte er. »Es war doch offensichtlich, dass Dr. Opie gefährdet war.«

»Nein, Sir«, erwiderte Kennedy. »Es war ganz und gar

nicht offensichtlich.« Ihr Kiefer schmerzte immer noch beim Sprechen, doch sie hatte viel zu sagen und wollte sich durch nichts aufhalten lassen. »Die drei Personen, von deren Tod wir wussten, waren direkt an Stuart Barlows Forschungsprojekt zum Rotgut-Kodex beteiligt. Dr. Opie hatte ausdrücklich jede Verbindung zu diesem Projekt verneint. Erst bei ihrer Befragung wurde uns bewusst, dass sie Mitglied von Barlows Projektgruppe war – was sie aber, wie Sie der Aufzeichnung entnehmen konnten, daraufhin immer noch verneinte.«

Mit der stickigen Luft in diesem Zimmer, das eigentlich ein Lagerraum war und in dem es keine Klimaanlage gab, atmete sie den scharfen Gestank von Druckerpatronen ein. Über diese Ereignisse zu sprechen ließ sie wieder aufleben, doch sie vermischten sich mit den Erinnerungen, die ihr im Krankenhaus gekommen waren. Nach einer Weile schienen sich die Erinnerungen so verändert zu haben, dass nur noch die sie begleitenden Gefühle übriggeblieben waren.

»Erst bei ihrer Befragung …«, überlegte Summerhill. »Die hätten Sie doch auch am Nachmittag davor vornehmen können. Warum haben Sie gewartet?«

Kennedy blickte in seine ausdruckslosen Augen. »Aus demselben Grund, Sir. Es schien keinen Anlass zur Eile zu geben, weil wir Dr. Opie als nützliche Zeugin, aber nicht als mögliches Opfer einstuften. Wäre sie Constable Harper gegenüber offener gewesen, das heißt, hätte sie erzählt, dass sie für die Software und die technische Unterstützung für Barlow und seine Leute zuständig war, hätten wir andere Schlussfolgerungen gezogen und die nächsten Schritte eher eingeleitet.«

»Dann liegt der Fehler zum Teil bei Constable Harpers Befragungstechnik«, fasste Summerhill mit giftiger Lässigkeit zusammen. »Dennoch müssen Sie als leitende

Ermittlerin einen Teil der Verantwortung auf sich nehmen.«

Die IPCC-Frau kritzelte etwas in ihre Notizen.

Ja, schubs mich nur weiter, du Schwein. Dräng mich in die Ecke, bis du von mir gebissen wirst.

»Ich kann die Aussage nicht akzeptieren, dass die Befragung von Dr. Opie durch Detective Harper Mängel aufwies«, widersprach sie und setzte nach einer kurzen Pause »Sir« hinzu. »Wie Ihnen bewusst ist oder Ihnen bewusst war, als Sie mir den Fall übertrugen, war dieser fälschlicherweise nicht als Mord eingestuft worden. Die Ermittlungen wurden wieder aufgenommen, nachdem die Obduktionsergebnisse die anfängliche Annahme eines Unfalltodes nicht bestätigten. In der Folge fanden wir Hinweise auf Einbruch und Verfolgung. Beide Fälle waren der Polizei gemeldet worden, doch niemand brachte sie mit dem vorliegenden Fall in Verbindung. Diese Anhäufung von Fehlern machte es für uns schwieriger, ein Muster in dem zu erkennen, was wir vorliegen hatten. Dennoch gelang es Detective Harper, die anderen beiden verdächtigen Todesfälle ausfindig zu machen und sie mit dem von Professor Barlow in Zusammenhang zu bringen. Und das an einem einzigen Tag. Egal, welche Maßstäbe man anlegt, sein Umgang mit dem Fall war beispielhaft.«

Summerhill durchwühlte mit viel Aufhebens seinen Papierstapel vor sich, bevor er Kennedy wieder anblickte. »Vielleicht haben Sie niedrigere Maßstäbe als wir, Sergeant.«

»Das kann sein, Sir«, erwiderte Kennedy tonlos.

Summerhill stöberte wieder in seinen Unterlagen. »Am Park Square College haben Sie festgestellt, dass Dr. Opie ein mögliches Opfer ist, und trotzdem haben Sie keine Verstärkung angefordert.«

»Wir beschlossen, sie selbst mitzunehmen. Wir gingen davon aus, dass die Zeit ein wesentlicher Faktor war.«

»Und dass Sie deshalb die Standardvorgehensweise außer Acht lassen konnten.«

Kennedy dachte nach, bevor sie antwortete. »Ihre vorherigen Fragen bezogen sich auf unangemessene Verzögerungen, Sir.« Sie blickte Summerhill in die Augen. »Sagen Sie jetzt, wir hätten nicht lange genug gezögert, um Dr. Opie in Schutzhaft zu nehmen? Wenn ja, sollten Sie nicht vergessen, dass sich ihre Mörder bereits im Gebäude befanden. Die Verstärkung wäre in jedem Fall zu spät gekommen, es sei denn, man hätte sie hergebeamt. Wir dachten, die Zeit wäre knapp. Und leider hatten wir recht.«

»Sie hätten in Dr. Opies Büro bleiben können«, überlegte Brooks. »Bei verschlossener Tür.«

»Bei verschlossener Tür?«, wiederholte Kennedy ausdruckslos.

»Ja.«

»Die Wände waren aus Glas, und die Mörder waren bewaffnet.« *Hast du denn nicht die Akte gelesen, du Hirni?*

»Wir können doch mit Sicherheit davon ausgehen, dass es andere Büros in diesem Gebäude gab, deren Wände solider gebaut waren«, fiel ihr Summerhill abrupt ins Wort. »Hinterher ist man immer klüger, Sergeant, aber wir sprechen hier über Ihre Entscheidungsfindung, die letzten Endes in eine Situation führte, in der Ihr Kollege und eine zivile Informantin starben.«

Kennedy ließ sich von der bleiernen Stille nicht beeindrucken. Summerhill schienen die Ideen ausgegangen zu sein, was Kennedy als schlechtes Zeichen interpretierte. Es zeigte, wie wenig er seinen Wunsch, sie loszuwerden, zu verstecken suchte.

An dieser Stelle sprang Brooks in die Bresche. »Es gab eine weitere Auseinandersetzung«, sagte sie. »Eine weitere Begegnung, meine ich. Sie folgten den beiden Männern – den Mördern – nach draußen auf den Parkplatz.«

»Ja.«

»Wo ein dritter Angreifer auftauchte. Und offensichtlich einen seiner eigenen Leute verwundete.«

»Ich glaube nicht, dass sie zusammengehörten. Er agierte gegen sie, nicht mit ihnen.«

»Oder er war ein schlechter Schütze.«

»Er hat einem der Gangster die Waffe aus der Hand geschossen. Und ihn noch einmal getroffen, bevor dieser wieder ins Fluchtfahrzeug steigen konnte, und dann hat er das fahrende Fahrzeug erwischt. Ich würde sagen, er war ziemlich gut.«

Brooks schob raschelnd ihre Blätter zusammen. »Und er blieb zurück, als der Van fortfuhr?«

»Ja, kurz. Dann nahm er die Verfolgung auf.«

»Haben Sie versucht ihn zu verhaften, Sergeant?«

Kennedy unterdrückte ihre erste, aber auch ihre zweite Antwort. »Wie Sie meinem Bericht entnehmen können, hatte ich bereits versucht, die Mörder zu verhaften. Der dritte Mann griff ein, als die beiden anderen mich zum zweiten Mal attackierten. Zudem war ich unbewaffnet. Ein unbewaffneter Polizist, der alleine handelt, ist nicht gezwungen, einen bewaffneten Gegner anzusprechen, wenn er nicht davon ausgehen kann, dass er ihn zur Strecke bringt.« Besonders dann nicht, wenn der Gegner womöglich gerade das Leben des Polizisten gerettet hat.

»Damit wären wir wieder bei der fehlenden Verstärkung.«

»Das mag sein.«

»Ihre Beschreibung des dritten Mannes ist sehr vage.«

»Ich muss durch meine gebrochenen Rippen und die Stichwunde an meiner Schulter abgelenkt gewesen sein.«

Brooks hob ihre Augenbrauen, als fühlte sie sich als Opfer von Kennedys Sarkasmus.

»Ihr Ton hilft Ihnen hier auch nicht weiter, Sergeant«, sagte Summerhill.

»Wohl nicht.« Ihre Geduld war langsam am Ende. Zum Glück schienen den anderen die Fragen auszugehen.

Der DCI allerdings hatte sich die beste bis zum Schluss aufgehoben.

»Kommen wir noch einmal auf die Ereignisse im Unterrichtsraum zu sprechen«, begann er. »Besonders auf den Mord an Dr. Opie. DC Harper war zu dem Zeitpunkt bereits verwundet?«

Kennedy nickte vorsichtig. »Ja.«

»Doch der Mann mit dem Messer, der zuerst ihn und dann Sie angegriffen hatte, war ebenfalls verletzt.«

»Richtig.«

»Als der zweite Angreifer seine Waffe zog und auf Dr. Opie zielte, wo befanden Sie sich im Verhältnis zu den beiden?«

Sie sah, worauf diese Fragen abzielten, doch sie konnte sie nicht abwehren. »Ich stand zwischen ihnen«, gab sie zu.

»In einem Abstand von, sagen wir, etwa zehn Meter vom Schützen?«

»Mehr oder weniger.«

»Was von beidem? Mehr oder weniger?«

»Eher weniger. Achteinhalb oder neun Meter.«

»Also ein paar Schritte. Und die Waffe zielte an Ihnen vorbei auf eine andere Person. Bestand Ihrer Einschätzung nach die Möglichkeit, einzugreifen und zu versuchen, den Schützen zu entwaffnen, bevor er schoss?«

Kennedy erinnerte sich an diesen Moment der Schrecklähmung, als sie nicht mehr in der Lage war, zu denken, zu handeln und sich zu bewegen. Und die Erinnerung daran hatte zu einer anderen Erinnerung geführt, zu der an Marcus Dell, der auf sie zugetaumelt war und seine Hände um ihren Hals gelegt hatte, und dann an ihre in ihrer Hand zuckende G22, als sie die Kugel auf ihre kurze Reise durch Dells Brustkorb geschickt hatte.

Einige Dinge taten bereits zu sehr weh, um sie noch weiter mit einer Lüge zu belasten. »Es ging sehr schnell«, sagte sie, war sich aber ihres leichten Zögerns und dem Zittern in ihrer Stimme bewusst. »Vielleicht … vielleicht habe ich eine Sekunde lang gezögert. Ich kann mich kaum daran erinnern. Aber der Schütze war sehr schnell. Sehr professionell.«

»Er schoss drei Mal. Das muss ein paar Sekunden gedauert haben.«

»Vermutlich.«

»Doch Ihnen reichte die Zeit nicht, um einzuschreiten?«

»Ich sagte, ich erinnere mich nicht.«

Summerhill begann, seine Unterlagen zusammenzuräumen und in den Ordner zurückzuschieben. »Nun, wir werden unsere Empfehlung bedenken«, sagte er. »Bitte halten Sie sich den Rest des Tages zu unserer Verfügung. Wir teilen Ihnen unsere Entscheidung bis heute Abend mit.«

Kennedy ging plötzlich alles viel zu schnell. Ihr Kopf war noch voll mit diesen Bildern, die sie herausforderten und anklagten. Sie hatte auf diesen Augenblick gewartet, war aber nicht bereit dafür, als er gekommen war. »Das war's?«, wollte sie wissen. Sie hatte selbst den Eindruck, dass ihre Stimme dumm und verdrossen klang.

»Im Moment, ja«, antwortete Summerhill. »Wenn Sie

wegen der weiteren Vorgehensweise mit der Personalabteilung sprechen möchten, steht Ihnen Mrs Brooks den ganzen Tag über zur Verfügung.«

Jetzt oder nie – die Stunde der Abrechnung. »Ich würde gerne noch mit Ihnen sprechen, Sir«, sagte Kennedy. »Unter vier Augen.«

Ihre Bitte überraschte ihn, während er ihre Akte und damit auch ihre Karriere schloss. »Ich glaube, wir haben alle nötigen Informationen, Sergeant«, entgegnete er.

»Es geht um Informationen, die sich auf die Leitung des Falls beziehen«, beharrte Kennedy mit gleichförmiger, höflicher Stimme. »Allerdings geht es um eine sensible Angelegenheit und kann nur mit ermittelnden Beamten besprochen werden.«

Summerhills Gesicht zeigte eine Reihe von Gefühlen, die er allerdings hinter seiner Maske professioneller Gleichgültigkeit zu verbergen versuchte. »Nun gut, wir werden uns in meinem Büro darüber unterhalten. Anschließend« – er wandte sich an Brooks und Ladbroke – »werde ich zu Ihnen stoßen.«

Nachdem Summerhill die Außenwelt aus seinem Büro ausgeschlossen hatte, ließ er sich auf seinen Stuhl sinken, ohne Anstalten zu machen, Kennedy einen Platz anzubieten. Sie setzte sich trotzdem.

»Was möchten Sie mir mitteilen?«, fragte er.

»In mir fließt Zigeunerblut«, sagte Kennedy mit noch längst nicht sicherer Stimme.

Summerhill blickte sie leicht verwirrt an. »Was?«

»Ungelogen, Jimmy, ich kann Ihre Zukunft voraussagen. Ich sehe, wie Sie in zwei, vielleicht drei Monaten diese Schreibtischschubladen ausräumen und dem Sonnenuntergang entgegengehen. Und es regnet. Es gießt in Strömen.«

Summerhills Gesichtsausdruck verriet, dass er ihre

Worte als Unsinn abtat. »Sie sagten, Sie hätten Informationen zum Fall«, erinnerte er sie sachlich.

»Informationen zur Leitung des Falls«, korrigierte sie ihn. »Ja, habe ich. Sie liegen in Ihrem Fach, und das bereits seit einer Woche. Und auf dem Eingangsserver und wer weiß wo sonst noch. Der zentrale Support behält doch von allem eine Kopie, oder? Es steht also alles zur Verfügung, wenn es sich jemand ansehen möchte. Betreff: Fallakte Stuart Barlow. Schauen Sie ruhig nach.«

Summerhill rief sein Postfach auf, in dem sich die eine Woche alte E-Mail befand, und zuckte mit den Schultern. »Und?«

»Diese E-Mail erhielten Sie am Vorabend des Tages, als wir nach Luton zu Dr. Opie fuhren. Sie hätten diese Informationen lesen können, als Sie zur Arbeit kamen. Allerdings kamen Sie spät. Das weiß ich, weil wir mehr als eine Stunde auf Sie warteten, bevor wir schließlich aufgaben und losfuhren, um die Zeugin zu vernehmen.«

Summerhill winkte abrupt mit der Hand: Kommen Sie zum Punkt.

»Haben Sie die E-Mail überhaupt gelesen, Jimmy? Ich schrieb Ihnen, der Fall habe sich zu etwas wirklich Beängstigendem aufgebläht. Ich schlug Ihnen vor, die Anzahl der dem Fall zugewiesenen Beamten und den Umfang der Ermittlung zu überdenken. Ich bat Sie, umgehend eine Entscheidung bezüglich der Prioritäten zu treffen.«

»Was angesichts der Tatsachen keinen Unterschied macht«, wandte Summerhill ein. »Sie gingen ohne Verstärkung los, und eine Zivilistin starb. Ebenso wie Ihr Kollege, der hier neu und Ihnen unterstellt war.«

Kennedy nickte. »Ja«, stimmte sie bitter zu. »Er starb in meinen Armen, Jimmy. Das werde ich mein Lebtag nicht vergessen. Aber ich dachte an Ihre erste Frage im

Ermittlungsausschuss – warum wir so lange gewartet hätten. Ihnen scheint nicht klar zu sein, dass wir auf Sie gewartet haben.«

Summerhill schüttelte bereits den Kopf. »Nein, nein, Sergeant. Tut mir leid. So funktioniert das nicht. Ich war nicht da, weil ich in Angelegenheiten unserer Behörde in Westminster war. Und während meiner Abwesenheit müssen Sie sich an einen anderen leitenden Beamten wenden.«

So weit war Kennedy in ihren Überlegungen auch schon gekommen. Der Rest war reine Vermutung, mit der sie entweder recht oder unrecht hatte. Sie dachte an Harper, der, den Kopf auf ihrem Schoß, verblutet war. Der noch frische Schrecken dieses Moments diente als Bleilot, an dem sie sich ausrichten konnte.

»Vielleicht«, gab sie zu. »Vielleicht waren Sie in Westminster. Aber diese Geschichte mit dem Sonderausschuss habe ich schon zum fünften oder sechsten Mal gehört, einmal davon im Januar, als das Parlament noch in seinen Weihnachtsferien weilte. Sie hatten doch ein Alkoholproblem, oder? Ein paar Abmahnungen, beinahe ein Disziplinarverfahren, wie man sich erzählt. Ich bin jetzt aus ersichtlichen Gründen draußen, aber ich glaube nicht, dass ein Problem wie Ihres einfach so verschwindet. Ich gehe also davon aus, dass WPC Rawl hier zwei Kreuze zu tragen hat: einen allgemeinen Auftrag, Sie zu decken, wenn Sie zu spät kommen, und einen völligen Mangel an Vorstellungskraft.«

Sie schwieg. An dieser Stelle würde das Dach einbrechen, falls es nicht halten sollte. Es dauerte lange, bis Summerhill wieder das Wort ergriff. Als er es tat, klang seine Stimme weit kontrollierter, als Kennedy gehofft, und weit aggressiver, als sie erwartet hatte. Er erwiderte die Salve, ohne auf die nächste Breitseite zu warten.

»Detective Sergeant, Sie scheinen zu glauben, dass Sie das Blatt wenden können, indem Sie mich angreifen. Ich wiederhole, falls Sie mich beim ersten Mal nicht verstanden haben: Ein Polizist ist wegen Ihrer Aktionen tot. Ihr Erpressungsversuch kann nicht …«

»Ich werde Sie genauso erledigen«, sagte Kennedy. Summerhill redete einfach weiter, so dass sie nicht wusste, ob er sie verstanden hatte, doch was sie sagen wollte, drückte sie vor allem über ihr Gesicht und ihre Stimme aus.

»… die Entscheidung eines unabhängigen Ausschusses beeinflussen, bei dem ich nur …«

»Wenn Rawl Sie gedeckt hat, werde ich Sie fertigmachen.«

»… ein Mitglied bin. Die Entscheidung wird von uns allen getroffen.«

»Dann hätte ich gerne ein Wikingerbegräbnis«, sagte Kennedy mit zugeschnürter Kehle. »Machen Sie ruhig. Mehr ist mir nicht geblieben. Aber ich schwöre bei Gott, Jimmy, wenn Sie mir den Laufpass geben oder mich auch nur vom Fall abziehen, werde ich meinen Anwalt von den Dächern rufen lassen, dass Harper starb, weil Sie zu betrunken waren, um rechtzeitig zur Arbeit zu kommen. Wenn ich recht habe – wenn Sie an dem bewussten Tag nicht ins House of Commons gerufen wurden und Sie kein Parlamentsmitglied finden, das sich für Sie verbürgt, wird Rawls Eintrag ins Protokollbuch Sie als Lügner entlarven. Man wird Sie ans Kreuz nageln. Das wird Harper zwar nicht wieder von den Toten erwecken, doch zumindest wird es mir ein Stück weit das Gefühl geben, dass diesem üblichen Scheiß, der hier passiert, auch ein bisschen Gerechtigkeit beigemischt wird.«

Sie waren beide aufgestanden, blickten einander an, doch ihm gingen die Worte zuerst aus. »Geben Sie mir in jedem Fall Bescheid«, murmelte sie, plötzlich angewidert von ihm und sich selbst.

Sie verließ Summerhills Büro, ohne sich noch einmal umzudrehen, und ging in die Löwengrube, um dort die Entscheidung abzuwarten, doch es war klar, welche Atmosphäre hier herrschte. Alle wussten von der Untersuchung, und alle wussten, wozu sie diente. Ein ihr unterstellter Detective war getötet worden. Jetzt wurde sie nicht nur gehasst, jetzt wollte man mit ihr nichts mehr zu tun haben. Niemand würdigte sie eines Blickes.

Sie war sich nicht einmal sicher, ob sie sich selbst in die Augen hätte blicken können, wenn sie einen Spiegel parat gehabt hätte. Objektiv gesehen, wusste sie, dass Harper bereits verwundet gewesen war, als sie vor der Waffe des Angreifers erstarrt war. Eine schnellere Reaktion ihrerseits hätte möglicherweise nicht ihn, aber Sarah Opie gerettet.

In Gedanken hatte sie diese Szene schon so oft durchgekaut, dass die Erinnerung in Streifen zerrissen war und sich in falscher Abfolge wieder zusammengesetzt hatte, so dass sie ein schiefes, unverständliches Bild ergab. Sie musste trotzdem damit leben.

23

Kuutma war weit von London entfernt, als er den Anruf von Abidans Mannschaft entgegennahm. Er befand sich in Moskau, wo er Kommunikationsnetzwerke flickte, die Tillman durch den Mord an dem Russen Kartojev zerstört hatte. Er wartete im Vorzimmer des russischen Wirtschaftsministers, einer Halle, die halb so groß war wie ein Fußballstadion. Er reiste unter seiner gewohnten Identität und wollte herausfinden, ob er erkannt wurde.

Als ihm Abidan von dem geheimnisvollen Schützen berichtete, dem die Sabotage der Mission nur knapp misslungen war, hatte er sofort anhand der Beschreibung – Größe, Statur, Haarfarbe, die entweder ganz hellbraun oder leicht rötlich war, und natürlich die Treffsicherheit mit der Waffe – gewusst, dass es sich um Tillman gehandelt hatte. Seine Sorge war mehr als gerechtfertigt gewesen. Tillman hatte sich Zeit gelassen, doch seit Kartojevs Tod war er Richtung London gezogen und hatte eine Verbindung zwischen Michael Brand und den letzten Todesfällen hergestellt.

Das Problem lag an den Prinzipien der Boten selbst, an der Art, wie sie arbeiteten und schon immer gearbeitet hatten und weiterarbeiten mussten, bis die dreißig Jahrhunderte vollendet waren. Und die Zeit wurde knapp. Die Zählung ließ sich anfechten, doch das Ende nahte in jedem Fall. Die Boten nahmen *Kelalit*, eine Droge, die ihnen die Segnungen von Stärke und Geschwindigkeit verlieh. Sie war ein Sakrament, doch leider auch ein Nervengift, das die Boten am Ende tötete oder in den Wahnsinn trieb. Daher musste Kuutma viel Energie auf die Schulung neuer Boten aufwenden und plagte sich ständig mit dem Problem, Anführer mit ausreichend Erfahrung zu finden.

Im Umgang mit dem Rotgut-Kodex waren Fehler gemacht worden, ebenso wie mit dem Flug 124. Lose Enden waren nicht verknüpft, Gelegenheiten verpasst, komplizierte Methoden angewandt worden, wo einfache zur Verfügung gestanden hatten. Jetzt hatte Kuutma die Aufgabe, diese Situation zu einem glücklichen Ende zu bringen.

Als ehrlicher Mann erkannte er auch seine eigenen Fehler in der Beurteilung. Tillman lebte noch. Für diesen Fehler musste er die Verantwortung tragen und ihn ausbügeln.

Fast schon gab es für ihn Gründe, persönlich einzuschreiten. Sein Verlangen danach war die Warnung, dass er es nicht tun durfte. Er war gefühlsmäßig involviert, weswegen er seinem Urteilsvermögen nicht trauen konnte.

Doch Abidans Gruppe war geschwächt: Hirah hatte jeweils einen Schuss in die Brust und die Hand abbekommen. Beide Wunden waren bereits zum Teil verheilt, eine weitere Nebenwirkung von Kelalit, doch in diesen wie auch in allen anderen Fällen nahm die Droge etwas fort, wo sie etwas gab. Mit der Wunde im Brustkorb war mehr oder weniger alles in Ordnung, doch die Knochen und Muskeln in der Hand waren schief zusammengewachsen. Die Hand war nicht mehr zu gebrauchen.

Kuutma überlegte und traf eine Entscheidung. »Du musst Hirah zurück nach Ginat'Dania bringen«, sagte er zu Abidan. »Er muss sich bei seiner Familie ausruhen. Die Verletzungen an seiner Seele und an seinem Körper werden dort schneller verheilen.«

Abidan war entsetzt. »Aber *Tannanu*«, sagte er, »die Mission ...«

»Ich weiß, Abidan. Es gibt noch viel Arbeit, jetzt, da Tillman in die Sache verwickelt ist.«

»Tillman?«

»Der Mann, der Hirah angeschossen hat.«

Abidan klang schockiert und vielleicht beunruhigt. »Aber Tillman, Leo Tillman, war der Mann, der ...«

»Abidan«, brachte Kuutma seinen Boten freundlich zum Schweigen.

»Ja, *Tannanu*?«

»Kehre zurück nach Ginat'Dania. Nimm deine Gruppe mit. Ich habe jetzt ein anderes Team in dem Land eingesetzt. Es hat Tillman von Frankreich aus verfolgt und freut sich auf eine weitere Begegnung mit ihm.«

»Darf ich fragen, um welches Team es sich handelt, *Tannanu*?«, fragte Abidan verhalten, aber unglücklich. Es tat weh, von einem Auftrag abgezogen zu werden, wie Kuutma sehr wohl wusste.

»Die Gruppe von Mariam Danat. Sie besteht aus ihr, Ezei und Cephas. Geh in Frieden, Abidan, und sei stolz auf das, was du geleistet hast.«

Er beendete das Telefonat und blickte auf die Wand, vor der er stand. An ihr hing ein Gemälde von Napoleons Rückzug aus Moskau, wie ihn sich ein sowjetischer Maler vorgestellt hatte, dessen Signatur am Fuß der Leinwand unlesbar war. Auf dem Gemälde hing Napoleon auf seinem Sattel und blickte mit eingefallenen Augen auf einen endlosen Korridor aus umherwirbelnden Schneeflocken. Hinter ihm erstreckte sich eine unendlich lange Schlange aus besiegten, sterbenden französischen Soldaten, die alle den gleichen Gesichtsausdruck zeigten – die auf magische Weise vervielfältigte Erniedrigung des Eroberers wie in einem Spiegelkabinett.

Kuutma stellte sich vor, denselben Ausdruck auf Tillmans Gesicht zu sehen.

»Wird er dich vergessen?«

»Nie.«

»Dann ist er verrückt.«

»Ja. Und du solltest Angst vor ihm haben. Er ist viel zu dumm, um zu wissen, wann er verloren hat oder sich ergeben muss. Er wird diesen Zettel nicht beachten. Er wird nicht aufhören, mich zu suchen. Eines Tages wird er dir in die Augen blicken, Kuutma, und einer von euch wird blinzeln.«

Mariams Gruppe. Er würde sie persönlich informieren. Und auch wenn er nicht selbst nach Großbritannien fliegen wollte, würde er ihnen über die Schulter blicken und sie lenken. Nicht direkt Richtung Tillman, weil das Problem mit dem Rotgut-Kodex unmittelbar gelöst werden musste. Doch Tillman war eindeutig auf Kollisionskurs mit dem Rotgut.

Ob so oder so, und egal welche Kraft er angesammelt und welche Ressourcen er einbracht hatte, die Kollision würde ihn vernichten.

24

Es war ein Teilsieg, und wenn Kennedy noch irgendetwas geblieben war, das sie hätte verlieren können, wäre es ein Pyrrhussieg gewesen. Während es Summerhill bisher darauf angelegt hatte, sie sich selbst und der Gnade der Löwengrube zu überlassen, lag ihm der Fall jetzt sehr viel mehr am Herzen.

Vom Ermittlungsausschuss war sie bereits entlastet worden, doch jetzt bestand kein Zweifel, dass sie nur noch als einfacher Sergeant fungierte und nicht mehr die Leitung des Falles innehatte. Die hatte Summerhill an sich gerissen, was bedeutete, dass sie ihm direkt unterstand und sich rund um die Uhr in seiner Schusslinie befand.

Statt nur Harper zu ersetzen, hatte er die Mannschaft auf fünf Detectives erhöht, ihn nicht eingerechnet. Der andere Sergeant war, um ihr das eigene Versagen ordentlich unter die Nase zu reiben, Josh Combes. Drei Constables vervollständigten die Liste. Kennedy kannte sie alle. Stanwick war Combes' Schoßhündchen; McAliskey war kompetent, aber hielt sich immer geduckt und war bereits zwei Mal durch die Prüfung zum Sergeant geflogen; Cummings war Solist, in allem gut außer im Teilen.

Kennedy druckte sich die Fallakte aus und nahm sie am Abend mit nach Hause. Dort badete sie ausgiebig, bevor sie sich im Bademantel und mit einem Handtuch um das feuchte Haar aufs Sofa setzte und zu lesen begann. In der vergangenen Woche war kaum etwas hinzugekommen. Die nächste Besprechung – oder Bebrüllung, wie man in ihrer Abteilung gerne sagte – war für neun Uhr vormittags anberaumt. Summerhill würde es darauf anlegen, Kennedy zum Straucheln zu bringen, und der Rest würde fröhlich Beifall klatschen.

Ihr Vater kam herein und blickte ihr über die Schulter, während sie las, was ziemlich ungewöhnlich war. Er griff nie zu einem Buch oder einer Zeitschrift, weil seine Aufmerksamkeit nicht mehr für einen durchschnittlich langen Satz ausreichte. Doch die Woche, in der sie nicht zu Hause gewesen war, hatte ihn beunruhigt. Ihre Schwester Chrissie war, wenn auch widerwillig, eingesprungen. Sie hatte ihn zu sich nach Somerset geholt, wo nichts seiner Erinnerung entsprach und wo er in der Rangfolge um das Bestimmen des Fernsehprogramms nach Chrissies cricketbesessenem Ehemann und ihrer jugendlichen Tochter an letzter Stelle stand. Es musste für ihn ziemlich übel gewesen sein, auch wenn der Vorteil von Alzheimer war, dass ein vergangenes Elend vermutlich nicht mehr real war, sobald man es vergaß.

»Ein Mordfall, Dad«, erklärte sie nüchtern. »Mehrfachmord. Vier Zivilisten und ein Polizist.«

Sie dachte, darauf könnte er reagieren – auf den Tod eines Polizisten –, doch er schien nicht zuzuhören. Er versuchte auch nicht die Akte zu lesen, sondern blieb nur in ihrer Nähe stehen und beobachtete sie aufmerksam. Vielleicht hatte er sie vermisst und wollte sichergehen, dass sie zurück war. Was auch immer es war, es gefiel ihr nicht besonders.

»In der Küche sind Biskuitröllchen, Dad«, sagte sie. Ihm schmeckten die kleinen, einzeln in Cellophan verpackten Dinger, und auf diesen Satz reagierte er immer wie ein Pawlow'scher Hund. Er schlurfte los, um sich welche zu holen, und überließ Kennedy ihrer Akte.

Bei den drei ersten Todesfällen – Barlow, Hurt und Devani – gingen sie jetzt von Mord aus. Den Wagen, mit dem Catherine Hurt überfahren worden war, hatte man zufällig hundertfünfzig Kilometer entfernt in Burnley gefunden. Er war nur ein paar Straßen entfernt von der Stelle gestohlen worden, an der Hurt ermordet worden war. Er stank nach Desinfektionsmittel und war aufs Gründlichste von Fingerabdrücken und Fasern gesäubert worden. Die Überwachungskameras belegten die Reise nach Norden, gaben aber keinen Hinweis auf den Fahrer.

Die Stofffasern, die sie und Harper im Prince Regent's gefunden hatten, passten genau zu dem, was Barlow zum Zeitpunkt des Todes getragen hatte, womit die Annahme, dass er bewusstlos die Treppe hinaufgezogen worden war, bestätigt wurde.

Aus den ballistischen Berichten ging hervor, dass es sich bei der Waffe, mit der Sarah Opie getötet worden war, um eine Sig-Sauer P226 handelte, die bei Armeen und Polizeikräften auf der ganzen Welt weit verbreitet war. Die Munition war in Deutschland gekauft worden und stammte aus einer großen Lieferung, die ursprünglich für die israelischen Streitkräfte bestimmt gewesen war. So weit sich feststellen ließ, war der Container irgendwo auf dem Weg von Lübeck nach Haifa abhandengekommen.

Emil Gassan befand sich mittlerweile in Schutzhaft. Als er von den Ereignissen im Park Square gehört hatte, hatte er sich nicht sehr gewehrt, auch wenn er schockiert darüber zu sein schien, dass Stuart Barlows Arbeit jemanden zu mehr als nur leichter Verachtung verleitet hatte.

Eine gewisse Anstrengung war unternommen worden, um nach Michael Brand zu suchen, doch ohne Erfolg. Im Pride-Court-Hotel hatte er bar bezahlt und einen gefälschten Lichtbildausweis vorgelegt, der ihn als Dozent der Universität von Asturien in Gijon zu erkennen geben sollte, wo natürlich niemand je von ihm gehört hatte. Combes ließ jetzt offiziell nach ihm fahnden, doch bisher war er nicht aufgetaucht. Die Beschreibungen der beiden Männer, die Dr. Opie und Chris Harper getötet hatten, und von dem dritten Mann, der auf dem Parkplatz vor dem College aus dem Nichts aufgetaucht war, waren ebenfalls herausgegeben worden, allerdings ebenfalls erfolglos.

Fußabdrücke, Nummernschilder, Straßensperren, Fahndungen. Keine Fingerabdrücke oder eindeutigen Beschreibungen. Eine Jagd auf Geister. Doch Kennedy konnte gegen Summerhills Methoden nichts einwenden. Er schien alles in seiner Macht Stehende zu tun, alles, was sie an seiner Stelle auch getan hätte.

Das Telefon klingelte und unterbrach ihren Gedankenstrom, der sich vergeblich im Kreis drehte. Sie hob ab und klemmte den Hörer abwesend zwischen Ohr und Schulter. Wahrscheinlich jemand aus der Abteilung, um irgendwelchen Quatsch aus dem Ermittlungsausschuss zu verzapfen.

»Kennedy«, meldete sie sich.

»Guter Name«, erwiderte eine männliche Stimme. »Haben Sie irische Verwandte?«

Sie kannte diese Stimme, konnte sie aber nicht gleich einordnen. Die Stimme sorgte aber auch dafür, dass sie sich auf dem Sofa kerzengerade aufrichtete und einige Blätter der Fallakte auf den Boden segeln ließ.

»Wer sind Sie?«, fragte sie. Sie wusste es, noch bevor der Mann antwortete.

»Wir haben uns vor dem Park Square College getroffen. Vor einer Woche. Ich war derjenige, der nicht versucht hat, Sie zu töten.«

Eine Pause, in der sie überlegte, wie sie darauf reagieren sollte. Sie entschied sich für das Einfachste: »Was wollen Sie?«

Von seiner Seite aus keine Pause. »Reden.«

»Worüber?«

»Über den Fall.«

»Welchen Fall?«

Der Mann klang verärgert oder ungeduldig, als er laut die Luft ausstieß. »Ich war als Junge ein guter Katholik«, sagte er. »Aber ich wurde schon lange nicht mehr aufgefordert, den Katechismus aufzusagen. Ich bin ziemlich gut auf dem Laufenden über das, was Sie tun, Detective. Vor allem deswegen war ich am Park Square, als Sie versucht haben, ohne Waffe zwei vollgedröhnte Mörder zu verhaften. Ich weiß vom Mord an Barlow, und ich weiß, dass er Teil einer Serie ist, auch wenn Sie es noch nicht geschafft haben, ein Motiv dahinter oder eine Verbindung zwischen den Opfern zu ermitteln, außer der, dass sie einander kannten. Ich weiß, dass Ihnen die Hölle heißgemacht wird, weil Ihr Partner starb, und ich weiß, dass Ihnen das Zepter aus der Hand genommen wurde. Aber ich vermute, Sie wissen besser darüber Bescheid, was vor sich geht, als diese anderen Typen, die letzte Woche ins Boot geholt wurden. Außerdem würde ich gerne davon ausgehen, dass das Eis zwischen uns schon gebrochen ist – ein Argument, Sie zuerst anzurufen.«

Jetzt stieß Kennedy laut die Luft aus. »Hören Sie«, sagte sie. »Ich bin dankbar für das, was Sie getan haben. Sie haben mir aus der Klemme geholfen. Aber bei allem Respekt, ich weiß von Ihnen nur, dass Sie mit einer Waffe umgehen können und sich nicht mit einem Warnschuss oder einer Aufforderung aufhalten. Das heißt, Sie könnten vieles sein, aber sicherlich kein Polizist.«

»Ich bin kein Polizist. Aber ich habe ein paar gute

Freunde bei der Polizei, und einige mehr, die dort mal waren.«

»Dann sind Sie was? Von einem privaten Sicherheitsdienst?«

»Nein.«

»Militär?«

»So würde ich das nicht ausdrücken.«

»Eine Art Leibwächter einer Firma?«

»Wir nähern uns wieder dieser Katechismussache. Wenn wir weiterreden wollen, ist das Telefon nicht das beste Mittel.«

»Nein? Sondern?«

»An der U-Bahn-Station gibt es ein Café. Das Costella's. Ich werde in fünf Minuten dort sein. Und in etwa sieben wieder weg.«

»Das lässt mir aber wenig Zeit.«

»Stimmt. Vor allem haben Sie keine Zeit, eine Überraschung für mich vorzubereiten. Ehrlich, Detective, wir könnten einander einen großen Gefallen erweisen, aber ich bitte Sie nicht, mir zu vertrauen, und ich bin nicht so dumm, Ihnen zu vertrauen. Warten Sie vor dem Café auf mich, kommen Sie allein, und bringen Sie Ihr Mobiltelefon mit. Dann sehen wir weiter.«

Nach einem leisen Klick war die Leitung tot.

Kennedy ging ihre Möglichkeiten durch, aber während sie es tat, sprang sie bereits in ihre Jeans, zog sich einen Pullover über und schlüpfte in ihre Schuhe. Ihr Haar, ein feuchter, wilder Heuhaufen, musste so bleiben, wie es war. Sie drehte es unter einer Kappe zusammen und rannte hinauf zu Izzy.

Izzy hing, was nicht überraschte, am Telefon. »Ja, ich mag es, wenn sie groß sind«, sagte sie mit Blick zu Kennedy, während sie weitertelefonierte. »Ich mag sie *sehr* groß. Sag mir, dass du ihn gerade anfasst, Süßer.«

Kennedy hielt beide Hände mit gespreizten Fingern nach oben. Zehn Minuten. Izzy schüttelte heftig den Kopf, doch Kennedy hielt bereits einen Zwanzig-Pfund-Schein in der Hand. Izzy änderte mitten im Kopfschütteln ihre Meinung, schnappte sich den Schein und scheuchte Kennedy fort.

Kennedy ging.

25

Kennedy erreichte das Costella's etwa gegen Ende der siebten Minute. Das Café war leer und so klein, dass sie von der Straße aus niemanden übersehen konnte, aber auch davor wartete niemand auf sie. Sie drehte sich langsam im Kreis, betrachtete die Leute in ihrer Nähe, doch niemand ähnelte auch nur im Entferntesten dem Muskelprotz, den sie eine Woche zuvor kurz gesehen hatte.

Ihr Mobiltelefon klingelte, als sie die Drehung vollendet hatte.

»Kennedy.«

»Ich weiß. Ich sehe Sie. Gehen Sie zur Kirche am Ende der Straße. Gehen Sie hinein. Kaufen Sie eine Kerze und zünden Sie sie an.«

»Sie sind tatsächlich ein braver Katholik.«

»Ach, das war gelogen. Die Kerze soll mir nur genügend Zeit geben, damit ich um die Kirche herumlaufen und sehen kann, ob Ihnen jemand folgt.«

»Ich versuche nicht Sie reinzulegen. Wenn ich das wollte, würde ich mich verkabeln und nicht beschatten lassen.«

»Vorausgesetzt, Sie hätten zufällig eine Wanze zu Hause herumliegen, klar. Ich plädiere im Zweifel für den Angeklagten, Detective. Die Menschen, um die ich mir im Moment Sorgen mache, gehören nicht zu Ihren Kollegen.«

Kennedy ging zur Kirche, einem schlichten, modernen

Gebäude aus gelbem Backstein, trat ein und zündete im Seitenschiff eine Kerze an. Diese Handlung bedeutete ihr nichts, sie hatte nie an Gott oder eine andere Art frei fließender Macht geglaubt, doch zu ihrer eigenen Überraschung bekam sie während dieses Akts ein flaues Gefühl im Magen. Harper war erst vor einer Woche gestorben, die Erinnerung lastete noch auf ihr, weswegen ihr dieses frömmlerische Theater wie ein schlechter Witz auf seine und auf ihre Kosten vorkam.

Sobald sie die Kerze in den Halter gesteckt hatte, drehte sie sich um in der Erwartung, dass der große Mann lautlos hinter sie getreten war, doch sie war immer noch allein in der Kirche.

Kennedy kam sich ein bisschen lächerlich vor, während sie wartete. Ihr Telefon klingelte nicht mehr, und niemand tauchte auf. Nach fünf Minuten verließ sie die Kirche wieder. Dort lehnte er, der große Mann, gleich neben der Tür an der Mauer, die Hände tief in die Taschen seiner schwarzen Arbeiterjacke geschoben. In diesem Moment sah er weniger wie ein Racheengel, sondern eher wie ein Bauarbeiter aus, völlig harmlos trotz seiner kräftigen Statur. Sein verwittertes Gesicht ließ nichts durchblicken. »Gut«, sagte er. »Wir sind anscheinend allein.«

»Prima. Und jetzt?«, fragte Kennedy.

»Was trinken«, antwortete er. »In einer sehr lauten Kneipe.«

Im Crown and Anchor auf der Surrey Street tobte der Bär, damit erfüllte die Kneipe ihre Zwecke bestens. Als Getränk bestellte Tillman – mit diesem Namen hatte er sich schließlich vorgestellt – auch für sie einen Whisky mit Wasser, ohne sie zu fragen. Sie ließ ihn stehen, was er allerdings auch tat. Er schien nur der Tarnung und ihrem

Schutz zu dienen, ebenso wie der Lärm, wie Tillman erklärte.

»Gegen Richtmikrophone oder Lippenlesen kann man nicht viel machen«, erklärte er. »Aber an einem Ort wie diesem ist man davor ziemlich sicher. Hier sind die vielen Geräusche und die fehlende Sicht ein Hindernis.«

»Glauben Sie denn immer noch, dass ich verfolgt werde?« Kennedy war halb beeindruckt und halb amüsiert. Auch wenn sie keine Ahnung hatte, wie sie ihn einschätzen sollte, eins wusste sie: Dieser Mann hielt sich immer den Rücken frei.

Tillman schüttelte den Kopf. »Nein, ich bin mir ziemlich sicher, dass Sie nicht verfolgt wurden. In Luton war man auch nicht hinter Ihnen her, sondern hinter der Computerfrau, der Letzten auf der Liste. Ich war der Einzige, der Sie verfolgt hat, und das auch nur, weil ich dachte, Sie würden jemand anderes verfolgen. Jemanden, hinter dem ich seit langem her bin.«

Kennedy kniff die Augen zusammen. »Sie sagten, Sarah Opie sei die Letzte auf der Liste gewesen. Auf wessen Liste? Und woher wissen Sie das?«

»Das ist nur eine Schlussfolgerung«, antwortete Tillman. »Sie haben sonst niemanden gejagt, also gehen Sie nicht davon aus, dass jemand anderes in Gefahr ist. Ich sage nicht, dass Sie recht haben. Ich sage nur, Sie scheinen zu glauben, es sei vorbei. Dass es keine weiteren Morde mehr geben wird.«

Tillman blickte sie erwartungsvoll an, als wartete er auf ein Ja oder ein Nein. Sie reagierte nicht, sondern erwiderte nur seinen Blick.

»Um was geht es also?«, fragte er schließlich. »Barlow war der Erste, oder zumindest der Erste, den Sie gefunden haben. Die Opfer haben gemeinsam an etwas gearbeitet. Und das brachte ihnen den Tod. Das ist die Arbeitshypothese.«

»Das Geräusch, das Sie hören, ist mein Schweigen«, sagte sie kalt. »Sie sind im Vorteil, Tillman. Sie erzählen mir Dinge über meinen eigenen Fall, die Sie nicht wissen sollten, Dinge, die wir weder öffentlich gemacht noch in der Abteilung besprochen haben. Ich sage kein Wort, bis Sie mir erklären, woher Sie all das wissen. Ich werde Ihr Boot mit Sicherheit nicht an Land ziehen, nur weil Sie schon nahe am Ufer treiben.«

Tillman gewährte ihr den Punkt mit einem kurzen Nicken. »Okay, das ist nur fair. Michael Brand.«

»Was ist mit ihm?«

»Sie suchen nach ihm. Ebenso wie ich. Der Unterschied ist, dass Sie seit etwa zehn Tagen nach ihm suchen. Ich suche ihn seit dreizehn Jahren. Haben Sie schon mal so was wie in einem Spionagefilm gemacht, dass Sie ein Haar über die Tür legen oder einen Streichholz in den Türrahmen schieben, um herauszufinden, ob jemand in die Wohnung eingedrungen ist, während Sie nicht da waren?«

»Bis jetzt nicht«, antwortete Kennedy. »Aber ich könnte es mir angewöhnen.«

»Ich tue das schon seit Jahren, Detective. Alle Sorten Haare und Streichhölzer, Pappe, Blechdosen und kleine Schnüre. Mein eigenes kleines Netzwerk, das ich überall ausbreite, nur um zu erfahren, ob Michael Brand aufgetaucht ist. Ich habe Freunde und Freunde von Freunden in seltsamen, kleinen Oasen rund um die Welt. Diese behalten die Informationen im Auge, sobald sie auf der Datenbahn erscheinen. Winzige Viruscodes in Online-Datenbanken. Altmodische Sammeldienste für Zeitungsausschnitte in ein paar Ländern, in denen Computer noch immer als etwas Exotisches gelten oder wo mir eine gewisse Sicherheit wichtig ist. Sehen Sie, ich bin besessen von Michael Brand. Er geht nicht viel nach draußen, doch wenn er es tut, will ich es wissen. Als er im Rahmen Ihrer Ermittlungen auftauchte, tauchte auch ich auf. Das ist die kürzeste Antwort.«

Kennedy war verwirrt. Tillman klang irgendwie verrückt, auch wenn er in ruhigem, vernünftigem Ton gesprochen hatte. Sie sagte immer noch nichts, sondern griff zerstreut zum Glas und nahm einen Schluck. Der Whisky schmeckte überhaupt nicht, es war aber besser, als ständig Tillman wie einen Spinner im Bus ansehen zu müssen.

Er lachte etwas reumütig, als hätte er ihre Gedanken gelesen. »Gut«, sagte er, »vielleicht brauchen Sie mehr Kontext. Ich habe vor ein paar Jahren meine Frau und meine Kinder verloren.«

»Das tut mir leid.« Der automatische, bedeutungslose Satz. »Wie sind sie …?«

»Wie sie gestorben sind? Sind sie nicht. Ich habe sie nur verloren. Ich kam eines Abends nach Hause, und sie waren weg. Das Haus war von oben bis unten leergeräumt. Das war vor dreizehn Jahren. Ich suche sie immer noch.«

Er gab ihr eine kurze Schilderung. Die Blockade von offizieller Seite; die Weigerung der Polizei, eine Ermittlung einzuleiten; seine Trauer, Angst und Verwirrung; seine ergebnislose Suche und Plänkelei, bis er schließlich gemerkt hatte, dass er völlig anders an die Sache herangehen musste, wenn er je über Los kommen wollte.

Während Kennedy zuhörte, nahm sie zunächst an, dass Tillman wie jeder Mann war, der seine Partnerin, die über ihn hinausgewachsen war, noch immer liebte, doch er begann sie zu überzeugen. Dreizehn Jahre etwas zu leugnen war eine lange Zeit, und auch eine lange Zeit, um mit drei Kindern Verstecken zu spielen. Eine Frau allein könnte lange durchhalten, eine mit drei Kindern würde sich bei Ärzten und in Versorgungseinrichtungen und Schulen anmelden müssen. Damit wären sie leicht zu finden. Vorausgesetzt natürlich, sie waren nicht tot. Diese Möglichkeit erwähnte sie nicht, doch Tillman schien ihren Gedanken erneut zuvorzukommen.

»Sie hinterließ eine Nachricht«, erzählte er weiter. »Darin bat sie mich, ihr nicht zu folgen. Und es gab eine gewisse Logik ... nein, ich meine eine Art Kennzeichen ... in der Art, wie das Haus leergeräumt worden war. Ich sage leergeräumt, aber das trifft es eigentlich nicht ganz. Ein paar Sachen waren dagelassen worden, die nicht wichtig waren. Bücher, Spielsachen, Kleider. Aber genau das war das Entscheidende: Alles, was zurückgelassen worden war, war unwichtig. Dinge, die die Kinder nicht vermissen würden. Ihre Lieblingsbücher, ihre Lieblingsspielsachen, ihre Lieblingskleider, die ihnen noch passten – all das war mitgenommen worden. Diese Sachen hatte Rebecca ausgewählt, und sie hatte alles genau richtig gemacht, bis auf ...« Seine Stimme erstarb.

»Bis auf was?«

»Nichts. Nichts Wichtiges.«

Kennedy zuckte mit den Schultern. »Okay. Aber was schließen Sie daraus, Tillman? Das heißt doch, dass sie freiwillig gegangen ist.«

»Nein«, widersprach er geradeheraus. »Es bedeutet, sie wusste, sie würden weiterleben und zusammenbleiben. Sie hat alles mitgenommen, was sie brauchten, um woanders zu leben. Aber ich glaube nicht ... ich kann mich nicht dazu durchringen, zu glauben, dass ein Leben ohne mich das war, was sie wollte. Und selbst wenn ich vielleicht unrecht habe, Detective, werde ich sie trotzdem weitersuchen, um sie nach dem Warum zu fragen. Und ich will meine Kinder finden. Aber ich irre mich nicht.

Rebecca ging, weil sie keine andere Wahl hatte. Und in ihrer Nachricht schrieb sie, ich solle sie nicht suchen, weil sie nicht glaubte, ich könnte sie jemals finden oder von dort zurückholen, wohin sie ging. Sie versuchte zumindest meinen Schmerz zu lindern.«

Er blickte sie aufmerksam an. Ihm schien wichtig zu sein, dass sie ihn beim Wort nahm. Kennedy überging das Thema.

»Michael Brand«, erinnerte sie ihn.

Tillman nickte widerwillig. Sie hatte recht, sich an den Grund zu halten, warum sie hier saßen. Warum sie miteinander sprachen. »Rebecca hat ihn getroffen«, sagte er. »Sie hat ein Treffen mit ihm vereinbart – oder er mit ihr, was wahrscheinlicher ist. Er rief an und bat sie, ihn zu treffen. Im Holiday Inn etwa fünf Minuten zu Fuß von unserem Haus entfernt, wo er sich als Gast angemeldet hatte. Es war der Tag, an dem sie mich mit den Kindern verließ.

Sie ging also hin und traf sich mit ihm. Der Mitarbeiter an der Rezeption kannte Brand vom Sehen – ein Kerl über dreißig, sagte er, mit rasiertem Schädel und harter Ausstrahlung, als wäre er von der Polizei oder ehemaliger Soldat. Ich zeigte ihm ein Foto von Rebecca. Er erinnerte sich, sie mit Brand zusammen gesehen zu haben. Ich weiß nicht, was zwischen ihnen passierte oder was er ihr erzählte. Aber was auch immer es war, sie gingen gemeinsam. Gingen zu uns nach Hause, vermute ich, wo Rebecca anfing zu packen. Das war das letzte Mal, dass ich sie sah. Dass ich einen von ihnen sah.«

Tillman schilderte die Ereignisse mit ruhiger Stimme. Kennedy konnte nicht wissen, welche Mühe es ihn kostete. Wenn er nach dreizehn Jahren immer noch auf der Suche war, waren diese Ereignisse, die er beschrieben hatte, wie eine offene Wunde, die sein ganzes Leben geprägt hatte. Sie wusste aber auch, ebenso wie es Tillman wissen musste, dass dies nicht bedeutete, dass seine Familie, sollte er in allem recht haben, noch am Leben war oder es auch nur eine Stunde nach ihrem Verschwinden gewesen war. Es hieß nur, dass Rebecca geglaubt hatte, dass sie weiterleben würden. Es könnte sein, dass er einem Geist hinterherjagte. Oder vielmehr vier Geistern, oder fünf, wenn man Brand hinzuzählte.

Und wenn man es genau nahm, war Brand die schwächste Stelle im gesamten Kartenhaus.

»Wir können nicht denselben Mann meinen«, sagte sie. »Unser Michael Brand, Ihr Michael Brand ...«

»Warum nicht?«

»Nun, warum sollte er derselbe sein? Ihr Michael Brand trifft sich klammheimlich mit verheirateten Frauen in billigen Hotels. Mein Michael Brand verkehrt in akademischen Foren, taucht in historischen Seminaren auf wie« – sie rang sich ein Lächeln ab – »der Komet, bevor die Plage zuschlägt. Er verantwortet einen Massenmord und verschwindet. Die beiden haben nicht viel gemeinsam, Tillman. Und so ungewöhnlich ist der Name auch wieder nicht. Ehrlich, wie hoch stehen die Chancen, dass Ihr Mann auch unser Mann ist?«

Tillman schwenkte den Whisky in seinem Glas, hatte ihn aber immer noch nicht probiert. »Plus/minus?«, fragte er. »Ich würde sagen hundert Prozent. Selbst auf der Grundlage dessen, was Sie gerade gesagt haben, ist die Vorgehensweise immer dieselbe: Er taucht auf, er checkt in einem Hotel ein, er tut, wofür er gekommen ist, dann verschwindet er wieder. Zwei sehr unterschiedliche Angelegenheiten, aber in beiden Fällen geht er genau gleich vor.«

»Ich glaube immer noch nicht ...«

»Lassen Sie mich zu Ende erzählen. Ich verspreche,

Ihnen wird meine Detektivarbeit gefallen. Ich habe schon vor langer Zeit angefangen, meine Blechdosen und Schnüre für Michael Brand auszulegen. Das heißt, ich hatte die Gelegenheit, Dinge zu tun, die Sie nicht getan haben. Ich habe ein Notizbuch geführt. Eine Art Datenbank, aber nicht in einem Computer, weil ich mit Computern nicht zurechtkomme. Es sind nur Notizen, die ich im Lauf der Zeit gemacht habe. Rückseiten von alten Briefumschlägen und so. Eine Tatsache hier, eine Tatsache dort.«

Er beugte sich über den Tisch und fixierte sie mit dem Blick eines ehemaligen Soldaten. »Es ist nicht nur der Name. Es gibt noch einige andere Dinge, die er nicht ändert. Wenn er eine falsche Adresse nennt, dann immer dieselbe. Garden Street. Oder Garden Road, Garden Crescent, Avenue, Terrace oder was auch immer. Jedenfalls immer was mit Garten. Wo hat Ihr Michael Brand seiner Angabe nach gewohnt?«

»Campo del Jardin«, murmelte Kennedy. »Diese Info können Sie sich auch aus den Akten besorgt haben.«

»Ich habe Ihre Akte nicht gelesen. Aber ich hätte gutes Geld darauf gewettet, dass ich recht habe. Es gibt noch mehr. Ich traf in Russland – Entschuldigung, in einem Staat der ehemaligen Sowjetunion – einen von Brands Kontakten, der mir sagte, der Mann, den ich jage, sei auf dem Weg nach London. Aus diesem Grund wurde ich auf Ihre Ermittlungen aufmerksam. Aber es stimmt, es hätte immer noch ein anderer Michael Brand sein können. Ein reiner Zufall. Also habe ich ein paar Steine umgedreht und die Adresse des Hotels gefunden, in dem er abgestiegen war.«

»Das Pride Court. Bloomsbury.«

»Genau. Haben Sie sich das Zimmer angesehen?«

»Nein«, gab Kennedy zu. »Nicht persönlich. Einer meiner Kollegen hat es durchsucht.«

»Hat dieser Kollege etwas gefunden?«

»Nicht, dass ich wüsste.«

»Nein. Aber ich. Und zwar das hier.« Tillman griff in seine Tasche, aus der er etwas Kleines, Glänzendes herauszog und auf den Tisch legte. Es war eine Silbermünze.

Kennedy blickte die Münze einen Moment an. Sie sah aus wie ein Splitter ihres Traums, was sie tief beunruhigte. Sie riss sich zusammen in der Hoffnung, dass er nichts bemerkt hatte, und wollte nach der Münze greifen, behielt ihre Hand aber mitten in der Luft und blickte Tillman fragend an.

»Bitte«, forderte er sie auf. »Greifen Sie ruhig zu. Es sind nie irgendwelche Fingerabdrücke darauf. Im gesamten Zimmer finden Sie keine Faser und keine Spur, nachdem Brand es verlassen hat. Nur diese Münzen.«

Sie sah alt und gebraucht aus. Dass man sie als Münze erkannte, lag einzig daran, dass es ein kleines, flaches Stück Metall war, auf dem der Umriss eines Kopfes zu erkennen war. Sie war alles andere als rund oder gleichmäßig geformt. Der Kopf war so sehr verwischt, dass man das Geschlecht der abgebildeten Person nicht erkennen konnte, doch über die Stirn zogen sich eine Reihe winziger Unebenheiten, die wie ein Kopfschmuck aussahen, vielleicht wie ein Lorbeerkranz. Kennedy drehte die Münze um. Die Rückseite war noch schlechter zu erkennen. Sie könnte einen Vogel mit angelegten Flügeln oder nur eine Weizengarbe zeigen, sowie ein paar Symbole, unter anderem vielleicht ein K und ein P.

Erst als sie die Münze ein paarmal umgedreht hatte, fiel ihr auf, was an ihr ungewöhnlich war. Silber oxidierte rasch und entwickelte eine schwarze Patina, die sich nur schwer entfernen ließ. Wenn diese Münze wirklich alt war, warum glänzte sie dann so stark? Es musste sich um eine Reproduktion handeln, dem Gewicht nach zu urteilen aus massivem Metall.

»Sie lag im Siphon des Waschbeckens«, erklärte Tillman. »Ihr Kollege hätte etwas genauer schauen sollen. Brand – meine Version, Brand eins Punkt null – lässt immer dort eins dieser Dinger liegen, wo er länger als einen Tag bleibt. Früher versteckte er sie gar nicht richtig, sondern platzierte sie oben auf dem Türrahmen oder hinter dem Kopfteil eines Bettes. Manchmal tut er das immer noch, doch in letzter Zeit beweist er für gewöhnlich ein bisschen mehr Phantasie.«

Kennedy schüttelte den Kopf. »Das verstehe ich nicht«, murmelte sie. »Wenn er sich die Mühe macht, eine falsche Adresse anzugeben, warum hinterlässt er dann seine Visitenkarte?«

»Warum benutzt er immer denselben Namen?«, konterte Tillman. »Das ist die wahre Frage. Ich dachte immer, er spielt mit mir. Verhöhnt mich vielleicht. In der Art: ›Ich kann alles so offensichtlich machen, wie ich will, du kriegst mich trotzdem nicht.‹ Allerdings glaube ich, ihm wurde erst vor ein paar Jahren klar, dass ich nach ihm suche, aber diesen Tick hatte er schon davor. Also liegt der Grund woanders. Ein Grund, der vielleicht einen Sinn ergibt, wenn wir wissen, was für ein Spiel er treibt.«

Was für ein Spiel er treibt? Kennedys gesunder Menschenverstand kratzte seine letzte Energie zusammen, um Widerstand zu leisten. »Es gibt kein übergeordnetes Prinzip, zu dem die Entführung Ihrer Familie vor dreizehn Jahren und die aktuellen Morde an vier Geschichtslehrern passen könnten.«

»Drei Geschichtslehrer und eine IT-Dozentin.«

»Wie dem auch sei. Ich will Ihre Blase nicht platzen lassen, Tillman, aber am Park Square waren zwei Mörder. Nicht einer. Es ist möglich, dass keiner von beiden Michael Brand war.«

»Mit Sicherheit war keiner von beiden Michael Brand«, antwortete er. »Ich glaube nicht, dass er seine Morde selbst ausführt.«

»Was tut er dann?«

»Das kann ich Ihnen sagen. Aber nicht umsonst. Ich habe Ihnen bereits eine Menge erzählt. Sie teilen mir alles mit, was sich während Ihrer Ermittlungen ergibt – alles, was Sie bisher haben, und alles ab jetzt –, und ich berichte Ihnen, was ich weiß.«

Darüber brauchte Kennedy erst gar nicht nachzudenken. Sie schüttelte den Kopf. »Nein.«

»Warum nicht?«

»Weil ich Polizistin bin, Tillman, und Sie gar nichts. Ich bin Ihnen wirklich dankbar, dass Sie sich eingemischt haben, als der Kerl versuchte, mich in Scheiben zu schneiden, aber ich kann nicht über laufende Ermittlungen mit jemandem sprechen, der nicht zu unserem Team gehört, und schon gar nicht, wenn dieser Jemand nicht von der Polizei ist.«

Tillman schwieg, während er ihr Gesicht eingehend betrachtete. »Meinen Sie das ernst?«, fragte er schließlich.

»Das meine ich ernst.«

»Dann sind wir hier fertig.« Er hielt ihr seine offene Hand entgegen, um sich die Münze geben zu lassen.

»Das ist ein Beweisstück«, lehnte sie ab. »Sie ist für die Ermittlung in einem Mordfall von Bedeutung, und Sie haben kein Recht, sie zu behalten.«

»Geben Sie mir die Münze, Detective. Das ist keine Einbahnstraße. Ich kam mit einem Angebot, Sie haben es abgelehnt. Wir kehren dahin zurück, wo wir herkamen.«

Sie öffnete ihre Handtasche und ließ die Münze hineinfallen.

»Kennedy …«

»Nein«, fiel sie ihm ins Wort. »Eigentlich müsste ich Sie als Zeugen mitnehmen, wenn nicht gar als Verdächtigen. Das werde ich nicht tun, weil Sie schon genug Scheiße erlebt haben und ich dem nichts mehr hinzufügen will. Aber das hier können Sie nicht behalten. Es gibt eine Grenze, Tillman. Ich stehe auf der einen Seite und Sie auf der anderen. Ich habe das Recht, Verbrecher zu jagen. Das ist meine Arbeit. Ihre nicht. Was Sie diesem Mann angetan haben, demjenigen, der mich erstechen wollte, macht auch Sie zu einem Kriminellen.«

Tillman winkte ungeduldig ab. »Das ist technischer Kram«, sagte er. »Ich dachte, Sie könnten über diesen Quatsch vielleicht hinwegsehen.«

»Nein, das kann ich nicht.« Es war ihr wichtig, es ihm zu erklären, auch wenn es für sie selbst grundlegend und offensichtlich war. »Ich kann schlimme Dinge tun, die mir keine Sekunde lang eine schlaflose Nacht bereiten, aber das hier gehört nicht dazu. Ich kann Ihnen keine Informationen geben, Tillman. Nicht, solange ich Polizistin bleiben will. Damit würde ich eine Grenze überschreiten, die für mich immer noch wichtig ist.«

Diese Grenze war für sie immer noch sehr wichtig, wurde ihr jetzt klar. Ihre Stimme zitterte. Über diese Dinge zu sprechen hatte bei ihr die Gefühle und Ängste wieder aufflammen lassen, die sie bei dem, was sie Marcus Dell angetan hatte, durchleben musste. Was Tillman dem Mörder von Harper angetan hatte, war anders, ebenso wie das, was ihr Vater all die Jahre zuvor getan hatte. Doch irgendwie fühlten sich die Unterschiede im Moment nicht ganz so groß an.

Als sie sich erhob, zog Tillman seine Hand zurück.

»Okay«, sagte er, »behalten Sie die Münze. Ich habe noch andere. Es wird Ihnen allerdings schwerfallen, zu erklären, woher Sie sie haben, und noch schwerer, sie als Beweismittel zu verwenden. Es tut mir leid, dass wir nicht miteinander ins Geschäft gekommen sind, Sergeant Kennedy. Wenn Sie Ihre Meinung ändern, haben Sie ja meine Nummer auf Ihrem Mobiltelefon. Aber rufen Sie mich erst an, wenn Sie mir Infos geben wollen. Mehr als diese Münze bekommen Sie nicht gratis.«

Der Ausdruck in seinen Augen sollte ihr in Erinnerung bleiben, weil er zu seinen Worten so sehr im Widerspruch stand. Er hatte wie ein Schlägertyp aus dem Fernsehen geredet, doch wie ein Mann geblickt, der an einem Hochhaus hing, während seine Finger langsam, aber sicher den Halt verloren.

Er ging, ohne seinen Whisky angerührt zu haben.

Kennedy hob ihr Glas an die Lippen und leerte es.

Nachdem Kennedy sich bei Izzy bedankt und ihren Vater ins Bett gebracht hatte, machte sie sich wieder an die Fallakte. Etwa eine Stunde fischte sie im Trüben, ohne auch nur ein winziges Stückchen Gold zu finden.

Dennoch konnte sie insgesamt drei Dingen nachgehen.

Erstens, Dr. Opies letzte Worte, bevor sie gestorben war. Kennedy hatte sie in ihrem Bericht erwähnt, doch sie schienen keinen Sinn zu ergeben und hatten keine Beachtung gefunden.

Zweitens, das Foto, das sie in Barlows Büro gefunden hatte. Darauf wurde eine Ruine an einem unbestimmbaren, anonymen Ort gezeigt, auf der Rückseite standen bedeutungslose Buchstaben und Zahlen. Barlow hatte es versteckt. Sein Mörder oder vielleicht jemand anderes hatte sein Haus und sein Büro durchsucht, es aber nicht gefunden. Oder, was nicht so gut war, aber in Betracht gezogen werden musste: Er hatte es gefunden und wieder zurückgelegt, weil es irrelevant war.

Drittens, das Messer.

Sie brauchte lange, bis sie einschlief. Ständig dachte sie an Tillmans gequälten Blick, bevor er gegangen war, an seine dreizehnjährige Reise durch eine Wildnis, die ihn wahrscheinlich nicht in ein Land führen würde, in dem Milch und Honig flossen. In Entführungsfällen zählten die meisten Ermittler in Dreitagesblöcken. In den ersten drei Tagen standen die Chancen fünfzig zu fünfzig, dass das mutmaßliche Opfer tot oder lebendig wieder auftauchte. Jeweils drei weitere Tage verdoppelten die Chance, dass das Opfer tot war.

Glaubte Tillman wirklich daran, er könnte seine Familie wiederfinden, oder hing er diesem Wahnsinn nach, um sich von der nahezu hundertprozentigen Sicherheit abzulenken, dass seine Frau und Kinder tot waren?

Kennedy vermutete, dass es die Jagd an sich war, die ihn weitermachen ließ. Er würde sterben wie ein Hai, wenn er je zum Stillstand käme.

26

Die Morgenbebrüllung gehörte zu den Dingen, die eine Männerseele auf eine harte Probe stellten. Und auch die einer Frau. Summerhill begann die Sitzung damit, dass er einen Ermittlungsstrang vollständig kappte.

»Wie Sie wissen, haben wir alle Rechner von Professor Barlow konfisziert«, begann er. »Die beiden vom College und den von zu Hause. Die IT-Abteilung hat allerdings nichts gefunden. Auf den Rechnern befindet sich absolut nichts – keine Dateien, keine E-Mails, keine Bilder, nicht einmal ein Internet-Cache. Jemand hat alles, was sich auf den drei Computern befunden hat, gelöscht und ein völlig neues Betriebssystem installiert. Barlow besaß eine Reihe externer Festplatten, aber auch die sind leer. Ein halbes Dutzend wiederbeschreibbarer CDs, die nicht einmal formatiert sind. Das war's dann. Im Moment gehen wir die Aufzeichnungen auf Papier durch, die allerdings nichts Neues oder Relevantes zu enthalten scheinen.«

Kennedy dachte an die Einbrüche in Barlows Büro und Haus. Vielleicht hatten sie genau dazu gedient: nicht, um etwas zu klauen, sondern um Spuren zu verwischen. Wenn die IT-Datenhunde, die aus allem noch ein paar Bits und Bytes quetschen konnten, mit leeren Händen dastanden, waren die Täter Profis gewesen. Die meisten Menschen dachten, sie würden mit der Entfernen-Taste eine Datei löschen, dabei wird diese in Wirklichkeit nur markiert und erst später überschrieben. Wer auch immer Barlow getötet hatte, war weit gründlicher gewesen.

»Was ist mit den anderen Opfern?«, fragte sie. »Haben wir deren Dateien und Akten auch konfisziert? Wenn wir davon ausgehen, dass das Motiv irgendwie mit Barlows Rotgut-Projekt zusammenhängt ...«

Combes seufzte und schüttelte den Kopf, doch es war Summerhill, der ihr das Wort abschnitt. »Davon gehen wir eindeutig nicht aus, Sergeant«, sagte er. »Wenn das Projekt ein Motiv bietet, dann höchstens indirekt. Das Projekt hat die Opfer zusammengeführt – allerdings scheinen sie schon über das Ravellers-Forum in Beziehung gestanden zu sein. Sobald Barlow seine Leute zusammenhatte, zog er die Aufmerksamkeit einer sehr professionellen und sehr organisierten Gruppe von Mördern auf sich. Möglicherweise kauften sie auf dem Schwarzmarkt ein Dokument oder Artefakt und traten zufällig dem kriminellen Kartell auf die Füße, von dem sie es hatten. Für diese Morde gibt es zahlreiche Erklärungsmöglichkeiten, und nur sehr wenige führen direkt zu Barlows Forschungen. Im Allgemeinen werden Menschen wegen akademischer Streitigkeiten nicht gleich zum Mordopfer.«

»Aber wenn wir wenigstens wüssten ...«

»Wir schließen hier gar nichts aus«, unterbrach Summerhill sie diesmal in schärferem Ton: Hör auf, das Boot zum Schaukeln zu bringen, wenn du eigentlich dankbar sein solltest, mit drin sitzen zu dürfen. »Natürlich haben wir die Rechner der anderen Opfer untersucht, vor allem den von Opie, da alle ihre Dateien auf dem College-Server gesichert waren und wir weit in die Vergangenheit blicken konnten. Wir fanden keinen Zusammenhang mit Barlow oder einen Hinweis auf seinen Namen. Wir konnten auch keine Dateien oder Ordner finden, die einen Bezug zum Rotgut-Kodex oder dem Projekt oder etwas anderem hatten, das damit zu tun hatte. Mit Sicherheit sind auch andere Suchkriterien denkbar, doch in diesem Stadium unserer Ermittlungen wollen wir uns nicht darin verfransen. Wir sprechen hier, konservativ geschätzt, von Tausenden von Seiten mit Material, Zehntausenden von E-Mails, wahrscheinlich Millionen von Wörtern. Solange wir keinen Kompass haben, der uns hilft, uns in dem Wust zurechtzufinden, scheint es wenig Sinn zu ergeben, jedes einzelne Wort zu lesen.«

Summerhill blickte von Kennedy zu Combes. »Lassen Sie uns hören, was jeder Einzelne herausgefunden hat«, sagte er. »Josh, Sie fangen an.«

Combes brachte sie bezüglich der Suche nach dem schwer fassbaren Michael Brand auf den neusten Stand. Er hatte bei den großen Hotelketten im Vereinigten Königreich und in Spanien Anfragen gestartet, um zu sehen, ob der Mann irgendwo anders unter demselben Namen abgestiegen war. Combes hatte auch per Mail eine Beschreibung und ein Phantombild nach draußen geschickt. Beides stammte vom Rezeptionisten im Pride Court. Mann mittleren Alters, Glatze, überdurchschnittlich groß, braune Augen, blasse Haut, ausländischer, aber schwer einzustufender Akzent.

Damit konnte man nicht viel anfangen, und es hatte noch keine Rückmeldungen gegeben. Combes hatte in der Zwischenzeit auch die Durchsuchung der Datenbanken von Flug-, Bahn- und Fährgesellschaften beantragt, um gegebenenfalls Brands Bewegungen vor und nach seinem Aufenthalt im Pride Court nachvollziehen zu können. Die Ergebnisse der Durchforstung der Gefängnis- und Polizeiberichte waren bereits eingetroffen. Negativ. Es gab im bekannten Universum keinen Michael Brand, der vorbestraft war und vom Alter und von der Beschreibung her auf den Gesuchten passte.

Derzeit arbeitete Combes die Mitgliederliste des Ravellers-Forums ab, um zu sehen, ob jemand privaten oder schriftlichen Kontakt mit Brand gehabt hatte.

Stanwick und McAliskey hatten die Studenten befragt, die Zeugen vom Mord an Sarah Opie gewesen waren. Sie waren auch die Aufzeichnungen der Sicherheitskameras durchgegangen in der Hoffnung, dass die beiden Mörder entweder im Unterrichtsraum oder auf dem Weg dorthin gefilmt worden waren. Doch das Glück war ihnen nicht hold. Die Aufnahmen wurden auf eine Festplatte gespeichert, die einen Formatierungsfehler hatte, was hieß, dass man sie nicht öffnen konnte. Stanwick und McAliskey hatten einen Spezialisten ausfindig gemacht, der eventuell nutzbare Daten retten könnte, doch das würde lange dauern. In der Zwischenzeit hatten sie Phantombilder an die örtlichen Polizeibehörden und die entsprechenden Fernsehsender herausgegeben und riefen alle, die die beiden Männer gesehen hatten, dazu auf, eine bestimmte Nummer anzurufen. Ein halbes Dutzend PCs sortierten die zahllosen Anrufe, die bereits eingegangen waren.

Cummings war den Ungereimtheiten beim Tod von Samir Devani nachgegangen, dem einzigen Fall, der noch als Unfall hätte durchgehen können. Doch nachdem er den Rechner auseinandergenommen und die Einzelteile untersucht hatte, konnte er diese Möglichkeit mehr oder weniger ausschließen. Das Stromkabel im Rechner war gelöst und dann geknickt worden, so dass es das Gehäuse berührte. Anschließend war das Kabel durch den Kühlkörper der Hauptplatine geführt worden, damit es nicht verrutschte. Mit dem Einstecken des Stromkabels an der Wandsteckdose war das hübsche Metallgehäuse im Retrostil zum Leben erweckt worden. Jetzt versuchte Cummings herauszufinden, wer in den sechzehn Stunden zwischen dem vorletzten und dem letzten, tödlichen Einschaltvorgang unbeaufsichtigten Zugang zum Rechner gehabt hatte.

Summerhill hörte sich alles an, stellte zwischendurch Fragen und machte Vorschläge, alles schnell und zielgerichtet. Bevor Kennedy an der Reihe war, machte er eine Pause.

»Gibt es etwas von Ihrer Seite, Detective Sergeant?«, fragte er mit verdächtiger Milde. Sie hatte keine Aufgabe übertragen bekommen und war erst seit einem Tag wieder aus dem Krankenhaus. Vielleicht deutete das Glitzern in seinen Augen darauf hin, dass er ein Nein erwartete.

»Ich möchte die Mordwaffe weiterverfolgen«, begann Kennedy. »Ich meine, die andere Mordwaffe. Wir haben alle möglichen Infos über die Schusswaffe, aber nichts über das Messer, mit dem Harper getötet wurde. Ich denke, diese Sache sollte ...«

»Breite, siebeneinhalb Zentimeter lange Klinge«, sagte Combes über seine Schulter hinweg, ohne Kennedy anzusehen. »Sehr scharf. Wahrscheinlich an der Spitze gebogen. Brauchst du noch was?«

»Ich denke, diese Sache sollte weiterverfolgt werden«, fuhr Kennedy fort, immer noch zu Summerhill gewandt. »Dieser Michael Brand hatte laut Zeugenaussagen einen ausländischen Akzent, und in Luton sprachen die beiden Angreifer, wie ich mir ziemlich sicher bin, auch eine Fremdsprache. Vielleicht stammen die drei aus derselben Region, aus demselben Land. Das Messer sah sehr seltsam aus. Es besteht die Möglichkeit, dass es einer regionalen Eigenart entspricht. Wenn ja, könnten die Informationen ausreichen, um eine andere Behörde hinzuzuziehen.«

Summerhill wirkte zwar nicht beeindruckt, tat ihren Vorschlag aber auch nicht gleich ab. »Haben Sie das

Messer deutlich gesehen? Ja? So deutlich, dass Sie es wiedererkennen würden?«

Kennedy nickte in die Richtung eines Flipcharts, das in der Ecke stand. »Darf ich?«

»Nur zu.«

Sie trat an die Tafel, nahm einen Stift und begann zu zeichnen, was sie gesehen hatte. Hinter ihr murmelte jemand: »Könnt ihr schon raten, was es werden soll?« Jemand anderes lachte. Sie achtete nicht darauf, sondern versuchte sich an die genaue Form dieser seltsamen, hässlichen Klinge zu erinnern. Sie war nicht länger als der Griff gewesen, aber breiter und unsymmetrisch und an der Spitze gebogen wie ein halber Pilzkopf. Sie sah unförmig aus und schien ungeeignet für ihre Zwecke zu sein, doch sie war scharf wie eine Rasierklinge gewesen und hatte Harper mit einem einzigen Stich erledigt.

Sie legte den Stift zur Seite und drehte sich wieder um. »So ungefähr«, sagte sie und ging an ihren Platz zurück.

Die anderen betrachteten die Zeichnung. »Okay«, meinte McAliskey lakonisch. »Eine sehr charakteristische Form.«

»Könnte als Spachtel zum Glätten von Gips dienen«, bemerkte Cummings. »Oder als Kuchenmesser. Nach einer Mordwaffe sieht das nicht gerade aus.«

»Ich würde gerne mit jemandem vom Königlichen Waffenarsenal sprechen«, fuhr Kennedy an Summerhill gewandt fort. »Sofern Sie mich nicht für andere Aufgaben brauchen. Ich würde auch gerne noch einmal die Archive des Ravellers-Forums durchgehen. Vielleicht finde ich dort irgendwelche Informationen darüber, was Barlow mit seinem Rotgut-Projekt im Sinn hatte.«

»Da ist nichts«, wimmelte Combes ab. »Wir haben das Zeug schon untersucht. Barlow hat im Forum außer diesem ersten Aufruf nach Freiwilligen nichts weiter geschrieben. Wozu er diese Freiwilligen brauchte, hat nie jemand erfahren, außer den Leuten, die er als seine Mitarbeiter auserwählt hatte, aber die – ups! – sind uns ja leider abhandengekommen.«

»Das reicht, Sergeant Combes«, brummte Summerhill. »Ja, gut, tun Sie das, Kennedy. Die Internetadressen und Zugangscodes sind in der Fallakte.«

»Ich würde mich auch gerne noch einmal mit Ros Barlow unterhalten.«

»Der Schwester des Professors? Warum?«

»Weil der Professor mit ihr über Michael Brand sprach, der jetzt eine zentrale Rolle in dem Fall zu spielen scheint – ob als Zeuge oder als Verdächtiger.« Sie war sich auf unangenehme Weise bewusst, dass diese Aussage nicht ganz der Wahrheit entsprach. Nachdem sie mit Tillman geredet hatte, hielt sie Michael Brand eindeutig für den Oberschurken in der Geschichte. »Und wenn Barlow sein Projekt in dem Maße vor dem Forum verheimlicht hat, möchte ich zumindest fragen, ob er zu Hause darüber gesprochen hat.«

Summerhill nickte, blickte aber zu Combes. »Gehen Sie dem nach, Josh.« Combes nickte und machte sich eine Notiz.

»Sie kennt mich bereits«, beharrte Kennedy und bemühte sich, nicht in Wut zu geraten.

»Wir wollen hier keine Reviere abstecken, Sergeant Kennedy.« Summerhill faltete seine Hände, als wollte er seine Leute zum Gebet anleiten, bis er sie wieder mit nach oben gerichteten Handflächen öffnete. »Rufen Sie mich an, wenn Sie was haben. Andernfalls liegen Ihre Berichte um sechs Uhr auf meinem Schreibtisch. Worauf warten Sie, meine Herren? Auf schöneres Wetter?«

Sie brachen ihre Zelte ab und machten sich vom Acker.

Summerhill behielt sie also dabei, überlegte Kennedy auf dem Weg zurück in die Löwengrube. Doch weil er sie nicht vom Hof jagen konnte, wies er alle verheißungsvollen Spuren ihren Kollegen zu.

Was nur hieß, dass sie andere Spuren aufdecken musste.

Ihr Anruf beim Königlichen Waffenarsenal wurde durch eine Praktikantin entgegengenommen, die sie lange in der Warteschleife hängen ließ und endlich zu einer Ms Carol Savundra durchstellte, der Leiterin des Einkaufs der Sammlung. Savundras Stimme verriet, dass ihr Eingangskorb voll war und sie null Zeit oder Geduld für ungewöhnliche Anfragen hatte, die über unorthodoxe Kanäle an sie gerichtet wurden. Kennedy machte sich keine großen Hoffnungen, als sie das Messer beschrieb.

»Dazu fällt mir nichts ein«, sagte Savundra.

»Dürfte ich Ihnen eine Skizze von der Klinge zufaxen? Vielleicht haben Sie dann eine Idee. Oder Sie könnten das Fax Ihren Kollegen zeigen.«

»Selbstverständlich«, stimmte sie zu, gab die Faxnummer aber erst heraus, als Kennedy sie danach fragte, und sie verriet nicht, wann Kennedy wieder mit ihr in Kontakt treten könnte. »Ehrlich gesagt nehmen Antiquitäten bei uns einen immer geringeren Raum ein.«

»Das Messer diente vor kurzem als Mordwaffe.«

»Wirklich? Nun, schicken Sie mir das Fax. Vielleicht erkenne ich es, wenn ich es sehe.«

Kennedy zeichnete das Messer auf ein A4-Blatt und faxte es an die angegebene Nummer.

Als Nächstes rief sie den Messerhersteller Sheffield Knives an, wo sie mit einem Mr Lapoterre sprach, dem leitenden Konstrukteur. Er war weit freundlicher, hatte aber auch nicht im Entferntesten etwas von einem Messer gehört, wie Kennedy es beschrieb. Er rief sie sofort zurück, als er ihr Fax erhalten hatte, aber nur, um seine bisherige Aussage zu bestätigen. »Wir stellen eine Menge Messer mit asymmetrischen Klingen her«, erklärte er. »Aber dieses hier ist neu für mich.«

»Könnte dieses Messer nicht in einem bestimmten Teil der Welt hergestellt werden?«, bohrte Kennedy leicht verzweifelt nach.

»Es erinnert mich an überhaupt nichts. Es ist so, als ob man das Skelett eines Vogels findet und weiß, dass es ein Vogel war, weil die Knochen nach denen eines Vogels aussehen. Bei diesem Ding hier kann ich leider nur sagen, dass es wie ein Messer aussieht. Tut mir leid.«

Auch die Britische Zunft der Messersammler und das U.S.-Büro für strategische Dienste, zu dem, wie sie auf ihrer Internetseite prahlten, die Beschaffung von Messern für die amerikanische Armee zählte, konnten Kennedy nicht weiterhelfen.

Entmutigt widmete sie sich ihrer anderen Aufgabe, den alten Beiträgen im Ravellers-Forum, die ihre Kollegen bereits erfolglos durchforstet hatten. Kennedy meldete sich an und rief das Archiv auf. Ihr war sogleich klar, welches Ausmaß die Aufgabe einnehmen würde. So kategorisch Combes auch geklungen haben mag, diese Sachen hatte er sich nicht angesehen. Das Archiv enthielt siebentausend Seiten oder vielmehr siebentausend unterschiedlich lange Gesprächsfäden mit insgesamt Zehntausenden von Beiträgen. Es würde mehrere Monate dauern, um sie auch nur einmal durchzulesen.

Vielleicht ließen sich die Beiträge irgendwie sortieren. Es gab keine eingebaute Suchfunktion, doch sie wusste, wie sie die maßgeschneiderte Suchmaschine der Polizeibehörde nutzen konnte, um eine fremde Domain durchleuchten zu lassen. Barlows Benutzername stand in der Akte unter den Zugangscodes: BARLOW PRCL. Offenbar zählte das Forum nur wenige Mitglieder, so dass sie sich keine trickreichen, postmodernen Zugangsnamen ausdenken mussten.

Beim ersten Durchgang fand sie heraus, dass es nur 218 Gesprächsfäden gab, in denen Barlow einen Beitrag geschrieben hatte, 71 davon hatte er selbst eröffnet. Diese wollte sie sich zunächst ansehen.

Nun stand sie vor dem gleichen Problem, über das sich Harper beschwert hatte. Die Betreffzeilen, in denen die Themen der Gesprächsfäden benannt wurden, waren in den meisten Fällen so kryptisch, dass sie Kennedy nichts über den möglichen Inhalt verrieten.

AWMC Catal-Hyuk weglassen/überarbeiten?

Falsche Zuordnung mittleres Sigma durch Periode Stat 905

Greensmith 2B fliegt nicht

Subfold-Matches-Vorschläge für Branche-Kodex in M1102

Sie klickte wahllos ein paar Gesprächsfäden an. In den älteren wurden, wie erwartet, häufig die Schriftrollen vom Toten Meer erwähnt. Barlow provozierte Streit über bestehende Lesarten, schlug andere Lesarten vor und wurde dafür niedergemacht, hoch gelobt oder zum Weitermachen ermuntert.

Dann verebbte das Thema, und andere Dinge wurden eingestreut, die sich aber immer noch mit Übersetzungen und Interpretationen beschäftigten, nun aber vor allem von Texten aus dem Neuen Testament – seltsame Fragmente von Evangelien, die mit Hilfe von Buchstaben- und Zahlenfolgen unterschieden wurden. Barlows Sicht schien oft kontrovers zu sein, doch Kennedy verstand nicht warum, weil die angeführten Argumente zu abstrus und die Insiderwitze zu dicht gesät waren.

Schließlich fand sie den Gesprächsfaden, nach dem

sie gesucht hatte. Die Überschrift lautete, wie Dr. Opie bereits gesagt hatte: *Hat jemand Lust auf einen neuen Blick auf den Rotgut?* Unter dieser Überschrift standen eine Reihe knapper Sätze: *Ich möchte den Rotgut-Kodex in einem anderen Licht betrachten – aus Spaß und für ein Buch, an dem ich schreibe, ohne Finanzierung. Zu erwarten sind harte Arbeit, endlose Datenmengen, möglicher Ruhm und Reichtum. Jemand interessiert?*

Die wenigen Beiträge gingen auf Konfrontation oder drückten Ablehnung aus. Warum sich wieder dem Rotgut widmen? Und ohne Finanzierung? Das könne Barlow nicht ernst meinen. Es gebe nichts Neues zu entdecken, zudem sei der Kodex wahrscheinlich keine Übersetzung, sondern nur ein Mischmasch. Positive Antworten stammten von HURT LDM und DEVANI [freies Feld], Sarah Opie hatte keinen Kommentar abgegeben. Barlow versprach, mit seinen Mitarbeitern telefonisch in Kontakt zu treten, und der Gesprächsfaden endete nach ein paar weiteren unsympathischen Sticheleien seitens anderer Forumsmitglieder. Dann, fast zwei Jahre später und drei Monate vor Barlows Tod, schrieb BRAND UAS einen Beitrag: »Finde es großartig, was Sie bisher erreicht haben. Würde gerne darüber reden und Ihnen vielleicht unter die Arme greifen.«

Danach nichts mehr.

Danach ein tödlicher Sturz auf dunkler Treppe, ein unter Strom stehender Rechner, ein Unfall mit Fahrerflucht und eine Messerstecherei am helllichten Tag.

Wenn Barlow auf Brands Beitrag nicht hier im Forum geantwortet hatte, wie hatte er dann mit ihm Kontakt aufgenommen? Vielleicht hatte er Brands Profil aufgerufen und dort dessen Kontaktinformationen gefunden. Also rief auch Kennedy das Profil auf. Es enthielt aber nur den Namen, sonst nichts.

UAS bedeutete, wie sie in einem Forumsverzeichnis herausfand, Universität von Asturien, Spanien. Hätte Barlow die ebenfalls überprüft, hätte er Brand als Betrüger entlarvt. Vermutlich hatte er sich nicht die Mühe gemacht, weil er darauf vertraute, dass in einem historischen Forum nur echte Historiker vertreten waren.

Also eine private Nachricht. Für private Nachrichten wurde ein anderer Zugangscode benötigt, den der Moderator des Forums ebenfalls zur Verfügung gestellt hatte. Kennedy öffnete das Archiv in einem anderen Fenster. Die Daten waren nach Mitgliedsnamen sortiert. Unter dem von Barlow standen eine ganze Reihe Nachrichten, aber keine an ein Mitglied der Projektgruppe.

Kurze Zeit nach dem Nachrichtenaustausch mit den anderen drei Gruppenmitgliedern hatte Barlow an Dr. Opie geschrieben: *Sarah, erinnerst du dich an unser Gespräch beim Stiftungsessen? Glaubst du, du könntest auf meine Bitte eingehen und deine eigenen Rechner oder deine Arbeitsgeräte verwenden? Ruf mich an und lass uns darüber reden.*

Und eine Nachricht an Michael Brand mit selbem Datum wie sein Beitrag im Forum: *Mr Brand, Sie machen mich neugierig. Ich weiß, Devani hat mit Ihnen beim FBF gesprochen, aber ich weiß auch, dass er Ihnen nichts erzählt hat. Wie haben Sie von uns gehört? Bitte antworten Sie nicht im Forum, weil ich weitere Spekulationen zu diesem Thema lieber vermeiden will. Meine Durchwahl am College ist die 3274.*

Danach nichts mehr, nichts jedenfalls, das sich auf das laufende Projekt bezog. Einem Impuls folgend, suchte Kennedy in den anderen privaten Nachrichten der Raveller, ob dort der Rotgut-Kodex erwähnt wurde. Ihr Durchsuchungsbeschluss betraf zwar nicht mehr diesen Bereich, aber das wäre nur von Belang, wenn sie etwas finden würde. Tat sie aber nicht. Der Rotgut war kein heiß diskutiertes Thema. Niemand tratschte über Barlows großes Projekt oder überlegte, wozu es diente. Oft konnte sie die Überschriften sogar verstehen, weil sich die meisten auf Geld bezogen – Forschungsgelder, Budgets, Tagesgagen, Stipendien, Lottospielen, Spendensammlungen, Bargeldfunde unter dem Sofakissen. Niemand hatte genug, und niemand wusste, woher der nächste Gehaltsscheck stammten sollte.

Harte Zeiten, außer für Stuart Barlow und seine kleine Sondertruppe. Ihnen hatte das Projekt Spaß gemacht. Und nun waren sie tot.

Der Tag zog sich zäh in die Länge. Unterbrochen wurde ihre Langeweile, als sie zu Harpers Schreibtisch ging und alles an Unterlagen suchte, was zum Fall gehörte. Unter einem Blätterstapel fand sie die Anfrage an die Interpol-Datenbank zu Michael Brand. Dies waren die Originale, die er per Fax geschickt hatte. Beim Durchlesen merkte Kennedy, dass Harper einen wesentlichen Fehler gemacht hatte. Er hatte sich nur nach den Fällen erkundigt, in denen Michael Brand als Verdächtiger oder als möglicher Zeuge aufgeführt war. Es gab aber noch einen großen Bereich, in dem sein Name in den Zeugenaussagen anderer Personen auftauchen konnte. Da sie nur eine ergänzende Anfrage – dasselbe Formular, auf dem sie lediglich ein paar weitere Kästchen ankreuzte – losschicken wollte, brauchte sie es nicht von Summerhill gegenzeichnen zu lassen, sondern setzte ihre eigene Unterschrift und Nummer darunter und strich mit einem kurzen Anflug von Traurigkeit Harpers Namen durch.

Sie führte noch ein paar Telefonate wegen der Messergeschichte, ohne zu einem Ergebnis zu kommen, und verließ pünktlich um siebzehn Uhr das Büro – zum ersten Mal in sieben Jahren.

Izzy war erstaunt, ja fast schon entrüstet, sie schon vor sechs Uhr zu Hause zu sehen. »Du kommst doch nie so früh!«, schimpfte sie beinahe, während sie ihre Sachen zusammenpackte. »Gab's heute keine Verbrechen?«

»Ich bin für Kapitalverbrechen zuständig«, erklärte Kennedy. »Klar gab es heute Verbrechen, aber nur Kleinkram.«

Wie immer gingen sie gemeinsam zur Tür. »Also, er ist in einer völlig miesen Stimmung«, berichtete Izzy. »Er hat geweint und sich dieses grausame Geklimper angehört. Und er hat über deine Mutter geredet.«

Kennedy war überrascht und irritiert. »Was hat er über sie gesagt?«

»Es tue ihm leid. ›Entschuldige, Caroline. Ich entschuldige mich, dass ich dir jemals weh getan habe.‹ Solche Sachen eben.«

Kennedy hätte gedacht, sie würde für ihren Vater nichts mehr empfinden jenseits der Mischung aus schmerzvoller Zuneigung und des halb verebbten Grolls, an die sie sich so gewöhnt hatte. Izzys Schilderung tat weh, weil ihre Wunden noch von den vielen anderen Verletzungen brannten. Als sie hörbar Luft holte, merkte Izzy, dass sie irgendwie ins Fettnäpfchen getreten war.

»Was ist los?«, fragte sie besorgt. »Tut mir leid, Heather. Habe ich was Falsches gesagt?«

Kennedy schüttelte den Kopf. »Schon in Ordnung«, sagte sie. »Es ist nur …« Doch aus dem Stand heraus hätte sie viel zu viel erklären müssen. »Meine Mutter hieß Janet«, murmelte sie.

»Echt? Und wer war Caroline? Sein Seitensprung?«

»Nein. Nur eine Frau, die er getötet hat. Gute Nacht, Izzy.«

Sie schloss die Tür.

27

Am nächsten Morgen fiel die Bebrüllung aus. Summerhill war zwar da, blieb aber lieber für sich, und die anderen Detectives zerstreuten sich recht früh, ohne sich miteinander zu beraten. Kennedy musste sich alleine die Zeit vertreiben und drängte sich eher lustlos noch einmal ihren Messerexperten auf.

Von Interpol hatte sie noch keine Rückmeldung erhalten, doch sie konnte die Online-Datenbanken nach den älteren, abgeschlossenen Fällen durchsuchen, wozu sie keine Genehmigung brauchte.

Auf der hochkomplizierten Benutzeroberfläche des digitalen Archivs von Interpol musste man eine Menge oft irrelevanter Datenparameter ausfüllen, bevor man mit einer Abfrage starten konnte. Doch Kennedy hatte viel Zeit und war stur genug, um sich ihren Weg durch das digitale Unterholz hindurch bis zum Kern zu bahnen.

Und da gab es einiges zu entdecken. Michael Brands waren an einfachem Diebstahl und Vergewaltigungen beteiligt gewesen, aber vom Alter und von der Beschreibung her waren sie Welten von dem Michael Brand entfernt, den sie suchte. Doch es hatte zehn Jahre zuvor im Staat New York und sieben Jahre zuvor auf der Südinsel Neuseelands Fälle gegeben, bei denen Personen vermisst worden waren. In diesem Zusammenhang war der Name Michael Brand gefallen.

Kennedy war erstaunt und entsetzt über die Informationen, die sie zu den beiden Fällen gefunden hatte und nun abspeicherte.

Der New Yorker Fall: Eine Frau, Tamara Kelly, und ihre drei Kinder wurden von ihrem Ehemann, Arthur Shawcross, als vermisst gemeldet. Er war Vertreter für einen Papierwarenhersteller. Als er nach einer einwöchigen Reise zurückkam, war sein Haus leergeräumt, und seine Frau und Kinder hatten sich in Luft aufgelöst. Am Tag zuvor war bei ihm zu Hause von einer Nummer aus angerufen worden, die er nicht kannte. Die Ermittlungen ergaben, dass sie auf einen Michael Brand angemeldet war, doch der Mann selbst ließ sich nicht auftreiben.

Neuseeland: Erwin Gaskell, ein Zimmermann und Möbeltischler, hatte zwei Tage lang seine Mutter besucht, die sich von einer Herz-OP erholte. Als er zurückkam, war sein Haus ausgebrannt. Seine Frau, Salome, und ihre drei Kinder waren fort. Wegen des Feuers und des Verdachts auf Brandstiftung waren die Gäste des nahegelegenen Motels befragt worden. Einen von ihnen, Michael Brand, hatte man nicht gefunden, weil er nicht mehr in sein Zimmer zurückgekehrt war, um seine wenigen Habseligkeiten abzuholen. Er war gesehen worden, wie er mit Mrs Gaskell am Tag ihres Verschwindens geredet hatte – oder zumindest war jemand gesehen worden, auf den seine Beschreibung passte. Diese war sehr allgemein gehalten. Glatze und dunkle Augen waren den Zeugen im Gedächtnis geblieben.

Jedes Mal eine Frau und drei Kinder. Was, zum Teufel, hatte das zu bedeuten? Zum einen könnte Tillman nicht ganz so verrückt sein, wie es den Anschein hatte. Zum anderen war dieser Michael Brand in bisher unerwartetem Ausmaß im Frauen- und Kinder-Geschäft tätig.

Sexsklaverei? Aber warum dann eine ganze Familie mitnehmen? Und warum immer Familien in genau dieser

Konstellation? Und warum trafen sich die Frauen freiwillig mit Brand? Welchen Bären band er ihnen auf?

Serienmord? War Brand ein Psychopath, der einen grundlegenden Moment seiner Vergangenheit wieder aufleben ließ? Das klang lächerlich, wenn er derselbe Brand war, der eine Armee von Mördern auffahren lassen konnte, um Stuart Barlow samt dessen unglücklicher Mannschaft auszuschalten.

Kennedy gingen die Ideen aus, und ihr fiel die Decke auf den Kopf. Deswegen improvisierte sie und verfolgte die Spur mit dem Messer weiter, rief Museen und Archive an und las ihnen die Abfolge an Buchstaben und Zahlen von dem Foto vor, das Barlow so sorgfältig versteckt hatte.

P52
P75
NH II-1, III-1, IV-1
Eg2
B66, 75
C45

Niemand schien eine Ahnung zu haben, was sie bedeuten könnten.

Kennedy änderte den Kurs und nutzte Online-Suchmaschinen. Das erwies sich als sinnlos, weil alphanumerische Ketten in Massen ausgeworfen wurden – Seriennummern von Produkten und Bauteilen, Kennzeichen von Fahrzeugen und Zügen, die Produktions- und Modellnummern von allem, was Gottes Erde zu bieten hatte. Es gab keinen sinnvollen Weg, die Suche einzugrenzen.

Da sie schon mal dabei war, beschloss sie, sich alle in der Datenbank der Abteilung gespeicherten Fallnotizen anzusehen. Vielleicht würde sie ihr Wissen ergänzen können. Doch ihr Passwort funktionierte nicht.

Sie sah sich um. Keiner ihrer Kollegen, die an dem Fall arbeiteten, war bisher zurückgekommen, doch McAliskeys Rechner war eingeschaltet, und er war noch eingeloggt – was nicht zulässig war, falls dies jemand melden wollte. Kennedy ging zu seinem Schreibtisch und öffnete dort die Datei.

Wortlos beschimpfte sie den Bildschirm mit allem, was ihr einfiel.

Sie war kein stürmischer Mensch, doch die Geschwindigkeit, mit der sie von der Löwengrube zum Büro des DCI eilte, konnte kaum als leichte Brise bezeichnet werden. Rawl schien sich zu wundern, dass sie aufkreuzte.

»Er ... er empfängt keine ...«, begann sie.

»Dauert nur einen Moment.« Und schon war Kennedy an ihr vorbei.

Summerhill telefonierte. Er blickte auf, als sie eintrat, aber ohne sie zu grüßen. »Ja«, sagte er. »Ja, Sir. Das ist mir bewusst. Wir tun unser Bestes. Danke. Sie auch.«

Er legte auf, blickte sie über den Schreibtisch hinweg an und forderte sie mit einem Zucken seiner Augenbrauen auf zu reden.

»Mein Zugang zur Fallakte ist gesperrt«, schimpfte sie.

»So würde ich das nicht ausdrücken.«

»Mein Passwort funktioniert nicht. Wie würden Sie das sonst ausdrücken?«

»Das ist ein verwaltungstechnischer Schluckauf, Heather, mehr nicht. Wenn man vor einem Ermittlungsausschuss steht, werden alle Dateien von der Personalabteilung und dem IPCC untersucht. Das bedeutet unweigerlich, dass Sie keinen Zugriff mehr darauf haben. Alle Passwörter werden deaktiviert und die Zugangscodes überprüft. In einem Tag oder so bekommen Sie ein neues Passwort.«

»Und in der Zwischenzeit spiele ich die Praktikantin, die Ihnen den Tee bringt.«

»Ich weiß nicht, was Sie …«

Kennedy knallte den Ausdruck auf seinen Schreibtisch. Er starrte eine Weile darauf, bis ihm klar war, worum es sich handelte: Eine Seite aus Combes' Notizen vom Tag zuvor, die er in eine Datei eingefügt und um 19:30 Uhr abgespeichert hatte.

»Combes ging gestern Nachmittag zu Ros Barlow. Sie sagte ihm, er solle sich gefälligst verpissen«, fasste Kennedy den Bericht zusammen.

Summerhill nickte. »Ja nun. Wir wollten Ihrem Vorschlag nachgehen und sie fragen, ob ihr Bruder jemals mit ihr über seine Arbeit gesprochen hatte. Doch sie war alles andere als kooperativ.«

»Jimmy, sie hat nach *mir* gefragt.«

»Das ist mir klar.«

»Sie weigerte sich, mit Combes zu reden, und hat ausdrücklich nach mir gefragt. Wann hätten Sie mir das sagen wollen?«

Sein Blick zeigte keine Reue. »Wenn Sie den Rest von Sergeant Combes' Notizen lesen, werden Sie sehen, dass er nicht das Gefühl hatte, Rosalind Barlow hätte ihrer Aussage noch etwas hinzuzufügen. Er empfahl, sie nicht weiter als Zeugin zu befragen.«

Kennedy platzte der Kragen. »So ein Quatsch! Sie hat nach mir gefragt. Glauben Sie, das hieß, sie hätte nichts mehr zu sagen, oder glauben Sie, sie hielt Combes für eine hochnäsige kleine Witzfigur mit Piepsstimme aus einem Comic und wollte lieber mit einem menschlichen Wesen sprechen?«

»Kennedy, ich rate Ihnen, sich zu mäßigen. Ich bin nicht bereit, Ausbrüche gegen Kollegen zu übergehen.«

Kennedy zuckte hilflos mit den Schultern. »Verdammt und zugenäht, arbeite ich noch an dem Fall oder werde ich in den Keller gesperrt?«, fragte sie mit angespannter Stimme. »Wenn Sie sich weigern, mir irgendetwas Sinnvolles zu tun zu geben, warum bin ich dann hier?«

Diese Frage ließ Summerhill munter werden, als hätte er sie erwartet und sähe sie als willkommene Lösungsmöglichkeit. »Bitten Sie um eine Versetzung?« Er rollte mit seinem Stuhl nach hinten zum Aktenschrank, der, wie Kennedy wusste, alle Formulare enthielt, die in der Abteilung verwendet wurden, einschließlich dem Formblatt PD-012, das auszufüllen sie Harper geraten hatte, falls er sich versetzen lassen wollte. *Antrag auf Versetzung aus persönlichen Gründen, die Einfluss auf die Arbeitseffektivität haben.*

Sie lachte.

»Nein«, lehnte sie ab. Summerhills Hand blieb mitten in der Luft stehen und fiel zurück in seinen Schoß. »Tut mir leid, wenn ich Sie enttäusche, Jimmy. Ich möchte nicht versetzt werden. Ich dachte, das hätten wir schon besprochen, und ich dachte, wir hätten uns verstanden, aber da war ich wohl etwas naiv. Nein, Sie machen weiter. Und in der Zwischenzeit weisen Sie Rawl an, mir ein vorläufiges Passwort zu geben. Sie können mich an der Leine halten, wenn Sie möchten, aber versuchen Sie nicht, mich von allem zu blockieren.«

Als sie sich erhob, war sein Blick voller Misstrauen und Abneigung. »Sie werden nicht mit Ros Barlow sprechen, Heather«, beharrte er. »Das ist Zeitverschwendung, und ihre Feindseligkeit uns und der Ermittlung gegenüber macht sie zu einer unzuverlässigen Zeugin.«

»Ich denke, das macht sie zu einer Seelenverwandten, aber Sie sind der Boss.«

»Genau. Vergessen Sie das nicht.«

»Wenn ich es vergesse, werden Sie mir sicher auf die Sprünge helfen.«

Rasch verließ sie sein Büro, um Summerhills verführerisch nahem Gesicht aus dem Weg zu gehen, falls sie Lust bekäme, mit der Faust auf irgendetwas einzuschlagen.

Zurück am Schreibtisch, ging sie die Sache in Gedanken durch.

Summerhill wollte sie aus den Ermittlungen raushalten. Wahrscheinlich konnte er das für sich sogar rechtfertigen, nachdem sie ihre Chance am Park Square College vertan hatte, wo Harper zu Tode gekommen war. Mit ihrem allerletzten Solo nach der Ausschusssitzung hatte sie dafür gesorgt, wieder im Team mitspielen zu dürfen, doch Jimmy ließ sie auf seine eigene uncharmante Art wissen: Bis hier und nicht weiter.

Damit blieben ihr drei Möglichkeiten.

Sie könnte den Mund halten und bequem vom Schreibtisch aus zusehen, wie die Welt an ihr vorbeizog. In diesem Fall könnte sie genauso gut tot sein.

Sie könnte ihr vorheriges Ultimatum überdenken und bei Summerhill die Daumenschrauben etwas fester anziehen. Beim ersten Mal hatte sie nicht dick aufgetragen, müsste es aber diesmal tun. Allerdings hatte sie jetzt, da sie ihre Arbeit zurückerobert hatte, mehr zu verlieren als vorher.

Oder …

Sie zog ihr Mobiltelefon heraus und durchsuchte die Anruferliste. Tillmans Nummer war leicht zu finden, sie war die einzige, die sie nicht sofort erkannte. Sie drückte die Rückruftaste.

»Hallo?«

»Tillman.«

»Sergeant Kennedy.« Er klang nicht überrascht, doch

in seiner Stimme schwang eine leichte Erwartung mit, eine implizierte Frage.

»Bei unserer Abmachung geht es nicht um alles oder nichts, richtig?«

»Ich weiß nicht, was Sie meinen. Wir werfen Informationen zusammen, mehr nicht. Ich bitte Sie nicht, mit mir zusammenzuarbeiten, sondern mir nur zu sagen, was Sie wissen. Lassen Sie uns aber eine Regel vereinbaren: keine Lügen, auch nicht durch Auslassung. Nichts zurückhalten, um die Oberhand über mich zu bekommen.«

»Kann ich auf die gleiche Leistung Ihrerseits zählen?«

»Sie haben mein Wort.«

»Okay.« Sie ging zu McAliskeys Rechner, auf dem die Fallakte noch geöffnet war. »Ich habe hier gleich was für Sie. Gratis, weil ich das Gefühl habe, dass ich Ihnen was schulde.« Sie berichtete ihm von den anderen beiden Frauen – Namen, Orte, Daten und Zeiten. Sie hörte, dass er sich die Angaben aufschrieb, wahrscheinlich damit er sie bei seinen eigenen Kontakten überprüfen konnte. Ansonsten zeigte er keine Reaktion, jedenfalls keine, die Kennedy am Telefon bemerkte.

»Okay«, sagte sie schließlich. »Haben Sie alles?«

»Ja. Und jetzt?«

»Zwanzig Fragen. Sie fangen an.«

Eine Stunde lang löcherte er sie zum Fall. Er begann mit Stuart Barlow und ging zu den anderen bekannten Opfern über: Todesursache, die Verbindung zu den Ravellers, Barlows geheimes Projekt – dass das Projekt der Vorwand für mehrere Morde sein sollte, hatte schon von Anfang an lächerlich geklungen –, der unbekannte Verfolger und der bisherige Stand der Ermittlungen. Tillman stellte gezielte und detaillierte Fragen, wie sie auch ein Polizist stellen würde. Aus welchem Anlass hatte die Polizei beschlossen, dass Barlows Tod ein Mord war? Hatten die Mörder am Tatort Fingerabdrücke oder DNS-Spuren hinterlassen? Nein? Gab es dann konkrete Beweise, mit der sich die Verbindung beweisen ließ, oder gingen sie nur von der Tatsache aus, dass hier ein verdächtiges Muster an Todesfällen vorlag? Kennedy stand ihm Rede und Antwort, so gut sie konnte, oder gab zu, keine Antwort zu haben. Als Tillman die Fragen ausgingen oder zumindest einen Moment lang schwieg, warf sie von sich aus einige Punkte ein.

»Wir tappen noch immer im Dunkeln, was das Motiv betrifft, aber ich denke, es fällt auf, dass sich Barlow und seine Gruppe über ihre Entdeckungen in Schweigen hüllten – oder auch schon über das, wonach sie gesucht hatten.«

»Inwiefern kommt Ihnen das auffällig vor?«

»Ich habe keine Ahnung. Aber es gibt eine Überschneidung zwischen legitimer historischer Forschung und Schatzsuche. Erinnern Sie sich an diese angelsächsischen Funde vom letzten Jahr – Wikingergold im Wert von mehreren Millionen? Wenn man den Fund meldet, wird er als Schatzfund deklariert. Finder und Grundbesitzer erhalten eine Belohnung, der Staat bekommt den Schatz. Angenommen, Barlow ist auf so etwas gestoßen, könnte ein anderer das mitbekommen haben.«

»Das reicht als Mordmotiv«, stimmte Tillman zu.

»Richtig überzeugt klingen Sie aber nicht.«

»Sie auch nicht, Sergeant.«

»Heather. Ich heiße Heather, Tillman. Heather Kennedy. Im Moment spricht nicht die Polizistin mit Ihnen. Ich bin als Polizistin so weit gegangen, wie ich konnte. Sie sprechen mit einer besorgten Bürgerin.«

»Okay, Heather. Ich bin Leo.«

»Ich weiß. Ich habe recherchiert. Und Sie haben recht, ich glaube nicht, dass es nur um Geld geht. Wir haben es mit einem großen, universellen Motiv zu tun, und die Leute werden mehr oder weniger alles unternehmen, um ihr Ziel zu erreichen. Diese Leute in Luton sahen aus wie Soldaten und benahmen sich auch so. Und sie haben drei Menschen innerhalb von zwei Tagen auf drei verschiedene Arten getötet. Sie haben Einfluss und Macht.«

»Das organisierte Verbrechen kann wie eine Armee vorgehen.«

»Ja, dessen bin ich mir sicher. Aber korrigieren Sie mich, wenn ich falschliege. Geht das organisierte Verbrechen nicht auch wie ein Unternehmen vor? Import-Export, Verkaufsabteilungen, zuverlässige Produktquellen und riesiger Umsatz. Wenn sie nicht illegale Dinge verkaufen würden, wären sie auf der Liste der hundert größten Unternehmen der Welt. Haben sie es auf gestohlene Antiquitäten abgesehen? Ich glaube nicht. Dies wäre etwas für eine andere Art von Verbrechern, die nicht über eine weltweite Infrastruktur verfügen.«

»Und zu welchem Schluss kommen Sie?«

»Ich frage mich, wer Michael Brand ist, Leo. Das ist einer der Gründe, warum ich Sie angerufen habe. Ich denke, dieser Fall wird nicht durch induktive Logik gelöst wie bei Sherlock Holmes. Vielleicht brauchen wir das, was Sie herausgefunden haben.«

»Einer der Gründe? Was ist der andere?«

»Darauf komme ich noch. Erzählen Sie mir von Michael Brand.«

»Wenn Sie mir zuerst noch etwas anderes sagen.«

»Schießen Sie los.«

»Mir ist aufgefallen, dass Sie Brand nicht als Barlows Verfolger eingestuft haben. Sie sind der Ansicht, dass es zwei verschiedene Personen sind. Warum?«

»Ach, stimmt.« Sie musste nachdenken, bevor sie antwortete. Sie ging schon seit einer ganzen Weile von dieser

Vermutung aus. »Hauptsächlich, weil Barlow bereits aus dem Online-Forum wusste, wer Brand war. Irgendwann, kurz bevor Barlow ermordet wurde, haben sie sich getroffen. Offenbar gibt es eine Verbindung, aber warum sollte sich Brand dem Risiko aussetzen, in die falsche Identität eines interessierten Akademikers zu schlüpfen, wenn er anschließend Barlow wie ein billiger Schnüffler verfolgt?«

»Dann sind die Täter dasselbe Problem auf zwei verschiedene Arten angegangen«, schlussfolgerte Tillman.

»Ja. Ich denke, genau das ist es. Wir wissen, dass jemand in den Sachen des Opfers gestöbert hat – zu Hause, im Büro, in den Computerdaten. Sie suchen also etwas, finden aber nichts. Brand macht sich an Barlow ran. Das ist die übervorsichtige ›Fang den Hut‹-Seite der Geschichte. Doch er sorgt dafür, dass sich jemand an Barlows Fersen heftet, um eventuell doch noch das Gesuchte zu finden.«

»Und als beide Versuche fehlschlugen, töteten sie alle.«

»Und stellten alles feinsäuberlich auf den Kopf.«

»Okay.« Tillman schwieg einen Moment. Kennedy wartete ab. Brand stand für Tillman im Zentrum von allem, und das war verständlich, wenn sie dem glauben sollte, was er ihr beim letzten Mal erzählt hatte. Sie vermutete, dass er sich wieder mit dem qualvollen Knoten beschäftigte, der ins Zentrum seines Lebens gerückt war. Deswegen war sie über seine nächste Aussage völlig verblüfft.

»Brand ist Einkäufer.«

»Er ist *was*?«

»Oder vielleicht Vermittler. Jemand, der Dinge im Namen eines Dritten ausfindig macht und besorgt.«

»Was für Dinge?«

»Alles Mögliche. Waffen und Medikamente sind zwei

Konstanten, doch es gibt auch eine Menge anderer Sachen. Computer und Hauptplatinen. Software. Maschinenteile. Elektronische Überwachungsgeräte. Bauholz. Vitaminpräparate. Und …«

Kennedy füllte das Schweigen in der Leitung. »Frauen mit genau drei Kindern.«

»Ja.«

»Also gut. Nehmen wir an, das, was jetzt passiert, gehört zu demselben Muster. Brand versucht etwas zu bekommen – etwas, das Barlow und seine Leute gefunden oder gemacht haben oder von dem sie einfach nur wissen. Er bringt sich ins Spiel. Er bringt seine Leute ins Spiel. Er schmeichelt sich bei Barlow ein, tötet ihn anschließend und durchsucht sein Haus. Doch er findet nicht, was er sucht, weswegen sein Team noch da ist. Sie halten noch immer die Augen offen.«

Ein paar Sekunden lang hörte sie nur Tillmans Atem. »Sie suchen noch immer«, stimmte er zu. »Aber Ihr Szenario funktioniert nicht.«

»Warum nicht?«

»Weil die Mörder nicht versucht haben, mit Sarah Opie zu sprechen, sondern sie nur erschossen haben. Ich glaube nicht, dass es hier um Beschaffung und das übliche Geschäft geht. Meines Erachtens geht es um etwas anderes, und hier liegt unsere Chance. Brand ist Experte darin, wie aus dem Nichts irgendwo aufzutauchen, sich zu nehmen, was er will, und wieder zu verschwinden. Er bleibt nie lange an einem Ort, und er hinterlässt nie eine Spur. Doch jetzt liegt Barlows Mord – wie lange? – vielleicht zwei Monate zurück, und Brands Leute sind immer noch hier. Also hat er die Situation nicht völlig unter Kontrolle. Es geht um …«

»Schadensbegrenzung«, ergänzte Kennedy erneut das fehlende Wort.

»Genau das denke ich. Aber Sie haben gesagt, Sie wollten noch etwas anderes von mir.«

Sie erzählte ihm von dem Messer und ihren aussichtslosen Bemühungen, es irgendwie einzuordnen. Er schien froh zu sein, sich mit einem einzelnen, konkreten Problem beschäftigen zu können. Sie unterbrachen ihr Gespräch, damit Kennedy ihre Skizze fotografieren und ihm als MMS schicken konnte. Dann rief er sie zurück.

»Ich hatte erst vor kurzem eine Begegnung mit einem solchen Messer«, sagte er.

»Eine Begegnung? Inwiefern?«

»Jemand hat es nach mir geworfen.«

»Und Sie sind sicher, dass es genauso aussah?«

»Ich musste die Wunde ausbrennen, sonst wäre ich verblutet.«

»Okay«, stimmte Kennedy zu. »Es war dasselbe.«

»Mir ist nie in den Sinn gekommen, dem Messer nachzugehen«, gab Tillman zu. Er klang aufgeregt. »Sehen Sie? Zwei Köpfe erreichen mehr als einer.«

Kennedy konnte ihr Lachen nicht unterdrücken. »Aber wir haben keinen blassen Schimmer«, stellte sie klar.

»Stimmt. Allerdings kenne ich da jemanden. Einen Ingenieur.«

»Einen Ingenieur? Tillman, ich will darauf hinaus, dass der Ursprung der Waffe ...«

»Er weiß eine Menge über Waffen. Ein echt komischer Kauz. Er heißt Partridge. Ich rede mit ihm und rufe Sie dann zurück.«

Nachdem Tillman aufgelegt hatte, sammelte Kennedy ihre Sachen zusammen. Im Moment fühlte sie sich mit diesem geheimnisvollen Michael Brand auf seltsame Weise verbunden. Vielleicht wollte er dasselbe wie sie: einen Schaden begrenzen und versuchen, eine schwierige, vertrackte Situation wieder unter Kontrolle zu bekommen;

die eigenen Fehler und die der anderen ausgleichen und korrigieren; einen sicheren Weg durch ein Minenfeld suchen, das man selbst angelegt hatte. Gab es überhaupt einen sicheren Weg?

Doch sie wusste, wo der Weg begann.

28

Eigentlich bin ich kein schwieriger Zeitgenosse«, erklärte Ros Barlow. »Ich habe nur eine niedrige Toleranzschwelle für solchen Mist. Ihr Kollege hat mich ständig angelogen und auch nicht aufgehört, als ich ihn darum gebeten habe. Deswegen habe ich ihn aufgefordert zu gehen.«

Sie zerschnitt ein Blätterteigteilchen und schob die Stücke mit einer Sorgfalt auf dem Teller zurecht, die Kennedy in die Schublade »Zwangsneurose« packte. Der Teller war mit dem Logo des Café Caravaggio verziert, in dem sie saßen und das ganz in der Nähe der »Gurke« lag, dem Gebäude, in dem Ros arbeitete. Das Café war aus mehreren Gründen eine schlechte Wahl. Der Preis war einer, die unwillkommene Erinnerung an Messerkämpfe ein anderer.

»Ich glaube nicht, dass Sergeant Combes Sie so direkt angelogen hat«, erwiderte Kennedy vorsichtig. »Aber vielleicht hat er Ihnen nicht alles erzählt.«

Ros schnaubte. »Er hat mir nicht einmal annähernd den Sachverhalt erklärt. Er kam rein und hat selbstgefällig herumgeschwafelt, dass die Ermittlungen einen viel größeren Umfang angenommen hätten, und es sei wirklich wichtig, meine frühere Aussage noch einmal durchzusprechen, um sicherzugehen, dass ich nichts – wie hat er dazu gesagt? – von Belang vergessen hätte. Aber als ich ihn fragte, weswegen sich der Wind gedreht habe, wich er einer eindeutigen Antwort aus. Ich sagte, ich hätte gedacht, Sie würden den Fall leiten, und er hat nur gelacht und verneint. Ein Nein – aber so, als könnte er noch viel mehr dazu sagen, wenn er nur gewollt hätte. Ich fragte, was sein Nein bedeutete, aber er hat mich nur wie ein Schulmädchen abgewatscht: Das gehe mich nichts an, er sei hier, um meine Aussage noch einmal durchzusprechen, er habe nur wenig Zeit. Endgültig unten durch war er bei mir, als er sagte, wenn ich wolle, dass der Mörder meines Bruders geschnappt werden würde, solle ich tun, was man mir sage, und ihn seine Arbeit machen lassen. Da habe ich dann auf stur geschaltet.«

Kennedy nickte. Es war ganz und gar nicht unangenehm, sich diese Szene vorzustellen. »Es stimmt, dass die Ermittlungen einen größeren Rahmen einnehmen.« Sie wählte ihre Worte mit Bedacht, als sie Ros von den anderen Todesfällen erzählte – jedenfalls von den meisten. Um den von Harper lavierte sie sich irgendwie herum. Ros hatte allerdings davon in der Zeitung gelesen und wusste mehr oder weniger, was Kennedy ausließ.

»Waren Sie dabei?«, fragte sie. »Als der andere Mann starb? Dieser Constable Harper?«

»Ja«, antwortete Kennedy. »Sarah Opie war das letzte noch lebende Mitglied der Projektgruppe Ihres Bruders. Das wussten wir noch nicht, als wir sie besuchten, es wurde aber klar, als wir mit ihr sprachen. Wir beschlossen, sie in Schutzhaft zu nehmen, aber es war zu spät. Die Mörder waren bereits da und haben sie erwischt.«

»Direkt vor Ihren Augen«, sagte Ros mit fragendem Blick.

»Direkt vor meinen Augen«, bestätigte Kennedy. Aus Ros Barlows Stimme war kein Vorwurf herauszuhören, nur Mitgefühl, doch Kennedy fiel es schwer, ihre Gefühle zu verbergen. Ros schien ihr die Anspannung anzumerken und verlor kein Wort mehr über Harper.

»Warum waren sie erst dann hinter Dr. Opie her?«, fragte sie stattdessen. »Nach dieser langen Zeit, meine ich. Ich dachte, die anderen Todesfälle wären …« Sie zögerte, weil ihr nicht das passende Wort einfiel.

»Gehäuft aufgetreten?«, ergänzte Kennedy. »Ja, und ich glaube, der Grund für Dr. Opies Tod ist, dass wir sie besuchten. Es kann kein Zufall gewesen sein, dass die Mörder gleichzeitig mit uns da waren. Sie hatten uns beobachtet, entweder um herauszufinden, wie viel wir wussten, oder um ihre eigenen Wissenslücken zu füllen.«

»Oder beides.«

»Ja, oder beides.«

Mit bewundernswerter Ruhe verputzte Ros die Hälfte des Blätterteiggebäcks – drei Teile, die sie sich in den Mund schob, wie andere eine Auster essen, bevor sie ihre klebrigen Fingerspitzen aneinanderlegte.

»Dann gibt es also mehr als einen«, sagte sie. »Mörder, meine ich.«

»Ich habe zwei gesehen«, berichtete Kennedy. »Und es gibt einen dritten, der sich im Hintergrund hält. Der Mann, der sich Ihrem Bruder unter dem Namen Michael Brand vorgestellt hat. Wir wissen nicht, welche Rolle er einnimmt, aber ganz unschuldig wird er nicht sein.«

»Und Sie wissen, warum sie es getan haben? Warum sie Stuart und die anderen getötet haben?«

»Nein, noch nicht.«

»Glauben Sie, sie werden jetzt hinter mir her sein?«

»Das weiß ich auch nicht«, gab Kennedy offen zu. »Aber ich glaube nicht. Sie waren auch das letzte Mal, als wir mit Ihnen geredet haben, nicht hinter Ihnen her. Wenn wir recht haben und das Forschungsprojekt Ihres Bruders der entscheidende Punkt ist, sind Sie nur in Gefahr, wenn die Mörder davon ausgehen, dass Sie etwas wissen. Und im Moment scheinen sie zu dem Schluss gekommen zu sein, dass dem nicht so ist. Gewiss, beim Motiv tappen wir immer noch im Dunkeln. Solange wir das nicht kennen, können wir das Risiko nicht einschätzen.«

Ros überlegte einen Moment. »Gut«, sagte sie schließlich. »Ich gehe das Risiko ein. Ich will, dass die Schweine ihr Fett wegkriegen. Was wollen Sie wissen?«

»Alles, was Sie mir sagen können. Alles über die Arbeit Ihres Bruders.«

»Stuart hat nie über seine Arbeit gesprochen. Aber Sie wissen, dass Ihr Schlägertyp-Kollege seinen Computer mitgenommen hat.«

»Ja, aber da ist nichts drauf.«

»Nichts Relevantes, meinen Sie?«, fragte Ros.

»Die Festplatte wurde vollständig gelöscht.«

Ros hob die Augenbrauen. »Aber warum fragen Sie immer noch nach dem Motiv? Sie versuchen das Buch zu vernichten. Das muss es sein.«

»Das ist immer noch keine Erklärung, Ros. Nicht, solange wir nicht wissen, warum. Sie haben selbst gesagt, in diesem Buch stehe nichts von Belang. Der Rotgut ist schon seit etwa dem fünfzehnten Jahrhundert bekannt, oder? Und er ist die Übersetzung eines Evangeliums, das schon in vielen anderen Versionen vorlag.«

»Stuart hat gesagt, genau das sei der Punkt«, schoss Ros zurück.

»Wie meinen Sie das?«

»Dass der Rotgut so abgenutzt und wertlos sei. Warum gab Kapitän de Veroese ein ganzes Fass Rum für etwas, das weder alt noch ungewöhnlich und selten war?«

Kennedy zuckte mit den Schultern. »Worauf wollen Sie hinaus?«, fragte sie.

»Ich weiß nicht«, sagte sie niedergeschlagen. »Das hat Stu zu jemandem gesagt, mit dem er sich gestritten hat.«

»Mit wem?«

»Am Telefon. Ich habe keine Ahnung, mit wem. Das ist schon ein paar Monate her. Höchstwahrscheinlich mit jemandem aus seiner Projektgruppe.«

Kennedy hing den Worten in Gedanken nach. »Es könnte etwas mit dem Dokument an sich zu tun haben«, überlegte sie. »Mit etwas, das nicht direkt im Text zu finden ist. Mit dem Material, aus dem es besteht, oder mit der Bindung oder einer verborgenen Botschaft, die übersehen wurde …« Sie schwieg, als ihr plötzlich klar wurde, wie schlecht sie über dieses Dokument informiert war, wegen dem fünf Menschen, von denen sie es wusste, und wahrscheinlich noch ein sechster ums Leben gekommen waren. Dieser Gedanke erfüllte sie mit Scham.

»Ros, wo befindet sich der Rotgut? Ich meine, das Original?«

»Im Skriptorium von Avranches«, antwortete Ros, ohne zu überlegen. »In der Bretagne. Oder der Normandie. Jedenfalls in Nordfrankreich. Aber die British Library verfügt über Fotos in hoher Auflösung von allen Seiten. Diese hat Stuart die meiste Zeit verwendet. Das Original hat er sich nur zwei Mal angesehen.«

Kennedy beschloss, das andere Thema anzuschneiden, das ihr durch den Kopf ging. »Ich habe Ihnen erzählt, dass alle Daten auf dem Rechner Ihres Bruders vollständig gelöscht wurden. Von Sarah Opies Dateien gibt es eine Sicherheitskopie auf dem College-Netzwerkserver, und die konnten wir untersuchen. Aber wir haben nichts gefunden, was sich auf das Projekt bezieht.«

»Könnte jemand auch an diesen Dateien herumgepfuscht haben?«, frage Ros.

»Davon gehen wir nicht aus. Auf einem großen Server alle Spuren einer ganzen Reihe von Dateien zu verwischen, ohne Spuren zu hinterlassen ... Es ist möglich, erfordert aber ein hohes Maß an Wissen und Fähigkeiten. Und wenn das jemand könnte, ergibt die radikale Löschaktion auf dem Rechner Ihres Bruders keinen Sinn. Beide Male sind sie auf Zehenspitzen hinein- und wieder herausgeschlichen.«

»Worauf wollen Sie hinaus, Sergeant Kennedy?«

»Nun, Ihr Bruder wusste ja, dass er verfolgt wurde und der Grund höchstwahrscheinlich sein Projekt war. Gibt es noch einen anderen Ort, vielleicht in seinem Bungalow oder in London im Prince Regent's, wo er einen Ausdruck oder eine Festplatte versteckt haben könnte, die mit dem Projekt zu tun haben? Wenn er ein sicheres Versteck hatte, hatte er die anderen vielleicht gebeten, alles zu löschen, falls ihre Rechner gefährdet waren.«

»Das sind viele Vielleichts«, bemerkte Ros.

»Ich weiß. Aber gibt es einen solchen Ort?«

»Wenn es ihn gibt, hat er mir nie davon erzählt.«

Kennedys Laune sank ein Stück. Jetzt hatte sie nur noch einen Versuch, oder vielmehr noch zwei. »Okay«, fuhr sie fort, ohne sich ihre Enttäuschung anmerken zu lassen. »Jetzt hätte ich gerne, dass Sie spontan auf ein paar Fragen antworten. Sagen Sie mir, wenn sie bei Ihnen irgendwelche Assoziationen auslösen.«

»In Ordnung«, stimmte Ros zu.

Kennedy zog das Foto aus ihrer Handtasche, das sie unter der Fliese in Barlows Büro gefunden hatte. Jetzt steckte es in einer durchsichtigen Beweismitteltüte und war unten links mit Datum, Uhrzeit und Ort versehen – Kennedys halbherziger Versuch, zu verbergen, dass das, was sie tat, nicht rechtmäßig war. Sie legte das Foto auf den Tisch und schob es zu Ros.

Ros betrachtete das Bild lange Zeit, bis sie schließlich

den Kopf schüttelte. »Nein«, sagte sie. »Tut mir leid. Das habe ich noch nie gesehen. Und ich weiß nicht, wo es aufgenommen wurde.«

»Es sieht wie ein verlassenes Fabrikgebäude aus«, merkte Kennedy an. »Oder wie ein Lagerhaus. Wissen Sie, ob Ihr Bruder einen solchen Ort besucht oder sonst eine Verbindung zu einem solchen Ort hatte?« Als Ros erneut den Kopf schüttelte, drehte Kennedy das Foto um, um ihr die Zahlen- und Buchstabenfolge auf der Rückseite zu zeigen. »Was ist damit? Fällt Ihnen dazu etwas ein?«

»Nein«, sagte Ros. »Tut mir leid. Was war die andere Sache?«

»Die ist sogar noch dürftiger«, gab Kennedy zu. »Als Dr. Opie starb, sagte sie etwas, das ich nicht verstand. Sie erwähnte etwas, das mit Trauben zu tun hatte.«

Ros blickte vom Foto auf, das sie immer noch in der Hand hielt. »Trauben?«

»Ich habe nur ein paar Worte verstanden. Sie sagte ›aus Trauben, aus Trauben schlagt‹, aber was danach kam, konnte ich nicht …«

Sie hielt inne, weil Ros sie aufmerksam anblickte – ein Blick, der entweder überrascht oder misstrauisch war.

»Ich gehe davon aus, dass Sie das ernst meinen«, sagte Ros, »und es sich nicht um einen komischen Scherz handelt.«

»Ich meine es ernst«, versicherte ihr Kennedy. »Warum? Wissen Sie, was Dr. Opie versucht hat, mir zu sagen?«

Ros nickte langsam. »Nicht ›aus Trauben schlagt‹. Es hieß ›Taubenschlag‹. Oder vielmehr ›Haus Taubenschlag‹.«

Es steckte noch mehr dahinter. Es musste mehr dahinterstecken. Kennedy fragte nicht, sondern wartete und beobachtete Ros Barlow, die einen Schluck Kaffee nahm.

Mit leichtem Scheppern stellte sie die Tasse ab, als würde ihre Hand zittern. »Tut mir leid«, sagte Ros. »Aber das hat in mir alles wieder wachgerufen. Wir fuhren als Kinder immer dorthin.« Sie schwieg einen Moment, schüttelte den Kopf und blickte Kennedy direkt ins Gesicht. »Meine Eltern besaßen zwei Grundstücke«, fuhr sie fort. »Den Bungalow und den Bauernhof. Er heißt ›Haus Taubenschlag‹ oder auch ›Hof Taubenschlag‹ und steht unten in Surrey, in der Nähe von Godalming. Gleich in der Nähe der A3100, und man kann ihn nicht verpassen, weil unser Vater so ein grässliches Schild aufgestellt hat. Er war ein großer Fan des Goodyear-Zeppelins, deswegen hat er an das T von ›Taubenschlag‹ zwei Flügel gehängt wie die auf dem Helm vom Götterboten Hermes. Völlig lächerlich, aber er fand es toll.«

Kennedy schwieg noch einen Moment. Sie wollte nicht, dass Ros ihr ihre Aufregung anmerkte. »Sie sagten, Stuart sei in den Wochen vor seinem Tod ein wenig paranoid geworden«, sagte sie schließlich.

»Nicht paranoid genug, wie sich gezeigt hat«, stellte Ros verbittert klar.

Kennedy stimmte mit einem grimmigen Nicken zu. »Dann ist es zumindest möglich, dass er sich mit den Mitgliedern der Projektgruppe in dem Bauernhaus getroffen hat. Wenn er davon ausging, dass er im College beobachtet wurde und in Ihr Haus eingebrochen worden war …«

»Das ergäbe einen Sinn«, stimmte Ros zu.

»Haben Sie einen Schlüssel zu dem Haus?«

»Ich habe *alle* Schlüssel. Vier Stück. Sie hängen alle am gleichen Ring und liegen zu Hause in der Küchenschublade. Ich bin davon ausgegangen, dass seit Jahren niemand mehr dort war. Möchten Sie mitkommen und sich einen Schlüssel holen?«

Kennedy hatte das Gefühl, eine Ewigkeit über diesen

Vorschlag nachzudenken. »Wenn ich ehrlich sein soll: nein. Ich bin mir fast sicher, dass Harper und ich auf dem Weg nach Luton verfolgt wurden. Wir haben aber unsere Verfolger nicht gesehen. Gehen wir vom schlimmsten Fall aus. Wenn sie uns immer noch beobachten, wissen sie, dass wir genau hier sitzen. Es hört sich verrückt an, so zu reden, aber Sie haben selbst gesagt, dass der Verfolgungswahn Ihres Bruders nicht ausreichte, um ihn zu retten. Lassen Sie uns jetzt lieber auf Nummer sicher gehen.«

Ros konnte die Worte nicht so einfach wegstecken, doch sie schien die Logik zu verstehen. »In Ordnung«, sagte sie mit nüchterner Stimme. »Was schwebt Ihnen dann also vor?« Sie reichte das Foto zurück, das Kennedy wieder in ihre Handtasche steckte.

»Verschicken Sie von Ihrem Büro aus Sachen mit einem Kurier?«, fragte Kennedy.

»Ständig.«

»Nehmen Sie morgen einen der Schlüssel mit zur Arbeit. Stecken Sie ihn in einen Umschlag und schicken Sie ihn zu meiner Nachbarin, Isabella Haynes.«

»Welche Adresse?«

»22, East Terrace, Pimlico, Wohnung 4«, antwortete Kennedy. »Zwei plus zwei macht vier – meinen Sie, Sie können sich die Adresse merken, ohne sie aufzuschreiben?«

»Ich bin Investmentbankerin, Sergeant Kennedy«, klärte Ros sie auf. »Ich muss mir Wechselkurse bis zur vierten Stelle nach dem Komma merken, und die ändern sich täglich. 22, East Terrace, Wohnung 4.«

»In Pimlico.«

»In Pimlico. Sie können mir auch die Postleitzahl nennen, wenn Sie möchten. Die werde ich auch nicht vergessen. Und auch nicht mit der Wohnungsnummer verwechseln.«

Kennedy nannte sie ihr und legte ihre Kreditkarte auf den Tisch. Ros Barlow schob sie wieder zurück. »Gehen Sie. Ich regle das hier«, sagte sie. »Sie hören morgen von mir. Aber das alles nur unter einer Bedingung.«

»Dann lassen Sie hören«, verlangte Kennedy, die bereits aufgestanden war und in ihre Jacke schlüpfte.

Ros blickte zu ihr auf. »Sie erzählen mir, was Sie finden. Wenn es möglich ist.«

Kennedy erkannte Trauer und Schuld in Ros' Blick und fragte sich, ob Ros diesen Ausdruck auch bei ihr bemerkte.

»Werde ich tun«, sagte sie. »Das verspreche ich.«

Als Kennedy zurück in die Löwengrube kam, schrieb sie, vom Verfolgungswahn getrieben, einen Bericht über das Treffen mit Ros Barlow, vermied aber jeden Hinweis über den möglichen Zugang zu wichtigen Informationen über den Fall.

Ich lerne dazu, gestand sie sich mit fatalistischer Befriedigung ein. Dies bedeutete, dass sie in einen Kaninchenbau kroch, in eine Welt, in der unerkannte Verschwörer ihre Informanten verfolgen und umbringen könnten, noch bevor diese ihr etwas Nützliches mitteilten.

Etwas Nützliches worüber? Die Antwort – eine schlechte mittelalterliche Übersetzung eines bereits vorhandenen christlichen Evangeliums – ergab bisher noch keinen Sinn. Doch unten im Kaninchenbau, wo Flaschen mit der Aufschrift ›Trink mich‹ ein Leben ändern konnten, nahm man die Dinge, wie sie kamen.

Ihr Mobiltelefon, das sie während ihres Gesprächs mit Ros auf stumm geschaltet hatte, vibrierte in ihrer Tasche. Sie nahm es heraus und klappt es auf.

»Kennedy.«

»Und? Waren Sie heute fleißig?«, fragte Tillman.

»Fleißig, aber nicht unbedingt produktiv.«

»Vielleicht kommt das Beste zum Schluss. Ich habe mit Partridge gesprochen – und er hat unser Messer gefunden.«

29

Kennedy erkannte John Partridge auf Anhieb, weil er genau Tillmans Beschreibung entsprach – und das völlige Gegenteil dessen war, was seine gebildete, schüchterne Stimme erwarten ließ. Mit seinem breiten, fassförmigen Brustkorb und dem roten Gesicht hätte er Werbung für 1A-Schweinswürste machen können. Doch statt einer Schürze trug er einen grauen Pullover und eine Cargohose, in der Hand hielt er statt eines Hackebeils ein Mobiltelefon. Dennoch ging Kennedy das Bild des Metzgers nicht mehr aus dem Kopf, als sie sich zwischen den Schülern und japanischen Touristen hindurch zu Partridge zwängte, der auf der Treppe vor dem Britischen Museum auffiel wie ein Mönch in einem Massagesalon.

Kennedy trat auf ihn zu und reichte ihm ihre Hand. »Mr Partridge?«

»Sergeant Kennedy?«, vergewisserte er sich und erwiderte ihren Händedruck nur äußerst kurz und vorsichtig. »Freut mich, Sie kennenzulernen. Es freut mich immer, Freunde von Leo kennenzulernen.«

»Ganz meinerseits, schließlich tun Sie mir einen Gefallen«, erwiderte sie. »Wo ist das Messer?«

Partridge lächelte. »Gleich hier. In der Abteilung Naher Osten. Kommen Sie.«

Als Kennedy ihn eingeholt hatte, erklärte er ihr, warum er eigentlich gar nicht der richtige Ansprechpartner sei. »Ihr Problem gehört ganz und gar nicht zu meinem Spezialgebiet und berührt keinen Bereich, in dem ich auch nur am Rande kompetent bin. Ich bin eigentlich Physiker.«

»Leo Tillman sagte, Sie seien Ingenieur.«

»Ausgebildeter Physiker, beruflich de facto aber Ingenieur. Ich habe Materialwissenschaft am Massachusetts Institute of Technology studiert. Zu meinem Fachbereich zählen, allgemein ausgedrückt, die physikalischen Eigenschaften von Gegenständen und Substanzen. Innerhalb dieses Bereichs, der viel größer ist, als er sich anhört, habe ich mir ein Spezialgebiet erarbeitet, und zwar die Ballistik. Das letzte Jahr – oder eigentlich mehr als ein Jahr – habe ich den angeblich veralteten ballistischen Gleichungen von Lagrange gewidmet, die sich auf den Druck von sich ausdehnenden Gasen in einer Waffenkammer nach der Zündung beziehen. Ehrlich, wenn es um geschliffene Waffen geht, bin ich ein Grünschnabel.«

»Und trotzdem haben Sie mein Problem innerhalb eines Tages gelöst.« Kennedy hoffte, dass er sich nicht zu sehr über seine veralteten Gleichungen ausließ. »Das ist beeindruckend.«

»Sogar noch beeindruckender, als Sie denken«, sagte Partridge fröhlich. »Das hier berührt in vielerlei Hinsicht nicht meinen Bereich, Sergeant Kennedy.« Er wandte sich ihr lächelnd zu, um ihre Reaktion zu beobachten. »Wir haben es nicht einmal mit einer Waffe zu tun.«

Kennedy runzelte die Stirn, als das Bild von Harpers grauenvollem Tod vor ihren Augen auftauchte. »Ich habe gesehen, was es anrichten kann«, hielt sie in so neutralem Ton wie möglich dagegen.

»Oh, ja, es ist gefährlich«, stimmte Partridge immer noch lächelnd zu. »Sogar tödlich. Aber das Wesentliche daran ist, dass es ursprünglich nicht dazu gedacht war, jemanden zu verwunden oder zu töten.«

»Das müssen Sie mir erklären«, bat Kennedy.

Sein Lächeln wurde noch ein Stück breiter. »Alles zu seiner Zeit.«

Partridge blieb vor einer offenen Tür stehen. Auf dem Schild daneben stand RAUM 57: ANTIKE LEVANTE. Durch die Tür hindurch erblickte Kennedy eine Vitrine voll mit unbemalten Tontöpfen. Genau mit diesen hatte sie als Kind das British Museum immer in Verbindung gebracht. Und sie waren der Grund, warum sie ihm das Natural History und das Science Museum, sogar noch das Victoria and Albert Museum vorgezogen hatte.

»Die Levante umfasst das heutige Syrien, den Libanon, Jordanien, Israel und die besetzten Gebiete bei Israel«, erklärte Partridge mit der langsamen Präzision eines Dozenten.

»Bis wann nannte man dieses Gebiet Levante?«, fragte sie. Folgte sie hier einer falschen Fährte? Wenn ja, wie lange würde sie brauchen, um sich den Fängen dieses wohlmeinenden, aber irgendwie seltsamen Menschen zu entziehen?

»Ich bin kein Historiker«, erinnerte Partridge sie. »Ich denke, die meisten ausgestellten Gegenstände hier gehen auf einen Zeitraum zwischen achttausend und fünfhundert Jahre vor Christus zurück. Am liebsten würde ich Ihnen ein späteres Exemplar Ihrer asymmetrischen Klinge zeigen, aber dazu müsste ich Sie zur Museumsinsel in Berlin mitnehmen. Hier in Großbritannien befinden sich keine Messer aus der passenden Periode.«

Er betrat den Raum, gefolgt von Kennedy. Gemeinsam gingen sie an den Tontöpfen, dann an den vielen Steintafeln mit eingearbeiteten Flachreliefs vorbei, bis sie endlich vor einer Vitrine voller Metallwerkzeuge stehenblieben.

»Im zweiten Fach«, sagte Partridge, doch Kennedy hatte es bereits entdeckt. Spontan und obwohl sie wusste, dass Partridge diese Information nicht benötigte, hob sie eine Hand und berührte mit dem Finger das Glas. »Da. Das ist es.«

Von physikalischen Gesichtspunkten aus betrachtet, sah das Messer völlig anders aus als dasjenige, das in ihrer Schulter gelandet war und Harpers Leben beendet hatte. Es war im Lauf der Jahrhunderte verwittert. Die Oberfläche war mit einer starken Patina überzogen, so dass sich nicht mehr sagen ließ, um welches Metall es sich handelte. Der Griff war nur noch eine dünne Spitze, doch die Klinge wies genau dieselbe Form auf, die sich in Kennedys Gedächtnis eingebrannt hatte: sehr kurz, fast so breit wie lang und mit einer Spitze, die wie ein Haken nach unten gebogen war.

Jetzt, wie es so vor ihr lag, sah es ein bisschen lächerlich aus. Wozu hatte dieses kleine, belanglose Messer gedient? Und welchen Zweck hatte das abgerundete Ende, wo man sonst ein schmaleres oder vielmehr spitzes Ende erwartet hätte? Doch ihr Magen zog sich zusammen, und ihr blieb die Luft weg. Sie hatte keine Angst, die hatte sie am Park Square gehabt, als der Angreifer die Pistole auf sie gerichtet hatte. Für dieses Messer, das Harper getötet und ein Stück aus ihr herausgerissen hatte, empfand sie einfach nur Hass.

»Wozu dient es?«, fragte sie Partridge. Mit Erleichterung stellte sie fest, dass man aus ihrer Stimme ihre Gefühle nicht heraushörte.

»Ein Rasiermesser«, antwortete Partridge. »Damit haben sich Männer den Bart rasiert oder in Form gebracht. Dieses hier ist aus Bronze, und wie Sie der Beschreibung entnehmen können, wurde es in einem Grab in Semna gefunden. Doch die Form wird üblicherweise einer späteren Ära und einem anderen Teil des Nahen Ostens zugeordnet.«

Er drehte sich zu ihr um und verschränkte die Hände hinter seinem Rücken. »Während der römischen Besetzung von Israel-Palästina war es den unterworfenen Juden verboten, Waffen zu tragen. Das Rasierzeug bildete aber sozusagen eine Gesetzeslücke. Jedenfalls am Anfang. Daher versteckten Freiheitskämpfer immer ein Rasiermesser wie dieses in ihrem Ärmel, wenn sie das Haus verließen. Wenn sie einem römischen Soldaten oder Beamten begegneten, stachen sie damit zu und verbargen es rasch wieder. Es handelt sich also um eine sehr effektive Mordwaffe. Ein Messer mit kurzer Klinge hieß bei den Römern *sica*, ein Rebell, der es verwendete, wurde *sicarius* genannt, Dolchmann.«

»Aber das war vor zweitausend Jahren«, überlegte Kennedy.

»Mehr oder weniger«, stimmte Partridge zu. »Und wenn Sie mir noch weitere Fragen zum historischen Kontext Ihrer Waffe stellen wollen, kann ich Ihnen leider nicht weiterhelfen. Mein Wissen zu diesem Thema ist bereits erschöpft. Aber nicht, noch nicht ganz, zu dem Gegenstand selbst. Soll ich Ihnen erzählen, wie ich Ihr Messer schließlich zuordnen konnte? Ich meine, warum es einen Beitrag zu der gegenwärtigen Waffentheorie liefert, obwohl es ein antikes Stück ist?«

»Bitte«, forderte Kennedy ihn auf.

»Aufgrund seiner aerodynamischen Eigenschaften kann es auf ein Ziel geworfen werden, ohne dass es sich dreht. Ein bekanntes Beispiel ist das moderne Wurfmesser. Es wurde von einem spanischen Ingenieur entwickelt, Paco Tovar, der vermeiden wollte, dass ein Messer sein Ziel mit dem Griff trifft, wie es bei den meisten der Fall ist. Die Längsdrehung verleiht seinem Messer Stabilität und wird im Prinzip wie ein Cricket-Ball geworfen. Die Sica dreht sich nicht der Länge nach und wurde auch gar nicht als Wurfmesser entwickelt, weswegen die guten Flugeigenschaften erstaunlich sind. Der Grund ist die unorthodoxe Klingenform. Ich nahm 2002 an einem Symposium in Müncheberg teil, bei dem es darum ging, wann die ersten Wurfmesser aufkamen. Ich vertrat damals einen Kollegen und habe keine guten Erinnerungen an die Veranstaltung, weil ich nur über ein minimales Wissen über Messer verfüge und mein Interesse daran noch geringer ist.«

»Ich bin froh, dass Sie sich trotzdem noch daran erinnert haben, Mr Partridge. Aber heißt das nun, dass diese Eigenschaft – die gerade Flugbahn – ein ziemlich seltenes Phänomen ist?«

»Bei Waffen mit einer Klinge, ja«, antwortete Partridge. »Normalerweise muss der Griff dick genug sein, damit es gut in der Hand liegt und zu verwenden ist, während die Klinge üblicherweise dünner und leichter ist. Wegen dieses Ungleichgewichts dreht sich ein Messer gewöhnlich.«

»Wäre das der Grund, warum man heute noch solche Messer verwendet?«

Partridge schürzte die Lippen, während er über diese Frage nachdachte. »Möglicherweise. Aber ich vermute, dass das Wurfmesser bessere Leistung erbringt – ebenso wie das halbe Dutzend Varianten, die seitdem entwickelt wurden.«

»Aber sie stammen alle aus jüngster Zeit?«

Partridge nickte. »Aus den letzten zehn Jahren.«

»Danke, Mr Partridge. Das hat mir wirklich weitergeholfen.«

»Es war mir eine unermessliche Freude«, sagte er und deutete mit dem Kopf eine Verbeugung an.

Als Kennedy ihn verließ, betrachtete er immer noch mit vor Konzentration gerunzelter Stirn die Messer.

Sie traf sich mit Tillman auf dem City-of-London-Friedhof, wo er auf einer leichten Anhöhe mit Panoramablick gegen ein Grabmal lehnte. Auf seinem Schoß lag dieselbe seltsam aussehende Waffe, die er am Park Square verwendet hatte, während er eine Beerdigung am anderen Ende des Friedhofs beobachtete.

»Würde es Ihnen was ausmachen, dieses Ding wegzustecken?«, fragte Kennedy.

Tillman bedachte sie mit einem kurzen, leicht entnervten Grinsen. »Sagte die Schauspielerin zum Bischof.«

Doch er machte keine Anstalten, die Waffe wegzustecken, die er, wie sie erst jetzt bemerkte, reinigte. Sie lehnte sich ebenfalls gegen das Grabmal und sah ihm zu. »Sie haben gute Laune«, stellte sie mürrisch fest.

»Stimmt.« Mit akribischer Sorgfalt schob er eine Bürste in den Lauf der Waffe. Neben ihm im Gras lag eine kleine Tube Reinigungsmittel, in der Luft hing der stechende Geruch von Amylacetat. »Ich habe ein ziemlich gutes Gefühl bei der ganzen Sache, Sergeant.«

»In Bezug auf das Chaos im Allgemeinen oder die Todesfälle im Speziellen?«

Tillmans kräftiges, kehliges Lachen hörte sich an, als würde er sich anstrengen, fröhlich zu klingen. »Wegen dem, was wir erreicht haben. Sie wissen doch, dass ich mittlerweile sehr lange nach Michael Brand suche. Vielleicht schon länger, als Sie Detective sind. Und während dieser ganzen Zeit hatte ich nie das Gefühl, ihm so dicht auf den Fersen zu sein wie jetzt. Der Zeitpunkt unseres Kennenlernens war perfekt. Unser beider Wissen ergänzt sich in fast perfekter Weise. Wir sind an einem guten Punkt.«

Mit der gleichen Aufmerksamkeit schob er einen zusammengedrehten Lappen nacheinander in jede der sechs Kammern. »Ein guter Punkt«, wiederholte er leise mehr für sich als für Kennedy.

»Freut mich, dass Sie so denken«, sagte Kennedy. Ohne es zu wollen war sie auf den sechsschüssigen Revolver aufmerksam geworden. Schließlich kam sie darauf, warum er so seltsam aussah, zwang sich aber, Tillman nicht danach zu fragen. Sie wollte sich mit ihrem Interesse an dem verdammten Ding nicht verraten. Doch er bemerkte ihren Blick und hielt den Revolver so, dass sie ihn sich besser ansehen konnte.

»Schon in Ordnung, danke«, lehnte Kennedy ab, fragte dann aber dennoch: »Wieso befindet sich der Lauf auf einer Ebene mit dem Unterteil des Zylinders?«

»Mateba Unica Nummer 6«, erklärte Tillman und öffnete den Zylinder, indem er ihn nach oben und nach links schob. »Ja, der Zylinder sitzt über der Trommel. Das heißt, der Rückstoß ist sehr gering, und der größte Teil davon wirkt sich tatsächlich nur gerade nach hinten aus, ohne dass der Lauf nach oben zuckt.«

»So ein Ding habe ich noch nie gesehen.«

»Das ist der einzige Automatikrevolver, der hergestellt wird. Webley-Fosbery hat sich einige Jahre damit befasst, aber dessen Zeit ist vorbei. Mateba stellt die Unica noch her, weil genügend Leute auf diese Kombination aus phantastischer Genauigkeit und enorm schweren Geschossen stehen.«

»Ich werde Ihnen mal glauben, was Sie sagen.«

»Das sollten Sie. Ich weiß, wovon ich rede. Ich bin nur ein durchschnittlicher Schütze, aber mit diesem Ding in meiner Hand schaffe ich es, fast alles zu treffen, worauf ich ziele.«

Sie erinnerte sich an das Messer am Park Square, das er dem Mörder aus der Hand geschossen hatte. Die Tatsachen sprachen für sich.

Sie setzte sich neben ihn. »Also, Sie haben die Vorlesung über das Messer gehört?«

»Partridge hat mich aufgeklärt. Klingt irgendwie interessant, nicht? Ihre Mordopfer haben an einem richtig alten Evangelium gearbeitet, und diese Mörder verwenden ein richtig altes Messer. Gleicher Ursprung: Judäa-Samaria, erstes Jahrhundert vor Christus.«

»Sehr interessant, ja. Ich weiß nur nicht genau, wohin uns das führt.«

»Ich auch nicht. Ich verlasse mich darauf, dass Sie mit Ihrem Scharfsinn als Detective die Einzelteile zu einem sinnvollen Ganzen zusammenfügen.«

»Das ist nicht lustig, Tillman.«

»Ich lache auch nicht. Das wäre der falsche Ort für einen Witz. Aber wenn ich sage, dass wir nahe an etwas dran sind, meine ich das so.« Er schwieg einen Moment, während er jeden kleinen Spalt im Mechanismus der Waffe mit der Reinigungsflüssigkeit abrieb. »Die Wahrheit ist …«, fuhr er nachdenklich fort, machte aber wieder eine Pause. Kennedy drehte sich zu ihm um. Sein Gesicht war ausdruckslos, als würde er meditieren. »Das hier – alles, Ihr Fall – kam für mich zum richtigen Zeitpunkt. Ich war schon bereit aufzugeben. Das hatte ich mir zwar noch nicht eingestanden, aber ich verlor meine Antriebskraft. Dann erhielt ich einen Hinweis von einem Typen am anderen Ende Europas, deswegen kam ich hierher, und dann traf ich Sie …«

»So etwas wie Schicksal gibt es nicht, Tillman«, erwiderte Kennedy, beunruhigt durch den Klang seiner Stimme.

Er blickte zu ihr auf und schüttelte den Kopf. »Nein, das weiß ich. Kein Plan. Keine Vorsehung. Kein Schicksal, sondern nur unser eigenes Geschick. Trotzdem bin ich froh, dass wir an der Sache arbeiten. Dass wir gemeinsam an der Sache arbeiten.«

Kennedy blickte zur Seite. Sie mochte nicht daran erinnert werden, wie dünn das Seil war, auf dem sich ihr De-facto-Partner bewegte. Ihre eigene Situation bekam dadurch etwas Verzweifeltes.

»Hören Sie«, sagte sie. »Ich habe eine mögliche Spur zu Barlows Projekt.« Sie erzählte ihm, wie auffällig es sei, dass auf Sarah Opies Rechner nichts von einem Rotgut-Kodex zu finden war, und von Barlows Haus auf dem Land. Doch den Namen des Hauses verschwieg sie.

»Klingt, als sollten wir mal einen Blick hineinwerfen«, meinte Tillman. »Möchten Sie das heute Nacht tun?«

»Nein. Barlows Schwester schickt mir den Schlüssel morgen früh. Und ich möchte, dass Sie sich fernhalten, bis wir das Haus als möglichen Tatort untersucht haben. Wenn Sie zuerst hineingehen, werden eventuelle Beweise verunreinigt – und Sie könnten eigene Spuren hinterlassen. Ich will nicht, dass Sie zufällig ins Visier meiner Kollegen geraten.«

Tillman schien nicht überzeugt zu sein. »Was für Beweise? Was für einen Tatort? Sie gehen doch da rein in der Annahme, dass diese dürren, bleichen Schlägertypen gar nicht wissen, dass es diesen Ort überhaupt gibt.«

»Das hoffe ich.«

»Dann kann ich auch nichts verunreinigen.«

»Wenn ich recht habe, stimmt das. Aber wir wissen nicht, was wir da betreten werden. Und solange das der Fall ist, möchte ich zuerst hineingehen. Allein.«

Er erhob sich und blickte sie mit ernstem Gesicht an. »Unsere Abmachung lautet, dass wir sämtliche Informationen austauschen«, erinnerte er sie. »Es funktioniert nur, wenn wir uns daran halten.«

»Ich schwöre, egal, was wir finden, ich werde es Sie wissen lassen«, versicherte sie ihm. »Ich will nur nach Lehrbuch vorgehen.«

»Nach was?«

»Nach Lehrbuch. Das heißt, ich will ganz vorsichtig hineingehen und nichts durcheinanderbringen. Es kann sein, dass ich nichts finde. In diesem Fall komme ich wieder raus und tue so, als wäre ich nie drin gewesen. Weil Ros Barlow der andere Faktor in dieser Sache ist. Wenn diese ... wer auch immer sie sind, den Eindruck bekommen, dass sie etwas weiß, könnten sie ihr genauso nachstellen, wie sie es bei Sarah Opie getan haben.«

»Dann nehmen Sie sie in Schutzhaft. So wie den anderen Kerl, diesen Emil Soundso.«

»Gassan. Emil Gassan. Das täte ich, wenn ich könnte. Aber ich bin nicht der Kapitän dieses Schiffs. Ich bin eher so etwas wie ein Schiffsjunge. Ich soll in der Abteilung bleiben und die Büroklammern an den Akten zählen.«

Tillman warf ihr einen gewitzten Blick zu. »Dann brauchen Sie mich genauso, wie ich Sie brauche«, stellte er fest.

»Wenn Ihnen das ein gutes Gefühl gibt, Tillman, dann ja. Ich brauche Sie. Und ich werde Sie noch viel mehr brauchen, wenn wir eine heiße Spur haben. Deswegen möchte ich, dass Sie sich raushalten und Ihr Pulver erst verschießen, nachdem ich einen Blick in dieses Haus geworfen habe.«

Offensichtlich zufrieden nickte er. »Okay. Ich vertraue Ihnen.«

»Ach ja?« Kennedy war überrascht. »Warum?«

»Ich kann Menschen gut einschätzen. Besonders Sergeants. Vor ewigen Zeiten war ich selbst mal einer – und kannte viele andere. Die Bösen waren von den Guten leicht zu unterscheiden.«

»Was ist aus denen geworden?«

»Von denen gab es nicht viele. Andere Ränge haben Grauzonen. Sergeants sind sehr polarisiert.« Er hatte sie während seiner Ausführung genau beobachtet, doch jetzt wandte er den Blick zum Tor, durch das die letzten Trauernden den Friedhof verließen, nachdem die Totengräber ihre Arbeit getan hatten.

»Wenn Sie ihr die letzte Ehre erweisen wollen, wäre jetzt der richtige Moment«, schlug er vor.

»Die letzte Ehre?« Sie folgte seinem Blick. »Warum? Wessen Beerdigung war das?«

»Sarah Opie. Wäre eigentlich früher gewesen, denke ich, aber Ihre Leute konnten die Leiche erst nach der Obduktion freigeben.«

Einen Moment lang verlor sie die Orientierung, fühlte sich aus der normalen Zeit herausgerissen, als besuchte sie die Stationen ihres bisherigen Lebens mit Tillman an ihrer Seite als Geist ihrer verpfuschten Vergangenheit. »Was haben Sie auf Sarah Opies Beerdigung gemacht?«, wollte sie wissen.

»Ich war nicht auf der Beerdigung. Ich habe sie von hier oben aus beobachtet. Nur für den Fall der Fälle.«

»Für welchen Fall?«

»Für den Fall, dass unsere ungebräunten Freunde hier herumschnüffeln. Wegen mir, oder wegen Ihnen oder sonst jemandem, der ihnen bisher durch die Lappen gegangen ist. Ich habe vorher alles gründlich abgesucht, und währenddessen auch noch mal. Niemand gekommen.«

Darauf konnte Kennedy nichts erwidern, doch es gab auch nichts, was sie an Sarah Opies Grab hätte sagen wollen. Zumindest in dieser Hinsicht gehörte sie zu denjenigen, für die Taten mehr zählen als Worte.

30

Der nächste Morgen zog sich hin. Kennedy verbrachte die meiste Zeit in der Löwengrube, wo sie die Fallnotizen durchsah. Sie enthielten nur wenig Neues oder Bedeutendes.

Einen kleinen Fortschritt machte sie beim Vergleich der Aussagen der Zeugen am Square Park, die von Stanwick und McAliskey aufgenommen und zusammengefügt worden waren. Beim ersten Durchlesen hatte sie die Aussage von Phyllis Church übersehen, der Angestellten des Autoverleihs, die Sarah Opies Mördern den weißen Van vermietet hatte. Auch diese vielversprechende Spur war im Sande verlaufen. Die Männer hatten äußerst gut gefälschte Ausweise benutzt, mit denen sie sich als portugiesische Weinhändler ausgegeben hatten, die in London eine Messe besuchten.

Churchs Beschreibung der beiden Männer stimmte im Großen und Ganzen mit denen der anderen Zeugen überein. Sie erinnerte sich an ihr kurzgeschnittenes, schwarzes, gekräuseltes Haar und die blasse Haut. Sie hatte sich gefragt, ob sie miteinander verwandt waren, da sie sich so sehr ähnelten. Doch sie hatte auch ausgesagt, einer von ihnen müsse verletzt gewesen sein, weil er geblutet habe.

Kennedy las den Bericht drei Mal, während sie geistesabwesend einige Stellen markierte.

Der Jüngere rieb sein Auge. Dann, als ich seinen Aus-

weis für die Unterlagen kopierte, sah ich ihn an und dachte, er würde weinen. Doch es war Blut. Blut kam aus seinem Auge. Nur ein bisschen, aber so, als würde er Blut weinen statt Tränen. Das war echt ziemlich unheimlich. Dann merkte er, dass ich ihn ansah, und wandte sich ab. Und der andere sagte was auf Spanisch zu ihm. Na ja, ich glaube, es war Spanisch. Ich spreche kein Spanisch. Aber der Jüngere ging raus und wartete dort. Ich habe ihn nicht wiedergesehen.

Diese Stelle rief ein Bild von dem Mann in ihr hervor, der Harper getötet hatte. Es stimmte, an seinen Wangen waren rote Tränen hinuntergelaufen. In dem ganzen Chaos und Schrecken hatte sie diesen Punkt vergessen. Es hätte auch eine Täuschung durch das Licht gewesen sein können, doch als sich der andere Mann ihr zugewandt hatte, waren auch seine Augen blutunterlaufen gewesen. Diese und das blasse Gesicht hatten ihn wie einen Heiligen aussehen lassen, der sich zügellos am Kommunionswein betrunken hatte.

Sie recherchierte im Internet über Geburtsfehler und Nebenwirkungen von Drogen. Blutunterlaufene Augen; blutende Augen; blutende Tränengänge; blutige Tränen; Augenverletzungen. Diese und viele andere Suchbegriffe, die sie eingab, verrieten ihr nichts Neues. Fast alles konnte die winzigen Kapillaren im Auge platzen lassen, angefangen bei einem starken Husten oder Niesen über hohen Blutdruck bis hin zu Diabetes oder Gewalteinwirkung. Auch eine Veränderung des Luftdrucks konnte zu derartigen Verletzungen führen, doch mitunter reichte bereits eine körperliche Anstrengung, selbst bei Menschen mit allgemein gutem Gesundheitszustand.

Blutige Tränen wiederum waren etwas anderes, hatten sogar einen medizinischen Namen, Haemolacria, der jedoch lediglich das Symptom beschrieb. Das tatsächliche Phänomen schien sehr selten vorzukommen – und öfters mit Christus- oder Marienstatuen in Verbindung gebracht zu werden als mit medizinischen Eigenschaften. Ein Tumor im Tränengang konnte die Ursache sein, aber auch eine seltene Form der Bindehautentzündung. Für den Moment schloss Kennedy die Möglichkeit aus, dass beide Mörder gleichzeitig unter ein und derselben Krankheit gelitten hatten.

In einem langen Artikel auf einer unbedeutenden medizinischen Webseite wurde bei Anhängern ekstatischer Religionen während Ritualen, in denen Gott zu ihnen hernieder gerufen wurde, das spontane Auftreten von blutigen Tränen beschrieben. Diese These wurde leider durch keine authentischen Beispiele bewiesen, sondern berief sich vor allem auf Anekdoten aus der Karibik aus dem neunzehnten Jahrhundert. Voodoo-Zauberer, die behaupteten, von Baron Samedi oder Maître Carrefour geritten zu werden, und blutige Tränen und blutigen Schweiß absonderten. Höchstwahrscheinlich Bühnenmagie, die ebenfalls in eine Sackgasse führte.

Sie rief Ralph Prentice in der Pathologie der Polizei an, einen alten Nicht-ganz-Freund, mit dem sie nicht mehr gesprochen hatte, seit Marcus Dell erschossen worden war und sie ihren Waffenschein verloren hatte. Er machte dazu keine Andeutung, obwohl er mit Sicherheit davon gehört hatte.

»Ich bräuchte mal eben deine Hilfe«, begann Kennedy.

»Schieß los«, forderte Prentice sie auf. »Du weißt, ich bin eine Goldmine für nutzlose Informationen. Und die drei Steifen auf meinem Tisch heute Morgen sind weit weniger attraktiv als du.«

»Da habe ich aber Glück!«, erwiderte Kennedy.

»O ja. Gestern hatte ich ein echt hübsches Ding hier liegen.«

»Nicht, dass mich dein Sexleben nicht interessieren würde, Prentice, aber kennst du einen Grund, weswegen ein Mensch blutige Tränen absondert?«

»Brunst«, antwortete Prentice spontan.

Kennedy fühlte sich wie vor den Kopf gestoßen. »Was?«

»Brunst, Östrus, Ovulation. Bei einigen Frauen passiert das jeden Monat. Wenn man schwanger werden will, ist das manchmal ein ziemlich sicheres Kennzeichen.«

»›Bei einigen Frauen‹?«

»Es kommt verdammt selten vor. Vielleicht bei zwei oder drei von einer Million.«

»Gut, und was ist mit Männern?«

»Noch weniger. Ich kann mir vorstellen, dass die Tränengänge durch eine Infektion verletzt werden und es deshalb zu einer leichten Blutabsonderung kommt. Außerdem bin ich mir sicher, dass eine Bindehautentzündung dazu führen kann, auch wenn das Hauptsymptom vor allem blutunterlaufene Augen sind.«

»Zwei Männer zur selben Zeit. Zwei Männer, die letzte Woche Chris Harper umgebracht haben.«

»Ah.« Langes Schweigen am anderen Ende. »Also«, fuhr Prentice schließlich fort, »wenn man die Überlegung außer Betracht lässt, dass einer von ihnen eine Augenentzündung hat und sie auf den anderen durch leichtsinniges Augenzwinkern überträgt, während sich ihre Wimpern berühren, fallen mir spontan zwei Möglichkeiten ein.«

»Und die wären?«

»Drogen und Stress. Möglicherweise eine Kombination aus beidem.«

»Welche Drogen genau?«

»Keine, von denen ich je gehört hätte«, gab er zu. »Aber das heißt nicht, dass es sie nicht gibt, Kennedy. Hinter mir im Regal steht ein Arzneimittelhandbuch, in dem dreiundzwanzigtausend entzückende pharmazeutische Freuden aufgelistet sind – gut tausend davon wurden in den letzten zwölf Monaten hinzugefügt.«

»Gibt es eine Liste mit den möglichen Nebenwirkungen?«

»Na klar. Das ist einer der Gründe, warum dieses Buch geschrieben wurde. Ärzte können für einen bestimmten Patienten die Kontraindikationen nachschlagen. Zum Beispiel würde man niemandem Venlafaxin verschreiben, der schon einen hohen Blutdruck hat, weil damit sein Herz explodieren würde.«

»Verstanden. Könntest du für mich etwas nachsehen, Prentice? Für welche Medikamente wird Haemolacria als …«

»Dreiundzwanzigtausend verschiedene Bestandteile, Heather. Das habe ich dir doch schon gesagt. Tut mir leid, aber der Tag hat nur vierundzwanzig Stunden und die Woche nur sieben Tage. Und ich habe noch meine eigene Arbeit.«

»Schon verstanden«, beruhigte sie ihn in reuevollem Ton. »Entschuldige, Ralph, ich habe nicht nachgedacht. Aber lassen sich solche Sachen nicht auch online mit einer Suchmaschine durchforsten?«

»Müsste es geben«, stimmte Prentice zu. »Aber diese Listen mit Nebenwirkungen sind manchmal drei oder vier Seiten lang. Alles, was bei mindestens einem Patienten in den Versuchsreihen festgestellt wurde, muss dort aufgenommen werden. Kann also sein, dass du hundert Medikamente findest, für die in der Literatur blutige Abscheidungen als mögliche Begleiterscheinung genannt werden. Ich fände es also ratsam, die Suche ein bisschen einzugrenzen.«

Kennedy dankte ihm, legte auf und ging ins Internet. Dort fand sie eine Medikamentendatenbank, die von einer Krankenhausstiftung im Staat New York als Angebot für Hypochonder geführt wurde. Doch Prentice hatte mit seiner Schätzung zu hoch gegriffen. Es waren nur siebzehn Medikamente, für die Haemolacria als seltene, aber bekannte Nebenwirkung aufgeführt wurde. Alle waren Derivate von Methamphetamin und dienten offenbar zur Behandlung des Aufmerksamkeitsdefizitsyndroms oder der exogenen Fettsucht.

Während sie las, betrat Stanwick die Löwengrube, ein paar Sekunden später gefolgt von Combes. Kennedy legte keinen gesteigerten Wert auf ihre Gesellschaft, was eindeutig auf Gegenseitigkeit beruhte, doch sie wartete auf Izzy, die mit dem Schlüssel für das Haus Taubenschlag vorbeikommen wollte. Deswegen wollte sie den Schreibtisch nicht verlassen. Sie speicherte die Medikamentenliste ab, schloss die Datei und aktualisierte die Fallakte mit dem, was ihr John Partridge über das Messer erzählt hatte.

Ihr Telefon klingelte.

»Hey.« Tillmans Stimme.

»Hey«, grüßte sie zurück. »Können wir später reden?«

»Ich würde gerne jetzt reden. Bevor Sie gehen.«

»Worüber?«

»Über diesen David-Bowie-Klassiker, *The Thin White Duke*.«

Hin- und hergerissen zögerte sie. »Wo sind Sie?«

»St. James's Park. Auf Ihrer Seite.«

»Bis gleich.«

Sie schnappte sich ihren Mantel und machte sich auf den Weg, ging den Birdcage Walk entlang, ohne Tillman zu sehen. Die einzigen Vögel, die sie sah, waren Tauben, die die Touristen in die Mangel nahmen. Für die Stadtverwaltung waren Tauben Staatsfeinde. Sie hatte Wüstenbussarde von privaten Züchtern engagiert, um sie vom Trafalgar Square zu verjagen, wo ihr Kot jährlich einen geschätzten Schaden von acht Millionen Pfund verursachte. Die Tauben waren einfach ein oder zwei Kilometer weiter nach Süden gezogen und hatten abgewartet, bis sich die erhitzten Gemüter wieder beruhigt hatten.

Doch die Hitze von oben schlug mit voller Breitseite zu, hämmerte auf den Asphalt, die Bäume im Park und Kennedys Nacken. Grelle Sonne schien in London immer irgendwie fehl am Platz zu sein. Auch das würde die Stadtverwaltung sicher gerne unter Kontrolle bekommen.

Als Kennedy die Ecke der Great George Street und die massive, graue Fassade des Churchill-Museums erreichte, blieb sie stehen. Hier tummelten sich viel mehr Menschen, und einer davon könnte sie beobachten, ein Freund oder Verbündeter der Männer, die Chris Harper umgebracht hatten. Erst jetzt wurde ihr bewusst, dass sie alle vorbeiziehenden Gesichter nach diesen auffälligen Merkmalen der Mörder am Park Square – blasse Haut und dunkles Haar – absuchte. Ein junges Paar ging vorbei, die Köpfe aneinandergelehnt, während der Mann der Frau leise etwas ins Ohr flüsterte, was sonst niemand verstehen konnte. Vielleicht »Zielperson gefunden«? Ein Mann mit Habichtgesicht und in Hemdsärmeln kam zielstrebig auf sie zu und entpuppte sich als jemand, der Schülern den Weg bahnte, die in Zweierreihen auf das Museum zustrebten.

Kennedy blieb an der Straßenkreuzung stehen, eingeschlossen von neoklassizistischen Arkaden wie in einem Schafpferch. Die Sonne auf ihrem Rücken fühlte sich an wie eine Hand, die sie Richtung Herde schieben wollte. Sie dachte an Opie, die, von der kinetischen Energie der drei Kugeln überwältigt, wie in einem ekstatischen Tanz wild gezuckt hatte; an Harper, der auf ihrem Schoß verblutet war; an ihr fatales Zögern, als die Waffe auf sie gerichtet gewesen war.

So konnte man weder leben noch denken. In dem tückischen Schatten, der zwischen sie und die Welt getreten war, ahnte sie eine Zukunft voraus, die vergiftet war von Angst und Unsicherheit. Sie sah sich hinabsteigen in eine noch tiefere Nutzlosigkeit als die, in der ihr Vater lebte, in eine Ohnmacht, die dem Tod glich.

Sie drehte sich um. Tillman lehnte ein paar Meter hinter ihr an einem Laternenpfahl und beobachtete sie mit finsterem Blick. Sie ging auf ihn zu.

»Okay«, begann er ohne Einleitung. »Vorgestern bin ich in einer billigen Frühstückspension in Queen's Park abgestiegen. Sie sah sauber aus, aber gestern Abend, als ich ankam, war sie bereits verseucht.«

»Moment. Sie meinen, das waren ...?«

»Ich wurde von zwei charmanten jungen Männern erwartet, die sich auf unheimliche Weise ähnelten. Blasse Haut, dunkles Haar. Dieselben beiden Männer wie auf der Fähre, schätze ich. Damals haben sie mich beinahe umgebracht, und sie hätten es auf jeden Fall gestern Abend getan, wenn sie mich gesehen hätten. Und als ich versuchte, mich um sie herumzuschleichen, waren sie so schnell weg wie Eis in der Sahara.«

Kennedy dachte darüber nach, während Tillman schweigend auf eine Antwort wartete.

»Das gleiche Aussehen ...«, sagte sie schließlich. »Ich glaube, es funktioniert wie eine optische Illusion. Sie bewegen sich auf eine bestimmte Art, haben einen bestimmten Ausdruck. Eine Art Markenzeichen, das von offensichtlichen Unterschieden in Alter und Statur ablenkt.«

»Ich scheiß auf die Familienähnlichkeiten«, sagte Tillman ruhig, aber bestimmt. »Sergeant, sie haben Einblick in meine Kommunikationswege. Das heißt, sie kennen auch Ihre. Wenn Sie irgendjemandem von Barlows Bauernhaus erzählt oder darüber in Ihrer Fallakte geschrieben oder einen Anruf von Ros Barlow entgegengenommen haben, in dem sie Ihnen sagte, der Schlüssel sei auf dem Weg, verwette ich meinen Arsch, dass sie bereits wissen, wo sich das Haus befindet, und vor Ihnen da sind.«

»Ich habe niemandem davon erzählt«, versicherte Kennedy.

»Oder es irgendwo aufgeschrieben? Müssen Sie das nicht tun, wenn es einen Durchbruch in einem Fall gibt?«

»Ja, muss man, habe ich aber nicht. Niemand außer uns weiß davon, Leo. Und so halte ich es auch weiterhin.«

»Ich möchte mitkommen.«

»Nein. Das haben wir doch schon besprochen. Beim ersten Mal gehe ich allein hinein. Erst dann bekommen Sie die Adresse.«

»Okay«, stimmte er widerwillig zu. »Sie brauchen meine neue Nummer. Die habe ich vorsichtshalber geändert.«

Sie schrieb die Nummer auf die Innenseite ihres Handgelenks.

»Nicht, dass Ihnen die Sache über den Kopf wächst, Kennedy«, warnte er sie.

Sie ging, ohne darauf etwas zu erwidern. Seit Harpers Tod hatte sie das Gefühl, auf dem offenen Meer zu treiben, aber sie wusste, dass über Tillman noch viel höhere Wellen hinwegschwappten. Die Frage war jetzt, ob einer von beiden wieder festen Boden unter die Füße bekommen würde, bevor ihnen die Puste ausging.

In der Löwengrube lag mitten auf ihrem Schreibtisch ein Päckchen. Izzy hatte es während ihrer Abwesenheit am

Empfang mit einer Nachricht abgegeben: *Habe ein Paket für dich, Schatz. Ein großes, großes Paket. Möchtest du es fühlen? Ja? Ja? – In Liebe, I.* Kennedy wurde krebsrot im Gesicht, zum Teil wegen der Vorstellung, dass Combes und die anderen Arschlöcher die Nachricht gelesen hatten, doch vor allem bei dem Gedanken, die Telefonsexnummer anzurufen, unter der Izzy zu erreichen war, und versaute Sachen mit ihr zu reden.

Sie hatte Mühe, sich von diesem Gedanken zu lösen. Combes und Stanwick, die immer noch auf der gegenüberliegenden Seite des Büros gemeinsam an etwas arbeiteten, schienen Kennedy nicht zu bemerken. Doch selbst wenn sie einen Blick auf das Päckchen geworfen hatten, hätten sie an nichts erkennen können, dass es von Ros Barlow stammte. Als Absender war Berryman Sumpter, Anlageberatung, angegeben.

Kennedy öffnete das Paket und griff hinein. Ihre Fingerspitzen berührten kühles Metall. Sie zog den Schlüssel heraus, einen großen, alten Bartschlüssel, dessen Messingglanz zu einem stumpfen Braun verblasst war. Zur Sicherheit riss sie das Adressetikett ab und schob es in ihre Tasche, bevor sie den Umschlag in den Papierkorb fallen ließ.

Eine Sache brauchte sie noch. Dazu ging sie in die Asservatenkammer im Keller. Den diensthabenden Constable in Uniform kannte sie nicht, und sein Namensschild wurde von den Kopfhörern um seinen Hals verdeckt. Sie hatte gesehen, wie er den Kopfhörer rasch abgesetzt hatte, als sie die Treppe heruntergekommen war. Er hatte seine Ausbildung wohl erst vor kurzem beendet, denn er setzte sich so aufrecht hin wie ein Schüler. Eine Ausgabe des *Empire* lag aufgeschlagen vor ihm auf dem Schreibtisch.

»Sarah Opie«, sagte Kennedy, während sie den Namen

ins Journal eintrug. »Fallnummer vierzehn, drei Mal die acht, siebzig.« Sie zeigte ihren Dienstausweis, woraufhin der Constable die Tür öffnete und sie eintreten ließ. Anschließend zog er eine Kiste mit der entsprechenden Nummer heraus und stellte sie auf den großen Tisch in die Mitte. Eine Weile beobachtete er sie, wie sie in dem Inhalt der Taschen einer toten Frau kramte.

Kennedy zog ihr Notizbuch heraus. Während sie schrieb, glitt die Aufmerksamkeit des Constable langsam, aber unaufhörlich zurück zu seinem Bericht über einen koreanischen Kung-Fu-Film.

Vierzehn-acht-sieben-acht-sechzig war Marcus Dell. Kennedy entdeckte die Kiste weiter unten im Regal auf Kniehöhe. Sie zog sie ein Stück heraus und schielte hinein. Diese Kiste war der Beginn ihres Niedergangs. Wie die Büchse der Pandora enthielt sie alles Böse in Kennedys Welt. Oder zumindest war sie dessen Quelle.

Sie öffnete sie dennoch. Dies zu tun, ohne sich dafür im Journal eingetragen zu haben, war ein Dienstvergehen, das eine schriftliche Verwarnung nach sich ziehen konnte, doch der Constable war so in seine Zeitschrift vertieft, dass er sie vergessen zu haben schien. Sie kniete nieder und betrachtete Marcus Dells Nachlass, nahm sein kaputtes Telefon heraus, das der Grund für seinen Tod war. Beschriftet und in kaltes Polyäthylen eingetütet, war seine Beziehung zur Außenwelt beendet.

Kennedy fasste einen Entschluss, eine Gefälligkeit ihr selbst gegenüber.

»Okay«, sagte sie einen Moment später. Der Constable blickte auf und stellte fest, dass Kennedy bereits alle Umschläge und Päckchen in die Kiste zurückgelegt hatte. Er trat an den Tisch und zählte sie oberflächlich, prüfte dann aber sorgfältiger, ob die Nummerierungen mit denen auf dem Begleitschein übereinstimmten. Alles da. Er nickte, verschloss die Kiste und stellte sie wieder ins Regal.

»Haben Sie gefunden, was Sie gesucht haben?«, fragte er sie.

Kennedy nickte. »Ja, habe ich.«

Kennedy ging zur Treppe zurück. Als sie um die Ecke bog, stieß sie beinahe mit Combes zusammen, der ein paar Stufen weiter oben an der Wand lehnte und auf sie wartete. Sein feindseliger Blick verriet ihr, dass er alles andere als auf ein Pläuschchen aus war.

»Jetzt verrate mir mal, was du vorhast«, verlangte er mit sarkastischer Stimme. »Oder ich sorge dafür, dass du dir wünschst, nie geboren worden zu sein.«

31

Mit völlig ausdruckslosem Gesicht blieb Kennedy vor Combes stehen. In dem engen Treppenhaus kam sie nicht mehr an ihm vorbei. Sie beschloss, ihn zuerst sprechen zu lassen. Vielleicht würde er ihr verraten, was er bereits wusste, dann würde sie entscheiden können, was sie ihm gegebenenfalls noch erzählen müsste.

Combes schien mehr als glücklich zu sein, das Rennen zu machen. »Du kamst hier runter, um dir verschlossenes Beweismaterial anzusehen«, stellte er fest.

»Und?«

»Wenn es mit den Rotgut-Morden zu tun hat, habe ich das Recht, zu fragen, wonach du gesucht hast und warum.«

»Die Rotgut-Morde?«, wiederholte Kennedy. »So heißen sie jetzt?«

»Ich meine es ernst. Du wurdest beauftragt, dich um das Messer und das Forum zu kümmern. Wenn du neue Informationen hast, musst du das in der Fallakte vermerken und eine Kopie an die anderen Ermittler schicken.«

»Ich habe nichts Neues«, antwortete Kennedy. »Jedenfalls nichts Wesentliches. Ich wollte mir nur noch einmal die Park-Square-Sachen ansehen.«

»Ja?« Combes gab sich nicht die Mühe, seine Aggression und seine Skepsis zu unterdrücken. »Einfach so? Und das hat nichts mit dem Päckchen zu tun, das du erhalten hast?«

»Ich tue nichts einfach so, Combes. Und ich bin mir nicht sicher, über welches Päckchen du sprichst – oder warum du glaubst, es ginge dich was an.«

Combes hatte den Umschlag die ganze Zeit hinter seinem Rücken versteckt, wie sie nun erst bemerkte, als er ihn ihr vor die Nase hielt. »Ich rede von diesem Päckchen. Erinnerst du dich jetzt?«

Kennedys Blick wechselte von dem zerknüllten Umschlag zu Combes' übereifrigem Gesichtsausdruck. »Was bist du aber auch neugierig, dass du meinen Müll durchsuchst.«

Combes blickte sie unverfroren an. »Berryman Sumpter«, sagte er. »Das Geldanlageunternehmen, in dem Ros Barlow arbeitet. Ich habe in ihrem Büro mit ihr gesprochen, Kennedy. Dachtest du, ich würde mich zwei Tage später nicht mehr daran erinnern?«

»Ich glaube nicht, dass dich das was angeht«, hielt Kennedy dagegen.

»Du hast davon nichts in der Fallakte vermerkt.«

»Was implizieren könnte, dass es für den Fall nicht relevant ist.«

»Aber du hast das Etikett abgerissen, damit niemand, der deinen Müll durchwühlt, eine Verbindung herstellen kann.«

Damit hatte er sie. »Ich kann mit meiner Privatkorrespondenz tun und lassen, was ich will«, versuchte sie Zeit zu gewinnen.

»Und warum bist du dann gleich hier nach unten gestürmt, um etwas aus der Asservatenkammer zu holen? Das ist aber ein tierischer Zufall.«

»Nein, Combes. Eine Sache folgt auf eine andere. Und da die zweite Sache zu meiner Arbeit gehört und ich hier arbeite, ist das sicher kein großer Zufall.«

Combes schnappte nicht nach dem Köder, sondern

behielt sein hämisches Halbgrinsen bei. »Du bist da an etwas dran, und das hat eindeutig was mit dem zu tun, was Ros Barlow dir geschickt hat.«

»Du meinst, was Berryman Sumpter mir geschickt hat.«

»Ach ja«, höhnte er. »Entschuldige. Dann war das nur eine Nachricht von deinen Aktienhändlern? Ein neues Anlageportfolio oder so was in der Art?«

»So was in der Art.«

»Nur, dass es kein Portfolio war. Nichts aus Papier. Es war etwas Kleines und Festes, wie ein USB-Stick.«

»Stimmt«, sagte Kennedy. »Aber wir spielen nicht ›Ich sehe was, was du nicht siehst‹. Würdest du mich jetzt vorbeilassen?«

Combes rührte sich nicht von der Stelle. »Nö, noch nicht. Was hast du in Opies Kiste gesucht? Und wenn du mir sagst, es ginge mich nichts an, stehe ich sofort beim DCI auf der Matte.«

Das wollte Kennedy unbedingt vermeiden. Die Wahrheit – oder ein Ausschnitt davon – schien das Beste zu sein, da Combes einfach nach unten gehen und das Journal kontrollieren konnte. »Ich habe mir die Sachen aus Opies Taschen angesehen«, erklärte sie.

»Ja? Und warum?«

»Für den Fall, dass wir was übersehen haben. Etwas, das uns einen Hinweis darauf geben könnte, wofür sie in Barlows Gruppe zuständig war.«

»Einfach so in ihren Taschen gewühlt. Zufällig. Das ist Polizeiarbeit erster Güte.«

»Na ja, irgendwann will ich so gut sein wie du.«

»Ich habe deinen Akteneintrag über dein Treffen mit Barlows Schwester gelesen«, brummte Combes, ohne auf das einzugehen, was sie gesagt hatte. »Darin stand nichts von einem Päckchen, das sie dir schicken will.«

»Nein«, bestätigte Kennedy. »Davon stand nichts drin.« Es hatte keinen Sinn, weiterhin zu leugnen, dass Ros die Absenderin war. Dies ließe sich ganz leicht nachprüfen. »Ros Barlow hatte vergessen, mir etwas zu sagen, deswegen hat sie mir eine Nachricht geschickt.«

»Per Kurier? Über einen Dritten?« Combes' Stimme war voller Verachtung. »So ein Quatsch, Kennedy. Ich bin kein Idiot. Und ich habe gesehen, wie du den Umschlag geöffnet hast. Es war keine Nachricht drin. Also raus mit der Sprache, sonst gehe ich zum DCI und erzähle ihm, dass du die Regeln des Berichtswesens ignorierst. Vielleicht auch die Regeln zum Umgang mit Beweismitteln. Würdest du mir jetzt bitte sagen, was du aus der Asservatenkammer geholt hast?«

Kennedy schlug ihr Notizbuch auf und zeigte es ihm. Er nahm es ihr aus der Hand und las drei Verse aus einem Gedicht mit offenbar falschen Zeilenumbrüchen vor.

Was fehlt dir doch, du armer Wicht, was
Schweifst du einsam bleich umher? Das Schilf ist
Längst schon welk, es singt kein Vöglein mehr.

»Das verstehe ich nicht.« Combes gab ihr das Notizbuch zurück. »Was soll der Scheiß?«

»Als wir Opie sagten, wir würden sie in Schutzhaft nehmen, schnappte sie sich einen Zettel von ihrem Schreibtisch. Es war das Letzte, was sie tat, bevor wir gingen. Sie sagte, es sei eine Gedächtnisstütze für ihr Passwort, mit dem sie ihre Dateien schützen würde. Und das stand auf dem Zettel.«

Combes schüttelte den Kopf. »Die Sachen auf dem College-Netzwerkserver waren nicht gesperrt. Wir brauchten kein Passwort für den Zugang.«

»Dann muss sie andere Dateien gemeint haben.«

»Wir haben alle ihre …« Combes hielt mitten im Satz inne, als Kennedy den Schlüssel hochhielt.

»Barlow hat von seinen Eltern ein Bauernhaus geerbt«, erklärte Kennedy. »Es heißt Taubenschlag. Opies letzte Worte, als sie starb, waren nicht ›aus Trauben schlagt‹. Sie sagte ›Haus Taubenschlag‹.«

Combes starrte auf den Schlüssel. Kennedy sah ihm an, wie die Zahnrädchen in seinem Schädel die Zusammenhänge herstellten. »Gut«, sagte er schließlich. »Gehst du jetzt davon aus, dass Barlow das Haus als Ersatzbüro benutzt hat? Dass sich dort die Dateien zum Rotgut-Projekt befinden?«

»Ja.«

»Warum?«

»Abgesehen von Opies letzten Worten? Weil wir die Dateien nirgendwo sonst gefunden haben. Und weil die Mörder zwar Barlows Rechner plattgemacht haben, uns aber immer noch beobachteten, als wir Opie aufsuchten. Es gibt etwas, das wir nicht sehen sollen, und sie sind sich noch nicht sicher, dass wir es nicht finden werden. Also existiert es vielleicht noch irgendwo, und vielleicht hat Barlow es im Haus Taubenschlag versteckt. Oder Opie.«

Combes' Augen funkelten vor Verachtung. »Und du dachtest, du könntest dich davonschleichen und dich allein auf die Suche machen? Das Einsatzteam hintergehen und die Lorbeeren einheimsen?«

Kennedy verlor die Geduld. »Sarah Opie starb, weil sie mit uns sprach, du bescheuerter Idiot«, rief sie. »Ich wollte sichergehen, dass das nicht auch mit Ros Barlow passiert. Und was den Rest des Teams betrifft, hast du mich auf einem verdammten Parkplatz abgestellt. Ich hatte keine andere Wahl – außer da oben an meinem Schreibtisch zu sitzen und zuzusehen, wie die Welt an mir vorbeizieht.«

Ohne es zu wollen hatte sie sich während ihrer Schimpftirade nach vorne gebeugt. Ihr Gesicht war nur noch ein winziges Stück von seinem entfernt. Entsetzt über ihre Wut, blinzelte er ein paar Mal rasch hintereinander. Das Schweigen schien eine Ewigkeit zu dauern. Schließlich nickte er.

»Da ist was dran«, stimmte er zu. »Ein Parkplatz ist genau der Ort, an dem du dich befindest. Und du hast es dir verdient. Du hattest es schon verdient, bevor Harper getötet wurde.«

Kennedy machte sich nicht die Mühe, dagegen etwas einzuwenden.

»Ich fahre ja nur runter nach Surrey«, erklärte sie. »Und ich bitte dich ja gar nicht mitzukommen. Was haben wir verloren, wenn ich falschliege?«

»Ich verliere gar nichts«, versicherte ihr Combes und streckte seine Hand aus. »Gib mir den Schlüssel.«

»Was?« Das hatte Kennedy nicht erwartet. Doch sie kannte Combes und hätte es kommen sehen müssen.

»Die Sache läuft so«, begann Combes. »Ich werde hinfahren und das Haus durchsuchen. Du gehst wieder rauf und vermerkst das Paket von Ros Barlow im Bericht. Dein Eintrag von gestern ist bereits im System gespeichert, oder? Dann musst du halt behaupten, Barlow hätte gestern Abend, als sie nach Hause kam, noch mal über das Haus Taubenschlag nachgedacht und dir den Schlüssel unaufgefordert zugeschickt – in die Abteilung, meine ich. Du erwähnst nicht, dass du die Adressatin warst. Tatsache ist, Kennedy, dass das hier tatsächlich nach einer heißen Spur aussieht. Allerdings werde ich ihr nachgehen. Ich werde dich genauso bescheißen, wie du John Gates und Hal Leakey beschissen hast. Wenn dir das nicht gefällt, beschwer dich bei Summerhill. Vergiss aber nicht, dass er dann wissen will, was du bei Ros Barlow verloren hattest, nachdem er dir gesagt hat, du sollst dich da raushalten.«

Da sie ihm den Schlüssel nicht freiwillig gab, versuchte er ihn ihr wegzunehmen. Kräftig schlug sie seine Hand fort.

»Da gibt's nichts zu diskutieren, Kennedy.«

Kennedy verschränkte ihre Arme. »Du hast recht«, sagte sie. »Da gibt's nichts zu diskutieren. Ich habe Ros versprochen, die Sache nicht an die große Glocke zu hängen. Ich kann dich gerne beteiligen, wenn es sein muss. Aber wir halten uns bedeckt. Wenn wir etwas finden, gut. Dann kommen wir zurück, teilen es dem Team mit und entscheiden, was wir damit machen. Bis dahin erfährt niemand etwas. Niemand stirbt mehr, solange ich dabei bin, Combes.«

Combes stieß einen langen, genervten Seufzer aus und rieb seinen Nacken, während er Kennedy mit einem Blick bedachte, der sagen sollte: »Was, zum Teufel, soll ich bloß mit dir machen?« Kennedy spürte den starken Drang, ihm ihr Knie in seinen Schritt zu stoßen, machte sich aber mit Bedauern klar, dass dies nicht der richtige Zeitpunkt war. Besonders da sie in einem für beide Seiten verfänglichen Gespräch darüber vertieft waren, wie sich die Fallakte am besten fälschen ließ. »Gut«, sagte er. »Dann machen wir das so. Wir fahren gemeinsam runter, erzählen aber Stanwick vorher davon. Er hält nichts Schriftliches fest, aber er weiß, wo wir sind, falls die Sache in die Hosen geht.«

Kennedy wägte seine Worte ab, besonders das »wir« und das »gemeinsam«. Sie steckten wie eine Gräte in ihrem Hals, doch es schien keine Möglichkeit zu geben, Combes herauszuhalten, nachdem er bereits von dem Haus und dem Schlüssel wusste. Und auf seine eigene herablassende Weise schien er das Richtige tun zu wollen. Das Personalpronomen im Plural konnte ihm nicht leichter über die Lippen gehen als ihr.

»In Ordnung«, stimmte sie schließlich zu. »Aber Stanwick muss seinen Mund halten. Wenn er zu Summerhill geht, sobald wir durch die Tür sind, bekommt er Lob, wir bekommen Schimpfe und Ros Barlow bekommt vielleicht eine Kugel in den Kopf. Kannst du mit Sicherheit dafür sorgen, dass er den Mund hält?«

»Stanwick würde ohne meinen Segen nicht mal furzen«, versicherte Combes ihr. »Er ist ein totaler Arschkriecher. Sag nicht, du hättest das nicht bemerkt.«

Er ging ihr voraus die Treppe hinauf. Kennedy war in Versuchung, ihn zu fragen, warum er bei Summerhill dieselbe Taktik anwandte, die er bei Stanwick verabscheute, doch sie wollte das auf wackligen Beinen stehende Einvernehmen, das sie erzielt zu haben schienen, nicht gefährden.

Stanwick saß noch immer in der Löwengrube und arbeitete sich durch eine weitere Liste europäischer Hotels, in denen Michael Brand einmal abgestiegen sein könnte. Stanwick hatte sich den Hörer ans Ohr geklemmt und befand sich mitten in einer lauten und offenbar zweisprachigen Unterhaltung.

»Nun, spricht denn jemand …? Nein, spricht denn jemand besser Englisch als …? Was? Nein, ich weiß, dass Sie Englisch sprechen können, Sir, aber Ihr Akzent … Wenn ich mit …«

Combes gab ihm ein Zeichen aufzulegen. Stanwick zögerte einen Moment, dann ließ er den Hörer auf die Basis fallen und machte eine obszöne Geste. »Scheiße«, schimpfte er. »Dieser Kerl benutzt nie und nimmer zweimal denselben Namen.«

»Irgendwann hast du Glück«, tröstete ihn Combes. »Pass auf, Stanwick, Kennedy hat eine Spur von Barlows Schwester erhalten. Sie braucht jemanden, der sie mit ihr überprüft.«

Kennedy wäre nicht so weit gegangen, zu sagen, sie bräuchte Combes, doch sie blickte aus dem Fenster und behielt ihre Meinung für sich, als er Stanwick über das Haus Taubenschlag aufklärte. Stanwick schien nicht zu kapieren, dass Combes einer Spur in Surrey folgte, ohne dass er mitfahren durfte. Das sagte er zwar nicht so eindeutig, sondern drückte es vielmehr durch die Art aus, in der er immer wieder – mit leicht unterschiedlicher Wortwahl – nachhakte, was er auf eventuelle Fragen antworten sollte, ohne überhaupt etwas darüber zu wissen.

»Nichts«, meldete sich Kennedy endlich zu Wort. »Du sagst nichts. Es steht noch nicht in der Akte, Stanwick. Die Sache existiert noch nicht, das ist der Punkt.«

»Und wenn sich herausstellt, dass es nichts ist, hat es nie existiert«, ergänzte Combes in sanfterem Ton. »Niemand hat einen Schaden. Aber wenn da was dran ist, teilen wir uns den Ruhm zu gleichen Teilen, fünfundzwanzig Prozent für jeden.«

»Drei Mal fünfundzwanzig sind nur fünfundsiebzig«, widersprach Stanwick.

Combes zuckte mit den Schulten. »Der DCI kriegt ja wohl auch seinen Anteil. Hör mal zu, Stanwick, wir brauchen hier nur einen Anker, mehr nicht. Wenn alles glattläuft, sind wir im Laufe des Nachmittags zurück, ohne dass es jemand merkt. Dann schreiben wir alles in Echtzeit auf, bringen den Schatz zu Jimmy, und alle sind glücklich. Aber wenn wir auf Schwierigkeiten stoßen oder der Kontakt aus irgendeinem Grund abbricht, weißt du, wo wir sind.«

»Ja, aber *woher* soll ich das wissen?«, fragte Stanwick zweifelnd. »Wie kann das gehen, dass die Sache nicht auf mich zurückfällt?«

»Eine Nachricht auf dem Schreibtisch«, schlug Kennedy vor und schrieb bereits etwas auf einen Notizblock. »Steck das in deine Tasche. Tu so, als würdest du es gerade finden, wenn uns jemand erreichen will.« Sie gab Stanwick den Zettel: *Haus Taubenschlag. Wir gehen einer Information nach, die wir von einer Privatperson erhalten haben.* »Okay? Dann bist du aus dem Schneider, egal, was passiert.«

»Aber es wird nichts passieren«, fügte Combes hinzu. »Und höchstwahrscheinlich finden wir dort unten auch gar nichts. Wir müssen die Sache nur abhaken.«

Stanwick gab schließlich nach und bemühte sich, seinen vorwurfsvollen Hundeblick irgendwie unter Kontrolle zu halten. Kennedy und Combes machten sich auf den Weg. Sie nahmen Combes' Wagen, einen grauen Vectra V6. Mit kühler Höflichkeit hielt er ihr die Beifahrertür auf. Kennedy stieg hinten ein.

»Auch gut«, meinte Combes nur.

»Nur die ersten paar Kilometer«, sagte Kennedy. »Ist mir egal, wie dumm das aussieht. Ich will nur unsichtbar bleiben.« Sie legte sich auf den Rücksitz und zog ihren Regenmantel über sich, den sie genau zu diesem Zweck mitgenommen hatte. Für jemanden, der die Ausfahrt beobachtete, würde es aussehen, als transportiere Combes einen Haufen Schmutzwäsche oder eine zusammengerollte Abdeckplane.

Combes startete den Wagen und fuhr los. Kennedy schloss die Augen und zwang sich, regungslos liegen zu bleiben. Eingepfercht zu sein machte ihr nicht viel aus, doch auf dem Rücksitz zu liegen weckte Erinnerungen in ihr, gab ihr das Gefühl, wieder ein Kind zu sein, das eine von allmächtigen Mitmenschen ausgedachte Reise über sich ergehen lassen musste. Nach etwa zehn Minuten setzte sie sich wieder auf und wechselte an einer roten Ampel auf den Beifahrersitz.

Kennedy hätte gewettet, dass sich Combes als einer

der Raser erweisen würde, die sie so verabscheute, doch er fuhr im Gegenteil sehr vernünftig, blieb fast immer nur knapp über der zulässigen Höchstgeschwindigkeit und schaltete die Sirene kein einziges Mal ein, auch nicht in Situationen, in denen sie selbst in Versuchung gewesen wäre. Vielleicht spielte er ihr gegenüber gerade den braven Jungen.

Sie sprachen nicht viel, bis sie die Stadtgrenze erreicht hatten. Combes widmete seine Aufmerksamkeit vor allem dem Verkehr, und als die Straßen freier wurden, schien er sich auf seine eigenen Gedanken zu konzentrieren. Kennedy war mehr als glücklich, es dabei zu belassen. Ein oder zwei Mal pro Minute kontrollierte sie im Rückspiegel, ob ihnen jemand folgte.

Sobald sie auf der A3 waren, warf Combes einen Blick auf die Tankuhr und schnippte mit dem Finger dagegen. »Stanwick, dieser Trottel, hat uns mit einem drei viertel leeren Tank losfahren lassen«, schimpfte er. »Ich muss gleich mal auftanken.«

»Gut, dann schaue ich, ob ich eine ordentliche Landkarte bekomme. Ros hat uns zwar eine Wegbeschreibung mitgeschickt, aber die ist ein bisschen ungenau.«

Eine Zeitlang fuhren sie schweigend weiter, bis Combes an einer Tankstelle hielt, die sich »Hafen der Reisenden« nannte. Ein protziger Name für eine Hütte aus Betonstein mit drei Zapfsäulen davor. Während Combes tankte, ging Kennedy zu dem kleinen Kiosk und fragte nach einer Straßenkarte. Der jugendliche Verkäufer schüttelte mit weit aufgerissenen Augen rasch den Kopf, als hätte sie ihn nach Kinderpornos oder harten Drogen gefragt.

Sie kaufte ein Päckchen Kaugummi und ging zum Wagen zurück. Combes hängte gerade den Schlauch wieder ein und betrachtete seine Hände, die er nach oben hielt.

»So ein Scheiß, ich bin völlig nass. Das blöde Ding ist undicht.«

Kennedy ging zum Kiosk zurück und schob ihre Kreditkarte über den Tresen. »Nummer drei«, sagte sie. Sie tippte gerade ihre Geheimnummer ein, als hinter ihr ein Motor hustend zum Leben erwachte. Sie drehte sich um … und sah, dass Combes bereits den Platz verließ und sich in den Verkehr einfädelte.

»Drecksau!«, rief Kennedy.

Sie rannte los, blieb aber gleich wieder stehen. Sie würde den Wagen, der schon fast nicht mehr zu sehen war, nicht mehr einholen.

Combes hatte genügend Zeit gehabt, sich seinen Schlachtplan auszudenken, und war wohl zu dem Schluss gekommen, dass er den Schlüssel zum Haus Taubenschlag nicht brauchte. Die Adresse hatte Kennedy ihm bereits genannt. Und auch Kennedy brauchte er nicht. Er wusste, mit einer Beschwerde würde sie sich auch selbst eins auswischen. Und es gab niemanden in der Abteilung, den sie anrufen konnte, um sich hier abholen zu lassen.

Doch ihr kam eine andere Idee.

Tillman.

Sie wählte die neue Nummer, die sie sich auf ihr Handgelenk geschrieben hatte. Tillman meldete sich nicht, und auch sein AB schaltete sich nicht ein, doch während sie auf der schmalen Auffahrt hin und her ging und versuchte, sich einen Plan B auszudenken, rief er zurück. »Tut mir leid, ich hatte gerade was zu tun. Was ist los? Sind Sie schon im Taubenschlag?«

»Noch himmelweit davon entfernt.« Während sie ihm von Combes' doppeltem Spiel erzählte, machte sie sich auf ein paar abfällige Bemerkungen von Tillmans Seite aus gefasst. Sie wusste, wie dumm sie gewesen war, vor allem, dass sie sich damit einverstanden erklärt hatte, Combes' Wagen zu nehmen und dann wie ein braves Hündchen auf sein abgekartetes Spiel hereinzufallen. Doch Tillman reagierte entspannt.

»Möchten Sie ihm das Haus überlassen?«, fragte er.

»Bitte, *was*?«

»Sie arbeiten doch mit ihm zusammen an dem Fall. Alles, was er findet, wird er an Sie weitergeben. Vielleicht ist es das Beste, ihn weitermachen zu lassen. Wir können später immer noch mal hinfahren und das Haus auf den Kopf stellen, wenn wir das Gefühl haben, er hat was übersehen.«

»Nein.« Kennedy war so anständig, sich zu schämen, nachdem sie überlegt hatte, Tillman von der Spur mit Haus Taubenschlag nichts zu erzählen, doch sie wusste, dass sie besser darin war, einen Tatort zu untersuchen, als Combes es jemals in seinem Leben werden würde. Und den Gedanken, er würde die Schatztruhe im Haus Taubenschlag öffnen, ertrug sie einfach nicht. »Wir können Combes nicht davon abhalten, als Erster dort zu sein, aber ich möchte mir ein Bild von dem Ort machen, solange noch alles frisch ist. Und so, wie die Dinge in meiner Abteilung stehen, würde ich nie wieder die Genehmigung bekommen, mir das Haus anzusehen, sobald im Bericht was davon steht. Dies könnte meine einzige Chance sein.«

Wieder verschwendete Tillman keine Zeit mit Diskutieren. »Okay. Ich besorge einen Wagen und hole Sie ab. Wo sind Sie?«

Sie erklärte ihm, wo er den Hafen der Reisenden finden würde, woraufhin er mit einem knappen »Bis gleich« auflegte.

Ihr blieb genügend Zeit, um sich zu fragen, was er damit gemeint hatte, als er sagte, er werde einen Wagen besorgen. Vierzig Minuten später hatte sie die Antwort, als ein Sattelschlepper mit gelbgrünem Aufbau zur Tankstelle einbog.

Sie fuhren in einem gestohlenen Lkw zum Haus Taubenschlag.

32

Etwa vierzig Minuten nach Kennedys und Combes' Aufbruch klingelte das Telefon auf Kennedys Schreibtisch.

Stanwick saß immer noch in der Löwengrube zusammen mit McAliskey und ein paar DCs, die sich mit ihren eigenen Sachen beschäftigten. Keiner achtete auf das Telefon, und schließlich verstummte es, als der Anruf auf Kennedys AB umgeleitet wurde. Doch gleich darauf klingelte es erneut. Fünf oder sechs Mal wiederholte sich dieses Affentheater.

Niemand schien scharf darauf zu sein, den Anruf entgegenzunehmen, bis Stanwick einfiel, es könnte Kennedy selbst sein. Vielleicht brauchten sie doch einen Dritten, oder sie wollte Unterstützung von der Forensik oder der IT-Abteilung anfordern. Vielleicht wollte sie nur die Adresse überprüfen oder brauchte ihn, damit er irgendeine Genehmigung vom DCI besorgte.

Also hob er schließlich ab.

»Hallo?«

Eine gebildete, leicht ausländisch klingende Stimme meldete sich. »Ich müsste mit Sergeant Kennedy sprechen.«

»Und Sie sind?«

»Whitehall, Vermittlung. Sergeant Kennedy kann die Nummer überprüfen, meine ID lautet: alpha zebra siebzehn.«

Stanwick war beeindruckt. Die Vermittlung von Whitehall bedeutete höchstwahrscheinlich MI5, auch wenn es sich um einen der Informationsdienste der Regierung handeln könnte, die Erkundigungen für ein Komitee oder eine unabhängige Regierungsstelle einholte. Es könnte sogar die Downing Street sein. Egal, was es bedeutete, es war ernst.

»Sergeant Kennedy ist gerade nicht am Platz«, erklärte Stanwick. »Ich bin DC Peter Stanwick. Kann ich Ihnen helfen?«

»Ich glaube nicht. Bearbeitet Sergeant Kennedy gerade einen Fall?«

»Ja.«

»Den Mord an Barlow.«

»Äh ... ich bin leider nicht befugt, darauf zu antworten, Sir.«

»Wenn es mit dem Barlow-Mord zu tun hat, enthält die Fallakte keine Hinweise darauf, wohin sie gegangen ist oder was sie tut.«

Stanwick war noch stärker beeindruckt. Wer auch immer da mit ihm sprach, hatte umfassende Befugnisse. Der unmittelbare Zugriff auf Fallakten war ein Privileg, das nur wenige Menschen außerhalb der Abteilung genossen. Man musste mehr oder weniger Gott oder ein sehr enger Freund von ihm sein. Jetzt, da Stanwick in die Schusslinie von Whitehall geraten war, hatte er plötzlich kein gutes Gefühl mehr.

»Es ... es geht um eine Sache, die sich eben erst ergeben hat«, erklärte er. »Ganz plötzlich. Sergeant Kennedy und DS Combes haben beschlossen, sich umgehend darum zu kümmern, und ich ... ich bin gerade dabei, die Fallakte zu aktualisieren.«

»Tun Sie das bitte«, verlangte der Mann am anderen Ende kurz angebunden. »Es ist möglich, dass Sergeant

Kennedy und Sergeant … Combes, sagten Sie? … in eine Operation hineinlaufen, die wir bereits veranlasst haben. Das wäre alles andere als wünschenswert, und wir würden gerne alles tun, um sie davon abzuhalten, wenn die Zeit noch reicht.«

»Ich erledige den Eintrag sofort«, versprach Stanwick. »Die Aktualisierung könnte zwar fünf Minuten dauern, aber …«

»Ich bin sicher, die Aktualisierung wird erfolgen. Danke für Ihre Unterstützung, DC Stanwick. Wir werden auf die Akte zurückgreifen, und ich hoffe, es wird nicht nötig sein, noch einmal anzurufen.«

Auch Stanwicks Hoffnung ging stark in diese Richtung. Er verfluchte Combes, weil der ihn in diese dumme Lage gebracht hatte, und sich selbst, weil er zugestimmt hatte, das Feigenblatt für ihre private Eierschau zu spielen. Er aktualisierte die Datei um den Eintrag, dass sie zum Haus Taubenschlag i.d. Nähe v. Godalming, Surrey gefahren waren, nachdem sie um 11:20 Uhr von Rosalind Barlow in einem Päckchen einen Hinweis erhalten hatten. Nach kurzem Zögern änderte er die Uhrzeit auf 13:43 Uhr. Die Schweine hatten ihn ohnehin schon am Wickel, wenn sie wollten. Doch er war weit vom Epizentrum des heraufziehenden Sturms entfernt. Vielleicht brauchte er sich nur geduckt zu halten, um nicht nass zu werden.

Kuutma legte auf und dachte nach.

Welch ein Glück, dass seine Leute eine Videoverbindung zur Abteilung der Detectives beim New Scotland Yard eingerichtet hatten, mit der sie auch den Schreibtisch beobachten konnten, an dem die *rhaka*, Kennedy, die meiste Zeit verbrachte. Als sie aus dem Blickfeld verschwunden war, aber das Gebäude nicht verlassen hatte – ihre Verfolger hätten ansonsten darüber berichtet –, war er misstrauisch geworden. Fast eine Dreiviertelstunde hatte er gewartet. Über den Rest des Ermittlerteams wusste er genauestens Bescheid, doch Kennedy konnte überall im Gebäude sein. Schließlich hatte er eine Entscheidung getroffen und angerufen. Jetzt war er zutiefst dankbar, dass er es getan hatte.

Er rief Mariam an, um ihr von der glücklichen Wendung zu berichten. Ihr Versagen während ihres letzten Einsatzes, als sie Tillman auf der Fähre töten sollte, hatte sie beunruhigt und beschämt und ihr Team demoralisiert. Es gehörte zu Kuutmas Aufgaben, über Gewicht und Schärfe der verwendeten Werkzeuge zu entscheiden und sie, wo auch immer er konnte, an den rauen Kanten der Welt zu wetzen.

Diese Gelegenheit würde ihnen guttun. Sie würden sie als Gnade empfinden. Und genau das war sie.

33

Hier ist es«, sagte Kennedy. »Die nächste links. Schauen Sie, da ist das Schild.«

Selbst in der Dämmerung war das Schild nicht zu übersehen. Es stand etwa fünf Kilometer hinter der letzten Ortschaft, durch die sie gekommen waren, und sah genau so aus, wie Ros Barlow es beschrieben hatte: die goldenen Flügel, die sich aus dem T von Taubenschlag lächerlich aufgebauscht nach oben schwangen und das Schild trivial wirken ließen. Das niedrige, reetgedeckte Haus und die über das Grundstück verteilten, baufälligen Scheunen dahinter wurden dieser bombastischen Ankündigung nicht gerecht. Hier würde man erwarten, dass Hermes vom Himmel herabgeflogen kam, vielleicht an Drähten wie eine Marionette.

Ein Kiesweg führte zum Haus, doch er war viel zu kurz für einen Sattelschlepper. Combes' grauer Vauxhall Vectra stand gleich vor dem Eingang, ungeachtet des vorschriftsmäßigen Vorgehens bei Durchsuchungen und des gesunden Menschenverstands. Tillman lenkte nach rechts und fuhr durch hüfthohes Gras zu einem breiten, offenen Bereich gleich neben dem Hauptgebäude. Kennedy sah sich nach Combes um, der sich scheinbar noch im Haus befand. Das hieß, er hatte etwas gefunden, nachdem er eine gute halbe Stunde vor Kennedy losgefahren war und seinen Vorsprung wahrscheinlich noch hatte ausbauen können.

Kennedy versuchte ihre Aufregung im Zaum zu halten, als sie ausstieg und ihren Blick über das Gelände schweifen ließ. Doch abgesehen von der Kiesfläche war alles rund ums Haus und die Nebengebäude mit Unkraut und Gestrüpp überwuchert. Fußabdrücke oder Reifenspuren ließen sich nicht erkennen. Bei feuchterem Boden hätte sich Kennedy allerdings niedergekniet und genauer kontrolliert.

Hier herrschte absolute Stille, und in der Nähe befanden sich keine anderen Wohn- oder Bauernhäuser. Die Scheunen und Hütten von Hof Taubenschlag, die das Hauptgebäude wie Verschwörer umringten, waren mittlerweile verwittert. Hatte Barlow diesen Ort als geheimen Standort für sein Rotgut-Projekt genutzt, hatte er seine Wahl gut getroffen. Dem Augenschein nach hätten sie – und natürlich Combes – die Ersten sein können, die seit zehn Jahren hier aufkreuzten.

Das Bauernhaus selbst sah verfallen und verlassen aus. Alle Fenster außer einem mit zerbrochener Scheibe waren mit Pressspanplatten vernagelt. Der Lack blätterte von den Fensterrahmen, und ein kleines Zierdach über der Eingangstür war in der Mitte in sich zusammengesunken.

Tillman stieg aus und blieb ebenso wie Kennedy einen Moment stehen. Er ließ seinen Blick über die Nebengebäude schweifen. Nirgendwo ein Anzeichen von Leben. Schließlich sah er zu ihr, zuckte mit den Schultern, schüttelte leicht den Kopf und ging ihr voran Richtung Haus.

Die Tür sah unversehrt aus, doch nur auf den ersten Blick. Nach einem Moment des Schweigens deutete Tillman auf etwas, das Kennedy bereits gesehen hatte: eine etwa zehn Zentimeter lange Absplitterung im Türrahmen in der Höhe des Schlosses. Jemand hatte die Tür mit einem Brecheisen oder einem Wagenheber aufgestemmt und wieder zugezogen.

Quietschend öffnete sie sich, als Kennedy sie mit dem Fuß aufschob.

Tillman brummte: »Werden Sie uns einander vorstellen, oder soll ich im Laster warten?«

»Kommen Sie mit rein. Wir haben die Vorschriften bereits so weit hinter uns gelassen, dass das jetzt auch egal ist. Was wir finden, gehört uns beiden, ob Combes damit einverstanden ist oder nicht. Und er hat genauso viel Grund, den Mund zu halten, wie ich.«

Sie drückte ein zweites Mal mit dem Fuß gegen die Tür und schob sie so weit auf wie möglich. Der Eingang zeichnete sich als schwarzes Rechteck ab, das Innere des Hauses lag völlig im Dunkeln.

»Combes!«, rief sie.

Keine Antwort, kein Echo. Ihre Stimme wurde von der Dunkelheit verschluckt.

Als Kennedy über die Türschwelle trat, schlug ihr modrige Luft entgegen, der Geruch von feuchtem Papier und Stoff, die in der Finsternis vergammelten. Ihre Schultern streiften rechts und links an etwas vorbei, als wäre der Bereich, durch den sie trat, eher ein Tunnel als ein Flur und schmaler als die Tür selbst.

Wieder rief sie Combes' Namen, diesmal lauter. Und wieder klang ihre Stimme seltsam flach und gedämpft.

Kennedy tastete neben der Tür in der Hoffnung, einen Lichtschalter zu finden. Ihre Finger berührten etwas Weiches, Kühles mit rauer Kante. Am Rascheln erkannte sie, dass es Papier war, und als sich ihre Augen an die Dunkelheit gewöhnten, sah sie es auch: bis auf Schulterhöhe unordentlich gestapeltes Papier, gleich neben der Tür.

Der Lichtschalter befand sich direkt oberhalb des Stapels. Als Kennedy ihn drückte, ergoss sich Licht aus einer nackten Glühbirne über den Raum. Kennedy und Tillman blieben wie angewurzelt stehen.

»Was zur Hölle …«

Sie blickten nicht nur auf *einen* Stapel Papier. Der neben der Tür war bloß der einzige, der nicht bis zur Decke reichte. Sie standen vor einem drei Meter langen Flur, von dem rechts und links jeweils zwei Türen und geradeaus eine Tür abgingen. Die Wände waren mit Papierstapeln gesäumt, zwischen denen gerade so viel Platz war, dass ein Mensch, auch wenn er sich an manchen Stellen winden musste, hindurchgehen konnte. Die Stapel sahen wackelig aus, doch wahrscheinlich war bisher keiner umgekippt, weil sie nicht nur an den Wänden lehnten, sondern auch zwischen Boden und Decke klemmten.

In dem Zimmer gegenüber, das sie vom Flur aus sahen, stapelte sich noch mehr Papier zu einer wacklig aussehenden Pyramide, als hätte jemand methodisch angefangen, das Zimmer mit Papier zu füllen, dann aber sein System aufgegeben.

Kennedy nahm das oberste Blatt vom Stapel neben der Tür, der nur bis zu ihrer Schulter reichte. Es war von oben rechts bis unten links angefüllt mit einem Buchstaben- und Zahlensalat. Zwei Zentimeter breiter Rand, keine Leerzeichen, keine Einzüge, nichts, was darauf hindeutete, ob es sich um ein selbständiges Dokument oder um eine Seite eines längeren handelte.

Kennedy zeigte das Blatt Tillman, der nach einem kurzen Blick darauf den Kopf wieder hob.

»Ich hatte gehofft, wir würden eine Diskette finden«, sagte Kennedy.

Tillmans bellendes Lachen klang ungläubig amüsiert.

Kennedy ging als Erste hinein. Sie musste sich seitlich drehen, um nicht an den Papiertürmen entlangzustreifen. Die warme, stickige Luft roch nach Seetang. Kennedy hatte das Gefühl, von einem lebendigen Raum aufgesaugt zu werden. Die Vorstellung, vor Tillman nervös oder beunruhigt zu erscheinen, wo er stets stoische Ruhe ausstrahlte, war nicht gerade angenehm. Sie zog es vor, ihre Vorahnung weit zurück in die letzte Ecke ihres Hirns zu schieben.

»Sie haben ins Schwarze getroffen«, merkte Tillman hinter ihr an. »Ich vermute, wir bewegen uns mitten durch Stuart Barlows Forschungsprojekt.«

»Ich weiß nicht«, murmelte Kennedy. »Ich kann nichts entdecken, das nach einem Evangelium aussieht.« Oder nach Combes, diesem Schwein.

Langsam und vorsichtig gingen sie weiter. Nackte Bodendielen knarrten unter ihnen, und der saure Geruch wurde noch stärker, als sie das Tageslicht hinter sich ließen. Auch hinter der ersten Tür links standen Papierstapel, ebenso wie hinter der ersten Tür rechts. Im zweiten Raum rechts befand sich nur Bauschutt – eine halbe Tüte Zement und ein paar Dachlatten. Hinter der letzten Tür lag eine Art Flur mit einer engen Holztreppe, die nach oben führte. Zwei weitere Türen waren verschlossen.

Tillman bedeutete Kennedy mit einem Wink, Platz zu machen, und öffnete die Türen mühelos mit jeweils einem Fußtritt. Ein Raum erwies sich ebenfalls als Papierlager, der andere als Küche. Kennedy trat ein und sah sich um. In einem Kessel neben der Spüle befand sich noch ein bisschen Wasser, eine Teekanne daneben war bis zum Rand voll mit fedrigem, grauem Schimmel.

Tillman war in der Zwischenzeit zum Kühlschrank gegangen. Er zog die Tür auf, zuckte zurück und bedeckte sein Gesicht mit der Hand. »Sehen Sie sich das mal an«, rief er zu Kennedy. Sie blickte über seine Schulter. Alles im Kühlschrank war verdorben: grüne Milch sowie über und über mit weißen Flecken überzogener Käse. Die mittlerweile braun gewordenen Äpfel sahen aus, als hätten sie die Pest.

»Wie lange dauert es, bis die Sachen so schlecht werden?«, fragte Tillman. »Zwei Monate?«

»Vielleicht weniger«, murmelte Kennedy. »Hier drin ist es ziemlich warm. Barlow starb vor sechs Wochen. Vielleicht ist er bis zu diesem Zeitpunkt regelmäßig hergekommen.«

Und wenn, dachte sie, war er besser als ich darin, seine Verfolger abzuschütteln. Ich habe den Tod mit nach Park Square genommen. Dieser Amateur hatte es trotz allem geschafft, sein großes Geheimnis zu wahren – und bis jetzt hatten es seine Mörder noch immer nicht gelüftet.

Dieser Gedanke führte zum nächsten. Wenn Combes hier war, warum waren diese Türen noch verschlossen gewesen? Das war unlogisch. Es sei denn, er hatte etwas gefunden, das ihn so gefangen nahm, dass er ihre Ankunft nicht gehört hatte.

»Hier unten ist nichts mehr«, sagte Tillman. »Schauen wir mal oben nach.«

»Noch einen Moment«, bat Kennedy.

Sie trat vor die Haustür und drehte sich einmal im Halbkreis. Nichts und niemand zu sehen, und die Stille wurde nur von einer in der Ferne krächzenden Krähe unterbrochen.

Kennedy ging wieder hinein und schloss die Tür. Tillman beobachtete sie erwartungsvoll vom anderen Ende des Flurs aus. Als sie ihm zunickte, stieg er die Treppe hinauf.

Kennedy bildete die Nachhut und spähte hinter jede Tür und hinter jeden Papierstapel, wo jemand oder etwas hätte versteckt sein können. Nichts. Doch oben an der Treppe stießen sie auf Gold.

Natürlich stießen sie auch auf weitere ermordete Wälder, die hier als Säulen aus ausgedruckten Blättern ein einsames Dasein fristeten. Die gleichen bedeutungslosen

Reihen von Buchstaben und Zahlen auf jedem einzelnen Blatt, das Kennedy prüfend in die Hand nahm. Doch als sie das Licht im größten Zimmer einschaltete, stand zwischen den DIN-A4-Stapeln ein anderer Stapel aus grauen Plastikblöcken mit Hewlett-Packard-Logo.

»Sieht wie ein Hi-Fi-Turm aus«, bemerkte Tillman.

»Server«, erklärte Kennedy. »Solche Dinger werden eingesetzt, um Kinofilme in 3D herzustellen. Da brauchte jemand eine Menge Rechenpower.«

Sie zeigte auf eine Tischplatte auf zwei Böcken vor dem einzigen Fenster im Zimmer. Auf dem Tisch standen ein Bildschirm und eine Tastatur, die mit dem Serverturm durch dicke Kabel verbunden waren. Von den Servern aus wanden sich die Kabel zu einer Reihe von Adaptern, wo sie in wirren Querverbindungen verschwanden. Einige endeten in Wandsteckdosen, andere führten aus dem Zimmer und mindestens eins nach oben durch eine Klapptür in der Decke. Offenbar gab es in diesem Zimmer nicht genügend Anschlüsse, um die Anzahl der vorhandenen Geräte zu versorgen. Auf der einen Seite des Tapeziertischs schienen sich unter einer Abdeckplane weitere Computerteile zu verbergen, die noch nicht in Betrieb genommen oder ausgetauscht worden waren.

Dies war das einzige Zimmer ohne verbarrikadiertes Fenster, doch von innen war ein dicker Sack schief davorgenagelt worden. Wer hier gearbeitet hatte, schien in Widersprüchen zu stecken – er wollte Tageslicht haben, sich aber weder von dem idyllischen Blick ablenken noch sich von draußen beobachten lassen.

Auch auf dem Schreibtisch lag Papier, wenn auch nur etwa ein Dutzend Blätter – ziemlich bescheiden im Vergleich zum Rest des Hauses –, sowie eine noch in Folie eingeschweißte Packung mit wiederbeschreibbaren CDs.

Kennedy ging zum Tisch und schaltete den Rechner ein. Das schwache Summen und Klicken, das durch die Unmengen von Papier gedämpft wurde, klang wie Musik in ihren Ohren, als das Betriebssystem hochfuhr.

Sie wandte sich den Blättern auf dem Schreibtisch zu, erwartete die gleiche endlose Abfolge aus Buchstaben und Zahlen, doch was sie sah, ließ sie ein zweisilbiges Wort ausstoßen, das Tillman veranlasste, ebenfalls ein Blatt in die Hand zu nehmen.

Der Text auf dem Papier war völlig unformatiert, ein logorrhöischer Strom, der ununterbrochen von oben nach unten verlief. Der einzige Unterschied, wegen dem Kennedy das unanständige Wort laut von sich gegeben hatte, war, dass auf diesen Blättern tatsächlich Wörter standen.

UNDJESUSSEGNETEIHNMITSEINENHÄNDEN
DIEERVONALLENANDERENFERNHIELTAUCH
VONDENENDIEIHMFOLGTENUNDERSAGTE
ZUIHMICHWERDERETTERGENANNTDOCH
WERRETTETMICHHERRISKARIOTHANTWOR-
TETEIHMWENNESDEINWILLEISTWERDEICH
DIRINJEGLICHERWEISEDIENENUNDJESUS
SAGTEZUISKARIOTHDUWIRSTDERNIED-
RIGSTEUNDDERHÖCHSTEDASALPHAUND
DASOMEGASEINDARAUFHINWURDENDIEAN-
DERENWÜTENDAUFD

Durch die rechtwinkligen, fettgedruckten Großbuchstaben und das Fehlen von Leerzeichen und Zeilenumbrüchen las sich der Text, als würde ein Betrunkener vor sich hin plappern. Die Seite endete mitten im Wort, als wäre der Schwätzer plötzlich davongeschlurft, nachdem er den Faden verloren hatte.

Der Rechner war mittlerweile hochgefahren. Was Kennedy auf dem Bildschirm sah, war ihr in dieser Darstellung unbekannt: weiße, beschriftete Ordnersymbole vor schwarzem Hintergrund. SYSTEM, BIOS, SICHERHEIT, GERÄTE, PROGRAMME, PROJEKTE.

Kennedy setzte sich, musste sich aber nach vorne beugen, damit der Stahlrohrstuhl nicht wackelte. Sie klickte auf PROJEKTE und rief damit ein weiteres Verzeichnis auf, das nur zwei Ordner enthielt: ÜBERGEORDNETES VERZEICHNIS und ROTGUT.

Sie klickte auf ROTGUT.

Ein rot umrandetes Feld erschien. PASSWORT verlangte es.

Kennedy nahm ihr Notizbuch aus ihrer Handtasche und schlug es auf der letzten Seite auf, wo sie die Worte von Sarah Opies Zettel aufgeschrieben hatte.

Was fehlt dir doch, du armer Wicht, was
Schweifst du einsam bleich umher? Das Schilf ist
Längst schon welk, es singt kein Vöglein mehr.

Sie tippte die Nummer 3 ein, dann rasch hintereinander 5342553 und drückte die Eingabetaste. Nichts geschah, außer dass ihre eingetippten Zahlen wieder verschwanden.

»Was war das?«, fragte Tillman.

»Ich habe diese Zeilen von einem Blatt abgeschrieben, das Sarah Opie bei sich hatte, als sie starb«, erklärte Kennedy. »Sie hat mir gesagt, es diene ihr als Gedächtnisstütze für ihr Computerpasswort. Die Zeilen stammen aus einem Gedicht von Keats. *La Belle Dame Sans Merci*. Eigentlich lautet es:

Was fehlt dir doch, du armer Wicht,
Was schweifst du einsam bleich umher?
Das Schilf ist längst schon welk, es singt
Kein Vöglein mehr.«

Sie spielte mit den Zeilenumbrüchen, so dass genau acht Wörter pro Zeile blieben.

»Sie denken also, es ist ein achtstelliges Passwort?«

»Ja«, antwortete Kennedy. »Ich habe es mit der ersten Zeile versucht und bin davon ausgegangen, dass Opie nur die Anzahl der Buchstaben pro Wort genommen hat.«

Sie versuchte es auch mit der zweiten und dritten Zeile. Nichts. Das Eingabefeld leerte sich immer wieder, wenn sie die Eingabetaste drückte.

»Anfangsbuchstaben«, schlug Tillman vor.

Auch damit hatte sie keinen Erfolg. Schließlich gab sie die Anzahl der Buchstaben und die Anfangsbuchstaben in umgekehrter Reihenfolge ein. Doch das Eingabefeld weigerte sich, ihre Versuche zu belohnen. Sie fluchte leise.

»Dann ist es etwas, das offensichtlicher ist«, überlegte Tillman. »Wenn man so intensiv darüber nachdenken muss, hat es als Gedächtnisstütze wenig Sinn.«

Kennedy kaute auf ihrer Unterlippe und zermarterte sich ihr Hirn. Etwas Offensichtliches, aber nicht die Anfangsbuchstaben oder die Länge der Wörter.

Warum drei Abfolgen von acht Wörtern statt nur eine? Die Achterblöcke wiesen auf ein achtstelliges Passwort hin, doch vielleicht war auch wichtig, dass es drei Zeilen waren. Also gab sie von jedem dritten Wort die Anzahl der Buchstaben ein.

dir – armer – schweifst – bleich – Schilf – schon – singt – mehr

3-5-9-6-6-5-5-4

Der Rechner rödelte eine Weile vor sich hin, bis der Bildschirm völlig schwarz wurde und sich anschließend mit einer Liste füllte, die nach Dateinamen aussah:

ROTGUT ROH 1, 1-7

ROTGUT ROH 2, 8-10

ROTGUT ROH 3, 11-14a

ROTGUT ROH 4, 14b-17
ROTGUT TEIL 1, 1-7
ROTGUT TEIL 2, 8-10
ROTGUT TEIL 3, 11-14a
ROTGUT TEIL 4, 14b-17
ROTGUT VOLL 1, 1-7
ROTGUT VOLL 2, 8-10
ROTGUT VOLL 3, 11-14a
ROTGUT VOLL 4, 14b-17

Kennedy klickte auf die erste Datei: ROTGUT ROH 1, 1-7. Der Bildschirm blinkte auf, die Festplatte surrte und brummte, und wieder erschien eine Liste.

Dalath 2 Actuals
Waw 3 Actuals 1 Leerzeichen
Semkath 2 Actuals 2 Leerzeichen
He exakt
Resh exakt
Mim 1 Actual 1 Leerzeichen
Tau exakt

Mit dem Rollbalken prüfte sie, wie lang die Seite war. Die Liste schien mehrere hundert Einträge zu enthalten. Sie schloss die Datei und öffnete eine, die mit TEIL bezeichnet war. Diese wirkte noch verworrener.

Er fei	Wonne	Bot	wor	kann
	[Bezug 7]		[Bezug 4]	[6,7,2]
				kam
sei	Sonne	rot		
lei				

dass [Bezug	wird [in?]	dass	[21,4,6] er hat
21]	[Bezug 3]		[Einf. 2]
	tird	der t	
	nird	was	

ihnen [Bezug 5] gegeben	in	bekommen [hsem?]	ant	wo [sie?]
	un an	gekommen	ane	so

sahden	sol [Bezug 18]	ihr	sand [lassen?]	ihm [Bezug 33]
	fol	Tier mir	s und t end	him lim

»Fällt Ihnen dazu was ein?«, fragte Kennedy mit einem Nicken zum Bildschirm.

Tillman hatte über ihre Schulter hinweg mitgelesen. »Übersetzung«, schlug er vor.

»Im Dateinamen stand ›Teil‹«, überlegte Kennedy. »Diese Wörterlisten sind Stellen, an denen Unsicherheit herrscht und wo mögliche Alternativen aufgeführt werden. Sie haben sich beim Übersetzen durch ein Dokument gekämpft.«

»Den Rotgut-Kodex.«

»Ja, bestimmt. Nein, Moment. Der Rotgut ist doch bereits eine Übersetzung. Ich meine, das tatsächliche Rotgut-Manuskript gibt es bereits auf Englisch. Niemand kennt das Quelldokument oder weiß, aus welcher Sprache der Rotgut übersetzt wurde. Also kann es das nicht sein.«

Kennedy griff wieder zum obersten Blatt und ließ ihren Blick über den hektischen Buchstabenfluss gleiten.

DANNLASSDEINENDIENERSICHNICHTVER-
GEBLICHODEROHNELOHNABMÜHENHERRICH
WERDEDIREINENLOHNGEBENDERGRÖSSER
SEINWIRDALSALLESWASJEEINEMZUKAMUND
GRÖSSERALSDUINWORTEFASSENKANNSTSO
FÜHRTEERIHNVONDIESEMORTZUEINEMAN-
DERENORTVONDEMALLEDINGEIMHIMMEL
UNDAUFERDENSICHTBARWARENICHHABEDIE
ERDEADAMUNDSEINENNACHKOMMENGEGE-
BENWASSOLLICHDEMGLÄUBIGSTENUNDDULD-
SAMSTENGEBENDUWIRSTVERHASSTUNDGE-
SCHMÄHTSEINABER

Unten lagen zehntausende Seiten mit Buchstaben in wirrer Abfolge, oben ein paar Seiten mit echten Wörtern. Keine Formatierungen, keine Zeichensetzung, keine Zeilenschaltungen, dennoch eine Art Erzählung mit eindeutig biblischem Charakter.

»Es war ein Code«, stellte Kennedy erstaunt fest. »Und sie haben ihn geknackt.«

Sie wandte sich zu Tillman, der sie erwartungsvoll anblickte. In ihren Gedanken hatte sie jetzt alle Einzelteile beisammen, doch ein Gesamtbild ergab sich trotzdem noch nicht, als blickte sie auf die Rückseiten von Puzzleteilen.

»Barlow war in einem Betrugsfall als Zeuge aufgetreten«, sagte sie. »Ist Jahre her. Ein Hehlerring, der gefälschte Dokumente verkauft hat, die aus einem der großen Bibelfunde stammen sollten – Nag Hammadi.«

»Und?«

»Er war als Fachmann in den Zeugenstand gerufen worden. Er sollte die Original- und die gefälschten Dokumente sorgfältig, sehr sorgfältig prüfen und beweisen, dass jemand zwielichtige Evangelien auf den Markt gebracht hatte. Er nahm die Sache sehr wichtig. Er hat sich Zeitungsausschnitte darüber eingerahmt und in seinem Büro aufgehängt.«

Wieder blickte sie auf den Bildschirm, auf die Liste von vielleicht aramäischen Buchstaben. Actuals, Leerzeichen, exakt. »Hunderte von Gelehrten und Historikern müssen sich das schon angesehen haben. Vielleicht Tausende. Doch Barlow hat sie aus einem anderen Blickwinkel betrachtet. Er versuchte hinter die Kulissen zu blicken, indem er nach Dingen suchte, die nicht passten. Und …«

Weiter kam sie nicht. Sie hatte keine Ahnung, was Barlow gefunden hatte, doch in einer Sache war sie sich sicher: Es war der Wendepunkt gewesen. »An den Nag-Hammadi-Texten stimmte etwas nicht. Etwas, das man nur erkennen konnte, wenn man versuchte, einem Betrug auf die Spur zu kommen.«

»Aber Sie sagten, das sei Jahre her«, merkte Tillman an. Er hatte sich die Packung wiederbeschreibbarer CDs geschnappt und drehte sie mit unnötiger Aufmerksamkeit in seinen Händen.

»Fünfzehn Jahre«, fiel es Kennedy wieder ein.

»Wenn er also damals was gefunden hat, warum hat er dann so lange gewartet? Was ist in der Zwischenzeit passiert?«

Sie wusste es nicht, hatte aber eine vage Vorstellung davon. »Er hat was gefunden. Oder einen Verdacht gehabt. Er hat es auf Abstand gehalten und dann von einer anderen Seite aus betrachtet. Er lässt die Sache liegen und sieht sich Texte des Alten Testaments an – die Schriftrollen vom Toten Meer. Fünf Jahre lang. Dann beschäftigt er sich mit den gnostischen Sekten. Und schließlich fährt er nach Avranches und besichtigt den Rotgut-Kodex. Dies ist der Moment, in dem sich alles fügt. Es ist … als hätte er den Schlüssel gehabt, ohne zu wissen, wo sich das Schloss befand.«

»Das verstehe ich nicht«, gab Tillman zu.

»Leo, denken Sie doch mal nach. Der Rotgut ist die mittelalterliche Übersetzung eines Dokuments, die es bereits irgendwo gab. Niemand kann sich vorstellen, warum der portugiesische Kapitän ihn gekauft hat. Warum er ihn überhaupt haben wollte. Doch Barlow sieht ihn sich genauer an, und er erkennt …«

Tillman blickte sie finster an. »Was?«

»Weiß nicht. Etwas, das vorher niemand bemerkte. Ich bin sicher, dass ich recht habe. Im Rotgut verbarg sich ein Code. Barlow wusste zu dem Zeitpunkt schon genug, um ihn als solchen zu erkennen.« Sie bemerkte die Lücke in ihrer Argumentation schon, während sie sprach. »Aber der Rotgut ist nur das Johannesevangelium. Verdammt! Wo versteckt man in der Kopie eines bestehenden Dokuments einen Code?«

Tillman antwortete nicht. Er warf die CD-Packung auf den Tisch zurück, verfehlte diesen aber, so dass sie scheppernd auf den Boden fiel. Kennedy merkte zwar, dass er wütend war, wusste aber nicht, warum. Sie argumentierte weiter, packte das Bild in Worte, das sich in ihrem Kopf abzeichnete.

»Vielleicht waren es nicht die Wörter. Oder vielleicht liegt die Lösung im Vertauschen der Wörter. Wenn man von der King-James-Bibel ausgeht oder jedenfalls von der Version, die man damals verwendete, und die dann allerdings veränderte, gelangt man zu einem Code, der sich knacken lässt. Meine Güte, Leo! Ich habe recht. Ich weiß, dass ich recht habe. Barlow fand eine jahrhundertealte verschlüsselte Nachricht und versammelte ein Team um sich, um den Code zu knacken.«

»Erstaunlich«, meinte Tillman ausdruckslos.

»Ja, erstaunlich. Aber sie brauchten einen Computerspezialisten dazu. Drei Historiker und ein Techniker. Jetzt ergibt das einen Sinn. Sie suchten nach einem verborgenen Muster im Text des Rotgut oder irgendwo anders in dem Dokument. Ein Muster, für das man, um es zu erkennen, eine Art statistischer Algorithmen benötigte. Total verrückt! Aber jetzt bleibt noch eine Frage offen.« Sie hob den kleinen Stapel Papier hoch, der auf dem Schreibtisch lag. »Diese Informationen wurden im Mittelalter versteckt. Warum ist dann heute jemand bereit, dafür zu töten?«

Erst jetzt hielt sie inne, als sie erkannte, dass die Antwort für Tillman keinen Pfifferling wert war. Er zog ein Gesicht, als hätte sie ihre ganze Argumentationskette mit aller Gewalt in ihn hineingeprügelt.

»Was ist los?«, fragte sie.

»All das ist unwichtig«, antwortete er voller Anspannung. »Alles, Kennedy.«

»Wie meinen Sie das?«

»Es ist nicht …«, er schien nach einem Wort zu suchen, das stark genug war, »… relevant. Das hier ist auch nicht annähernd das, wonach ich gesucht habe! Ich habe meine Familie verloren. Ich dachte, wenn Brand diese Leute getötet hat oder sie hat töten lassen, dann deshalb, weil sie ihn durchschaut haben. Weil sie all seine kleinen, schmutzigen Geheimnisse aufgedeckt haben.«

»Ich glaube, das haben sie getan, Leo. Sie haben etwas herausgefunden, das er …«

»Das ist altes Zeug!« Tillman, der die Hände zu Fäusten geballt hatte, spuckte die Worte mit zornrotem Gesicht aus.

Kennedy sprach trotz seiner heftigen Reaktion in ruhigem Ton weiter. »Alle Opfer waren Historiker. Ich würde sagen, das war zu erwarten.«

»Das ist nicht lustig, Kennedy. Für mich nicht.«

»Für mich auch nicht. Aber mit einer Sache haben Sie unrecht: Es ist relevant. Dies hier ist der Schlüssel zu allem. Wenn wir uns an diesen Schlüssel halten, bekommen wir die Antworten, nach denen wir suchen.«

Tillman öffnete den Mund, um etwas zu erwidern, sagte aber nichts. Stattdessen schnüffelte er.

Plötzlich wurde auch Kennedy klar, was sie roch. Was ihr Unterbewusstsein bereits seit einer Minute wahrgenommen hatte, wegen des Modergestanks aber nicht hatte zuordnen können.

Hier brannte etwas.

34

Auch wenn Mariam die einzige Frau war, und auch wenn ihr das ganze Leben lang beigebracht worden war, dass Frauen sich Männern unterzuordnen hätten, war sie die Anführerin ihrer Gruppe. Dies hatte niemand entscheiden müssen, sondern war das Ergebnis einer einfachen Gleichung aus drei Größen: sie und die beiden anderen Boten, Ezei und Cephas, mit denen sie zusammenarbeitete. Niemand, der die drei kannte, hätte auch nur eine Sekunde lang am Lösungsweg der Gleichung gezweifelt.

Als Kuutma also anrief und Ezei ans Telefon ging, reichte dieser es wortlos an Mariam weiter.

»Deine Jagd nach Tillman«, begann Kuutma. »Ich glaube, du warst erfolgreich. Du hast ihn erneut aufgespürt?«

Mariam ließ sich die in ihr aufsteigenden Gefühle nicht anmerken, weil Ezei und Cephas sie beobachteten. Sie war stolz auf das, was sie erreicht hatte, doch es ging ihr schlecht, wenn sie daran dachte, welche Wendung die Operation genommen hatte. »Wir sind den angerufenen Nummern auf Tillmans Telefon nachgegangen«, erklärte sie. »Dasjenige, das wir ihm auf der Fähre abgenommen haben. Eine Nummer gehörte zu einem Mann, den wir kennen. Bernard Vermeulens. Er hat mit Tillman als Söldner gekämpft. Ich habe mit Dovid und seinem Team in Omdurman gesprochen und ihn gebeten, alle auf Vermeulens angemeldeten Nummern anzuzapfen. Dadurch fanden wir heraus, dass es nur eine Nummer in England gibt, die Vermeulens in den letzten zehn Tagen angerufen hat. Es war sehr leicht, das dazugehörige Handy per GPS zu verfolgen.«

»Das hast du gut gemacht«, lobte Kuutma. »Aber du konntest noch nicht an ihn heran?«

Mariams Lippen zuckten, das einzige sichtbare Zeichen für das, was sie fühlte, doch es reichte, dass sich Ezei und Cephas einen besorgten Blick zuwarfen. Ezei machte etwas unbeholfen das Zeichen der Schlinge. »Wir haben es versucht«, gab sie zu. »Zwei Mal, gestern Nacht. Das erste Mal hat er unseren Hinterhalt entdeckt.«

»Und das zweite Mal?«

»Das Telefonsignal bewegte sich zwei Stunden lang sehr schnell, dann blieb es stehen. Als wir seinen Standort ausmachen konnten, wollten wir zugreifen. Es war ein Abwasserkanal in Westlondon, aber Tillman war nicht da. Er hatte das Telefon in einen Gully geworfen. Er muss gemerkt haben, dass wir ihn darüber aufgespürt haben.«

Sie hatte ihr Geständnis abgelegt und wartete auf die Strafe, auf die strenge Stimme des *Tannanu*, die ihr sagte, er sei von ihrer Leistung enttäuscht, und sie und ihr Team nach Ginat'Dania zurückbeorderte.

»Tillman ist ein schwer zu fassendes Ziel«, räumte Kuutma stattdessen ein. »Dein Team ist längst nicht das einzige, das von ihm ausgetrickst wurde. Kümmert euch vorerst nicht mehr um ihn. Ich brauche euch für eine andere Aufgabe, die im Moment wichtiger ist.«

Mariam stieß beinahe einen Seufzer der Erleichterung aus, ohne zu wissen, dass sie die Luft angehalten hatte. »Dir ist bekannt, dass wir nach schriftlichen oder digitalen Aufzeichnungen über den Rotgut-Kodex suchen«, fuhr er fort. »Neueren Informationen zufolge glaube ich, dass die relevanten Dateien an einem abgeschiedenen Ort aufbewahrt werden und nicht vom Internet aus zugänglich sind. Ich werde dir eine Adresse geben. Ihr werdet zu dieser Adresse fahren und alles zerstören, was ihr dort findet und Informationen enthalten könnte.«

Nachdem Mariam erfolgreich Kuutmas Tadel entkommen war, wollte sie nun unbedingt seine Anerkennung gewinnen. »*Tannanu*«, sagte sie, »das würde heißen, wir müssten alles zerstören.«

»Genau, Tochter. Ich freue mich, dass du so schnell auf den Punkt kommst.«

»Aber um sicher zu sein, dass wir alles zerstören, müssen wir den Ort zunächst sorgfältig untersuchen. Es könnte etwas in die Mauern geritzt sein, das auch ein Feuer oder eine Explosion übersteht. Unter dem Gebäude könnte sich ein Gewölbe befinden, das versiegelt wurde, und so weiter.«

»Dass du diese Fragen stellst, Mariam, zeigt mir, dass du erkennst, wie kompliziert und anspruchsvoll diese Aufgabe ist. Ja, du musst all diese Dinge ausschließen und absolut sichergehen, dass kein Wort oder Zeichen bestehen bleibt. Nur so sind wir auf der sicheren Seite.«

Mariam spürte das dringende Verlangen, Kuutma dafür zu danken, dass sie und ihr Team die Chance erhielten, sich erneut unter Beweis zu stellen. Auf der Fähre hatten sie kläglich versagt, auch wenn es so ausgesehen hatte, als müsste ihnen das Glück hold sein, weil sie sich in einer geschlossenen Umgebung ohne Ausgänge befunden hatten. Und dann hatten sie in London wieder versagt. Diese Gelegenheit zu bekommen, um ihre Fehler wiedergutzumachen – und das so schnell! –, war wunderbar. Doch sie wusste auch, dass der *Tannanu* keinen Dank erwartete. Beide wussten, ohne darüber sprechen zu müssen, worum es sich handelte – um ein Geschenk. Also sagte sie nichts.

Kuutma nannte ihr die Adresse, und sie schrieb sie nieder. Ezei und Cephas lasen sie wortlos über ihre Schulter mit und wechselten einen Blick. Es war klar, was dies bedeutete.

»Ist notiert«, bestätigte Mariam kurz angebunden. »Gibt es noch weitere Anweisungen?«

»Ja.« Es herrschte eine kurze Pause, als ob Kuutma erwartete, dass sie nachfragte. Doch sie entschied sich für Schweigen anstelle unnötiger Worte. »Kennedy, der weibliche Detective, wird mit einem männlichen Kollegen dort sein. Ihr werdet beide töten, am besten in einer Weise, die nur ein Minimum an weiteren Ermittlungen nach sich zieht. Es wäre ideal, wenn ihr Tod wie ein Unfall aussähe. Es darf kein Verdacht auf äußere Gewalteinwirkung aufkommen. Wir stehen in dieser Angelegenheit bereits zu sehr im Rampenlicht, Mariam. Und da Tillman noch lebt ...«

Er ließ den Satz im Nichts verklingen. Mariam schloss die Augen und formulierte lautlos einen Fluch, in dem die Zahl dreißig eine wichtige Rolle spielte. Ezei, der von den Lippen ablesen konnte, hielt angesichts der Blasphemie schockiert den Atem an.

»Ich verstehe das Problem, *Tannanu*. Vielleicht können wir es so aussehen lassen, dass der Mann die Frau vergewaltigt und ermordet und sich anschließend aus Scham selbst umgebracht hat.«

»Eine Möglichkeit, Mariam. Vielleicht etwas zu weit hergeholt, aber eine Möglichkeit. Doch denke daran, dir werden nur ganz bestimmte Sünden vergeben. Tu, was dir am besten erscheint, und komme hinterher zu mir. Du wirst mir persönlich Bericht erstatten.«

»Das werde ich, *Tannanu*. Wo wir waren, wird nichts mehr so sein wie zuvor.«

»Ich nehme dich beim Wort.«

Als Kuutma aufgelegt hatte, gab Mariam Ezei das Telefon zurück. Die beiden Männer blickten sie an. Stramm wie Soldaten standen sie aufgeregt und voller Vorfreude vor ihr. Mariam wurde von Liebe für sie erfüllt, und die Freude, von der sie erfasst wurde, ließ sie beinahe laut auflachen. »Wir sind dabei«, sagte sie schlicht. »Cousins, wir sind wieder dabei. Und zwar schon heute Abend!«

»Das ist wunderbar!«, freute sich Cephas.

»Ja! Ja, das ist es!« Mariam ging zur Minibar in dem Hotelzimmer, das sie unter einem anderen Namen als Brand gemietet hatten. Diese Gewohnheit nahm Kuutma nur für sich in Anspruch, nicht für seine Teams. Mariam nahm drei Spritzen und drei Ampullen heraus und gab den Männern je eine. Sie versuchte dabei ein ernstes Gesicht zu machen, während sie das Gefühl hatte, Geschenke zu verteilen.

Das Ritual selbst verlangte nach Stille, also zogen sie die Spritzen auf und verabreichten sie sich wortlos selbst. Nur die leidenschaftlichen Blicke, die ihr die beiden Männer zuwarfen, verrieten, dass sie die gleiche Erregung empfanden.

Die Droge verteilte sich langsam in ihrem Körper wie eine Blase, die im Zentrum ihres Seins erwachte und sich ausbreitete, bis sie ganz von ihr erfüllt war und gegen die Innenseite ihrer Haut waberte.

»Beracha u kelala«, murmelte Cephas und erschauderte, als die Droge sein Nervensystem umhüllte. Seine Worte bedeuteten: »Segen wie Fluch«. Nur der zweite Teil allerdings erinnerte an den gebräuchlicheren Namen der Droge, *Kelalit*.

Doch als Mariam und ihre Mannschaft zum Hof Taubenschlag fuhren, um Sergeant Heather Kennedy die letzte Gnade zuteilwerden zu lassen, war es der Segen, der aus ihren Augen sprach und ihre Hände führte.

Sie erreichten ihr Ziel rasch und ohne Zwischenfälle. Sie verfügten über kein Navigationssystem, doch Ezei konnte gut mit Karten umgehen und führte sie unbeirrt ans Ziel.

Sie erkannten den Hof auf Anhieb an dem auffälligen Schild am Straßenrand. Mariam fuhr am Gebäude vorbei, bevor sie etwa einen halben Kilometer weiter in einen schmalen Weg einbog, der in einen Wald und nach einer Haarnadelkurve an die Rückseite des Grundstücks heranführte.

»Was sollen wir mitnehmen?«, fragte Ezei.

»Nur Sicas und Pistolen«, beschloss sie. »Wir gehen schnell und leise rein. Wenn wir noch was brauchen, holt es einer von euch.«

Hof Taubenschlag war leicht zu finden und von der Rückseite aus fast völlig offen. Der einzelne, an Holzpfählen befestigte Stacheldrahtstrang konnte nur symbolischen Charakter haben.

Vorsichtig näherten sie sich dem Haus, doch bereits aus einer Entfernung von hundert Metern und selbst in der Dämmerung konnten sie erkennen, dass die Fenster mit Brettern vernagelt waren. Wenn sich ihre Zielpersonen bereits im Haus aufhielten, konnten sie nicht sehen, dass sich die Boten näherten. Und falls sie erst noch kommen würden, umso besser.

Dennoch blieb Mariam vorsichtig. Sie schlich nicht geradeaus aufs Haus zu, sondern in einem leichten Bogen, während ihr die beiden Männer vorbehaltlos folgten. Je näher sie kamen, desto mehr konnten sie vom Haupt- und den Nebengebäuden erkennen.

Sie erblickten den Wagen, als sie noch ein ganzes Stück entfernt waren. Dann befanden sich Kennedy und ihr Partner also bereits im Haus. In der Gebärdensprache, die alle Boten lernten, wies Mariam die beiden Männer an, sich aufzuteilen, so dass sie sich dem Hof aus unterschiedlichen Richtungen nähern konnten. Leise und effizient durchsuchten sie die Nebengebäude. Höchstwahrscheinlich würden sich die Polizisten im Hauptgebäude aufhalten, doch sie mussten auf Nummer sicher gehen. Mariam überprüfte den Wagen, der leer und verschlossen war. Erst als sie das gesamte Grundstück abgesucht hatten, winkte sie Ezei und Cephas zu sich zurück.

Das Haus verfügte über zwei Türen, doch nach einem raschen Blick war klar, dass die zweite Tür mit dem Rahmen verschraubt war und sich nur umständlich öffnen ließ. Mariam postierte Cephas an einer Stelle, von der aus er beide Türen im Blick hatte, und wies ihn an, jeden zu erschießen, der dort auftauchte. Anschließend ging sie mit Ezei zur Vordertür.

Sie war angelehnt, und der Schaden am Türrahmen verriet, dass die Detectives sie mit einem Schraubenzieher oder einer Brechstange aufgebrochen hatten. Mariam bedeutete Ezei, hinter ihr zu gehen und sich von ihr zu trennen, wenn die Verhältnisse im Haus dies erfordern sollten. Sie schob die Tür nur ein winziges Stück auf, damit sie hindurchschlüpfen konnte. Das verbogene, trockene Holz knarrte, allerdings so leise, dass es kaum weit zu hören war.

Schockiert betrachtete sie die Mauern aus Papierstapeln. Sie und ihre Cousins waren in einem Milieu aufgewachsen, in dem es nur wenige Bücher und Bilder gab, so dass sie keinen Vergleich zu diesen Unmengen an weißen Blättern hatten, die mit unergründlichen Zahlen und Buchstaben angefüllt waren. Es hatte etwas Anstößiges, und Mariam verspürte den Drang, Ezei die Augen zuzuhalten, obwohl er älter war als sie. Er war ihr schon immer wie ein Mensch vorgekommen, den man vor den profanen Dingen dieser Welt schützen musste.

Der Grundriss des Hauses war recht einfach geschnitten. Rasch stellten sie fest, dass sich im Erdgeschoss niemand aufhielt – und genauso rasch, dass oben jemand laut und ohne Vorsichtsmaßnahmen zu ergreifen umherlief.

Wieder peilte Mariam die Lage, als sie auf die Treppe zugingen. Bisher hatten sie sich völlig geräuschlos bewegt, doch die Stufen, die genauso verzogen waren wie die Tür, würden in jedem Fall unter ihren Füßen knarren. Leise zog sie ihre Schuhe aus und gab Ezei ein Zeichen: Hand senkrecht nach oben, Hand schräg nach vorne, ein Nicken Richtung Treppe.

Er verstand sofort. Er stellte sich mit den Schuhspitzen gegen die unterste Stufe und beugte sich vorsichtig vor. Dann stützte er sich mit einer Hand in der Ecke zwischen Treppe und Wand ab, mit der anderen zwischen Treppe und Geländer. Als er das Gefühl hatte, sicher zu stehen, nickte er Mariam zu. Sie stieg auf seinen Rücken, setzte einen Fuß nach dem anderen auf seine Schultern und trat von dort auf den Treppenabsatz. Das Holz unter ihr protestierte mit leichtem Knarren, doch nun hatte sie bereits die halbe Treppe hinter sich und konnte den Rest, wenn nötig, in zwei Schritten hinaufgehen.

Sie gab Ezei ein Zeichen, unten zu bleiben, und spähte um die Ecke nach oben. Sie konnte niemanden sehen, doch die Geräusche kamen eindeutig aus dem Zimmer gegenüber der Treppe, wo jemand umherging und vielleicht schwere Gegenstände verrückte.

Sie bewegte sich nur, wenn die Geräusche im Zimmer ihre eigenen überdeckten. In wenigen, wohlüberlegten Schritten stand sie neben der Tür und hatte in der Zwischenzeit einige Schlussfolgerungen gezogen, wer sich in dem Zimmer befand. Schwere, entschiedene, gleichbleibende Schritte von einem Paar Schuhe; keine Unterhaltung. Eine Person, wahrscheinlich ein Mann, allein.

Wo steckte also die Frau? Mariam musste eine Entscheidung treffen: diesen Mann erledigen und dann seine Partnerin suchen, damit aber das Risiko eingehen, dass seine Partnerin durch die Kampfgeräusche alarmiert wurde, oder warten und beide gemeinsam über die Klinge springen lassen?

Gehe das Ziel an, das du vor dir hast, lautete eine Maxime, die ihr der *Tannanu* und die anderen Lehrer immer wieder eingetrichtert hatten. Sie vertraute auf ihre Fähigkeit, den Mann zu töten oder außer Gefecht zu setzen, ohne ihm die Gelegenheit zu geben, Alarm zu schlagen.

Sie betrat das Zimmer. Sie bewegte sich noch immer so leise, wie sie konnte, doch sie wusste, dass sie sich bei diesem kurzen Abstand sogar durch die Bewegung der Luft verraten konnte. Entscheidend war also Geschwindigkeit.

Der Mann – stämmig, breitschultrig, vielleicht eineinhalbmal so schwer wie sie – kniete auf der anderen Seite des Zimmers, wo er mehrere Stecker in eine Steckerleiste schob.

Er bemerkte Mariam aus dem Augenwinkel heraus. Als sie ihn erreichte, begann er, sich zu erheben, und öffnete den Mund, um sie zu begrüßen oder zu protestieren.

Mariam trat gegen seine Kehle. Sie hatte ihren Fuß seitlich gedreht und ihr gesamtes Körpergewicht in ihr ausgestrecktes Bein gelegt.

Er gab keinen Laut von sich, doch sie spürte kurz an ihrem nackten Fuß, wie sein zerstörtes Sprechwerkzeug vibrierte. Sie stellte den Fuß wieder ab, hob den anderen, wirbelte halb im Kreis und setzte sich rittlings auf den Mann. Es war leicht, ihn am Aufstehen zu hindern. Er war auf die Knie zurückgefallen, die Hände an die Kehle gelegt, ohne sich zu verteidigen oder einen Gegenangriff zu starten. Mariam nahm seinen Kopf zwischen ihre muskulösen Schenkel, griff nach unten und legte ihre Unterarme um seine Schläfen.

Mit einer halben Drehung hätte sie dem Mann problemlos das Genick brechen können, sofern er sich nicht vorbereiten und dagegen wehren würde. Mariam drehte seinen Hals weniger weit, aber mit gleicher Kraft, und schnürte ihm die Luft ab, ohne seine Wirbel zu verletzen. Sie ging bereits davon aus, dass sie das Haus in Brand setzen musste. Schäden am weichen Gewebe würden also durch den noch größeren Schaden durch die Flammen überdeckt werden.

Dem Mann wurde ein paar Sekunden zu spät bewusst, dass er sterben musste, so dass ihm dieses Wissen nichts mehr nützte. Aus seiner Position heraus konnte er ihre Hände nur erreichen, wenn er seine Arme hinter seinen Kopf hob. Doch er hatte keine Kraft mehr, während ihre durch das Kelalit verstärkt wurde. Der Mann wand sich unter ihr, doch sie hatte ihn so fest in die Zange genommen, dass er sie nicht aus dem Gleichgewicht bringen oder sich ihrem Griff entziehen konnte. Er schlug mit den Füßen gegen den Boden, bis ihn auch die Kraft dazu nach und nach verließ.

Als er schwach genug war, dass sie ihre Position ein wenig verändern konnte, beugte sie sich vor. »Es ist alles in Ordnung«, flüsterte sie in sein Ohr. »Es ist alles in Ordnung. Es ist fast vorbei.« Ihr Englisch war nicht gut, doch sie sprach langsam und sorgfältig, damit er sie verstehen konnte. Für sie war diese Geste wichtig. Der Mensch verkleidete seine Brutalität in Rituale, um das Tier in sich auf Abstand zu halten. Mariam war am sanftesten und umsichtigsten, wenn sie tötete.

Mit einer letzten bewussten Bewegung umklammerte der Mann mit beiden Händen Mariams Fußgelenk – eine gute Idee, jedoch ebenfalls zu spät. Seine Kraft reichte nicht, um sie aus dem Gleichgewicht zu bringen.

Mariam hingegen drückte noch eine Minute lang zu, nachdem der Mann aufgehört hatte, sich zu bewegen, dann öffnete sie die Beine und ließ ihn los. Sie kniete nieder und fühlte seinen Puls. Nichts. Sein Gesicht war rot angelaufen und der Blick seiner hervorgetretenen Augen vorwurfsvoll auf sie gerichtet. Sie achtete nicht darauf. Der Geist war bereits entwichen, und das Fleisch hatte keine Bedeutung.

Rasch suchte sie den Rest des oberen Stockwerks ab. Von der Frau keine Spur, aber das hatte sie mittlerweile erwartet. Jeder in Hörweite hätte das hektische Treten des sterbenden Mannes mitbekommen und wäre herbeigeeilt.

Sie ging die Treppe hinab, nun weniger besorgt wegen der knarrenden Stufen. Ezei wartete noch immer unten auf sie. »Ein Mann«, berichtete sie hastig, während sie ihre Schuhe zuschnürte. »Allein. Noch einmal alles absuchen.«

Sie durchkämmten jeden Zentimeter des Bauernhauses, suchten jede Stelle ab, in die sich ein Mensch hätte hineinzwängen können. Schließlich sah Mariam ein, dass die Frau nicht auf dem Gelände sein konnte. Falls sie nicht mitgekommen war, in Ordnung; falls sie bereits gegangen war, blieb ihnen womöglich nur wenig Zeit, um die Aufzeichnungen in diesem Haus zu zerstören. Dies war die andere Aufgabe, die ihnen der *Tannanu* übertragen hatte, und zwar noch vor der anderen.

Mariam schickte Ezei und Cephas zum Wagen zurück, um die entsprechenden Sachen holen zu lassen, unter anderem einen Brandbeschleuniger und ein flexibles Rohr, mit dem sie Rauch in die Lungen des Toten blasen würde. Die meisten Gerichtsmediziner würden nach keinen weiteren Todesursachen suchen.

Sobald die Männer fort waren, kehrte sie in den Computerraum zurück. Der Auftrag lautete, alles zu zerstören, was sich in diesem Haus befand, doch sie wusste, dass es manchmal möglich war, Informationen von CDs und Festplatten zu retten, auch wenn sie zerstört waren. Zusammen mit den Brandbeschleunigern würden Ezei und Cephas auch den Saubermann mitbringen, einen tragbaren Generator in Aktentaschenformat, der ein kräftiges Wechselstrommagnetfeld erzeugte. Eine Zehntelsekunde über einer Festplatte bei voller Ladung würde zur Sicherheit alle Dateien löschen. Für Mariam wäre es natürlich leichter, den Rechner mitzunehmen, doch das Risiko, damit erwischt zu werden, wollte sie nicht eingehen.

Mariam fragte sich allerdings, welches Geheimnis in diesem Haus sie vor dem Wissen der Welt vernichten sollten. Sie ging zum Schreibtisch und nahm das oberste Blatt in die Hand. Gemischte Gefühle stiegen in ihr auf, während sie es las. Die Wörter auf dem Blatt waren ihr unerwartet vertraut, so vertraut, dass sie sie auswendig hätte rezitieren können. Doch sie an diesem Ort zu sehen war im ersten Moment verwirrend, als hätte sie die Tür zum Haus eines Fremden geöffnet und darin ihr eigenes Schlafzimmer vorgefunden.

In diesem Schwebezustand wurde sie plötzlich von einem Suchscheinwerfer erfasst, der durchs Fenster leuchtete.

Es war natürlich eine Illusion. Sie erstarrte dennoch, wie sie es in ihrer Ausbildung gelernt hatte. Das Licht zog vorbei, dicht gefolgt von einem zweiten. Gleichzeitig hörte sie einen Motor und das Knirschen von Reifen auf Kies. Scheinwerfer. Die Scheinwerfer eines Fahrzeugs.

Dann war es also die Frau. Oder jemand anderes. Es spielte keine Rolle, denn jeder, der hierher kam, musste sterben, damit sie ihre Aufgabe zu Ende führen konnten. Sobald der Lichtschein am Fenster vorbeigezogen war, zog Mariam die Leiche zu einer Decke, die über einem Stapel Kisten lag, und versteckte sie darunter.

Wo waren Ezei und Cephas? Mittlerweile mussten sie auf dem Rückweg vom Wagen sein. Sie hatten mit Sicherheit die Scheinwerfer bemerkt und wussten, dass sich die Situation geändert hatte. Hoffentlich würden sie bleiben, wo sie waren, und auf weitere Anweisungen von ihr warten. Leider konnte sie – noch – nicht zu ihnen gehen oder sie rufen. Sie musste den richtigen Moment abpassen, und vor allem musste sie wissen, mit wem sie es zu tun hatte.

Sie ging zum Fenster und spähte durch einen winzigen Spalt im Sackleinen. Unten links, ein Stück vom Haus entfernt, parkte ein großer Lastwagen, dessen Türen in diesem Moment geöffnet wurden. Ein Mann und eine Frau stiegen aus, die für sie nur als Silhouetten in der Abenddämmerung wahrnehmbar waren, trotz des Kelalits, das neben ihrer körperlichen Stärke und Geschwindigkeit auch ihre Sehkraft verbesserte.

Die beiden Gestalten gingen zur Tür. Mariam, die sich vom Fenster zurückzog, entschied sich nach kurzem Überlegen für den direkten und einfachsten Weg. Sie würde im Computerraum warten und die beiden hier oben töten. Vielleicht würde sie Knochen brechen müssen. Sichtbare Schäden, die das Feuer nicht überdeckte, könnte sie mit der Vergewaltigung erklären, die sie dem *Tannanu* vorgeschlagen hatte. Oder sie könnte die Leichen aus dem Fenster werfen und die Sache so aussehen lassen, als hätten die beiden dem Feuer entkommen wollen.

Leise ging sie zur Tür, von wo aus sie die beiden unten im Flur hörte – ihre Stimmen, die an der Treppe vorbeiliefen. Sie waren in der Küche. Der Mann nannte die

Frau Kennedy, was nicht überraschte. Doch auf die Antwort der Frau war sie nicht vorbereitet.

»Merken Sie, wie warm es hier drin ist, Tillman?«

Tillman.

Mariam ballte unwillkürlich ihre Hände zu Fäusten. Die Zielperson, die sie so oft verfehlt hatten! Der Mann, der Ezei und Cephas trotz der engen Toilette auf der Fähre entkommen war und schließlich ihr durch die Luft fliegendes Messer abgeschossen hatte. Der Mann, der ihren Hinterhalt aufgrund eines fast unsichtbaren Hinweises durchschaut hatte. Der sie in die Kanalisation gelockt hatte auf der Suche nach seinem Handy. Jetzt war er da! Und das mit dieser Frau!

Kelalit verstärkte bestimmte Gefühle. Zur Ausbildung eines Boten gehörte es, diese Gefühle in einem handhabbaren und überschaubaren Bereich des Geistes einzuschließen. Man bewegte sich um sie herum, weigerte sich, sie anzuerkennen, bis sie einem nicht mehr schaden konnten. Genau das tat Mariam in diesem Moment. Sie achtete nicht auf die Gefühle, die Tillmans Name und Anwesenheit bei ihr hervorriefen. Sie verhüllte diese Gefühle und schob sie hinter die Schwelle ihrer Wahrnehmung. Gleichzeitig schätzte sie die Situation rational ein. Tillman war ein geübter Kämpfer und hatte einen Angriff durch ihre beiden Cousins überlebt. Es bestand also die Gefahr, dass auch sie versagte, wenn sie versuchte ihn auszuschalten, auch wenn ihr der Vorteil zugutekam, ihn mit einem Überraschungsangriff zu überrumpeln.

Jetzt hörte sie Schritte auf der Treppe. Tillman und die Frau kamen herauf. So vorsichtig wie möglich huschte Mariam über den Treppenabsatz und schlüpfte in das Zimmer gegenüber. Tillman und die Frau würden die Rechner durch die geöffnete Tür vom Flur aus sehen und sich gleich darum kümmern. Damit wäre sie selbst erst einmal sicher.

Sie ließ die beiden vorbeigehen und blieb regungslos stehen, auch wenn ihre Hände kribbelten vor Verlangen, zu einem Angriff loszuschlagen.

Der Mann und die Frau betraten das Zimmer. »Server«, sagte die Frau. »Solche Dinger werden eingesetzt, um Kinofilme in 3D herzustellen. Da brauchte jemand eine hohe Rechnerleistung.«

Sie waren zunächst nur drei Meter von Mariam entfernt, dann fünf. Auf diese Entfernung würden sie jede Bewegung bemerken. Tillman hätte genügend Zeit, um sich umzudrehen, seine Waffe zu ziehen und zu zielen. Doch auf diese geringe Distanz würde ein Wurf mit ihrem Messer sein Ziel nicht verfehlen. Sie zog eine Sica aus ihrem Gürtel und brachte sich in Position. Doch nur im richtigen Moment würde sie es werfen.

Die Frau ging zwischen ihr und Tillman vorbei und versperrte ihr die Sicht. Sie zu töten wäre einfach, würde aber Tillman auf den Plan rufen. Sollte er es schaffen, sich in Deckung zu bringen und sie hinzuhalten, könnte sich das Blatt wenden.

Doch die beiden verschwanden aus ihrem Blickfeld, traten weiter in den Raum und gingen mit Sicherheit zum Schreibtisch.

Mariam verließ ihr Versteck und schlich die Treppe nach unten. Die Stimmen hinter ihr waren laut genug, um ihre Geräusche zu überdecken, doch sie setzte ihre Füße trotzdem nur ganz nah am Geländer auf, um das Risiko zu verringern, dass das alte Holz unter ihrem Gewicht knarrte.

Erst unten im Flur bemerkte sie das leichte Zittern in ihren Beinen und Händen – der erste Anflug eines aufkeimenden Gefühls, das sich Angst nannte.

Sie verließ das Haus und schlich nah an der Hauswand entlang nach hinten. Sobald sie weder vom Fenster noch von der Straße aus gesehen werden konnte, ging sie durchs offene, hohe Gras. Ezei und Cephas erhoben sich, nicht weil sie eine Gefahr witterten, sondern weil sie ihre Anführerin selbst in der Dunkelheit erkannt hatten.

»Tillman ist hier, gemeinsam mit Kennedy«, berichtete sie.

Ezei blinzelte überrascht. »Was sollen wir tun?«

»Wir arbeiten nach Plan«, antwortete Mariam. »Wir brennen das Haus nieder. Wenn sie versuchen zu fliehen, erschießen wir sie. Wenn sie im Haus bleiben, verbrennen wir sie. Wir sind zu dritt, und das Haus verfügt an drei Seiten über Türen und Fenster. Aber wenn wir schnell genug sind, sitzen sie im ersten Stock in der Falle, und Türen und Fenster werden ihnen nichts nützen. Los.«

Cephas nickte, eine Sekunde später auch Ezei. Mariam bemerkte sein Zögern und deutete es als das, was es war: eine Frage. Wenn du sie gesehen hast, warum sind sie dann noch am Leben? Sie drehte ihren Cousins den Rücken zu und ging zum Haus zurück.

Dort standen zwei Kanister mit Brandbeschleuniger. Dieser enthielt keine nachweisbaren Nebenprodukte und roch praktisch nur nach einem leicht blumigen Desinfektionsmittel, sonst nach nichts. Doch er brannte so schnell und heftig wie Kerosin. Sie begannen hinten im Gebäude und arbeiteten sich rückwärts bis zur Tür vor. Ezei und Mariam verteilten die Flüssigkeit, tränkten die Papierstapel, die Wände und den Boden. Cephas blieb mit gezogener Waffe am Fuß der Treppe stehen.

Ezei hielt den Zünder in der Hand, dessen chemische Spaltprodukte ebenfalls nicht nachweisbar waren. Er reichte ihn Mariam, die auf seine respektvolle Geste mit einem knappen Nicken reagierte. Sein vorheriges Zögern hatte sie nicht vergessen.

Sie wies Ezei und Cephas ihre Positionen zu, woraufhin sie sich in die Dunkelheit zurückzogen. Es hatte keinen Sinn, noch länger zu warten. Es war ohnehin schon zu viel Zeit verflossen.

Sie zog an dem Streifen, der die beiden chemischen Komponenten des Zünders trennte. Als sie miteinander verschmolzen, erwachte der Zünder in ihrer Hand zum Leben. Sie warf ihn mit einem Schwung des Unterarms den Flur entlang, wo er einmal aufhüpfte, bevor er liegenblieb.

Nach einem leisen *Wusch* bäumten sich die Flammen in dem engen Flur wie ein Engel auf, und die heiße Luft auf Mariams Wange fühlte sich an wie das Streicheln eines drängenden Liebhabers. Leise schloss sie die Tür und bezog Stellung.

35

Jemand hatte Blumen verbrannt. Die Treppe war wie ein Kessel aus dampfender Luft, die nach toten Blüten stank, ein Inferno auf einer ruhigen Sommerwiese. Tillman war kein phantasievoller Mensch, doch Bilder von Opferungen und abgeschlachteten Unschuldigen stiegen viel zu schnell in ihm auf.

Kennedy neben ihm fluchte. Einen Moment blieb sie wie angewurzelt stehen, dann sank sie auf die Knie. Er dachte, sie betete, bis er merkte, dass sie etwas suchte. Mit der CD-Packung in der Hand kam sie wieder hoch.

»Dafür ist keine Zeit!«, drängte Tillman.

»Ich werde schon dafür sorgen«, stieß Kennedy wütend hervor, während sie an der zugeschweißten Plastikhülle zerrte.

Sie mussten nicht einmal laut sprechen, weil das Feuer, obwohl es schon kräftig loderte, ihre Stimmen noch nicht übertönte. Noch beunruhigender als der Geruch war, dass das Feuer einfach so vor sich hin brannte, ohne viel Wirbel zu machen, dabei aber ein Höchstmaß an Wirkung zeigte.

Tillman ging zur Tür, wo ihm heiße Luft entgegenschlug, als würde ihn eine physikalische Kraft zurückdrücken. Er kam nur bis zum Treppenabsatz, unter dem sich ein gelbweißes Licht wie etwas Lebendiges wand. Ein rascher Blick die Treppe hinunter sagte ihm, dass es auf diesem Weg kein Entkommen gab. Allein die heiße Luft würde ihnen die Haut versengen.

Die Fenster, dachte er. Aber die Fenster waren vernagelt. Bis auf das im Computerraum.

Er rannte wieder hinein. Kennedy war mit dem Rechner beschäftigt, hämmerte auf die Tastatur ein und schob eine CD-ROM ins Laufwerk. »Kennedy!«, bellte er. »Heather!« Sie gab keine Antwort. »Wir müssen hier weg!«

»Es brennt nur im Erdgeschoss!«, rief sie nach hinten zurück. »Uns bleiben noch ein paar Minuten.«

Tillman packte ihren Arm und riss sie zu sich herum. »Wir werden im Rauch ersticken«, ermahnte er sie. »Los jetzt.«

Sie zögerte eine Sekunde, bis sie ihm widerstrebend zunickte. »Schlagen Sie das Fenster ein. Ich bin gleich da.«

Er rannte zum Fenster, während er einen geeigneten Gegenstand suchte. Kennedy nahm bereits die CD aus dem Laufwerk und steckte sie in ihre Jackentasche.

Tillman ging zu dem Serverstapel und hob das oberste Gerät hoch. Es war mit den anderen über Kabel verbunden, die er mit Händen und Füßen herausriss.

»Hey, das sind Beweismittel!«, rief Kennedy gequält.

»In drei Minuten ist es geschmolzenes Plastik«, erwiderte Tillman knapp.

Er rammte das Gerät gegen die Scheibe, bis das Loch groß genug war, dass sie hindurchklettern konnten, ohne sich zu verletzen. Als er sich noch einmal vorbeugte, um eine herausstehende Scherbe herauszuschlagen, splitterte nur Zentimeter neben seinem Gesicht der Holzrahmen an der Außenseite.

Dem pfeifenden Schuss einer Halbautomatik folgte eine Sekunde später ein zweiter. Tillman war bereits instinktiv in Deckung gegangen, spürte aber den Luftzug dicht an seinem Ohr. Staub rieselte von der Decke, als die Kugel dort einschlug.

Kennedy sah zum Loch hinauf und fluchte. Tillman fürchtete, sie könnte sich vor Schreck an ihn klammern. Auch den Fähigsten passierte das in Krisensituationen. Man musste sie niederschlagen, denn ein totes Gewicht war immer noch besser als eine aktive Belastung.

Doch er hatte unrecht. Kennedy dachte nach. Sie ließ ihren Blick durchs Zimmer schweifen und riss dann ein Tuch hoch, das einen weiteren Haufen bedeckte. Entsetzt starrte sie auf die Leiche, die darunter versteckt worden war.

»Du Trottel«, hörte Tillman sie murmeln. »Du hättest … Gütiger Gott, Combes!«

Ihre Stimme erstarb, während sie mit der Decke losrannte, gefolgt von Tillman, der sich schon dachte, was sie vorhatte. Es würde sie nicht retten, aber vorerst schützen.

Im Badezimmer hatte sie bereits den Wasserhahn aufgedreht und ließ das Waschbecken und die Badewanne volllaufen, während sie versuchte die Decke zu zerreißen. Er zog sein Jagdmesser aus dem Gürtel und reichte es ihr wortlos. Rasch schnitt sie ein dreieckiges Stück ab und reichte es Tillman, der es ins Wasser tauchte, während sie ein zweites Stück für sich selbst abtrennte.

Den nassen Stoff banden sie sich ums Gesicht, um sich vor dem Rauch zu schützen. Um Zeit zu gewinnen. Aber Zeit wofür?

Dichter Rauch erfüllte bereits das Zimmer, trug brennende Papierfetzen nach oben, die aussahen wie Kerzen auf fließendem Wasser, und im Treppenhaus röhrte das Feuer inzwischen wie ein Dämon, der seine verlorene Zeit aufholen wollte. Der Lärm und der Stoff um die Gesichter machten die Verständigung schwierig.

Das Treppenhaus fiel als Fluchtweg aus, ebenso wie das Fenster. Und jetzt?

Kennedy tippte auf Tillmans Arm und gab ihm ein Zeichen. Er folgte ihr zurück in den Computerraum, wo sie zur Klappe an der Decke zeigte. Tillman nickte heftig und hielt den Daumen nach oben. *Okay, dann mal los.*

Sie stapelten noch ungeöffnete Papierkartons aufeinander. Er half ihr beim Hinaufsteigen, damit sie die Klappe öffnen – sie war zum Glück nicht verschlossen – und sich auf den Dachboden ziehen konnte. Er kletterte ihr auf dem wackligen Stapel hinterher, sprang nach oben und umfasste den Rand der Luke. Das laute Knarren war auch über den tosenden Lärm der Flammen hinweg zu hören, doch das Holz hielt. Er stemmte sich mit den Ellbogen ab, während Kennedy ihn von oben hinaufzog.

Der dichte, graue Rauch auf dem Dachboden sah aus wie schmutzige Watte. Als sie weitergingen, zogen sie eine leere Spur im Rauch hinter sich her wie einen gespenstischen Tunnel, der sie aus der Vergangenheit in die Gegenwart führte.

Sie wagten nicht, auf so etwas wie eine Dachluke zu hoffen, doch eigentlich brauchten sie auch keine. Die Dachziegel stammten noch aus der Vorkriegszeit, wahrscheinlich aus dem neunzehnten Jahrhundert, und hingen, perfekt ausbalanciert, in traditioneller Weise jeweils an einem Holzzapfen. Und die Fichtenholzleisten waren so alt und von Würmern zerfressen, dass Tillman sie mit bloßen Händen auseinandernehmen konnte. Gemeinsam öffneten sie ein Loch im Dach und kletterten hinaus.

Es war, als kletterten sie aus dem Loch eines zugefrorenen Sees. Der Bereich um die Öffnung, die sie geschaffen hatten, war so schwach, dass er sich nach innen bog und ihr Gewicht nicht halten würde. Sie legten sich flach aufs Dach und rutschten nach unten bis zur Regenrinne, die auch nicht vertrauenerweckend aussah.

Und schlagartig wurde es noch gefährlicher, als einer

der Dachziegel zu messerscharfen Splittern zerbarst. Tillman konnte sogar an den dumpfen Schüssen, die über ihn hinwegfegten, mit einer gewissen Fehlertoleranz die Waffe erkennen – eine kleine, aber robuste Sig-226, wahrscheinlich die Kellerman-Double-Action-Version mit stets vorgespanntem Abzug, eine Waffe, wie eine Polizistin wie Kennedy sie benutzt haben mochte, bevor die Kaliber .40 das Regiment übernommen hatte.

Tillman und Kennedy, die sogar noch einen Moment früher in die Gänge gekommen war, wichen, ihre Körper flach auf die Ziegel gedrückt, zum Dachfirst zurück. Doch dieser bot ihnen auch keine Sicherheit, weil er bald einbrechen würde. Sofern sie nicht vorher von einer Kugel getroffen wurden, würden sie in den Schmelzofen hinabstürzen und sich mit etwas Glück dabei das Genick brechen.

Doch genau das hatte Kennedy nicht vor. Sie blickte links an Tillman vorbei zur Rückseite des Gebäudes. Er folgte ihrem Blick. Dort ragte etwa drei Meter vom Haus entfernt eine der Scheunen einen Meter über das Dach des Hauses hinaus. In der Wand befand sich ein quadratisches Loch, wo früher ein Fenster gewesen war. Die offenen, in den Angeln eingerosteten Fensterläden, die anscheinend seit Generationen nicht mehr lackiert worden waren, würden ihnen als Richtungsweiser für ihren kurzen Flug dienen.

Gefährlich, aber nicht unmöglich.

Kennedy richtete sich auf dem Dachfirst auf. Aus dem Augenwinkel heraus bemerkte Tillman eine Bewegung auf dem Boden. Er zog Kennedy in dem Augenblick nach unten, in dem die Kugeln die Dachziegel um sie herum zerbersten ließen. Er zog seine Unica und erwiderte das Feuer, um sich und ihr ein bisschen Erholung zu gönnen und den Angreifern zu signalisieren, dass sie sich auf der

Suche nach einem besseren Schusswinkel nicht allzu weit von der Hauswand entfernen durften.

»Mist!«, rief Kennedy wütend und frustriert. »Die übertreiben es ja ganz schön, verdammt!«

Tillman leerte das Magazin seiner Unica nach unten in die Dunkelheit und drehte sich auf den Rücken, um nachzuladen. Er hatte noch zwei Schnellllademagazine, modifizierte HKS 255er, beide gefüllt. Danach würde sein Vorrat an Munition erschöpft sein. Er nahm das leere Magazin heraus, schob den Schnelllader hinein und lud die Kammer mit einer raschen Drehung seines Handgelenks. All das war in wenigen Sekunden erledigt, auch wenn ihm seine Geschicklichkeit eigentlich nichts nützte. In die Dunkelheit zu schießen, während er von durch die Dachziegel züngelnden Flammen beleuchtet wurde, versprach wenig Erfolg. Er würde nur selbst ein perfektes Ziel abgeben. Aber vielleicht könnte er wenigstens die Aufmerksamkeit der unsichtbaren Angreifer auf sich ziehen, während Kennedy den Sprung zur Scheune hinüber wagte.

Doch dann würden sie einfach zur Scheune spazieren und sich Kennedy vorknöpfen. Er musste sich etwas Besseres einfallen lassen, etwas, das ihnen wenigstens eine angemessene Überlebenschance sicherte.

Er blickte zum Lastwagen hinüber. Den Benzintank in die Luft jagen? Dass er auch nur eine Sekunde lang daran dachte, war ein Ausdruck seiner Verzweiflung. Nur in Filmen konnte man einen Benzintank explodieren lassen, indem man auf ihn schoss. Eine Kugel erzeugte nicht genügend Hitze, und Benzin war nicht instabil genug. Wenn ein Funke vom Metall absprang, könnte es funktionieren, aber dafür standen die Chancen schlechter als eins zu einer Million. Für Glücksspiele war jetzt keine Zeit.

So blieb Tillman nur noch ein dummer, aber »bombensicherer« Trick.

Er kramte in seinen Taschen und zog die Schachtel Streichhölzer heraus, die er seit Folkestone mit sich herumtrug. Anschließend öffnete er erneut den Zylinder seiner Unica und schlug sie gegen seinen Handballen, um eine Kugel auf seine Handfläche gleiten zu lassen.

Kennedy beobachtete ihn verwirrt.

»Rutschen Sie Richtung Scheune«, wies er sie an. Sie verstand ihn durch das Tuch hindurch nicht, weswegen er es sich vom Gesicht riss und fortwarf. Hier draußen war die Luft sauberer, und an einer Rauchvergiftung würden sie hier oben ohnehin nicht sterben. »Rutschen Sie Richtung Scheune«, wiederholte er.

»Die werden mich sehen«, wehrte sich Kennedy.

»Egal. Rutschen Sie rüber, so weit Sie können, aber springen Sie erst, wenn … ja, wenn die da unten woanders hinsehen.«

»Wohin? Wohin werden sie sehen?«

»Zu dem hübschen Licht«, murmelte Tillman.

Er widmete sich wieder seiner Kugel Kaliber .454 Casull, die extra für die Hülse des Colt .45 geschaffen worden war und einen Klassiker unter den Waffen zu einem Meisterstück machte. Casull und Fullmer, die Ingenieure, hatten nach einer Patrone für Handfeuerwaffen vor allem für die ganz großen Großwildjagden gesucht. Sie wollten die Kraft beim Aufprall maximieren, idealerweise allerdings, ohne dass sich der Schütze den Arm brach. Die Lösung war, eine Gewehrzündkapsel mit einer Pistolenpatrone zu vereinen und damit einen Gasdruck von 60 000 CUP zu erreichen, wenn sie durch ein Testrohr geschossen wurde, das in der Lage war, eine 15-Gramm-Kugel auf 550 Meter pro Sekunde zu beschleunigen.

Wegen ihres geringen Rückstoßes war die Unica die

perfekte Waffe dafür. Tillman verwendete zumeist die normale Munition, bastelte sich aber gelegentlich nach einem alten irischen Rezept seine eigene Patrone aus einer Hornady-Messinghülse und einem Zündhütchen. Deshalb wusste er, als er die Hülse mit den Zähnen öffnete, dass sie nicht explodieren und ihm die untere Gesichtshälfte abreißen würde.

Flach auf die Ziegel gedrückt, um so wenig Angriffsfläche wie möglich zu bieten, zog sich Kennedy langsam das Dach entlang, stetig verfolgt von den Kugeln. Ein Irrläufer könnte selbst bei einem Streifschuss dafür sorgen, dass sie am Dach hinabrutschen und auf dem Boden aufknallen würde.

Im Moment fragte sie sich wohl, ob Tillman sie als Köder benutzte, um vom anderen Dachende hinunterzuspringen, und darauf spekulierte, ohne Bein- oder Wirbelbruch davonzukommen.

Tillmann öffnete die Streichholzschachtel und biss von etwa zwei Dutzend Streichhölzern die Köpfe ab, die er zu einem festen Teig zerkaute. Diese bittere Masse aus rotem Phosphor und Speichel ließ er aus seinem Mund in die Patronenhülse tropfen und verschloss sie, indem er mit den Zähnen, die unter dem Druck zu zerspringen drohten, die Ränder bördelte. Auch jetzt bestand immer noch die Gefahr, dass dieses wahnsinnige, selbst gebastelte Ding einfach in der Trommel explodieren würde. Aber egal, eine andere Möglichkeit sah er nicht.

Kennedy war so weit gerutscht, wie sie konnte, und drückte sich gegen einen breiten Kamin, der noch ein Drittel vom Dachgiebel entfernt war. Er bot zumindest etwas Deckung, doch um daran vorbeizukommen, müsste sie sich aufrichten. Die Angreifer waren ihr unten gefolgt und konnten die Schussrichtung mehr oder weniger frei wählen. Sie waren in der Dunkelheit völlig unsichtbar, verrieten aber ihre Positionen durch das Mündungsfeuer ihrer Waffen. Tillman hätte dieses natürlich als Zielscheibe nutzen können, doch nur ein Idiot würde stehenbleiben, während er schoss.

Also hielt er sich an Plan A – wobei A für *absurd* stand.

In Gedanken zählte er bis drei, richtete sich kerzengerade auf und zielte sorgfältig, obwohl er wusste, dass er vor dem Hintergrund des leuchtenden Feuers ein hervorragendes Ziel abgab. Eine Kugel zischte so nah an seiner Schulter vorbei, dass er sie spürte, eine zweite zertrümmerte die Ziegel zwischen seinen Beinen.

Er hielt die Luft an und das Ziel im Visier. Schaltete die Welt um sich herum aus und betätigte den Abzug.

Im gleichen Moment wandelte sich die Nacht zum Tag, wurde zum *dies irae*, dem Tag des Zorns, an dem Gott die Geduld verliert und sagt: Himmel noch mal, es reicht!

36

Das Spiel würde bald zu Ende sein.

Tillman und die Frau saßen im Haus in der Falle, während es bis auf die Grundmauern niederbrannte.

Mariam erwartete, dass sie durchs Fenster fliehen würden, und hielt ihre Waffe auf das dunkle Loch gerichtet. Eigentlich war sie sich fast sicher, dass sie Tillman getroffen hatte, als er am Fenster aufgetaucht war, und wäre nicht überrascht gewesen, wenn sich die beiden nicht mehr würden blicken lassen.

Doch es war Ezei, der das Geräusch auf dem Dach als Erster hörte. Er pfiff zwei Mal kurz und deutete mit dem Finger nach oben. Sie bemerkte eine Bewegung, schließlich tauchten der Kopf und die Schultern der Frau auf. Mariam schoss, woraufhin die Frau gleich wieder aus ihrem Blickfeld verschwand.

Aus dem Blickfeld war allerdings nur eine Frage der Geometrie. Mariam brauchte Ezei und Cephas nicht zu sagen, was sie zu tun hatten. Zeitgleich mit ihr traten sie von der Hauswand zurück. Mittlerweile kletterten zwei Gestalten auf dem Dach herum, die aber zum größten Teil mit dem Hintergrund verschmolzen. Nur wenn sie ein Stück über den Dachfirst hinausragten und sich ihr Körper von dem Schein der züngelnden Flammen absetzte, waren sie zu sehen. Mariam zielte auf den Dachfirst und wartete.

Zwei Mal zeichnete sich kurz etwas vor den Flammen

ab, und zwei Mal schoss sie. Beim zweiten Mal wurden die Schüsse erwidert, so dass sie, um Tillmans Blickfeld zu entkommen, wieder näher ans Haus rücken musste.

Einen Moment lang überlegte sie, es dabei zu belassen – zuzulassen, dass die beiden da oben einfach verbrannten. Doch Tillman und Kennedy schienen nach hinten zu kriechen, von wo aus sie auf das Nachbargebäude springen könnten.

Mariam gab Ezei mit einem Pfiff ein Zeichen. Nach hinten, bedeutete sie ihm. Er machte sich sofort auf den Weg. Sie selbst rannte an der Vorderseite des Hauses entlang, bis sie Cephas erblickte. Als er sich ihr zuwandte, gab sie ihm die gleiche wortlose Anweisung.

Sie blieb an der Vorderseite. Tillman und Kennedy würden sich nicht mehr ins Haus zurückziehen können, wo das Feuer sicher schon im oberen Stock wütete. Falls sie es doch bis zum Fenster oder gar zur Tür schaffen sollten, würde Mariam sie bereits erwarten.

Mit Genugtuung beobachtete sie, wie Ezei und Cephas um die Ecken bogen und gleichzeitig nach oben schossen. Kurz erhaschte sie einen Blick auf Kennedys Schultern. Kennedy schien bereits übers Dach nach hinten gekrochen zu sein, wo ihr ein breiter Kamin den Weg versperrte, ihr aber auch Deckung bot. Doch nicht mehr lange, vielleicht noch etwa eine Minute, dann würde das Dach in sich zusammenstürzen. Bis dahin würde sie vor dem weiß getünchten Kamin perfekt zu erkennen sein, sollte sie sich daran vorbei wagen. Cephas zielte auf sie, schwenkte aber plötzlich seine Waffe ein Stück, vermutlich um Tillman ins Visier zu nehmen, und drückte zwei Mal ab.

Der dritte Schuss stammte vom Dach. Mariam sah ihn im gleichen Moment, in dem sie ihn hörte, einen rot leuchtenden Streifen, der in einer kerzengeraden Linie zwei Punkte miteinander verband. Der erste Punkt war

Tillman, der zweite der Lastwagen, mit dem er gekommen war.

Im gleichen Augenblick verschwand der Lastwagen in einem Feuerball. Brennende Luft fegte über Mariam hinweg und riss sie zu Boden. Der ohrenbetäubende Donnerschlag, der erst einen Moment später folgte, schien zu einer anderen Explosion zu gehören.

Benommen hob sie den Kopf und blinzelte in dem wabernden Rauch. Ihre Ohren klingelten, sie konnte nichts erkennen, und die Luft, die sie einatmete, war eine Suppe aus überhitztem Benzin. Als sie nach Cephas rufen wollte, brannte ihre Kehle in einem Hustenanfall, als würde sie Glassplitter schlucken.

Dann dachte sie, sie hätte eine Vision. Sie sah die Welt wie in einem Schwarzweißfilm, in dem ein rußgeschwärzter Mann auf grobkörnigem Kalkboden mit abgehackten, unsicheren Bewegungen einen lächerlichen Slapstick-Tanz hinlegte. Wie in einem Charlie-Chaplin-Film fiel er mit voller Wucht flach zu Boden und sprang gleich wieder auf, nur um erneut wieder zu fallen.

Es war Cephas, der allerdings keinen Tanz und keine Komödie zum Besten gab. Er litt Todesqualen, eingehüllt von Flammen, die das Benzin auf seiner Haut und in seinen Kleidern verbrannten, die Feuchtigkeit aus seinem Körper zogen und in einer heftigen, schrecklichen Wandlung als Dampf Richtung Himmel schleuderten.

Mariam schrie, und ihr Schrei tat so weh, dass sie beinahe in Ohnmacht fiel. Sie musste kämpfen, um bei Bewusstsein zu bleiben.

Mit tränenden Augen richtete sie sich mühsam auf. In dem Moment rannte Ezei um die Ecke und blieb stehen, als er sah, was sie sah: Cephas, der sich in ein Gottesopfer verwandelt hatte. »Ezei!«, krächzte sie mit blasigen Lippen, während sie auf ihn zurannte. »Ezei, bleib …«

Bleib, wo du bist, wollte sie sagen. *Trete nicht ins Licht, sonst wirst du getroffen*! Doch der Schuss aus Tillmans Waffe traf ihn, noch während sie sprach. In dem grellen Licht konnte Mariam auch dieses Schauspiel mit erschreckender Klarheit beobachten. Der wabernde Rauch neben seinem Kopf färbte sich rot, als sein Blut und sein Hirn aus einem Loch spritzen. Er blieb, bereits tot, abrupt auf wackligen Beinen stehen und fiel vornüber zu Boden.

Mariam rannte los, noch bevor sie wusste, was sie tat. Sie rannte zur Scheune, in die Kennedy und Tillman springen wollten. Dort würden die beiden ungeschützt sein. Sie konnte ihre Mission immer noch zu Ende bringen, konnte Rache nehmen.

Das Scheunentor war geschlossen und hing schief in den Angeln. Sie umklammerte die Griffe und zerrte daran, bis sich das Tor öffnete, dann trat sie zurück und sprang mit einer Rolle vorwärts in die Dunkelheit. Mit der Pistole in der einen und der Sica in der anderen Hand, richtete sie sich auf. Wenn sie ihn zuerst sah, würde sie ihn mit ihrem Messer erledigen. Im Falle einer Schießerei würde sie sich auf ihre Waffe verlassen und beten, dass er noch einen Moment lang leben würde, damit sie ihm die Kehle aufschlitzen konnte.

Sie hörte einen weichen Aufprall, dann einen zweiten. Sie kletterten nicht in, sondern über die Scheune!

Wieder stieß Mariam einen Fluch aus, den zu kennen sie niemals zugegeben hätte. Sie rannte nach draußen, doch das Feuer vom Haus und vom Lastwagen und der dichte Rauch machten sie blinder, als sie mit einer Augenbinde gewesen wäre. Aus der Dunkelheit hinter dem grellen Licht hörte sie Schritte. Sie rannte hinterher, gab Schüsse in diese Richtung ab, bis das Magazin leer war und der Abzug blockierte.

Plötzlich stolperte sie, fiel der Länge nach hin und schürfte sich die Handflächen auf. Ihr Brustkorb fühlte sich an, als wäre er aufgerissen, ihr blieb die Luft weg, und sie hatte das Gefühl, dass die Haut auf ihrem Gesicht wie eine Totenmaske gespannt war. Erschöpft drehte sie sich in dem hohen Gras auf den Rücken und meinte zu sterben. Doch der Schmerz, der mit jedem Atemzug zunahm, sagte ihr, dass sie noch lebte.

Trotz ihrer heftigen Qualen kam ihr ein tröstender Gedanke: Gott war mit ihr noch nicht fertig. Und sie war mit den Ungeheuern noch nicht fertig, die ihre geliebten Cousins auf dem Gewissen hatten.

37

Tillman überlegte, wovor genau sie davonrannten. Vor den Angreifern natürlich. Doch zwei hatte er erledigt, einen mit dem explodierenden Lastwagen, den anderen auf eher konventionelle Art, durch eine Kugel. Auf dem Dach des Hauses hatte er versucht zu zählen, und jetzt war er sich sicher, dass noch höchstens ein oder zwei Angreifer hinter ihnen her sein konnten.

Doch das hieß lediglich, dass ein oder zwei Personen geschossen hatten. Über eine mögliche Verstärkung ließ sich jedoch nichts sagen. Vielleicht war der Schrei, den sie gehört hatten, als sie auf das Scheunendach gesprungen waren, genau das gewesen – der Ruf nach Verstärkung. Die Stimme hatte nach der einer Frau geklungen. Ob es die Frau vom Schiff war, die auf zehn Meter Entfernung ein Messer auf ihn geworfen und getroffen hatte? Dieser Frau wollte er lieber nicht mit leergeschossener Waffe in der Dunkelheit gegenüberstehen.

Also weiterrennen und später Bestandsaufnahme machen, statt zu bleiben und auf verlorenem Posten zu kämpfen. Kennedy hatte die CD dabei. Zumindest hatten sie etwas mitgenommen, etwas, von dem ihre blassen Mörder sie hatten fernhalten wollen. Die Information darauf musste für sie einen gewissen Wert haben.

Kennedy hielt zunächst mit ihm Schritt, bis sie ihn plötzlich überholte. Seine Hüfte, die von der Messerwunde immer noch steif war, behinderte ihn. Doch trotz des

Schmerzes brachte er alle Kraft auf und erreichte sie wieder, als sie zu einer flachen Senke kamen, die die südliche Grenze des Grundstücks zu bilden schien.

Während Tillman durch die Senke lief, stieß er gegen einen Stacheldrahtzaun, der aber nur aus einem Strang bestand und wenig Schaden anrichtete. Er stieg darüber und stand auf einem Feldweg, der in einer steilen Kurve zurück zur Straße führte. Er blickte sich nach Kennedy um, die sich abmühte, über den Stacheldraht zu klettern. Entweder sah sie seine ausgestreckte Hand nicht, oder sie wollte sie nicht sehen.

Sie befanden sich nicht mehr auf dem Gelände von Hof Taubenschlag. Schließlich gingen sie in stillschweigendem Einverständnis langsamer, bis sie stehenblieben und Kennedy sich keuchend nach unten beugte. Tillman spähte zurück, ob sie verfolgt wurden. Doch wäre ihnen jemand gefolgt, der kein Ninja war, hätten sie ihn mit Sicherheit gehört.

»Wohin jetzt?«, fragte Kennedy zögernd. »Wir sind ... mitten im verdammten ... Niemandsland ... und Sie haben den Lastwagen in die Luft gejagt!«

»In dem Moment hielt ich das für eine gute Idee«, sagte er nur.

Kennedy lachte, ein rauer Klang, der aus ihr herausgezogen zu werden schien. »Gut gemacht«, bemerkte sie grimmig. »Aber wie? Wie haben Sie das geschafft?«

»Schieres Glück«, antwortete er. »In Folkestone, als ich meine Wunden ausbrennen musste, hatte ich kein Feuerzeug dabei, deshalb musste ich Streichhölzer nehmen. Das und eine lustige Chemiestunde während meiner Schulzeit. Ich habe eine gewöhnliche Kugel in eine Brandbombe verwandelt. Die wundersame Zutat waren zerkaute Streichholzköpfe, die vor allem aus kristallinem rotem Phosphor bestehen. Der Zündpunkt liegt mehr oder weniger bei zweihundert Grad, was ungefähr dem des Benzins im Tank entspricht. Diese Temperatur muss nur für den Bruchteil einer Sekunde erreicht werden, etwa durch die Reibungswärme beim Aufprall, und dann sprühen die Funken, weil er eine abgebaute Form von weißem Phosphor ist, der schon von Natur aus pyrophor ist, sich also bei Raumtemperatur selbst entzündet.«

Hier endete sein Bericht, weil sein Wissen damit erschöpft war. Als Kind hatte er winzige Bleigeschosse mit dem sandigen, roten Schleim eingerieben und trocknen lassen, um anschließend auf zehn Meter Entfernung mit einer Luftpistole auf Behälter mit Feuerzeugbenzin zu schießen und sich über den Lichtengel zu freuen, der seine Flügel über ihrem kleinen Garten ausbreitete.

Kennedy blickte ihn lange schweigend an, als wollte sie etwas sagen, ohne sprechen zu müssen. Tillman wartete, weil er wusste, dass etwas kommen würde.

»Damit sind zwei Menschen tot«, sagte sie schließlich.

»Bitte?«

»Zwei Menschen tot. Außerhalb jeglicher Justiz stehende Tötungen. Sie haben sie getötet, Tillman.«

Er zuckte mit den Schultern, weil er wirklich nicht wusste, welche Antwort sie von ihm erwartete. »Und?«

»Das heißt, ich muss Sie verhaften, verdammt noch mal. Die Sache ist ... beschissen gelaufen. Ich bin nicht Ihre Gangsterbraut oder Ihre Verbündete oder Ihre ... Ihre sonst was. Das mit unseren Treffen geht so nicht mehr!«

Langsam stieß er den Atem aus. Auch seine Kräfte verließen ihn. Der Abend hatte es in sich gehabt, wie er zugeben musste, und die Toten hinterließen bei ihm kein Gefühl des Triumphs. »Nein«, stimmte er zu. »Jedenfalls nicht mehr lange. Aber unsere Abmachung gilt noch, Kennedy. Welche Infos auch immer Sie aus dieser CD oder aus den Blättern ziehen ...«

»Ja? Was auch immer ich da rausziehe?«

»Ich habe dafür getötet. Also habe ich ein Recht darauf.«

Wieder blickte sie ihn schweigend an, und wieder wartete er ab. Doch diesmal vergeblich. Was auch immer sie hatte sagen wollen, sie fand keine Worte dafür, sondern ging wortlos an ihm vorbei Richtung Straße. Er widersetzte sich ihrer Stimmung nicht, sondern folgte ihr in großem Abstand.

38

Was auf dem Hof Taubenschlag passiert war, ließ sich nicht verheimlichen.

Kennedy rief von der Straße aus ihre Abteilung an und berichtete vom Ergebnis ihrer Durchsuchung, von Combes' Tod und ihrer Begegnung mit den Mördern. Sie ließ nichts aus – nur über Tillman schwieg sie. In ihrer Erzählung hatte sie sich allein auf den Weg zum Hof gemacht, nachdem Combes sie im Stich gelassen hatte, und auch auf ihrer Flucht vor dem Feuer war sie allein gewesen.

Polizei, Krankenwagen und Feuerwehr trafen in der nächsten halben Stunde mit Blaulicht ein. Sie sicherten das Gelände, löschten die immer noch im Haus und auf dem Lastwagen kräftig lodernden Flammen und begannen mit der langen, verworrenen Aufgabe, den Tatort zu untersuchen. Kennedy wünschte ihnen viel Spaß.

Summerhill traf fast als Letzter ein. Dafür konnte es eine Reihe von Erklärungen geben, aber er würde auf jeden Fall zuvor die Akten auf den zeitlichen Verlauf geprüft haben, um sicherzugehen, dass er dieser Angelegenheit nicht seinen Segen gegeben hatte.

Sie tauschten sich kurz aus. Kennedy übertrieb leicht mit ihrer Erschöpfung und ihren Schmerzen, um in der Obhut der Sanitäter bleiben und Summerhill auf Abstand halten zu können. Ihren Bericht ließ sie so knapp wie möglich ausfallen, verlor aber willentlich die Beherrschung, als sie erzählte, eine der noch nicht identifizierten

Leichen sei die von Detective Sergeant Combes. Wieder einen Mann verloren. Summerhill fragte nicht, ob sie Beweise hatte sichern können, also brauchte sie auch nicht zu lügen.

Ihre Wunden wurden provisorisch verarztet, bevor sie ins nächstgelegene Krankenhaus mit einer Notaufnahme fortgeschafft wurde. Zuvor bat sie Summerhill, einen Polizeiwagen hinterherzuschicken. Falls man ihr Medikamente geben würde, sie narkotisieren musste, wollte sie vorher ihre Aussage machen, weil sie Angst hatte, sie würde nach der Betäubung einiges vergessen haben. Summerhill stimmte widerstrebend zu, auch wenn er sie anwies, mit niemandem zu reden, bevor er sich nicht mit ihr unterhalten hatte. »Mit niemandem, Kennedy. Nicht einmal mit einem verdammten Priester.«

»Ich kenne keinen Priester, Jimmy«, krächzte sie. »Bewege mich nicht in solchen Kreisen.«

Ihre Verletzungen erwiesen sich als oberflächlich, so dass das Thema Narkose vom Tisch war. Es blieb bei örtlich aufgetragenem Analgetikum, Schmerzmitteln und anästhetischem Gel. Allerdings weigerte sie sich, an einen Tropf gehängt zu werden, und musste ein kleinliches Formular unterschreiben, mit dem sie bestätigte, dass sie diese Maßnahme auf eigene Verantwortung ablehnte.

Fünfundzwanzig Minuten später trat sie durch die Schiebetüren der Notaufnahme. Davor wartete der Streifenwagen. »Ich muss zurück ins Büro«, sagte sie zu dem verblüfften Constable. »New Scotland Yard. Sofort. Ich muss ein paar Beweise sichern.«

Als der Fahrer zu seinem Funkgerät griff, legte Kennedy eine Hand auf seinen Arm. »Das fällt unters Antiterrorgesetz«, log sie. »Darüber darf nicht über offene Kanäle gesprochen werden. Tut mir leid.«

Dagegen konnte der Fahrer nichts einwenden, und er stellte keine Fragen, auch wenn sie Quatsch erzählte. Doch die Bestimmungen des Antiterrorgesetzes waren ein sinnvoller Trumpf, eine formlose Tasche voller Spezialbefugnisse, die man öffnen konnte, wenn jemand aus der Abteilung ohne Erklärungszwang schnell eine kleine Hürde überspringen wollte.

Oder erzählte sie überhaupt keinen Quatsch? Immerhin ging sie gegen eine Verschwörung vor, die über bessere Ressourcen als sie verfügte und Verbindungen ins Ausland hatte.

Sobald sie zurück in der Dacre Street war, ließ sie den Constable weiterfahren. Wahrscheinlich würde er sofort Bericht erstatten, aber nur seinem Vorgesetzten. Summerhill würde erst einige Zeit später davon erfahren.

In der Löwengrube fertigte sie zunächst eine Kopie der CD an, dann steckte sie das Original in einen Umschlag, den sie auf dem internen Postweg zu Summerhill schickte. In einer kurzen Notiz erklärte sie, sie habe wegen der Schmerzen und des Traumas aufgrund der Begegnung mit dem Tod vergessen, dass sie ein kleines Andenken aus der Hölle mitgebracht hatte.

Ihr war klar, wie absurd dieses zwielichtige Versteckspiel war, doch sie wusste auch, dass die nächsten Tage hart werden würden, härter noch als das, was sie bereits erlebt hatte. Wieder war ein Kollege gestorben, und wieder würde sich zeigen, dass Kennedy ohne Verstärkung ausgerückt war. Diesmal hatte sie sogar die Befehlskette umgangen und ohne Auftrag des leitenden Ermittlers gehandelt. Während der letzte Fall im Park Square College noch in der Schwebe war, würde sie diesmal einer Verurteilung nicht aus dem Weg gehen können. Wenn dies geschah – wenn sie durch Ermittlungsausschüsse lahmgelegt wurde –, wollte sie zumindest in der Lage sein, ihren Fund selbst einzuschätzen und sich so weit an den Ermittlungen zu beteiligen, wie sie konnte. Das war sie Harper schuldig. Und sich auch.

Sie kopierte die CD noch einmal für Tillman. Während sie darauf wartete, dass das alte Laufwerk seine Arbeit verrichtete, sah sie ihre E-Mails durch. Auch eine Antwort vom Quai Charles de Gaulle in Lyon war dabei. Interpol.

Sie überflog die Mail. *Ihre Anfrage im Rahmen der gegenseitigen Vereinbarungen gemäß UN-Abkommen … positive Ergebnisse, deren neueres Datum für Ihre Anfrage in Betracht kommen … Begleitdokumente nur für den internen Gebrauch und mit Erlaubnis …*

Sie klickte auf den Anhang und starrte eine Minute lang auf den Bildschirm, ohne einmal zu blinzeln.

Dann griff sie zu ihrem Telefon und wählte Tillmans Nummer. Seine neue.

»Tillman.«

»Kennedy.« In Anbetracht dessen, was sie vor nur knapp zwei Stunden erlebt hatten, klang er gefasst und sachlich. Wo steckte er? In einer Raststätte an der A3? In einer Kneipe in Guildford? Oder in einem gemieteten Zimmer, wo er eine Waffenzeitschrift las?

»Leo …« Weiter kam sie nicht.

»Sind Sie in Ordnung? Was ist passiert, als Ihre Oberfuzzis eintrafen? Ich habe den Zirkus aus ein paar hundert Metern Entfernung beobachtet. Hatte kein Bedürfnis, näher ranzugehen.«

»Ich … es war nicht schlimm«, brachte sie heraus. »Bis jetzt jedenfalls nicht. Sie können das Erschießungskommando erst einberufen, wenn sie ihre Munition überprüft haben.«

»Geben Sie mir Bescheid, wenn es ernst wird. Ich helfe, wo ich kann.«

»Leo, hören Sie: Interpol hat auf meine C52 geantwortet.«

»Auf Ihre was?«

»Routineanfrage. Informationen von einer anderen Behörde zu offenen Fällen. Meine ... meine Anfrage betraf Michael Brand.«

»Und die Antwort ist positiv?« Seine Stimme änderte sich sofort. »Gibt's was Neues?«

»Sie haben eine Menge Zeug aus den USA weitergeleitet. PDF-Dateien mit Dokumenten von örtlichen Behörden aus Arizona und vom FBI.« Sie schluckte. »Leo, es gibt andere Möglichkeiten, den Fall zu lösen. Mit dem, was wir im Haus Taubenschlag gefunden haben ...«

Er bemerkte ihre Anspannung und schnitt ihr das Wort ab. Er wollte, dass sie zur Sache kam. »Kennedy, höchstens zehn Worte.«

»Michael Brand.«

»Ja? Weiter.«

»Er ist in der Nähe eines Ortes namens Peason in Arizona mit dem Flugzeug abgestürzt. Er ist tot, Leo. Er starb vor sechs Wochen.«

TEIL 3

124

39

Dem Colorado River fehlte es in diesen Tagen an Kraft. Er wurde in großem Ausmaß von Bewässerungskanälen, die den Durst der Ländereien von Arizona löschten, und von einem Wasserlauf geplündert, der sich All-American Canal nannte – welcher Patriot würde bei diesem Namen nicht stillstehen und salutieren? Irgendwo südlich von Yuma ging ihm die Puste aus, und so war er schon hundertfünfzig Kilometer vor dem Meer nur noch ein reines Trockental.

Dies jedenfalls erfuhr Kennedy von ihrem Taxifahrer, einem gesprächigen Kerl namens John-Bird, der behauptete, zu drei Vierteln Mojave-Indianer zu sein. Er holte Kennedy wie vereinbart am Hauptterminal des Laughlin Bullhead ab, der sich internationaler Flughafen nannte, doch von London aus nur mit Zwischenstopp in Washington Dulles erreichbar war. Der Flug hatte fünfzehn Stunden gedauert, weswegen Kennedy etwas geschafft war, als sie ins Taxi stieg. Die Hitze half da auch nicht gerade. Es war mittags zehn vor zwölf, die Sonne stand in ihrem blendenden Zenit. John-Bird allerdings teilte ihr freudig mit, dass es sich um eine trockene Hitze handelte, die nicht annähernd so ermüdend war wie die feuchtere Hitze in weniger zivilisierten Teilen der Welt. Er drehte die Klimaanlage ein Stück hoch, was sich lediglich auf den Lärmpegel, nicht aber auf die Temperatur auswirkte.

Sie fuhren über die Route 68 auf direktem Wege aus

der Stadt und hielten sich parallel zum Colorado, bis sie nach Osten Richtung Kingman und dem weiter entfernten Flagstaff abbogen. Der Fluss wirkte auf Kennedy beeindruckend: ein sich zwischen emporragenden Wällen aus orangefarbenen Felsen windender Riese, der doppelt so breit war wie die Themse. Der Himmel über ihr war vollkommen wolkenlos.

John-Bird sagte einen Spruch auf, mit dem man sich anhand der Anfangsbuchstaben alle Zuflüsse des Colorado merken konnte. »Klingt nett, was?«, fragte er.

Klingt dumm, dachte Kennedy und vergaß den Spruch gleich wieder.

Peason lag eine Dreiviertelstunde entfernt, und John-Bird schien erst so richtig in Fahrt zu kommen. Jetzt erzählte er, wie der Fluss zu seinem Namen gekommen war – durch das rote Sediment, das er mit sich geführt hatte. Doch heute werde das Zeug durch den Glen-Canyon-Damm herausgefiltert, so dass der Fluss die gleiche Farbe hatte wie alle anderen auch. Interessant, was?

Um ihn von seinem Spezialgebiet abzulenken, fragte sie ihn nach dem Flugzeugabsturz. Ja, er war an dem Tag auf der Straße gewesen, wie sich herausstellte, und er hatte den Absturz mit eigenen Augen mitverfolgt. »Das kam so wahnsinnig plötzlich. Hab vorher so was noch nie gesehen. Aber es war so weit weg, dass ich nichts gehört habe. Alles war still. Genau das konnte ich hinterher nicht vergessen – dass das Ding, na ja, wohl nach einem heftigen Knall vom Himmel fiel, aber für mich war das … also, das war, als würde man beim Fernsehen den Ton ausschalten. Alle Leute tot, ohne Ton.«

Er sinnierte noch etwa eine Minute lang darüber nach, was Kennedy die Gelegenheit gab, sich die Informationen anzusehen, die das Büro des Sheriffs ihr geschickt hatte. Doch ihre Verschnaufpause währte nicht lange, und schon bald wurde sie mit weiteren Fakten über John-Birds Lieblingswasserweg im Südwesten der USA beschenkt. Aber nicht, dass seine Kenntnisse auf den Colorado beschränkt gewesen wären. Er wusste auch alles über den Lake Mead und den Lake Mohave. Allerdings weigerte er sich, sich über das Thema der Las Vegas Bay auszulassen. »Das ist kein guter Ort. Das ist kein Ort für Familien.« Von der Müdigkeit erschöpft und sich der freien Assoziation hingebend, versuchte Kennedy sich vorzustellen, wie eine anrüchige, nicht familienfreundliche Stelle am Wasser aussehen könnte.

Als sie endlich Peason erreichten, bat sie John-Bird zu warten, während sie ihr Gepäck ins Hotel brachte, das ganz im Stil einer Hazienda eingerichtet war. Anschließend ließ sie sich zum Sheriff bringen. Sie wusste, dass sie nicht gerade das beste Bild abgab, doch sie wollte erst einmal den Kontakt herstellen und die Dinge ins Laufen bringen. Sie hatte nicht viel Vorsprung, so dass sie zumindest die Zeit, die ihr blieb, optimal nutzen wollte.

Der Sheriff war in einem einstöckigen Gebäude auf der Hauptstraße von Peason neben einem Immobilienmakler untergebracht, der für »Luxuswohnungen mit doppelter Quadratmeterzahl« warb. John-Bird überreichte ihr eine Visitenkarte, die sie in ihre Handtasche steckte, nahm sich aber vor, sie nur im äußersten Notfall zu verwenden.

Sie ging über die Straße und betrat das Büro, während John-Bird ihr beim Vorbeifahren zum Abschied zuwinkte.

Im Büro roch es nach einer Duftmischung – Honig, Glyzinien und vielleicht Rosenblätter –, und die Klimaanlage war perfekt eingestellt. Die furchteinflößende Frau am Empfang mit schlechter Haut, aufgeplustertem Haar und einem Gesicht, das so platt und kampflustig wie das einer Bulldogge war, sah aus, als wäre sie für die Zucht und Ordnung an diesem Ort zuständig und als nähme sie diese Aufgabe sehr ernst. Hinter ihrem Schreibtisch wurde der Raum durch eine hüfthohe Holzwand getrennt, in der sich ein kleines Gatter befand.

»Guten Tag, Ma'am«, sagte die Bulldogge zu Kennedy. »Wie kann ich Ihnen helfen?«

Kennedy trat an den Schreibtisch und reichte ihr die Garanten ihrer lauteren Absichten: ein Empfehlungsschreiben mit Briefkopf der London Metropolitan Police und den Ausdruck einer E-Mail, die ihr jemand namens Webster Gayle geschickt hatte und in der er sie einlud, ihn aufzusuchen, wann immer sie wolle, und zusicherte, ihr gerne in jeder erdenklichen Weise zu helfen.

»Ich komme aus London«, erklärte sie. »Ich soll mich hier mit Sheriff Gayle treffen. Eigentlich habe ich noch keinen Termin, aber ich dachte, ich gebe schon mal Bescheid, dass ich angekommen bin.«

Die Bulldogge prüfte beide Schreiben mit langsamer, unerschütterlicher Konzentration. »Ach ja«, sagte sie schließlich, »Web hat Sie angekündigt. Er dachte, Sie kämen erst morgen, aber dann ist es wohl heute. Okay, setzen Sie sich doch bitte. Ich sage dem Sheriff, dass Sie hier sind.«

Kennedy ging zu dem ihr angebotenen Platz, während die Bulldogge auf einer Schalttafel ein paar Tasten drückte und so leise in den Hörer sprach, dass Kennedy nichts verstand. Im Gegensatz dazu war die Stimme des Sheriffs schmerzhaft deutlich zu hören. »Danke, Connie. Sag ihr bitte, sie möchte kurz warten. Für eine britische Lady muss ich mich kämmen und mein Hemd in die Hose stecken. Ist sie hübsch? Oder sieht sie aus wie die Queen?«

Die Bulldogge beendete das Gespräch und warf Kennedy einen unergründlichen Blick zu. »Er ist gleich bei Ihnen«, sagte sie.

Kennedy setzte sich und versuchte nicht einzuschlafen. Sie trank von dem fast schon schmerzhaft kühlen Wasser, was ihr aber guttat. Nach dem zweiten Glas schlenderte ein Mann in der Größe eines walisischen Kleiderschranks zum Gatter, das er mit riesigen, seltsam aussehenden Händen öffnete. Eine streckte er ihr entgegen, als er den restlichen Weg in zwei Schritten auf sie zukam.

Kennedy schätzte Gayle als einen jener Männer ein, die schon von klein auf gelernt hatten, vorsichtig mit einer Welt umzugehen, die für sie mehrere Größen zu klein war. Er umfasste nicht ihre Hand, sondern berührte nur leicht ihre Handfläche mit seiner und ihre Fingerknöchel mit seinen Fingerspitzen. Sein freundliches Nicken konnte als Ersatz für einen tatsächlichen Händedruck durchgehen.

»Webster Gayle«, stellte er sich vor. »County Sheriff. Immer erfreut, Kollegen kennenzulernen, Sergeant. Und Ihre Behörde steht in einem guten Ruf.«

»Danke, Sheriff«, erwiderte Kennedy. »Sehen Sie, ich bin gerade erst angekommen und eher tot als lebendig. Wenn Sie morgen Zeit hätten, würde ich mich gerne mit Ihnen in dieser Angelegenheit unterhalten und vielleicht Ihre Meinung …«

»Morgen?« Gayle kaute auf dem Wort wie auf einem schlechten Stück Knorpel. »Tja, wir könnten uns morgen unterhalten. Aber im Moment hätte ich gerade Zeit, und mir ist klar, dass Sie nur fünf Tage hier sind. Wenn Sie also wirklich zu müde sind, okay, dann treffen wir uns morgen früh. Aber wenn Sie meinen, Sie halten noch eine Stunde durch, könnten wir zumindest den Rahmen abstecken – was Sie hier erledigen wollen und wie wir das am besten regeln.«

»Selbstverständlich.« Kennedy lächelte und nickte. Sie war völlig abhängig vom Wohlwollen dieses Mannes, weswegen sie lieber nicht die Zügel anzog, wenn er bereit war loszutraben. Abgesehen davon hatte Gayle recht, wenn er sagte, sie habe nicht viel Zeit; vielleicht sogar noch weniger, als er dachte. »Dann lassen Sie uns jetzt den Ball ins Rollen bringen.«

Kennedy hatte gewusst, dass sie Rede und Antwort stehen musste. Darauf hatte sie sich vorbereitet. Sie hoffte, ihre Wünsche trotz des Jetlags mit der angemessenen Überzeugung rüberbringen zu können. Anhand der entsprechenden Dokumentation wollte sie erklären, in welchen Fällen genau sie ermittelte, wie sich ihre Zuständigkeit mit der von Gayle überschnitt, mit welchen internationalen und zwischenbehördlichen Protokollen sie ihre Anwesenheit begründete und welche Unterstützung sie sich vom Büro des Sheriffs erhoffte. Mit anderen Worten, sie war bereit, die leeren Stellen in dem offiziellen oder zumindest offiziell aussehenden Hilfegesuch zu füllen und klare Grenzen zu ziehen, um die Angelegenheit nicht nach einem Blankoscheck aussehen zu lassen.

Doch es zeigte sich, dass Webster Gayle ebenso wie John-Bird ein Lieblingsthema hatte, über das er nur allzu gern redete. Dankbarerweise war es nicht der Colorado River, sondern das Schicksal von Flug 124 der Coastal Airlines. In seinem winzigen Büro, das nur aus einer winzigen, abgetrennten Ecke des größeren Raums bestand, begann er zu erzählen, noch bevor sie sich gesetzt hatte.

»Menschliches Versagen. Das wurde am Ende behauptet. Menschliches Versagen.« Er sagte es in einem fast sarkastischen Tonfall. »Ich denke, so einen Mist verzapft man, wenn einem nichts anderes mehr einfällt.«

»Ich dachte, es war die Tür«, warf Kennedy ein. »Die Tür hatte sich geöffnet, und der Kabinendruck ging verloren.«

»Das stimmt, aber mit dem Türmechanismus war alles in Ordnung. Es gibt also keine richtige Erklärung, warum sie sich öffnete. Menschliches Versagen ist eine Art Ersatzerklärung, denke ich. Wenn nichts anderes schieflief, nun, dann müssen die Menschen was falsch gemacht haben. Das ist einfacher als zu sagen, man wisse nichts, oder vielleicht alle Flugzeuge am Boden zu behalten, um die Türen zu untersuchen, wie das die Australier damals mit ihren Riesenjumbos gemacht haben. Wissen Sie noch, damals, als ein Motor in die Luft flog? Und dabei war noch nicht einmal jemand gestorben.«

Kennedy nickte höflich. »Aber das ist jetzt eine rein akademische Diskussion, oder? Die Ermittlungen wurden doch abgeschlossen, als man den Flugschreiber fand.«

»Nein, Ma'am«, widersprach der Sheriff mit Nachdruck. »Dieses Ding wurde gar nicht gefunden. Man hat einfach aufgehört, danach zu suchen, als es kein Signal mehr aussendete – was eigentlich nicht hätte passieren dürfen. Ich habe mich schlaugemacht. Die Batterie hätte noch mindestens drei Monate funktionieren müssen, und so ein Ding lässt sich kaum zerstören, nicht einmal mit einer Bombe. Hat schließlich auch Sinn. Wenn ein Flugzeug vom Himmel fällt, ist das so was Ähnliches wie eine Bombe, also muss es den Aufprall ...«

Er hielt abrupt inne und machte ein ausdrucksloses Gesicht, als erinnerte er sich lebhaft an etwas Bestimmtes, was er aber nicht wahrhaben wollte.

»Haben Sie den Absturz gesehen, Sheriff Gayle?«

Er berappelte sich wieder. »Nein, Ma'am. Aber ich habe das hinterher gesehen. Das Wrack und alles. Den Anblick werde ich so schnell nicht wieder vergessen.« Er trommelte auf den Tisch, als wäre er entweder durch ihre Frage oder durch seine Erinnerung aus der Bahn geworfen worden. »Also der Flugschreiber«, fuhr er schließlich fort. »Der wird weder zerstört noch hört er auf, Signale zu senden, es sei denn, er fällt in einen aktiven Vulkan oder so was. Und mein letzter Blick in den Atlas hat ergeben, dass es davon nicht allzu viele in Coconino County gibt. Wir haben es also mit zwei Geheimnissen zu tun: Wie konnte sich die Tür öffnen, und was ist mit dem Flugschreiber passiert? Und ich werde dieser Liste noch eine dritte Frage hinzufügen. Wie viele Überlebende gab es beim Absturz?«

Kennedy blinzelte, nachdem das Gespräch so schnell in den *Akte-X*-Bereich abgerutscht war.

»Keine, so weit ich gehört habe«, antwortete sie.

»Den Berichten zufolge keine«, bestätigte Gayle genüsslich. »Aber dann sind viele andere Dinge passiert.« Er begann mit einer detaillierten Zusammenfassung der Ereignisse nach dem Tod einiger Passagiere – den lebenden Toten von Flug 124 –, während Kennedy skeptisch zuhörte und, unfähig, Interesse vorzutäuschen, sich bemühte, nicht darauf zu reagieren. Als Gayle seine Schilderung beendete, suchte sie verzweifelt nach einer unverbindlichen Bemerkung.

»Nun, ich … ich denke, das ist eine Frage ganz anderer Art«, sagte sie. »Also, was während des Flugs und was hinterher mit dem Flugschreiber geschah, darauf lässt sich sicher eine Antwort finden. Aber für Geister gibt es keine Erklärung. Menschen glauben, sie hätten etwas gesehen, werden es aber niemals beweisen können. Also gibt es auf diese Dinge keine Antwort. Die Sache wird im Sande verlaufen.«

Sie bemühte sich, ihn nicht zu beleidigen, und er wirkte auch nicht, als fühlte er sich angegriffen, tat aber ihren Einwand mit einem unbefangenen Lächeln ab. »Also, ich finde es immer am besten, wenn man offen für alles ist. Manchmal sieht eine Sache nur unmöglich aus, weil man sie von der falschen Seite aus betrachtet.«

Verdammter Jetlag. Kennedy hatte wirklich keine Lust, sich mit diesem Thema aufs Glatteis zu begeben. »Wie gesagt, mein Hauptschwerpunkt wird auf …«

»… den Tatsachen liegen, die mit Ihren Ermittlungen zu tun haben. Das weiß ich. Aber andererseits deutet nicht immer das, was relevant erscheint, in die richtige Richtung. Das brauche ich Ihnen nicht zu sagen – Sie sind Detective!« Er klang scherzhaft und vertrauensselig, und angesichts des besitzergreifenden Eifers, den er ausstrahlte, wurde Kennedy klar, warum er so bereitwillig zugestimmt hatte, sich mit ihr zu treffen und ihr bei den Ermittlungen zu helfen: Er hatte auf jemanden gewartet, dem er seine Theorien mitteilen konnte. Niedergeschlagen fragte sie sich, wie weit sie ihn in seiner Besessenheit bei Laune halten müsste, um Antworten auf ihre eigenen Fragen zu erhalten.

»Genau«, stimmte sie zurückhaltend zu.

»Ich sage jetzt nicht, dass Sie sich jede verschrobene Theorie anhören müssen, die Ihnen jemand aufdrängt. Ich weiß, wie gesagt, einen offenen Menschen einfach nur zu schätzen, und ich glaube, Sie sollten nichts von vornherein ablehnen, nur weil es sich dumm anhört. Große Dinge wurden schon aufgrund von dummen Fragen erfunden. Was passiert, wenn man jemandem Rattengift statt Medizin über den Venentropf verabreicht? Das ist nämlich in Warfarin drin, falls es Sie interessiert. Bewahrt eine Menge Menschen vor einem Herzinfarkt. Oder was passiert, wenn Sie Ihre Augen schließen und versuchen, etwas mit den Ohren zu sehen? Das nennt man Radar.

Also dachte ich mir, es könnte etwas dahinterstecken, aber ohne genau zu wissen, was es sein könnte. Dann habe ich mit einer guten Freundin darüber gesprochen, Miss Eileen Moggs, die für unsere Lokalzeitung schreibt und der schlauste Mensch ist, den ich kenne. Und sie sagte, dass so etwas immer nach einer Katastrophe passiert. Sie erklärte es mit dem Nachrichtenzyklus: Wenn Journalisten über eine Geschichte berichten, es aber nichts Neues mehr gibt, erfinden sie etwas, weil die Leser das Bedürfnis haben, immer mehr darüber zu erfahren. Kommt Ihnen das irgendwie bekannt vor?«

»Ja«, sagte Kennedy. »Ich denke, Ihre Freundin hat recht.«

Gayle schien über ihre Antwort erfreut zu sein. Er wedelte mit einem Finger in ihre Richtung. »Aber dann habe ich meiner Freundin das ganze Zeug gezeigt, das ich gesammelt habe, die vielen Beiträge aus dem Internet und so, was sie veranlasste, selbst darüber nachzudenken. Und sie kam zu dem Schluss, dass es diesmal anders ist.«

»Wie anders genau?«

»Vielleicht sollten Sie sich Eileens Antwort selbst anhören, Sergeant Kennedy. Ich würde Sie beide gerne einander vorstellen, wenn sich die Gelegenheit ergibt.«

Für Kennedy war es längst zu spät, ihre eigenen Themen vorzubringen. »Das wäre prima. Ich würde Miss ... Moggs gerne kennenlernen. Aber wie Sie wissen, stehe ich hier ein bisschen unter Zeitdruck. Mir geht es vor allem um Informationen bezüglich der Ermittlungen in meinem Mordfall.«

»Stuart Barlow und die Folgefälle. Ja, ich habe die Fallakten gelesen, die Sie mir geschickt haben. Eine harte Nuss.«

»Das ist noch milde ausgedrückt, Sheriff Gayle.«

»Und Sie meinen, unsere Ermittlungen zum Flugzeugabsturz könnten Ihnen irgendwie helfen?«

»Das jedenfalls hoffe ich. Eincr der Passagiere auf CA 124 reistc unter dem Namen Michael Brand.«

»Diese Formulierung ›unter dem Namen‹ lässt darauf

schließen, dass der Name nicht seinem richtigen entsprach. Stimmt das?«

»Das können wir nicht sagen. Wir konnten ihn in Europa nicht ausfindig machen, als wir erfuhren, dass er hier ums Leben kam. Wir wissen nicht viel über ihn, außer dass er seine Laufbahn schon vor ein paar Jahren begonnen hat und diese mehr als nur Mord einschließt.«

»Zum Beispiel?«

»Vielleicht Entführung. Vielleicht Waffenschmuggel. Beteiligung an Drogenhandel.«

»Aber immer nur vielleicht?«

»Das meiste wissen wir nur vom Hörensagen, und den Informanten darf ich nicht nennen. Doch die Gründe, warum ich hier bin, beziehen sich ausschließlich auf den Fall Barlow. Wir glauben, der Fall gibt genug Anlass zur Sorge und rechtfertigt unsere Bitte um Ihre Mithilfe.«

Gayle kratzte sich nachdenklich am Kinn. »Ja, da haben Sie wohl recht. Mit Ihrem Mehrfachmord haben Sie Grund genug, um an alle Türen zu klopfen, die Ihnen einfallen. Wir stehen hier ziemlich unter Stress, aber ich denke, ein paar Tage kann ich Ihnen geben.«

Es dauerte ein oder zwei Sekunden, bis sich Kennedy der vollen Bedeutung dieser Worte bewusst wurde. »Ein paar Tage?«, wiederholte sie dümmlich.

»Ja, anschließend muss ich wieder meinen eigenen Schreibtischkram erledigen.«

»Ein paar Tage? Sheriff, das ist weit mehr, als ich je erwartet habe. Sind Sie sicher, Sie können …?«

Er winkte bescheiden lächelnd ab. »Wir helfen wirklich gerne, wo wir können, Sergeant. Also schießen Sie los: Was schwebt Ihnen vor?«

Kennedy versuchte ein zweites Mal, ihre Gedanken zu sammeln. Sie hatte mit Gleichgültigkeit gerechnet, wenn nicht gar mit offener Feindseligkeit. Stattdessen stand sie einem wohlwollenden Besessenen gegenüber, der sich an ihren Ermittlungen beteiligen wollte, weil er seine eigenen nicht weiterverfolgen durfte. Sie fühlte sich mit diesem Gaul so reich beschenkt, dass sie ihm trotz aller Sprichwörter am liebsten das Maul weit aufgerissen hätte, um sich seine Zähne genauer anzusehen. »Also, vor allem hoffe ich, alles über Ihre Ermittlungsergebnisse zu erfahren, die mehr Licht auf die Herkunft oder mögliche Verbündete von Brand werfen könnten. Zum Beispiel, ob irgendwas von seinen Kleidern oder seinem Reisegepäck geborgen wurde und, wenn ja, ob sie mir oder meinen Kollegen zur Verfügung gestellt werden könnten, um sie noch einmal zu untersuchen. Und dann, ob forensische Daten zur Leiche vorhanden sind, oder ob er bei Ihrer zivilen Luftfahrtbehörde beim Kauf seines Tickets eine Adresse angegeben hat. Solche Sachen.«

Gayle nickte während ihrer Aufzählung. »Das dürfte alles kein Problem sein. Ich kann Ihnen aber schon jetzt sagen, dass es nicht viel geben wird. Es wurden allerdings eine Obduktion durchgeführt und entsprechende Fotos und Aufzeichnungen gemacht. Kleider und Eigentum müssten als Beweise gesichert worden sein – sowohl diejenigen, die eindeutig einer bestimmten Leiche zugeordnet werden konnten, als auch diejenigen, bei denen das nicht der Fall war. Die meisten Sachen liegen nördlich von hier in einem Lager, das wir von Santa Claus mieten.«

»Von Santa Claus?« Sie würde sich im Zaum halten müssen, um nicht dauernd sein Echo zu spielen.

»Von der Gemeinde Santa Claus«, klärte Gayle sie auf. »Entschuldigen Sie, Sergeant, uns entlockt der Name nicht mal mehr ein Lächeln. Santa Claus ist eine Kleinstadt fünfzehn Kilometer von Peason entfernt. Derzeit eine Geisterstadt. Sie vermieten sehr preisgünstige Lagerräume, die wir nutzen, weil wir hier Platzprobleme haben. Okay, was noch?«

»Hängt davon ab, was ich finde, falls ich überhaupt etwas finde. Dann könnten Sie vielleicht als Kontaktperson fungieren, um mit anderen US-Behörden zu sprechen und sie um Informationen zu bitten. Ich weiß, ich verlange viel, und wenn Sie möchten, kann ich das auch über Interpol erledigen. Es ist nur so, dass ich hier über keinerlei Zuständigkeiten verfüge, es aber großartig wäre, wenn wir eine Spur rasch verfolgen könnten, sofern wir überhaupt irgendwas Nennenswertes finden.«

»Das müssten wir von Fall zu Fall entscheiden«, entgegnete Gayle. »Aber vielleicht können wir Ihnen einen Deputy und einen Schreibtisch zur Verfügung stellen, wenn es so weit ist.«

»Das ist wirklich nett, Sheriff. Danke.«

»Gerne. Soll ich Sie jetzt zu Ihrem Hotel fahren? Ich habe Ihnen schon lange genug ein Ohr abgekaut. Wahrscheinlich müssen Sie sich nach dem Flug erst mal ausruhen.«

Kennedy leistete symbolischen Widerstand, dem aber nicht stattgegeben wurde. Sheriff Gayle erhob sich und zählte, während sie ihm nach draußen folgte, an seinen Fingern die Aufgaben auf seiner Liste ab: »Also: Obduktionsberichte. Besitz der Opfer. Schriftliche Unterlagen. Wär's das fürs Erste?«

»Das wäre fast mehr als genug, Sheriff.«

»Wir erledigen das morgen Vormittag. Connie, ich werde Sergeant Kennedy ins Hotel bringen. Bin in einer halben Stunde zurück.«

Die Bulldogge blickte zuerst Kennedy, dann ihn an. »Okay«, sagte sie nach einer etwas zu langen Pause. »Was soll ich Eileen Moggs sagen, falls sie anruft?«

Kennedy bemerkte einen hinterhältigen Ton in der Frage, als sollte sie den Sheriff aus dem Gleichgewicht bringen. Wenn dem so war, funktionierte es nicht. Gayle zuckte nur mit den Schultern. »Sag ihr, ich rufe sie zurück. Ich treffe mich sowieso später mit ihr. Kommen Sie, Sergeant.«

Kennedy versuchte es mit einem letzten symbolischen Einwand. »Ich kann auch ein Taxi …«

»Nein, nein. Wir möchten, dass Sie mit guten Erinnerungen an Arizona nach Hause zurückkehren.«

Kennedy lächelte und nickte, als er sie zur Tür führte. Im Stillen allerdings dachte sie, das würde eine Herausforderung werden.

Im Hotel wollte sich Kennedy in Schlafstimmung versetzen. Dazu öffnete sie eine Flasche Bier aus der Minibar und ließ sich ein Bad einlaufen. Das kratzte sie aber seltsamerweise noch mehr auf, statt ihren Jetlag so auf die Spitze zu treiben, dass sie endlich schlafen konnte.

Die Sonne würde noch lange nicht untergehen, und sie kannte hier nichts, wohin sie gehen könnte. Selbst das Programmheft auf dem Nachttisch – *Was ist los in Peason?* – zuckte nur mit den Schultern. Die Blumenschau hatte sie verpasst, und der nächste kulturelle Höhepunkt waren die Hardyville-Tage in Bullhead, die allerdings erst im Oktober stattfanden und vor allem auf dem lustigen Konzept basierten, dass hässliche Männer in Frauenkleidern umherliefen. Bis dahin wollte sie schon längst wieder über alle Berge sein.

Welchen harmlosen Spaß würde sie sich also in ihrem Hotelzimmer gönnen können?

Sie nahm ihren Laptop heraus, der eigentlich ihrer Schwester Chrissie gehörte, loggte sich ins WLAN ein und rief ihr E-Mail-Konto auf. Drei Mails stammten von

DCI Jimmy Summerhill, dessen Ton von professioneller Zurückhaltung zu einer tollwütigen Schärfe anstieg. In den Papierkorb damit. Immerhin bezahlte sie für ihre Internetverbindung.

Auch eine Mail von Izzy war dabei, die sich bis zum Wochenende, wenn Chrissie ihn holte, um ihren Vater kümmerte – sofern Kennedy bis dahin nicht bereits zurück sein würde.

Du bist so plötzlich verschwunden. Vermisse dich. Und ich hoffe, es ist alles in Ordnung.

Sie begann, eine Antwort zu schreiben, löschte sie aber wieder und begann eine andere, die das gleiche Schicksal erlitt.

Es ist vieles nicht in Ordnung, schrieb sie schließlich. *Aber ich arbeite noch immer am Fall. Vielleicht trinken wir mal was zusammen, dann erzähle ich dir davon.*

Anschließend schickte sie, ohne auf eine Antwort zu hoffen, eine knappe, aber prägnante Mail an Leo Tillman, um ihm mitzuteilen, wo sie war und was sie trieb.

Leo, wie in meiner letzten Nachricht angekündigt, bin ich in Arizona, um die Michael-Brand-Spur zu verfolgen. Bis jetzt gibt's noch nichts Neues, aber ich habe mit dem Sheriff hier, der sehr hilfsbereit ist, Kontakt aufgenommen. Ich hoffe, morgen kann ich mehr berichten. Hier füge ich NOCH EINMAL die Analyse von Dr. Gassan zu den Dateien von Hof Taubenschlag bei. Vielleicht haben Sie sie schon gelesen, wenn nicht, sollten Sie das wirklich tun. Die ganze Sache könnte sich als Türöffner erweisen, wenn wir den richtigen Knopf finden – und alles deutet darauf hin, dass Michael Brand dieser Knopf ist. Unsere Abmachung gilt noch. Geben Sie mir Bescheid, wenn Sie irgendwas gefunden haben.

Sie fügte die Dateien bei und klickte auf SENDEN. Im Moment fiel ihr nichts ein, was sie mit Tillman noch anstellen sollte, außer immer wieder bei ihm anzuklopfen in der Hoffnung, dass er reagierte.

Sie beschloss, die Dateien selbst zu öffnen, obwohl sie das Gefühl hatte, den Inhalt auswendig zu kennen, doch eine Auffrischung schadete nichts. Jedes Mal, wenn sie den Text las, erinnerte sie sich lebhaft an ihre erste und einzige Begegnung mit Emil Gassan in dem düsteren, verfallenen Haus, wo die Polizei ihn versteckt hielt, bis sie sein Leben wieder als sicher einstufte.

Bei dieser Begegnung hatte er ihr vom Judas-Stamm erzählt.

40

Dann handelt es sich also um ein Evangelium?«, fragte Kennedy verwirrt.

»Ja.«

»Ich meine, die übersetzte Version ist immer noch ein Evangelium? Barlow stellt ein Spitzenteam zusammen, widmet sein Leben diesem Projekt, opfert sich dafür auf, und das nur, um ein Evangelium in ein anderes Evangelium zu übersetzen?«

Emil Gassan zuckte leicht ungeduldig mit den Schultern. Sie saßen in einem kahlen Raum. Vier Tische, acht Stühle, dunkelgrüne Wände, wie es sie nur noch in Krankenhäusern, Polizeiämtern und Irrenhäusern in viktorianischem Stil gab. Ein Poster an der Wand warb mit der Karikatur eines Einhorns, über dessen Horn ein Kondom gestülpt war, für sicheren Sex. Gassans rechte Hand lag auf einem dünnen, schwarz eingebundenen Notizbuch, als wollte er einen Eid darauf schwören.

Zehn Tage waren seit den Vorfällen im Haus Taubenschlag und Combes' Tod vergangen. Neun Tage und ein paar Stunden, seit sie ihre eigene Kopie der CD an Gassan geschickt und ihn gebeten hatte, aus den darauf befindlichen Dateien etwas Sinnvolles zu machen. Gassans Forderungen waren gering ausgefallen: Schokolade, Orangenschokolade, um genau zu sein, ein paar Flaschen guten französischen Meursault und die drei letzten Ausgaben von *Private Eye*. »Schicken Sie mir Lebenszeichen von der Außenwelt«, hatte er gesagt, »dann werde ich Ihr Puzzle für Sie lösen.« Doch das Zittern in seiner Stimme hatte ihn verraten: Er hätte ihrer Bitte auch Folge geleistet, wenn er dabei leer ausgegangen wäre.

»Ja, Sergeant«, stimmte Gassan nun mit gereizter Stimme zu. »Er hat ein Evangelium in ein anderes Evangelium übersetzt. Aber vielleicht habe ich mich nicht klar genug ausgedrückt. Was Stuart getan hat, ist … bemerkenswert. Fast unglaublich, wirklich. Und wäre da nicht die Tatsache, dass auch ich als Nebenwirkung hätte tot sein können, statt nur hier in Crewe herumzusitzen, wünschte ich von ganzem Herzen, auf seine Bitte von damals eingegangen zu sein. Und hätte ich keine Angst vor besagten Nebenwirkungen, würde ich jede Zeitung anrufen, die in meiner Adresskartei steht, und ihnen sagen, sie sollten in absehbarer Zukunft ihre Titelseiten für mich frei halten. Nicht dass ich meine Adresskartei, geschweige denn ein Telefon an diesen vermaledeiten Ort hätte mitnehmen dürfen.«

Als wolle er sich über die strengen Sicherheitsmaßnahmen beschweren, die ihm bewusst machten, wie sehr er vorübergehend abgeschottet war, erhob er sich, ging zur Tür und öffnete sie. Ein phlegmatischer Constable saß davor und nickte dem Professor höflich zu, woraufhin dieser die Tür wortlos wieder schloss.

»Vielleicht wäre es besser, tot zu sein«, murmelte er eher zu sich selbst. »Tot und berühmt und wichtig. Ob das einer endlosen Einkerkerung vorzuziehen ist? Ich weiß es nicht. Ich weiß es nicht.«

»Professor«, holte Kennedy ihn in die Wirklichkeit zurück. »Ich weiß, es ist hart für Sie. Aber Ihnen ist doch klar, dass wir immer noch an dem Fall arbeiten. Je mehr Sie mir sagen können, desto höher sind die Chancen, dass wir die Sache hier beenden und Sie in Ihr normales Leben zurückkehren.«

Gassan blickte sie voller Verachtung an. »Das wäre ein großer Trost«, erwiderte er sauer, »wenn es nicht völliger Blödsinn wäre. Diese Leute kommen und gehen, wie sie Lust haben, und töten, wen sie wollen. Der einzige Grund, warum ich noch lebe, ist der, dass ich Barlows Bitte rechtzeitig abgelehnt habe. Und jetzt haben sie auf ihren großen Steintafeln hinter meinem Namen ein Kreuz gemacht, das besagt, dass man mich ignorieren kann. Gott sei mir gnädig, wenn sie in diesem Punkt jemals ihre Meinung ändern.«

»Sie sind nicht allmächtig«, erwiderte Kennedy. Gassans Fatalismus ärgerte sie, widerte sie sogar ein bisschen an, doch sie versuchte neutral zu bleiben.

»Vielleicht doch? Lebt noch jemand von denen, die sie töten wollten?«

»Ich. Ich denke, mich wollten sie töten.« Und natürlich Tillman, doch den würde sie nicht erwähnen.

»Bei allem Respekt, sie töten Wissende. Menschen, die etwas wissen und verstehen. Um Ihresgleichen kümmern sie sich nur, wenn sie ihnen zufällig im Weg stehen.«

»Was ich auch wieder vorhabe«, antwortete Kennedy finster. »Und ich wiederhole, je mehr Sie mir sagen, desto höher sind die Chancen, dass ich die Täter finde und vor Gericht bringe.« Hier wollte sie eigentlich aufhören, doch allein ihre Grausamkeit trieb sie an. Die Grenze, die Gassan zwischen wissenden Menschen und dummen, schwerfälligen Polizisten zog, brachte sie unwillkürlich zum Kochen. »Die einzige Möglichkeit für Sie, Mr Gassan, ist die, den Rest Ihres Lebens an heruntergekommenen Orten wie diesem hier zu hausen und auf eine Rache zu warten, die vielleicht nie verübt wird. Wie Salman Rushdie oder Roberto Saviano, die allerdings etwas geschrieben haben, das einen gewissen Einfluss auf die Welt hat. Dieser Trost wäre Ihnen leider nicht vergönnt.«

Sie schwieg. Gassan blickte sie halb fassungslos, halb fragend an. Einen Moment lang dachte sie, er würde hinausstürmen und sie sitzen lassen, wie Tillman es – aus einsichtigeren Gründen – getan hatte, so dass sie allein weiterwursteln musste.

Stattdessen nickte Gassan. Dann trat er mit beeindruckender Ruhe und Bescheidenheit an den Tisch und setzte sich ihr gegenüber.

»Sie haben recht«, sagte er. »Wenn ich irrelevant bin, dann nur, weil ich selbst dafür gesorgt habe. Ich sollte mich nicht beschweren. Das Ergebnis ist, dass ich in dieser Angelegenheit keine Rolle mehr spiele. Zumindest kann ich jetzt als Stuart Barlows Schreibhilfe dienen, nachdem ich alle ruhmreicheren Rollen abgelehnt habe. Fahren Sie also fort, Sergeant Kennedy. Fragen Sie mich aus. Löchern Sie mich. Schikanieren und erniedrigen Sie mich. Schlagen Sie mich, wenn Sie wollen. Das wäre zumindest originell. Ja, Barlow hat ein Evangelium in ein Evangelium übersetzt. Nachdem fünfhundert Jahre Wissenschaft das nicht geschafft hatten.«

Kennedy stieß langsam ihren Atem aus. »Aber dieses neue Evangelium, dasjenige, das er fand, als er den Rotgut entschlüsselte, war vorher nicht bekannt?«

»Nein. Es ist einzigartig. Ein noch unentdecktes Evangelium wahrscheinlich aus dem ersten Jahrhundert nach Christus.«

»Das wissen Sie mit Sicherheit? Der Rotgut stammt aus dem Mittelalter.«

»Der Rotgut selbst war nur eine Übersetzung, wie Sie bereits wissen. Als Stuart nach dem Original suchte, von dem aus es übersetzt worden war, nahm er sich gleich die ersten Kodices und die Rollen vor, die ihnen unmittelbar vorangingen – die Nag-Hammadi-Schriften und die Rylands-Papyri. Und er wendete einen Chiffrierschlüssel an, den er bereits in winzigen Fragmenten der Rollen vom Toten Meer gefunden hatte. Er hatte eine gute Grundlage, um weiterzumachen. Eigentlich lag genau darin sein Problem: Seine Auswahl war zu groß. Hier, haben Sie das schon einmal gesehen?«

Er schlug sein Notizbuch auf und blätterte zu einer Seite mit einer kurzen Liste, die er ihr zeigte.

P52
P75
NH II-1, III-1, IV-1
Eg2
B66, 75
C45

»Ja«, antwortete sie. »Das stand auf der Rückseite eines Fotos, das Stuart Barlow unter einer Bodenfliese in seinem Büro versteckt hatte. Was haben die Zahlen und Buchstaben zu bedeuten?«

Gassan klappte das Notizbuch wieder zu, als empfände er es als unangenehm, dass es sich jemand ansah, obwohl er Kennedy völlige Offenheit versprochen hatte. »Diese Buchstaben und Zahlen sind Abkürzungen für bestimmte Rollen und Kodices an bestimmten Orten«, erklärte er. »P steht für Rylands-Papyri, B für Bodmer und C für die Chester-Sammlung. NH bedeutet natürlich Nag Hammadi. Wahrscheinlich können Sie sich vorstellen, was diesen Dokumenten gemeinsam ist. Oder traue ich Ihnen mehr zu, als angebracht wäre?«

Kennedy dachte über den Rotgut nach. »Dies alles sind Kopien des Johannes-Evangeliums«, wagte sie schließlich als Antwort.

»Genau. Das Johannes-Evangelium oder in einigen Fällen das Apokryphon des Johannes, ein damit in Zusammenhang stehender Text. Einige sind vollständig, andere liegen nur in Teilen vor, andere wiederum sind sehr fragmentarisch. Aber sie gehören alle zu Johannes. Wir wissen nicht, welche der Rollen, die Barlow untersuchte, sich als die Rotgut-Quelle entpuppte, aber wir können schlussfolgern, dass es sich um eine vollständige oder fast vollständige Kopie des Johannes-Evangeliums handelte, die aus dem späten ersten oder frühen zweiten Jahrhundert nach Christus stammte.«

»Und hier hört es bei mir auf«, gab Kennedy zu. »Wie gelangen wir vom Johannes-Evangelium zu diesem anderen Text?«

»Natürlich mit Hilfe eines Codes.« Knapp und schnippisch, als wäre die Antwort klar. »Genau das war der Kern von Barlows Arbeit.«

Kennedy versuchte ihre Frage anders zu formulieren. Sie wusste, dass es sich um einen Code handelte. Doch sie wollte den Hintergrund verstehen – was, wie und warum wurde etwas zu etwas anderem verschlüsselt. Gassan bemerkte ihr Zögern und seufzte.

»Nun gut«, sagte er. »*Ab initio*. Sergeant Kennedy, ich glaube, ich habe Ihnen bei unserem ersten Gespräch erklärt, dass ein Kodex aus mehreren Texten besteht.«

»Sie sagten, dass zwei oder drei getrennte Bücher oder Dokumente zu einem gemeinsamen Kodex zusammengebunden werden konnten«, sagte sie.

»Genau. Die alte Welt hatte keine Vorstellung von der Vollständigkeit oder Unversehrtheit einer einzelnen Botschaft. Papyrus war rar und teuer in der Herstellung, also verwendete man das, was man hatte. So kam es eben auch vor, dass man skrupellos seltsame Kombinationen erschuf und einen Dialog von Platon mit einem biblischen Abschnitt zusammenschrieb. Man fing nicht einmal eine neue Seite an, sondern setzte einen neuen Text gleich unter den anderen. Genau das bekamen die Gelehrten beim Rotgut-Kodex zu sehen. Der Rotgut enthält das gesamte

Johannes-Evangelium sowie sieben Verse eines anderen Evangeliums. Es lag auf der Hand, davon auszugehen, dass jemand einen aramäischen Kodex vor sich hatte und begann, ihn zu übersetzen, bis er aus irgendeinem Grund unterbrochen wurde.«

»Gut.«

»Aber nehmen wir einmal an, die beiden Texte – oder der eine Text und das winzige Fragment des zweiten – wurden aus einem anderen Grund zusammengefügt. Wenn man ein Anagramm löst, schreibt man die Originalversion auf, damit man Buchstaben streichen kann, bis man zur Lösung kommt. Aus ›Fehlentscheidung‹ wird ›Stechfliegenhund‹. Oder aus ›Feinde töten‹ wird ›endete oft nie‹. In ähnlicher Weise könnte jemand, der vor einer verschlüsselten Nachricht sitzt, zuerst den Code aufschreiben und anschließend die entschlüsselte Botschaft.«

»Dann war das Johannes-Evangelium die verschlüsselte Nachricht?«

»Eine bestimmte Ausgabe des Johannes-Evangeliums war die verschlüsselte Botschaft. Wie ich bereits sagte, konnte ich aber nicht bestimmen, welches. Wer auch immer den Rotgut verfasste, hatte diese Version des Johannes-Evangeliums gefunden und war in der Lage, zu sagen, wie der Code funktionierte, oder den Code selbst zu entschlüsseln. Er – mit größter Wahrscheinlichkeit handelte es sich um einen Mann – schrieb den Text ab, wie er ihm vorlag, dann begann er, die Botschaft zu entschlüsseln, also den Text aufzuschreiben, der sich darunter verbarg. Doch die Arbeit war mühsam, und er konnte nur sieben Verse entschlüsseln, bevor er aufgab. Oder, was genauso wahrscheinlich ist, er machte auf einem anderen Blatt weiter. Und da er den Schlüssel nicht notierte, ging der Rest der Botschaft verloren.«

»Ich verstehe«, sagte Kennedy.

»Freut mich. Jahrhundertelang blieb dieser Status quo unverändert. Bis Stuart Barlow kam und, aufgrund einer Idee, einer logischen Erkenntnis oder seiner Intuition, sich die Nag-Hammadi-Schriften und diese anderen frühen Dokumente sehr genau ansah. Er fand die entsprechende Version des Johannes-Evangeliums. Und er fand auf dem Papyrus selbst eine Art von Ersatzcode, der auf fast unsichtbaren Veränderungen der Standardbuchstaben beruhte. Er fand eine zweite Botschaft, die mit den gleichen Symbolen verschlüsselt war, ein unter dem offensichtlichen Evangelium verborgenes Evangelium.«

Gassan erhob sich und ging zum Fenster. Besorgt blickte er hinaus, obwohl dort nichts zu sehen war. Das Fenster führte zu einem zweieinhalb mal zweieinhalb Meter breiten, gemauerten Lichtschacht. Kennedy wartete ein oder zwei Minuten, bevor sie sich zu ihm gesellte. Sie wusste, wie frustriert er wegen seiner erzwungenen Isolation war, aber auch wie ängstlich, nachdem er durch die Beschäftigung mit dem Rotgut-Kodex in dessen Fluch geraten war. Kennedy hätte ihn gerne beruhigt, doch der einzige Trost, den sie ihm anbieten konnte, gründete auf Verzweiflung – nachdem Haus Taubenschlag dem Erdboden gleichgemacht worden war und Josh Combes als Brandopfer hatte herhalten müssen, könnte Michael Brand in dem Loch verschwunden sein, in dem er für gewöhnlich hauste. Jetzt könnten sich alle in Sicherheit wiegen, weil sie keine glaubwürdige Bedrohung mehr für ihn waren.

Sie blickte ebenso wie Gassan ins Nichts. »Dann stellte jeder Buchstabe, jedes Symbol auf dem Papyrus zwei Buchstaben dar?«, fragte sie.

»Im Wesentlichen ja. Für jeden Buchstaben gab es eine Standard- und eine verschlüsselte Version.« Er drehte sich nicht zu ihr, doch seine Stimme, die zunächst teilnahmslos geklungen hatte, wurde lebhafter, während er die technischen Einzelheiten erklärte. »Der Code setzt sich aus einer Kombination zweier völlig metatextueller Merkmale zusammen. Das erste bezieht sich auf die Anzahl an zusätzlichen Strichen, die zum Schreiben der Buchstaben gebraucht wurden. Zum Beispiel der aramäische Buchstabe *he*« – er malte ihn auf die beschlagene Scheibe – »setzt sich üblicherweise aus einem Strich mit einem spitzen Winkel und einem Bogen zusammen, anschließend wird ein Abwärtsstrich hinzugefügt. Zwei Bewegungen mit dem Pinsel oder dem Stift, sehen Sie? Doch ein Schreiber kann sein Schreibwerkzeug auch zwei Mal vom Papyrus anheben, während er den komplexen Strich malt. Oder er könnte ihn als einzigen, durchgehenden Strich malen, ohne den Pinsel auch nur einmal abzusetzen. Damit haben Sie drei verschiedene Versionen von ein und demselben Buchstaben. Aber auch der einfache Strich könnte in ein oder zwei Bewegungen gezogen werden. Der Pinsel könnte auf halbem Wege anhalten und eine leichte Verdickung der Linie hinterlassen. Damit ergeben sich sechs Versionen – zwei mal drei.

Die anderen Merkmale betreffen die Schriftzuglänge des Buchstaben selbst, wo die möglichen Versionen, grob ausgedrückt, kurz, mittel und lang sind. Beim *he* wird der einfache Strich vom Schreiber gewöhnlich weiter hinuntergezogen als die einklammernden Arme des komplexen Strichs zu beiden Seiten. Doch er könnte auch auf der gleichen Höhe enden oder nicht so weit hinunter reichen, indem er über den Armen endet. Jetzt verfügen wir über mindestens achtzehn Versionen des Buchstabens, vielleicht auch mehr, da die Verschlüsselung der vergleichbaren Länge möglicherweise auch zu einem vergleichbaren Abstand zwischen einem Merkmal des Buchstaben und einem anderen führt, oder auch zwischen zwei benachbarten Buchstaben.«

Kennedy war angesichts der vielen Möglichkeiten leicht verwirrt. »Und jede dieser ... Versionen, wie Sie sie nennen ...«

»Entspricht innerhalb der Verschlüsselung einem anderen Symbol. Dieses *he* könnte also ein *gimel* oder *daleth* oder *zajin* sein. Im Muttertext würde er immer als *he* gelesen werden, aber im verschlüsselten Text als etwas anderes.«

»Warum sollte jemand so etwas tun?«, wollte Kennedy wissen. »Soll ein Evangelium nicht das Wort über die Religion verbreiten? Wenn man es verstecken muss, verliert es doch seinen Sinn, oder?«

Gassan schnaubte durch die Nase. »Es gibt viele steganographische Texte – verborgene Botschaften – aus dieser Zeit, Sergeant. Die frühen Christen standen oft miteinander im Krieg, und oft auch mit der örtlichen Regierung. Sie hatten in jedem Fall ihre Gründe, ihre Botschaften zu verstecken.«

»Aber eine christliche Botschaft in einer anderen zu verstecken ...«

»... lässt eher darauf schließen, dass die Christen oder vielleicht eine bestimmte Gruppe von Christen die Zielgruppe war. Mit einem solchen Code konnte man sein Evangelium verbreiten und gleichzeitig verbergen. Und die Leser konnten die Botschaft von einem Ort zum anderen tragen, ohne Angst haben zu müssen. Jeder, der den Text untersuchte, erkannte nur das Johannes-Evangelium darin – kanonisch und unbedenklich.«

»Wohingegen die verborgene Botschaft ketzerisch ist?«

»Ja. Es lässt sich mit Sicherheit sagen, dass die verborgene Botschaft in höchst erschreckendem Maße häretisch ist.«

»Also, worum geht es?«

»Haben Sie es nicht gelesen?« Endlich drehte sich Gassan zu ihr um und blickte sie entrüstet an.

»Ich habe einen Teil der Abschnitte gelesen, die bereits in normalen Text übersetzt waren. Ich konnte nichts Besonderes feststellen – vor allem Jesus, der mit seinen Jüngern spricht. Ich konnte mich in den Dateien nicht zurechtfinden, es waren zu viele, und sie schienen mehrere hundert Seiten lang zu sein.«

Gassan zögerte. Sein Missfallen, um eine Inhaltsangabe gebeten zu werden, kämpfte gegen seinen Wunsch, auf einem Podest zu stehen und eine Rede zu halten. Doch schließlich befanden sie sich hier nicht im Wettstreit.

»Sie werden diese Leute verfolgen?«, fragte er. »Diese Leute, die Barlow, Catherine Hurt und die anderen getötet haben?«

»Ja.«

»Dann sollten Sie wissen, mit wem Sie es zu tun haben. Und dass Sie verlieren werden.«

»Danke für Ihren Vertrauensbeweis, Professor.«

»Glauben Sie mir, Sergeant, ich wünschte, es wäre anders. Wenn Sie sie besiegen könnten, könnte ich wieder ein lebenswertes Leben führen. Aber andererseits, wenn Sie sie besiegen könnten ...«

Er ging zurück in die Mitte des Raumes, berührte sein schwarzes Notizbuch und dann den Tisch, als wollte er sich versichern, dass sowohl die Wörter als auch die Welt noch dort waren, wo er sie zurückgelassen hatte.

»Wenn ich sie besiegen könnte?«

Aus seinem Blick sprach Hoffnungslosigkeit. »Nun, dann wären sie nicht mehr da draußen. Nicht nach all diesen Jahrhunderten. Wenn sie in irgendeiner Weise verletzbar wären, hätte jemand sie bereits besiegt.«

41

Am nächsten Morgen wurde Kennedy von Sheriff Gayle um neun Uhr vom Hotel abgeholt. Am Abend zuvor hatte er sie mit dem schwarzweißen Streifenwagen zurück ins Hotel gefahren. Jetzt war er mit einem Wagen gekommen, der nur etwas kleiner als ein Fußballfeld und zweifarbig war: Himmelblau und Rost. An einigen Stellen prangten Löcher in der Karosserie.

Als Gayle ihren zweifelnden Blick bemerkte, versicherte er ihr, der Wagen werde sie auf jeden Fall ans Ziel bringen. »Hat mich noch nie im Stich gelassen, Sergeant. Und wenn auf dem Friedhof genug Platz wäre, würde ich mich mit dem Ding begraben lassen.«

Als sie auf dem Interstate Highway 93 aus Peason hinausfuhren, zeigte sich die Landschaft flacher und weniger dramatisch als entlang des Colorado, aber Kennedy war dennoch überwältigt. Die Berge rechts in der Ferne türmten sich Schicht um Schicht wie eine steinerne Zuhörerschaft in einem planetengroßen Amphitheater. Links vollführte der Horizont einen perfekten Halbkreis. Der Highway 93 fungierte als Trennlinie, als wollte der Mensch ebenbürtig mit Gott sein, der das Wasser oben vom Wasser unten getrennt hatte. Fast die ganze Zeit über befanden sie sich alleine hier draußen auf der Straße.

Die Stadt Santa Claus wiederum war ein Symbol für die Hinfälligkeit menschlichen Strebens. Laut Gayle hatte der Ort zu seinen Glanzzeiten zehntausend Einwohner gehabt. Jetzt fristete er ein Dasein als Ansammlung kitschiger Häuser wie in einem Disneyheftchen, die langsam, aber sicher von der Wüste zurückerobert wurden. Sie waren angemalt wie Lebkuchenhäuschen: rotweiß gestreifte Mauern, pinkfarbene Traufbretter, hellgrüne Fensterläden, die oben abgerundet und ständig geöffnet waren. Alles zerfiel. Ein lepröser Weihnachtsmann grinste von einer Veranda herunter, deren kaputte Geländerstreben wie gebrochene Rippen herausstanden. Zwischen den zerfallenen Häusern lugten hier und da zwei abgeschliffene Metallstangen heraus, die mit wenigen noch übriggebliebenen Eisenbahnschwellen verbunden waren – die Schienen einer Panoramaeisenbahn für Kinder, deren rote Lokomotive jetzt mit halb vom Sand bedecktem Kuhfänger an einer Hauswand lehnte.

An beiden Straßenenden stand jeweils eine perfekt instand gehaltene Plakatwand. Auf der einen wurde für Computer geworben, auf der anderen, auf die der lepröse Weihnachtsmann sein scheußliches Grinsen richtete, für Inkontinenzwindeln. Gleich hinter diesem zweiten Schild, auf das Sheriff Gayle nun zeigte, stand eine kleine Reihe Aluminiumhütten, die wie Hangars für Miniflugzeuge aussahen.

»Die dritte gehört uns«, erklärte er. »Oder wollen Sie erst noch dem Weihnachtsmann sagen, was Sie sich wünschen?«

»Das, was sich jedes Mädchen wünscht«, ließ sich Kennedy auf den Witz ein. »Ein Pony und eine Barbie-Puppe. Und Frieden auf Erden.«

Gayle ging voran. »Na, das ist doch was. Ich glaube, der Alte hat Ihnen zugeblinzelt, Sie können sich also jetzt schon darauf freuen. Okay, dann schauen wir mal, was wir hier haben.«

Er hatte einen schweren Schlüsselring vom Gürtel

genommen, den er nun bedächtig durchsah. Schließlich schob er einen großen Messingschlüssel mit hohlem Schaft ins kreisrunde Schlüsselloch. Er drehte den Schlüssel allerdings nicht herum, sondern drückte ihn nur hinein und zog ihn wieder heraus. Nach einem metallischen Klick-klack schob Gayle die Tür auf einer Schiene zur Seite. Gemeinsam betraten er und Kennedy einen dunklen Raum, in dem es so heiß wie in einem Backofen war.

»Es gibt eine Klimaanlage«, erklärte Gayle, der an den Schaltern an der Wand herumfummelte. »Braucht aber eine Weile.«

»Schon in Ordnung«, sagte Kennedy. Als das Licht flackernd anging, betrat sie einen großen Raum, der von Regalen unterteilt wurde. Auf der Seite, die der Tür am nächsten war, befand sich ein Schreibtisch, auf dem ein blauer und ein roter Ordner lagen.

Die Regale standen voller Kartons mit dem Logo einer Lagerfirma. Jeder Karton war zudem mit einer Nummer versehen. Gayle schlug den oberen Ordner auf, den blauen, um ihr die Hauptliste zu zeigen.

Er blätterte zur zweiten Seite mit dem Buchstaben B und fuhr mit dem Finger am linken Rand nach unten. »Michael Brand, Michael Brand, Michael Brand«, murmelte er. »Ja, hier ist er. Kiste Nummer 161.«

Die Kisten waren der Reihe nach sortiert: zweiter Gang, Nummer 161. Gayle zog sie heraus, nahm sie zum Schreibtisch mit und nickte Kennedy zu. »Bitte sehr, Sergeant.« Sie hob den Deckel von der Kiste und blickte hinein.

Jeder einzelne Gegenstand steckte in einer eigenen Tüte. Zumeist handelte es sich um Kleidungsstücke – ein Hemd, eine Hose, eine Jacke, Unterwäsche und Socken. In dem durchsichtigen Plastik sahen die Sachen auf den ersten Blick aus, als wären sie gerade aus der Reinigung gekommen, wo man allerdings schlechte Arbeit geleistet hatte. Fast überall waren noch schwarzrote Blutflecke zu sehen.

Auf dem Boden der Kiste lagen einige andere Gegenstände. Ein an einer Ecke ebenfalls rotbraun verfärbter Kassenzettel für eine Zeitung und ein Päckchen Kaugummi, bar bezahlt in einem der Läden am Flughafen von Los Angeles. Ein schwarzer Plastikkamm. Eine bereits geleerte Brieftasche sowie eine weitere Tüte mit den Scheinen und Münzen aus dieser Brieftasche im Gesamtwert von 89,67 Dollar. Ein offenes Päckchen Papiertaschentücher. Eine halbe Packung Kaugummi, wahrscheinlich die, auf die sich der Kassenzettel bezog. Und das war's: Mehr weltlichen Besitz von Michael Brand gab die Kiste nicht her.

»Kein Ausweis«, stellte Kennedy fest. Eigentlich hatte sie auch nicht damit gerechnet, war jetzt aber dennoch ein bisschen enttäuscht.

»Die Sachen aus dem Flugzeug wurden über einen weiten Bereich verstreut, und das hier in der Wüste. Höchstwahrscheinlich liegt der Ausweis noch irgendwo da draußen. Sofern ihn niemand gefunden und bei der Polizei abgegeben oder ihn gar als Andenken behalten hat. Oder verkauft hat. Aber sein Ausweis wurde beim Einchecken geprüft. Das steht in den Unterlagen.«

»Ich weiß«, erwiderte Kennedy. »Ich dachte gar nicht so sehr an den Ausweis.«

»Gepäck-Kontrollzettel?«

»Genau.«

»Das haben wir schon anhand der Passagier- und Frachtliste überprüft, die uns Coastal Airlines geschickt hat. Brand hatte keinen Koffer dabei. Auch kein anderes Gepäck.«

Mit Gayles Erlaubnis zog sich Kennedy Handschuhe

an und untersuchte die enttäuschende Ausbeute. Sie drehte den Kassenzettel um, ob auf der Rückseite etwas stand. Keine verborgenen Nachrichten, keine rätselhaften Listen. Sie durchsuchte die Brieftasche nach Zetteln, die übersehen worden waren, nach aufgerissenen Stellen im Futter, in die etwas hineingesteckt worden sein konnte, nach Schriftzeichen oder dergleichen auf dem Leder. Nichts.

Einer der Dollarscheine allerdings war gekennzeichnet: drei parallele Striche mit rotem Stift, die von oben in der Mitte nach rechts unten verliefen. Jemand hatte versucht, Benjamin Franklins Gesicht durchzustreichen, sein Ziel aber um mehr als einen Zentimeter verfehlt. Kennedy grübelte einen Moment über den Schein nach, bis sie aufgab.

»Was ist mit den Sachen, die nicht zugeordnet werden konnten?«, fragte sie.

»Davon gibt es eine ganze Menge«, antwortete er. »Kistenweise – die nehmen den größten Teil des letzten Gangs ein. Wir sprechen da über gut sechs- oder siebentausend Objekte. Ich glaube nicht, dass Sie in einem Tag damit durch wären.«

»Haben Sie eine Liste?«

»Aber selbstverständlich. Das ist der zweite Ordner. Der rote.«

Kennedy las die Liste durch, suchte nach etwas, das sich vom Allgemeinen abhob. Ihr Blick blieb an vielem hängen: *Teil eines gläsernen Einhorns; Medaillon mit Schädel und Marihuanablatt; mit der amerikanischen Flagge verzierter Dildo*. Doch woher sollte sie wissen, was Michael Brand dabeigehabt hatte oder was es für ihn bedeutet haben könnte? Auffälliger waren die fast vierzig Mobiltelefone, die ihren Besitzern nicht zugeordnet werden konnten. Doch als sie diese Seite aufschlug und zu Sheriff Gayle aufblickte, schüttelte der bereits den Kopf.

»Ich kann nicht zulassen, dass Sie eins davon einschalten, Sergeant«, lehnte er ab. »Ohne Durchsuchungsbefehl ist das illegal, und ohne einen hinreichenden Verdacht bekomme ich keinen. Und der liegt bei all diesen Menschen nicht vor. Nicht einmal für Ihren Michael Brand, wenn Sie es genau nehmen.«

»Nein«, stimmte Kennedy widerstrebend zu. »Vieles basiert mehr auf einem Bauchgefühl als auf etwas anderem.«

»Bauchgefühl ist völlig in Ordnung. Da soll mir keiner was gegen sagen. Aber es begrenzt meinen Handlungsspielraum. Es gibt Dinge, die ich tun, und andere, die ich nicht tun kann.«

Kennedy musste beinahe lachen. Das hätten ihre Worte sein können, bevor sie Tillman kennengelernt und sich so weit aufs offene Meer hinausgewagt hatte, dass sie kein Land mehr sah. »Das verstehe ich vollkommen, Sheriff«, sagte sie nur. Sie hielt immer noch die Tüte mit Michael Brands Bargeld in der Hand und zeigte sie Gayle. »Kann ich von diesem Ein-Dollar-Schein eine Kopie haben? Von dem mit den roten Strichen?«

»Klar. Ich trage ihn aus der Liste aus, dann können wir ihn mitnehmen. Connie kann ihn für Sie auf den Kopierer legen, während wir rüber ins Leichenschauhaus gehen. Meinen Sie denn, diese Striche haben etwas zu bedeuten?«

»Vielleicht ist das ein Code. Die Leute, mit denen wir es zu tun haben, scheinen auf Codes zu stehen. Könnte aber auch nichts zu bedeuten haben. Wahrscheinlich eher das. Aber ich möchte lieber noch mal darüber nachdenken.«

Gayle füllte mit ernstem Gesicht ein Formular aus

– erste Schublade –, lochte es mit einem winzigen Locher – zweite Schublade – und legte es in die Beweisakte. Dann, als die sich plagende Klimaanlage endlich einen merklichen Einfluss auf die überhitzte Luft in dem Aluminiumhangar nahm, traten sie wieder hinaus in die Wüste.

42

Also, wer sind denn Ihrer Meinung nach die Bösewichter in der Bibel?«, fragte Professor Gassan. Er stand am Tisch wie an einem Katheder, obwohl sie allein in dem Raum waren. Alte Gewohnheiten ließen sich schwer überwinden. Oder vielleicht wollte er nur die Rollenverteilung klarmachen.

Kennedy hatte noch weniger Lust auf eine Bibelstunde als bei ihrem ersten Gespräch. Das Leuchten in Gassans Augen legte sie lahm wie der Blick einer Schlange, die eine Ratte ins Visier nimmt. Doch wahrscheinlich konnte sie nur so das von Gassan erfahren, was sie wissen musste, und wahrscheinlich konnte er nur so trotz seiner Ängste und inneren Konflikte funktionieren.

»Kain«, antwortete sie unsicher. »Judas. Pontius Pilatus. Oder meinten Sie Stämme wie diejenigen, die nicht ›Schibboleth‹ sagen konnten?«

»Nein, ich meinte Einzelpersonen. Und ich war mir sicher, Sie würden Kain und Judas nennen. Die meisten Menschen würden wohl diese beiden Namen nennen. Das heißt, die meisten Menschen, die nicht der gnostischen Tradition angehören. Sie haben von den Gnostikern gehört, vermute ich.«

Sein scharfer Blick sollte ausdrücken, dass er auf seine eigene Art zum Punkt kam.

»Frühe christliche Sekte«, antwortete Kennedy. »In

Stuart Barlows Buch, wegen dem es zur Forschung am Rotgut-Kodex kam, sollte es darum gehen.«

»Genau. Aber sagen wir lieber Sekten, im Plural. Es gab viele von ihnen, und einige Glaubenssätze hatten sie gemeinsam. Die Gnostiker waren Nonkonformisten. Religiöse Extremisten. Und das waren sie schon lange vor Christi Geburt; er gab ihnen lediglich eine neue Richtung und neuen Schwung. Sie nahmen seine Lehre bereitwillig auf, weil er damit in ein Wespennest stach. Sie müssen sich gefühlt haben, als hätten sie einen geistigen Anführer genau nach ihrer Vorstellung gefunden.

Sie gingen von der Annahme aus, dass der größte Teil der Bibel – oder vielmehr die ganze Bibel, wie sie normalerweise weitergegeben wurde – reiner Blödsinn war. Das Geschmiere von Menschen, die nicht die Wunder verstanden, die sie bezeugten. Das Wort Gnostik kommt vom griechischen *gnosis*, das Wissen bedeutet. Diese Sekten glaubten, hinter allem stecke eine verborgene Wahrheit – hinter der Welt und hinter dem Wort. Als Gott zum Menschen sprach, wie er es zu Adam getan hatte, und zu Moses und später zu den Propheten des Neuen Testaments wie Johannes dem Täufer, gab er niemals nur einfache, eindeutige Wahrheiten weiter, weil das Universum kein einfacher Ort und die Wahrheit eine komplexe Sache ist, die vor den Augen und Ohren der gewöhnlichen Menschen verborgen werden muss.«

»Meinen Sie mit ›verborgenen Bedeutungen‹ Codes?«, fragte Kennedy.

Gassan hob streng eine Augenbraue. Er ließ sich nicht gerne unterbrechen. »Die Sache ist die, Sergeant Kennedy«, fuhr er in einschüchterndem Ton fort, »dass Ihre Feinde, also die Menschen, die Ihren Partner und Stuart Barlows Team umgebracht haben, eine andere Sichtweise auf die Welt haben als Sie. Ich versuche Ihnen zu gestatten, sie so zu sehen, wie sie sind, ohne die Parallaxenfehler, die sich durch Ihren eigenen Blickwinkel ergeben. Nein, ich meine nicht Codes im eigentlichen Sinn. Sie sind nur ein kleiner Teil dessen, was ich meine. Die Gnostiker verwendeten Verschlüsselungen, und die Verschlüsselung, die Barlow entdeckte, muss in diesem Kontext gelesen werden. Aber diese Menschen sahen die gesamte geschaffene Welt als einzige riesige, verborgene Botschaft – als den Willen und das Wort Gottes, ausgedrückt in anderen Dingen. Und sie glaubten, dass der größte Teil der heiligen Texte einfach nur ... ungeschickte Annäherungen an eine Botschaft sind, die die große Masse der Menschen überhaupt nicht verstehen kann. Das erzähle ich Ihnen, weil das, was ich jetzt sage, ansonsten seltsam klingen würde. In der gnostischen Tradition sind die biblischen Helden und Bösewichte andere als die, die Sie höchstwahrscheinlich als solche definieren würden.«

»Sie glauben, Jesus wechselte auf die dunkle Seite der Kraft?«

»Nein, die gnostische Tradition geht mit Jesus sehr freundlich um. Sie hat ein Problem mit Gott.«

Kennedy zuckte lächelnd mit den Schultern: *Gut, ich beiße an.*

»Die gnostischen Sekten glaubten, dass der Schöpfer und Herrscher unserer Welt, der allgemein als der höchste Gott und die Quelle alles Guten verehrt wird, ein weit geringeres Wesen war – ein mangelhaftes Gebilde, auch bekannt unter dem Namen Jaldabaoth. Der wahre Gott ist woanders, er entzieht sich unserer Wahrnehmung und steht weit über unserer Existenzebene.«

»Moment«, bat Kennedy. »Wenn diese Gnostiker abtrünnige Christen oder abtrünnige Juden oder was auch immer waren, dann mussten sie glauben, dass Gott die Welt erschaffen hat. Das steht doch da in der Bibel, gleich im ersten Kapitel, für alle, die es nicht schaffen weiterzulesen.«

»Mit Sicherheit hat ein Gott die Welt erschaffen. Aber welcher? Schließlich rühmen sich diese Menschen damit, zwischen den Zeilen zu lesen und Bedeutungen zu finden, die die Unwissenden übersehen. Gemäß ihren Lehren ist der höchste Gott ein Wesen von transzendenter Güte und Reinheit, das selbst nicht im Universum der erschaffenen Dinge wohnt. Innerhalb dieses Universums – unseres Universums – gibt es mächtige Wesen, die im Vergleich zum höchsten Gott Ameisen, für uns aber immer noch Götter sind. Eins dieser Wesen, ganz gleich, wie man es nennt, hat die Erde erschaffen. Und er, dieser Gott, freut sich noch immer, dass er von uns angebetet wird, auch wenn er es gemäß der Meinung der Gnostiker nicht verdient hat.«

»Warum nicht?«

»Warum was nicht, Sergeant? Bitte formulieren Sie Ihre Fragen als vollständige Sätze.«

Kennedy biss die Zähne zusammen. Ihr machte die Sache keinen Spaß. Ein von Toten gesäumter Pfad sollte nicht in einem Klassenzimmer enden, besonders nicht in einem, in dem man erst den Finger heben musste, bevor man sprechen durfte. »Warum verdient es der Gott, der die Welt erschaffen hat, nicht, angebetet zu werden?«

»Weil er so schlechte Arbeit geleistet hat. Weil er Böses, Krankheit, Armut und Hunger erschaffen hat; die unausgewogenen Jahreszeiten, die uns an zu großer Hitze oder großer Kälte sterben lassen; Flut und Feuer und Pest und all das. Offen gestanden hielten die Gnostiker die Welt für eine Stümperarbeit und wollten dem Schöpfer nicht auf die Schulter klopfen und sagen, wie toll er wäre. Sie blickten nach oben und an ihm vorbei, auf die Sphäre der Perfektion dahinter, die einige von ihnen manchmal, wenn sie sie denn mit einem Namen besudeln wollten, das Königreich von Barbelo nannten. Wenn man die Bibel auf diese Weise liest und Jahwe vor allem als anderen Namen für den unperfekten, begrenzten und begrenzenden Gott der gefallenen Welt sieht, wird die Bibel zu einer ganz anderen Geschichte. Diese biblischen Figuren, die Vorbilder für Gehorsam sind, werden zu Verrückten, die ihre Verrücktheit auf andere übertragen und die man besser meiden als verehren sollte. Adam ist ein Feigling, der das Joch freiwillig auf sich nimmt. Eva ist die tapfere Seele, die hinter den Vorhang blickt und nicht nach den Regeln spielt.«

»Und für ihre Sünden bestraft wird.«

»Sie werden beide bestraft, Sergeant. Ebenso wie ihre unbescholtenen Kinder und Kindeskinder und so weiter. Gott – der geringere Gott, Jadabaoth – ist ein Sadist und ein Psychopath. Wenn man tut, was einem gesagt wird, schützt es einen noch lange nicht vor seinem seltsamen Gerechtigkeitsempfinden. Somit sind die Helden des Ersten Buch Mose die ungehorsame Eva, die weise Schlange, die sie gelehrt hat, und Kain, ihr rebellischer Sohn. Und bei Jesus ändert sich die moralische Sichtweise noch radikaler.«

»Sie sagten, Jesus sei zum Helden geworden.«

»Ja.«

»Der Sohn Gottes.«

»Wessen Sohn?«

Kennedy atmete heftig aus. »Der Sohn des großen, reinen Gottes. Nicht des bösen.«

»Genau, Sergeant. Jesus kam von Barbelo und brachte der gefallenen Welt seine wertvolle Weisheit. Und obwohl er dafür starb, war auch dies ein Teil des Plans. Das klingt stark nach dem Neuen Testament, das Sie bereits kennen und lieben, vermute ich.«

»Klingt vertraut«, räumte Kennedy ein.

»Nun, machen Sie es sich nicht allzu bequem. 1983 bot in Genf ein Mittelsmann – kein Hehler, wenn man es genau nimmt, sondern jemand, der Hehler kannte und im Großen und Ganzen eine ähnliche Arbeit verrichtete – interessierten Körperschaften oder Institutionen ein Dokument zum Kauf an. Einen Kodex. Eine unvergleichliche Antiquität. Es war ein verlorenes Evangelium.«

»Sie haben mir einmal gesagt, es habe Hunderte solcher Dinger gegeben.«

»Aber keins wie dieses. Es war das Judas-Evangelium.«

»*Der* Judas? Der hinterhältige Judas Iskarioth? Der Mann, der den Messias verraten hat?«

»Oder«, ergänzte Gassan mit theatralischer Betonung, »der Mann, der zum Messias wurde.«

Er schwieg länger als nötig, um Wirkung zu erzielen, doch Kennedy wartete einfach ab. Sie war es satt, die Schülerinnenrolle zu spielen, die er ihr zugewiesen hatte. Schließlich sog er knapp die Luft ein und fuhr fort wie jemand, der Perlen vor die Säue warf: »Das so genannte Judas-Evangelium – mit offizieller Bezeichnung der Kodex Tchacos – ist ein schrecklich zerstörtes Dokument. Der größte Schaden entstand, als der Kodex von dem Idioten, der es ausgegraben hatte, sowie seinen Freunden, Agenten und Statthaltern durch die Welt gezerrt wurde in dem Versuch, mit einem Verkauf ein Vermögen zu verdienen. Sie taten alles, was man mit einem empfindlichen Papyrus nicht tun darf, außer sich vielleicht den Hintern damit abzuwischen. Man könnte ihnen verzeihen, wenn man weiß, dass einige seiner einstweiligen Hüter ihn lieber zerstören als verwahren wollten. So ist das Judas-Evangelium, wie es uns im Kodex Tchacos vorliegt, sehr fragmentarisch. Nur dreizehn der ursprünglich einunddreißig Seiten überstanden das Chaos zumindest teilweise, und der Zerfall und die Zerstörung waren extrem. Dennoch blieb genug erhalten, um deutlich zu machen, dass sich das vollständige Werk um ein erstaunliches Dokument handeln muss.«

»Erstaunlich in welcher Hinsicht?«, wollte Kennedy wissen.

»Der Kodex beleuchtet das Verhältnis zwischen Judas und Christus und stellt dieses Verhältnis als einzigartig und intensiv dar. Die anderen elf Jünger sind kaum mehr als Statisten. Sie verstehen nichts von Jesu wahrer Mission auf Erden, und manchmal verstehen sie etwas so falsch, dass Jesus schnippisch und sarkastisch mit ihnen umgeht. Judas hingegen versteht es – er versteht die Botschaft, ohne dass man sie ihm erklären muss. Er ist Gnostiker. Er weiß, dass eine große Wahrheit dahinterstecken muss, und er weiß, warum. Es ist folglich Judas, dem Jesus den heikelsten Teil seines Plans anvertraut.«

»Sie meinen, Jesus wollte eigentlich ...«

»Ja, Sergeant. Jesus bittet Judas, ihn zu verraten. Dies war wesentlich für seine Mission auf Erden. Er muss leiden und sterben, damit die Botschaft nie verlorengeht. Jemand, der ihm nahesteht und dem er vertraut, muss ihn angreifen und vernichten. Dank der Kraft dieser Erzählung würde seine Lehre in der Welt verbreitet werden. Judas war ein aktiver Kollaborateur in dem sorgfältig ausgearbeiteten Plan Christi.«

»Also gut«, sagte Kennedy. »Ich gebe zu, das ist neu für mich. Auch hochinteressant. Aber würde jemand deswegen auch töten?«

»Früher ja. Irenäus warnte in seinem *Adversus haereses*, von dem wir bereits gesprochen haben, ausdrücklich vor dem Judas-Evangelium. Athanasius von Alexandrien sprach in noch strengerer Weise davon, die Kirche von der Besudelung durch solche Texte zu säubern.

Menschen starben, weil sie das Judas-Evangelium lasen und verbreiteten. Viele Menschen starben, und sie – also die gnostischen Kirchen, die sich zum Glauben an Eva, Kain und Judas bekannten – verschwanden letztendlich aus der Geschichte. In der modernen Welt allerdings ... Das Judas-Evangelium in der gekürzten Form des Kodex Tchacos kursiert nun schon einige Jahre. Die uns vorliegende Übersetzung, also die Teilübersetzung mit Löchern, durch die ein Bus passen würde, stammt aus dem Jahre 2006 und wurde von Rodolphe Kasser und seinen Leuten angefertigt. *National Geographic* half bei der Finanzierung. Soweit ich weiß, wurde niemand aus der Gruppe erschossen, erstochen oder eine Treppe hinuntergestoßen.«

Wieder machte Gassan eine Pause und gab seine Scharade schließlich auf, als er sich mit einer Geste der Resignation setzte. Vielleicht hatte ihm die Erinnerung an Stuart Barlows Tod den Spaß an seiner Rolle des Lehrmeisters vermiest.

»Was ist dann jetzt anders?«, unterbrach Kennedy die Stille.

Gassan blickte auf seine im Schoß gefalteten Hände. »Der Rotgut-Text«, antwortete er mit völlig veränderter Stimme. »Er ist eine intakte Version des Judas-Evangeliums. Zudem enthält er einen Begleittext – Anweisungen an den, der den Text in seinem Besitz hat, darüber, was er mit der Botschaft tun soll und was nicht.«

»Fahren Sie fort«, forderte Kennedy ihn auf, weil es in diesem Moment so aussah, als würde Gassan zum Punkt kommen und dann doch wieder ausweichen, weil er das wahre Geheimnis nicht aufklären wollte oder konnte.

»Sehen Sie, wenn Jesus den Plan hatte, am Kreuz zu sterben, war der Jünger, der wusste, was dazu nötig war, der größte von allen. Er leistete der Gottheit einen unermesslich wertvollen Dienst. Wenn Christus uns rettete und erlöste, dann nur, weil Judas sich für ihn opferte.«

»Judas opferte sich?«, wiederholte Kennedy verdutzt. »Wieso hat Judas sich geopfert?«

Gassan zuckte mit den Schultern, als wäre die Antwort klar. »Die Achtung seiner Mitjünger. Die Gunst der ganzen Welt. Das Ansehen in der Geschichte. Und natürlich sein Leben, auch wenn das, wie man sich vorstellen kann, keine große Rolle spielte. Trotzdem lässt sich der Tod von Judas mit dem von Jesus vergleichen. Und in dem vollständigen Evangelium, ich meine in der von Barlow übersetzten Rotgut-Version, wurde Judas eine Belohnung für seinen treuen Dienst angeboten.«

»Dreißig Silberstücke?«

Gassan lächelte schwach. »Nein, das stammt aus einem anderen Evangelium. Matthäus, um genau zu sein. Doch die Zahl Dreißig kommt vor, so dass sich Matthäus wahrscheinlich auf etwas Bestimmtes bezog, als er diese Zahl nannte. Soll ich Ihnen den Text vorlesen?«

Kennedy zuckte mit den Schultern. »Schießen Sie los.«

Gassan griff wieder zu seinem Notizbuch. »Es gibt eine digitale Version«, erklärte er. »Ein kompletter Text, den ich Ihnen schicken werde. Ich schätze, Sie möchten ihn als Ganzes lesen, bevor Sie sich wieder in den Kampf begeben. Ich habe auch eine Kopie mit Barlows und meinen Anmerkungen an meinen Anwalt geschickt und ihn gebeten, nach meinem Tod alles zu veröffentlichen. Schließlich habe ich dann nichts mehr zu verlieren. Und ich habe mir das Recht verdient, in die Liste der Entdecker aufgenommen zu werden, wenn ich schon dafür sterben muss.«

Er suchte sich einen Platz und las mit fast tonloser Stimme vor:

»*Dann sagte Judas zu ihm: Alles wird geschehen, wie*

du es bestimmt hast, o Herr. Und Jesus sagte, ja, alles wird in dieser Weise geschehen. Und du wirst von ihnen verschmäht werden, die dich nicht kennen, doch danach wirst du höher emporgehoben werden als die, die dich hassen.

Und wann werde ich emporgehoben werden, o Herr?

Jesus sagte: Von dem Moment an, in dem ich zu euch spreche, bis zum Ende der Nachkommen Adams wird man deinen Namen verfluchen.

Doch mein Vater hat den Nachkommen Adams nur für eine bestimmte Zeit die Herrschaft gewährt. Danach wird er sie beenden, und die Welt könnte dir und den deinigen übergeben werden.

Und Jesus gab Judas dreißig Silberstücke und sagte: Wie viele Bronzeprutot habe ich dir gegeben? So viele Jahre werden die Nachkommen Adams die Freuden dieser Welt genießen. So viele Jahre wird ihr Recht währen. Doch dann werden sie vernichtet, und die Welt wird dir und den deinen auf immer gehören.«

Gassan blickte zu Kennedy auf. Vielleicht erwartete er eine Frage. Die einzige, die Kennedy einfiel, war ziemlich banal. »Wie lautete die Antwort? Wie viele Bronze-Dinger?«

»Dreitausend. Ein Schekel waren hundert Prutot. Dreitausend Jahre, dann würden die Nachkommen Judas' ihren Platz auf dem großen Stuhl einnehmen.«

»Dann haben wir vermutlich noch ein bisschen Zeit.«

Gassan runzelte die Stirn. »Wie kommen Sie darauf, Sergeant?«

Kennedy zuckte mit den Schultern. »Selbst wenn das Evangelium gleich nach Christi Tod geschrieben wurde, sind seitdem nur zweitausend Jahre vergangen.«

»Stimmt. Leider zählte in der damaligen Zeit in Judäa niemand von Christi Geburt an. In Judäa und Samaria, wo dieser Text vermutlich geschrieben wurde, zählte man üblicherweise ab der Vereinigung der Stämme, und die erfolgte 1012 vor Christus. Das war also vor etwa 3020 Jahren. Ich verderbe Ihnen die Stimmung nicht gerne, aber unsere Zeit ist abgelaufen.«

Kennedy schloss die Augen und rieb sie mit Daumen und Zeigefinger. Sie hatte noch keine Kopfschmerzen, spürte jedoch bereits, wie Gewitterwolken in ihrem Schädel aufzogen. »Okay«, sagte sie schließlich. »Wir haben also einen Teil der gnostischen Bibel, und die war einst ein großes Geheimnis. Bis hierhin kann ich Ihnen folgen, Professor. Aber irgendwo fehlt mir noch ein Stück. Niemand tötet für ein Wort. Oder zumindest ... nicht für ein Wort, das so alt ist.«

Gassans depressive Stimmung verflog in seinem Ärger, während er in abgehackten Bewegungen mit den Armen umherfuchtelte. »Du meine Güte, Sergeant! Alle töten für Worte! Wofür denn sonst? Geld? Geld sind die Worte einer Regierung, indem sie behauptet, es wäre Gold. Gesetze sind die Worte von Richtern, die sagen, wer in Freiheit leben darf und wer nicht. Bibeln ... Bibeln sind die Worte Gottes, die besagen, tu alles Böse, was du tun willst, und dir wird trotzdem vergeben. Alles läuft auf Worte hinaus. Und in jedem Fall glauben die Menschen, die dafür töten, dass sie ihnen gehören.«

Plötzlich schien er zu merken, dass er in dem leeren, hallenden Raum zu laut geworden war. Verärgert wandte er sich von Kennedy ab und deutete mit oberflächlicher Geste auf sein Notizbuch.

»Lesen Sie es«, schlug er vor. »Lesen Sie alles. Nicht nur das Evangelium, sondern auch die Worte um das Evangelium herum – die Botschaften, die dazugehören. Sie müssen sich selbst ein Bild davon machen.«

43

Das Leichenschauhaus lag weit abgelegen in Bullhead. Anscheinend behielt Peason nichts innerhalb seiner Stadtgrenzen, sondern verlagerte alles nach draußen.

Bullhead allerdings unterschied sich sehr von Santa Claus. Es war ein kleines, aber geschäftiges Städtchen, und im Leichenschauhaus ging es sogar noch geschäftiger zu. Kennedy konnte kaum glauben, was hier los war, wie viele Kühlräume es gab und wie viele davon an den Türen als belegt gekennzeichnet waren. Auf dem Parkplatz waren sie an mehreren fensterlosen Transportern mit riesigen aufgesetzten Kühlaggregaten vorbeigekommen. Kennedy hatte lange genug bei unterschiedlichen Einsatzkräften gearbeitet, um zu wissen, wozu sie dienten: als mobile Kühleinheiten, die für gewöhnlich in Katastrophengebieten eingesetzt wurden, um rasch viele Tote auf Eis zu legen und die Ausbreitung von Seuchen zu vermeiden.

»Was ist hier denn los?«, wollte Kennedy wissen, als sie mit Gayle vom dampfenden Asphalt in die klimatisierte Kälte trat.

Er verstand zunächst nicht, was sie meinte, bis er ihrem Blick folgte und stöhnte. Er setzte gerade an zu sprechen, als ein junger Assistent, der noch keine zwanzig zu sein schien, bereits in seinem weißen Kittel und mit einem professionellen Lächeln auf sie zukam, das er sich von seinen Vorgesetzten abgeschaut haben musste. »Das erzähle ich Ihnen später«, murmelte Gayle. »Das ist ein Tabuthema hier.«

Brands Leiche sei nicht mehr da, berichtete der Assistent unnötigerweise. Sie sei drei Wochen zuvor zur Beerdigung freigegeben worden, wobei die Behörde beschlossen habe, sie zusammen mit zwei weiteren Leichen vom Flugzeugabsturz, auf die kein Anspruch erhoben worden war, zu verbrennen. Aber der Sheriff wisse doch sicher schon Bescheid.

»Wir sind nicht gekommen, um uns die Leiche anzusehen«, unterbrach Gayle ihn. »Nur die Akten.«

»Die Akte ist öffentlich zugänglich. Sie ist abrufbar über …«

»Ja, aber das ist nur eine Zusammenfassung. Ich meine die vollständige Akte mit allem Drum und Dran, den Fotos und Ausdrucken und so. Ich habe die Befugnis zur Einsicht, und die County-Verwaltung hat bereits zugestimmt, aber vielleicht möchten Sie das bei Ihren Vorgesetzten überprüfen. Wir warten gerne, wenn Sie dafür nicht länger als zwei Minuten von meinem ohnehin schon vollen Tag in Anspruch nehmen.«

Mundtot gemacht, schlenderte der Kerl ohne ein weiteres Wort davon. Kennedy war beeindruckt. Gayles Stil, eine Mischung aus viel Wärme, verfeinert mit einer kleinen Portion Einschüchterung, und das Ganze mit einer stahlharten Grundlage versehen, warnte sein Gegenüber, sich nicht mit ihm anzulegen, und schien wie ein Zauber zu wirken. Kennedy war froh, dass sie sich nicht selbst in diesem Labyrinth zurechtfinden musste.

Der Assistent brauchte längst keine zwei Minuten, bis er zurückkam. Er führte die beiden in ein winziges, fensterloses Büro.

Mit Hilfe seines Log-in-Namens und seines Passwortes öffnete der Assistent die Datei auf dem Rechner, bat sie höflich, ohne Gayle auch nur einmal direkt in die Augen zu blicken, sich ausschließlich an die Datei zu halten, um die sie gebeten hatten, und ging wieder.

»Brauchen Sie mich hier?«, fragte Gayle.

»Nein«, antwortete Kennedy. »Danke, Sheriff, ich komme schon zurecht.«

»Gut. Ich muss noch ein paar Telefonate erledigen und besorge mir währenddessen einen Kaffee. Soll ich Ihnen einen mitbringen?«

Kennedy bat um einen mit Milch und ohne Zucker. Als Gayle gegangen war, tauchte sie in die nackten Tatsachen der Datei ab.

Brands Leiche wies, wie die meisten Leichen derer, die durch den Absturz ums Leben gekommen waren, zahlreiche Schürf- und Quetschverletzungen, Reibungsartefakte und Barotraumata auf. Die Liste war eineinhalb Seiten lang und ließ sich in drei Worte zusammenfassen: Brand war Matsch. Bei einem dermaßen zerstörten Körper hatte die Feststellung der Todesursache wenig Sinn, auch wenn die üblichen Schlussfolgerungen mit den üblichen Vorbehalten gezogen worden waren. Die Lungen waren geplatzt, als der Druck in der Kabine plötzlich abgefallen war. Die Sauerstoffkonzentration im venösen Gewebe ließ darauf schließen, dass eingeschlossene Luft durch die Lungen in den Brustkorb gepresst worden war, wo sich sowohl in den größeren als auch den kleineren Blutgefäßen Blasen gebildet hatten. Das Herz müsste kurz darauf stehengeblieben sein, doch es hätte in jedem Fall unter Sauerstoffmangel gelitten. Bewusstlosigkeit und Tod waren so schnell eingetreten, dass Brand beim Aufprall unmöglich noch gelebt haben konnte.

So weit der grobe Rahmen. Im Folgenden wurden einzelne Beobachtungen und Spekulationen aufgeführt, die zu keinen eindeutigen Schlussfolgerungen führten:

Abschürfungen an Brands Handknöcheln könnten auf eine körperliche Auseinandersetzung mit einem anderen Passagier aufgrund der Panik beim ersten Absacken schließen lassen. Abgebrochene Fingernägel und Schäden an den Fingerkuppen beider Hände waren schwieriger zu erklären. Hatte er sich vielleicht am Tür- oder Fensterrahmen festgeklammert und versucht zu entkommen? Jedenfalls schien Brand auf den Beinen gewesen zu sein, als der Kabinendruck abgefallen war, weil nicht angeschnallte Passagiere mehr und über den ganzen Körper verteilte Traumata aufwiesen als diejenigen, die angeschnallt waren. Angeschnallte Passagiere wiesen Verletzungen über den Hüften auf, die daher rührten, dass der Körper beim Absacken des Flugzeugs gegen den Gurt gepresst wurde. Diese Verletzungen waren bei Brand nicht festgestellt worden.

Allerdings hatte er eine Menge Narben aufgewiesen. Der die Autopsie durchführende Arzt hatte sie haarklein aufgelistet. Schusswunden, Stichwunden, Aufprallwunden, alle aus früheren Begegnungen mit dem Tod, alle so alt, dass sie fast vollständig verheilt waren. An einer Stelle hatte eine Stichwunde das Narbengewebe einer älteren Verletzung gekreuzt, was dem Leichenbeschauer, der sich über Michael Brands Lebensstil gewundert haben musste, ein Ausrufezeichen wert gewesen war. In Anbetracht seines Alters verfüge er über eine erstaunlich lange Vorgeschichte, was seine Verletzungen betraf. Der Leichenbeschauer habe, so stand es im Bericht, noch nie einen Berufssoldaten gesehen, der am Ende seines aktiven Berufslebens eine derart faszinierende und vielfältige Sammlung an Narben aufgewiesen habe.

In Anbetracht seines Alters? Kennedy blätterte zum Anfang des Dokuments zurück und sah in der Zusammenfassung von Michael Brands Ausweisdaten nach, die als Anhang beigefügt waren. Anschließend öffnete sie die Fotos.

Es gab mehrere Fotos vom Gesicht, das, soweit Kennedy sagen konnte, immer dasselbe war – aufgedunsen, verschmiert und fleckig von geplatzten Blutgefäßen. Es könnte sich um jeden x-beliebigen Mann in einem x-beliebigen Alter handeln. Doch wie alt war er tatsächlich gewesen? Wie lange hatte Michael Brand gelebt, bevor er wie Ikarus vom Himmel gefallen war?

Nicht lange genug, lautete die Antwort. Oder zu lange, je nachdem, wie man die Sache sah.

Die Tür wurde von außen aufgetreten und knallte gegen die Wand. Kennedy sprang auf, drehte sich gleichzeitig um und hob in Verteidigungshaltung die Hände.

Es war Gayle, der die Tür mit dem Schuh aufgestoßen hatte, weil er in jeder Hand einen Becher Kaffee hielt.

»Tut mir leid, Sergeant.« Er blickte sie sorgenvoll an. »Ich wollte Sie nicht erschrecken. Ich unterschätze schon mal meine Kraft.«

Mit klopfendem Herzen ließ sie ihre Hände wieder sinken. Als sie ihm einen Becher abnahm, sah sie an seinem Blick, dass er das Zittern ihrer Hand bemerkte. Er ließ es sich in seiner Stimme allerdings nicht anmerken, als er fragte, ob sie gefunden habe, was sie suche.

»Ich habe … da was«, antwortete sie.

»Freut mich, das zu hören. Etwas Gutes?«

»Ich denke, ich habe Michael Brand bei einer Lüge erwischt. Bei einer großen vielleicht. Darf ich noch ein paar Minuten weitermachen?«

»Hier läuft keine Stoppuhr«, beruhigte er sie. »Nur zu. Ich beobachte den Verkehr.«

Kennedy schrieb ihre Notizen zu Ende, aber auch nur der Form halber, damit sich ihr Atem und ihr Puls wieder beruhigten. Dennoch bemerkte sie ein winziges Detail in dem Bericht. *Umfangreiche Schäden an den serotonergen Neuronen lassen sich weder einzeln noch als Ganzes durch andere Verletzungen erklären oder mit diesen in Verbindung bringen. Gemeinsam mit einem 5-HT-Abbau im Hippocampus deutet der Nervenschaden auf eine wiederholte Einnahme einer sympathomimetischen Droge wie Methamphetamin in extrem hohen Dosen und über lange Zeiträume hinweg hin.*

Wie kommt es, dass jemand blutige Tränen weint? Stress oder Drogen, hatte Ralph Prentice gesagt. Sie glaubte, in diesem Bericht einen Hinweis auf diese Drogen zu erkennen. Michael Brand – und wahrscheinlich die bleichen Mörder, denen sie mittlerweile zwei Mal begegnet war – verwendeten eine Substanz aus der Gruppe der Methamphetamine, möglicherweise um Geschwindigkeit, Stärke und Wachsamkeit zu fördern. Und es kostete sie einiges, nämlich ihre Gesundheit. Selbst als Polizistin mit sehr geringer Erfahrung im Drogenbereich wusste sie genug über eventuelle Folgeschäden. Im Moment half ihr ihre Beobachtung nicht weiter, könnte sich aber später als nützlich erweisen.

Sie schloss die Datei und blickte auf. Gayle beobachtete überhaupt nicht den Verkehr, sondern sie, und zwar mit nachdenklichem, vielleicht auch erwartungsvollem Blick.

Er war eine Seele professioneller Diskretion gewesen, aber er hatte ein Recht auf Informationen. Doch wie konnte sie die Theorie erklären, die sie sich zusammenreimte? Wie vor allem konnte sie diese Theorie einem schlichten, sympathischen, unkomplizierten Mann erklären, der eine natürliche Freundlichkeit zur Schau trug, die, wie sie dachte, keinen Platz mehr in der Welt hatte?

»Mir gehen verrückte Gedanken durch den Kopf«, sagte sie beinahe entschuldigend.

Gayle hob seine Augenbrauen, um sie trotz ihrer Vorbehalte aufzufordern weiterzureden.

»Ich denke, Brand könnte die Antwort auf eine Ihrer Fragen sein. Ich denke, vielleicht hat er das Flugzeug zum Absturz gebracht.«

Gayle blickte sie leicht verdutzt an. »Wie kommen Sie darauf?«

Kennedy zeigte ihm, was sie in den Akten gefunden hatte – den Beweis, dass Brand gekämpft hatte, und die verletzten Fingerkuppen, die darauf hindeuten konnten, dass er versucht hatte, die Kabinentür zu öffnen. Viel war das nicht, wenn man es genau betrachtete, doch Gayle nickte nachdenklich.

»Brand kam spät an Bord«, berichtete er. »Das habe ich von der nationalen Flugbehörde erfahren, die ich gerade angerufen habe. Er hat sein Ticket erst gekauft, als die anderen Passagiere bereits einstiegen, und kam eine Minute vor Schluss zum Gate. Er hatte es eilig, nach New York zu gelangen, das jedenfalls ist sicher.«

»Vielleicht auch nicht«, gab Kennedy zu bedenken. »Vielleicht hatte er es nur eilig, dieses spezielle Flugzeug zu erreichen.«

»Damit er es sabotieren konnte?«

»Möglicherweise«, antwortete Kennedy unverbindlich. »Ja. Ich glaube, ja.«

»Warum?«

»Es kam doch aus Mexiko, oder?«

»Mexiko-Stadt.«

»Wie kam es rein? Wie sah der Flugplan aus?«

»Ich habe keine Ahnung, Sergeant. Meistens lenken die Gesellschaften ihre Flugzeuge über Wasser, wenn es geht, deswegen vermute ich, es kam über den Golf von Kalifornien und schnitt die südwestliche Ecke des Bundesstaats, bevor es nach Westen abbog.«

»Was ist da unten, Sheriff?«

»Die Wüste. Dann Tucson. Dann wieder Wüste.«

Kennedy dachte nach. »Lässt sich herausfinden, ob während des Flugs die Route geändert wurde?«, fragte sie schließlich.

»Vermutlich. Die Luftfahrtbehörde speichert solche Sachen zwanzig Jahre lang, wenn ich mich richtig erinnere. Warum? Woran denken Sie?«

Das, woran sie dachte, klang sogar für sie selbst lächerlich. Sie schüttelte den Kopf, was entweder hieß *ich weiß es nicht* oder *das kann ich nicht sagen.*

Gayle jedenfalls schien das Kopfschütteln als die einzige Antwort zu akzeptieren, die er im Moment erhalten konnte. »Ich rufe die Luftfahrtbehörde vom Wagen aus noch einmal an«, sagte er, während er seinen Kaffeebecher ordentlich im Mülleimer entsorgte. »Verschwinden wir von hier.«

Auf dem Rückweg nach Peason erinnerte sie sich daran, dass er ihr die Sache mit den Kühlwagen erzählen wollte.

Gayle dachte eine Weile über die Frage nach, als suchte er nach der besten Antwort. »Hm, diese Sache passiert jeden Sommer«, begann er schließlich. »Es kommen eine Menge illegale Einwanderer aus Mexiko über die Grenze. Früher war das hier nur ein Problem des südlichen Teils von Arizona, rund um Tucson. Aber die Patrouillen wurden verstärkt, weil der Gesetzgeber gesagt hat, wir müssten härter dagegen vorgehen. Deswegen müssen sich die Kojoten – die Menschenhändler – von den Städten und Straßen fernhalten. Die Übergabe findet dann in der Wüste statt. Sie überqueren die 8 und die 10, bevor sie sich nach Osten wenden. Und da gibt es eine Menge Wüste. Jedes Jahr, vor allem im Sommer, schaffen es viele nicht.«

»Meine Güte.« Kennedy war entsetzt. »Aber wenn in jeden dieser Transporter ... Wie viele? ... zehn oder zwölf Leichen passen, dann heißt das ...«

»Selbst hier weiter oben im Norden können es in einem schlechten Monat zwanzig oder dreißig sein. Außerdem nehmen wir den anderen Städten weiter südlich noch welche ab, wenn die ihre Arbeit nicht schaffen. Es sind Hunderte, Sergeant. Vielleicht Tausende. Jährlich. Leichen verkommen in der Wüste sehr schnell. Sie werden mit Sand zugeweht, manchmal aufgefressen. Dann kann man nicht einmal sagen, ob die Knochen ein Jahr oder mehrere Jahrhunderte alt sind. Deswegen gibt es keine genaue Zählung.«

Kennedy sagte nichts, doch ihr fiel ein Zitat ein, das sie einmal in einem Geschichtsbuch gelesen hatte. *Armes Mexiko – so weit von Gott entfernt und so nahe an den Vereinigten Staaten.*

»So viele Kühlwagen habe ich nur ...«, überlegte sie.

»... nach einem Erdbeben oder so was gesehen«, ergänzte Gayle. »Nach einer Katastrophe. Nun, das hier ist unsere Katastrophe. Armageddon in Arizona. Aber in Zeitlupe.«

Es fiel beiden schwer, das anschließende Schweigen zu brechen. Nachdem auch ein lockeres Gespräch nicht mehr möglich war, meldete sich Gayle per Funk im Büro und bat Connie, sich ein zweites Mal mit der Luftfahrtbehörde in Verbindung zu setzen und ihm das Gespräch durchzustellen. Offenbar neugierig geworden, bot Connie an, Gayles Fragen selbst weiterzuleiten. Gayle lehnte freundlich dankend ab.

Doch der Anruf erwies sich als Zeitverschwendung. Der Flugplan der CA 124 war am Tag des Absturzes vorschriftsmäßig eingehalten worden. Das Flugzeug war, wie Gayle vermutet hatte, über den Golf, westlich von

Tucson und über Puerto Peñasco geflogen, ab da über eine Menge Nichts, bis es über Lake Havasu City in Richtung L. A. abgebogen war.

Kennedy blickte aus dem Fenster zur Wüste, durch die sich die Straße wie ein Verlängerungskabel schlängelte und Arizona mit der Welt dahinter verband, die man so leicht vergessen konnte. Der süße, starke Geruch von wildem Salbei drang durchs offene Fenster.

Warum sollte jemand ein Flugzeug abstürzen lassen? Warum von der »Ein Mord nach dem anderen«-Strategie zur Tötung von Massen wechseln, die in den Kühlfächern bereits überlasteter Leichenschauhäuser gelagert werden mussten?

Angenommen, sie hatte recht mit ihrer Sabotagetheorie, welcher Grund wog so schwer, dass die Maschine von Flug 124 abstürzen musste?

44

Mit einem Gefühl, dass das, was sie las, immer unrealistischer wurde, blätterte Kennedy durch die Seiten dessen, was Gassan als vollständiges Transkript bezeichnet hatte.

»Das da …«, begann sie, doch der Satz, den sie auszudrücken versuchte, ergab keinen Sinn. Sie musste von vorne beginnen. »Das Evangelium … hier an dieser Stelle geht es nicht mehr um Judas, sondern um …«

»Es ist eine Art Metakommentar«, kam ihr Gassan zu Hilfe. Er stand wieder am Fenster, als gelüstete es ihn nach dem schwachen Licht, das von dort eindrang. Das Haus verfügte im Erdgeschoss über keine Fenster, und die im oberen Stock blieben verrammelt, wenn die Sicherheitsstufe der Bewohner dies erforderte. »Abschnitte wie diese kommen auch im Alten Testament vor. Und im Koran, soweit ich weiß. Es sind Anweisungen, wie mit dem heiligen Text umgegangen werden darf. Eine vollständige Botschaft umfasst Anweisungen, die ihr eigenes Überleben sichern. Das Rezept beschreibt nicht nur den Kuchen, sondern auch die Anleitung für weitere Rezepte.«

»Aber …« Kennedy hatte mit den unvertrauten Gedankengängen zu kämpfen, die sie erst gar nicht verstehen wollte. »Die Strafen, die hier aufgelistet sind. Sie meinen doch nicht …«

Gassans hohles Lachen ging ihr auf die Nerven. »Ich meine gar nichts. Denken Sie aber mal darüber nach, was passierte, als dieser amerikanische Prediger, Jones oder wie er hieß, drohte, den Koran am Ort des Terroranschlags vom 11. September zu verbrennen. Islamisten sprengten in Irak Kirchen in die Luft. Dutzende Menschen starben. Einige behaupten, die unflexible Interpretation des Wortes Gottes sei das Wesen des Fundamentalismus. Das göttliche Wort, so der Fanatiker, vergegenständlicht sich, eine physikalische Sache, die wirklich existiert. Und da das Wort Gottes auch ein Eckpfeiler der Existenz ist, muss es verehrt werden. Menschen, die so denken, scheinen sich nicht von ihrer Vernunft leiten zu lassen, wenn es darum geht, sich an denjenigen zu rächen, die sie als Feinde des Wortes betrachten.«

Gassan senkte den Blick auf den Stapel Papier in Kennedys Hand. »Ich nehme an, dass Sie bei dem Abschnitt auf Seite einundvierzig sind, wo es heißt: *Dieses Testament darf nicht von Menschen …*«

Kennedy nickte und las laut vor: »*Dieses Testament darf nicht von Menschen, die nicht gleichen Blutes sind, gelesen oder diesen bekannt oder ihnen zugänglich gemacht werden. Wenn sie aber davon erfahren, sollen sie niedergestochen werden …*«

»*… und ihre Münder werden verschlossen und ihre Tage gezählt*«, fuhr Gassan mit dem Zitat fort. »*Denn seine Abmachung traf er nicht mit ihnen, sondern mit uns, die wir unser Leben von Judas, von Kain und deren Vater, der Schlange, erhalten haben.*« Gassan stoppte und zog die Mundwinkel nach unten, als würde er gleich anfangen zu weinen. »Das war ihr Todesurteil«, murmelte er. »Barlow hat die Antwort ausgearbeitet, und sie töteten ihn dafür.«

Kennedy merkte, wie die in ihr wachsende Wut ihre Atmung beschleunigte. Sie hatte sich einige Zeit dagegen gewehrt, doch ohne großen Erfolg, weil sie nicht verstanden hatte, woher sie rührte. Jetzt war es ihr klar, was ihr aber auch nicht half, ihre Gefühle im Zaum zu halten. Es war die gleiche Wut, die auch Tillman gespürt haben musste. Sie hatte die falsche Antwort erhalten. Die nüchterne Erklärung und ihre Alpträume schienen in einem grotesken, schrecklichen Widerspruch zu stehen.

»Gnostiker.« Sie betonte das Wort, als sagte sie Pfuscher. »Sie erwarten doch nicht, dass ich glaube, da draußen würden Gnostiker rumlaufen und Leute umbringen, weil sie ihre Sicherheit gefährdet sehen. Und das auf der Grundlage eines zweitausend Jahre alten *Textes.*«

Sie klang ausgesprochen sarkastisch, doch Gassan nickte nur. »Ich bezweifle, dass sie sich heute noch Gnostiker nennen, Sergeant«, bemerkte er mit sanfter Stimme. »Falls sie das überhaupt jemals taten. Stellen Sie sie sich eher als das Volk Judas' vor, auch wenn sie behaupten, dass ihre Abstammungslinie nicht nur bis zu Judas, sondern bis zum Anbeginn der Zeit der Menschheit reicht – und wir müssen annehmen, dass sie in die Schriftrollen vom Toten Meer Botschaften einbetteten, die Stuart Barlow von seinem Thema abbrachten. Darüber jedenfalls habe ich mir Gedanken gemacht.«

»Echt?« Kennedys Lachen klang schroff und gemein. »Haben Sie sich Gedanken darum gemacht, ob Sie träumen?«

»Ich habe mir Gedanken darüber gemacht«, wiederholte er, »ob sie, als sie von Kain und Judas sprachen, eine faktische Abstammungslinie im Kopf hatten oder etwas Spirituelleres. In gewisser Hinsicht wäre jeder, der sich gegen Jaldabaoth auflehnt, den unrechtmäßigen Gott, der die Menschen unterdrückt und tyrannisiert, ein spiritueller Nachkomme von Kain und Judas, doch *unser Leben erhalten haben* legt eine eher wörtliche Deutung nahe. Ein Judas-Stamm.«

»Ich wiederhole: Ein zweitausend Jahre altes Dokument …«

»Ihre Morde, Sergeant«, fiel er ihr ins Wort, »wurden eindeutig im Hier und Jetzt begangen.«

»Genau.« Sie warf ihre Hände nach oben. »Und deswegen glaube ich nicht, dass sie von Gnostikern begangen wurden.«

Gassan neigte den Kopf leicht zur Seite – eine herablassende, wütend machende Geste, die ausdrückte, dass er sehr genau hörte, was sie sagte. »Wissen Sie, was Judas' Name bedeutete?«

»Judas? Ist das nicht nur eine andere Form von Judah? Der Löwe?«

»Judah bedeutete nicht ›Löwe‹, sondern ›Lobpreis‹. Der Löwe war nur sein Symbol. Aber ich meinte Judas' anderen Namen, Iskarioth.«

»Ich habe keine Ahnung«, gab Kennedy zu.

»Es gibt zwei Theorien. Eine bezieht sich auf einen Ort, auf eine Stadt. Judas aus Kerioth. Die andere besagt, dass der Name seine Zugehörigkeit zu einer bestimmten Gruppe kennzeichnete. Und der Name dieser Gruppe wiederum bezog sich auf ihre Lieblingswaffe …«

Als Kennedy später nach London hineinfuhr, gingen ihr Gassans nächste Worte immer wieder durch den Kopf. Irgendwo während dieser vielen Wiederholungen nahm die Idee vom Volke Judas' für sie Gestalt an. Oder welchen anderen Ausdruck hatte der Professor dafür verwendet? Sie vergegenständlichte sich – sie wurde zu etwas Realem, mit dem sie jetzt umgehen musste.

»… ihre Lieblingswaffe, ein kurzes Messer – eine Sica. Judas Iskarioth könnte ›Judas Sicarius‹ bedeutet haben. ›Judas, der Dolchträger‹. Und Sie wissen, welches Messer ich meine, Sergeant Kennedy, weil es gegen Sie und Ihren armen Kollegen eingesetzt wurde. Diese Leute haben einen Sinn für Tradition. Oder vielleicht sehen sie ihre einzelnen Kämpfe als Phasen einer großen, Jahrhunderte währenden Schlacht.«

Also ein verlorener Stamm. Nein, nicht verloren, sondern verborgen. Eine vollständige Rasse, die sich aus der Welt zurückgezogen und ihre Fußabdrücke mit Sand bedeckt hatte, damit niemand mehr etwas von ihrer Existenz wusste. Doch wann immer es nötig war, kamen sie aus ihrem Versteck hervor. Nicht alle, aber einige, wie Gassan beim Abschied eindrücklich erklärt hatte.

»Seite 53, Sergeant. Das Volk Judas' schickt zwei Arten von Boten in die Welt, um mit der gewöhnlichen Menschheit in Kontakt zu treten: die *Elohim* und die *Kelim*, die Boten und die Gefäße. Ich weiß nicht, was die Gefäße taten, doch was die Boten taten, geht eindeutig aus den Worten hervor: *Schicke deine Elohim aus, wo sie gebraucht werden, damit niemand Leid oder Verfolgung über das Volk bringt. Die, die dem Volk Schaden zufügen, sollen aufgehalten, ihre Augen sollen versiegelt und die Grabplatte soll über ihnen verschlossen werden. Die, die dies tun, sind in Gottes Augen heilig und gerecht.* Die Boten waren geweihte Mörder, Sergeant. Und dafür halten sie sich noch immer. Ich denke, dies sind die Menschen, mit denen wir es zu tun haben.«

»Hurensöhne!«, murmelte Kennedy.

Gassan nickte finster. »Vergessen Sie nicht, dass sie sich als Nachkommen nicht nur von Großvater Judas, sondern von Ururururgroßvater Kain sehen. Vielleicht sind sie deshalb so vertraut mit Mord. Es liegt ihnen im Blut.«

45

Gayle setzte Kennedy im Hotel ab. Er habe noch andere Dinge zu erledigen, hatte er gesagt, so dass er sie eine Weile sich selbst überlassen müsse. Doch später werde er gerne wieder ihren Chauffeur spielen.

Oben in ihrem Zimmer schaltete Kennedy den Laptop ein und schickte Tillman eine weitere E-Mail. Als Dreingabe rief sie ihn noch an. Sie wusste, er würde nicht antworten, doch sie hinterließ eine Nachricht.

»Leo, ich muss Ihnen was erzählen. Etwas wirklich Wichtiges. Es ändert alles und bedeutet, dass Ihre Spur nicht im Sande verlaufen ist. Rufen Sie mich an. Oder antworten Sie auf meine E-Mail. Nur tun Sie was, damit ich weiß, dass Sie meine Nachrichten erhalten haben, und dann erzähle ich es Ihnen. Aber ich werde es nicht ins Leere hinausrufen. Sie wissen verdammt gut, warum. Rufen Sie mich an. Bitte.«

Sie hatte vorgehabt, anschließend einige Dinge zu recherchieren, doch gut eine halbe Stunde lang ging sie, unfähig, sitzen zu bleiben, im Zimmer auf und ab und beschäftigte sich sinnlos mit den wenigen Sachen, die sie mitgebracht hatte.

Schließlich rief sie Tillman erneut an. »Ich noch mal«, meldete sie sich. »Leo, der Michael Brand, der beim Flugzeugabsturz starb, war Ende zwanzig, was heißt, er war ein Kind, als Rebecca verschwand. Er passt also ganz und gar nicht auf die Beschreibung von damals. Es handelt sich um einen anderen Mann. Ich denke, es ist immer ein anderer Mann. Möglicherweise gab es nie einen Michael Brand. Es ist nur ein Name, den sie für ihre Aktivitäten verwenden. Sie haben Leute, die nennen sie Boten. Vielleicht heißen alle ihre Boten Michael Brand. Bei aller Liebe, rufen Sie mich an, ja? Und wenn Sie mich nicht anrufen, dann lesen Sie wenigstens meine verdammten E-Mails. Ich brauche Sie!«

Zumindest fühlte sie sich jetzt ein bisschen erleichtert, so dass sie sich endlich doch an die Arbeit machen konnte. Zunächst rief sie ein paar Landkarten von Arizona auf. Ganze Webseiten widmeten sich diesem Thema und boten jede Art von Karten und Diagrammen. Außerdem entdeckte sie eine Seite, auf der sie zwischen einer einfachen schematischen Karte und einer Satellitenkarte wechseln konnte. Zwei Stunden lang verfolgte sie die Route von Flug 124, wobei sie beide Seiten des Golfs von Kalifornien und die mexikanische und kalifornische Wüste bis zum Lake Havasu unter die Lupe nahm.

Sie wollte sich nicht eingestehen, was sie eigentlich suchte, doch sie fand ohnehin nichts – nichts, was ihr ungewöhnlich vorkam. Nichts Geheimnisvolles, nichts Unbeschriftetes und nichts Widersprüchliches. Nichts – los, sag es! –, was mitten in der Wildnis als geheimes Versteck für durchgeknallte Mörder hätte dienen können. Und mit Sicherheit wäre es die falsche Wildnis gewesen. Warum sollte eine Gruppe religiöser Verweigerer aus dem alten Judäa in Arizona leben?

Vielleicht mochten sie die trockene Hitze.

Oder vielleicht gingen sie dorthin, wo die Macht war. Vielleicht hatten sie im Nahen Osten gelebt, solange der sich wie ein Zentrum angefühlt hatte. Als sich der Ort des Geschehens nach Europa verlagert hatte, waren sie dorthin gezogen, und schließlich in die Neue Welt aufgebrochen, als der Kolonialismus der Alten Welt im Sterben lag.

Wäre das meine Vorgehensweise als durchgeknallter Mörder, der eine Spezialabmachung mit Gott hat?, fragte sich Kennedy. Schwer zu sagen.

Sie schlug einen anderen Weg ein und nutzte mehrere Suchmaschinen und Metasuchmaschinen, um direkte Informationen über Südarizona zu erhalten. Welches waren die größten Wahrzeichen, die Bevölkerungszentren, die abgelegensten Orte und seine ungewöhnlichsten Mikroklimata?

Sie erfuhr eine Menge oder durchforstete zumindest eine große Menge an Informationen, doch eine Inspiration oder wahre Einblicke waren ihr nicht vergönnt. Das Gebiet war rau, Teile davon waren nicht erschlossen, und niemand konnte behaupten, der Staat wäre dicht bevölkert. Bei etwa 22 Einwohnern pro Quadratkilometer stand Arizona an 33. Stelle der USA – und die meisten Menschen drängten sich in den wenigen großen Ballungszentren. Doch der Staat verfügte über gute Straßen, er lag auf vielen Flugrouten, und Satelliten blickten rund um die Uhr auf ihn hinab.

Kennedy hatte sich ein Szenario vorgestellt. Flug 124 befindet sich auf dem Weg von Mexiko Richtung Norden. Jemand blickt aus dem Fenster und sieht etwas, das hier niemand sehen sollte – etwas, das auf die Existenz des Judas-Stammes hindeutet. Irgendwo und irgendwie geht eine Alarmglocke los, und Michael Brand – einer der Michael Brands – wird zum Einsatz losgeschickt. Er hat auf das Flugzeug keinen Einfluss, besonders nicht, solange es in der Luft ist, deswegen reist er so schnell wie möglich nach Los Angeles, wo er in letzter Minute nach der Zwischenlandung zusteigt. Oben findet er eine Möglichkeit, es abstürzen zu lassen, was dank seiner einzigartigen Kombination aus kriegerischen Fähigkeiten und überschäumendem Wahnsinn ein Kinderspiel ist.

Doch je näher Kennedy sich die Sache ansah, desto weniger gefiel sie ihr. Alles hing davon ab, dass jemand etwas auch aus neuntausend Kilometern Höhe nicht nur hatte sehen, sondern auch identifizieren können. Aber nur bei dieser einen Gelegenheit. Andernfalls wären die Flugzeuge über Südarizona und Mexiko vom Himmel gefallen wie ein Sommerregen.

Sie konnte sich einfach nicht vorstellen, was es hätte gewesen sein können. Doch ein anderes Szenario kam ihr auch nicht in den Sinn. Schließlich gelangte sie zu dem logischen Schluss, dass sie diese Frage nicht von ihrem Hotelzimmer aus beantworten konnte.

Als Gayle gegen drei Uhr nachmittags anrief, erzählte sie ihm ihren Plan. »Ich möchte mir die Gegend ansehen, über die das Flugzeug geflogen ist. Jedenfalls einen Teil.«

Gayle war überrascht, auf jeden Fall aber skeptisch. »Das ist ein riesiges Gelände«, machte er deutlich. »Wo wollen Sie da anfangen?«

»Ich weiß nicht. Vielleicht an der Staatsgrenze. Von hier aus ist dieser Teil Arizonas am leichtesten erreichbar.«

»Klar.« Gayle klang alles andere als überzeugt. »Mexiko-Stadt und L. A. sind ungefähr zweieinhalbtausend Kilometer voneinander entfernt. Und nur ein Zehntel davon liegt in Arizona. Ich weiß nicht, wie viel Sie davon absuchen können.«

»Na, zumindest bekomme ich ein Gefühl für die Lage und den Verlauf des Geländes«, erklärte Kennedy. »Wie weit diese Orte auseinander und in welchem Verhältnis sie zueinander liegen. Vielleicht kommen mir dadurch ein paar Ideen.«

Während sie dies sagte, rechnete sie in Gedanken nach:

Bei zweieinhalbtausend Kilometern und einer Höhe von neuntausend Metern überblickte man eine Fläche von vielleicht … sie stellte sich ein Dreieck vor, das auf einer Seite neuntausend Meter nach unten reichte. Eindeutig erkennen könnte man auf jeden Fall einen Bereich, der sich zu jeder Seite mindestens ein bis zwei Kilometer ausdehnte. Konservativ geschätzt, würde sie eine Fläche von achttausend Quadratkilometern absuchen müssen. Sie würde Tage brauchen, um diese Entfernung auf der Straße abzudecken. Doch wie viel – oder wie wenig – würde sie von der Straße aus sehen?

»Ich will einfach nicht nur hier herumsitzen«, sagte sie mürrisch. »Und mir fällt nichts Besseres ein.«

In der darauffolgenden kurzen Stille dachte Gayle nach. »Nehmen Sie das Flugzeug«, stimmte er zu.

46

Kuutma hörte Musik, als Mariam anrief. Das war ungewöhnlich, denn Kuutma hasste Musik.

Nein, das stimmte nicht. Musik war ein widerspenstiges Medium für ihn. Er verstand ihre Strukturen oder ihren Reiz nicht. Als jüngerer Mann hatte er bestimmten Melodien mit einer gewissen Freude gelauscht. Er erinnerte sich sogar, dass er einmal getanzt hatte. Doch das war, bevor er Bote geworden war und Ginat'Dania verlassen hatte. Danach hatte sich sein Leben unwiderruflich geändert, und die Musik hatte langsam ihre Bedeutung für ihn verloren.

Vielleicht lag dies an der Droge. Kelalit veränderte die Wahrnehmung, oder, genauer ausgedrückt, die Schnittstelle zwischen dem, der sie einnahm, und der Welt. Die Realität wurde zum dummen Schauspiel, das Leben floss zäh dahin wie Sirup. Doch der Geist arbeitete schneller, die Bewegungen wurden sicherer. Alle Sinne wurden wachsamer, auch wenn paradoxerweise die Dinge, die man wahrnahm, ihre Lebhaftigkeit, ihr »So-sein«, verloren hatten. Das, was man sah, hörte, fühlte und schmeckte, flachte ins Eindimensionale ab, wurde – eine bessere Formulierung fiel ihm nicht ein – zu einem Schaubild seiner selbst.

Das Klingeln des Telefons empfand er daher als willkommene Ablenkung von dem deprimierenden Mysterium der Musik.

»Hallo«, meldete sich Kuutma.

»Sie hat ein Flugticket gebucht, *Tannanu.*« Mariams Stimme klang gleichförmig und monoton.

»Wohin?«, fragte Kuutma.

»Mexiko-Stadt. Aber ich glaube nicht, dass das Ziel wichtig ist. Sie nimmt Flug 124.«

»Ah ja.« Kuutma überlegte. Das war in vielerlei Hinsicht gut. Es zeigte bereits, dass es Kennedy kaum gelungen war, die Puzzleteile zusammenzusetzen. Und es bot die Möglichkeit, die Aufgabe zu Ende zu bringen, die in England unerledigt geblieben war. Trotzdem ... Diese Angelegenheit war von Anfang an schlecht durchgeführt worden. Erneut in Aktion zu treten und noch weitere Baustellen zurückzulassen war nicht akzeptabel.

Deswegen hatte er Mariam nicht den Auftrag gegeben, gegen Tillman vorzugehen. Dies war der einzige Grund, versicherte er sich auch jetzt wieder. Seit Tillman in seinen Unterschlupf in West-London, den Mariams Team bereits ausfindig gemacht hatte, zurückgekehrt war, brauchten sie nicht in Aktion zu treten. Tillman hatte sich in Kuutmas Hände gegeben, und Kuutma könnte jederzeit befehlen, ihn zu töten.

Dies nahm Kuutma die Dringlichkeit zum Handeln, was der Überwachung einen größeren Sinn und Wert verlieh. Tillman jetzt zu töten könnte eine verzögerte Reaktion hervorrufen. Informationen könnten durchsickern, und es könnten sich neue Gefahren ergeben.

Doch daran glaubte Kuutma eigentlich nicht.

Er war nach London gereist, hatte die U-Bahn und schließlich einen Bus zu dem jämmerlichen Loch genommen, das Tillman derzeit bewohnte. Er hatte das Nachbarzimmer gemietet und mit unendlicher Vorsicht über mehrere Stunden hinweg ein winziges Loch ganz nahe am Boden durch die Wand gebohrt und eine ebenso winzige Kamerasonde hindurchgeschoben.

Was er gesehen hatte, hatte ihn zutiefst befriedigt.

»Er wird nicht aufhören, mich zu suchen. Eines Tages wird er dir in die Augen blicken, Kuutma, und einer von euch beiden wird blinzeln.«

»Rebecca, ich glaube nicht, dass ich das sein werde.«

»Ich kenne ihn. Aber du kennst ihn nicht.«

»Ich wünschte, liebe Cousine, dass du ihn nie hättest kennenlernen müssen. Ich freue mich, dass du ihn nicht mehr kennen musst.«

»Ach, ich muss nichts und niemanden mehr kennen, Kuutma. Deswegen wurdest du ja geschickt.«

Vielleicht hätte er Tillman damals töten sollen. Vielleicht hätte er ihn so zurücklassen und sich nicht weiter um ihn kümmern sollen. Er hatte Tillman weder getötet, noch war er gegangen. Nicht sofort. Er hatte eine weitere Sache getan, die Folgen haben könnte – haben würde.

»Was soll ich tun, *Tannanu*?« Mariams Frage holte Kuutma aus seiner Träumerei zurück, in die er niemals hätte verfallen dürfen.

Während er die alten und die neuen Erinnerungen unterdrückte, ging er mehrere Ideen durch und untersuchte sie auf Schwächen. »Unternimm erst mal gar nichts«, kam er zu dem Schluss. »Lass die Frau abfliegen und zurückkommen. Folge ihr, wenn sie den Flughafen in Mexiko verlässt. Je nachdem, wohin sie geht und wen sie trifft, könnte es nötig sein, schnell und gegen mehrere Ziele vorzugehen. Aber lass sie nur erst mal herankommen. Das macht unsere Aufgabe ein gutes Stück leichter. Du kennst die eine große Regel, die wir befolgen, Mariam.«

»Tue nichts, was nicht gerechtfertigt ist«, zitierte Mariam. »Tue alles, was notwendig ist.«

»Und daraus müssen wir schließen: Sei immer bedacht darauf, zu welchem Ergebnis unsere Handlungen führen können.«

»Ich verstehe, *Tannanu.*«

»Aber du trauerst um deine Cousins, Mariam. Der Schmerz, den du spürst ... Sofern ich dich überhaupt kenne, würde ich sagen, dieser Schmerz ist größer und realer für dich als alles andere auf dieser Welt.«

»Er ist nicht größer oder realer als Gott, *Tannanu.*«

»Deswegen habe ich diese Welt erwähnt«, erwiderte Kuutma sanft. »Du hast deine Cousins geliebt. Du hast mit ihnen gekämpft und alles mit ihnen geteilt, was du in gottgefälliger Weise mit ihnen teilen konntest. Was du verloren hast ... Glaube mir, ich weiß, wie bedeutend es für dich war.« Da sie nichts darauf antwortete, fuhr er fort: »Wenn du jetzt nach Hause gehen willst, wird keine Schande auf dir liegen. Jemand anderes wird diese Aufgabe zu Ende führen, und du könntest in der Gemeinschaft mit anderen, die du liebst, genesen.«

»*Tannanu*, verzeihe mir.« Ihre Stimme klang forsch. »Wenn ich mich wegen emotionaler Schmerzen, wegen einer eingebildeten Wunde in meinem Herzen aus dieser Sache zurückziehe, wie könnte dann keine Schande auf mir liegen? Wenn Ezei und Cephas alles gegeben haben, wie kann ich das mit dem vergleichen, was ich gebe, und sagen, es reicht oder es ist zu viel? Du hast mich ausgesandt. Ich flehe dich an, schicke mich nicht wieder nach Hause, bevor die Arbeit erledigt ist.«

Er neigte seinen Kopf voller Achtung für sie, was sie aber nicht sehen konnte und nie erfahren würde. »*Barthi*, ich schicke dich nicht nach Hause.«

Sie schwiegen einen Moment. »Was ist das für Musik?«, fragte Mariam schließlich in gedämpfterem Ton, als hätte sie der Sieg über ihn erschöpft.

»Die Rolling Stones«, antwortete er. »Ein Lied mit dem Titel *Paint it Black.*«

»Gefällt dir der Klang, *Tannanu*?«

Kuutma war verärgert. »Nein, natürlich nicht. Es ist eine gigantische Kakophonie. Ich höre Musik, um meine Gedanken auf die einzustimmen, die ich jage. Hier geht es um Tillman. Es ist Tillmans Musik. Er hat sie seit dem Feuer mehrmals gehört, und ich wollte verstehen, welche Gefühle sie weckt.«

»Hast du die Antwort gefunden, *Tannanu*?«

Hier bewegte sich Kuutma auf sichererem Boden. »Verzweiflung, *barthi*. Er spürt Verzweiflung.«

47

Kennedy hatte befürchtet, Flug 124 könnte unheimlich und nervenaufreibend werden, doch nach den ersten fünf oder zehn Minuten war es ein Flug wie jeder andere. Sie nahm den Fensterplatz ein, den sie gebucht hatte, lehnte die Getränke und Bretzeln ab und blickte zum Fenster hinaus, wo der Boden unter ihr abrollte.

Stadt, Vorstadt, Wüste und nichts als Wüste. Ein Steinbruch, eine kleine Stadt, und wieder Wüste. Als das Flugzeug an Höhe gewann, konnte sie die einzelnen Geländeformen kaum noch voneinander unterscheiden. Nach einer Weile konnte man bebaute Flächen nur noch an ihrer Farbe erkennen: graue Bereiche im Vergleich zu noch größeren Bereichen in Gelbbraun, Kackbraun und trostlosem Oliv.

In einer Höhe von neuntausend Metern ließen die Erkenntnisse lange auf sich warten.

Küste und Flüsse konnte sie ziemlich deutlich erkennen. Bei Straßen wurde es schwieriger, doch manchmal ließ sich ihr Verlauf erraten, wo die Gebirgslinien unterbrochen waren oder der Bereich rechts und links davon freigelegt worden war. Gab es dort unten eine Straße, wo keine hätte sein sollen? Eine Straße, die auf kein offensichtliches Ziel zuführte?

Doch das war nicht möglich. Etwas so Dauerhaftes würde jeder Passagier sehen, der diese Route flog. Kennedy suchte nach etwas Vorübergehendem, nach einem einmaligen Geschehen. Der Flug konnte ihr eine ungefähre Größenordnung vermitteln, mehr aber auch nicht. Sie war hier oben, weil sie »Ich sehe was, was du nicht siehst« spielen wollte, und sie war immer noch bei der Frage: »Ist es größer als ein Brotkasten?«

Straßen, ja, aber kein Verkehr. Von Menschen Erbautes, wenn es sehr hoch oder ausladend war. Andere Flugzeuge. Von diesen sah sie mehrere in mittlerem Abstand in gemächlichem Tempo vorbeifliegen.

Und Lichter. Gegen Abend verwandelte sich die Landschaft in ein Gitter, in dem einige Bereiche beleuchtet waren, andere in tiefer Dunkelheit lagen. Gut, das könnte ein Hinweis sein: ein Licht, wo keins sein sollte? Doch je dunkler es wurde, desto schwieriger wurde es natürlich, die auffallenden Merkmale in der Landschaft zu erkennen, so dass sich Kennedy immer weniger orientieren konnte. Wer wusste denn schon, wo kein Licht hätte sein sollen und wo es sich im Verhältnis zur Umgebung befand? Der Pilot müsste es wissen. Und der Kopilot. Sie verfügten über Instrumente, nach denen sie sich richteten, und über einen geschulten Blick. Hätte Brand ein ganzes Flugzeug abstürzen lassen, um die Kabinenbesatzung zu töten?

Eins der Lichter unten blinkte in gleichmäßigem Rhythmus – drei Sekunden hell, fünf Sekunden dunkel. Es befand sich in der Nähe der Küste. Also ein Leuchtturm. Könnten die Passagiere von Flug 124 eine andere Art von Leuchtfeuer gesehen haben, das nur für die Leute vom Judas-Stamm eine Bedeutung hatte? Schließlich standen sie auf Codes. Vielleicht verständigten sie sich in der Dunkelheit mit Taschenlampen oder riesigen Suchscheinwerfern miteinander, wie sie im Zweiten Weltkrieg von den Bombern der Britischen Luftwaffe eingesetzt worden waren.

Im Zeitalter der Mobiltelefone wäre dies allerdings eine ziemlich dämliche Art der Kommunikation.

Die Maschine begann mit dem Landeanflug auf Mexiko-Stadt – nach dem spärlichen Licht über der Wüste ein wahres Lichtermeer. Kennedy gab schließlich unverrichteter Dinge auf.

Sie musste fast drei Stunden totschlagen bis zum Rückflug. Wie ein wütendes Gespenst wandelte sie durch die Halle, wo die meisten Geschäfte und Cafés bereits geschlossen hatten. Schließlich fand sie eine Bar und bestellte eine große Margarita. Wenn sie schon einmal hier war ...

Eine Frau am anderen Ende der Bar beobachtete sie immer wieder heimlich. Sie sah jung aus, vielleicht auch hübsch, war aber viel zu stark geschminkt. Nicht genau Kennedys Typ, weil Kennedy stärkere Kurven bevorzugte, aber dennoch interessant mit ihrem schlanken und ohne Zweifel geschmeidigen Körper. Sie trug ziemlich triste Freizeitkleidung: Bluse und Hose in undefinierbaren Erdfarben, die bei einem gebräunten Typ ganz gut gepasst hätten. Ihr Gesicht wirkte jedoch neben ihren hellen Armen trüb und grauweiß.

Kennedy war kein bisschen erregt, doch enorm angespannt, so dass sie zum ersten Mal seit langer Zeit die erholsame Wirkung einer schnellen Nummer in Betracht zog. Als ersten Schritt in diese Richtung behielt sie die Frau im Auge, und als die Frau das nächste Mal verstohlen herüberschaute, begegneten sich ihre Blicke.

Die Reaktion war nicht die, die Kennedy erwartet hatte. Ohne sich zu bewegen ging die Frau in Deckung. Nicht wie ein schüchterner oder verschlossener Mensch, sondern wie jemand, der sich für eine Konfrontation bereitmachte. Gott. Kennedy hatte sie offenbar falsch eingeschätzt. Vielleicht hatte die Frau sie als Polizistin erkannt und hatte ein Problem mit Polizisten.

Kennedy wollte gerade ihre Margarita austrinken und gehen, doch die Frau kam ihr zuvor. Sie stellte ihr Glas mit etwas mehr Nachdruck als nötig ab, winkte den Barmann zu sich und unterhielt sich kurz mit ihm, bevor sie ihm ein paar Scheine in die Hand gab. Der Barmann zuckte mit den Schultern, zählte und nickte. Als die Frau die Bar verließ, blickte Kennedy ihrem Hintern mit einem Rest an Bedauern hinterher.

Nun ließ sie sich Zeit mit ihrer Margarita. Der Alkohol verhalf ihr nach ihrer leichten Erregung zu einem Gefühl der Ruhe, die auch etwas von Resignation hatte. Sie bedeutete dem Barmann, ihr die Rechnung zu bringen, doch er schüttelte nur den Kopf.

»Schon erledigt, Ma'am«, sagte er.

»Bitte?«

»Schon erledigt. Die Dame hat für Sie bezahlt. Und gesagt, ich soll Ihnen das hier geben.«

Er legte etwas vor Kennedy auf die Theke. Es sah aus wie eine Vierteldollar-Münze, bis sie sie in die Hand nahm. Sie war schwer und unregelmäßig geformt und am Rand mit zum Teil glattgeschliffenen Unzialbuchstaben versehen. In ihrem Geldbeutel steckte die gleiche Münze: Sie hatte sie von Tillman im Crown and Anchor auf der Surrey Street erhalten.

Sie ließ die Münze fallen und rannte aus der Bar, durchquerte mit schnellen Schritten die Halle und hoffte entgegen aller Wahrscheinlichkeit, der Frau noch einmal zu begegnen. Unter den wenigen Menschen in der Halle hätte sie sie sofort erkannt, doch natürlich hätte die Frau die Münze nicht hinterlegt, wenn sie die Absicht gehabt hätte, sich finden zu lassen. Mit pochendem Herzen und außer Atem nicht nur vom Rennen ging Kennedy schließlich langsamer.

Das war … was war das gewesen? Eine Verhöhnung.

Eine Provokation. Ein Versprechen. Die Frau an der Bar gehörte zu den Menschen, die sie suchte – zum Judas-Stamm. Und sie ließ zu, dass Kennedy sie sah, als wollte sie ihr sagen: Egal, wie leicht oder wie offensichtlich wir es dir machen, du schaffst es nicht und wirst auch die Einzelteile nicht zu einem Ganzen zusammenfügen können.

Oder vielleicht auch, dass es egal war, sollte sie es dennoch schaffen.

Ihre Wut war wieder verflogen und an ihre Stelle eine seltsame Ruhe getreten. Wer auch immer diese Frau war, sie hatte leichtsinnig gehandelt. Im Lichte Jahrhunderte oder Jahrtausende währender Geheimnistuerei war es ein Fehler gewesen, sich zu zeigen. Möglicherweise hatte die Frau ihr Vorgehen als Beweis ihrer Stärke gesehen, es zeugte aber eher von einem Gefühl, das sie nicht unter Kontrolle halten konnte und das ihr Urteilsvermögen einschränkte. Plötzlich erinnerte sich Kennedy daran, dass sie und Tillman den Schrei einer Frau gehört hatten, als Hof Taubenschlag niedergebrannt war. War sie diese Frau? War sie Kennedy quer über den Atlantik gefolgt? Höchst unwahrscheinlich. Wenn die Angreifer so erpicht darauf gewesen waren, sie in jener Nacht zu töten, warum hielt sie sich dann jetzt zurück?

Also musste es sich um eine andere Frau handeln. Eine, die sie wissen lassen wollte, dass sie Kennedy kannte und verfolgte, auch wenn Kennedy ihre Angreifer gerade selbst verfolgte.

Dann würde die wahre Konfrontation nicht mehr lange auf sich warten lassen. Gefahr erkannt, Gefahr gebannt. Schande über Kennedy, wenn diese Gleichung nicht aufgehen sollte.

Um zwei Uhr morgens landete sie in Bullhead und war um drei Uhr zurück in ihrem Hotel in Peason. John-Bird war wieder ihr Fahrer, doch sie wappnete sich gegen seine Anekdoten über den Colorado, indem sie auf dem Rücksitz des Taxis sofort einschlief. Er redete trotzdem weiter. Wenn sie hin und wieder aufwachte, empfand sie seinen Wortschwall als seltsam beruhigend. Es fühlte sich gut an, in diesem Moment nicht allein zu sein. Zum Dank murmelte sie ein »Tatsächlich?«, nachdem er sie mit irgendeinem die Flusslandschaft von Arizona betreffenden Detail beschenkt hatte, und schlief gleich darauf wieder ein.

Als sie zu ihrem Zimmer hinaufwankte, nahm sie sich vor, sich mit dem Gesicht nach unten aufs Bett fallen zu lassen und gleich wieder einzuschlafen, ohne sich auszuziehen. Doch das rote Lämpchen am Telefon blinkte. Sie nahm den Hörer ab, wählte die Drei für Sprachnachrichten und klemmte den Hörer zwischen Schulter und Kinn, während sie die Schuhe von ihren leicht geschwollenen Füßen zerrte.

»Hallo, Sergeant.« Webster Gayles Stimme, gesund und munter und zu laut. »Ich hoffe, Sie haben von Ihrer Reise südlich der Grenze außer billigem Tequila noch was anderes mitgebracht. Kann's gar nicht abwarten, zu hören, wie es gelaufen ist. Hören Sie, wir können das nicht länger rausschieben. Sie müssen mit Moggs reden und Ihre Köpfe zusammenstecken, bis die kritische Masse erreicht ist. Ich verspreche, dass ich genügend Abstand zum Zentrum der Explosion halte. Sie ist Frühaufsteherin, deswegen dachte ich, wir könnten zusammen frühstücken. Ich warte um halb acht unten auf Sie. Schlafen Sie gut.«

Eine Margarita, überlegte Kennedy müde, als sie sich auf dem Bett zusammenrollte und die Decke halb über sich zog, nur eine Margarita und nun die Aussicht auf ein Frühstück mit Geistern. Dafür war sie weiß Gott nicht dicht genug.

48

Schon nach einer Minute war Kennedy klar, dass die Beziehung zwischen Eileen Moggs und Webster Gayle weit über das Berufliche hinausging. Nach einer weiteren Minute konnte sie auch sagen, dass Mann und Frau ihr Verhältnis unterschiedlich definierten.

Sheriff Gayle hatte ihr Moggs beiläufig und nüchtern als »eine sehr gute Freundin von mir« vorgestellt. Der Satz stammte aus dem Konversationslexikon für Talkshowmoderatoren und bedeutete mehr oder weniger gar nichts. Doch durch Moggs' Lächeln bei diesen Worten schimmerten kurzzeitig Stolz und Schmerz durch. Das ließ durchscheinen, dass der Sheriff keine besseren Freunde hatte, und war gleichzeitig ein Eingeständnis, dass es kein besseres Wort für das gab, was sie für ihn war.

Die beiden Frauen schüttelten sich die Hände und taxierten einander. »Ach, stimmt, Sie sind ja Polizistin«, erinnerte sich Moggs mit einem Lachen.

»Sieht man mir das an?«, fragte Kennedy betrübt.

»Na, und ob, aber das dürfen Sie als Kompliment auffassen. Mein Papa war Polizist, und meine beiden Brüder sind es. Jedem, der so breite Schultern hat, fühle ich mich gleich verbunden.«

Was erklärt, warum du mit dem Sheriff ins Bett gehst, dachte Kennedy. Sie ließ sich von Moggs durch einen Perlenvorhang in die Küche schieben, wo Waffeln, Eier und Schinkenspeck auf sie warteten. Das Essen war überraschend gut, ebenso wie der Kaffee und der Orangensaft, der offenbar von Hand mit der altmodischen Presse zubereitet worden war, die in der Küche einen besonderen Platz einnahm. Kennedy war körperlich und seelisch ausgelaugt gewesen, doch das Frühstück stellte sie wieder her, so dass ihre Antworten auf Moggs' gutgelauntes Interview immer weniger einsilbig ausfielen.

Wie lange arbeitete Kennedy schon als Detective? Mehr oder weniger sechs Jahre.

Und hatte sie schon immer Polizistin werden wollen? Fast immer. Das war Familientradition. »Das ist meistens so«, stimmte Moggs zu.

Besuchte sie die USA zum ersten Mal? Nein, zum zweiten Mal. Kennedy hatte einmal eine Woche in New York verbracht. Mit einer Freundin. Vielmehr ein weiblicher Freund. Eine der vielen falschen Herangehensweisen an eine Beziehung, die trotz aller Anzeichen, sich zu etwas Wichtigem und Erfüllendem zu entwickeln, platonisch geblieben war. Kennedy erwähnte das Mädchen nicht, weil sie keine Ahnung hatte, wie Moggs und Gayle zu Homosexualität standen. Sie wollte in einer Situation, die bereits mit diversem seltsamem Zeug überfrachtet war, nicht noch mehr Verwirrung stiften.

»Ich war einmal in London«, vertraute ihr Moggs an. »War eine richtig grausame Zeit. Hochsommer, aber es hat ständig geregnet. Hat einen Monat gedauert, bis ich wieder trocken war. Außerdem musste ich in Restaurants das Essen mit dem Finger auf der Karte auswählen, weil ich die Sprache nicht sprechen konnte – obwohl es doch eigentlich dieselbe ist!« Sie lachte lauthals über ihren eigenen Witz. Kennedy lachte mit.

»Na ja.« Moggs wurde plötzlich ernst. »Also, Ihre Ermittlungen in den Mordfällen ... Web will mit mir nicht darüber reden, weil er seine Stellung nicht ausnutzen will

– die als Polizist, während ich Journalistin bin –, aber er sagte, dass Sie vielleicht darüber sprechen wollen. In dem Fall könnte er Sie nicht davon abhalten. Da dachte ich, ach was, ich zeige Ihnen, was ich habe, dann sind Sie vielleicht bereit, mir zu zeigen, was Sie haben. Was sagen Sie dazu?«

Kennedy entschied sich für Aufrichtigkeit. »Das kann ich nur beantworten, wenn ich weiß, was Sie haben.« Und wenn sich herausstellt, dass es Geister sind, werde ich Ihnen Ihre Gastfreundschaft wahrscheinlich um die Ohren hauen.

Moggs gestand ihr den Punkt mit einem Grinsen zu. »Stimmt allerdings. Aber hören Sie. Web ist ein guter Mann. Ich meine, Sie haben ihn gerade erst kennengelernt, und ich wette, das können Sie jetzt schon von ihm sagen. Er ist so gut, dass er denkt, alle anderen wären auch gut. Für einen Polizisten ist das eine Art Schwäche.«

»Hey, ich sitze auch noch hier!«, protestierte Gayle.

»Halt den Mund, Web«, wies Moggs ihn liebevoll an, ihren funkelnden Blick allerdings auf Kennedy gerichtet. »Aber ich bin Schreiberling, Sergeant, deswegen weiß ich, dass die meisten Menschen Dreck am Stecken haben. Ich kann mir vorstellen, dass Sie dem zustimmen.«

»Ich würde sagen, fünfzig zu fünfzig«, kam ihr Kennedy vorsichtig entgegen.

»Das würde ich nicht sagen«, widersprach Moggs. »Ich würde sagen, das Verhältnis ist ein ganz anderes. Die Sache funktioniert doch so: Web wird von jemand Externem gebeten, ihm zu helfen. Webs erster Gedanke ist: Wie kann ich ihm helfen? Mein erster Gedanke ist: Wo ist der Haken? Was könnte ich dabei verlieren? Wie sieht die Sache aus, wenn ich ein paar Mal darum herumlaufe und mit einem Stock hineinsteche? Verstehen Sie, was ich sagen will?«

Kennedy erkannte die Frage hinter der Frage und wusste, dass sie hier auf eiskaltem Fuß erwischt wurde. »Ja«, sagte sie. »Ich verstehe Sie ganz gut.«

»Während Web also den roten Teppich für Sie ausrollt und mir all die vielen tollen Sachen über Sie erzählt – wie schlau Sie sind, und wie höflich, und der wundervolle Akzent und so weiter –, kann ich nur denken: Wer ist diese Sergeant Kennedy, und welchen Hintergrund hat sie? Weil schließlich jeder einen besonderen Hintergrund hat.«

»Ja, da haben Sie wohl recht.«

»Und Ihr Hintergrund ist der, dass Sie keine Polizistin mehr sind, weil Sie rausgeworfen wurden oder gekündigt haben – das hängt davon ab, wen ich frage. Aber Sie haben vergessen, das Web gegenüber zu erwähnen, als Sie ihn baten, Ihnen bei Ihren Ermittlungen zu helfen.«

Kennedy war überrascht, dass sie rot im Gesicht wurde. Sie wusste, es war nur eine Frage der Zeit gewesen, bis jemand ihre Referenzen überprüfen und herausfinden würde, dass sie nichts taugten. Sie hatte nicht gedacht, dass dieser Augenblick so schmerzhaft sein würde.

Sie wandte sich zu Gayle. »Es tut mir wirklich leid, Sheriff.« Sie meinte, was sie sagte. »Sie müssen denken, ich hätte Sie ausgenutzt, und vielleicht habe ich das auch. Aber Sie würden nicht glauben, wie viel Energie ich bereits in den Fall gesteckt habe, um ihn ins Rollen zu bringen. Was ich bereits verloren habe. Ich konnte nicht aufgeben. Selbst jetzt, wo ich keine Polizistin und nicht mehr für den Fall zuständig bin, kann ich nicht aufgeben.«

Sie erhob sich, bereit, allein oder in seinem Gewahrsam zu gehen, doch Gayle begann trotz ihres angespannten, ernsten Gesichts zu schmunzeln.

»Setzen Sie sich, Sergeant«, forderte er sie auf. »Ich

sehe das, was Sie gesagt haben, nicht so sehr als Lüge an. Ich denke, es gibt Menschen, die sind Polizisten, schon bevor sie ihre Dienstmarke bekommen, und sind es auch noch, wenn sie sie zurückgeben. Oder sie bekommen nie eine Dienstmarke, wie Moggs, verfügen aber trotzdem über den richtigen Instinkt und Durchblick.«

»Es liegt einem im Blut«, stimmte Moggs unbescheiden zu. »Ehrlich, Ms Kennedy – ich denke, ich sollte Sie nicht Sergeant nennen –, ich habe nicht die Absicht, Ihnen irgendwas vorzuhalten. Ich wollte Ihnen nur sagen, dass wir Bescheid wissen. Wir haben es herausgefunden. Aber Sie verfügen hier bei uns über keine Zuständigkeiten, und ich weiß, dass Sie bis zu Ihrem letzten Arbeitstag diesen Fall bearbeitet haben. Alles, was Sie in den Augen der Welt falsch gemacht haben, war, nicht aufzuhören. Und die andere Sache ist die: Web hat keine einzige Regel gebrochen, als er Ihnen geholfen hat. Alle Informationen, die Sie von ihm erhalten haben, sind öffentlich zugänglich. Der County Sheriff kann jedem etwas über den Fall erzählen, der ihn fragt.«

»Auch wenn er das normalerweise nicht tut«, warf Gayle ein. »Ich möchte nicht, dass Sie denken, ich wäre jedem gegenüber so offen, der einfach so in mein Büro spaziert, Sergeant.«

»Fakt ist jedenfalls«, sagte Moggs, »dass Sie sich mit unserem eigenen Steckenpferd beschäftigen, deswegen wollten wir mit Ihnen das Brot brechen, und deswegen will ich, dass wir unsere Informationen austauschen. Also, was sagen Sie?«

Sie streckte ihre Hand aus. Kennedy, immer noch rot im Gesicht, nahm sie – nicht zu einem formalen Händeschütteln, sondern die Handflächen aneinandergelegt und die Daumen verschränkt. Das fühlte sich intensiver und beruhigender an.

»Kommen Sie mit ins Wohnzimmer«, forderte Moggs sie auf. »Dann zeige ich Ihnen, was ich habe.«

Sie führte Kennedy durch den Perlenvorhang und über einen schmalen Flur in ein warmes, freundliches Zimmer mit weichen Möbeln und Pastellfarben. Über einem riesigen Sofa lag eine Häkeldecke, die mit einem stilisierten, aber wundervollen Weißkopfseeadler verziert war. »Eigentlich könnten wir zur Stärkung noch einen Kaffee vertragen«, sagte Moggs, sobald sie Kennedy auf dem Sofa hatte Platz nehmen lassen. »Ich koche uns noch eine frische Kanne.«

Sie verzog sich wieder in die Küche, nach einer Minute gefolgt von Gayle, der irgendwas darüber murmelte, ihr mit dem Tablett helfen zu wollen. Kennedy betrachtete das Wohnzimmer, während ihr Herz sich langsam beruhigte. Die Wände waren mit Fotos zugepflastert, aber Eileen Moggs war auf keinem zu sehen. An einer Wand hingen Porträts von Menschen, die Kennedy zum Teil erkannte: Webster Gayle – zwei Mal –, George Clooney, Jesse Jackson, Bill Clinton, Bono, Donald Rumsfeld mit finsterem Gesicht wie der Teufel auf Crack. Die Wand ihr gegenüber zeigte nur Orte: den Grand Canyon, die Route 66 mit legendärem Straßenschild und Motorradflotte, die Ruinen von Anasazi, Kakteen, der Senat von Arizona, umzingelt von Hunderten von Demonstranten, und ein sehr beunruhigendes Bild, aufgenommen in der Wüste, wo eine Gruppe uniformierter Polizisten – ob Staats- und Bundespolizisten, wusste Kennedy nicht, da sie sich mit den Abzeichen und Uniformen nicht gut genug auskannte – feierlich um die Leiche eines Schwarzen stand.

Gayle schob sich rückwärts und mit gesenktem Kopf durch den Perlenvorhang, in den Händen ein Tablett mit drei Bechern. Moggs folgte mit einem Teller Plätzchen und, etwas unpassend, einer Flasche Jim Beam. Gayle stellte das Tablett ab, während Moggs den Deckel von der Flasche abschraubte. »Ich nehme normalerweise immer einen Schluck davon in meinen Kaffee«, erklärte sie Kennedy. »Nur einen kleinen. Beinahe symbolisch, aber es nimmt den heiklen Themen das Heikle.«

Sie verfeinerte ihren Kaffee und blickte Kennedy mit hochgehaltener Flasche an.

»Werden wir denn über heikle Themen sprechen?«

Moggs grinste. »Tun wir das nicht schon?«

»Na dann mal los«, sagte Kennedy und ließ sich einschenken.

Gayle lehnte ab. »Ich muss nachher noch arbeiten.«

»Ich erledige auch gerade meinen Job«, brummte Moggs.

»Klar. Aber von Nachrichtenfuzzis erwartet man auch, dass sie ständig betrunken sind.«

Sie foppten sich mit der lockeren Vertrautheit sich liebender Menschen, ohne über ihre Witze lachen zu müssen. Moggs ging zu einem riesigen, L-förmigen Schreibtisch in der Ecke des Zimmers und kehrte mit einem sehr dicken, olivgrünen Aktenordner zurück, den sie, nachdem sie den Teller mit den Plätzchen zur Seite geschoben hatte, auf den Tisch zwischen ihnen legte – das Hauptgericht.

»Okay«, begann sie und kam gleich zur Sache. »Das ist unsere Akte über die wandelnden Toten.«

Kennedy spürte keine prickelnde Vorfreude, im Gegenteil, ihre Laune sank. »Die Geister von Flug 124?«, fragte sie.

»Genau«, bestätigte Moggs. »Schauen Sie rein. Ich verspreche Ihnen Enthüllungen, Zeichen und Wunder.«

»Ich ... ich glaube nicht an dieses Zeug«, wehrte sich Kennedy vorsichtig, aber ohne viel Überzeugung.

»Ich auch nicht, Sergeant. Lesen Sie es trotzdem. Dann reden wir.«

Eine halbe Stunde später las Kennedy immer noch, beobachtet von ihren nachsichtigen Gastgebern. Doch die Zeichen und Wunder ließen auf sich warten. Eigentlich entsprach die Akte genau dem, was sie erwartet hatte: eine aufgewärmte Suppe urbaner Legenden, Gespenstergeschichten in Kurzformat und übler Selbsttäuschungen.

All die üblichen Verdächtigen spielten mit: der Mann, der von seinem Bürorechner aus E-Mails voller unentzifferbarem Müll schrieb, während seine Leiche in einer Schublade in einem Leichenschauhaus von Arizona lag; die Frau, die die Hand ihres toten Ehemannes auf ihrer Schulter und seinen Kuss auf ihrer Wange genau in dem Moment spürte, als das Flugzeug abstürzte; der Wagen, der mit laufendem Motor in der Einfahrt stand – »Der Schlüssel meiner Frau steckte im Schloss; sie hatte den Schlüssel dabei, als sie starb, das schwöre ich!«; die Strichfiguren mit Mutter und Kind auf der beschlagenen Fensterscheibe eines Kindergartens, und die nette, alte Dame, die sie auf Anhieb und unter Tränen als die Zeichnung ihrer Enkelin erkannte – »Sie zeichnete sich immer mit lockigem Haar, obwohl sie es vor einem Jahr rauswachsen ließ.« Und so weiter und so fort, mit kleinen und uninteressanten Variationen. Geschichten, die Menschen einander erzählen, um sich entgegen aller Erkenntnisse zu versichern, dass der Tod nicht das Ende ist.

Kennedy schloss den Ordner nach der Hälfte. Sie war fertig damit. Wenn, dann hatte sie nur deswegen so weit gelesen, weil sie jetzt mehr oder weniger überzeugt war, dass Gayle und Moggs Prediger einer der eher surrealistischen amerikanischen Kirchen waren und sie ihnen nun sagen müsste, dass ihr Sandwich-Quotient für Picknickzwecke nicht ausreichte. »Wie gesagt«, wiederholte sie so neutral, wie sie konnte, »ich habe mit dieser ›Weiterleben nach dem Tod‹-Sache nichts am Hut. Das ist interessant, aber eher nicht meine Art von …«

»Interessant?«, vergewisserte sich Moggs ungläubig. »Warum sagen Sie so was, Ms Kennedy? Das meiste davon ist der gleiche Müll, den uns die Supermärkte in ihren Prospekten zum Fressen anbieten. Das ist so weit von interessant entfernt, dass ich keine sechs Seiten am Stück lesen kann, ohne meinen Lebenswillen zu verlieren.«

»Hm, tja … Warum haben Sie es mir dann gezeigt?«

»Das ist die richtige Frage«, sagte Moggs. »Und ich werde sie mit einer Gegenfrage beantworten. Was ist Ihnen an diesem Unsinn aufgefallen? Erkennen Sie ein Muster?« Das sagte sie leicht hinterhältig und selbstgefällig wie eine Lehrerin, die bereits die richtige Antwort weiß und darauf wartet, dass der Gefragte die falsche gibt.

Kennedy schlug den Ordner wieder auf und überflog die ersten paar Seiten, das aber mit genauso wenig Begeisterung wie beim ersten Mal. »Sie wurden nie wirklich gesehen«, sagte sie. »Vieles lässt sich nicht nachprüfen. Nichts, das nicht auch gefälscht oder der Phantasie entsprungen sein kann. Perfektes Futter für die Boulevardpresse: Fakten und Namen werden auf ein Minimum beschränkt, so dass man nichts überprüfen kann, und es gibt maximalen Raum für Spekulationen. Geschichten, die von einer Zeitung erzählt und von der nächsten aufpoliert werden.«

»Sie haben vollkommen recht«, stimmte Moggs zu. »Das kenne ich alles schon, Ms Kennedy. Hören Sie, darf ich Sie Heather nennen? Danke. Ich kenne das alles schon, und es klingt, als wäre das bei Ihnen auch der Fall. Aber wie heißt es so schön? Ausnahmen bestätigen die

Regel – und diesmal sticht einem die Ausnahme direkt ins Auge.«

Kennedy fuhr mit der Hand durch die Luft. »Ich sehe sie nicht.«

Gayle hätte sich offenbar liebend gerne eingemischt, hielt sich aber zurück, weil er seiner Freundin nicht die Schau stehlen wollte.

»Ehrlich gesagt brauchte ich auch ziemlich lange, um es zu sehen«, gestand Moggs ein. »Web hat mich wahnsinnig gemacht mit seinem Zeug. Auch wenn er nicht darüber sprach, hat man ihm angemerkt, dass er darüber nachdachte. Also habe ich mir diesen Ordner hier geschnappt, vor allem um ihm rechts und links damit eine runterzuhauen und ihm zu zeigen, was für einen Blödsinn er daherredet. Dann traf es mich wie ein Schlag – wahrscheinlich, weil alles am selben Ort versammelt war und Web versucht hatte, es nach Datum und Uhrzeit und so weiter zu sortieren. Das war praktisch der Schlüssel. Fangen Sie noch mal an, Heather, und denken Sie daran, dass die Sachen chronologisch sortiert sind.«

Im ersten Artikel wurde über Peter Bonville berichtet, den Angestellten, der so gerne arbeitete, dass ihn auch der Tod nicht davon hatte abhalten können, ins Büro zu kommen, sich eine Tasse Kaffee zu kochen, seinen Rechner hochzufahren und seine neuen Mails zu lesen. Kennedy sah sich das Datum an: 5. Juli. Drei Tage nach dem Absturz von Flug 124.

»Das ist nicht der erste«, stellte sie fest. »Es gab schon einen Vorfall am 4. Juli.«

»Sylvia Gallos«, bestätigte Moggs anerkennend. »Stimmt. Das hat mich zuerst auch stutzig gemacht, doch das war ein Wahrnehmungsfehler. Gallos rief bei einem öffentlichen Radiosender an – eine Spätsendung am gleichen Abend des Unglücks. Es gibt also keine zeitliche

Lücke. Es passiert am 4. und wurde am 4. vermerkt. Die Bonville-Geschichte wird erst einen Tag später bekannt, passierte aber zwei Tage vorher, weil es vorher niemandem aufgefallen war.«

Jetzt gingen sie der Sache langsam auf den Grund. Moggs beugte sich vor, ohne allerdings leiser zu sprechen, als sie ihre Worte in theatralischer Weise wie eine Verschwörerin inszenierte. »Es gibt eine Menge unterschiedlicher Versionen der Bonville-Geschichte mit einer wahnsinnig großen Palette dessen, was er angeblich an diesem Tag im Büro tat. Zum Beispiel habe er mit seiner eigenen Magnetkarte Zutritt zum Büro erhalten. Falsch. Niemand fand einen Beweis, dass er kam oder ging. Bonville habe sich einen Kaffee geholt und die Tasse halb leer auf seinem Schreibtisch stehenlassen. Falsch. Soweit ich Ihnen sagen kann, wurde nur das Großraumbüro heimgesucht. Die Küche befindet sich woanders und war nicht Schauplatz seiner Aktivitäten. Bonville habe mit einigen Kollegen gesprochen, die erst später erfahren hätten, dass sie es mit einem Geist zu tun gehabt hatten. Falsch. Niemand sah ihn. Der einzige Beweis, dass er dort war, ist sein eingeschalteter und benutzter Rechner.«

»Für was benutzt?«, wollte Kennedy wissen. Sie spürte ein Kribbeln im Nacken und auf ihren Unterarmen. Steckte hinter all diesen lahmen, überstrapazierten Märchengeschichten doch noch ein Körnchen Wahrheit?

»Auch in diesem Fall gibt es verschiedene Versionen«, erklärte Moggs. »Einigen zufolge hat er sich Pornoseiten angeschaut. Die meisten sagen, er hätte E-Mails verschickt, die entweder Buchstabensalat oder unheimliche Beschwerden darüber enthielten, dass er sich in einer Wüste verirrt habe, in der nie die Sonne aufgeht. Auch das habe ich bei Bonvilles Arbeitgeber überprüft, dem Amt für Öffentlichkeitsarbeit von New York. Sie hätten sich natürlich nicht mit mir unterhalten müssen, nicht einmal mit Web, wenn er angerufen hätte, weil seine Zuständigkeit an der County-Grenze endet. Aber sie wollten reden. Sie waren irgendwie sauer wegen der vielen Geschichten, die kursierten, und sie wollten die Sache richtigstellen. Sie sagten, weder Bonvilles E-Mail-Programm noch sein Browser seien geöffnet worden. Er – oder wer auch immer – habe sich nur Zugang zu ein paar Dateien verschafft und sie gelöscht. Deswegen gingen sie davon aus, dass es sich eher um einen gewöhnlichen Hackerangriff als um eine Geistererscheinung handelte.«

Kennedys anfängliches Prickeln war mittlerweile akuter geworden und sorgte dafür, dass sie sich ebenfalls vorbeugte, als wollte sie Moggs auf der anderen Seite des Tischs einen Kuss geben – was Sheriff Gayle Anlass gegeben hätte, seine gute Meinung über sie zu ändern. »Welche Dateien? Wissen wir, um welche es ging?«

»Nein, und das Amt weiß es auch nicht, weil zu einem späteren Zeitpunkt desselben Tages alle Backupdateien durch einen Virenangriff vom Hauptserver gelöscht wurden. Nur noch eine Liste mit den Namen einiger Dateien blieb übrig, aber die sagt nichts aus. Daten1, Daten2, Daten3 und Ähnliches.«

Kennedys erster Gedanke war klar: Rotgut? Nein, eher unwahrscheinlich. Wenn jemand aus Stuart Barlows Team mit einem kleinen Angestellten einer öffentlichen Behörde in New York gesprochen hätte, wäre sie schon längst darüber gestolpert. Es ging um etwas anderes. Aber um etwas Ähnliches wie den Rotgut, da es auf dieselbe Antwort hinauslief: Michael Brand.

Moggs fuhr fort: »Also in diese Richtung kommen wir nicht weiter. Wissen Sie, was mich beschäftigt, Sergeant? Ich habe gesagt, das sei die erste Geistererscheinung gewesen, aber nicht den Zeitpunkt genannt. In dieser Tabelle mit den Dateinamen befinden sich auch genaue Zeitstempel mit der Angabe, wann die Dateien verändert wurden – in dem Fall, wann sie gelöscht wurden. Das geschah in einem engen Zeitrahmen, innerhalb von fünf Minuten, beginnend um 11:13 Uhr am 2. Juli. Mit anderen Worten, die Dateien wurden gelöscht, während das Flugzeug noch in der Luft war, also gut zehn Minuten, bevor Peter Bonville zum Gespenst wurde.«

Kennedy prüfte die Zeiten noch einmal nach und wahrte eine Schweigeminute in Gedenken an Moggs' Detektivarbeit. Na ja, wenigstens fünf Gedenksekunden. »Sie haben recht«, sagte sie voller Bewunderung. »Sie haben total ... Sie haben es geschafft, Miss Moggs. Eileen. Es war ein vorgezogener Spuk.«

Moggs lachte. Ihr gefiel sowohl der Ausdruck als auch das Lob. »Vorgezogener Spuk, dann zwei Tage nichts, dann fangen die anderen Geistergeschichten an. Als Bonvilles Vorgesetzter herausfindet, dass einige Dateien fehlen, und er es der Zentrale meldet, gelangen die anderen Vorfälle bereits an die Öffentlichkeit. Da hieß es: Wieder ein Geist von Flug 124.«

Kennedy nickte langsam und ging die Logik dessen vorwärts und rückwärts durch. »Das ist eigentlich ziemlich schlau«, murmelte sie. »Man tarnt seine Spur, so gut es geht, aber wenn es einem nicht gelingt, legt man eine Menge falscher Fährten, so dass die eigentliche Spur scheinbar auch ins Nichts führt.«

»›Wie das Machwerk eines unbeholfenen Lügners‹«, sinnierte Moggs. Es klang nach einem Zitat, doch Kennedy kannte es nicht und hatte keine Lust zu fragen. Stattdessen wandte sie sich an Gayle. »Sie glauben also, jemand hat Bonvilles Abwesenheit genutzt, um ins Computersystem einzudringen und Daten zu klauen? Und als

Bonville starb, erfand dieser Jemand zur Tarnung eine übernatürliche Geschichte?«

»Genau das denke ich«, stimmte Gayle zu.

»Ich denke, Sie haben unrecht, Sheriff.«

Gayle blinzelte ein paar Mal, als hätten ihn die Worte wie eine Faust ins Gesicht getroffen. Einen Moment zuvor hatten die drei noch unter einer Decke gesteckt und Verschwörungstheorien gelöst. Und jetzt schien Kennedy nicht mehr mitspielen zu wollen.

»Wieso?«, fragte er.

Kennedy drehte sich zu Moggs. »Haben Sie die Passagierliste von Flug 124?«

Moggs nickte. »Ich habe mir alle Informationen besorgt, die ich auf legale Weise bekommen konnte, und noch ein bisschen mehr.«

»Kann ich sie mal sehen?«

Moggs ging zu ihrem Schreibtisch und startete den Rechner. Gayle stellte sich hinter sie, während sie ihr Kennwort eingab, und legte seine Hände auf ihre Schulter – eine Geste des Schutzes und der Solidarität. Die beiden hatten Kennedy ihr Baby gezeigt. Würde sie es jetzt mit dem Bade ausschütten?

Moggs tippte etwas auf der Tastatur ein und öffnete eine Datei. »Okay«, sagte sie. »Hier ist sie.«

»Suchen Sie Peter Bonville.«

»Hab ihn. Steht natürlich ziemlich oben auf der Liste.«

»Okay. Ich werde Ihnen jetzt seine Platznummer sagen.«

Moggs warf ihr einen verwirrten Blick zu. »Aus dem Gedächtnis heraus?«

»Ich habe seinen Namen eben zum ersten Mal gehört.«

»Woher wollen Sie dann seine Platznummer wissen?«

»Vielleicht weiß ich sie nicht. Aus vielerlei Gründen hoffe ich, dass ich falschliege. Aber saß er auf Platz 29E?«

Beide sahen gleichzeitig auf den Bildschirm und dann wieder zu ihr. »Woher wissen Sie das?«, fragte Gayle.

Kennedy zog aus der Innentasche ihrer Jacke einen gefalteten Zettel heraus, den Gayle ihr am Tag zuvor gegeben hatte. Es war die Kopie des gekennzeichneten Ein-Dollar-Scheins, der Brand gehört hatte. Sie hielt Gayle den Zettel hin, doch Moggs bemerkte es zuerst.

»Die drei Striche auf dem Schein«, sagte sie. »Sie verlaufen hier unten über die Seriennummer.«

»Da kriegst du doch die Tür nicht zu!«, rief Gayle eine Sekunde später verwundert. Mit den drei roten Linien wurden ein E, eine 2 und eine 9 durchgestrichen.

»Mein erster Gedanke, als ich diesen Geldschein sah, war, dass es sich um irgendeinen Code handeln könnte«, erklärte Kennedy. »Die Leute, die ich verfolge ... Sie stehen auf Codes und versteckte Botschaften. Sie halten sich für superschlau, denke ich, und glauben, sie bräuchten nur eine Nebelkerze zu zünden, um nicht gesehen zu werden. Und das hier entspricht genau ihrer Gangart.«

»Und inwiefern liegen wir jetzt falsch?«, wollte Gayle wissen.

»Weil Sie angenommen haben, der Angriff auf Bonvilles Rechner sei eine Gelegenheitstat gewesen. War er aber nicht. Wer auch immer Brand diesen Geldschein gegeben hat, wollte ihm sagen, wer das Ziel war. Was heißt, dass Brand das Flugzeug mit der ausdrücklichen Absicht bestiegen hat, Bonville zu töten. Und aus Gründen, die wir nie mehr in Erfahrung bringen werden ...«

»Jesus, Maria und Josef«, murmelte Moggs.

»... hat er sie alle getötet. Alle an Bord. Er hat seinen Auftrag erledigt, indem er Flug 124 abstürzen ließ.«

49

In gewisser Weise wurde ab jetzt alles leichter.

Bonville war nicht in Los Angeles an Bord gegangen, sondern bereits am Ursprungsflughafen, dem Benito Juárez International Airport in Mexiko-Stadt. Kennedy bat Sheriff Gayle – trotz der Zuständigkeitsfrage, von der Moggs gesprochen hatte –, Bonvilles ehemalige Vorgesetzte bei den New Yorker Stadtwerken anzurufen, eine Frau namens Lucy Miller-Molloy. Was hatte Bonville in Mexiko gemacht? Und wenn wir schon beim Thema sind, wofür war Bonville in der Behörde eigentlich zuständig? In welchem Bereich kannte er sich besonders gut aus?

Leistungsverkabelung, lautete die Kurzantwort. Die etwas längere Antwort: Bonville war angesehener Denker im sich ausdehnenden Bereich des Spitzenlastausgleichs durch Speicherwasser. Miller-Molloy kannte sich in dem Thema selbst viel zu gut aus, um es einem Laien angemessen erklären zu können, doch sie erzählte Gayle so viel, dass er Moggs und Kennedy eine Minimalzusammenfassung geben konnte, ohne sich zu widersprechen.

»Also, angenommen, ihr leitet eine Stadt und habt ein Kraftwerk, das die Stadt mit Strom versorgt«, erklärte er. »Manchmal braucht man viel Strom, manchmal weniger. Man nutzt dann die Zeit, in der wenig Strom verbraucht wird, um Zusatzgeneratoren aufzuladen – oder sagen wir, Wasser ein paar Kilometer einen Berg hinauf in ein Staubecken mit einem Wasserkraftwerk zu pumpen.

Dann kann man in Spitzenlastzeiten das Wasser ablassen und damit Strom erzeugen. Das ist praktisch wie Geld auf dem Sparkonto, das man bei Bedarf abhebt.«

Es schien viele Arten zu geben, diesen Rückpumpkram durchzuführen, von denen einige so billig waren, dass sie sich finanziell selbst trugen. Bonvilles Aufgabe war, sich Kraftwerke anzusehen und zu sagen: »Also, ihr habt hier und hier noch Möglichkeiten, und das kostet euch pro Erg so und so viel.«

Bonville war eine Zeitlang als externer Berater für die New Yorker Stadtwerke tätig gewesen, bis sie ihn fest eingestellt hatten. Eine angenehme Begleiterscheinung war gewesen, dass sie durch ihn zusätzlichen Gewinn einfahren konnten, indem sie ihn anderen Stadtverwaltungen gegen Bezahlung ausliehen. Mexiko-Stadt war von seinen vielen Reisen die letzte gewesen.

»Also war er da unten, um ihnen zu erzählen, wie sie besser mit ihrem Strom umgehen könnten«, fasste Gayle seinen Bericht zusammen. »Die Idee war, dass er sich ihren Stromverbrauch ansehen und ihnen anschließend sagen sollte, wo in ihrem System freie Kapazitäten waren und wie diese dann genutzt werden konnten.«

Es war bereits zwölf Uhr mittags vorbei, und sie tranken den vierten Becher Kaffee. Gayle hatte seine Einwände gegen den Whisky fallen lassen und setzte ein Schnapsglas mit der roten Aufschrift »Ein Geschenk aus Tijuana« an die Lippen. Die Kontur eines Sombreros und eines Kaktusses waren ein weiterer Hinweis auf die Herkunft des Glases.

»Ich verstehe noch nicht, wie dieses Bild in Ihres passt«, überlegte Moggs, während sie durch ihre Bonville-Notizen blätterte, die sie im Lauf des Vormittags ergänzt hatte. »Ihre Judas-Leute töten jeden, der etwas über ihre geheime Bibel herausfindet, richtig? Gehen wir von der Annahme aus, dass Bonville irgendwo in Mexiko über dieses Rotgut-Evangelium gestolpert ist?«

Kennedy hatte genau darüber nachgedacht und war zu so etwas wie einer Antwort gelangt. »Ich denke, sie werfen ihr Netz noch weiter aus«, erklärte sie, als Moggs im Eiltempo weitertippte. »Dass niemand das Judas-Evangelium zu Gesicht bekommen darf, entspringt nicht nur ihrem blinden Glauben. Wenn dem so wäre, hätten sie jeden getötet, der die zerfledderte Version gelesen hat, die vor ein paar Jahren auftauchte, den Kodex Tchacos. Ich glaube, sie wollen nicht, dass jemand weiß, dass es sie gibt oder je gegeben hat. Die komplette Version des Evangeliums, die Barlow aus dem Rotgut herausgearbeitet hat, spricht über ihre internen Regeln und die Aufteilung ihrer Gesellschaft. Es wird klar, dass die Verehrung des Judas etwas war, das eine Gemeinschaft definierte. Einen Stamm. Das scheinen sie geheimhalten zu wollen.«

»Ein alter judäischer Stamm? Ich sehe da trotzdem keinen roten Faden.«

»Hm«, meinte Kennedy, »vielleicht gibt es den aber. Wir wissen, dass Bonville die Welt bereiste und Mitarbeiter örtlicher Regierungen oder öffentlicher Unternehmen zum Thema Energienutzung beriet. Damit hatte er zu unterschiedlichen Zeiten und an unterschiedlichen Orten Zugang zu einer Menge diesbezüglicher Daten, wie Leistungsflussschemata und Leistungsverbrauch. Fand er vielleicht Daten, die nicht ins Schema passten?«

Moggs' Hände erstarrten über der Tastatur, und sie drehte sich zu Kennedy. »Energienutzung, wo es keine geben sollte?«, vergewisserte sie sich.

»Genau. Oder nur eine stärkere Nutzung an einem bestimmten Ort bei einer bestimmten Bevölkerungsdichte, als sie vorhanden sein sollte. Allein auf der Grundlage seiner Statistik findet er heraus, wo die Judas-Leute ihre

Basis haben. Er braucht nicht unbedingt zu wissen, was er gefunden hat. Doch er beginnt, die falschen Fragen zu stellen oder an den falschen Orten zu suchen. Und sie machen ihn mundtot, bevor er eins und eins zusammenzählen kann.«

Gayle schielte ängstlich zu Moggs' Rechner. Kennedy konnte seine Gedanken lesen. »Wir müssen wirklich vorsichtig sein, wem wir darüber erzählen«, sagte sie. »Ich würde sogar sagen, wir sollten das im Moment für uns behalten. Eileen, haben Sie einen Laptop?«

Moggs nickte.

»Speichern Sie Ihre Anmerkungen auf einen USB-Stick und dann auf dem Laptop, aber stellen Sie mit ihm keine Internetverbindung her. Wenn sie Bonvilles Computer anzapfen konnten, schaffen sie das bei Ihrem auch.«

»Vielleicht sollte ich den Rechner hier auch abstöpseln«, überlegte Moggs. »Ich kann auch mit dem in der Redaktion ins Internet gehen.«

Kennedy schüttelte den Kopf. »Nein, lassen Sie alles so, wie es ist. Falls Sie überprüft werden, soll alles normal aussehen. Wenn sie uns kommen sehen, haben sie uns zuerst am Wickel. Glauben Sie mir, Sie möchten nicht, dass das passiert.«

»Wie sieht der nächste Schritt aus?«, fragte Moggs.

»Santa Claus«, antwortete Gayle, bevor Kennedy die Worte über die Lippen brachte. »Wir nehmen uns die Asservatenkammer noch einmal vor und sehen nach, ob in Bonvilles Kiste oder bei den Sachen, die nicht zugeordnet werden konnten, irgendetwas dabei ist, das uns einen Hinweis darauf gibt, was er entdeckt haben könnte.«

»Genau das hatte ich mir auch gedacht«, stimmte Kennedy zu. »Und wir fangen gleich an. Wenn uns dort kein Glück beschieden ist, melden wir uns noch mal bei den New Yorker Stadtwerken und bitten um eine Liste aller Orte, an denen Bonville im letzten Jahr war. Damit können wir die Auswahl eingrenzen.«

»Vielleicht grenzt das die Auswahl auf einen Ort ein«, ergänzte Moggs. »Wenn wir die Liste mit den Dateien auf dem Server in New York vergleichen, könnten wir herausfinden, dass es nur eine Unstimmigkeit gibt – einen Ort, für den keine Daten gespeichert wurden.«

Sie vereinbarten schließlich, sich von beiden Seiten gleichzeitig vorzuarbeiten. Moggs würde zu Hause bleiben und den Anruf erledigen. Gayle und Kennedy würden nach Santa Claus zum Lager fahren und dort nach rauchenden Colts suchen. Das war Gayles Ausdruck, und der ließ Kennedy zusammenzucken.

»Tun Sie mir einen Gefallen«, bat sie ihn. »Können wir einfach sagen, wir suchen nach Beweisen?«

50

Wieder war der Highway 93 in beide Richtungen frei bis zum Horizont. Dennoch musste Kennedy jede Minute in den Rückspiegel blicken. Sie traute der Einsamkeit der Wüste nicht.

»Wir werden einiges erklären müssen«, grübelte Gayle. »Und sobald wir damit anfangen, gerät der Fall in die Zuständigkeit auf Bundesebene. Ich weiß nicht, ob das gut oder schlecht ist. Diese Leute verfügen immerhin über die nötigen Ressourcen. Und ich vermute, sobald das Risiko so weit gestreut ist, ist es kein Risiko mehr. Niemand wird mehr einen Grund haben, uns am Zeug flicken zu wollen, wenn der Fall an die Öffentlichkeit gelangt ist. Aber mit dem FBI ist nicht gut Kirschen essen. Das hat seine eigenen Regeln. Vielleicht müssen Sie Ihren Arizona-Urlaub noch verlängern, auch wenn Ihnen das nicht lieb ist, Sergeant. Wenn das FBI davon ausgeht, dass Sie etwas wissen, müssen Sie sich hier bestimmt zur Verfügung halten. Und Ihre eigenen Leute werden sich für Sie nicht ins Zeug legen. Aber Sie aus dem Ganzen rauszuhalten … hm, das wäre im Moment richtig schwierig.«

»Sie müssen nicht für mich lügen, Sheriff«, beruhigte Kennedy ihn. »Sie gehen genau so vor, wie Sie es für richtig halten, und wenn Regeln gebrochen oder umgangen werden müssen, dürfen Sie das gerne mir in die Schuhe schieben.«

»Na, das würde ich nicht tun.«

»Gut, aber ich habe mich bei Ihnen mit einer Lüge eingeschlichen – und die Lüge ist aktenkundig. Niemand außer uns muss wissen, dass Sie sie durchschaut haben. Sie haben einer Kollegin geholfen. Das ist der Ausgangspunkt.«

»Okay«, stimmte Gayle zu. »Die Version gefällt mir.«

Der Wagen hustete wie zum Protest.

Sie verließen den Highway, stellten das Auto ab und betraten den Lagerraum. Es war Nachmittag und noch heißer als beim letzten Besuch hier. Nachdem Gayle die Klimaanlage eingeschaltet hatte, nahmen sie Zuflucht in seinem Wagen, bis das schmalbrüstige, überlastete Gerät irgendeine Auswirkung zeigen würde.

»Sind Sie und Moggs schon lange zusammen?«, fragte Kennedy.

Gayle wurde sogar ein bisschen rot im Gesicht. »Oh«, begann er, »das ist irgendwie ... Wissen Sie, was man so hört, ist nicht immer ...« Hier endete seine Ausdrucksfähigkeit, was er mit einer Gegenfrage kompensierte. »Was ist mit Ihnen? Gibt es einen Mr Sergeant Kennedy, Sergeant Kennedy? Gibt es einen besonderen Mann in Ihrem Leben?«

Angesichts seines Ausweichmanövers gingen ihr ihre eigenen Ausflüchte auf die Nerven. »Ich bin lesbisch«, antwortete sie. »Aber im Moment gibt es keine Frau in meinem Leben. Ist schon eine Weile her, dass ich mich auf solches Fehlverhalten eingelassen habe.«

Gayles Gesicht glühte jetzt feuerrot. »Gut«, sagte er. »Nun ... jedem Tierchen sein ...« Auch diesem Satz war kein Ende bestimmt. »Ich denke, wir können es jetzt versuchen«, wich er aus und öffnete die Wagentür.

Die Luft in der Hütte war tatsächlich etwas abgekühlt. Sie gingen gleich zu den Regalen auf der rechten Seite, nachdem sie sich den roten Ordner gegriffen hatten.

Gayle hatte zwei Paar Handschuhe mitgebracht, von denen er Kennedy eins reichte, und ein Desinfektionsspray. Als hätte er den Einsatz generalstabsmäßig geplant, erklärte er ihr die Vorgehensweise: »Alles ab hier bis dort hinten.« Er deutete mit dem Kopf in die entsprechenden Richtungen, während er seine und ihre Hände einsprühte. »Wir haben uns bemüht, die Gegenstände nach Kategorien zu gruppieren, aber das hing, ehrlich gesagt, davon ab, wer sie in die Liste eingetragen hat. Anstruther hatte seine eigenen Kategorien, die für mich wenig Sinn ergaben, und Scuff ist einfach stinkfaul. Wir müssen wohl fast alles durchforsten.« Er streifte sich die Handschuhe über. »Eins achtunddreißig bis siebenundneunzig sind Kleider. Wir haben alle Taschen geleert, deswegen heben wir uns das bis zum Schluss auf. Dort werden wir wahrscheinlich nicht viel finden. Eins achtundneunzig ist gleich hier, damit sind es … fünf Einheiten oder ungefähr sechzig Kisten. Ich fange an dem einen Ende an, Sie am anderen, und in der Mitte treffen wir uns.«

Kennedy nickte und ging an ihren Platz, während sie mit den Fingern wackelte, bis ihre Handschuhe richtig saßen.

»Sergeant?«, rief Gayle ihr hinterher.

Sie drehte sich um. »Ja?«

»Mir ist es egal, mit wem Sie Ihr Bett teilen. Mir wurde nur beigebracht, nicht darüber zu reden. Sollte keine Beleidigung sein.«

Er sah lächerlich ernst aus. Kennedy lächelte.

»Habe ich auch nicht so empfunden«, erwiderte sie.

»Dann ist ja alles bestens. Gute Jagd.«

»Ihnen auch, Sheriff.«

Der Inhalt der Kisten war eine tragikomische Mischung. Kennedy hatte sich bereits ein Bild davon machen können, als sie bei ihrem ersten Besuch den roten Ordner aufgeschlagen hatte. Jetzt musste sie sich durchwühlen, eine Aufgabe voller Schrecken und Pathos, als läse sie die Zukunft in den Eingeweiden von Kindern. Doch es war die Vergangenheit, in der sie zu lesen versuchte, und Zimperlichkeiten konnte sie sich nicht leisten.

Die Gegenstände waren für sich genommen banal. Schrecklich wurden sie erst durch ihre Details: eine Brieftasche mit Fotos von zwei grinsenden Kindern, einem Jungen und einem leicht schielenden Mädchen; ein silberner Füller mit einer Gravur: *MG – für vierzig Jahre*; ein durchsichtiger, würfelförmiger Schlüsselanhänger mit dem 3D-Bild einer elegant aussehenden älteren Frau; ein MP3-Spieler in einer mit Komikfiguren verzierten Hülle, auf der mit dickem, schwarzem Markierstift der Name *Stu Pearce* geschrieben stand. Die Reste abgeschnittener Biographien, die hier überdauerten, während die Schreie längst verstummt waren und die Menschen unter der Erde lagen.

Sie wappnete sich gegen die in ihr aufsteigenden Gefühle, die sie nur lähmen und ihr das Denken erschweren würden. Sie suchte nach etwas, das möglicherweise Peter Bonville gehört haben und in irgendeiner Weise eine Botschaft enthalten könnte. Eine CD, einen USB-Stick, ein Diktiergerät, einen Walkman, ein Tagebuch. Irgendwann würden sie zu den Telefonen kommen, und dann würde Gayle mit dem vierten Zusatzartikel zur Verfassung und seinem Gewissen ins Gericht gehen müssen.

Doch es war Gayle, der auf Gold stieß, und es hatte gar nicht so lange gedauert, wie Kennedy bei einem Blick auf die Uhr feststellte. Subjektiv gesehen, entsprach jede Minute, in der sie sich durch diese Kartongräber wühlte, einem Tag.

»Sergeant.«

Sie drehte sich zu ihm. Er hielt ein Notizbuch hoch, A5 oder vielleicht ein bisschen kleiner, mit rotem Umschlag.

»Eindeutig?«, fragte Kennedy. »Oder nur vielleicht?«

Gayle blätterte vorsichtig um. »Also, gleich vorne steht eine Liste mit Adressen, die mit ›Umspannwerke‹ überschrieben ist. Über einer zweiten Liste steht ›Knotenpunkte‹. Eine Menge Zahlen in Tabellenform, und dann das hier: ›Besichtigung, Samstag: Siemens Energieerzeugungsservice, Poniente 116 590, Industrial Vallejo, Metro Azacpotzalco, Mexiko-Stadt, Distrito Federal: jüngste Entwicklungen‹. Sieht ziemlich gut aus, würde ich sagen.«

Das dachte Kennedy auch. Sie trat hinter Gayle und las über seine Schulter hinweg mit, als er umblätterte. Das meiste war undurchsichtig, doch dass es um Elektrizität ging, war eindeutig. Messungen in Ampere und Volt, Hinweise auf Stromerzeugungskapazitäten, Durchschnittswerte für Zeiten mit Spitzen- und geringerer Auslastung, Widerstandstoleranzen, Fluktuation nach Zeit und Bezirken, die Namen hatten wie Azaptozalco, Alvaro Obregon oder Magdalena.

Auf der viertletzten Seite befand sich wieder eine Tabelle, überschrieben in großen Blockbuchstaben: »UNREGELMÄSSIGKEITEN IN XOCHIMILCO«. Darunter eine Liste mit Zahlen, einige mit mehreren Fragezeichen versehen, als durchbrächen sie alle Logik und Vernunft.

»Was meinen Sie?«, fragte Gayle.

»Ich denke, wir sind fündig geworden«, antwortete Kennedy.

Sie mussten entscheiden, ob sie mit der Suche fortfahren sollten oder nicht. Sie könnten noch mehr finden: digitale Daten in irgendeiner Form, die diese handschriftlichen Notizen bestätigten und ergänzten. Aber mit dem Notizbuch hatten sie die fehlenden Glieder in ihrer Beweiskette gefunden und genug, um das FBI auf den Plan zu rufen. Michael Brands Spur führte zurück zu Stuart Barlow und vorwärts zum Absturz von Flug 124. Flug 124 führte zu Bonville, und Bonville führte zu … diesem hier. Zu einem Ort namens Xochimilco, vermutlich in Mexiko. Einem für den Judas-Stamm wichtigen Ort, der ihre Existenz beweisen würde.

Kennedy wägte diese Möglichkeit gegen die betäubende Aussicht ab, weiter in den Kisten mit den Fundsachen von Toten herumzuwühlen. Die Überlegung ließ nur eine Antwort zu.

Ihre Blicke trafen sich. Gayles Nicken schien alles zu bestätigen, was Kennedy gedacht, aber nicht ausgesprochen hatte. »Es reicht«, sagte er. »Denke ich zumindest. Überlassen wir alles Weitere den großen Jungs.«

Ebenso wie mit Michael Brands Ein-Dollar-Schein, den er jetzt wieder zurücklegte, bestand Gayle darauf, die Vorschriften einzuhalten, und verzeichnete, dass er das Notizbuch mitgenommen hatte. Kennedy wartete an der Tür. Sie spürte, wie sie von einer seltsamen Ruhe durchströmt wurde. Jetzt hatte sie etwas in der Hand, eine Art Waffe, wenn sie auch noch so klein war. Aber sie konnte mit ihr auf die Schweine zielen, die Chris Harper getötet hatten. Es war, als bräuchte sie sich nun nur noch treiben zu lassen, um wieder an Land gespült zu werden. Sie wusste, dass das nicht stimmte, weil sie sehr bald in England ihren Spießrutenlauf wieder aufnehmen musste, doch einen Moment lang gab sie sich diesem verführerischen Gedanken hin.

»Okay.« Gayle klappte den Ordner zu. »Wir sind fertig hier.«

Nachdem Gayle das Lager abgeschlossen hatte, gingen sie, Gayle ein paar Schritte voraus, zum Wagen.

»Sollen wir Eileen anrufen?«, fragte Kennedy. »Ich

würde gerne wissen, wie sie mit den Leuten in New York zurechtkam.«

»Ich rufe sie vom Wagen aus über die Freisprechanlage an«, antwortete Gayle. »Ich werde mich ein gutes Stück wohler fühlen …«

Gleichzeitig mit dem Geräusch – ein dumpfes Knacken wie ein Peitschenknall – erwischte ihn die Kugel in der Schulter in der Nähe des Halses. Es musste ein glatter Durchschuss sein, da nicht nur vorne Blut wie eine Fontäne herausspritzte, sondern sich auch hinten auf Gayles weißem Hemd ein roter Ring bildete. Er wurde größer wie eine aufgehende Sonne und sackte dann nach unten, während es seine gleichmäßige Form verlor wie die zerfließenden Uhren in Salvador Dalís Gemälden. Mit lautem Stöhnen kippte Gayle zur Seite und blieb zusammengekauert auf dem Boden liegen.

Kennedy war viel zu schockiert, viel zu baff, um in Deckung zu gehen, und ihr bot sich auch keine Gelegenheit. Der Wagen stand zehn Meter entfernt in die gleiche Richtung, aus der der Schuss gekommen war. Sie blickte an diesem vorbei zum anzüglich grinsenden Weihnachtsmann auf der Veranda des nächstgelegenen Hauses.

Doch nicht er war der Schütze. Dieser nämlich trat mit erhobener Waffe hinter ihm hervor. Es war eine Frau. Die Frau aus der Flughafenbar in Mexiko. Die Frau, die dem Barmann die Silbermünze für Kennedy gegeben hatte. Sie war nicht mehr geschminkt, so dass ihr hübsches Gesicht von roter, verbrannter Haut entstellt wurde.

»Nur du und ich«, sagte die Frau mit einem Akzent, den Kennedy nicht einordnen konnte. »So hätte es schon das letzte Mal sein sollen, du mörderische Hure. Aber wer weiß schon, was Gott mit uns vorhat? Er hat mich warten lassen. Und jetzt, endlich, wird er dich bluten lassen.«

51

Aus der Nähe und im hellen Tageslicht betrachtet, bestand kein Zweifel mehr, was es mit dieser Frau auf sich hatte: Unter ihren Brandmalen verbarg sich die gleiche Blässe wie bei den anderen Mördern, sowohl bei denen in Luton als auch denjenigen, die Tillman am Haus Taubenschlag getötet hatte.

Kennedy war unbewaffnet und ohne Deckung. Sie wusste, sie hatte keine Chance. Zögernd und unsicher, als wollte sie fliehen, trat sie einen Schritt zurück und zur Seite. In Wirklichkeit näherte sie sich dem Wagen.

Die Frau lachte amüsiert und hielt ihre Hand hoch, in der etwas Silbernes aufblitzte. Keine Münze diesmal, sondern der Wagenschlüssel, den Gayle hatte stecken lassen. Wer, zum Teufel, sollte hier draußen auch ein Auto klauen? Die Frau schleuderte den Schlüssel in die Luft und tat, als wollte sie ihn auffangen, ließ ihn aber im letzten Moment auf den Boden fallen und trat mit ihrem Stiefelabsatz darauf. »Hier gibt es kein Entkommen«, sagte die Frau. »So dumm war ich nicht. Aber schau, jetzt werde ich etwas Dummes tun.« Sie nahm ihre Waffe herunter, drehte sie um und haute mit dem Handballen auf die Magazinsicherung. Dann zog sie das Magazin, das sich aus der Halterung gelöst hatte, ganz heraus, warf es in den Sand und schleuderte die Waffe achtlos über ihre Schulter nach hinten. Sie blickte Kennedy an und zuckte theatralisch mit den Schultern. *Und jetzt?*

Kennedy reagierte instinktiv – und falsch, wie sie wusste, konnte aber nicht anders. Sie preschte auf die leichenblasse Frau zu, die sie mit herabhängenden Armen erwartete. Mit einem Schrei wollte sie der Frau mit ihrem selbstgefälligen Gesicht die Faust in die Kehle rammen.

Die Frau packte Kennedys Handgelenk und drehte es. Kennedy flog in einem kurzen Bogen durch die Luft, wurde gegen den Weihnachtsmann geschleudert, der in alle Einzelteile zersplitterte, und landete an der Wand dahinter. Die Frau schien zwar improvisiert zu haben, hatte aber mit atemberaubender Geschwindigkeit reagiert.

Kennedy war dabei, sich wieder aufzurappeln, als sie gleich wieder zu Boden geworfen wurde. Die Frau schwang sich rittlings auf ihren Rücken, schnürte ihr mit der rechten Hand und dem linken Unterarm die Kehle zu und hob gleichzeitig Kennedys Kopf an. Ihr Knie drückte sie genau zwischen ihre Schulterblätter, so dass ihr Oberkörper flach auf den Boden gepresst wurde.

»Das wird sehr weh tun, mehr als du dir vorstellen kannst«, raunte ihr die Frau ins Ohr. »Ein sehr lange anhaltender Schmerz. Dein Freund wird verbluten und sterben, während wir uns hier vergnügen. Deine andere Freundin, die Journalistin, ist schon tot. Die Waffe, die sie beide getötet hat, wird man in deiner Hand finden. Und das Messer, das dich tötet, in der des Sheriffs. Wehr dich. Kämpfe gegen mich, du dreckiges, kaputtes Miststück. Ich werde dir noch mehr brechen. Ich opfere deinen Schmerz Gott, der Gefallen daran hat.«

Sie schlug Kennedys Kopf mit voller Wucht auf die Holzveranda. Benommen und mit einem Klingeln in den Ohren versuchte Kennedy zur Seite zu rollen, was ihr überraschenderweise gelang, weil die Frau sich erhoben und ein Stück entfernt hatte.

Kennedy richtete sich wankend auf. Die Frau wartete bereits, drehte sich ein Stück zur Seite und trat ihr mit vernichtender Kraft in den Bauch. Als Kennedys Oberkörper nach vorne klappte, sah sie den Schlag bereits kommen, konnte aber nicht ausweichen und wurde nach hinten geschleudert. Diesmal flog sie durch die Haustür, deren verdorrtes Holz laut krachend in einer Staubwolke zerbarst.

Die Frau kam Kennedy gleich durch die Tür hinterher und hatte sie bereits wieder am Wickel, während Kennedy sich noch sortierte. Die Frau war einfach zu schnell. Kennedy schützte mit gekreuzten Armen ihren Oberkörper, doch die Frau packte einen Arm ober- und unterhalb des Ellbogens und beugte sich ganz leicht vor. Plötzlich wurde Kennedys Oberarm einem kräftigen Druck ausgesetzt. Mit einem lauten Knacken gab er nach. Als sie den Mund öffnete, um zu schreien, schlug ihr die Frau mit dem Ellbogen gegen den Unterkiefer, so dass nur das Geräusch von aufeinanderschlagenden Zähnen und eingezogenem Atem zu hören war.

»Hab Geduld«, sagte die Frau streng. »Spar dir deine Kräfte.«

Unzählige Hiebe ließen Kennedy nach hinten ausweichen, bis sie gegen eine Wand stieß. Nein, es war ein Balken, der alle Knochen in ihrem Körper erzittern ließ. Mit verschwommenem Blick sah sie, wie die Frau ihr Gewicht für den nächsten Angriff verlagerte, und warf sich zur Seite. Der Roundhouse-Kick durchschnitt die Luft, wo sie gestanden hatte, und durchbrach den quadratischen, zwölf Zentimeter breiten Holzbalken wie einen dünnen Zweig.

Dies hatte aus Kennedys Sicht zwei Vorteile. Erstens war es nicht ihr Hals, der gebrochen war. Zweitens stürzte das Dach über ihnen zusammen.

Die Holzschindeln des Daches hielten anfangs noch, kippten dann wie eine riesige Fliegenklatsche auf einer Seite nach unten und trafen die Frau zuerst, weil sie stand. Sie war damit zwar nicht ausgeschaltet, zumindest jedoch verletzt und abgelenkt. Kennedy blieb etwa eine Sekunde, um zur Seite zu rollen – höllischer Schmerz flammte in ihrem gebrochenen Arm auf, als sich ihr Körpergewicht darauflegte –, doch mittlerweile zerbrach das Dach wie ein kalbender Gletscher, ließ die Holzschindeln auf die beiden Frauen herabregnen und hüllte sie in eine Staubwolke.

Kennedy krabbelte auf beiden Knien und dem rechten Ellbogen – der linke Arm hing nutzlos herunter – bis zur Seitenwand, erhob sich und rannte Richtung Tür, die nur schwach in dem Durcheinander aus Holz, Schutt und Staub erkennbar war.

Sie schaffte es fast.

Das Messer traf sie unten rechts im Rücken. Ein tiefer Stich, der sich zuerst wie ein Schlag anfühlte, sich dann aber als Eiseskälte ausbreitete. Dies war kein Schmerz, sondern nur dessen Vorbote, der ihn in seinem lautlos schreienden Sog nach sich zog.

Nur der Impuls ließ Kennedy weitergehen. Sie machte einen Schritt nach dem anderen, stolperte durch die Tür in die klare, sengende Luft, sackte auf die Knie und fiel vornüber von der Veranda in den Sand.

Sie hörte die Frau hinter sich, dann legte sich ihr Schatten über sie.

»Ohne Gift«, sagte die Frau mit rauer, abgehackter Stimme. Sie musste husten. Gut! Zumindest schien ihr der Staub zu schaden. »Kein Gift an der Klinge. Hier wird man nichts finden, das deinen Tod mit dem von irgendeinem anderen in Verbindung bringt. Diesmal werde ich mir aber Zeit lassen. Wir werden zusammensitzen, du und ich, und ich werde dir ein Lied vorsingen, während du stirbst.«

Kennedy versuchte wieder davonzukrabbeln, wirbelte mit den Füßen aber nur Sand auf. Mit der rechten Hand allein kam sie nicht zurecht. Sie stieß sich ab und landete auf dem Bauch, wo sie keuchend liegenblieb. Die Einstichstelle fühlte sich längst nicht mehr kalt an – sie pulsierte rhythmisch und brannte wie Feuer. Sie wagte nicht hinzusehen. Sie wollte nicht wissen, wie viel Blut sie verlor.

Die Frau begann aufzuräumen und hob ihre Waffe und das Magazin auf. Der Autoschlüssel lag etwa fünf Meter entfernt. Als sie sich danach bückte, kehrte sie Kennedy einen Moment lang den Rücken zu.

Kennedy löste sich aus ihrer vorgetäuschten Starre und krabbelte so schnell sie konnte zu Gayle. Die Frau drehte sich zu ihr um und verzog ihr Gesicht zu einem kalten Grinsen, merkte aber einen Augenblick später, was Kennedy im Schilde führte. Als Kennedy bei Gayle war, rammte die Frau das Magazin in ihre Halbautomatik, zielte und drückte ab, alles in einer schnellen, fließenden Bewegung. In einer zu schnellen Bewegung. Das Magazin war nicht korrekt eingerastet, so dass die Waffe beim Abdrücken nur leise klickte.

Die Frau ließ die Waffe fallen und rannte auf Kennedy zu.

Kennedy riss Gayles Halfter an seinem Gürtel auf und zog die FN Five-Seven heraus. Sie hatte keine Zeit, nachzusehen, ob er noch atmete und lebte. Sie entsicherte die Waffe, während sie sich auf den Rücken drehte. War dies überhaupt der Sicherungshebel gewesen? Sie hatte an der Stelle hantiert, wo sie ihn vermutete, hinten links am Griff, doch vielleicht hatte sie nur das Magazin ausgeworfen.

Die Waffe fühlte sich viel zu leicht an, wie eine Plastikpistole für Kinder. Kennedy wurde von der Sonne geblendet, bis die auf sie zustürmende Frau sie verdeckte. Der verschwommene Blick und dass sie nur mit einer Hand schießen konnte, wurde durch den geringen Abstand ausgeglichen. Sie ließ ihren Arm nach vorne schnellen und drückte ab.

Wer die FN Five-Seven mochte, war beeindruckt von ihrer Kapazität von zwanzig Schuss. Wer sie nicht mochte, fühlte sich von dem Funkenregen abgeschreckt, den sie manchmal ausspuckte. Doch egal, wie sehr Kennedy von dem Mündungsfeuer geblendet wurde, sie drückte immer wieder ab, während sie ihre Hand leicht nach rechts und links bewegte, um einen gewissen Bereich abzudecken.

Schließlich war das Magazin leer. Kennedy ließ die Waffe fallen.

Als sie sich wieder bewegen konnte, riss sie nicht etwa zuerst ihre Bluse mit ihrer rechten Hand und den Zähnen auf, um daraus Druckverbände zu machen, sondern sie sah zuerst nach der Frau. Nur zwei der zwanzig Schüsse hatten getroffen, einer davon als Streifschuss am Oberschenkel.

Der andere hatte sie in der linken Brust erwischt, und den Geräuschen nach zu urteilen, die die Frau von sich gab, war es ein Schuss in die Lunge.

Für sie konnte Kennedy nicht viel tun. Gayle war ohnehin zuerst an der Reihe. Nur unter großer Anstrengung konnte sie Gayles Schulter abbinden. Die beiden Enden des gebrochenen Knochens im linken Arm rieben bei jeder Bewegung aneinander. Kennedy hatte das Gefühl, sie würde Stacheldrahthandschuhe tragen, während sie mit Kettensägen jonglierte. Sie brauchte lange, und als sie fertig war, floss das Blut aus ihrer eigenen Wunde bereits langsamer und begann zu gerinnen. Sie wagte nicht, das Messer herauszuziehen, weil die Wunde dann wieder stärker bluten würde, aber verbinden konnte sie sie auch nicht. Also beließ sie alles so, wie es war.

Gayle atmete so flach, dass sich sein Brustkorb nicht bewegte. Kennedy musste ihre Wange an seinen Mund halten, um den schwachen Hauch zu bemerken.

Sie meldete den Vorfall über das Funkgerät in Gayles Wagen. Wahrscheinlich ergaben ihre Worte kaum mehr Sinn, weil sich ihr Bewusstsein langsam trübte. Sie hörte Connie, die Bulldogge in der Einsatzzentrale, immer wieder »Ist Web okay?« rufen, und dann: »Anstruther kommt!« Dann wurde die Verbindung unterbrochen.

In der Stille klang die Stimme der Frau wie ein wüster Chor aus Husten und Blubbern. Kennedy wankte zu ihr und blickte auf das von Brandwunden und Blut gerötete Gesicht hinab.

Gayle hatte seine Jacke auf dem Rücksitz seines Wagens liegen lassen. Kennedy holte sie, knüllte sie zusammen und schob sie der Frau unter den Kopf und die Schultern, um ihr das Atmen zu erleichtern. Es schien aber nichts zu helfen.

Die Frau versuchte immer noch zu sprechen, zuerst in einer fremden Sprache, die vor allem aus flüssigen Lippenlauten bestand – was sich weniger schön anhörte, wenn sie Blut spuckte –, die hin und wieder von Knacklauten unterbrochen wurden, doch dann in Englisch und schließlich in einer Art kindlichem Jammern.

Bevor sie starb, richtete sie ihren dunklen Blick, der von seinem wilden Funkeln noch nichts verloren hatte, auf Kennedy und vertraute ihr flüsternd ein Geheimnis an.

Es schien ihr ein Trost zu sein, dass Kennedy ihre Tränen nicht unterdrücken konnte.

TEIL 4

GINAT'DANIA

52

Die Sache mit der Verzweiflung war, dass sie sich nicht fortbewegte. Sie verharrte dort, wo sie war, wie ein Zug auf einem Abstellgleis.

Tillman hatte die Verzweiflung dreizehn Jahre lang vermieden, indem er strikt einem Plan folgte. Dinge mussten erledigt werden, und er erledigte sie, indem er geduldig von A über B nach C ging, ohne sein Ziel aus den Augen zu verlieren. Außenstehende mochten beeindruckt sein, weil sie seine Haltung für eine Leistung, einen großen Willensakt hielten, doch eigentlich war dieser Plan seine Zuflucht, seine Rettung.

Jetzt, ganz plötzlich, hatte er nichts mehr zu tun. Michael Brand war tot, und hier endete die Spur. Vielleicht könnte Kennedy ihre Rotgut-Ermittlungen mit Hilfe der CD und der Blätter am Leben erhalten, doch diese Spur würde ihn nicht zu Rebecca und seinen Kindern führen.

Sie waren keine Kinder mehr. Grace, die jüngste, müsste bereits die Highschool besuchen und Schminke, Rockmusik und Jungs für sich entdecken. Oder hatte sie diese Schwelle schon überschritten? Jungs und Mädchen reiften heute immer früher zu Männern und Frauen.

Rebecca war alt. Oder tot. Die Kinder waren erwachsen. Oder tot. Die Brücke war eingestürzt, der Fall geschlossen. Ende und aus.

Und am Ende stand an genau derselben Stelle wie immer der Zug ohne Fenster. Er hatte sich all die Jahre nicht von der Stelle bewegt. Er hatte auf dem Abstellgleis gestanden und gewartet, dass Tillman einstieg.

In einem Zimmer in einer Frühstückspension in einem schmuddeligen West-Londoner Vorort saß Tillman auf dem Bett, die Waffe auf seinem Schoß. Aus reiner Gewohnheit war sie mit sechs Patronen geladen. Er überlegte, ob er eine davon abfeuern sollte.

Es hatte eine Weile gedauert, bis er an diesen Punkt gekommen war. Kennedy hatte ihn in den ersten Tagen oft auf dem Mobiltelefon angerufen. Damals, was schon eine Ewigkeit zurückzuliegen schien, hatte er noch geantwortet. Sie hatte von ihrer Suspendierung und gleich darauf von ihrer Kündigung berichtet. Ihrer Beschreibung nach war alles ein abgekartetes Spiel gewesen. Wenn sie geblieben wäre, hätten die Ermittlungen zu Combes' Tod genügend Unregelmäßigkeiten ans Tageslicht befördert, um die Sache der Staatsanwaltschaft zu melden und sie wegen strafbarer Fahrlässigkeit und möglicherweise fahrlässiger Tötung zu verklagen. Würde sie kündigen und eine Vertraulichkeitsvereinbarung unterzeichnen, so ihr Chef, würde man sie in Ruhe lassen. Der Wunsch, dass sie ging, war größer als der, ihr weh zu tun. Doch am meisten wollte ihr Chef die Spekulationen in den Medien beenden und dafür sorgen, dass wieder Ruhe einkehrte.

Also hatte Kennedy zugestimmt und die Vereinbarung unterzeichnet. Danach hatte sie in der »Löwengrube«, wie sie es ausgedrückt hatte, klar Schiff gemacht, Fälle abgeschlossen und übergeben, ihren Schreibtisch aufgeräumt und das übliche Ritual beim Tod einer – ihrer – Karriere durchgeführt. Selbst dafür hatte sie noch kämpfen müssen. Ihre Vorgesetzten wollten, dass sie sofort ging, und hätten ihr das Kündigungsschreiben am liebsten nach Hause geschickt, doch Kennedy, stur, wie sie war, hatte darauf bestanden, alle Stationen ihres persönlichen Kreuzweges abzulaufen.

So jedenfalls sahen ihre Kollegen ihre fortwährende Gegenwart in der Abteilung. Einige zollten ihr wegen ihrer Haltung Respekt, wenn auch widerwillig und aus der Ferne, nachdem innerhalb von zwei Wochen zwei ihrer Partner ins Gras gebissen hatten. Niemand wollte ihr helfen, aller guten Dinge drei werden zu lassen.

Kennedy ließ sie denken, was sie wollten, während sie Gefälligkeiten in Anspruch nahm, sich Berichtsprotokolle unter den Nagel riss und die Akten der anderen in einem Maß durchstöberte, das selbstmörderisch gewesen wäre, wenn sie bei der Rückkehr der Hühner in ihren Stall noch dort gewesen wäre. Wenn jemand fragte, räumte sie nur auf. Was sie aber nur insoweit tat, wie es ihr als Deckmäntelchen diente.

Das Wichtigste – und bei weitem Schamloseste und Verbotenste –, was sie tat, war, herauszufinden, wo Professor Emil Gassan versteckt wurde, und ihm eine Kopie der CD zu schicken, die sie im Haus Taubenschlag gezogen hatte. In einem kurzen Anschreiben bat sie ihn, ein Gespräch mit ihr zu erbitten, falls er in dem Inhalt der Dateien irgendeinen Sinn erkennen könne. Die Bitte musste von seiner Seite aus erfolgen, und zwar solange sie noch offiziell Polizistin war. Zudem musste die Bitte über die Abteilung Sonderoperationen laufen, die sich um den Professor kümmerte. In dieser Abteilung wüsste man nicht unbedingt über das über Kennedy schwebende Schwert Bescheid und sähe wohl auch keinen Grund zu einer Überprüfung. Sie konnte zumindest hoffen, dass die Bitte direkt zu ihr statt an den DCI weitergeleitet wurde.

All das hatte Tillman in den ersten beiden Wochen nach dem Brand auf Hof Taubenschlag erfahren. Jetzt hatte er vergessen, was er in dieser Zeit gemacht hatte, konnte sich nicht ans Wetter, ans Essen, an Orte oder das erinnern, was er getan hatte. Mit ihm ging es bergab, sein Energiespeicher war aufgebraucht.

Nach der zweiten Woche war er nicht mehr ans Telefon gegangen. Kennedy hatte weiterhin angerufen und Nachrichten hinterlassen. Er hatte das Telefon auf stumm gestellt, es irgendwohin gepackt, vielleicht in eine Schublade. Jemand war aus dem Nachbarzimmer aus-, kurze Zeit später jemand anderes eingezogen. Dann hatte er ein Kratzen unten an der Wand gehört, das fast zu leise gewesen war, um es wahrzunehmen. Es hatte nicht Kennedy sein können, die ihm nachspionierte, weil er weder ihr noch sonst jemandem seine Adresse gegeben hatte. Doch sie war Detective, und zwar eine ziemlich gute, so dass sie ihn vielleicht aufgespürt hatte. Das hieß, er würde sofort umziehen müssen. Wenn Kennedy ihn aufspüren konnte, würden es seine Feinde auch schaffen.

Er verhielt sich still und wartete. Er wollte sich nicht eingestehen, worauf er wartete, bis klar wurde, dass nichts geschehen würde.

Er wartete auf den Tod, wartete darauf, dass die bleichen Mörder die Tür eintreten und seine Kehle durchschneiden oder ihn erschießen oder sonst etwas mit ihm tun würden, wonach ihnen der Sinn stand, um ihn von der Bildfläche verschwinden zu lassen. Das wäre nett und logisch gewesen, und es hätte ihm die Mühe erspart, nachdenken und handeln zu müssen. Dazu fehlte ihm die Kraft. Oder vielleicht hatte er so lange und so hart gegen das Offensichtliche gekämpft, dass ihn seine eigene Unnachgiebigkeit, die wie ein Geschwür in ihm gewuchert war, in Blindheit und Trotz erstarren ließ. So konnte er sich jetzt, als er nur noch seine Augen für immer schließen wollte, nicht dazu aufraffen, die notwendigen Schritte zu gehen.

Die Zeit verstrich wirkungslos. Immer mehr Leere sammelte sich um ihn herum und in ihm, als wäre das Zimmer sein Inneres, das sich endlos in ihm und außerhalb von ihm ausbreitete. Arbeitstitel: »Der Mann auf dem Bett« – Großeinstellung auf die gewölbte Oberfläche seiner Retina, die wieder das gleiche Bild zeigt: der Mann auf dem Bett.

Sechs Kugeln in der Waffe. Der leere Schnelllader in seiner Linken. Vorsichtig – es war schwer, sie in der zur Unica passenden Größe ausfindig zu machen – legte er den Lader aufs Nachttischchen. Er schätzte den Abstand falsch ein. Das Ding fiel auf den Boden, rollte unters Bett, stieß gegen etwas anderes und blieb liegen.

Er hob die Waffe und blickte ihr ins schwarze Auge.

Doch den Schnelllader sah er nicht mehr. Man würde ihn vermissen. Für verloren halten. Wahrscheinlich nie wieder mit der Unica vereinen. Warum sollte ihn das kümmern? Suchte er nur nach einer Entschuldigung, um weiterzuleben?

Langsam und umständlich, als müsste er sich erinnern, wie man sich bewegte, erhob er sich vom Bett, kniete nieder und griff darunter. Seine Hand schloss sich nicht um den Schnelllader, sondern um das Telefon. Hier also war es gelandet. Er blickte auf das Ding, das ihn an ein vergangenes Leben erinnerte, in dem es eine Funktion hatte.

Auf wundersame Weise war der Akku noch nicht ganz leer. Auf dem winzigen Bildschirm tanzte die Karikatur eines Einhorns, das ein Schild hinter sich herzog: »Sie haben neue Nachrichten.«

Plötzlich verschwamm das Einhorn. Tillmans Tränen, die ihn in einer unvermittelten Trauer aus dem Hinterhalt überfielen, nahmen ihm die Sicht. Mr Snow war untergegangen, ebenso wie das kleine Mädchen, das einst

Mr Snow beim Einschlafen verbissen festgehalten hatte, wie ein schmuddeliges Bollwerk gegen die Sorgen und Ängste der Welt. Er hatte sie am Ende im Stich gelassen. Von allen war sie im Stich gelassen worden. Jetzt wusste er mit erschreckender Sicherheit, dass sie tot war. Dass sie alle tot waren. Rebecca, Jud, Seth und Grace. Wären sie noch irgendwo auf der Welt, hätte er sie gefunden. Dreizehn Jahre lang war er vor dieser simplen Einsicht geflohen. Jetzt wirbelte sie in ihm umher wie Tinte in Wasser. Als er sich aufrichtete, verteilte sich die Schwärze in alle Ecken seines Wesens.

Er drückte die Waffe an seine Stirn.

Doch mit den mit schwarzer Tinte vernebelten Augen sah er das Zimmer anders. In diesem ausschlaggebenden Moment bemerkte er das Unnormale, das Neue: einen Zettel, der unter seiner Tür hindurchgeschoben worden war. Er ging hin und hob ihn auf.

Es war kein Zettel, sondern ein Foto. Rebecca. Rebecca im Alter von etwa zwanzig Jahren. Er wusste auf Anhieb, dass sie es war, auch wenn er sie damals noch nicht gekannt hatte. Rebecca saß in einem Café im Freien, im Hintergrund gingen Passanten eine breite Straße entlang. Das Licht war seltsam, grau wie bei einem heraufziehenden Sturm. Rebecca hielt den Kopf scheu grinsend gesenkt, als wollte sie sich vor der Kamera verstecken, wohl wissend, dass das Bild trotzdem geschossen werden würde.

Schießen. Die Gleichzeitigkeit verblüffte ihn.

Es war, als hörte er das Klicken der Kamera, die aufreizend kicherte, während sie diesen Moment aus der endlosen Ebbe herauslöste und das Vergängliche der Ewigkeit und dem Unveränderlichen widmete.

Er würde den Schuss nicht hören, solange das Bewusstsein nicht an einer breiigen Hirnmasse festhielt.

Er drehte das Foto um. Auf der Rückseite standen in sauberer Handschrift sechs Worte:

Sie sagte, du würdest nicht aufhören.

Tillman hatte einen Aussetzer. Was er in dieser Zeit trieb, wusste er nicht. Er schlug auf etwas ein – eine Wand, eine Tür oder ein Möbelstück. Immer wieder schlug er darauf ein, bis die Nachbarn über, unter und gegenüber von ihm lautstark protestierten, indem sie ihrerseits klopften.

Es reichte nicht. Der Schmerz in seinen Händen begann, sich einen Weg durch den Nebel, die Tinte und die Dumpfheit zu schneiden, doch er war zu weit entfernt. Er musste sich wieder mit der Welt verbinden, bevor die Welt verschwinden würde.

Er schlug das Fenster ein und wählte eine Scherbe in einer passenden Größe aus. Damit ritzte er sich Arme und Oberkörper auf, aber nur so weit, dass keine Nerven und wichtigen Blutgefäße verletzt wurden.

Das war schon mal nicht schlecht.

Jemand stand vor seinem Zimmer, pochte gegen die Tür und schimpfte, bis er schließlich aufgab und wieder fortging.

Tillman hob die Glasscherbe hoch und beobachtete, wie sein Blut vom spitzen Ende herabtropfte. Dieses Bild half ihm, sich selbst zu finden: in dem roten Blut, dem Chaos und dem Gefährlichen, nicht in der Klarheit des ewigen Nichts.

Das Foto. Und das Telefon. *Sie haben neue Nachrichten*, sagte Mr Snow. *Sie haben neue Nachrichten von Ihrer toten Frau.*

Er griff zum Telefon und drückte die Taste für den Anrufbeantworter.

Kennedys Stimme: »Leo, ich muss Ihnen da was erzählen …«

Als Tillman alle Nachrichten abgehört hatte, blieb er schweigend auf dem Bett sitzen und blickte auf die roten Schnitte in seinem Arm.

Kennedys Nachrichten und Rebeccas Lächeln wirbelten hinter seinen Augen, nicht mehr als Tinte, sondern als Wasser und Öl. Wasser und Öl vermischten sich nicht.

Kennedy sagte, Michael Brand sei das wechselnde Symbol für etwas, das andauerte. Kein Mann, sondern eine Maske, die jedermann aufsetzen und wieder ablegen konnte.

Mit den Worten auf dem Foto sagte Michael Brand: *Komm und such mich*.

Tillman erhob sich mit leicht zitternden Beinen und begann langsam und methodisch, einige Dinge zu erledigen, die erledigt werden mussten.

Er holte den Schnelllader unter dem Bett hervor und legte ihn in den Matchbeutel, in dem er alle Waffen und die Munition verwahrte, die er nicht am Körper trug.

Er sah nach, ob sich wirklich sechs Patronen in der Trommel der Unica befanden. Nach der langen Pause und dem Abstand, den er gewonnen hatte, musste er solche Dinge überprüfen. Vielleicht würde er doch noch weiterleben können, also war es wichtig, dass die Waffe einsatzbereit war.

Er duschte – er hatte gestunken wie etwas Totes – und rasierte sich das erste Mal seit vielleicht einem Monat.

Und nach langer Zeit verließ er sein Zimmer wieder und aß in einem billigen Restaurant, bis er keinen Hunger mehr hatte. Dies dauerte nicht lange. Der unbändige Appetit, den er anfangs gespürt hatte, ließ sich durch ein paar Bissen stillen. Seine Hand zitterte leicht beim Essen. Er musste wieder zu Kräften kommen, aber das war ein praktisches Problem, das er zu lösen wusste.

Als er wieder im Zimmer war, las er die Gassan-Akte

durch, die Kennedy ihm geschickt hatte, und machte sich mit dem vertraut, was sie über den Judas-Stamm erfahren hatte.

Und schließlich griff er zum Telefon und wählte eine Nummer.

»Leo!«

»*Hoe gaat het met jou,* Benny?«

»Könnte besser sein, aber auch schlimmer. Das ist aber untypisch für dich, dass du so lange dieselbe Nummer behältst, Leo. Bist du noch in England? Wie läuft's dort? Hast du Mr Brand zu Gesicht bekommen?«

»Noch nicht, Benny. Aber vielleicht bald. Sehr bald.«

»Na, das sind dann ja vielleicht gute Nachrichten«, merkte Vermeulens vorsichtig an.

»Ich habe gehofft, du könntest mir einen Gefallen tun.«

»Das hatte ich vermutet, Leo.«

Tillman fühlte sich beschämt. »Wenn ich die ganze Sache überlebe, werde ich bei dir alles wiedergutmachen, Benny. Ich bin an ... etwas dran. Ganz nah. Eine große Sache. Aber ich muss wieder reisen, und Suzie – Versicherung – gibt mir gerade nichts mehr. Ich dachte, wenn du in meinem Namen etwas kaufen würdest, könnte sie vielleicht eine Ausnahme machen.«

»Und was möchtest du?«

»Grundausstattung. Reisepass, Kreditkarte auf denselben Namen mit ein paar Tausendern drauf, die ich abheben kann. Alle nötigen Unterlagen, und sie müssen mehr als nur einem Blick standhalten.«

»Das ist kein kleiner Gefallen, Leo.«

»Das Geld ist kein Problem. Ich kann über mein dominikanisches Konto im Voraus bezahlen.«

»Es geht mir nicht ums Geld. Es geht mir um meine Arbeit.«

»Niemand wird davon erfahren.«

»Von dir wird wahrscheinlich nie jemand was erfahren. Aber das kannst du nicht für andere garantieren.« Es herrschte Schweigen in der Leitung. Tillman drängte nicht. Er wusste, keine Worte auf der Welt würden Vermeulens' Entscheidung beeinflussen können, und er wollte ihn nicht noch mehr in die Mangel nehmen, als er es allein durch seine Bitte bereits getan hatte.

»Etwas Großes«, sagte Vermeulens schließlich. »So groß, dass die Sache endlich für dich vorüber sein könnte? Oder nur so groß wie eine Station auf dem Weg zu etwas Größerem?«

Tillman dachte an die Waffe und die erste Kugel darin. »Es wird danach vorbei sein«, antwortete er. »Auf die eine oder andere Art wird die Sache beendet werden.«

»Dann tue ich, was ich kann. Bleib in der Nähe des Telefons, Leo.«

»Danke, Benny.«

»Denk dran, du schuldest mir nichts. Aber diesmal ... ist es vielleicht das letzte Nichts.«

53

In Ginat'Dania gab es keine Jahreszeiten. Ein Tag war wie der andere, unveränderlich wie Gottes Antlitz und verschont von Unwettern. Ein Stück perfekte, makellose Ewigkeit, herabgefallen auf die gefallene Welt.

Vor fünf Jahren war Kuutma das letzte Mal zu Hause gewesen. Wie ein Fremder ging er die große Straße zum Em Hadderek entlang. Alle drehten sich nach ihm um. Wegen seines auffallend dunklen Teints. Wegen seines Gangs, seiner Bewegungen, des Ausdrucks in seinem Gesicht. All das war fremd – das eine ganz offenkundig, das andere auf eine subtilere Weise, und da er eindeutig keine Frau war, konnte er keiner von den Kelim, den Gefäßen, sein. Diese Fremdheit besagte, dass er nur eins sein konnte. Jeder, an dem er vorbeiging, verneigte sich, grüßte ihn oder murmelte das *Ha ana mashadr* – Wir sandten dich aus –, und berührte seine Schulter leicht mit den Fingern der rechten Hand. Kuutma nahm diese Gesten als ihm gebührend an und ging weiter.

Doch genauso, wie sie das Fremde an ihm sahen, sah er es bei ihnen. Er spürte die Spannung in der Luft, die Erwartungshaltung, die halb von Angst und halb von Begeisterung genährt wurde. Kuutma gefiel das nicht. Diese Stimmung kündigte Veränderung an, und das an diesem Ort, der Veränderungen gegenüber immun war. Es bereitete ihm Sorgen und stieß ihn ab.

Am Em Hadderek bog er nach links ab, vorbei an

den Hütten und Ställen, den Geschäften von Talitha und dem Versammlungsplatz. Gleich dahinter befand sich die Sima, wo sich die Ältesten trafen. Kuutma ging direkt auf die Tür zu, die von vier kräftigen Männern bewacht wurde. Er grüßte sie mit den rituellen Worten *»Ashna reb nim t'khupand am at pent ahwar«* – ich kehre in das Haus zurück, von dem ich aufbrach.

Sie antworteten einstimmig mit feierlicher Formalität: *»Besiyata Dishmaya«* – mit der Hilfe des Himmels.

»Ich muss mit ihnen sprechen«, verlangte Kuutma, der ins Englische gewechselt hatte, in gewissem Sinne eine List, mit der er die Wächter daran erinnern wollte, woher er kam und was er getan hatte. Dies machte es für sie schwierig, nein zu sagen. Dennoch konnten sie ihn nicht einfach zu den Ältesten hineinlassen, ohne ihn vorher anzukündigen. Daher ging einer von ihnen in die Sima, während die anderen schweigend die Tür versperrten, bis ihr Kollege wieder herauskam und ihm ein Zeichen gab, dass er eintreten solle.

Keiner der Wachmänner ging mit hinein, doch gleich hinter dem Eingang standen zwei weitere, die ihn begleiteten. Kuutma betrat die Kad Sima, wo die Debatten stattfanden. Nur drei der Ältesten saßen in dem großen Raum auf dem Podium in der Mitte.

Kuutmas Ehrenwachen blieben an der Schwelle stehen. Sie wurden nicht hereingebeten. Kuutma kniete nieder und machte das Zeichen der Schlinge, bevor er die Stufen zur Mitte des Raumes hinabging.

Die drei ernsten Männer, zwei alte und ein noch junger, blickten ihm entgegen. Sie lächelten nicht, als sie ihn sahen, doch sie erkannten seine Ehrerbietung mit einem knappen Nicken an. In ihrer Tradition, in der Sprache, die sogar der wahren Sprache noch vorausging, wurden sie Ruakh, Sheh und Yedimah genannt, Namen, die Eiche, Asche und Saat dessen, was sein wird, bedeuteten. Nur die letzte Funktion, die des Yedimah, durfte von einem Mann eingenommen werden, der jünger als sechzig Jahre alt war.

Der Ruakh sprach zuerst, wie es die Tradition erforderte. »Kuutma«, begann er mit hoher und durch das hohe Alter leicht nörgelnder Stimme. »Du hast gegen furchtbare Schwierigkeiten angekämpft. Wahrhaft furchtbare Schwierigkeiten.« Damit schien sein Mitteilungsbedürfnis erschöpft zu sein. Mit einem Blick nach rechts und links lud er die anderen beiden ein, den Faden aufzugreifen.

»Unvergleichliche Schwierigkeiten«, stimmte der Sheh trocken und bissig zu. »Niemals in unserer Geschichte begegneten uns zwei Bedrohungen dieser Größenordnung gleichzeitig. Vielleicht ist das so, weil es dir, Kuutma, nicht gelungen ist, dich der Aufgabe mit deiner üblichen Gründlichkeit und Aufmerksamkeit für die Details zu widmen. Dinge wurden schlecht erledigt. Dinge wurden zu spät erledigt. Manche Dinge wurden überhaupt noch nicht erledigt.«

Kuutma konnte sich nur vor den dreien verbeugen und den Tadel annehmen. Innerlich spürte er einen Schauder, der keine körperliche Ursache haben konnte – seine Seele vielleicht –, und kniete nieder.

Er richtete den Blick zu Boden. »Verehrte Herren, ich habe meine Pflichten erfüllt, so gut ich dazu in der Lage war. Wenn dies nicht genug war, bittet euer Diener demütig um Vergebung.«

»Das Problem mit den Gelehrten in England wurde zügig abgehandelt«, räumte der Sheh ein. »Und dennoch ist zu hören, dass du auch dort Dinge unerledigt gelassen hast. Diesen Mann, Tillman, hast du nicht beachtet, bis er zum Geschwür wurde. Der Amerikaner wurde auf eine

Weise getötet, bei der von vornherein klar sein musste, dass die Umstände genauestens untersucht werden würden. Ein ganzes Flugzeug abstürzen und Hunderte von Menschen sterben zu lassen! Und am unverzeihlichsten: Dieser Frau, dieser Polizistin aus London, wurde jetzt gestattet, die Einzelteile zusammenzufügen. Als sie in die Vereinigten Staaten reiste, hätte dir sofort klar sein müssen, dass ihr Tod wichtiger als alle anderen Aufgaben war, die dir noch bevorstanden. Du hättest sie selbst töten sollen und diese Aufgabe nicht der jüngsten und unerfahrensten deiner Elohim anvertrauen dürfen.«

Noch immer kniend, wagte Kuutma es, seinem Ankläger ins Gesicht zu blicken. »Vor dreizehn Jahren empfahl ich, Tillman zu töten. Ich wurde überstimmt, Älteste, weil eure Vorgänger ihn nicht als Bedrohung sahen. Sein Überleben ist der Zufallsfaktor, der so viele unserer letzten Aktionen mit dem Teufelsfluch belegt hat. Diese Polizistin, zum Beispiel, wäre ohne Tillman gestorben. Und dank der Informationen, die Tillman ihr gab, konnte sie eine Verbindung zu der Operation in Amerika herstellen. Und was den Absturz von Flug 124 betrifft, habe ich den Auftrag dazu nicht gegeben. Dem Agenten, den ich aussandte, wurde gesagt, er solle den Amerikaner töten, bevor er an Bord gehen würde. Er entschied sich stattdessen, das gesamte Flugzeug und sich gleich mit zu zerstören. Es war reiner Wahnsinn.«

Der Yedimah meldete sich zum ersten Mal zu Wort. »Vielleicht war dein Agent nicht angemessen unterrichtet«, gab er mit sanfter Stimme zu bedenken, auch wenn Kuutma eine gewisse Schärfe heraushörte.

»Nehor«, sagte Kuutma. *»Nehor Bar-Talmai.* Ihr werdet euch daran erinnern, Älteste, dass ich euch vor fünf Monaten gebeten habe, ihn nach Ginat'Dania zurückzurufen. Ich sagte damals, er komme mit der Welt da

draußen nicht zurecht, und sei der Meinung, er müsse als Bote neu geprüft werden.«

»Wir erinnern uns«, gab der Yedimah zu. »Wir kamen zu dem Schluss, dass er mit angemessener Führung in die Rolle, die wir ihm zugedacht hatten, hineinwachsen könne. Diese Führung hat offenkundig gefehlt. Hättest du ihm genauere und praktischere Anweisungen gegeben, wie er mit dem amerikanischen Angestellten verfahren soll, hätte er nicht so verzweifelt improvisiert und wäre nicht zu dieser verheerenden Fehleinschätzung gekommen. Nun müssen wir annehmen, dass alles auf Kuutma zurückfällt – das Brandmal. Schließlich ist dies die Bedeutung, die hinter deinem Namen steht. Kuutmas Wille ist Feuer, und die Brandzeichen, die er im Geist der anderen hinterlässt, sind wie mit heißem Eisen geschrieben.«

Kuutma wusste genauso gut wie der Yedimah, dass diese etymologische Herleitung falsch war. Er wusste auch, dass er diesen Streit nicht gewinnen, ihn nicht einmal beginnen konnte. »Euer Diener bittet um Vergebung«, wiederholte er.

Der Sheh schwenkte seine Hand zu einer vagen und nicht überzeugenden Segnung. »Sie sei dir gewährt. Erhebe dich, Kuutma. Wir erlegen dir keine Buße auf.«

Der Yedimah hob bei diesen Worten eine Augenbraue, als hätte der Sheh die Grenzen seiner Autorität überschritten. »Wir haben allerdings bestimmt, dass du zum letzten Mal als Kuutma ins Feld gegangen bist«, murmelte er. »Von jetzt an werden deine Fähigkeiten näher an der Heimat eingesetzt.«

Kuutma blieb nach außen hin teilnahmslos. Doch etwas, das heiß wie glühende Kohle und scharf wie Stacheldraht war, durchzog sein Hirn. Er hatte das Gefühl zu schweben. »Hier in Ginat'Dania?«, fragte er, um Missverständnisse zu vermeiden.

»In Ginat'Dania«, antwortete der Sheh, »aber nicht hier. Wir bereiten uns auf *mapkanah* vor.«

Dann stimmte es also. Kuutma hatte es gewusst, sobald er durchs Tor getreten war, und die Spannung gespürt. Das Volk bereitete sich darauf vor, diesen Ort, der sein Zuhause war, zu verlassen und an einem fernen Ort ein neues Zuhause zu suchen. Dies war zuletzt vor zweihundert Jahren notwendig geworden, und auch damals war Ginat'Dania gefährdet gewesen. Trotz des Schmerzes und der Schande, die ihm aufgebürdet wurde, spürte Kuutma eine seltsame Freude – die Freude darauf, dass sich die Dinge endlich entsprechend ihrer Bestimmung zusammenfügten.

»Darüber habe ich nicht zu bestimmen«, murmelte er mit gesenktem Blick.

Der Yedimah stieß hörbar die Luft durch die Nase aus. »Nein«, bestätigte er, »hast du nicht, Kuutma. Es gibt Menschen, die vielleicht wissen, wo und wer wir sind. Für ihren Tod wird gesorgt werden, aber das steht im Moment nicht einmal an oberster Stelle. Wir haben wichtigere Anliegen. Vor allem müssen wir das Volk schützen.«

Kuutma bleckte die Zähne, behielt aber den Kopf geneigt, damit niemand es sehen konnte. »Das Volk stand für mich immer an oberster Stelle, Yedimah.«

»Das wissen wir. Und wir wissen, dass du dies als Vorwurf empfinden musst. Dennoch, es muss getan werden, und wir müssen dafür sorgen, dass es getan wird. Wir unterstützen dich dabei ebenso wie in allem anderen.«

Kuutma erhob sich. Genaugenommen hätte er auf die Erlaubnis dazu warten müssen, doch dies schien eine Zeit zu sein, in der sich das Protokoll irgendwo in dem Raum zwischen Gedanken und Worten, zwischen Worten und Taten auflöste. Er blickte den Yedimah lange schweigend an, der wiederum darauf wartete, dass Kuutma sprach. Alle drei, die Eiche, die Asche und der Same, warteten auf das Wort des Brandmals.

»Mit *mapkanah* kommt *maasat*, die Wiederherstellung des Gleichgewichts«, sagte Kuutma.

Der Ruakh nickte nur angesichts dessen, was offensichtlich war.

»Wann?«, wollte Kuutma wissen.

»In zwei Tagen«, antwortete der Ruakh.

»So bald?«

»So spät«, entgegnete der Yedimah grimmig.

Kuutma gab ihm recht, indem er das Zeichen der Schlinge machte. »Ich möchte bleiben«, sagte er. »Um meinen Fehler wiedergutzumachen, lasst mich derjenige sein, der die Waagschalen hält. Ich möchte persönlich dafür sorgen, dass das Gleichgewicht wieder hergestellt wird. Gewährt mir diesen Gefallen, Älteste, dann werde ich meinen Platz als Kuutma leichten Herzens aufgeben.«

Er wich Yedimahs Blick nicht aus. Hinter seinen Worten verbargen sich scheue Andeutungen, ungesagte Dinge, ungestellte Fragen. Was ist, wenn ich es nicht schaffe, meinen Platz zu räumen? Oder wenn ich mich ärgere, mich nicht mit der Entscheidung versöhnen kann? Er fasste seine Drohung nicht in Worte, doch seine Augen sprachen Bände.

»Es läuft alles automatisch«, antwortete Yedimah. »Hier wird niemand benötigt.«

»Kann eine Maschine gerecht über einen Menschen urteilen?«, deklamierte Kuutma mit ernster Stimme. »Kann ein Schalter oder ein Hebel zu Gott sagen: ›Das Gleichgewicht ist erreicht‹? Älteste, wenn eine Sache möglich wird, ist sie deswegen nicht unvermeidbar. Gewährt mir diesen Wunsch. Lasst mich bleiben.«

Er wartete.

Die drei Ältesten verbeugten sich der Reihe nach, der Yedimah als Letzter.

»Du sollst die Waagschalen halten, Kuutma. Du wirst den Ausgleich herstellen.«

Er dankte ihnen feierlich. Sie nahmen seinen Dank huldvoll an.

Furchtbar verletzt und mit einer furchtbaren Hoffnung beseelt, verließ er diesen Ort. Er war immer noch Kuutma. Bis zu Ginat'Danias Niedergang und Wiederauferstehung würde er an diesem Namen festhalten.

An seinem Namen und an noch etwas anderem.

54

Tillman brauchte für die Reise nach Arizona etwas länger als andere. Bevor er sich auf den Weg machen konnte, musste er dringend noch ein paar Dinge erledigen.

Zunächst musste er die Unterlagen abholen, die Benny Vermeulens für ihn besorgt hatte. Die Versicherung hatte eine unverschämt hohe Summe verlangt – zwanzig Mal mehr als sonst für diese Form der Ausstattung. Und er hatte im Voraus bezahlen müssen. Das war kein Problem gewesen: Tillman hatte diverse Konten leergeräumt und das Geld überwiesen. Doch die Übergabe gestaltete sich schwierig.

Benny war klar, dass Tillman keine Adresse nennen oder die Unterlagen nicht von einem Postfach abholen wollte. Er wusste auch, dass Tillman sich Gedanken machte, wie weit er der Versicherung angesichts ihrer mangelnden Kooperationsbereitschaft noch trauen konnte.

Benny löste das Problem, indem er selbst mit dem falschen Pass nach London reiste. Er und Tillman hatten ungefähr die gleiche Statur, so dass er nur sein Haar färben und sich farbige Kontaktlinsen einsetzen musste. Als Treffpunkt vereinbarten sie das Café Rouge in Heathrow im Abflugbereich von Terminal 5. Tillman traf zuerst ein. Er bestellte zwei doppelte Espressi, setzte sich mit im Schoß gefalteten Händen und gesenktem Blick auf einen

Stuhl und dachte undenkbare Gedanken. Als der Stuhl gegenüber knarrte, blickte er auf.

Benny schob einen dicken Umschlag über den Tisch. Er trug einen sichtbar teuren Anzug, der ihn nicht unbedingt schick, sondern eher noch gefährlicher aussehen ließ, als er je im Kampfanzug gewirkt hatte. Oder vielleicht war es die äußere Ähnlichkeit mit sich selbst, die Tillman beunruhigte. »Hier, Leo«, sagte er. »Frohe Weihnachten.«

Leo nahm den Umschlag, ohne sich den Inhalt anzusehen. Vermeulens hatte sich dieses Vertrauen durch mindestens hundert ähnliche Gelegenheiten verdient. »Es ist Juli«, stellte er klar.

Benny schüttelte den Kopf mit ernstem Gesicht. »Dezember«, sagte er, »Ende Dezember. Eine Jahreswende, bei der sich niemand sicher ist, ob die Sonne wieder aufgeht.«

Tillman lächelte schief. »Ich wusste nicht, dass in dir ein Dichter steckt, Benny.«

»Ich bin von allen lebenden Menschen am wenigsten ein Dichter, Leo. Ich sage dir nur etwas, was du schon weißt. Du ziehst los, um gegen die Mächte der Finsternis zu kämpfen, und du glaubst nicht, dass du zurückkommen wirst. Das ist der einzige Grund, warum du dich selbst so ausbeutest.«

»Das Geld? Ich kann jederzeit noch mehr Geld besorgen.«

»Ich meinte die Art, wie du bei unserem Telefonat geredet hast. Der Blick in deinen Augen. Leo, ich war länger bei Xe als du. Ich habe viele Männer gesehen, die sich in einem Feuergefecht selbst umgebracht haben, weil sie dachten, ihre Zeit zum Sterben wäre gekommen. Dann verhalten sie sich ...« – er fuhr mit der Hand durch die Luft – »unvernünftig. Sie vergessen, sich den Rücken freizuhalten oder einen Ausgang zu sichern. Sie werden unachtsam, weil sie Achtsamkeit nicht mehr für wichtig halten.«

»Das habe ich auch festgestellt«, stimmte Tillman zu. »Aber so bin ich nicht, Benny. Ich gehe hin, erledige meinen Job und verschwinde wieder. Wie immer.«

Benny lachte trübselig. »Und was für ein Job ist das?«

Tillman antwortete nicht.

»Nicht der gleiche«, sagte Benny. »Nicht der gleiche wie bisher. Du brauchst mich nicht anzulügen, Leo. Du bist auf einer Mission der verbrannten Erde, und das Letzte, was du verbrennst, wirst du selber sein. Ich hoffe, die Sache ist es wert.«

Leo drehte und wog den Umschlag in seinen Händen. »Ich denke, ja«, sagte er schließlich. »Ich denke, sie ist es wert.«

Anschließend musste er sich um seine Ausrüstung kümmern. Die besorgte er sich nicht in London, sondern in Los Angeles, da er in diesem Punkt der Versicherung nicht mehr traute. Er verfügte über eigene Kontakte in Amerika, und auch wenn es schon Jahre her war, seit er das letzte Mal mit ihnen gesprochen hatte, erreichte er sie immer noch unter derselben Nummer. Waffen? Waren in jeder Größe und Bauart verfügbar. Sprengstoff? Ebenso. Elektronische Abhörgeräte, auch für professionelle Zwecke, sowie Sachen wie Pfefferspray und Tränengas? Derzeit leicht zu haben. Tillman stellte eine lange Liste zusammen. Barzahlung bei Lieferung.

Und schließlich die Reise selbst. Normalerweise mied er Flugzeuge, *per definitionem* geschlossene Räume ohne Ausgänge. Im Flugzeug begab man sich in die Hände von Menschen, die einem vielleicht schaden wollten. Diesmal verschwendete er keinen Gedanken daran. Diese Ängste gehörten zu einem Leben, in dem er die Möglichkeit gehabt hatte, zwischen »sicher« und »gefährlich« zu unterscheiden.

Normalerweise ertrug Tillman die Langeweile einer langen Reise ganz gut, arbeitete in Gedanken logistische Probleme durch, die gelöst werden mussten. Diesmal hatten sich seine Gedanken auf einen einzigen Gegenstand eingeschossen: Rache. Den gesamten Flug verbrachte er in diesen ehrgeizigen Gedanken vertieft wie ein Flehender, der vor einem unsichtbaren Altar kniet.

Er hatte nicht nur für Waffen und Munition bezahlt, sondern auch für Informationen. Daher wusste er bereits, dass die Staatspolizei von Arizona Heather Kennedy, Ex-Sergeant, im Krankenhaus von Kingman in Arizona bewachen ließ und wegen Mord, Amtsanmaßung, falscher Darstellung von Sachverhalten und einer Reihe geringerer Vergehen anklagte. Er hatte herausgefunden, unter welchen Bedingungen sie festgehalten wurde, unter welchen Verletzungen sie litt und wie ihr Bewusstseinszustand war.

Von Los Angeles fuhr er mit einem Wagen weiter, den er sich unter dem von der Versicherung gekauften Namen gemietet hatte. Er brauchte fast den ganzen Tag, nachdem er mehrere Pausen eingelegt hatte, was es aber schwieriger machte, seinen genauen Standort zu ermitteln, selbst wenn die Versicherung den Namen und die Kreditkartenangaben an einen Dritten verkauft haben sollte.

Von Bullhead City aus rief er im Krankenhaus an und bat, mit Heather Kennedy verbunden zu werden. Es war ein kalkuliertes Risiko. Er musste warten, während ihn die Krankenschwester in die Warteschleife legte, um sich, wie er vermutete, mit den Polizisten zu verständigen. Als sie sich wieder meldete, fragte sie ihn, um was es gehe.

»Ein Todesfall in der Familie«, log Tillman. »Ihre Mutter. In Gottes Namen, das dürfen Sie ihr nicht vorenthalten. Sie muss es wissen. Und sie hat ein Recht darauf.«

Wieder warten. Dann meldete sich ein schroffer Staatspolizist, der weitere Fragen stellte. In Gedanken ganz woanders, erfand er für Kennedys Mutter eine schleichende Krankheit, bei der es ständig auf und ab gegangen sei, bis sie nur noch so wenig Zeit gehabt habe, um für ihre einzige Tochter eine Nachricht zu hauchen.

»Einzige Tochter?«, brummte der Polizist. »Unserer Information nach hat sie eine Schwester. Was soll das?«

»Halbschwester«, widersprach Tillman. »Gleicher Vater, unterschiedliche Mütter.«

»Und Sie sind?«

»Der Halbbruder. Gleiche Mutter, unterschiedliche Väter. Hören Sie, gibt es ein Staats- oder Bundesgesetz, das es erlaubt, Heather die Kommunikation zu verweigern? Wenn dem nämlich nicht so ist, sollten Sie aufhören, dumme Fragen zu stellen, und sie mir einfach ans Telefon holen. Ich nehme jedes Wort auf, Officer ... Wie war noch mal Ihr Name?«

Es zeigte sich, dass er »Warten Sie einen Moment« hieß. Tillman wartete. Die nächste Stimme, die er hörte, war die von Kennedy. Sie klang benommen und sehr müde, schien aber nicht bis zur Besinnungslosigkeit mit Medikamenten vollgepumpt zu sein.

»Wer ist da?«, fragte sie. Ihre Stimme kam etwas zeitverzögert bei ihm an. Vielleicht war die Leitung nur schlecht, oder die Abhöranlage war provisorisch eingestöpselt und nicht auf Qualität geprüft worden.

»Ich bin's, Leo.«

Langes Schweigen. »Tillman.« Wieder Schweigen. »Gott sei Dank.«

»Also. Mord? Verabredung zum Mord? Es kommt mir vor, als würde ich dich nicht mehr kennen, Kleine.«

»Erinnerst du dich an Hof Taubenschlag?«

»Klar.«

»Erinnerst du dich, dass eine Frau geschrien hat?«

»Auch daran.«

»Sie hat den Mord begangen. Der örtliche Sheriff wird sich für mich verbürgen, aber er ist im Moment sediert. Schusswunde im oberen Brustbereich. Vielleicht kommt er nicht durch. Wenn er es nicht schafft, geht mein Alibi flöten. Es gab auch eine Frau, die sich für mich hätte einsetzen können, aber sie ist ebenfalls tot.«

»Klingt, als würdest du in der Scheiße stecken.«

»Stimmt.«

»Wir vermissen dich, Heather. Wir alle.«

»Alle?«, fragte sie vorsichtig. Ob sie wusste, dass die Leitung angezapft wurde? Davon musste er ausgehen. Für Spitzfindigkeiten war keine Zeit.

»Ich. Freddie. Jake. Die kleine Wendy mit ihren schielenden Augen. Wir denken ständig an dich.«

»Ich ... vermisse euch auch.«

»Ach, das sagst du nur, weil du nett sein willst«, erwiderte er. »Es ist ja kein Geheimnis, dass wir uns in letzter Zeit nicht gerade nahestanden. Aber das wird sich von nun an ändern.«

»Na, das sagst du immer.«

»Ich meine es aber so, Heather. Wir werden uns bald wiedersehen. Das verspreche ich.«

»Gut. Wie du meinst.«

»Bist du denn bereit? Mich wiederzusehen?«

»Jederzeit, Tillman. Sag mir den Tag, sag mir die Stunde, oder überrasch mich einfach.«

»Ich denke, ich werde dich überraschen. Bekommst du dort, äh, viel Besuch, Heather?«

»Nicht so viel, nein. Nur zwei stämmige Polizisten an der Tür leisten mir Gesellschaft, und zwei weitere hinter den Fahrstühlen, wo der Hauptflur abzweigt.«

»Sie wollen schließlich nicht, dass du einfach weggehst und dich verläufst.«

»Offenbar nicht. Aber falls mir das passieren sollte, gibt es immer noch die GPS-Fessel an meinem Fußgelenk.«

»Ich verstehe. Na, zumindest bist du unter Kollegen. Da könnt ihr euch ein bisschen über euren Kram unterhalten.«

»Kram? Ich habe nur einen Krämerladen in Queen's Park zu bieten. Sie haben eine Einkaufsstraße in Monument Valley. Du wärst erstaunt, wie klein …«

Ihre Stimme verstummte, und der Polizist meldete sich wieder. »Gespräche sind auf fünf Minuten beschränkt«, sagte er. »Sie können morgen wieder anrufen, wenn Sie möchten.«

»Ich habe ihr noch gar nichts von ihrer Mutter erzählt«, wehrte sich Tillman. »Ich musste mich langsam vorarbeiten. Lassen Sie mich wenigstens …«

»Morgen.« Und die Leitung war tot.

Tillman legte sein Telefon zur Seite und fuhr weiter. Zumindest arbeiteten seine Gedanken wieder. Welche Erleichterung, wieder etwas zu denken zu haben. Und die Erleichterung wäre noch größer, wenn es etwas gäbe, gegen das er sich mit der ganzen Kraft seines Körpers stemmen könnte.

55

Das Mädchen namens Tabe lebte allein, auch wenn es, genaugenommen, noch viel zu jung war, um dies tun zu dürfen. Davor hatte Tabe mit den Helfern im Waisenhaus gewohnt, war immer ein folgsames und freundliches Kind gewesen, doch wie die Helfer sagten, *beiena ke ha einanu*, bewegte sich ihre Seele in Stille. Sie schien allein in einer kleinen, selbsterschaffenen Welt zu leben und sich kaum der Menschen um sie herum gewahr zu werden.

Dies hieß nicht, dass sie selbstsüchtig war. Tabe war warmherzig, freundlich und umsichtig, wenn sie lange genug aus ihrer eigenen Welt auftauchte, um Kontakt mit ihrer Umwelt aufzunehmen. Doch sie war Künstlerin: Farben, Töne und Gewebe bildeten die Grenzen ihrer Welt. Meistens malte sie Stillleben. In der Vergangenheit hatte sie auch Menschen gemalt, hatte aber die Helfer mit ihrer Bitte schockiert, Aram, einen Jungen, ohne Kleider malen zu dürfen. Dies war das Ende ihrer Laufbahn als Malerin menschlicher Gestalten gewesen.

Jetzt lebte sie allein in einem Zimmer im vierten Stock des Dar Kuomet. Doch ihre Bilder konnten von so weit weg bewundert werden, wie Tethem von der Morgensonne und Va Ineinu von der Abendsonne entfernt war. Sie schien glücklich zu sein, so allein. Der Junge, Aram, war mittlerweile verlobt, und Tabe hatte ihre Hochzeitszimmer mit Bildern von glücklichen, tanzenden Kindern bemalt. Tabe schien keinen Groll gegen ihn zu hegen, da ihr Interesse an ihm vor allem ästhetischer Natur gewesen war.

Kuutma traf sie in ihrem Zimmer im Dar Kuomet an. Sie zeichnete mit einer schwarzen Ölpastellkreide auf einem an die Wand genagelten Leintuch. An den anderen Wänden hatte sie direkt auf den Putz Erdbeeren und Johannisbeeren in Tonschalen gemalt. Es dauerte eine Weile, bis sie merkte, dass sie nicht allein war. Als sie schließlich Kuutma wahrnahm, neigte sie ihren Kopf in seine Richtung und flüsterte: »*Ha ana mashadr.*« Das Rot in ihrem Gesicht wurde noch röter als das der auf die Wände gemalten Früchte.

Kuutma bedeutete Tabe, sich zu setzen. »Du hast mich als Elohim erkannt«, begann er. »Lag das an meiner dunklen Haut?«

Sie rieb nervös ihre von der Ölpastellkreide schwarzen, fettigen Fingerspitzen aneinander. Aber sie wich Kuutmas Blick nicht aus. »Nicht nur daran. Ich erinnere mich, dass du uns einmal im Waisenhaus besucht hast, und ich habe die Helfer gefragt, wer du bist. Sie sagten, du seist Kuutma, das Brandmal.«

Kuutma nickte. »Der bin ich. Zumindest bis *mapkanah*.« Bei diesem Wort begannen ihre Augen zu leuchten, was ihn überraschte. Doch für die Jungen schien alles Neue aufregend zu sein, allein weil es neu war. Andererseits war sie Künstlerin. Wohin auch immer Ginat'Dania als Nächstes umziehen würde, das Licht würde anders sein, und es würde neue Szenen zu malen geben. Tabe mochte *mapkanah* wie eine Wiedergeburt erscheinen.

»Als ich ins Waisenhaus kam, wollte ich dich sehen – dich und deine beiden Brüder«, sagte Kuutma. »Ich wollte mich selbst vergewissern, dass du dort glücklich bist. Ich kannte deine Mutter.«

Das Gesicht des Mädchens verfinsterte sich einen Augenblick. »Meine Mutter ...«, begann sie zaghaft, ließ den Satz aber offen. Kuutma hörte eine Verbitterung aus ihrer Stimme heraus und runzelte die Stirn.

»Du weißt, dass sie entsandt wurde, so wie ich«, sagte er.

Tabes Blick war unerbittlich. »Nicht wie du.«

»Die Arbeit der Kelim ist ebenso wichtig wie die der Elohim«, erklärte Kuutma. »Und das umso mehr, als dass wir für das Überleben des Volkes kämpfen. Doch unsere Arbeit ist ruhmreich, ihre ist bitter und erniedrigend. Wir werden geehrt, sie werden geschmäht.«

Tabe zuckte mit den Schultern, ohne darauf etwas zu erwidern.

»Ich möchte, dass du sie wertschätzt«, beharrte Kuutma. »Deine Mutter. Ich möchte, dass du sie in guter Erinnerung behältst. Dass du daran denkst, was ihr Opfer für dich bedeutet, ebenso wie für uns alle.«

Tabe blickte nach unten auf ihre schwarzen Finger. Er merkte ihr an, dass sie wieder allein sein wollte, um mit ihrer Arbeit fortfahren zu können.

»Ich kenne auch deinen Vater«, sagte er.

Ihr Blick schnellte wieder nach oben mit Augen, die für ihn wie zwei dunkle Wunden in ihrem makellosen, weißen Gesicht wirkten. Doch für den Elohim sah alles wie eine Wunde aus. Kuutma hatte nur wenige Male in seinem Leben mit einer Frau im Bett gelegen und war jedes Mal von dem schrecklichen Gedanken gequält worden, dass das Geschlecht einer Frau einer alten, nur teilweise verheilten Wunde glich.

Er wartete, um dem Mädchen die Gelegenheit zu geben, von sich aus etwas zu sagen. Es blickte ihn nur an.

»Du fragst mich überhaupt nicht, wie er ist, dein Vater«, merkte er schließlich an.

»Nein«, antwortete Tabe entschieden. »Was würde mir das nützen?«

»Er … ist seiner Ansicht nach ein tapferer Mann. Ein Soldat, wie ich. Doch einer, der gegen uns kämpft. Unser Feind.«

Tabe ließ sich seine Worte durch den Kopf gehen. »Dann wirst du ihn töten lassen müssen?«, fragte sie.

Kuutma lächelte widerwillig. »Deswegen bin ich heute zu dir gekommen«, gestand er ein, auch wenn er, als er hergekommen war, nicht die Absicht gehabt hatte, ihr davon zu erzählen. »Ich denke, deinen Vater zu töten könnte das Letzte sein, was ich als Kuutma tue. Ich muss …« Er zögerte, wählte seine Worte mit Bedacht. »Ich sehe einen Weg, der uns zu einer Begegnung führt. Und wenn das passiert, werde ich ihn töten müssen. Habe ich deinen Segen dafür?«

Tabes Blick blieb standhaft. »Selbstverständlich. *Ha ana mahadr*, Kuutma. Alles, was du tust, tust du in unserem Namen. Natürlich hast du meinen Segen dazu. Er ist nur der Vater meines Fleisches, nicht meines Geistes. Doch wenn er so tapfer ist, wie du sagst, hoffe ich, dass er dir keinen Schaden zufügen wird. Ich hoffe, er stirbt schnell, ohne dich verletzen zu können.«

Angesichts der Unschuld und der Ernsthaftigkeit, die ihr Gesicht ausstrahlte, fühlte sich Kuutma beschämt – er, der sich in der äußeren Welt so raffiniert wie eine Schlange verhielt. Doch Schlangen waren natürlich auch heilig, die heiligsten Wesen von allen.

Er kniete vor ihr nieder. »*Touveyhoun*, Tochter«, murmelte er mit vor Gefühl überschwänglicher Stimme. Doch er ertrug es nicht, dieses Gefühl genauer zu betrachten.

»*Touveyhoun, Tannanu*«, erwiderte sie, nervös, weil er vor ihr kniete statt umgekehrt. Ihm wurde bewusst, dass er ihre Ruhe und vielleicht auch das Bild zerstört hatte, an dem sie malte. Eine Entschuldigung murmelnd, verließ er sie.

Tabe ging in ihrem Zimmer eine Weile auf und ab. Schwarze Male zeichneten sich auf ihren Unterarmen ab, wo sie ihre Finger hineinkrallte. Doch sie hatte sich daran gewöhnt, starke Gefühle in eine flüchtigere Form zu wandeln. Schon bald griff sie wieder zur Kreide und malte an dem aufgeblähten, schwangeren Bauch einer Sturmwolke weiter.

56

Tillman ließ sich Zeit. Das Ergebnis war ein ganz vernünftiger Plan, der allerdings einige Unwägbarkeiten aufwies, unter anderem, weil er von der Annahme ausgehen musste, dass er sich in Feindesland bewegte. Kennedy aus dem Krankenhaus zu holen war für sich genommen nicht schwer, doch die Polizei von Arizona würde rasch mobilmachen und Rasterfahndungen einleiten, damit sie nicht durchs Netz schlüpften. Er musste Kennedy schnell und unauffindbar verschwinden lassen, sonst war die Operation wahrscheinlich dem Untergang geweiht.

Er stellte den Wagen einen Straßenblock vom Krankenhaus entfernt ab, um das Gelände gründlich zu erkunden. Er marschierte schnellen Schrittes, um keinen Verdacht zu erregen, darauf zu. Er hatte zwar einen Grundriss erhalten, doch der war nutzlos, solange er ihn nicht mit der Realität abgleichen konnte. Für diesen Abgleichprozess stellte er sich das Gebäude als dreidimensionalen Raum mit Eingängen und Ausgängen vor, wie sie auf dem Plan verzeichnet waren, den er sich eingeprägt hatte.

Von Vorteil war das Flachdach, das sich drei Stockwerke unterhalb von Kennedys Zimmer oder zumindest unterhalb des Bereichs befand, das dem Zimmer 20 auf dem Plan entsprach. Nachteilig war vieles. Er hatte die Zeit bis zur nächsten Polizeidienststelle gemessen: bei Höchstgeschwindigkeit von dort bis zum Krankenhaus maximal drei Minuten. Das Flachdach lag auf der anderen Seite des Parkplatzes, und einen näheren Zugangspunkt hatte er nicht gefunden. Sowohl Bullhead City als auch Seligman verfügten über Polizeihubschrauber, und es gab nur zwei Hauptstraßen für die Flucht aus der Stadt – State Highway 40 und Interstate 93. Beide Straßen abzusperren wäre eine Minute nach Auslösung des Alarms erledigt.

Er überlegte, wie sich sein Fluchtplan angesichts der äußeren Umstände umsetzen ließ. Eine elegante oder idiotensichere Lösung gab es hier nicht. Weil jede Lösung für sich genommen verwirrend und chaotisch war, musste er kombinieren. Und da er keine guten Karten hatte, musste er einen Joker ausspielen.

Tillman ging zum Wagen zurück und fuhr zum Krankenhaus vor, parkte aber nicht allzu nah an dem Streifenwagen, den er bereits gesehen hatte, und nicht zu weit von der Straße entfernt. Das ideale Mittelmaß, von dem viel abhing.

Er hatte seine Ausrüstung in eine Recycling-Plastiktüte gepackt, auf der das Logo eines örtlichen Floristen prangte, und oben ragten die Blätter einer Topfpflanze heraus. Er trat durch den Haupteingang und ging zielstrebig am Empfang vorbei, als kenne er sein Ziel bereits.

Auf der Herrentoilette im ersten Stock des Hauptgebäudes packte er seine Tüte aus und verwandelte sich mit Hilfe eines langen, weißen Kittels und einem offiziell aussehenden Namensschild in einen Krankenhausangestellten. Das Namensschild war gefälscht, und das nicht einmal gut, doch es reichte, um jemanden zu täuschen, der nicht den ganzen Tag damit zubrachte, sich die echten anzusehen – einen Polizisten zum Beispiel, der nur vorübergehend hier Wache schob.

Auf einem breiten Flur gleich neben dem Lastenfahrstuhl fand er eine leere Rolltrage. Er hatte damit gerechnet, länger suchen zu müssen, doch je weniger Zeit er damit verbrachte, im weißen Kittel umherzulaufen, desto weniger bestand die Gefahr, erkannt zu werden.

Tillman fuhr in den vierten Stock, verließ den Fahrstuhl und schob die Rolltrage vor sich her. Die beiden Polizisten, vor denen Kennedy ihn gewarnt hatte – die ersten beiden –, standen an der Stelle, wo der Flur abzweigte. Sie sahen ernst und humorlos aus und schienen die Augen offen zu halten. Tillman ging auf sie zu und nickte, um anzudeuten, dass er vorbeigehen wollte. »Verlegung von Zimmer 22«, sagte er.

Der ihm am nächsten stehende Polizist prüfte Tillmans Namensschild, das Tillman hilfsbereit mit dem linken Daumen nach vorne hielt. In seiner rechen Hand, die auf dem Griff der Rolltrage lag, klemmte gleichzeitig ein kurzer Schlagstock, den er hoffentlich nicht benutzen musste. In diesem frühen Stadium zu improvisieren wäre ein schlechtes Omen für die ganze Angelegenheit.

Der Polizist winkte ihn durch. Tillman rollte die Trage den Gang entlang weiter, der unter anderem zu Kennedys Zimmer führte.

Vor Zimmer 22 ließ er die Rolltrage stehen und zog seinen Kittel aus. Dieser würde ihn nur behindern, weil es ab jetzt auf Schnelligkeit ankam. Aus dem Lagerbehälter unter der Rolltrage nahm er seine Tüte heraus und warf die Topfpflanze fort.

Kennedys Zimmer, die Nummer 20, lag zehn Meter weiter gleich rechts um die Ecke. Als Tillman um diese Ecke huschte, sah er sich zwei weiteren Polizisten gegenüber, die genauso stur und ernst aussahen wie die ersten beiden.

Er ließ die Tüte fallen und hob die Hände mit jeweils einer Sprühdose Pfefferspray nach oben. Die Zeigefinger drückten bereits den Knopf nach unten. Es handelte sich nicht um Pfefferspray im eigentlichen Sinn, sondern um ein russisches Produkt, ein Derivat von Pelargonsäure mit einem Schärfegrad von viereinhalb Millionen Scoville-Einheiten und das übelste Zeug seiner Art, das Tillman je verwendet hatte. Die beiden Männer sanken, die Hände vor ihre Gesichter gepresst, vor Schmerzen auf den Boden. Tillman setzte sich eine Atemschutzmaske auf und drückte ihnen ein mit Desfluran, einem Anästhetikum, getränktes Taschentuch an die Nase. Ihre Gesichter rieb er mit einer Mischung aus Milch und einem Reinigungsmittel ein, um die schlimmsten Auswirkungen des Sprays zu mildern. Er hatte nicht vor, Polizisten zu töten, auch nicht unabsichtlich.

Er ließ die Männer liegen und trat durch die doppelte Schwingtür ins Krankenzimmer. Dieses war in mehrere Kojen unterteilt, doch er hatte Glück: Kennedys Bett stand gleich in der zweiten. Tillman entdeckte sie in dem Moment, als eine Krankenschwester aus einer anderen Koje ein Stück weiter kam. Die Schwester bemerkte erst ihn, eine Sekunde später die Unica in seiner Hand, die nicht direkt auf sie gerichtet, aber nicht zu übersehen war.

»Gehen Sie wieder rein«, wies Tillman sie an. »Seien Sie still und tun Sie nichts. Warten Sie einfach.«

Mit einem fast lautlosen Panikschrei huschte die Krankenschwester rückwärts zurück. Tillman wandte sich wieder Kennedy zu.

»Tillman. Schön ... dich zu sehen«, krächzte sie. Sie sah übel aus, ihr linker Arm steckte in einem Gips und war seitlich an ihren Oberkörper gebunden, der ebenfalls mit dicken Bandagen umwickelt war. Sie war aber sie selbst, und vor allem konnte sie sich bewegen. Sie schwang, vor Schmerzen und Anstrengung stöhnend, ihre Beine aus dem Bett und kam ihm entgegen. Tillman zerrte bereits den Seitenschneider aus der Tüte.

»Elektronische Fußfessel – welches Bein?«, fragte er knapp.

Kennedy zeigte es ihm. Er kniete nieder, um die Fessel durchzuschneiden, die so eng saß, dass er kaum den Seitenschneider darunterschieben konnte. Doch als er zudrückte, schnappte das Ding auf.

»Öffne das Fenster«, wies er Kennedy an, während er den Seitenschneider beiseitewarf und das Seil aus der Tüte holte, das er mit einer Bewegung seines Handgelenks entrollte.

Panik zeigte sich auf Kennedys Gesicht, als sie das Seil sah. »Nichts da, Tillman«, sagte sie angespannt, »ich werde mich auf keinen Fall aus dem Fenster abseilen. Schau mich an. Wie soll das mit einem Arm gehen?«

»Keine Angst, ich werde dich tragen«, beruhigte er sie, während er einen Kletterhaken ausklappte, das Seil durch die Öse führte und prüfend am Klemmknoten an seinem Gürtel zog.

Kennedy verschwendete keine Zeit mehr damit, sich zu wehren. Sie entriegelte das Fenster, doch eine Sicherheitssperre sorgte dafür, dass sie es nur einen Spaltbreit öffnen konnte. Kennedy streckte ihre Hand aus, in die Tillman nur widerwillig seine Waffe legte. Mit drei gezielten Schlägen mit dem Knauf zertrümmerte sie die Sperre und gab die Waffe zurück. Tillman hatte das Seil bereits durch den Klemmknoten und den Kletteranker gezurrt, den er fest im Stahlrahmen von Kennedys Bett verkeilt hatte. Dieses rollte er ans Fenster, wo es ihnen einen festen Halt beim Abseilen bieten würde.

»Fertig?«, fragte er.

Sie nickte.

Tillman half ihr, über den Sims zu klettern, stieg hinter

ihr her, legte seinen linken Arm um ihre Hüfte und den rechten auf den Hebel des Klemmknotens. Er brauchte eine Weile, bis er sie fest im Griff hatte, ohne gegen ihren gebrochenen Arm zu drücken, und lehnte sich dann zurück, um zu prüfen, ob das Seil ihr Gewicht hielt. Kennedy fluchte, als sie unter sich nur Luft spürte.

Plötzlich ertönte eine Sirene im Zimmer. Entweder hatte die Krankenschwester Alarm geschlagen, oder jemand hatte die beiden betäubten Polizisten vor der Tür gefunden. Jetzt kam es auf jede Sekunde an.

Er stieß sich vom Sims ab und ließ sich mit unbeholfenen, vorsichtigen Sprüngen nach unten gleiten. An einem Felsen oder einem hölzernen Kletterturm hätte er sich aus vergleichbarer Höhe in raschen, gleichmäßigen Sprüngen abgeseilt, doch hier bestand die Wand zumeist aus Glas. Würden sie durch eins der Fenster brechen, ginge es allein um die Frage, ob sie mit oder ohne Handschellen verbluten würden.

Doch sie schafften es bis zum Flachdach hinunter. Im gleichen Moment, in dem sie aufsetzten, tauchten bereits Köpfe aus den Fenstern über ihnen auf. Zu einem der Köpfe gehörte ein Arm, an dessen Ende sich eine Waffe befand.

»Stehenbleiben!«, rief jemand. »Hinknien und Hände seitlich an den Kopf!«

Tillman zielte sorgfältig mit seiner Unica und drückte ab. Der Polizist zog seinen Kopf hastig zurück, ohne das Feuer zu erwidern. Jedenfalls nicht sofort.

Tillman hob Kennedy auf seine Arme und rannte bis zum Ende des Dachs, wo er sich im freien Fall nach unten stürzte. Kennedy, die es geschafft hatte, während des haarsträubenden Abseilvorgangs keinen Laut von sich zu geben, stieß jetzt einen Schrei aus. Doch Tillman landete, wenn auch laut polternd, sicher auf einem Müllcontainer aus Metall, den er zuvor genau hierhin geschoben hatte. In drei weiteren Schritten – vom Container über eine normale Mülltonne und einer Plastiktonne mit verseuchten Spritzen und runter auf den Asphalt – hatten sie festen Boden unter den Füßen.

»Kannst du rennen?«, fragte Tillman.

»Kann ich«, antwortete Kennedy.

»Dann lass uns rennen.«

57

Die ersten Schüsse hörten sie, als sie um die Ecke des Gebäudes und durch den Notaufnahmebereich zum Hauptparkplatz rannten. In etwas langsamerem Tempo führte Tillman sie zur dritten Reihe, wo sie von einem leuchtend roten Sportwagen, einem Noble M15, erwartet wurden. Kennedy starrte erschrocken auf den unanständig auffälligen Wagen, dessen klaffende Seitenkühler wie Haifischkiemen aussahen.

»Jesses«, stöhnte sie. »Mit dem schaffen wir keinen Kilometer, bis sie uns rauswinken.«

»Steig ein«, erwiderte er nur knapp.

Sie warf einen Blick auf die Eingangstür des Krankenhauses. Bisher keine Verfolger zu sehen. Vielleicht würden sie eine Chance haben, wenn sie die Straße erreichten, bevor die Polizisten auftauchten.

Sie riss die Beifahrertür auf, zwängte sich hinein und kämpfte einhändig mit dem Gurt, um sich anzuschnallen. Mit wachsender Ungeduld blickte sie auf die Fahrertür.

Diese wurde erst volle zwanzig Sekunden später geöffnet. Tillman stieg ein, ohne sich übermäßig zu beeilen. »Na los!«, rief sie. »Fahr schon.«

Tillman drehte den Schlüssel und startete den Motor, blieb aber, wo er war.

»Tillman!«, bellte Kennedy. »Um Himmels willen!«

»Abwarten«, murmelte er und blickte nach hinten zum Haupteingang, wo zwei Polizisten in dunkelbraunen Uniformen herausgerannt kamen. Tillman fuhr erst los, als sie auf halbem Weg zu ihrem Wagen waren, und zwang sie, nach rechts und links zur Seite zu springen. Er drückte das Gaspedal durch, während sie sich wieder aufrappelten, und war bereits um die Wagenreihe gebogen, als sie ihre Waffen zogen und zielten. Ihre Schüsse dienten hauptsächlich dazu, irgendetwas zu tun, egal was.

»Sie haben uns gesehen«, jammerte Kennedy. »Du hast sie uns sehen lassen.«

»Aber sie haben uns nicht getroffen«, sagte Tillman. »Das ist doch schon mal ein Vorteil. Öffne das Handschuhfach.«

Im Handschuhfach lag ein viereckiges, schwarzes Gerät, auf dessen Vorderseite grüne und rote LEDs leuchteten. Unten rechts stand UNIDEN BEARCAT BC355C. Ein Wirrwarr aus Drähten auf der Rückseite ließ darauf schließen, dass es provisorisch an die Autobatterie angeschlossen war. Kennedy erkannte einen Funkscanner, wenn sie einen sah, und obwohl ihr dieses spezielle Modell fremd war, hatte sie eine Ahnung, wie sie damit umgehen musste. Der Tuner war bereits auf etwa 155 MHz UKW eingestellt. Nach kurzem Drücken auf die Auf- und Ab-Tasten hatte sie den Polizeifunk gefunden, wo es, was nicht überraschte, nur um sie beide ging.

»... verfolgen, und wir haben Sichtkontakt«, meldete eine männliche Stimme. »Sie sind auf der Oak, nördlich der 93, und fahren Richtung Osten. Ich wiederhole: Richtung Osten auf der Oak.«

»Roger, vier-sieben«, fuhr eine weibliche Stimme fort. »Es kommen Wagen auf der Maple und Topeka dazu, und eine andere Einheit fährt die Andy Devine runter. Sie fahren sicher auf die I-93. Wir errichten eine Straßensperre am Powderhouse Canyon. Over.«

»Verstanden.« Wieder die männliche Stimme, wahrscheinlich der Fahrer des schwarzweißen Streifenwagens, der, wie Tillman im Rückspiegel erkannte, mit einigem Abstand, aber beharrlich folgte.

Die linken Räder des Sportwagens hoben sich von der Straße ab, als Tillman bei Vollgas scharf nach rechts abbog. Kennedy dachte, der Streifenwagen würde über die abschüssige Straße hinauspreschen, doch er schaffte die Kurve genauso geschickt wie Tillman.

»Sie sind rechts abgebogen«, meldete die männliche Stimme. »Wir sind auf der 4th.«

»Verstanden«, antwortete die Frau. »Okay, ich sehe genau, wo ihr seid. Wahrscheinlich biegen sie nach links auf …«

Sie jagten über eine große Kreuzung, prallten beinahe auf die Stoßstange eines grünen Kabrios mit Faltdach, das im Schneckentempo vor ihnen hertuckerte. Das Jammern einer Hupe folgte ihnen Richtung Süden.

»Okay, streicht das«, murmelte die Frau. »Vermute, die fahren doch nicht auf die I-93. Wagen fünf-null, du bist dran vorbei. Sie haben gerade … die Topeka überquert und fahren immer noch Richtung Süden.« Woher, zum Teufel, wusste sie das? »Sie verlassen nicht die Stadt. Sie drehen um.«

Ein anderer Mann mit unpassend langsamer, lakonischer Stimme, sagte: »Vielleicht könnte man eine weitere Straßensperre unten auf der 40 und noch eine auf der 60 errichten. Woandershin können sie nicht fahren, es sei denn, sie wollen im Mr D'z noch was zu Mittag essen, bevor sie hier verduften.«

»In Ordnung«, sage die Frau. »Ein Hubschrauber aus Bullhead ist unterwegs. Erwartete Ankunftszeit sechs Minuten.«

Kennedy stieß einen unanständigen Fluch aus. Der Streifenwagen hinter ihnen ließ sich nicht abhängen, und aus irgendeinem Grund hatte die Frau in der Einsatzzentrale sie auf dem Radar. Und jetzt rückte noch Verstärkung aus der Luft an.

»Wir sollten aufgeben«, murrte sie. »An den Straßensperren werden sie todsicher auf uns schießen. Menschen werden sterben, Tillman – wahrscheinlich wir als Erste.«

»Niemand wird sterben«, widersprach Tillman mit einer solchen Sicherheit, dass Kennedy ihn einen Moment lang schweigend anstarrte.

Die Stille wurde vom Plappern aus dem Scanner unterbrochen. »Wagen fünf-null, wo seid ihr gerade?«

»Richtung Süden. Wir biegen an der 2nd auf die Hoover ab. Wo sind sie?«

»Immer noch nördlich von euch. Das ist prima. Ihr könnt ihnen an der 4th zuvorkommen und den Weg abschneiden. Ich wiederhole. Sie fahren auf der 4th nach Süden, wo ihr sie erwischen werdet.«

Tillman drückte das Gaspedal durch. Der Drei-Liter-Motor des Noble gab ein seltsam gedämpftes Geräusch von sich wie ein Riese, der versuchte, bedrohlich zu brüllen, ohne ein schlafendes Kind zu wecken. Der Wagen schoss davon und schien beinahe vom Boden abzuheben.

Sie überquerten die nächste Kreuzung mit annähernder Schallgeschwindigkeit. Ein zweiter Streifenwagen fuhr von Westen mit beachtlichem Tempo auf sie zu, doch sie schrammten gerade noch an ihm vorbei und zwangen den Fahrer zu bremsen, um nicht mit dem ersten Verfolgerfahrzeug zu kollidieren.

»Sie sind uns entwischt!«, bellte der Fahrer von fünf-null.

»Mist! Tut mir leid, fünf-null. Ich habe wohl den Abstand falsch eingeschätzt. Vier-sieben, seid ihr noch dran?«

»Gerade noch so. Sie sind jetzt ein gutes Stück vor uns.«

»Fünf-null, ihr wendet und wartet auf der Old Trails Road. Sie fahren in eine Sackgasse, und das ist, soweit ich sehen kann, ihr einziger Ausweg. Vier-sieben, behaltet Sichtkontakt, aber nicht eingreifen, bis Verstärkung da ist. Der Mann ist bewaffnet.«

»Das weiß ich, Caroline. Das Arschloch hat am Krankenhaus auf mich geschossen.«

»Kein Grund für eine solche Ausdrucksweise, Leroy.«

»Doch, wenn du mit Nachdruck was ausdrücken willst. Hör mal, ich verliere ihn. Der Flitzer hat noch mal einen Zahn zugelegt. Wie lange noch, bis der Hubschrauber da ist?«

»Zwei Minuten. Sie sind jetzt über der 68.«

Tillman blickte in den Rückspiegel, wo der Polizeiwagen in immer weitere Ferne rückte, drosselte kurz das Tempo, bog scharf nach links und gleich wieder nach rechts auf eine Parallelstraße ab. Zwei Blocks südlich befand sich eine Brücke über einer Straßenkreuzung. Ein weiterer Blick in den Rückspiegel, bevor Tillman von der Straße abbog und schnurstracks die Böschung hinunterfuhr. Ein paar Sekunden lang schlidderten sie über sandigen Boden, Unkraut und Gestrüpp. Kennedy befürchtete, sie würden zur Seite ausbrechen und sich überschlagen, doch irgendwie behielt Tillman den Wagen unter Kontrolle, bis er ihn am Ende der Böschung ausrollen ließ und unter der Brücke anhielt. Direkt gegenüber stand ein dunkelblauer Lincoln, der um die vorderen Kotflügel herum leicht verrostet war.

»Das ist unsere neue Karre«, sagte Tillman. »Du hattest doch kein Gepäck dabei, oder?«

Er stieg aus, ohne auf eine Antwort zu warten, und saß nach zwei Schritten bereits hinter dem Lenkrad des

Lincoln, bevor Kennedy überhaupt reagieren konnte. Er stieß die Beifahrertür auf und bedeutete ihr mit Nachdruck einzusteigen.

Als Kennedy endlich neben ihm saß, hantierte er bereits mit einem Funkscanner im Handschuhfach, der genauso aussah wie der im Sportwagen.

»Hab sie verloren!« Der Fahrer von vier-sieben voller Panik.

»Stimmt nicht, vier-sieben. Sie sind immer noch vor dir.«

»Was? Wo?«

»Südlich auf der 5th. Sie sind südlich auf der 5th, vier-sieben. Du fährst ihnen immer noch hinterher.«

Sie hörten, wie die Streifenwagen über ihnen über die Stahlbrücke hinwegdonnerten. Tillman wartete noch einen Moment ab, bevor er Richtung Osten losfuhr. Nach einer Weile hörten sie den sich von Westen her nähernden Hubschrauber. Tillman bog nach links ab und hielt sich entlang einer Reihe drei- bis vierstöckiger Häuser, um von dem Himmelsauge nicht gesehen zu werden.

»Ich sehe sie nicht mehr, Caroline, und mir geht langsam die Straße aus.«

»Ihr seid ihnen genau auf den Fersen, vier-sieben. Vielleicht sind sie schon ausgestiegen. Haltet nach einer Frau Ausschau, die zu Fuß geht.«

Nach einer Frau Ausschau halten? Warum sagte sie so was, statt zu sagen, dass es sich um eine Frau und einen Mann handelte? Erst jetzt wurde Kennedy bewusst, was Tillman getan hatte und was die Frau in der Einsatzzentrale verfolgte. »Du Schweinehund«, sagte sie mit entrüsteter Bewunderung. »Sie jagen meiner Fußfessel hinterher, stimmt's? Wo hast du sie hingetan?«

»Unter ihren Wagen geklebt«, antwortete Tillman. »Auf dem Krankenhausparkplatz. Deswegen wollte ich, dass sie uns verfolgen – und zwar so dicht, dass sie mit den GPS-Koordinaten durcheinanderkommen. Diese Geräte lassen sich in der Regel nur mit einer Genauigkeit von sieben bis zehn Metern orten.«

Kennedy ließ sich, erschöpft von dem lang anhaltenden Adrenalinschub, in den Sitz sinken. »Schweinehund«, wiederholte sie.

Tillman setzte eine Sonnenbrille und eine Baseballkappe auf und klebte sich einen eher schlecht gefälschten Schnurrbart an, Dinge, die er zuvor bereits ins Handschuhfach gestopft hatte.

»Wir müssen immer noch diesem Flaschenhals entkommen und die Interstate erreichen«, murmelte er. »Aber es ist hilfreich, dass man uns in der falschen Richtung sucht.«

An der nächsten Kreuzung bog jeweils von rechts und links ein Polizeiwagen Richtung Süden ab und raste an ihnen vorbei.

»Wohin fahren wir eigentlich?«, fragte Tillman schließlich.

»Mexiko-Stadt. Xochimilco.«

Tillman seufzte schwer.

»Was ist?«

»Die Grenze überqueren. Macht die Sache etwas komplizierter.«

Kennedy konnte ihr Lachen nicht unterdrücken. »Mich aus einem Krankenhaus zu befreien und der Polizei von Arizona den Stinkefinger zu zeigen ist etwa nicht kompliziert? Du setzt deine Messlatte aber hoch an, Leo. Ungefähr so hoch wie der Mond.«

58

Mit dem richtigen Maß an Abstand betrachtet, war *mapkanah* nicht unähnlich dem Vorgang, bei dem Wasser einen Ausguss hinunterwirbelt – sammeln, strukturieren, allmähliche zufällige Turbulenzen durch einen mächtigen, zielgerichteten Strom ersetzen, der sich unerbittlich einem ganzen Kontinuum aufdrängt.

Kuutma fühlte sich wie ein Korken, der auf der Oberfläche dieses Flusses hüpfte, ohne anzuecken, weil er zu leicht war. Er beobachtete das Volk beim Packen nicht ihrer persönlichen Habe – die hatten sie schon lange vorher verstaut –, sondern der Infrastruktur ihrer Welt. Sie seilten die Fässer mit den Hydrokultur-Pflanzen, die noch einmal gewässert worden waren und immer noch tropften, von den oberen Fenstern auf den Boden hinab, wo Männer warteten, um sie zu den Frachträumen zu rollen. Ein Webstuhl aus der Textilfabrik rollte auf einem Karren vorbei, der von einem einzelnen, sich abmühenden Ochsen gezogen wurde. Kuutma hörte, wie der Viehtreiber dem Tier beruhigend ins Ohr flüsterte: »Nur noch drei weitere, mein Freund, dann kommen die Krempelmaschinen an die Reihe. Die sind viel leichter.« Am unwirklichsten war ein stämmiger Mann, der sich mit dem geschnitzten Pult aus der Kad Sima auf seinen Schultern abmühte. Sein Gesicht glänzte nicht nur vom Schweiß, sondern auch vor Stolz, als würde er ein Stück Gottes tragen.

Die Stadt packte ein, machte sich platt, ließ eine Ebene nach der anderen verschwinden, bis nichts mehr übrig sein würde.

Kuutma musste sich indessen in seinen Verantwortungsbereich einweisen lassen. Er ging zur Pumpenstation und stellte sich der Wassermeisterin Selaa vor, die zehn Jahre jünger als er war. Sie war *suoma'ka*, rothaarig. Dieses Merkmal war bei ihrem Volk rezessiv und bereits sehr rar, so dass man sich mit einem überraschten Blick nach den Betroffenen umdrehte. Kuutma, der seine Erfahrungen in der Außenwelt gesammelt hatte, verschwendete weder einen Blick noch einen Gedanken auf derartige Merkmale.

»Ich bin Kuutma«, stellte er sich vor, obwohl er wusste, dass sie bereits informiert war.

Sie war eine geschäftige Frau und offenkundig arg mit dem Abbau der Wasseranlage beschäftigt, die hier nicht mehr gebraucht wurde – die Reinigungsapparate, die Messgeräte, die Ventile, die beiden größten Pumpen. Dennoch verbeugte sie sich respektvoll vor Kuutma und berührte seine Schulter.

»*Ha ana mashadr*«, sagte sie. »Kennst du die Ausrüstung bereits, Kuutma? Ich weiß, dass viele Menschen eine Saison an der Pumpenstation verbracht haben, als sie jung waren, um die Grundlagen zu lernen.«

»Dies wurde erst nach meiner Zeit eingeführt«, erwiderte Kuutma. »Aber ich kann allgemein gut mit Maschinen umgehen, und theoretisch bin ich mit dem vertraut, was du tust.«

»Natürlich.« Sie nickte. »Und ich denke, die einzigen Maschinen, die du morgen betätigen musst, sind die Schleusen.«

Sie zeigte ihm, wo sie sich befanden und wie sie funktionierten. Von den vier Schleusen wurden zwei von den

Cutzamala-Staubecken und zwei direkt vom Grundwasserspeicher unter der Stadt gespeist, dem Rest, der noch vom Texoco-See übriggeblieben war. Selaa war sehr stolz auf das System, und sie hatte allen Grund dazu. »In den letzten zehn Jahren litt die Stadt draußen ständig unter Wasserknappheit. Der Wasserspiegel im See sinkt jedes Jahr um sieben Zentimeter. Wusstest du das, Kuutma? Das ist der Raubbau, den Mexiko-Stadt an seinen Wasservorräten begeht. Aber unser Wasserfluss wurde nie unterbrochen. Selbst der Druck blieb stabil. Das Volk nimmt, was es braucht, so wie Gott es erlaubt.«

Kuutma lenkte das Gespräch wieder auf die praktischen Angelegenheiten. »Eine dieser Schleusen wurde verändert, nehme ich an. Welche ist das, und wie funktioniert sie?«

»Es ist keine Schleuse«, erklärte sie. »Nur ein Tank, einer der Reinigungstanks, der sich ins Wasser entleert, wenn es die dritte Station erreicht. Das sind diese Steuerungen hier. Das Wasser kommt an Station eins herein, läuft durch das Aquädukt unter Em Hadderek und durch diese Nebenkanäle wieder hinaus. Aber die Nebenkanäle werden geschlossen, wenn wir hier fort sind. Das Wasser wird direkt aus den Cutzamala-Staubecken ab- und wieder dorthin zurückfließen, zurück in die Hauptwasserversorgung von Mexiko-Stadt. Du brauchst nur das Schleusentor mit diesem Hebel zu öffnen und, wenn du so weit bist, das Konzentrat aus diesem Tank ins Wasser zu leeren.«

Sie machte das Zeichen der Schlinge. Kuutma hob eine Augenbraue.

»Tut mir leid«, sagte Selaa leicht schuldbewusst. »Mich macht der Tod so vieler Tiere traurig.«

»Aber du würdest Gott nicht bitten, ihre Kadaver zu segnen.«

»Nein, ich denke nicht.«

»Danke, Wassermeisterin. Es wird sicher ganz einfach sein. Aber gibt es denn keine Steuerung, die sich *tsa'ot khep* nennt?«

Selaa blickte verwirrt. »Die ›Stimme der Flut‹? Das ist ein Verteidigungsmechanismus, Kuutma. Es wird nichts mehr bleiben, was verteidigt werden muss.«

»Ich weiß. Aber ich bin neugierig. Bitte zeig ihn mir.«

»Wenn die größten Pumpen fortgeschafft wurden, funktioniert er sowieso nicht mehr. Jedenfalls nicht so, wie eigentlich vorgesehen. Das hier ist die Steuerung. Die Schleuse, die von diesem Hebel bedient wird, und die Kanäle, die hier entlang durch die Schleuse geleitet werden – zehn insgesamt.«

»Werden morgen alle Steuerungen noch funktionieren?«

Selaa nickte. »Der Strom betreibt die gesamte Reihe«, erklärte sie. »Einzelne Teile kann ich nicht abschalten. Bisher gab es keine Notwendigkeit dazu.«

»Nein, natürlich nicht. Danke für deine Zeit. Du musst sehr beschäftigt sein. Könntest du mir noch die Ersatzschlüssel geben?«

Sie gab ihm ihre eigenen vom Bund an ihrem Gürtel. »Im Büro hängt noch ein Satz«, sagte sie. »Aber mit diesen hier sollten die Türen das letzte Mal abgeschlossen werden. Sie wurden mir von Chanina gegeben, der Wassermeister war, als ich herkam. Bitte behalte sie, wenn du fertig bist, Kuutma. Es würde mich glücklich machen, zu wissen, dass du sie hast. Es sei denn, dir liegt nichts an einem solchen Andenken.«

»Ich werde sie behalten, bis ich sterbe«, versprach er, verbeugte sich formal und zog sich zurück.

Mich macht der Tod so vieler Tiere traurig. Ein solch sentimentaler Gedanke war selten in Ginat'Dania. Er wurde als Schwäche abgetan – als Schwäche des Volkes, das, weil es klein war, nicht nachsichtig sein konnte. Doch was war mit seiner eigenen Schwäche? Was war mit den Löchern in seiner Rüstung, die durch ebenso unentschuldbare Gefühle entstanden?

Er würde zwanzig Millionen Menschen töten. Dennoch sorgte er sich nur um einen.

Nethqadash shmakh, o Herr. Hilf mir, einen Atemzug zu nehmen, in dem nur du bist.

59

Die Grenze zu überqueren erwies sich als viel einfacher, als Tillman sich vorgestellt hatte. Doch wenn er im Nachhinein darüber nachdachte, während er über die abgelegenen Straßen eines namenlosen Hinterlandes südlich von Chihuahua fuhr, verstand er, warum dem so war.

Die Polizei von Arizona verfolgte das Ziel, Mexikaner daran zu hindern, die Grenze Richtung Norden zu überqueren. Die Grenzpatrouillen, die er und Kennedy sahen – und er wusste, davon gab es eine ganze Menge –, kontrollierten den Verkehr Richtung USA und sahen keine Veranlassung, einen Weißen ins Visier zu nehmen, der nach Süden fuhr.

Einen weißen Mann – allein. Kennedy nämlich lag zusammengekauert und völlig unsichtbar unter einer Decke auf der Rückbank des Lincoln und schlief die meiste Zeit. Ihre Verletzungen machten ihr immer noch zu schaffen. Tillman konnte ihr nicht viel bieten, um die Schmerzen zu lindern, doch von dem Desfluran hatte er noch etwas übrig. Als der Schmerz zu stark wurde, träufelte er ein paar Tropfen davon auf ein Papiertaschentuch und ließ sie daran schnüffeln. Anschließend fiel sie in einen tiefen, erschreckend bewegungslosen Schlaf.

Tillman entschuldigte sich, als er Kennedy für die Grenzüberquerung in die Aussparung für den Ersatzreifen unter der Bodenabdeckung im Kofferraum legte.

Sie hatte Angst, dass die Wunde in dieser gekrümmten Position wieder aufplatzen würde, doch Tillman beharrte darauf. Sie konnten nicht das Risiko eingehen, dass ein zufälliger Blick ins Wageninnere sie verriet. Seine Vorsicht bestätigte sich, als die Grenzkontrolleure nördlich von Nogales den Kofferraum aufrissen und das Gepäck durchwühlten – zumindest die harmlosen Sachen, da er Waffen und Sprengstoff in der ausgeweideten Rückbank versteckt hatte.

Etwa drei Kilometer hinter der Grenze hielt er wieder an und half Kennedy heraus. Es war tatsächlich Blut durch den Verband gesickert. Tillman wies sie an, sich frei zu machen, und wechselte den Verband rasch und gekonnt. Er bewunderte zwar auch ihre beeindruckenden Brüste, weil sie sich genau vor seiner Nase befanden, doch er tat hinterher sein Bestes, um die Erinnerung zu löschen oder sich zumindest auf andere Dinge zu konzentrieren. Wenn er früher Medikamente an andere Soldaten verteilt hatte, waren diese für ihn normalerweise weder Männer noch Frauen gewesen. Man brauchte Abstand, wenn man den kaputten Körper eines Menschen reparierte, mit dem man ein oder zwei Stunden vorher Witze gerissen hatte.

Dies schien auch ein guter Zeitpunkt zu sein, um Kennedy die Kleider zu geben, die er ihr mitgebracht hatte: neutrale blaue Jeans, schwarzes T-Shirt, eine locker sitzende schwarze Jacke, praktische Turnschuhe. Kennedy mühte sich mit dem Umziehen ab, während Tillman ihr beim eingegipsten Arm half. Nichts passte so richtig, war aber erträglich, und immerhin wirkte sie jetzt viel weniger verdächtig. Wie eine Touristin von der anderen Seite der Grenze, die versuchte, sich modisch und gleichzeitig lässig zu kleiden, aber in beiden Fällen am Ziel vorbeischoss.

»Ich glaube nicht, dass ich das aushalte«, stöhnte Kennedy. »Es sind noch tausendzweihundert Kilometer. Einen ganzen Tag im Auto, vielleicht auch noch die Nacht, und jedes Mal, wenn wir über eine Bodenwelle fahren, habe ich das Gefühl, jemand würde mir mit einer Stricknadel in die Nieren stechen.«

»Dann nimm noch ein bisschen Desfluran«, schlug Tillman vor. »Du kannst die ganze Strecke über schlafen. Wenn wir angekommen sind, kannst du dir ein paar Stunden gönnen, um dein Hirn wieder zu sortieren.«

Kennedy schüttelte heftig den Kopf. »Ich muss für diese Sache hier wach sein.«

»Ein Tag und eine Nacht«, erinnerte er sie. »Du kannst nicht die ganze Zeit über wach bleiben, Heather. Und wenn die Schmerzen zu stark werden, fällst du vielleicht in einen Schockzustand. Dann muss ich dich in ein Krankenhaus bringen, wo sie uns höchstwahrscheinlich erkennen und festhalten werden. Wir brauchen nur einem Menschen zu begegnen, der nicht ganz dumm im Kopf ist, dann sind wir geliefert.«

Kennedy dachte nach. »Okay«, stimmte sie schließlich niedergeschlagen und widerwillig zu.

Nachdem sie sich auf der Rückbank des Lincoln ausgestreckt hatte, verabreichte Tillman ihr diesmal eine stärkere Dosis Desfluran, aber immer noch so wenig, dass die rote Linie auf der Dosierungsanleitung nicht überschritten wurde. Desfluran war immerhin ein allgemeines Anästhetikum, und Kennedy so viel zu geben, dass sie in Bereiche absackte, in denen sie künstlich beatmet werden müsste, stellte eine echte Gefahr dar.

Tillman blickte auf die jetzt empfindungslose Kennedy hinab und wurde, was für ihn ungewöhnlich war, von einem schlechten Gewissen erfasst. Hatte er Kennedy in diesen Wahnsinn hineingezogen, oder hatten sie sich nur in einem Moment getroffen, in dem sie mit ihrem Wahnsinn auf der gleichen Wellenlänge war wie er? Er legte eine Decke über sie und schnallte sie um Schulter und Hüfte an. Jedenfalls war er froh, ihr nicht verraten zu haben, dass ihr Bett vor allem mit Plastiksprengstoff gepolstert war.

Er hielt sich auf den Nebenstraßen, auch wenn diese holpriger und heimtückischer waren. Als die Nacht hereinbrach, schaltete er die Scheinwerfer ein und fuhr nur noch mit siebzig Stundenkilometern, ein Kompromiss, um einerseits die weite Strecke so schnell wie möglich hinter sich zu bringen, bevor sie auch auf dieser Seite der Grenze gesucht würden, und andererseits nicht in den riesigen Schlaglöchern zu landen.

Die nächtliche Wüste wirkte so groß wie ein ganzer Kontinent mit ihnen beiden als einzige Bewohner. Zwei Scheinwerfer, die sich wie eine gespenstische Raupe durch die Nacht wanden und einen hüpfenden Lincoln hinter sich herzogen. Tillman begann zu träumen: Rebecca und die Kinder sprachen mit ihm, oder zumindest sah er ihre Gesichter und hörte Klänge, die ihn an ihre Stimmen erinnerten. Sie sprachen jedoch keine echten Worte, so dass er auch nichts erwidern musste. Was er aber heraushörte, war: *bald*.

Vor Zacatecas, als vielleicht noch fünfhundert Kilometer vor ihnen lagen, hielt er nach einer Werbetafel Ausschau. Als er eine fand, versteckte er den Wagen dahinter, damit er nicht gesehen wurde, sofern nicht jemand gezielt danach suchte.

Er legte sich nicht hin, sondern drehte nur die Rückenlehne ein Stück nach hinten und schlief auf dem Fahrersitz.

Er träumte schreckliche, zusammenhanglose Dinge, doch über allem schwebte das Gesicht von Rebecca, die ihn drängte weiterzufahren.

60

Kennedy erwachte gegen sieben Uhr, als die Sonne aufging. Sie brummte und drehte sich auf die andere Seite, weil das Licht sie störte, was aber nichts nützte. Ihre Kehle war so trocken, dass sie kaum schlucken konnte, und wenn, dann nur unter Schmerzen, und ihr Kopf pulsierte im Rhythmus ihres Herzschlags.

Sie fuhren immer noch, oder vielleicht wieder. Der Wagen eierte auf den ausgelutschten Stoßdämpfern herum wie ein Schlauchboot auf hoher See.

»Jesus Maria«, stöhnte Kennedy. »Wo … wo sind wir?«

»Lopez Mateos«, antwortete Tillman. »Seit ungefähr fünfzig Kilometern fahren wir durch bebautes Gebiet, sind aber noch nicht in der eigentlichen Stadt. Xochimilco liegt noch weiter im Süden, etwa eine Stunde entfernt.«

Ohne den Blick von der Straße abzuwenden, reichte er Kennedy eine Flasche Wasser nach hinten. Benommen richtete sie sich auf, um zu trinken. Mit dem ersten Schluck Wasser spülte sie zunächst ihren Mund aus, bevor sie es in winzigen Portionen die Kehle hinunterlaufen ließ. Dennoch rebellierte ihr Magen, und ihr wurde schwindlig. Sie wiederholte es, bis es ihrer geschwollenen Kehle ein bisschen besser ging und sie größere Schlucke nehmen konnte. Schließlich leerte sie die gesamte Flasche, was zwar nicht ihre Kopfschmerzen linderte, aber wenigstens ihre Denkfähigkeit förderte.

Sie betrachtete die nichtssagenden Häuser, die an ihr vorbeizogen, während sich ihr Kopf allmählich einschaltete. Als Tillman an einer endlos langen Reihe einstöckiger Gebäude aus Porenbetonstein hielt, war ihr nicht klar, warum er das tat, bis ihr der Geruch von Eiern, Brot und etwas Scharfem in die Nase stieg. Ihr Magen drehte noch ein paar waghalsige Pirouetten, doch hinter der Übelkeit merkte sie, dass sie Hunger hatte.

In der hintersten Ecke der kahlen, betriebsamen *cantina* aßen sie *huevos rancheros* und winzige, noch warme Brötchen. Kennedy hatte ihre Jacke locker über ihre Schultern gelegt, um den Gips darunter zu verstecken, und aß nur mit einer Hand. Solange sie das überraschend köstliche Essen hinunterschlang, ließ Tillman sie noch in Ruhe. Doch als sie schließlich genug Zeit hatte, um Luft zu holen, kam er gleich zur Sache.

»Ich sollte langsam mal wissen, wohin wir fahren«, sagte er. »Xochimilco, hast du gesagt. Wir sind fast da. Aber gibt es eine Adresse? Einen bestimmten Ort?«

Kennedy schob den leeren Teller von sich fort. »Es gibt keine Adresse.« Sie fühlte sich langsam wieder wie ein menschliches Wesen. »Aber ich weiß, dass es sich um eine Gegend handelt, die von einer bestimmten Einrichtung mit Strom versorgt wird. Und ich glaube, es handelt sich um etwas Großes. So etwas wie ein ganzes Bürogebäude oder eine Reihe mit Bürogebäuden.«

Sie erzählte Tillman von Peter Bonville und den Unregelmäßigkeiten im Stromverbrauch, die ihn auf die Spur des Judas-Stammes gesetzt hatten. Tillman runzelte konzentriert die Stirn und nahm die Information auf. Er wartete, bis sie ihren Bericht beendet hatte, bevor er seine erste Frage stellte.

»Ist das alles erst kürzlich passiert?«

»Vor zwei Monaten. Bonville war auf dem Rückflug

von Mexiko-Stadt, als sein Flugzeug abstürzte. Am selben Tag, an dem Stuart Barlow umgebracht wurde.«

»Aber du glaubst nicht, dass es eine Verbindung gab?«

Kennedy zuckte mit den Schultern. »Klingt unwahrscheinlich. Soweit wir wissen, haben sich Barlow und Bonville nicht gekannt und keinen Kontakt miteinander gehabt. Sie bewegten sich nicht gerade in denselben Kreisen. Die einzige Verbindung bestand wohl darin, dass sie eine Bedrohung für Michael Brand und sein ... nun, sein Volk darstellten.«

Sie dachte über die Worte aus dem Judas-Evangelium nach: Die Elohim und die Kelim, die Boten und die Gefäße, die diese alten sektiererischen Ninja-Wahnsinnigen in die Welt aussandten. Plötzlich kam ihr ein Gedanke, wohl weil ihr Hirn noch nicht so funktionierte wie sonst und ein paar Querverbindungen herstellte.

»Deine Frau«, sagte sie. »Rebecca. Wie hieß sie mit Mädchennamen?«

»Kelly. Warum?«

»Es gab noch eine weitere Kelly, die verschwand. Tamara? Talulah? Irgendwas in der Art. Es handelt sich um einen der Fälle, die mein Kollege Chris Harper mit Michael Brand in Verbindung brachte, bevor er starb.«

Tillman blickte Kennedy erwartungsvoll an. »Du bist hergeflogen«, sagte sie. »Ich meine, in die USA. Von London.«

»Ja.«

»Aber nicht unter deinem eigenen Namen?«

Tillman hatte seine Eier erst zur Hälfte aufgegessen, legte seine Gabel aber beiseite. »Normalerweise kaufe ich meine Reisedokumente von einer Frau, die sich auf falsche Identitäten spezialisiert hat. Sie hat früher beim CIA gearbeitet, hat Freunde unter den Berufssöldnern und arbeitet hauptsächlich für Leute aus diesem Bereich.

Spionage, aber auf einer tieferen Ebene als die, auf der sich die Regierung normalerweise bewegt. Heather, worauf willst du damit hinaus?«

»Brand verwendet immer denselben Namen«, erklärte sie. »Das macht seine Arbeit schwieriger und macht es wahrscheinlicher, dass ihm jemand wie du auf die Spur kommt. Aber er verwendet nie einen anderen Namen. Warum?«

»Sag du's mir.«

»Vielleicht weil er nicht lügen möchte. Und wenn das der Fall ist, dann ist vielleicht ...«

Ihr wurde wieder schwindlig, und die Eier, die so gut geschmeckt hatten, drohten einen gefährlichen Weg nach oben zu nehmen. Tillman sah ihr an, dass sie sich nicht gut fühlte, und legte seine Hand auf ihren Unterarm.

»Willst du gehen?«

»Nein, alles in Ordnung«, log sie. »Emil Gassan hat gesagt, Elohim auf Aramäisch bedeute so was wie Bote. In der eigentlichen Bibel werden Engel so genannt. Ich frage mich, ob Brands Mörder sich als Schutzengel für ihr Volk sehen und deswegen diesen Namen verwenden.«

»Okay. Weiter.«

»Also, wenn ich recht habe, müssten die Kelim eine andere Funktion haben.« Sie hoffte, er würde die logische Kette für sie vervollständigen, was er aber nicht tat. Was sie eigentlich sagen wollte: Was ist, wenn sich die Kelim, wie Brand, unter den normalen Menschen bewegen, ohne über ihre Herkunft lügen zu wollen? Was ist, wenn sie einen Namen wählen, der auf ihre Ursprünge, ihren Zweck oder ihre Art hinweist?

Rebecca Kelly.

Tamara Kelly.

Vielleicht eine ganze Menge anderer Kellys. Warum hatte sie keine Recherche zu vermissten Frauen mit diesem Nachnamen durchgeführt? Waren sie diese Kelim und traten wie Brand und seine Leute an die Öffentlichkeit, um eine Art Mission zu erfüllen und nach getaner Arbeit wieder zu verschwinden? Und wenn sie in der Zwischenzeit eine Familie gegründet hatten, nahmen sie sie anschließend mit.

»Möglicherweise handelt es sich nur um bestimmte Funktionäre oder Spezialrollen innerhalb dieser einen Organisation«, überlegte Tillman. »Vielleicht arbeiten sie alle für Brand. Aber ich glaube, es stimmt, dass er nicht lügen will. Deswegen lässt er auch überall eine Münze liegen. Wenn es eine Verbindung zu Judas gibt – und du hast gesagt, in dem Evangelium werden Silberstücke als Gegenleistung für diese Gottesanhänger erwähnt –, dann könnten sich die Münzen darauf beziehen. Sie bedeuten, dass jemand von ihnen dort war.« Er kicherte – ein Geräusch, das so gar nicht zu Kennedys Stimmung passte und ihr beinahe körperliche Schmerzen bereitete. »Aber für einen Mörder ist es ein Nachteil, wenn er nicht lügen kann. Ich verstehe nicht, warum sie sich diesen Zwang auferlegen.«

Kennedy hatte das Gefühl, dass sie es verstehen konnte. »Warum geben Katholiken in der Fastenzeit Komfort und Luxus auf? Vielleicht ist es dasselbe. Sie leiden für Gott – und das Opfer des Judas-Volks ist ihre Wahrheitsliebe.« Während sie dies sagte, kam ihr eine noch bessere Erklärung. »Oder vielleicht erhalten sie bereits im Voraus die Absolution für bestimmte Sünden – so wie Bischöfe die Soldaten segneten, die in den Krieg zogen. Sie jedoch werden lediglich für Mord freigesprochen, nicht für andere Sünden, die sie begehen könnten. Deswegen müssen sie abgesehen vom Mord moralisch handeln, und das verbietet auch das Lügen.«

»Das ist krank«, merkte Tillman an.

»Leo, hast du wirklich geglaubt, dass wir es hier mit gesunden Menschen zu tun haben? Nach allem, was passiert ist?«

Er antwortete nicht. Stattdessen bedeutete er der Kellnerin, dass sie bezahlen wollten.

»Sie haben in den letzten zwei Jahrtausenden wie eine große Geheimgesellschaft gelebt«, murmelte Kennedy. »Aber das ist ein schwacher Vergleich für das, was sie sind. Weil sie auch eine Rasse sind. Eine geheime Rasse. Fast eine geheime Spezies. Sie halten sich für etwas ganz anderes, als wir es sind – vielleicht sehen sie weniger Ähnlichkeit zwischen sich und uns als zwischen dem Menschen an sich und dem Affen. Sie sondern sich ab. Sie glauben, ihnen steht ein eigenes Land zu, aber sie haben nur ...«

»Ein Bürogebäude in Mexiko-Stadt.«

»So was in der Art. Also darfst du nicht davon ausgehen, es mit gesundem Menschenverstand zu tun zu haben. Ich kann dir garantieren: Was auch immer wir am Ende dieser Reise finden, wird alles andere als normal sein.«

Sie fuhren weiter nach Süden durch eine Stadt, die in Wellen auf sie zuzukommen schien. Endlose Weiten aus Elendsvierteln in Lehmziegeln und Beton, in denen Alt und Neu in trostlosem Missklang zusammengeworfen worden war, wichen Geschäftsvierteln, in denen Festungen aus Stahl und Glas in den Himmel stachen. Dann passierte das Umgekehrte – die leuchtenden Türme und Trutzburgen verebbten wieder in verstaubte Straßen, Betongebäude und Verzweiflung.

Schließlich verriet ihnen Tillmans Stadtplan, den er an einer Tankstelle gekauft hatte, während Kennedy noch geschlafen hatte, dass sie Xochimilco erreicht hatten.

Der Stadtteil entsprach nicht dem, was Kennedy erwartet hatte. Nachdem sie wusste, dass Michael Brand über Ressourcen verfügte, mit deren Hilfe er Heerscharen von Mördern durch die Welt schicken oder ein Flugzeug vom Himmel fegen lassen konnte, dachte sie, hier so etwas wie ein Machtzentrum vorzufinden. Einer der himmelsbedrohenden Türme hätte zu dem Bild gepasst oder ein Gebäudekomplex auf einem eigenen, abgesperrten Gelände, das sich wie eine moderne Festung von der ihn umgebenden Stadt abschottete.

In Xochimilco sah sie nichts, was ihrer Vorstellung auch nur annähernd gleichkam. Sie befanden sich in einem Industrieviertel. In den Rissen im Asphalt wucherte Unkraut, die einzigen Wagen am Straßenrand waren ausgebrannte Wracks. Es war, als führen sie durch eine Stadt, in der ihr eigener Weltuntergang gewütet hatte. Die Gebäude mit ihren zerbrochenen Fenstern und den wie die Münder von Toten klaffenden schwarzen Eingängen erhoben sich beiderseits der Straße wie riesige Hüllen.

Ein Gedanke zerrte an Kennedys Gedächtnis, ein Gedanke, der mit Tod und Verderben zu tun hatte.

Tillman bog mehrmals ziellos ab. »Das wird hart ohne Adresse«, murmelte er. »So ganz ohne Anhaltspunkt und ohne zu wissen, wonach wir überhaupt suchen.«

»Kraftwerk 73 Süd«, erwiderte Kennedy. »Wo Bonville den seltsamen Energieverbrauch bemerkt hat. Dorthin müssen wir fahren.«

Tillman nickte, war aber nicht überzeugt. Er hielt am Straßenrand, zog sein Telefon heraus und wählte eine Nummer. Zögernd blickte er zu Kennedy hinüber. »Ein Freund«, versicherte er ihr. »Aber er weiß nichts über dich, und er lehnt es kategorisch ab, sich in die Karten gucken zu lassen. Macht dir das was aus?«

»Nur zu«, forderte sie ihn auf. »Ich muss mir sowieso mal die Beine vertreten.« Als sie ausstieg, wurde sie von der kühlen Luft überrascht. Von irgendwoher wehte ein Wind, und der bedeckte Himmel sorgte für ein numinoses, silbergraues Licht. In der Ferne grollte ein Donner. Ein reinigendes Sommergewitter. Kennedy fühlte sich durch und durch schmutzig und sehnte sich danach, sich in egal welchem Wasser waschen zu können, ob kalt oder heiß oder lauwarm, bis sich ihr Körper wieder wie ihr eigener anfühlen würde.

Langsam lief sie bis zum Ende der Straße. Sie hörte nichts. Fast absolute Stille lag über der Stadt mit mehr als zwanzig Millionen Seelen. Keine dieser zwanzig Millionen Seelen schien in Xochimilco zu leben. Sie ging auf die andere Straßenseite zu einem Café, oder trat zumindest vor die Fassade, die nach der eines Cafés aussah und sich mit heroischer Selbstüberschätzung El Paraiso nannte. Die Fenster waren mit verrosteten Stahlplatten verrammelt, und die leckeren Sachen, mit denen auf dem Schild geworben wurde – ENCHILADAS! CHILAQUILES! BISTECK! –, würden wohl kaum Wirklichkeit werden.

Das Restaurant war ein Zwerg auf einer Straße voller Riesen, doch genauso tot wie diese. Wie ein Todesengel hatte die letzte Krise des Monopoly-Kapitalismus niemanden verschont, der nicht die magischen Zeichen für Gottes Schutz an die Türpfosten gemalt hatte.

Kennedy ging weiter bis zur Straßenecke und blieb stehen. Auf der anderen Seite stand ein Lagerkomplex, dessen Zufahrt so breit war, dass die beiden Fahrspuren durch eine Baumreihe voneinander getrennt werden konnten. Ein riesiges Gebäude mit unzähligen Nebengebäuden, alle aus demselben Spannbeton errichtet und in demselben Schlachtschiffgrau gestrichen. Die winzigen Fenster ganz oben saßen so tief in der Mauer, dass sie im

Innern des Gebäudes unmöglich Licht spenden konnten. Ein noch immer stabiler Zaun und ein zweiflügliges Tor mit solidem Vorhängeschloss. Darüber starrten Überwachungskameras auf Stahlmasten auf die Straße.

Ungläubig lachte Kennedy auf.

Als sie hinter sich Tillmans Schritte hörte, drehte sie sich um. »Das gehört alles dazu«, sagte er und deutete mit einer ausladenden Geste beider Hände über das Gebiet. »Alles im Umkreis von drei Kilometern gehört zum Kraftwerk 73 Süd. Wir müssen es irgendwie anders versuchen, Kennedy. Vielleicht hat Bonville hier mit jemandem über die Sache gesprochen, an der er arbeitete, oder einen Bericht geschrieben. Dann könnten wir das als Ausgangspunkt benutzen. Wenn nicht, müssten wir versuchen ...«

Er hielt mitten im Satz inne, weil Kennedy auf die andere Straßenseite zu der großen, grauen Lagerhalle zeigte.

»Wir sind da, Leo«, sagte sie. »Das ist es.«

Es war das Gebäude, das auf dem Foto unter Stuart Barlows Teppichfliese abgebildet war – dasjenige, auf dessen Rückseite die Liste mit Schriftrollen und Kodices geschrieben war, die das Johannes-Evangelium enthielten.

Das Ende ihrer Reise war bereits am Anfang niedergeschrieben worden.

61

Tillman brauchte zehn Minuten, um sicherzugehen, dass die Kameras nicht in Betrieb waren.

Vor allem fiel ihm auf, dass sie auf drehbaren Halterungen montiert waren. Doch die Kameras standen fest in einer Position, allerdings einer, die nicht unbedingt vorteilhaft war. Die auf der rechten Seite war mehr oder weniger direkt geradeaus gerichtet, die linke allerdings nach innen auf ihre Partnerin. Damit blieb ein toter Bereich auf der rechten Seite.

Dies hätte auf eine technische Störung hinweisen können, bei der die Kameras dennoch Bilder übertrugen. Tillman allerdings schlich durch den nichteinsehbaren Bereich bis an einen der Masten heran. Mit dem digitalen Multimeter aus seiner Werkzeugtasche überprüfte er die Kabel – sie standen nicht unter Spannung.

Da nun keine Heimlichtuerei mehr notwendig war, ging er auf direktem Weg zu Kennedy zurück und fuhr mit der Hand über seine Kehle, als wollte er sie durchschneiden. »Nichts«, berichtete er. »Kein Strom. Entweder wurden nur die Kameras ausgeschaltet, oder der ganze Bereich hat keinen Strom mehr.«

Kennedy deutete auf ein paar Straßenlaternen, die in einiger Entfernung flackerten. Die Lampen in ihrer Nähe waren eingeschlagen worden, aber es war klar, dass ein etwaiger Stromausfall auf diesen engen Bereich begrenzt sein musste.

Tillman überlegte.

»Ich denke, hier könnten sich unsere Wege trennen«, sagte er.

»Was?« Kennedy war schockiert. »Wie meinst du das? Wir ziehen das hier gemeinsam durch. Ich weiß, ich kann nicht kämpfen, aber ich bin doch nicht fünfzehnhundert Kilometer gefahren, um dir einen Kuss auf die Wange zu geben und dir zum Abschied zuzuwinken. Ich komme mit. Darauf kannst du Gift nehmen.«

Er schien ihr nicht zugehört zu haben, sondern ging zum Auto zurück, während sie weiterredete. Kennedy musste sich beeilen, um ihn einzuholen.

»Das meine ich ernst«, fuhr sie fort. »Du kannst wegrennen, aber du kannst mich nicht davon abhalten, da reinzugehen, solange du mich nicht fesselst und knebelst. Und selbst wenn du das versuchst, werde ich mich wehren und einen solchen Lärm veranstalten, dass man mich auf einen Kilometer Entfernung hört. Ich wiederhole, Leo: Wir ziehen die Sache gemeinsam durch. Von Anfang bis Ende.«

Mittlerweile hatten sie den Wagen erreicht. Tillman riss die Heckklappe auf, bevor er sich zu Kennedy drehte. »Du bist Polizistin, Heather«, sagte er. »Du hältst dich an das Gesetz.«

»Ich bin keine Polizistin mehr, weil man mich gezwungen hat, meinen Dienst zu quittieren. Weißt du noch?«

»Aber das ist immer noch der Grund, warum du hier bist. Weil Menschen getötet wurden und es deine Aufgabe ist, dafür zu sorgen, dass die Mörder dafür bezahlen müssen.«

»Du hörst mir nicht zu, Leo.« Kennedy bemühte sich, nicht die Geduld zu verlieren. »Das hat mit meinem Job nichts mehr zu tun. Alles, was ich hier tue, ist in doppelter und dreifacher Weise illegal. Ich befinde mich außerhalb meines Zuständigkeitsbereichs. Ich bin nicht mehr im Dienst, und ich werde steckbrieflich gesucht. Es geht schon lange nicht mehr um Recht und Gesetz. Jetzt geht es um Gerechtigkeit.«

Er blickte sie immer noch an, wägte ihre Worte ab, suchte nach einem Zeichen. »Welche Art von Gerechtigkeit?«

»Was?«

»Um welche Art von Gerechtigkeit geht es hier, Heather?«

Sie blickte verwirrt zurück und warf ihren gesunden Arm nach oben. »Gibt es die in mehr als einer Ausführung?«

»In ganz vielen. Und diejenige, an der ich interessiert bin, ist die übelste von allen. Die widerlichste. Auge um Auge. Sie haben meine Frau und meine Kinder getötet. Sie haben mir alles genommen. Alles. Aber sie hatten nicht den Anstand, auch mich zu töten. Dreizehn Jahre. Dreizehn Jahre in einer Welt, die sie unbewohnt zurückgelassen haben. Mir bleibt jetzt nur noch, ihnen das zurückzugeben, was ihnen rechtmäßig zusteht.«

Er schraubte die Sitzverkleidung ab und zog zwei Maschinengewehre, vier Handfeuerwaffen, Magazine und Patronengürtel sowie eine Reihe schwarz glänzender Plastiktaschen in der Größe und Form von Briketts heraus, auf denen »M112 C4-Sprengladung« stand.

Kennedys Mund öffnete und schloss sich wieder. Sie mühte sich ab, Worte über die Lippen zu bringen, und als es ihr gelang, wusste sie, dass sie mit ihnen nichts Gutes ausrichten würde. »Leo, du … liegst verkehrt. In dieser Sache hast du unrecht.«

Tillman schien dies nicht als Beleidigung aufzufassen, sondern lächelte nur traurig. »Glaubst du etwa, es besteht immer noch die Chance, dass meine Familie lebt, Heather? Nach dreizehn Jahren?«

Und wie bei einer heiligen Mörderin drängte die Wahrheit nach außen, blieb ihr aber im Hals stecken.

»Nein«, antwortete sie. »Ich ... ich glaube nicht, dass sie noch leben. Aber wenn wir recht haben, wird dieses Gebäude voller Menschen sein, die nichts mit ihrem Tod zu tun haben. Die Familien anderer Menschen, Leo. Bist du so scharf darauf, mit Michael Brand abzurechnen, dass du es ihm gleichtun musst? Wenn ja, dann zieh deine schicke Pistole und halte sie mir an den Kopf. Ich schwöre bei Gott, dass du dann bei mir anfangen musst.«

Einige unzählbare Sekunden lang standen sie einander auf der Straße gegenüber. Tillman zuckte zusammen, als bereitete ihm der Gedanke daran körperliche Schmerzen.

»Ich bin nicht hergekommen, um Kinder zu töten«, sagte er.

»Gut.«

»Der Plastiksprengstoff ...«

»Ja, Leo? Was ist mit dem Plastiksprengstoff?«

»Ich hatte keine Ahnung, was wir hier vorfinden würden. Oder wie wir hineingelangen sollten. Ich wollte auf alles vorbereitet sein.«

Kennedy nickte. »In Ordnung. Wir sind bereit.«

»Richtig.«

»Aber wir sind wegen Michael Brand hier, richtig? Wegen all den Michael Brands.«

»Nein.«

»Nein?«

Tillman schüttelte langsam den Kopf. »Jemand hat sie losgeschickt. Jemand hat sie ausgesucht, ausgebildet und ausgerüstet. Jemand hat ihnen gesagt, was sie mir antun sollen. Und Harper, deinem Kollegen. Und Gott weiß, wem sonst noch. Wir erledigen sie, Heather. Nicht nur Brand. Die Leute hinter Brand. Wir erledigen jedes einzelne Schwein.«

»Gib mir eine von deinen Waffen.«

Kennedy durchfuhr ein Kribbeln wie bei einem Déjàvu, als sie die G22 in die Hand nahm. Sie war identisch mit der, mit der sie Marcus Dell umgebracht hatte. Aber das war in einem anderen Land geschehen, und jene Heather Kennedy war nun offiziell tot.

Sie richtete den Knauf auf Tillman, um ihm die Magazinöffnung zu zeigen. Tillman verstand die Botschaft, wählte ein Magazin aus dem ausgeweideten Sitz und schob es in die Halterung.

»Noch ein paar mehr«, verlangte sie.

Tillman nahm jeweils ein Magazin in jede Hand und ließ sie vorsichtig in ihre Jackentaschen gleiten.

Kennedy dankte ihm mit einem Nicken. »Kraft meiner Amtsgewalt, die mir als Expolizistin, die viel zu weit von zu Hause weg ist, übertragen wurde, ernenne ich dich hiermit zum Hilfssheriff. Weißt du, was das bedeutet, Leo?«

Er schien Angst zu haben, welche Wendung die Sache nahm und wie viel von seinen Entscheidungen er ihr anvertrauen konnte. Doch der Weg, den sie eingeschlagen hatten, war so steil geworden, dass keiner von ihnen nach unten blicken wollte. An diesem Punkt wusste Kennedy besser als Tillman, was sie unten erwartete, weil Kennedy in Santa Claus die letzten Worte der Mörderin gehört hatte. Worte, die sie Tillman jedoch niemals weitersagen würde.

»Nein, Heather. Was bedeutet es?«

Sie schob die Waffe in den Bund ihrer Jeans und zog die Jacke darüber. »Es bedeutet, dass wir eine bewaffnete Sondereinheit sind. Dann los, es wird scharf geschossen.«

Der einfachste Weg, um in den Lagerkomplex zu gelangen, schien von der Seite aus zu sein, wo ein angrenzendes Gebäude, eine einstöckige Hütte, in der früher eine Firma privaten Lagerraum angeboten hatte, so nah am Zaun stand, dass sie hinüberspringen konnten.

Tillman ging zuerst. Als Kennedy sprang, fing er sie auf, damit sie nicht fiel. Erst jetzt wurde ihr bewusst, wie schwach sie war, obwohl sie lange geschlafen und gut gegessen hatte. Der Bereich um ihre Wunde an der Seite fühlte sich steif und entzündet an, ihr gebrochener Arm schmerzte noch mehr als ihr Kopf, und das Anästhetikum waberte noch durch ihren Körper und beeinträchtigte ihre Denkfähigkeit, ohne etwas gegen die Schmerzen auszurichten.

Tillman hatte ein ansehnliches Arsenal an leichten und schweren Waffen in einen Rucksack gepackt. In der Hand hielt er nicht die Unica, sondern ein FA-MAS-Clairon-Sturmgewehr in der Version der französischen Armee mit Bajonett und Granatenwerfer. Das Ding jagte Kennedy einen Heidenrespekt ein. Es sah aus wie ein riesiges, todbringendes Schweizer Armeemesser.

Sie suchten entlang der Wand des Hauptgebäudes einen Eingang. Die einzige Tür, die sie fanden, war zugeschweißt. Die Fenster lagen zu hoch, und da Kennedy nicht klettern konnte, dienten die Seile und Greifhaken nur dem Notfall.

Der Zaun wurde in regelmäßigen Abständen von weiteren Kameras gesäumt. Keine bewegte sich, und auch sie standen nicht unter Spannung, wie Tillman mit seinem Multimeter feststellte.

Als sie die Vorderseite des Lagers erreichten, blickten sie vorsichtig über eine breite Asphaltfläche, auf der man eine Parade hätte abhalten können. Die Oberfläche war holprig, in den Rissen wuchs Unkraut. Doch

Tillman und Kennedy bemerkten Unregelmäßigkeiten, auf die sie sich gegenseitig flüsternd hinwiesen. Der Zaun sah perfekt repariert aus, die Ketten und Vorhängeschlösser waren nicht verrostet. Und das Unkraut war plattgewalzt, als hätte hier vor kurzem reger Verkehr geherrscht.

Tillman wollte nicht auf die offene Fläche treten, obwohl er wusste, dass sie von den Kameras nichts zu befürchten hatten. Es gab jedoch viele andere Stellen, von denen aus man sie beobachten konnte. Also schlichen sie zur Rückseite des Gebäudes, wo der Asphalt in Sand und Erde überging und die vielen Nebengebäude näher am Hauptgebäude standen.

Auch deren Türen waren zugeschweißt. Doch schließlich entdeckte Kennedy frische Reifenspuren, denen sie bis zu einem Schwingtor wie das einer Garage oder einem Hangar folgte. Der gesamte Ort sah schäbig und unbenutzt aus, doch die Spuren verrieten etwas anderes.

Das Tor war mit einem Vorhängeschloss verriegelt. Tillman zog eine Brechstange aus seinem Rucksack und knackte unter kurzem Stöhnen die Haspe bereits beim ersten Versuch. Erwartungsvoll zog er das Tor auf.

Kennedy brauchte einen Moment, um zu verarbeiten, was sie sah. Sie standen oben an einer Rampe, die sanft nach unten in tiefste Dunkelheit führte und die gesamte Breite des Gebäudes von etwa dreizehn Metern einzunehmen schien. Sie hörten und sahen nichts. Das Gebäude beherbergte nur die Rampe. Mehr nicht, was hieß, dass sich alles andere unter ihnen befinden musste.

»Hast du eine Taschenlampe da drin?« Kennedy nickte in Richtung von Tillmans Rucksack. In der unheimlichen Stille wurden ihre Worte von den nackten Wänden zurückgeworfen.

Tillman zog zwei stabile, etwa einen halben Meter lange Taschenlampen mit Gummiüberzug heraus. Sie schienen sowohl als Schlagstöcke als auch als Lichtquellen zu dienen.

Kennedy schaltete ihre Lampe ein und richtete den Strahl in die Dunkelheit. Doch auch beide Lampen konnten ihnen das Ende der Rampe nicht zeigen. Sie reichte viel weiter nach unten, als sie gedacht hatten.

Tillman blickte zu Kennedy, die nur einmal nickte. Der Weg führte eindeutig nach unten. Ihr Unbehagen wuchs mit jedem Schritt. Nichts in ihrer Phantasie gab ihr eine ausreichende Erklärung, warum die aufwändigen Sicherheitsvorkehrungen so nachlässig eingehalten wurden. Und wer würde in dieser trostlosen Umgebung wohnen wollen? Sie hatten offenbar ein Lager ausfindig gemacht, aber nicht das Kerngebiet ihrer Feinde.

Die Rampe erstreckte sich etwa einhundert Meter weit nach unten und führte sie etwa zehn Meter unter die Erde. Am Ende versperrte ihnen ein verrostetes Rolltor, das über die gesamte Breite reichte, den Weg. Kennedy suchte mit der Taschenlampe vergeblich die Wand nach Schaltern ab. Wahrscheinlich befanden sie sich auf der anderen Seite. Sie wollte schon vorschlagen, nach einem anderen Eingang zu suchen, als Tillman nach unten deutete, wo ein etwa dreißig Zentimeter breiter Spalt zwischen Boden und Tor klaffte.

Wortlos legten sie sich auf den Boden – Kennedy unter Stöhnen, als ihre bereits geplagten Muskeln Widerstand leisten wollten – und rutschten unter dem Rolltor hindurch.

Auf der anderen Seite standen sie, von Dunkelheit umgeben, wieder auf. An der an ihrem Gesicht vorbeiziehenden Luft merkte Kennedy, dass sie sich in einem sehr großen Raum befinden mussten. Auch hier verlor sich der Schein ihrer Taschenlampe im Nichts.

Tillman ging, mit einer Hand nach dem kalten Stahl tastend, am Rolltor entlang. Kennedy leuchtete mit ihrer Taschenlampe voraus, bis sie eine Reihe von Schaltern erreichte. Ein rotes Licht auf der linken Seite verriet, dass hier noch Strom floss.

Gemeinsam betrachteten sie sich die Schalttafel: links drei große Schieberegler, daneben vier Reihen mit je zehn kleineren Schaltern, die alle unbeschriftet waren.

»Wir schalten sie ein, werfen die Arme nach oben und rufen laut ›Kuckuck, hier bin ich‹«, flüsterte Kennedy.

»Hör mal«, flüsterte Tillman zurück.

Das tat sie. Nichts, keine Geräusche. Nicht einmal das Geräusch von Verkehr in der Ferne, das in den meisten Städten als Stille durchgeht. Tillman hatte recht. Den Lärm, den sie gemacht hatten, als sie unter dem Stahltor hindurchgerutscht waren, aber auch ihre Schritte selbst mussten in dieser absoluten Stille überall zu hören gewesen sein. Wenn sich hier Menschen aufhielten, hatten sie die Eindringlinge mit Sicherheit bereits bemerkt. Doch wenn jemand hier war, warum hatte man sie noch nicht aufgehalten?

Tillman wartete nicht auf Kennedys Zustimmung, sondern drückte die Schieberegler ganz nach unten und betätigte nacheinander die Schalter der oberen Reihe.

Die Schieberegler zeigten zunächst keine Wirkung, doch als Tillman die Schalter umlegte, dirigierte er eine Symphonie aus Licht. Es kam nicht aus Glühbirnen oder Neonröhren oder Scheinwerfern, sondern aus riesigen Paneelen, die, in die Wände eingelassen, vom Boden bis zur Decke reichten und wie ein Sonnenaufgang nach dem anderen um sie herum zum Leben erwachten.

Kennedy schnappte nach Luft.

Sie standen in einem Raum, der so hoch wie eine Kathedrale, aber viel länger war. Eine unterirdische Prachtstraße mit gleißenden Mauern. Kennedy legte ihren rechten Arm über ihre Augen und blinzelte Tränen fort.

»Moment«, sagte Tillman. »Ich hab's gleich.«

Der Grund war, dass er das Licht über die Schieberegler auf maximale Helligkeit eingestellt hatte. Als er sie auf etwa zwei Drittel zurückschob, wurde es erträglicher.

Sie machten eine Bestandsaufnahme von ihrer Umgebung. Kennedy dämmerte es langsam, dass sie den richtigen Ort gefunden hatten.

Sie standen auf einer Straße, oder vielmehr auf einem zehn Meter breiten Boulevard. Kleine Holzbuden wie auf einem Markt säumten die Straße zu beiden Seiten, dahinter erhoben sich stabilere Gebäude mit Türen und Fenstern – eine Hallenstraße in einer Hallenstadt.

Kennedy kamen zwei Gedanken gleichzeitig. Der erste: Die Marktbuden waren alle leer, eine oder zwei sahen aus wie geplündert. Der zweite: Dieser Raum konnte nicht so hoch sein – fünfundzwanzig Meter, schätzte sie –, da sie nicht so weit nach unten gegangen waren. Sie blickte zur Decke hinauf: Sie war gewölbt und mit Wolken und einem blauen Himmel bemalt. Wahrscheinlich das Lagerdach von innen. Sie standen unter dem Hauptgebäude, das entkernt worden war, um für diese Straße einen Himmel zu schaffen.

»So was Verrücktes habe ich mein Lebtag noch nicht gesehen«, sagte Kennedy mit plötzlich trockener Kehle.

Tillman erwiderte nichts, sondern bedeutete Kennedy, ihm die Straße entlang zu folgen. Sie ging neben ihm her, nachdem sie die Taschenlampe gegen ihre G22 ausgetauscht hatte, die sie fest umklammerte.

Die Reihe der Marktbuden erstreckte sich über ungefähr zwanzig Meter, doch die Gebäude dahinter verliefen noch weiter. Einige Schaufenster waren mit Regalen und Ablagen für die Auslage von Waren ausgestattet. Doch alle waren leer. Nur ein paar Kartons, hin und wieder lag ein Plastikband oder eine Tüte herum, und an einem Regal aus glänzendem Holz hing ein gelber Schal. Schilder über den Türen waren in Schriftzeichen beschriftet, die Kennedy an Hebräisch erinnerten. Wieder stand sie vor dem Rätsel: Angenommen, das Judas-Volk hatte seinen Ursprung im alten Judäa, wie die Sicas vermuten ließen, warum waren sie vom Heiligen Land bis ans letzte Ende von Mexiko-Stadt gezogen?

Wahrscheinlich würde sie es nie erfahren, doch sie war sich plötzlich sicher, dass es nichts mit der zeitweiligen Verschiebung der Machtverhältnisse zu tun hatte. Zwanzig Millionen Menschen in einer sich auf tausendfünfhundert Quadratkilometern erstreckenden Stadt – eine große Wüste, in der man ein Sandkorn gut verstecken konnte. Vielleicht zog das Judas-Volk öfter weiter, ein Volk von Nomaden, das dorthin ging, wo es sich am besten verstecken oder neu entdeckte Ressourcen nutzen konnte.

Und mit diesem Gedanken kam ein anderer, den sie nicht laut auszusprechen wagte: Vielleicht haben wir sie verpasst.

Sie näherten sich dem, was das nördliche Ende des Lagerhauses sein musste. Das hohe Dach über ihnen wurde von einer geraden, senkrechten Mauer abgeschnitten, und die wie echt aussehenden Wolken bogen sich im rechten Winkel, als wären sie gegen eine unsichtbare Grenze geknallt.

Kennedy erwartete, dass der Raum hier zu Ende war, doch der Luftzug, den sie über ihren Köpfen gespürt hatten, wurde von einem Luftzug um ihre Füße herum ersetzt. Wo das Lagergebäude und die Decke endeten, führte die Straße über eine riesige Treppe nach unten, die sich nach rechts, links und geradeaus in kleinere Treppen teilte.

Wahllos ging Tillman, gefolgt von Kennedy, eine der Treppen hinunter, wo sie eine weitere Straße erwartete, die genauso breit war wie die erste. Hier gab es keine Geschäfte, sondern Wohnhäuser mit langen Fensterreihen, Terrassen mit Stühlen und Tischen und Ziertöpfen und Skulpturen an Ecken und auf Balustraden. Einige Töpfe waren umgekippt und zerschlagen, Türen standen offen, ließen aber in der Dunkelheit dahinter nichts erkennen. Jemand hatte sich viel Mühe gegeben, den riesigen Komplex heimelig wirken zu lassen, um ihn hinterher zu plündern.

Tillman zog ein mürrisches Gesicht, als er plötzlich stehenblieb, seinen Blick nach rechts und links schnellen ließ und schließlich Kennedy anblickte. »So können Menschen doch nicht leben«, brummte er mit einer Stimme, die wütend klang. Er schien Angst zu haben, ebenso wie sie: Angst, dass sie zu spät gekommen waren und des Rätsels Lösung nun keine Bedeutung mehr hatte.

»Doch«, widersprach sie unglücklich. »Ich denke, das geht. Diese Lichter an den Wänden enthalten wahrscheinlich UV-Strahlen, damit die Leute keinen Lagerkoller kriegen. Vielleicht dürfen sie ab und zu nach draußen, wenn auch wohl nicht oft. Sie leben schon so lange unter der Erde, dass ihre Haut kaum mehr Melanin enthält. Deswegen hatten selbst die Agenten, mit denen wir es zu tun hatten, einen Teint wie Schneetiger.«

Tillman schien nicht zuzuhören. Er war zu einem Balkon gegangen. Über der Balustrade hing ein weißes Leintuch, auf das jemand ein überraschend hübsches Bild gemalt hatte. Es zeigte den Moment, in dem das Sonnenlicht durch die Gewitterwolken bricht und verkündet, dass der Sturm vorüber war oder nicht losbrechen würde. Die Wolken waren erschreckend schwarz und aufgebläht, das Sonnenlicht, das hindurchschimmerte, ein filigranes Netz aus Gold, das man nur aus einem bestimmten Blickwinkel bemerkte, wenn das Licht sich darin spiegelte.

Tillman zerrte das Tuch von der Balustrade und riss es entzwei.

»Zum Teufel damit!«, bellte er. Seine Worte hallten von allen Wänden und Vorsprüngen zurück, wurden verdoppelt und wieder zerfetzt, bildeten einen über seine eigenen Füße stolpernden Chor aus Flüchen.

»Leo ...«, begann Kennedy, wurde aber von seinem funkelnden Blick zum Schweigen gebracht. Er wollte kein Mitleid oder Beileid, und sie hätte auch nicht viel zu bieten gehabt. Sie fühlte sich ausgehöhlt, war müde bis zum Umfallen. So weit gereist zu sein, nur um dieses Mausoleum vorzufinden, war einfach nur grausam.

Da sie nichts zu sagen hatte, ließ sie ihn stehen und ging die Treppe wieder hinauf. Der gesamte Komplex war wie ein Resonanzboden, so dass der Klang von Kennedys Schritten zu ihr zurückgetragen wurde und sich immer wieder in einem Durcheinander aus Tönen überlagerte. Ihr fiel das Gemälde von Duchamp mit der nackten Frau ein, die, während sie eine Treppe hinunterging, sich in eckige Teile ihres eigenen Ichs zu vervielfältigen schien. Wie viel von sich selbst würde Kennedy an diesem Ort zurücklassen? Das war eine gute Frage, wenn sie bedachte, wie viel sie bereits geopfert hatte, um diesen Ort zu finden.

Sie schaffte es nicht ohne Pause bis zum Anfang der Treppe. Auf einer Terrasse auf halbem Weg lehnte sie sich gegen die Balustrade und ruhte sich aus. Wieder schmerzten ihre Seite und ihr Arm.

Sie beobachtete ihn, während er einige Häuser inspizierte, vielleicht auf der Suche nach jemandem, der hier zusammengebrochen war. Eine der Türen ließ sich nicht öffnen. Als Tillman sie eintrat, grollte ein Donner durch den riesigen Raum.

Doch der Donner nahm zu, statt abzuebben. Und jetzt schien er von oben statt von unten zu kommen. Kennedy ging die restlichen Stufen hinauf und blickte den Weg zurück, den sie gekommen waren.

Die Straße schien zu schmelzen wie Wachs über einer Flamme. Dann sah sie, dass die sich bewegende, kräuselnde Masse nichts mit den Wänden und dem Boden und der als Himmel bemalten Decke zu tun hatte. Es war Wasser, das den Raum von unten bis oben ausfüllte und wie ein Rammbock auf sie zustürzte.

Das Wasser traf Kennedy, als hätte Gott ihr einen Schlag ins Gesicht verpasst, und dann riss es sie in die Tiefe.

62

Kuutma ließ die Schleusentore sieben Minuten geöffnet. Die ersten dreißig Sekunden lieferten die Wassermenge, die nötig war, um das Konzentrat hineinzumischen. Danach diente das Wasser nur noch als Waffe.

Er hatte nur die Außenkameras ausgeschaltet, die im Innern von Ginat'Dania aber laufen lassen, so dass er zusehen konnte, wie zuerst die Frau, dann Tillman von der Flut mitgerissen wurden. Die Frau war mit ihrem eingegipsten Arm in ihren Bewegungen eingeschränkt, doch es hätte kaum einen Unterschied gemacht, wenn sie fit und voll bewegungsfähig gewesen wäre. Das Wasser schoss unter enormem Druck die Straße Richtung Em Hadderek hinunter und riss die Frau rückwärts die Treppe mit hinab. Die stärksten Schwimmer hätten den Massen nicht standgehalten.

Die Flut würde den unteren Raum innerhalb einer Minute überschwemmt haben. Nirgendwo würde die *rhaka* die Oberfläche erreichen, es sei denn, sie würde zurück zum Em Hadderek und zur oberen Ebene schwimmen – oder vorwärts zum Em Sh'dur. Aber mit einem Arm zu schwimmen würde sehr anstrengend werden.

Obwohl sich Tillman bereits auf der unteren Ebene befand, waren seine Überlebenschancen paradoxerweise größer. Er sah die anrollende Wasserwand, die die Treppe nach unten donnerte wie ein Krake mit einem Dutzend suchender, um sich greifender Tentakeln. Rasch umfasste er das Ziergitter eines Balkons, kurz bevor ihn das Wasser beinahe erschlug. Eine Minute lang schaffte er es, sich festzuhalten.

Als sich die untere Ebene rasch füllte und der Wasserdruck nachließ, schwamm Tillman mit kräftigen Zügen nach oben. Sein Maschinengewehr hatte er verloren, doch den Rucksack mit der Ausrüstung hatte er noch umgeschnallt. Er blickte sich um, wahrscheinlich nach der Frau, doch als das Wasser die Stromquellen und Sicherungskästen erreichte, erloschen alle Lichter. Das hieß, Kuutma würde Tillman nicht mehr beobachten können. Aber es hieß auch, dass Tillmans Chance, die Frau zu finden, bevor sie ertrinken würde, von gering auf praktisch null sank.

Kuutma schloss die Schleusentore, dann sammelte er seine Waffen zusammen und bereitete sich auf seine bevorstehende Arbeit vor. Sechs Sicas, drei auf jeder Seite in seinem Gürtel. Die Sig-Sauer in seinem Schulterhalfter mit vollem Magazin und zwei weitere in den Taschen seiner kugelsicheren Weste. Er bewegte sich methodisch und ohne Hast. Er wusste entgegen aller Logik, dass jetzt kam, was hatte kommen müssen. Dies war der Grund, warum Tillman so lange überlebt hatte. Warum er, Kuutma, Tillman in schrecklicher Gnade vom Selbstmord abgehalten hatte.

Tillman hatte nicht das Recht, seinem Leben auf diese Art ein Ende zu setzen. Außerdem musste er etwas hören, bevor er starb. Etwas hören und verstehen. Ein Gleichgewicht musste wiederhergestellt werden, und Kuutma kam die Ehre zuteil, dafür zu sorgen.

Er verschloss die Türen der Pumpenstation und ging die Treppe zur untersten Ebene hinab. Natürlich würde er noch einmal zurückkommen müssen, um das Wasser wieder ins Cutzamala-Staubecken zurückfließen zu lassen. Dies würde seine letzte Handlung sein, bevor er diesen Ort für immer verlassen und die Türen hinter seinem bisherigen Leben schließen würde.

Er ging zur großen Straße, die ebenfalls im Dunkeln lag. Die riesigen, mächtigen Wassermassen hatten sich nach unten zurückgezogen, doch der Klang seiner Schritte verriet ihm, dass Pfützen zurückgeblieben waren. Es gab ein manuelles System, das bei Stromausfall für Licht sorgte, und er wusste, wo es sich befand. An einer Wand in der Nähe schob er ein Paneel zurück und drehte an einem quietschenden Rad.

Hoch oben glitten die sich leicht überlappenden Stahlplatten des Daches, das Ginat'Dania schützte, in die Vertikale. Der Himmel draußen war bedeckt. Nur graues Licht drang nach unten, doch es reichte.

Am anderen Ende der großen Straße verkündete ein platschendes Geräusch, dass Tillman wie ein Wal gestrandet war. Kuutma konnte ihn erst sehen, als die um sich schlagende Gestalt am oberen Ende der Em-Hadderek-Treppe erschien, dort, wo sie am breitesten und schönsten war. Tillman richtete sich auf und fiel wieder hin, krabbelte in spastischen, unkoordinierten Bewegungen auf die trockene Straße.

Kuutma schlenderte auf seinen Gegner zu, in jeder Hand das vertraute Gewicht einer Sica.

63

Als sich das Wasser über Kennedy schloss, machte sie fast alles verkehrt, was man nur verkehrt machen konnte. Vor allem vergaß sie zu atmen. Als sie vom schäumenden Wasser nach hinten gerissen wurde, presste sie die Kiefer aufeinander, statt noch einmal vorsorglich kräftig Luft zu holen.

Dann kämpfte sie gegen den unwiderstehlichen Strom an, vergeudete ihre Kraft im sinnlosen Bemühen, an die Oberfläche zu gelangen. Ihr natürlicher Auftrieb würde sie in jedem Fall nach oben bringen, so dass sie, der Willkür des Wassers ausgesetzt, ihre Energie lieber dafür hätte aufwenden sollen, nicht gegen eins der Gebäude geschleudert zu werden.

Und schon passierte es: Mit voller Wucht knallte sie gegen eine Wand. Vor Schreck und Schmerzen hätte sie beinahe den Mund aufgerissen. Das wäre allerdings ihr Ende gewesen, das wusste sie. Als sie sich wieder gefangen hatte, wand sie sich hin und her, bis sie wieder im Strom mitschwamm, lenkte mit den Füßen nach links und rechts, um einem weiteren Aufprall gerade noch aus dem Weg zu gehen.

Es ist ein bisschen wie fliegen, dachte Kennedy benommen. Der geflieste Boden der unteren Ebene, die Straßen und Häuser – alles huschte unter und neben ihr vorbei, überdeckt mit einem blauen Schleier, den das Licht mit hellen Sternen sprenkelte.

Dann gingen die Lichter aus. Kennedys Lage konnte kaum noch schlimmer werden.

Ihre Lungen meldeten bereits ihre Ansprüche an. Kennedy blieb vielleicht noch eine halbe Minute, höchstens, bis sie wieder nach Luft schnappen müsste. Doch sie hatte keine Ahnung, wo dies möglich wäre.

Lichtpunkte tanzten in der Dunkelheit vor ihren Augen. Sie dehnten sich zu Unterwassersonnen aus, die Kennedy blendeten, auch wenn sie wusste, dass es sich um eine Täuschung handelte. Sie begann durchzudrehen. Sauerstoffmangel sorgte dafür, dass sich die Nerven von ihrem Hirn abkoppelten.

Sie versuchte nachzudenken. Lufteinschlüsse innerhalb der Häuser? Sie erinnerte sich aus dem Physikunterricht, dass es diese Möglichkeit gab. Doch sie hatte keine Zeit, ein Haus nach dem anderen zu durchsuchen, zudem hatte sie keine Polizeimarke dabei, die sie hätte vorzeigen können.

Konzentriere dich, Heather. Konzentriere dich.

Gegen den Strom ankämpfen oder mitschwimmen?

Nach unten, oben oder zur Seite schwimmen?

Die Richtung schien keinen großen Unterschied zu machen, doch sie hatte das Gefühl, die Entscheidung an sich war wichtig. Ihr Vater hatte sie gelehrt, sich jeder Situation zu stellen. Sich treiben zu lassen war fast immer ein Fehler.

64

Mühsam kam Tillman wieder auf die Beine. Sein Herz pochte bis in seine Ohren, aber er hörte kein anderes Geräusch, und es war stockdunkel. Sein Kopf drehte sich, schien sich im Takt seines Herzschlags auszudehnen und zusammenzuziehen, als wäre sein Herz der Dirigent für das pulsierende Herz des Universums.

Er lachte ungläubig. Die Welt ist doch klein, dachte er. Und ich bin hier mitten in ihrem Zentrum.

Doch sein Magen drehte sich, und ihm wurde plötzlich schlecht. Die Erregung, die er durch seinen Größenwahnsinn gespürt hatte, wich der Übelkeit, die ihn auf die Knie sinken ließ. Er übergab sich geräuschvoll in die abebbende Flut, schmeckte Chili und Koriander, wahrscheinlich von dem Essen, das er und Kennedy auf dem Weg von … wer weiß wo zu sich genommen hatten.

Es war kalt und dunkel. Kalt und dunkel wie ein Grab. Tillman erschauderte. Doch plötzlich fiel Licht auf ihn herab, sanft wie Gänsedaunen. Tillman versuchte sein rasendes Herz, seinen dröhnenden Kopf und seine zitternden Hände zu beruhigen. Er dürfte sich eigentlich gar nicht so schlecht fühlen. Irgendetwas stimmte mit ihm nicht.

Und Kennedy. Er musste Kennedy finden und sichergehen, dass es ihr gutging.

Er biss die Zähne aufeinander, schloss die Augen und zählte bis zehn. Zumindest versuchte er es. Doch die meisten Zahlen ließen ihn im Stich.

»Und nun«, sagte eine sanfte, kultivierte Stimme über ihm, »hier sind wir.«

Ein kräftiger Schlag gegen den Kiefer schleuderte Tillman wieder zu Boden und in das verschmutzte Wasser hinein. Er keuchte, mit den Armen um sich schlagend, und versuchte sich wieder aufzurichten. Nach einem zweiten Tritt, diesmal in die Rippen, klappte er vornüber zusammen und blieb zusammengekauert liegen.

»Bitte«, sagte die Stimme, »nimm dir einen Moment, um dich zu orientieren. Ich hoffe, du hast nicht allzu viel von dem Wasser geschluckt. Ich fände es schade, wenn du sterben würdest, ohne dass wir Zeit zum Reden gehabt hätten.«

Tillman blieb auf dem Boden liegen. Liegen zu bleiben ließ ihm – solange es keine weiteren Angriffe gab – Zeit zum Nachdenken, so schwierig dies angesichts des Nebels in seinem Kopf auch geworden war. War etwas im Wasser? Höchstwahrscheinlich. Er erinnerte sich nicht, Wasser geschluckt zu haben, doch mit Sicherheit hatte sein Körper etwas davon aufgenommen. Vielleicht musste dieses Etwas, was auch immer es war, nicht geschluckt werden. Vielleicht reichte Hautkontakt. Vielleicht verdampfte es, und er atmete es genau in diesem Moment ein.

»Steh auf«, wies ihn die Stimme an.

Tillman streckte sich langsam, rollte auf den Bauch, stützte sich auf Händen und Knien ab und richtete sich auf.

Der Mann, der ihm gegenüberstand, war mehr oder weniger in seinem Alter. Sehr groß, aber an den Schultern nicht allzu breit. Sehr muskulös, aber schlank. Der Körperbau eines Tänzers oder Läufers. Sein Kopf war kahlgeschoren, sein dunkles, schmales Gesicht in der Mitte geteilt von einer Adlernase. Er strahlte den Ernst einer

Statue oder eines Priesters aus, der eine Zeremonie abhielt.

»Michael … Brand«, nuschelte Tillman, weil seine Lippen versagten.

»Ja«, bestätigte der Fremde mit so etwas wie Befriedigung in der Stimme. Und Stolz. »Der bin ich. Michael ist ein hebräischer Name und bedeutet ›Wer ist wie Gott?‹. Brand oder das Brandmal – in unserer eigenen Sprache *ku'utma* – ist das Mal, das Jaldabaoth, der Gott der gefallenen Welt, auf der Stirn unseres Vaters Kain hinterlassen hat. Ich versuche ehrlich zu sein, Tillman. Ich versuche niemals zu lügen. Eine Lüge erniedrigt den Menschen, der sie ausspricht, so ehrenhaft auch der Grund für die Lüge sein mag. Ich bin Kuutma. Ich bin das Brandmal.«

Nur unter großer Anstrengung schaffte es Tillman aufzustehen. Mit erhobenen Fäusten ging er auf den Mann vor ihm los.

Michael Brand vollführte mit seiner Hand eine geschmeidige Bewegung, und Tillman hatte das Gefühl, dass kühle Luft in seinen Bauch strömte. Doch als er die Stelle berührte, spürte er pulsierende Wärme.

Er blickte auf seine Hand hinab. Sie war rot, zwischen seinen unbeholfenen, geteilten Fingern floss Blut hindurch.

»Und jetzt müssen wir uns rasch unterhalten«, sagte Michael Brand. »Du hast nicht mehr viel Zeit, und es gibt einige Dinge, die gesagt werden müssen.«

65

Symmetrie, sagte sich Kennedy. Es war nicht viel, von dem sie ausgehen konnte, aber immerhin.

Alles, was sie hier gesehen hatten, folgte einem simplen, eleganten Schema. Die breite Hauptstraße, ihre Position unterhalb des Lagerhauses, die elegante Treppe, die vom Platz aus, wo die Straße endete, nach unten führte. Alles symmetrisch, um den Bewohnern dieser verkorksten Höhlenwelt einen angenehmen, geordneten Anblick zu bieten.

Am anderen Ende der unteren Ebene könnte es also wieder eine Treppe und einen Platz geben.

Kennedy schwamm mit dem Strom, benutzte mehr ihre Beine als ihren gesunden Arm, weil dieser sie seitlich abtrieb. Aus irgendeinem Grund hielt sie die Augen geschlossen. Es war ohnehin dunkel, so dass sie nichts verpassen würde.

Der Druck in ihren Lungen und die Dunkelheit in ihrem Kopf wurden immer stärker. Sie streifte die Decke des riesigen Flurs. Kennedy stieß sich mit den Beinen ab, lenkte ihren Körper nach unten, weil sie Angst hatte, an einem Stromkabel hängenzubleiben oder sich den Kopf an einem überstehenden Sims aufzuschlagen. Dann wäre alles vorbei.

Doch das war es sowieso. Sie hatte keine Luft und keine Zeit mehr. Ob nach oben oder unten, war völlig egal. Sie gab auf und ließ sich nach oben treiben, erwartete, dass die Decke gegen ihren Rücken und ihre sich abmühenden Gliedmaßen drückte, so dass sie sich nicht mehr würde fortbewegen können. Dann würde sie, wahrscheinlich eine Obszönität ausstoßend, ihren Mund öffnen und ertrinken.

Laut platschend durchstieß sie die Oberfläche. Der Lärm breitete sich nach allen Seiten in endlosem Flüstern aus. Es war, als hätte sie das Himmelsgewölbe durchbrochen. Graues Licht drang von irgendwo herein und zeigte ihr den See, auf dem sie dahintrieb.

Einen Moment lang wusste Kennedy nicht mehr, wo sie war. In Arizona, das wusste sie. Nein, das war vorher. Sie waren nach Süden gefahren, nach Mexiko. Das hier war Mexiko-Stadt.

Mexiko-Stadt war ein finsterer See, in dem niemand außer ihr die Angelrute auswarf oder schwimmen ging.

Langsam drehte sie einen Kreis im Wasser, atmete tief und abgehackt, als würde sie die Luft in Stücke reißen und sich einverleiben. Hinter ihr erhob sich eine Wand, die von dunklen Fenstern unterbrochen wurde. Von dort unten, wo die Straßen der unteren Ebene unsichtbar wegen dem vom Boden bis zur Decke reichenden Wasser waren, war sie nach oben getaucht.

Zu beiden Seiten und vor ihr befanden sich Treppen wie diejenige, die von dem anderen Platz abging. Kennedy hatte keine Ahnung, wohin sie führten. Die Abstände wurden größer, dann kamen sie im Gleichschritt wieder zurück. Ihr Hirn war ein lahmes, schlaffes, vollgesogenes Ding, durch das keine Gedanken mehr wandern wollten.

Doch von weit her hörte sie Stimmen.

66

Sie starb«, sagte Kuutma zu Tillman. »Sie starb vor langer Zeit.«

Nachdem sich das Wasser noch ein Stück zurückgezogen hatte, hatte er sich auf die oberste Stufe der Haupttreppe gesetzt. Tillman kniete ein Stück entfernt, beide Hände fest auf seine Wunde gedrückt. Obwohl Kuutma gesagt hatte, es sei eilig, war die Wunde so gut platziert, dass es noch eine ganze Weile dauern würde, bis er starb. Das Messer war nicht mit Gift präpariert gewesen, deswegen würde die Blutung immer schwächer werden und vielleicht vollständig stoppen, solange sich Tillman nicht bewegte. Tillman sah ohnehin so aus, als könnte er sich nicht mehr bewegen. »Rebecca«, murmelte Tillman mit schwacher, abgehackter Stimme. Mit der Stimme eines gebrochenen Mannes.

»Genau«, bestätigte Kuutma. »Deine Rebecca. Ich habe sie getötet. Mit einem Messer wie diesem hier.« Er hielt die Sica so, dass Tillman sie sehen konnte, und drehte sie in dem schwachen Licht in seiner Hand. Es funkelte nicht in diesem Zwielicht, sondern sah in seiner Hand wie ein totes Ding aus. Die Welt um ihn herum, eine fast menschenleere Welt, war von Tod erfüllt. »Aber ich habe nicht mit ihr gespielt oder sie gequält, wie ich es mit dir tue. Ich habe sie zwischen der vierten und fünften Rippe aufgeschlitzt und ihr Herz in zwei Teile geschnitten. Sie starb sehr schnell.«

Kuutma sah Tillman nicht direkt an, sondern bemerkte nur aus dem Augenwinkel heraus, dass Tillman sich erhob und auf ihn zuschlurfte. Er hatte damit gerechnet, sogar darauf gewartet.

Er stand ebenfalls auf, die Sica noch in der rechten Hand, als Tillman ihn erreichte, parierte dessen unbeholfenen Schlag aber mit seiner linken. Dann hakte er sich bei ihm mit seinem linken Arm und seinem rechten Fuß ein und brachte ihn mit einer Wucht zu Fall, die einem Menschen leicht das Rückgrat hätte brechen können. Erst jetzt beugte er sich nach unten und versetzte Tillmans Gesicht einen Schnitt von der Augenbraue bis zum Kinn.

»Gut«, sagte er genüsslich. »Hasse mich, wie ich dich hasse. Hasse mich mit jedem deiner Atemzüge, bis der Hass so groß wird, dass du daran erstickst. Genau das wollte ich von dir.«

Kuutma setzte sich auf die andere Seite der Stufen. Der Gewaltakt hatte ihn in gewisser Weise erleichtert, doch sein Herz raste. Er musste die ruhige Seite der Gewalt finden und verinnerlichen, wie er es immer tat, wenn er draußen in der Welt tötete. Doch dies hier war nicht die Welt, es war Ginat'Dania. Und dies war kein Töten, wie er es sonst kannte. Es ging um die Wiederherstellung des Gleichgewichts.

Kuutma betrachtete den auf dem Boden liegenden Körper, bis dieser sich wieder regte und er wusste, dass Tillman bei Bewusstsein war.

»Rebecca hatte ein Recht auf ihren Tod«, fuhr er fort. »Jede Kelim hat ein Recht darauf. Doch ich hätte nie gedacht, dass sie ihn erwählen würde. Ich sagte ihr, als sie zu mir kam, dass ihr Tod nicht nötig sei. Für andere, ja, vielleicht, aber nicht für sie. Keinen einzigen Moment lang …« Er hielt inne. So hatte er nicht beginnen wollen.

Er musste sich auf das Ziel konzentrieren und in logischer Weise auf das hinarbeiten, was Tillman zerstören würde.

Die Seele des Feindes töten und sich erst dann seines Körpers entledigen.

»Wir leben in Abgeschiedenheit«, fuhr er fort, obwohl er die nötige Ruhe noch nicht gefunden hatte. »Das ist eines der uns auferlegten Gebote. Wir halten unseren Stammbaum sauber. Nicht erst seit Judas, sondern schon seit Eden leben wir abgesondert von den anderen.

Doch die Reinheit hat ihren Preis. In einem Volk, das weniger als hunderttausend Mitglieder zählt, verbreiten sich Krankheiten rasch. Krankheiten, die angeboren sind. Wir kennen jetzt die genetischen Grundlagen dafür. In einer kleinen sich fortpflanzenden Gemeinschaft verbinden sich doppelt rezessive Gene mit vernichtender Geschwindigkeit, und Geburtsfehler wie Schwäche des Herzens, des Körpers und des Geistes werden endemisch. Ohne einen regelmäßigen Zufluss von neuem genetischem Material kann die Gemeinde nicht gedeihen.

Die Ältesten berieten sich bereits vor vielen Jahrhunderten darüber und kamen zu einem Entschluss. Zu einem weisen Entschluss. Wir durften unser wertvolles Blut nicht der minderwertigen Masse aus Halbtieren überlassen, die ihr Menschheit nennt. So beschlossen wir, bei Bedarf eure Stärke und Lebenskraft zu nutzen und unseren Bestand durch Veredelung mit den besten eurer Exemplare aufzustocken.

Die Frauen, die ausgesandt werden, heißen Kelim – Gefäße. Während die Boten den Tod von Ginat'Dania hinaus in die Welt tragen, gehen die Kelim hinaus in die Welt und bringen Leben zurück. Das ist ihr Sakrament. Ihr Ruhm.«

Tillman stützte sich auf einem Ellbogen ab und schien Kuutma mit seinem Blick töten zu wollen. Kuutma steckte die Sica weg und zog seine Waffe aus dem Halfter. Beim nächsten Angriff würde er Tillman ins Knie schießen. Wahrscheinlich ins rechte.

»Das Wasser«, nuschelte Tillman.

»Das Wasser?« Kuutma runzelte die Stirn über diese unbedeutende Frage. »Das Wasser ist vergiftet. Kelalit. Das gleiche Gift, das wir Boten zur Steigerung unserer Kraft und Geschwindigkeit nehmen. Ist die Konzentration höher als fünf zu einer Million, lähmt und tötet es den Menschen. Du hast eine sehr kleine Dosis abbekommen, weil sich der Tank erst geöffnet hat, als du schon vom Wasser erfasst worden warst. Das Gift hat sich, während wir uns hier unterhalten, auf die letale Dosis von einhundert erhöht. Das heißt, ein Schluck genügt, um einen Menschen in ein oder zwei Minuten zu töten. Mexiko-Stadt wird zu einem riesigen Friedhof werden. Wenn das Volk weiterzieht, lässt es nichts zurück, Tillman. Wir streuen Salz auf die Erde und Asche in den Himmel. Aber wir haben über Rebecca gesprochen. Rebecca Beit Evrom.«

Tillman spannte sich an und versuchte sich zu konzentrieren. Kuutma war sich sicher, dass er sich bald bewegen würde. Doch unter den gegebenen Umständen, benebelt von dem Kelalit, das ins Wasser gemischt worden war, und geschwächt von seinen Verletzungen, stellte er keine Bedrohung dar.

»Die Kelim werden durch Losverfahren gewählt«, erklärte Kuutma. Es fühlte sich an, als würde er Tillman einen Galgen samt Schlinge und Falltür bauen. »Sie ziehen mit einer falschen Identität in die Welt hinaus, die ihnen von den Elohim besorgt wird, und sie heiraten. Wir verschaffen uns Zugang zu den medizinischen Unterlagen möglicher Ehemänner und untersuchen sie auf Krankheiten, die sie in ihrem Samen tragen. Wenn kein Risiko besteht, wird die Verbindung genehmigt – rein zu Fortpflanzungszwecken. Es ist natürlich keine Heirat im religiösen Sinne. Die Kelim bekommen drei Kinder, dann kehren sie zurück. Die Ehemänner kommen in ein leeres Haus und die Frauen wieder in ihre Heimat, in den Schoß des Volkes. Ihr Exil hat schließlich ein Ende. Wie du dir vorstellen kannst, ist diese Pflicht schwer zu ertragen, auch wenn sie heilig ist. Es ist ein schreckliches Martyrium, jemandem drei, vier oder fünf Jahre lang Liebe vorzutäuschen und so lange Zeit im Schatten einer Lüge zu leben.«

»Nein!«, keuchte Tillman. Er war endlich wieder auf den Beinen und trat einen Schritt auf Kuutma zu. Kuutma hob seine Waffe, woraufhin Tillman stehenblieb.

»Es war ein grässliches Missgeschick«, fuhr Kuutma mit mehr Nachdruck in der Stimme fort, als er beabsichtigt hatte. »Die Chancen stehen ... zwei- oder dreitausend zu eins. Ich hätte nie gedacht, dass sie den roten Ball aus der Tasche ziehen würde. Dass sie auserwählt werden würde. Aber weil ich Kuutma war, dachte ich, es würde für sie weniger schlimm werden als für die anderen. Ich würde über sie wachen. Ich würde immer noch bei ihr sein, auch wenn ich nicht mit ihr sprechen konnte.

Ich schickte sie nach England. Sie lernte dich kennen. Sie teilte mit dir das Bett und brachte deine Kinder zur Welt. Judas, den sie in deiner Gegenwart Jud nannte. Seth. Grace. Ich sah zu, wie sie aufwuchsen, und wartete meine Zeit ab. Bis zum letzten Tag und bis zur letzten Stunde wartete ich meine Zeit ab. Bis endlich der Tag kam, an dem ich sie nach Hause holen durfte.

Mein Gott, Tillman, das war eine bittere Zeit.« Kuutma merkte, dass er mit zusammengebissenen Zähnen und mit belegter Stimme sprach. »Sie beging keine Sünde, verstehst du? Sie war ohne Schande. Dennoch suhlte sie sich jeden Abend in deinen Armen und gab sich ... der

Abscheulichkeit hin. Ich fühlte mit ihr mit. Ich fühlte so sehr mit ihr mit.

Manchmal …« Warum sagte er das? Warum hatte er sich so weit von den Worten entfernt, die er vorbereitet hatte? »Manchmal vergessen das die Menschen. Sie haben keinen Respekt vor dem Opfer, das die Kelim für uns auf sich nehmen – das Opfer ihres eigenen Fleisches. Manchmal erfahren die Frauen nach ihrer Rückkehr, dass sie niemand mehr will. Als Ehefrauen, meine ich. Dass sich niemand mehr an sie binden will. ›Das Gefäß ist rein‹, heißt es in der Schrift, doch wie kann etwas rein sein, wenn es jahrelang jede Nacht beschmutzt wurde? Verstehst du das? Es ist ein Mysterium. Ein heiliges Mysterium. Doch ich habe ihr … ich habe ihr mich selbst angeboten.« Kuutma blinzelte Tränen fort, erhob sich und ging einen Schritt auf Tillman zu, als fühlte er sich von einem Magneten angezogen. Auch Tillman musste diese Kraft spüren, die ihn auf die nächste Stufe seiner Auflösung hob.

»Ich sagte ihr, dass sich nichts zwischen uns geändert hätte. Ich sagte, ich würde sie heiraten und ihre Kinder aufziehen. Doch sie wählte den Tod. Sie fühlte sich von deiner Berührung so beschmutzt, so verdorben, dass sie einem ehrlichen Mann nicht mehr in die Augen blicken oder seine Liebe annehmen konnte. Verstehst du mich, Tillman?«

»Ich verstehe dich«, brummte Tillman. »Du mieser, kleiner Wichser. Sie hat dich abgewiesen, weil sie immer noch mich liebte.«

Unwillkürlich stieß Kuutma einen Schrei aus, der von irgendwo tief unten und unkontrolliert aus ihm herauskam. In drei Schritten war er bei Tillman und zertrümmerte ihm mit dem Pistolenknauf das Nasenbein. Tillman wankte und begann sich zu krümmen, doch Kuutma wirbelte wie ein Derwisch herum und versetzte ihm einen Tritt in den Magen, noch bevor er auf den Boden aufschlug. Als Tillman zurückwich und nach vorne kippte, versetzte ihm Kuutma einen weiteren Schlag mit der Waffe, diesmal gegen die Schläfe. Tillman sackte in sich zusammen.

»Sie hat dich nicht geliebt!«, bellte Kuutma. »Sie hat dich nie geliebt! Man bringt sich nicht um, nur weil man jemanden liebt!«

Erschöpft und hilflos kniete Tillman ihm zu Füßen. Kuutma lud eine Kugel in die Kammer der Sig-Sauer, schob den Sicherungshebel zurück und hielt die Mündung an Tillmans Hinterkopf.

Doch er bekam sich wieder unter Kontrolle, bevor er den Abzug betätigen konnte. Er war fast bereit. Fast. Doch er konnte Tillman nach dieser absurden, trotzigen und beleidigenden Bemerkung nicht einfach so in die Dunkelheit befördern. Er musste ihm den Rest mitteilen und zusehen, wie er sich die Seele aus dem Leib weinte.

»Deine Tochter«, fuhr Kuutma fort, »heißt nicht mehr Grace, sondern Tabe. Sie wurde von Fremden aufgezogen – und dazu erzogen, dich zu hassen. Sie ist so glücklich hier, Tillman. So glücklich bei uns. Sie ist Künstlerin. Sie malt. Es ist so viel Schönheit in ihr, dass sie sich aus ihren Fingern in die Welt ergießt. Verstehst du mich? Deine Tochter liebt das Leben, das ich ihr gegeben habe! Bevor ich hierherkam, ging ich zu ihr. Ich sagte ihr, ich würde dich töten, und bat sie um ihren Segen. Sie gab ihn mir voller Freude. ›Was kümmert mich das, was mit dem Vater meines Fleisches geschieht?‹, sagte sie. Und wenn ich mit dir fertig bin, Tillman, gehe ich zu ihr zurück. Ich werde ihr erzählen, wie du gestorben bist, und sie wird mir die Hand küssen und mich erneut segnen.«

Tillman zitterte. Einen Moment lang dachte Kuutma,

es wäre vor Angst, bis er sah, dass das bisher harte Gesicht tränenüberströmt war. »Sie lebt!«, schluchzte Tillman. »Grace lebt! Meine Grace lebt!«

In überschäumender Wut hieb Kuutma immer wieder mit dem Pistolenknauf auf das zusammengekauerte, hilflose Wrack vor sich ein. »Sie hasst dich!«, schrie er. »Hast du mich nicht verstanden? Sie hasst dich!«

Auch Kuutmas Hände zitterten, und hinter seinen Schlägen steckte kaum mehr Kraft. Geduckt wie eine Ratte im Unwetter, ließ Tillman sie über sich ergehen.

Erneut setzte Kuutma die Sig-Sauer an Tillmans Hinterkopf. Es blieb ihm noch ein letztes Argument, auf das Tillman nichts würde entgegnen können. Seinem großartigen Instinkt folgend, hatte er mit Rebecca begonnen und das Schlimmste bis zum Schluss aufgehoben.

»Deine Söhne …«, begann er.

Eine Bewegung über ihm lenkte ihn ab. Etwas stürzte herab. Kuutma konnte gerade noch zur Seite springen. Ein Ziertopf von der Balustrade einer Terrasse zerschellte genau an der Stelle, wo er gestanden hatte, und bespritzte ihn mit seinen Scherben.

»Wie sehr liebt dich Gott, Kuutma?«, ertönte eine Stimme aus der Luft um ihn herum.

Es war Rebeccas Stimme.

67

Ein halbes Jahr in der Drogenabteilung – weniger hätte es nicht sein dürfen, um diesen Zeitraum im Lebenslauf als Erfahrung auflisten zu können. Was Kennedy über Drogen nicht wusste, würde eine ganze Bibliothek füllen.

Ironischerweise hatte sie sich ihr Wissen über Methamphetamin während eines Mordfalls angeeignet. Eine Frau hatte ihre beiden Mitbewohner und Drogenkollegen mit dem gezackten Ende eines Fleischklopfers erschlagen. Sie hatte die beiden damit sehr weich geklopft. Und hatte bereitwillig den Grund dafür erklärt: Sie hätten versucht, sie mit Mikrowellen und Gift zu töten, mit dem sie ihr Kopfkissen getränkt hätten.

Einer von fünf Langzeit-Methamphetamin-Nutzern erkrankte irgendwann an dem starken psychischen Leiden, das in Fachkreisen als Amphetamin-Psychose bezeichnet wurde. Und Brand war in den letzten dreizehn Jahren ein regelmäßiger Konsument gewesen. Er musste selbst nach den hohen Standards religiöser Fanatiker zumindest ein bisschen wahnsinnig sein.

Kennedy ging langsam die Treppe hinunter und auf Brand – oder Kuutma, wie er sich zu nennen schien – und Tillman zu. Sie hatte die Waffe verloren, die Tillman ihr gegeben hatte, doch sie hatte sich ein Stuhlbein geschnappt, das sie an sich drückte in der Hoffnung, dass es dort nicht gesehen wurde.

Sie improvisierte nur, hatte einfach nur verhindern wollen, dass dieses Schwein seinen Satz beendete. Das hatte sie geschafft und seine Aufmerksamkeit auf sich gezogen. Jetzt musste sie dafür sorgen, dass dies so blieb.

»Wie sehr liebt dich Gott?«, wiederholte sie mit der gleichen kalten, ernsten Stimme.

Kuutma antwortete nicht. Er schien unfähig zu sein zu sprechen, stattdessen blickte er ihr nur entgegen und trat sogar unwillkürlich einen Schritt zurück.

»Mir scheint, dass er diejenigen, die er liebt, beschützt«, fuhr Kennedy fort. »Er belohnt die Gläubigen auf Erden und zermalmt die Heiden. So läuft es doch, oder? Und du bist der Arm, der die Heiden zermalmt, also müsstest du wissen, ob dem so ist.«

Kuutma lachte plötzlich auf, eine Reaktion, die Kennedy weder erwartet noch erhofft hatte. »Du bist es nur!«, sagte er. »Einen Moment lang dachte ich …« Mit einem Schauder, der seinen ganzen Körper ergriff, schien er sich aus einem inneren Abgrund zu befreien. »Gott liebt das Volk, *rhaka*. Das ist das Geheimnis des Bundes. Nur dem Gefallenen bist du noch wichtig.«

Kennedy hatte mittlerweile das Ende der Treppe erreicht und war nur noch drei Meter von Kuutma entfernt. Sie blickte auf ihre Uhr, dann zu Kuutma und zuckte mit den Schultern. »Verspätet sich wohl ein wenig, was?«, fragte sie mit sanfter Stimme.

Kuutma kniff die Augen zusammen. »Du wirst mit einer Gotteslästerung auf deinen Lippen sterben«, zischte er.

»Mehr als zwanzig Jahre zu spät«, fuhr Kennedy fort, als hätte sie ihn nicht gehört. »Euch war prophezeit, dreißig Jahrhunderte warten zu müssen, um dann den Platz auf dem großen Stuhl einzunehmen. Aber dreißig Jahrhunderte kamen und gingen, und ihr lebt immer noch wie die Kakerlaken in der Dunkelheit. Versteckt euch vor dem Rest der Welt. Steckt immer mehr Finger in immer mehr Löcher im Deich, und trotzdem steht euch das Wasser schon bis zum Hals. Satellitenüberwachung, Datenüberwachung, biometrische Ausweise und genetische Fingerabdrücke. Selbst eure Stromrechnungen verraten euch, Kuutma. Und ihr wartet und wartet, und trotzdem taucht Gott nicht auf. Ihr müsst euch wie ein schüchternes Mädchen fühlen, das in der Ecke steht und wartet, zum Tanz aufgefordert zu werden. Und was sind all eure Morde wert, wenn ihr nicht geheiligt seid? Wenn Gott euch nicht gesegnet hat und euch nicht befohlen hat zu kämpfen, was ist dann mit all dem Blut, mit dem eure Seelen befleckt sind?«

»Meine Seele ist nicht mit Blut befleckt«, erwiderte Kuutma. Kennedy war stehengeblieben, und nun ging er mit der Waffe in der Hand einen Schritt auf sie zu und zielte auf ihren Kopf, während er eines seiner gebogenen Messer aus dem Bund zog. »Mir wird vergeben.«

»Aber nur für Mord«, erinnerte Kennedy ihn. »Nicht für Lügen. Sag mir die Wahrheit über eine Sache, Kuutma, bevor du mich tötest.«

Das Messer auf Brusthöhe zwischen Daumen und Zeigefinger haltend, neigte er es in einem Sechzig-Grad-Winkel und bog die Hand zum Wurf nach hinten. »Bitte«, forderte er sie auf.

»Hast du dieses ganze Theater veranstaltet, nur weil du Rebecca Beit Dingsbums nicht ins Bett gekriegt hast? Ich habe zwar schon davon gehört, dass Liebhaber durchdrehen, aber gleich so was? Das ist ganz schön traurig!«

Kuutma warf das Messer.

Kennedy musste sich entscheiden und sprang nach rechts. Es war die falsche Richtung, aber der Sprung rettete sie dennoch. Ihr Gips, der sich im Wasser aufgelöst hatte, war um ein Stahlgestell angelegt worden. Das Messer traf auf eine der Streben und versetzte Kennedy nur einen Schnitt an der Wange, als es nach oben hüpfte und in der Dunkelheit verschwand.

Kuutma zog ein zweites Messer. Kennedy warf sich nach vorne und schlug ihm mit einer wilden Bewegung des Stuhlbeins das Messer aus der Hand. Damit blieb ihm nur noch die Sig-Sauer. Diese zog er, während sie noch ihr Gleichgewicht suchte, und betätigte bereits den Abzug, als der ohrenbetäubende Knall einer Explosion ihn schockiert nach unten auf seine Brust blicken ließ. Dort breitete sich mit rasender Geschwindigkeit ein roter Fleck aus.

Tillman hatte seiner Fähigkeit zu zielen nicht getraut. Ihm war viel zu übel und schwindlig, und seine Hände zitterten. Selbst die Unica aus seinem Gürtel zu ziehen und zu entsichern hatte seiner vollen Konzentration bedurft.

Nur mühsam hatte er sich wieder auf die Beine stellen können, während Kuutma mit Kennedy über Theologie diskutierte, und war in winzigen Schritten vorwärts gegangen. Kuutma schien ihn nicht zu bemerken, doch Kennedy hatte ihn gesehen. Sie hatte sich wacker gehalten und weitergeredet, war damit aber ein leichtes Ziel gewesen.

Und Tillman hatte schließlich hinter Kuutma die Waffe in die Höhe gebracht, nur wenige Zentimeter von dessen Jacke aus handgewebtem Leinen entfernt.

Hatte sie genau auf seinen Rücken ausgerichtet.

Hatte den Abzug gedrückt.

Hatte noch fester gedrückt, weil der Abzug seinem schwachen Finger nicht gehorchen wollte.

Hatte geschossen und die Waffe gleich fallen lassen,

weil er den Rückstoß, dem er sonst mit Leichtigkeit standhielt, nicht verkraftete.

Doch mehr als einen Schuss brauchte er nicht. Kuutma sank auf seine Knie, die Augen vor Verblüffung weit aufgerissen und auf Kennedy gerichtet.

»Gott …«, würgte er hervor, »Gott ist mein …«

»Gott denkt, dass du ein verlogenes, mörderisches Schwein bist«, unterbrach ihn Kennedy mit einer Stimme, die hart wie ein Stein klang, der vor eine Höhle gerollt wird.

Kuutma öffnete den Mund, um etwas zu antworten, doch der Tod kam ihm zuvor.

68

Transkript des Verhörs von Officer Felipe Juarez, Ciudad de Mexico Ptd, durchgeführt von Lt Jesus-Ernesto Pena, Policia Federal. Beginn: 15:30 Uhr

Lt Pena: Wurde der Notruf vom Tatort aus abgesetzt?

Officer Juarez: Das dachte ich zu dem Zeitpunkt, Lieutenant. Aber der Anruf wurde nicht korrekt aufgezeichnet, wie Sie wissen, und bei dieser Bevölkerungsdichte hat sich eine Datenbankanfrage bei den Mobilfunkanbietern … nun, nicht als praktisch erwiesen.

Pena: Es war ein Mann? Sie haben die Stimme eines Mannes gehört?

Juarez: Ja.

Pena: Und er hat einen Ort in Xochimilco genannt?

Juarez: Genau. Ein Lagergebäude auf einem Gelände, das früher der United Fruit Company gehörte. Die jetzigen Eigentümer lassen sich nur schwer ermitteln. Offenbar sind es eine ganze Menge Firmen, von denen die meisten in Afrika oder im Nahen Osten sitzen. Total verwirrend.

Pena: Sagen Sie mir, was Sie vorfanden, als Sie am Tatort eintrafen.

Juarez: Lieutenant, das kann ich kaum beschreiben. Es war ein unterirdischer Komplex, fast wie eine kleine Stadt. Sie war überflutet worden, aber noch mehr oder weniger intakt. Unglaublich. Wenn mir jemand gesagt hätte, dass es einen solchen Ort gäbe, hätte ich ihn ausgelacht.

Pena: Ich habe die Bilder gesehen, Officer Juarez. Und ich stimme zu, es ist beeindruckend. Soweit ich weiß, haben Sie zwei Personen vorgefunden, als Sie eintrafen?

Juarez: Einen Mann und eine Frau. Beide verletzt – der Mann sehr stark. Er hatte eine Wunde im Bauch und eine im Gesicht. Die Frau war geschlagen worden, und möglicherweise hatte sie eine Verletzung an der linken Seite ihres Körpers. Über ihrem linken Arm hing eine Jacke, so dass ich das nicht sehen konnte.

Pena: Es gab auch eine Leiche.

Juarez: Ja. Ein zweiter Mann. Er war tot. Ein Schuss in den Oberkörper, abgegeben aus nächster Nähe. Ich vermutete sofort, dass eine dieser beiden Personen ihn getötet haben musste, so dass ich versuchte, sie festzunehmen. Das gelang mir allerdings nicht. Der Mann zog seine Waffe schneller als ich und zwang mich, meine Pistole abzulegen.

Pena: Er zog schneller als Sie. Trotz seiner Wunden?

Juarez: Lieutenant, er bewegte sich flink wie eine Schlange. Dieser Mann muss Soldat gewesen sein. Da bin ich mir ganz sicher. Sie haben die Waffen und die Munition gesehen, die er zurückgelassen hat – ein ganzes Arsenal. Er wirkte auch leicht verrückt. Wenn ich Verstärkung mitgebracht hätte, hätte ich vielleicht eine Chance gehabt. Gegen beide. Aber ich war alleine.

Pena: So. Sie standen also da mit der Waffe im Holster und Ihrem Schwanz in der Hand.

Juarez: Das Masturbieren überlasse ich euch *Federales*. Ich messe mich nie mit einem Experten.

Pena: Ich möchte, dass das im Protokoll bleibt.

Stenograph: Ihre Entscheidung, Lieutenant.

Pena: Also, was ist als Nächstes passiert?

Juarez: Sie führten mich zu einer Treppe und zeigten mir, dass die untere Ebene überflutet worden war. Sie erklärten, das Wasser sei vergiftet, mit einer Art Nervengift, und dürfe auf keinen Fall wieder ins Grundwasser abgelassen werden. Es müsse dort bleiben, unter Bewachung, bis es abgepumpt und entsorgt werden könne. Stimmte das?

Pena: Dieses Wissen ist auf einen bestimmten Personenkreis beschränkt. Sie gehören nicht dazu.

Juarez: Nein, natürlich nicht. Aber ich weiß, dass der Tatort neunzehn Tage lang geschlossen war. Ein drei Straßenblocks großer Bereich wurde abgesperrt und an jeder Straßenecke ein Gefahrgutzeichen aufgestellt.

Pena: Auf einen gewissen Personenkreis beschränktes Wissen.

Juarez: Und die Satellitenaufzeichnungen? Ich habe gehört, dass zwei Tage vor diesem Vorfall Hunderte von Lastwagen an dem Lagerhaus eintrafen und wieder fortfuhren. Aber niemand weiß, was sie transportierten.

Pena: Auf einen gewissen Personenkreis beschränktes Wissen.

Juarez: Und dass es Tunnels gab, die an andere, ebenfalls in Xochimilco gelegene Orte führten. Dass es Häuser gab und Kornspeicher und Geschäfte und Schwimmbäder und Sportstudios und …

Pena: Also, was ist als Nächstes passiert?

Juarez: Was als Nächstes passiert ist? Der Mann und die Frau erzählten mir eine unglaubliche Geschichte. Unglaublich an jedem anderen Ort, meine ich. Dort, wo wir zu diesem Zeitpunkt waren, kam sie mir nicht so unglaublich vor. Der Mann hat seine Frau und seine Kinder verloren. Die Frau ihren Kollegen. Der Mann, den sie getötet haben, hatte sehr viele Menschen umgebracht und versucht, meine Stadt zu vernichten. Meine Familie. Meine Freunde. Alle, die ich kenne. Können Sie sich das vorstellen?

Pena: Ja, das kann ich mir vorstellen. Was dann?

Juarez: Sie fesselten meine Hände, aber nicht fest, und der Mann sagte, es wäre nicht gut, wenn ich sie verfolgen würde.

Pena: Versuchten Sie ihnen zu folgen?

Juarez: Als ich es schließlich tat, waren sie weg. Keine Spur mehr von ihnen zu sehen.

Pena: Wie viel Zeit war bis dahin vergangen?

Juarez: Vielleicht fünfzehn oder zwanzig Minuten.

Pena: Sie brauchten fünfzehn oder zwanzig Minuten, um Ihre Hände zu befreien, während ein Messer – registriert als Beweisstück Nummer 21 – direkt vor Ihren Füßen lag?

Juarez: Es war dunkel. Ich habe das Messer nicht gesehen.

Pena: Bis Sie sicher waren, dass Sie es sehen durften.

Juarez: Es war dunkel. Ich habe das Messer nicht gesehen.

Pena: Genauso wenig wie die anderen Messer im Gürtel des Toten oder in dem Rucksack, der als Beweisstück Nummer 16 registriert wurde?

Juarez: Es war dunkel. Ich habe …

Pena: Ja, danke, Officer Juarez. Ich glaube, ich habe Sie verstanden. Kommen wir zu dem internationalen Fahndungsbefehl 1217. Dieser betrifft eine Frau, die aus einem Krankenhaus in Kingman in Arizona, wo sie unter polizeilicher Bewachung stand, mit der Hilfe eines Mannes geflohen war, der sie aus dem Fenster abseilte.

Juarez: Ja, den habe ich gelesen.

Pena: Schauen Sie sich die Fotos an. Sind dies der Mann und die Frau, die Sie gesehen haben?

Juarez: Meines Wissens nach wurden die Beschuldigungen fallengelassen, nachdem der County-Sheriff ausgesagt hatte, die Frau habe ihn vor einer Angreiferin geschützt.

Pena: Der Mann wird immer noch gesucht. Sehen Sie sich die Fotos an.

Juarez: Wenn das Wasser wirklich vergiftet war, dann war der Mann, der im Lagergebäude starb, eine dreckige Giftschleuder, und dann, denke ich, hat er es verdient, durch einen Schuss in den Oberkörper aus nächster Nähe zu sterben.

Pena: Und ich denke, wenn ich Ihre Meinung dazu hätte hören wollen, hätte ich Sie danach gefragt. Sehen Sie sich die Fotos an.

Juarez: Das war nicht der Mann, und das war nicht die Frau. Ich wünschte, ich könnte Ihnen helfen, Lieutenant.

Pena: Ich wünschte, ich könnte Ihre Eier in einen Schraubstock klemmen.

Juarez: Wie wenig Menschen auf dieser Welt doch wirklich glücklich werden …

69

Sie kehrte nach Hause zurück.

Sie hatte ein Zuhause, in das sie zurückkehren konnte.

Es war ein Zimmer, in dem ihr Vater wartete. Sie erzählte ihm, wo sie gewesen war und was sie gemacht hatte, obwohl sie wusste, dass er nichts verstand. Sie verstand seine Geschichte ja auch nicht. Das Beste, was man tun konnte, war, einfach da zu sein und zuzuhören, wenn sich die Gelegenheit bot.

Noch jemand wartete auf sie, nicht weit entfernt, in einem anderen Zimmer. Dort wurde versautes Zeug geredet, und hinterher wurden Dinge getan, für die keine Worte nötig waren.

»Ich habe immer gedacht, du wärst hetero«, murmelte Kennedy in Izzys Ohr.

»Quatsch, nein«, kicherte Izzy. »Das war ich schon mit fünfzehn nicht mehr.«

»Aber du kennst dich bei dem Thema so gut aus.«

Izzy setzte sich rittlings auf sie und lächelte. Ein Lächeln nur für Kennedy, mit dem man Platin zum Schmelzen bringen und die Beine eines Engels öffnen könnte. »Wichtig ist, was man tut, nicht, was man sagt.«

70

Er kehrte nach Hause zurück. Noch immer erwartete ihn die Leere.

Doch die Leere fühlte sich anders an. Er wusste, seine Frau war gestorben, während sie ihn noch geliebt und an ihn gedacht hatte. Sie hatte ihn nicht verlassen wollen und sich kein Leben ohne ihn vorstellen können, genauso wenig, wie er sich eins ohne sie aufbauen konnte.

Er wusste, dass seine Kinder lebten, irgendwo auf der Welt, und dass sie glücklich waren.

Er hatte das Gefühl, seine Einsamkeit wäre ein Schrein, in dem er das Allerheiligste verwahrte: seine Erinnerung an ihre kurze gemeinsame Zeit als Familie, an die sich kein anderer lebender Mensch mehr erinnerte.

Weil er lebte, entsprach alles der Wahrheit. Weil er sich erinnerte, waren sie bei ihm.

Was sonst zählte?

71

Ein Brief für dich, Web. Der Kopf der Queen ist drauf, also ist er wohl aus England, schätze ich. Wen kennst du denn in England?«

Connie reichte Sheriff Gayle den Brief über den Schreibtisch hinweg, blieb aber stehen, als gäbe es noch etwas Dringendes zu erledigen.

»Danke, Connie«, sagte Gayle.

»Ach, gerne«, erwiderte sie. Doch er machte noch immer keine Anstalten, den Brief zu öffnen, sondern legte ihn sogar mit dem Anschein von Nachlässigkeit zur Seite, so dass Connie schließlich den Rückzug antreten musste.

Als sie gegangen war, griff Gayle wieder zu dem Brief, riss ihn mit seinem kleinen Finger auf und nahm die Blätter heraus. Er war von Heather Kennedy, wie er bereits vermutet hatte, weil sie die einzige Britin war, die er je kennengelernt hatte.

Lieber Web,

es tut mir so leid, dass ich es zu Eileens Beerdigung nicht geschafft habe. Ich konnte nur mit knapper Not aus Mexiko entkommen und befürchtete, dass man mich vielleicht nicht wieder gehen lassen würde, wenn ich noch einmal nach Arizona zurückkehren würde. Ich weiß, die ursprüngliche Anklage wurde fallengelassen, doch es wurde ja noch anderer Schaden angerichtet, als

Tillman mich befreit hat. Und in Mexiko war alles noch viel verrückter.

Deswegen schreibe ich lieber. Ich habe das Gefühl, dass Du ein Recht drauf hast, zu erfahren, wie alles geendet hat. Du hast bei dieser Sache mehr verloren als ich, ein Verlust, der nicht wiedergutzumachen ist. So ist diese Geschichte alles, was ich Dir geben kann. Das und meinen aus tiefstem Herzen empfundenen Dank für alles, was Du für mich getan hast.

Fast eine ganze Stunde lang las Gayle weiter, unterbrach nur, als Connie ihm einen Kaffee brachte und wieder nicht gehen wollte. Sobald er die Sache ausgesessen hatte, las er dort weiter, wo er aufgehört hatte.

Die Geschichte war verrückt, so wie Kennedy es angekündigt hatte. Dieses Geheimnis zu wahren würde ihm leichtfallen, weil ihm niemand glauben würde. Vielleicht war dies das Beste, was ihnen passieren konnte, diesen Judas-Leuten: Sie waren so grotesk, dass man sich auch nach einer Begegnung mit ihnen einreden konnte, sie nie gesehen zu haben. Nein, unmöglich – einfach nur lächerlich und dumm, so etwas kann doch gar nicht passiert sein.

Aber was für eine Geschichte hätte Moggs daraus gemacht! Sie hätte ihr goldene Farbe verliehen, glänzendes Chrom und Flügel und Schnörkel.

Doch erst am Ende des Briefes, auf der letzten Seite, verstand er, wie die Sache wirklich ausgegangen war. Da änderte er seine Meinung über vieles. Und *dieses* Geheimnis zu wahren, war nicht leicht, jedenfalls nicht für Kennedy, die diesen Tillman kannte und ihm ihr Leben verdankte. Und auch Moggs hätte die Geschichte in einem anderen Licht dargestellt, weil sie nicht so grausam gewesen wäre.

Ich machte mich wieder an Gassans Übersetzung und blieb an einigen kleinen Details hängen, schrieb Kennedy weiter. *Nachdem ich den Ort gesehen habe, ergibt alles viel mehr Sinn für mich. Die Kinder der Kelim behalten ihre Namen, die sie bei ihrer Geburt bekommen haben, solange diese Namen von der Mutter ausgesucht wurden. Hat der Vater sie ausgesucht, werden die Kinder vom Volk noch einmal getauft.*

Ich glaube, bei Rebeccas Kindern wollte Brand einfach so viel von ihrer Vergangenheit auslöschen wie möglich. An ihren ursprünglichen Namen war nichts Falsches, doch er gab ihnen trotzdem neue. Und ich kenne ihre Namen. Die Frau, die uns in Santa Claus beinahe umgebracht hätte, verriet sie mir, kurz bevor sie starb.

Grace, das Mädchen, wurde zu Tabe.

Die Jungen – Ezei und Cephas – starben am Haus Taubenschlag.

Gayle faltete den Brief zusammen und steckte ihn in seine Schreibtischschublade, bevor er sich eines Besseren besann und ihn durch den Schredder jagte. Dann kam ihm eine noch bessere Idee: Mit Anstruthers Feuerzeug zündete er die luftschlangenähnlichen Streifen an, bis nichts mehr übrig war.

Durch die Scheibe vom Vorzimmer hindurch beobachtete Connie sehnsuchtsvoll das Schauspiel und überlegte, welcher gute Tratsch ihr da auf immer und ewig durch die Lappen ging.